****

In die Schlacht

Buch Zwei der Serie *Aufstieg der Republik*

von
James Rosone

****

Ins Deutsche übertragen von
Ingrid Könemann-Yarnell
ingridsbooktranslations.com
©2021

****

Illustration © Tom Edwards
Tom EdwardsDesign.com

****

Lektorat
Frank Dietz
www.frankdietz.com

ISBN: 978-1-957634-38-8
Sun City Center, Florida, USA
Library of Congress Control Number: 2022909345

Inhaltsverzeichnis

Kapitel Eins: Die Invasion 4

Kapitel Zwei: Hart umkämpfte Übernahme 18

Kapitel Drei: Mehr Überraschungen 38

Kapitel Vier: Die Zodark 52

Kapitel Fünf: Die Rettung 66

Kapitel Sechs: Die Besetzung 81

Kapitel Sieben: Der Gürtel expandiert 86

Kapitel Acht: Volle Mobilisierung 107

Kapitel Neun: Die Sternentore 133

Kapitel Zehn: Verstärkung 141

Kapitel Elf: Eine gewaltige Flotte 158

Kapitel Zwölf: Die smaragdgrüne Stadt 178

Kapitel Dreizehn: Die Schlacht am Tor 185

Kapitel Vierzehn: Die Terminatoren 217

Kapitel Fünfzehn: Schiffsbau 245

Kapitel Sechzehn: Neue Welten 259

Kapitel Siebzehn: Die Altairianer 296

Kapitel Achtzehn: Die Geburt der neuen Republik 311

Kapitel Neunzehn: Operation Intus 336

Anmerkung des Autors 339

Abkürzungsschlüssel 342

**Kapitel Eins
Die Invasion**

**Das Rhea-»System
RNS *Rook***

»Captain! Unsere ersten Signale kehren zurück«, verkündete
Commander McKee plötzlich mit besorgter Stimme. »Es sieht aus, als
befänden sich zwei Zodark-Schiffe im System. Eines verlässt gerade
die Umlaufbahn um Neu-Eden, und das andere befand sich in der
Umlaufbahn um einen seiner Monde. Beide scheinen Kurs auf uns zu
nehmen.«

Die irdische Flotte befand sich gerade 68 Minuten im System,
bevor sie von den Zodark entdeckt wurde.

»Also schön, lasst den Krieg beginnen«, proklamierte Captain
Hunt mit geballten Fäusten.

Er wandte sich an seinen Waffenoffizier, Lieutenant LaFine. »Wie
lange, bevor sie bei gegenwärtiger Geschwindigkeit und
gleichbleibendem Abfangkurs in Waffenreichweite sind?«

»Sie sind noch knapp acht Millionen Kilometer von uns entfernt.
Ich schätze mindestens zweieinhalb Stunden, bevor sie sich in etwa
dem gleichen Abstand befinden, in dem wir sie das letzte Mal
bekämpften.«

Mein Gott, diese Schiffe sind schnell, dachte Hunt beeindruckt
davon, wie rapide die Zodark sich den Schiffen der Flotte nähern
würden. Sein Schiff würde zehn Stunden brauchen, um sie zu erreichen
– deren Stillstand unterstellt.

Hunt befahl dem Schiff in Gefechtsbereitschaft zu gehen. Die
Mannschaft musste rechtzeitig auf die bevorstehende
Auseinandersetzung vorbereitet sein. Sie waren dem Rest der Flotte 30
Minuten vorausgeeilt. Das hatte etwas Abstand zwischen sie und die
orbitalen Angriffsschiffe gebracht, die die republikanischen
Armeesoldaten und die für den Bodenangriff zuständigen Deltas
transportierten.

Aus der Entfernung von drei Millionen Kilometern versuchten die
Zodark wie schon beim letzten Mal, das Schiff der Erdenmenschen zu
scannen.

Zwanzig Minuten später verkündete Commander McKee: »Sie haben uns anvisiert.« Auf ihrem taktischen Bildschirm blinkten beide Schiffe rot. Über der *Rook* leuchtete zudem ein gelber Kreis auf, der ihr mitteilte, dass die Zodark ihre Waffen auf sie gerichtet hatten.

»Lieutenant Commander Robinson ....?«, sprach Hunt seinen EloKa-Offizier an.

»Bin schon dabei, Sir. Störmaßnahmen gestartet«, erwiderte Robinson prompt.

Gleich darauf verschwand die gelbe Markierung über der RNS *Rook*.

Lieutenant LaFine, der Waffenoffizier, verkündete: »Captain, die Zodark-Schiffe erhöhen erneut ihre Geschwindigkeit. Sie sind jetzt nur noch eine Million Kilometer von uns entfernt und kommen schnell näher. Soll ich unsere Havoc-Raketen aktivieren?«

Die Havoc war ihre neueste Schiff-zu-Schiff-Rakete, mit der sie vor dem Beginn dieser Mission ausgestattet worden waren. Die vierstufige Rakete bot ihren Bedienern eine gute Kontrolle in Bezug auf ihre Reichweite und Geschwindigkeit.

»Waffenabteilung, halten Sie sich zurück, bis wir 300.000 Kilometer erreicht haben«, kommandierte Hunt. »Dann streuen Sie den Abschuss von jeweils fünf Havoc auf die Zodark-Schiffe, gefolgt von einem einzigen Nuklearsprengkopf pro Schiff. Diese Sequenz wiederholen Sie zwei Mal. Sehen wir, wie sie auf die Raketen reagieren. Sobald sie 250.000 Kilometer überschritten haben, lassen Sie die Magrail flächendeckend auf sie los.« Die Railguns nutzten panzerbrechende Projektile, die konzipiert waren, die Außenhaut eines Schiffs zu durchdringen und in dessen Innern einen 5.000 Pfund schweren Gefechtskopf explodieren zu lassen. Die Gefechtsköpfe konnten zudem mit zeitlicher Verzögerung in einem bestimmten Abstand zu einem Objekt detoniert werden, oder in Einstellungen, die den Kanonieren individuell aufgegeben wurden.

»Jawohl, Sir, wir sind dran«, erwiderte Lieutenant LaFine, während seine Finger eilig mit der Weitergabe dieser Instruktionen an die verschiedenen Waffenabteilungen über die Tasten seiner Konsole tanzten.

Dieser Kampf entwickelt sich weit schneller als beim letzten Mal, dachte Hunt besorgt. Während ihres letzten Ausflugs in das Rhea-

System hatten die *Rook* und das Zodark-Schiff über fünf Stunden gebraucht, um in ihre respektive Waffenreichweite zu kommen.

Eine halbe Stunde später rief LaFine aus: »Raketen abgefeuert.«

Alle sahen auf dem Hauptschirm zu, wie sich die Raketen von der *Rook* entfernten. Sie sahen wie kleine blaue Pfeilsymbole aus, die auf ihre Ziel zurasten. Im Verlauf der nächsten zehn Minuten verwandelten sich die blauen Pfeile in drei deutlich unterscheidbare Raketen, die in Kürze ihre individuellen Ziele erreichen würden.

Das Symbol, das auf dem taktischen Bildschirm das führende Schiff der Zodark auswies, begann gelb aufzuleuchten. Die Zielsensoren ihrer Raketen überwanden problemlos die Störmaßnahmen der Zodark und nach knapp dreißig Sekunden verwandelte sich die Farbe beider Symboldarstellungen in ein solides Rot. Die Zodark-Ziele waren angepeilt.

»Das führende Zodark-Schiff versucht, unsere Raketen abzufangen«, berichtete LaFine. Eine Reihe ihrer Raketen verschwand vom Bildschirm. Die Zodark entledigten sich der ersten Welle der Raketen, bevor sie die zweite Welle anvisierten. Die Ziel-KI der *Rook*-Raketen reagierten auf die Zodark-Bedrohung mit Ausweichmanövern. Die dritte Welle der Raketen tat das Gleiche. Daraufhin schoss das Zodark-Schiff seinen Impulsstrahler auf die *Rook* ab.

»Wir stehen unter Beschuss«, alarmierte einer der Offiziere die Brücke. »Gegenmaßnahmen initiiert.«

Die angeblich verbesserten SW – ihre Sand- und Wasser-Raketen – detonierten einige Megameter vor der *Rook*, um den feindlichen Laserstrahl mit der erzwungenen Überwindung dieser Barriere abzuschwächen. Das erzielte jedoch nur einen eingeschränkten Effekt. Der mächtige Strahl des Zodark-Lasers traf sie frontal.

»Vorbereitung auf Aufprall!«, schrie Commander McKee und sicherte sich durch das Festhalten an ihrer Arbeitsstation.

»Ausweichmanöver!«, befahl Captain Hunt laut, während sein Steuermann ihren vorderen Querstrahlsteueranlagen einen Energieschub gab. Das Schiff drehte nach rechts ab, um dem Laser zu entkommen, der seine Panzerung durchdringen sollte.

Das Schiff schüttelte sich gewaltig, so als ob es bei voller Geschwindigkeit auf eine Wand aufgefahren wäre. Die Besatzung klammerte sich fest.

»Versuchen Sie, das Schiff zu rollen, Steuermann!«, befahl Captain Hunt erregt, in der Hoffnung, einem ähnlichen Treffer zu entgehen, der ihre Panzerung in der letzten Schlacht so effektiv durchbohrt hatte.

»Rumpfeinschlag auf Deck Vier, Sektion Zwei«, informierte sie ein Petty Officer der technischen Abteilung. Schrille Alarmsignale ertönten, während die Schadenskontrollkonsole mit gelben und roten Warnlichtern aufleuchtete.

Abrupt wechselte das Schiff die Richtung und der Zodark-Laser verlor seinen Halt am Rumpf der *Rook*.

»Schadenskontrollteams zu Deck Vier zur Versiegelung des Durchbruchs!«, wies Commander McKee die technische Abteilung auf der Brücke an.

Sekunden später befahl LaFine den Kanonenmannschaften: »Hauptwaffen abfeuern.«

Die Außenkameras des Schiffs zeigten, wie sich ihre Magrail-Türme in Sekundenschnelle dem nahegelegensten Zodark-Schiff zuwandten und zu feuern begannen. Die Crew hielt einen rapiden Beschuss aufrecht, Projektil nach Projektil ihrer neuen präzisionsgelenkten Munition flog in Richtung der angreifenden außerirdischen Schiffe davon. Ein unaufhaltsamer Hagel von je zwölf 36-Zoll-Projektilen verließen mit einer Geschwindigkeit von 25 Megametern pro Stunde die magnetisch geladenen Rohre. Die erste Salve überwand die Entfernung zwischen den auf sich zurasenden befeindeten Schiffen mit hoher Geschwindigkeit.

»Was zum Teufel soll das werden?«, rief Commander McKee überrascht aus. »Das zweite Schiff setzt Raumjäger aus. Ich zähle zehn …. zwanzig neue Kontakte. Nein, jetzt sind es beinahe 50 neue feindliche Kontakte, Captain.«

Verdammt, jetzt haben sie auch noch Jäger?, beklagte sich Captain Hunt insgeheim.

Während der letzten Auseinandersetzung hatten die Zodark keine Kampfflieger ausgesandt. Andererseits, keines der beiden Schiffe, mit denen sie heute zu tun hatten, entsprach dem Aussehen nach den beiden Zodark-Schiffen, denen sie bislang begegnet waren.

»Aktivieren Sie die Nahbereichsverteidigungssysteme gegen die angreifenden Flieger«, befahl Captain Hunt. »Beschuss auf das

Leitschiff konzentrieren, LaFine. Das müssen wir ausschalten, bevor wir uns mit dem anderen befassen.«

In diesem Augenblick verpassten alle außer einem Projektil der ersten Salve das stark einschwenkende Zodark-Schiff. Diesem einen Projektil gelang es, in letzter Sekunde ein Wendemanöver durchzuführen. Es traf die hintere Hälfte des Schiffs und durchbohrte seine Panzerung so problemlos wie ein Messer die Butter. Im Innern des Schiffs explodierten 5.000 Pfund hochexplosiven Sprengstoffs.

Die nächste Salve der neun Kanonen segelte nach einem radikalen Wendemanöver der Zodark unwirksam an deren Schiff vorbei. Die präzisionsgesteuerte Munition der *Rook* hatte sich nicht rechtzeitig anpassen können, um einen Treffer zu erzielen.

Mit dem neuesten Manöver des feindlichen Schiffs passte sich die dritte Salve der präzisionsgesteuerten Munition dann aber umgehend der Richtungsänderung an. Sieben der neun Projektile erzielten direkte Treffer in der Mitte und im vorderen Bereich des Schiffs. Die eingedrungenen Gefechtsköpfe verursachten eine Reihe von Explosionen, die wiederum eine Anzahl sekundärer Erschütterungen auslösten, die sich durch das gesamte feindliche Schiff fortsetzten.

Grünliches Licht um die Laserbatterien der Zodark herum verrieten, dass sie gegen den unnachgiebigen Beschuss, der von den Magrail der *Rook* ausging, aktiviert worden waren.

»Verdammt! Sie haben es auf unsere Magrail abgesehen!«, entfuhr es Lieutenant LaFine, der mit solch einer Offensive offenbar nicht gerechnet hatte.

Die Crew, die die Magrail-Waffen bediente, mussten hilflos zusehen, wie mehrere Salven ihrer Munition sich in Luft auflösten.

Die *Rook* erzitterte erneut unter der Gewalt des Abschusses der nächsten Havoc-Raketen. Die Startphase der Havoc-Raketen ließ die Dunkelheit wie eine Leuchtfackel aufflammen, während die Raketen auf das beschädigte Zodark-Schiff zurasten.

Die Hälfte der dritten Welle der Havoc hatte bereits die Entfernung zum feindlichen Schiff überwunden. Zwei von ihnen wurden in der letzten Sekunde vernichtet. Raketen drei bis fünf konnten direkte Treffer verzeichnen und fanden ihren Weg durch einen mehrere Meter dicken Panzer. Die Detonation ihrer Gefechtsköpfe ließ riesige Löcher im Schiff der Zodark zurück.

»Die Schweine haben unsere Atomsprengköpfe erwischt«, rief einer der Zielauswahloffiziere ungläubig aus.

Während die nächste Gruppe von Raketen ihren von künstlicher Intelligenz gesteuerten Flug antraten, schlugen fünf Magrail-Projektile in den hinteren oberen Bereich nahe der Triebwerke des Zodark-Schiffs ein. Erneut erschütterten mehrere Explosionen das Kriegsschiff, woraufhin ihr Antriebssystem zusammenbrach.

»Sie schweben tot im Raum!«, rief Commander McKee hocherfreut aus.

»Raketeneinschlag in zehn Sekunden«, kündigte LaFine an. Angespannt verfolgten alle deren Flugweg. »Drei .... Zwei .... Eins .... Einschlag!« Drei ihrer sechs neuen Raketen explodierten an der Seite des Zodark-Schiffs.

Der vordere Bereich des feindlichen Kampfschiffs wurde von acht Magrail-Projektilen getroffen. Die Explosion war so stark und lichtintensiv, dass die Wiedergabe auf den Bildschirmen der *Rook* einen Moment lang gestört war. Sobald sich die Sensoren der Helligkeit angepasst hatten, bot sich der Brückenmannschaft ein unfassbarer Anblick – der vordere Teil des feindlichen Kampfschiffs war in zwei Teile zerbrochen. Durch die Dynamik der Einschläge lösten sie sich weiter vom Rumpf und fielen ins Leere. Die verbliebenen Feuer auf beiden Seiten des dem Untergang geweihten Schiffs erstickten langsam durch den Verlust der Atmosphäre, die sie nicht länger aufrechterhalten konnte.

Bevor sie ihren Erfolg verinnerlichen konnten, warnte Commander McKee plötzlich dringend: »Die feindlichen Jäger greifen uns mit Raketen an .... und .... wir haben noch ein Problem .... Auf dem Schirm erschienen gerade weitere 100 Jäger, die auf uns zu halten.«

Das Bild auf dem Hauptmonitor wechselte von dem zerstörten Kriegsschiff zu einem zweiten Schiff, das scheinbar hinter dem ersten Deckung gesucht hatte. Dieses Schiff schien doppelt so groß zu sein. Wohl eine Art Transportschiff, mit dem sie bisher noch nicht in Berührung gekommen waren.

Die *Voyager*, die sich hinter der *Rook* zurückgehalten hatte, leistete nun ihren Beitrag zum Kampf. Sie schoss eine Havoc-Rakete nach der anderen auf das Transportschiff der Zodark ab, begleitet von dem nicht enden wollenden Beschuss mit den Projektilen ihrer Magrail.

Das Einschwenken der feindlichen Jäger zum Angriff auf die *Rook* veranlasste Lieutenant LaFine zur Meldung: »Aktivierung der Nahverteidigung.«

Bruchteile von Sekunden später übernahm die künstliche Intelligenz der *Rook* die Kontrolle über das Nahbereichsverteidigungssystem – das CIWS. Plötzlich verwandelte sich die Dunkelheit des Weltraums um ihr Schiff herum in eine spektakuläre Feuerwerkshow. Die 42 siebenläufigen 20-mm-Maschinenkanonen spuckten den Zodark-Jägern mitsamt ihren Raketen und Torpedos einen unaufhaltsamen Munitionshagel entgegen.

Captain Hunt verfolgte die Schlacht anhand der Videoeinspeisung einer ihrer taktischen Drohnen. Er sah zahllose Raketen oder Torpedos, die auf die *Rook* zusteuerten, eng gefolgt von mehreren Gruppen kleinerer Jäger, die in unterschiedlichen Formationen flogen. Nachdem die Künstliche Intelligenz das Nahbereichsverteidigungssystem aktiviert hatte, begann der gesamte Bereich um die *Rook* herum wie ein Weihnachtsbaum zu leuchten. Rote Lichtstreifen der Leuchtspurpatronen umgaben die *Rook* und schützten sie wie eine Wand aus Blei vor den Raketen der Zodark.

Die Zodark-Jäger gerieten hinter ihren Raketen in den Sog der unablässig auf die Raketen einschlagenden tödlichen Projektile der *Rook*. Innerhalb weniger Sekunden, lange bevor sie Zeit hatten zu reagieren, war die Hälfte der Jäger zerstört.

Einige der feindlichen Zodark-Raketen, die sich bislang als extrem manövrierfähig bewiesen hatten, verwandelten sich plötzlich in etwas, das wie ein lodernder orangefarbener Komet aussah. Gleichzeitig verloren sie ihre Manövrierfähigkeit. Dem Steuermann der *Rook* gelang es, durch mehrere geschickte radikale Kursänderungen einen Teil dieser geheimnisvollen Waffen an ihrem Schiff vorbeizulenken. Alle konnte er jedoch nicht umgehen.

»Vorbereitung auf Einschlag!« warnte Commander McKee, als ein halbes Dutzend Raketen ihre bleierne Verteidigungswand durchbrach.

Wumm, wumm, bumm ....

Die *Rook* schüttelte sich mächtig mit jedem Einschlag. Warnsignale ertönten und wieder leuchteten rote und gelbe Lichter in den unterschiedlichen Bereichen der Schadenskontrollkonsole auf.

Beschädigung des Schiffskörpers, Deck Eins, Sektion Fünf.

Beschädigung des Schiffskörpers, Decks Eins, Sektion Zwölf.

Beschädigung des Schiffskörpers, Deck Sechs, Sektion Zwei.

Der automatische Computeralarm listete die gravierendsten Schäden in den Bereichen auf, wo eine sofortige Schadensbehebung unumgänglich war.

»Beschuss des Trägers durch die Bordkanonen«, rief LaFine über den ohrenbetäubenden Lärm der Alarme hinaus aus.

»Was zum Teufel hat uns da getroffen?«, forderte Captain Hunt umgehend eine Antwort von seinen Untergebenen.

Commander McKee drehte sich in ihrem Arbeitsbereich zu ihm um. »Sir, ich weiß nicht wie oder in was, aber diese Raketen haben sich verwandelt. In jedem Fall sind es keine Laser. Was immer sie sind, sie trieben die gleiche tiefe Furche in unser Schiff, wie es dort drüben unsere Projektile tun.«

Frustriert schüttelte Captain Hunt den Kopf. *Na großartig, ein neues, unbekanntes Waffensystem, das uns zusätzlichen Kummer bereiten wird.*

Das Schiff erzitterte mehrere Male, während seine großen Maschinenkanonen ihre Aufmerksamkeit erneut dem verbliebenen Zodark-Schiff widmeten. Der Beschuss, den die Bediener der Havoc-Raketen und die Crews der Magrail aufrechterhielten, ließ nicht nach.

Die Drohneneinspeisung der äußeren Kameras verriet Captain Hunt, dass sich die verbliebenen feindlichen Jäger zu einem erneuten Angriff formierten, und dass zudem aus mehreren von Einschlägen getroffenen Bereichen seines Schiffs die Atmosphäre entwich. Flammen schossen aus der *Rook*, während andere Abschnitte schwarz und verbrannt aussahen.

»Feindliche Jäger erneut im Anflug …. Raketenbeschuss …. Steigende Zahl …. 42 Raketen!« informierte ihn Commander McKee mit angespannter Stimme.

Lieutenant Molly Branson, ihr Kommunikationsoffizier, rief: »Meldung von der *Ottawa*. Sie preschen vor, um den feindlichen Träger anzugreifen.«

Die Ansicht des Hauptmonitors im vorderen Teil der Brücke schaltete von dem auf die näherkommenden Jäger fixierten Bild auf einen Panaromaüberblick über die gesamte Schlacht, die um sie herum tobte. Es war die gleiche Ansicht, die Captain Hunt vor wenigen Minuten studiert hatte. Die *Rook* befand sich nun im Zentrum des Geschehens, umgeben von einem kleinen Schwarm von ungefähr 40 noch kampffähigen Zodark-Jägern. Weiter entfernt war der Zodark-Träger im ungefähren Abstand von 50.000 Kilometern zu sehen.

Die *Voyager* war noch 70 Megameter entfernt und raste voran, um aufzuholen und sich in Kampfposition zu bringen. Der Überblick zeigte nun auch die *Ottawa*, einen der neuen Zerstörer, die vor der Rook in Stellung ging und mit Höchstgeschwindigkeit auf den feindlichen Raumträger zusteuerte. Das Nahbereichsverteidigungssystem der *Ottawa*, ihr CIWS, feuerte währenddessen ohne Unterlass auf die Zodark-Raumjäger und ihre Raketen. Hinter der *Ottawa* drängten sich drei weitere Zerstörer nach vorn, um sich an der Schlacht zu beteiligen.

Einer der Bildschirme entlang der Seite der Brücke gab ausschließlich die Bilder der Kamera wieder, die auf den massiven Zodark-Träger gerichtet war. Es war ein echtes Biest von einem Schiff, obwohl Captain Hunt eine ganze Reihe von gelungenen Einschüssen der Magrail beobachten konnte. Er registrierte, dass das riesige Schiff alle paar Minuten einen radikalen Kurswechsel vornahm. Wer immer auf dieser Brücke verantwortlich war, hatte aus ihrer letzten Auseinandersetzung gelernt – das Überleben des Zodark-Schiffs war von der Vermeidung des erfolgreichen Beschusses durch die Maschinenkanonen der *Rook* abhängig.

Die *Ottawa* wurde mittlerweile ebenfalls vom Visier der Kamera des Hauptbildschirms erfasst. Sie verringerte den Abstand zwischen sich und dem Zodark-Träger weiter. Obgleich die *Ottawa* erheblich größer als die Jäger der Zodark wirkte, schien sie im Vergleich zu deren Raumträger jedoch verschwindend klein zu sein.

Im Abstand von 25.000 Kilometern feuerte das feindliche Schiff zwei Laserstrahler auf die *Ottawa* ab. Die *Ottawa*, ein komprimierter Zerstörer mit guter Manövrierfähigkeit, führte eine Reihe gewagter Kursänderungen durch, um diesen Lasern zu entgehen. Die Strategie schien Erfolg zu verzeichnen. Captain Hunt stieß einen Seufzer der Erleichterung aus.

Dann weiteten sich seine Augen voller Entsetzen, als ein dritter Laserstrahl die *Ottawa* von einer Seite zur anderen durchbohrte und fein säuberlich in zwei Teile trennte. Wenige Sekunden später explodierte die hintere Hälfte des Zerstörers.

»Verdammt! Sie haben gerade die *Ottawa* zerstört, bevor die auch nur einen einzigen Schuss abgeben konnte!«, rief einer der Offiziere schockiert und voller Wut auf der Brücke aus. Captain Hunt wusste nicht, von wem der Ausbruch stammte, aber er empfand das Gleiche.

»Vorbereitung auf Einschlag!«, warnte Commander McKee erneut hastig, als zwei weitere Zodark-Raketen ihren Weg durch die Nahbereichsverteidigung der *Rook* fanden und sich in diese kometengleichen Angriffsinstrumente verwandelten.

Wumm, bumm!

Die Sirenen ertönten; zwei neue Sektionen des Schiffs leuchteten gelb auf. Eine blinkte rot, was bedeutete, dass entweder ein stark um sich greifendes Feuer ausgebrochen war oder dass sie in diesem Bereich einen Einschlag in den Schiffskörper erlitten hatten.

»Erwischt. Das war der letzte dieser kleinen Schweinehunde«, verkündete Lieutenant LaFine mit zufriedener Stimme, nachdem die letzte Gruppe der Zodark-Jäger endlich zerstört war.

Captain Hunts Blick kehrte zu dem feindlichen Superschiff zurück und bemerkte, dass die überwiegende Mehrheit des Beschusses durch ihre Bordkanonen jetzt mühelos den Träger erreichte. Bisher zählte er 12 Treffer. Seine geballte Faust entspannte sich ein wenig, als er erkannte, dass der Zodark-Träger nicht länger versuchte, den Magrail-Projektilen auszuweichen.

Hohe Flammen schossen aus mehreren Bereichen des Zodark-Schiffs hervor. Eine Vielzahl der Magrail-Projektile durchdrang seinen Panzer und verursachte ernsthaften Schaden im Innern des Schiffes. Ein Treffer provozierte eine massive Stichflamme, die schnell verlosch.

Captain Hunt war nicht glücklich damit, sich auf ihre Magrail und Raketen verlassen zu müssen, um das Zodark-Schiff zu zerstören. Die Magrail nahmen wertvolle Zeit in Anspruch, um weite Entfernungen zu überwinden, was dem feindlichen Schiff Zeit gab, defensive Manöver durchzuführen. Das verurteilte viele Magrail-Projektile dazu, ihr Ziel zu verfehlen. Die Impulsstrahler der republikanischen Armee waren im Vergleich zu ihren kinetischen Waffen leider nicht stark genug, die feindliche Panzerung zu durchdringen.

Im Gegensatz dazu hatte jeder von den Zodark abgefeuerte Impulsstrahl nur Sekunden später die *Rook* verwundet. Sie musste so viele Einschläge einstecken, dass Captain Hunt sich nicht sicher war, ob sie es schaffen würden. Die Schadenskontrollkonsole zeigte ihm über ein Dutzend der gelben blinkenden Lichter, dazu noch eine Reihe roter Warnleuchten. *Er verlor Leute, sehr viele seiner Leute. Dieser*

Kampf musste umgehend ein Ende nehmen oder sein Schiff war dem Untergang geweiht. Allerdings bestand die einzige Strategie, die ihm zur Verfügung stand, nur darin, weiter Raketen abzufeuern und darauf zu hoffen, dass ihre Magrail früher oder später etwas Entscheidendes in die Luft jagen würden.

Es fühlte sich wie eine Ewigkeit an, aber die *Voyager* hatte endlich den Kampfbereich erreicht. Salve über Salve der Magrail-Projektile schlugen auf das Zodark-Schiff ein. Nach und nach brachte sich die *Voyager* jetzt auch vorsichtig in Position, um zwischen der angeschlagenen *Rook* und dem Feind als Schutzschild zu agieren.

Während Captain Hunt begrüßte, dass die *Voyager* sie vor weiteren Angriffen bewahrte, schien das Zodark-Schiff Fahrt aufzunehmen. *War dies ein Fluchtversuch?*

Zwei der drei verbliebenen RNS-Zerstörer hatten ebenfalls zur *Rook* aufgeholt und setzten ihre Waffen ein. Von den Flanken der *Voyager* aus schossen sie den fliehenden Zodark ihre Kanonen und Raketen hinterher.

Als die RNS-Zerstörer dem feindlichen Schiff auf 20.000 Meter nahe gekommen waren, dirigierten die Zodark mehrere Laserimpulse auf diese kleineren republikanischen Kriegsschiffe. Einer der Laser traf den Zerstörer, der ihnen am nächsten war, und trennte das Schiff in zwei Teile. Er erlitt das gleiche Schicksal, dem die *Ottawa* zum Opfer gefallen war. Eine Sekunde später machte ein weiterer Treffer den dritten Zerstörer kampfunfähig. Der verbliebene Zerstörer brach seinen Angriff ab, um den tödlichen Laserstrahlen der Zodark zu entgehen. Es konnte nicht deutlicher werden, dass die Panzerung der neuen RNS-Zerstörer im Nahkampf den Impulsstrahlern der Zodark in keiner Weise gewachsen waren.

»Zerstören Sie das Schiff, bevor es entkommen kann!«, schrie Captain Hunt aufgebracht. Er musste befürchten, dass das Zodark-Schiff die Entfernung zwischen sich und den republikanischen Kräften vergrößern konnte. Falls es dem feindlichen Schiff gelang, an Geschwindigkeit zu gewinnen, würde es entkommen.

Aber dann überzog eine Serie von 36-Zoll Magrail-Projektilen den gesamten hinteren Bereich des Zodark-Trägers. Die nachfolgende gewaltige Explosion riss zwei der sechs Triebwerke vom Rumpf des Schiffes. Doch damit nicht genug – eine weitere Salve, die ebenfalls ihr

Ziel erreichte, zwang den angeschlagenen Raumträger endlich in die Knie.

Auf der Brücke der *Rook* verloren die Computermonitore wie beim letzten Mal dank einer alles erschütternden Explosion den Empfang. Mit dem erneuten Aufleben der Schirme wurde die Brückenmannschaft Zeuge davon, dass sich über den hinteren Teil des Zodark-Trägers ein gähnendes Loch erstreckte. Ohne Triebwerke schwebte er hilflos im All, angetrieben nur noch von seiner ursprünglichen Vorwärts-Dynamik.

Hunt bemerkte, dass sich das Schiff ein wenig zur Seite neigte. Es war unfähig, sich zu stabilisieren. Mit den Triebwerken und dem Hauptreaktor außer Betrieb schienen die verbliebenen Waffensysteme ebenfalls funktionsunfähig zu sein. Einige Lichter, die im vorderen Bereich weiter sichtbar waren, ließen den Schluss zu, dass die Zodark wohl noch über eine Energiequelle verfügten. Den Beschuss hatten sie in jedem Fall aufgegeben.

Ein verrückter Gedanke schoss Captain Hunt durch den Kopf. Er wandte sich an seinen XO. »Commander McKee, schicken Sie eine Nachricht an den Rest der Flotte, das Feuer einzustellen. Danach schicken Sie eine Nachricht an den Führer des Delta-Teams. Sagen Sie ihm, er soll das Schiff – falls irgend möglich – entern und in unseren Besitz bringen. Falls die Zodark freiwillig aufgeben, soll er Gefangene machen, aber das Schiff einzunehmen hat Vorrang.«

Bei diesem Gedanken musste McKee unbewusst lächeln, obwohl ihr Gesichtsausdruck verriet, dass sie dies für die aberwitzigste Idee hielt, die sie je gehört hatte. Sie griff nach ihrem Kommunikator und gab die Nachricht an die Bodentruppen weiter.

Delta-Soldaten waren die Sturmtruppen des Weltraum- als auch des Bodenkampfes. Sie waren darauf trainiert, feindliche Raumschiffe zu entern, Orbitalstationen anzugreifen, oder aus dem Orbit heraus Bodeneinrichtungen zu überrennen. Ein Jahr physischer Verbesserungen und Veränderungen hatte sie den Soldaten der regulären republikanischen Armee weit überlegen gemacht. Sie waren zweifellos die am meisten gefürchteten Soldaten Sols.

»Captain, eine Nachricht von Admiral Halsey«, informierte ihn sein Kom-Offizier.

Captain Hunt nickte. »Schicken Sie sie an meinen Platz.«

Zurück an seinem Kapitänsstuhl öffnete er einen Kanal. Er sah Halseys vom Stress gezeichnetes Gesicht. »Captain Hunt, ist Ihr Schiff ok? Es scheint, als hätten sie ernsthaften Schaden erlitten.«

Ein schneller Blick über den Ausdruck des vorläufigen Schadensberichts informierte ihn. »Nichts, was wir nicht reparieren können, Admiral. Wir haben zwei Einschnitte in den Rumpf, die glücklicherweise nicht allzu weit vorgedrungen sind. Eine vier Meter dicke Panzerung ist immer noch nicht stark genug, um im Kampf mit diesen Hunden zu bestehen. Das steht fest.«

»In jedem Fall haben Sie gute Arbeit geleistet. Herzlichen Glückwünsch«, erwiderte Halsey. »Aber aus welchem Grund jetzt die Einstellung des Feuers? Wir standen kurz davor, dem Schiff den Rest zu geben.«

Captain Hunt zögerte einen Augenblick. »Ihr Einverständnis vorausgesetzt, habe ich vor, die Sondereinheiten damit zu beauftragen, das Schiff zu entern und einzunehmen«, erklärte er.

Ein Lächeln überflog Admiral Halseys Gesicht. »Ernsthaft? Wieso glauben Sie, dass wir es einnehmen können?«

»Wenn der Feind das untergehende Schiff verlassen wollte, hätte er es bereits getan«, erläuterte Hunt. »Das lässt mich glauben, dass sie Reparaturen planen, um erneut die Kontrolle über das Schiff zu erlangen. Im Moment sieht es so aus, als ob sie weder Waffen noch Antrieb nutzen können. Das bietet uns eine einzigartige Chance. Falls es uns gelingt, ein Enterkommando an Bord zu bringen und das Schiff einzunehmen, ist das ein ungeheurer Aufklärungscoup für uns, Admiral. Ich denke, das ist das Risiko wert.«

Anstatt ihr Veto einzulegen, nickte Admiral Halsey ihre Zustimmung zu seiner Initiative. »Gute Entscheidung, Hunt. Wie können wir Ihnen behilflich sein?«

Captain Hunt sah auf das treibende Schiff hinaus und dachte über die richtige Antwort nach. Er hatte bisher nicht in Betracht gezogen, *wie viele* Zodark sich an Bord befinden könnten. Captain Hoppers Delta-Einheit konnte viel erreichen, aber je mehr Soldaten ihm zur Verfügung standen, desto besser war es wohl. »Ich denke, Captain Hopper wird Ihr Angebot gern in Anspruch nehmen, Admiral«, erwiderte Hunt endlich. »Sobald die Deltas unser Schiff verlassen haben, würde ich gerne weiter nach Neu-Eden vordringen. Das Schiff können wir auf dem Weg dorthin reparieren. Die frühere Ankunft gibt uns die Zeit für einen sorgfältigeren Scan der Monde und des Planeten, bevor der Rest der Flotte eintrifft.«

Halsey runzelte die Stirn, als ob sie sich mit diesem Vorschlag nicht einverstanden erklären wollte, gab dann aber nach. »Ok, Captain, setzen Sie Ihre Reise zum Planeten fort - wenn Sie davon überzeugt sind, dass Ihr Schiff sich jederzeit einem neuen Feind stellen kann. Im Moment sehen Sie ziemlich angeschlagen aus. Ich will das Risiko, die *Rook* zu verlieren, nicht eingehen, nur weil wir uns nicht die Zeit nehmen wollten, sie ordentlich zu reparieren. Sobald die Delta-Truppe Ihr Schiff verlässt, übernehme ich die Einsatzkontrolle über sie. Ach, und Captain, sobald Sie sich dem Planeten und den Monden um Neu-Eden nähern, senden Sie bitte all Ihre Überwachungsdrohnen und Satelliten aus. Ich will im Voraus bis ins Detail darüber informiert werden, was uns dort unten erwartet und worauf wir uns einstellen müssen.«

»Jawohl, Admiral«, versicherte Hunt ihr lächelnd. »Falls mir meine Ingenieure mitteilen, dass wir einen oder sogar zwei Tage einkalkulieren sollten, um wieder voll betriebsfähig zu sein, dann warten wird. Ich will das Schiff ebenfalls nicht verlieren.« Damit beendete er das Gespräch, um umgehend Kontakt mit dem Anführer der Deltas aufzunehmen. Er wollte ihn persönlich von seinem neuen Einsatz unterrichten.

Kapitel Zwei
Hart umkämpfte Übernahme

RNS *Rook*

Die Synth-Drohnen hatten als eine Art Test knapp drei Dutzend kleine Steuerdüsen am Bug des Zodark-Schiffs angebracht, die sein zielloses Treiben verlangsamten. Sie mussten sehen, ob den Zodark eventuell doch noch Verteidigungsmaßnahmen zur Verfügung standen, um eine sichere Annäherung der republikanischen Kräfte zu verhindern. Nachdem der Feind sich nicht gegen diesen Eingriff gewehrt hatte, erwarteten die Deltas keinen größeren Widerstand, beim Anlegen ihres Schiffs an einer für einen Einbruch günstigen Stelle am Schiff.

Captain Hopper räusperte sich. »Aufgepasst, Deltas! Uns steht das Entern eines massiven Zodark-Schiffs bevor, was nicht kampflos vonstattengehen wird. Das Einzige, was wir wissen ist, dass es sich um eine Art Trägerschiff handelt, das Jäger freisetzte, um unser Schiff anzugreifen. Seit dem Ausfall ihrer Triebwerke treiben sie führungslos im All umher. Dieses Schiff geht nirgendwo hin und unser Admiral will es haben.

»Wie der Captain vorhin bereits erwähnte, stehen die Chancen gut, dass dieses Schiff eine Fülle an geheimdienstlichen Informationen enthält. Das rechtfertigt das Risiko unseres Enterns und der Übernahme. Wir werden neben einer der vielen Öffnungen, die unsere Magrail in das Schiff schlugen, festmachen. Wir haben keine Ahnung, ob das Schiff seine Atmosphäre verloren hat, oder welche Atmosphäre die Zodark gewöhnlich auf ihren Schiffen aufrechterhalten. Deshalb werden wir ausnahmslos unsere abgedichteten Kampfanzüge tragen.«

Die Unterrichtung nahm weitere zehn Minuten in Anspruch. Sie besprachen, welcher Trupp für welchen Teil des Einbruchs verantwortlich sein würde, und wie die Züge die Räumung des Schiffs durchführen würden. Ihr Hauptziel war es, zwei Sektionen des feindlichen Schiffs zu sichern, um dem Rest des Delta-Bataillons, das auf der *Voyager* wartete, Gelegenheit zu geben, sich zu ihnen zu gesellen. Danach würden sie das Schiff systematisch von feindlichen Kämpfern befreien.
****

Master Sergeant Brian Royce machte die Runde. Die Soldaten bereiteten sich auf ihren Einsatz vor. Er wollte sichergehen, dass sein Zug zusätzliche Splitter- und Blendgranaten mit sich führte. Seine Männer mussten hinreichend bewaffnet und auf einen Nahkampf vorbereitet sein. Das setzte besonderes Handwerkszeug voraus.

Zwanzig Minuten später kletterte Master Sergeant Royces Zug in seinen Osprey und stellte sich geistig auf eine historische Mission in der Geschichte der Sondereinsatztruppen ein: die erste Übernahme eines außerirdischen Raumschiffs.

Die Soldaten schnallten sich ihr Gurtzeug an und sicherten ihre Gewehre in den selbst-schließenden Vorrichtungen neben ihren Sitzen. Die Mannschaftsführer inspizierten entlang beider Sitzreihen ein letztes Mal ihre Passagiere und deren Ausrüstung. Es durfte kein unzureichend gesichertes Ausrüstungsteil geben, das bei ihrem Ausstoß aus der magnetischen Röhre Personen oder kritischen Schiffssystemen Schaden zufügen würde.

Lieutenant Aaron Crocker saß vorne, in der Nähe des Flugingenieurs und der Piloten. Er würde ihnen behilflich sein, einen geeigneten Ort für die Landung zu finden. Royce nahm seinen Platz nahe dem hinteren Truppeneinstieg ein.

Einige der Soldaten flüsterten ein stilles Gebet, andere hielten einen Rosenkranz in der Hand und sagten das Ave Maria. Wieder andere hörten ihr Lieblingslied – was immer sie ausgesucht hatten, um sich geistig auf die Mission vorzubereiten und ihren Kampfgeist zu stärken. Royce hatte seine eigene Routine; gewöhnlich hörte er lauten, harten Rock. Aber als Sergeant und Anführer seines Zugs lag es nun in seiner Verantwortung, sicherzustellen, dass seine Soldaten auf ihren Einsatz vorbereitet waren.

»Wir sind soweit. Alle Ausrüstungsgegenstände sind gesichert«, rief einer der Mannschaftsführer den Piloten und dem Flugingenieur zu.

Kurz darauf befand sich der Osprey in der magnetischen Röhre. Die Zeit war gekommen, in die Dunkelheit des Weltalls hinausgestoßen zu werden. Eine Minute verstrich, bevor die Deltas spürten, wie ihr Osprey in die Schwerelosigkeit hinaus katapultiert wurde. Sekunden später hingen sie in ihren Gurten, auf dem Weg, Geschichte zu schreiben.

Die Piloten lenkten die Raumfähre in Richtung des davontreibenden Zodark-Schiffs und setzten ihm nach. Je näher sie kamen, desto achtunggebietender schien es. Sie kannten seine Größe von der Einsatzbesprechung her, aber nichts konnte sie wahrhaft darauf vorbereiten, wie groß es tatsächlich aus der Nähe aussah. Das Zodark-Schiff bewegte sich immer noch bei guter Geschwindigkeit voran, wobei die von den Drohnen angebrachten Steuerraketen das Biest mit der Zeit zum Stillstand bringen würden.

Master Sergeant Royce sah durch das Cockpit des Shuttlefahrzeugs hinaus. Selbst seine Augen konnten das Erstaunen nicht verbergen, als er die wahre Größe des Schiffes registrierte.

Mit dem Gedanken *, Genau das hat sie gesagt ....´*, lachte er leise vor sich hin.

»Was ist so lustig, Sergeant?«, erkundigte sich Lieutenant Crocker. Der Lieutenant grinste beinahe so, als ob er wusste, was in Royces Kopf vorging. Die beiden hatte sich im Verlauf des letzten Jahres recht gut angefreundet.

Royce errötete ein wenig. Nicht geneigt, seine privaten Überlegungen laut oder über das NL auszusprechen, hüstelte er und versprach: »Ähm .... das verrate ich Ihnen, sobald wir wieder zurück auf unserem Schiff sind, Sir. Es ist Zeit, uns auf den Einsatz vorzubereiten.«

Er konzentrierte sich und ließ dann seine laute, selbstbewusste Stimme hören: »Es ist soweit, Deltas! Wir sind darauf trainiert, ein feindliches Schiff im Weltraum anzugreifen. Wir wissen, wie wir ein Kriegsschiff in der Schwerelosigkeit räumen. Und jetzt ist die Zeit gekommen, uns unsere Brötchen zu verdienen und die Effektivität unseres Trainings zu beweisen. Ich will alle Waffen auf Blaster – keine Magrail, es sei denn, ich gebe den Befehl dazu.«

Während sie mit hoher Geschwindigkeit auf das Schiff der Zodark zurasten, war der Osprey wiederholt gezwungen, große, abgesprengte Fragmente zu umfliegen, die nach der Auseinandersetzung mit der *Rook* unkontrolliert durch das All trieben. Captain Hopper deutete auf etwas, worauf die Piloten die Richtung wechselten und kurz darauf das Zodark-Schiff erreichten. Sie hielten auf einen Bereich des Schiffes zu, der ein riesiges Einschussloch aufwies. Der Osprey war gerade groß genug, das Loch komplett abzudecken.

Der Osprey setzte an dieser Stelle auf. Einer der Mannschaftsführer löste seine Gurte und schwebte einen Augenblick durch das Truppenabteil, bevor seine magnetischen Stiefel ihn auf den Boden zurückbrachten. Ein metallenes Scheppern begleitete jeden seiner Schritte auf dem Weg zu einem der Computerbildschirme. Er drückte auf einige Tasten, worauf ihre Fähre ein künstliches Siegel zwischen den beiden Schiffen erzeugte und sich fest an dem Zodark-Schiff verankerte. Ein zischendes Geräusch verriet allen, dass sich im Abteil unter ihnen Druck aufbaute. Selbst ohne diesen Bereich komplett mit Sauerstoff zu füllen, stellten sie damit sicher, dass sich unter ihnen kein Vakuum oder ein Druck aufbaute, der zum Bruch der Abdichtung führen könnte.

Danach gab der Mannschaftsführer den Piloten und Captain Hopper den Beginn der Operationen frei.

Hopper nickte bestätigend und drehte sich mit einem Daumen-hoch zu Royce um.

Master Sergeant Royce stellte sicher, dass seine magnetischen Stiefel aktiviert waren, bevor er sich losschnallte. Mit dem Aufstehen rief er seinen Befehl aus: »Enter-Team, zu mir.«

Royce baute sich neben der Bodenluke in der Mitte der Shuttle auf. Der Mannschaftsführer bestätigte ihm, dass alle bereit waren. Royce hob sein Gewehr an und entsicherte es. Der Rest des Enter-Teams tat es ihm nach, bevor der Mannschaftsführer die Luke entsiegelte und den Männern der Osprey den allerersten Blick auf ein waschechtes außerirdisches Schiff gewährte.

Royce richtete seine Waffe mit ihrem leistungsstarken Licht auf ein dunkles Loch.

Nichts. Alles klar.

Er drehte sich zu seinem Team um. »Mir nach!«, befahl er, während er seine magnetischen Stiefel deaktivierte und sich in die unter ihm liegende herausgesprengte Höhle fallen ließ.

Royce schwebte etwa 15 Meter bis zum Boden hinunter, bevor ihn seine Stiefel wieder mit einer Oberfläche verbanden und ihn in aufrechte Lage brachten. Die beiden Lampen an den Schultern seines Anzugs schalteten sich ein und verbreiteten ausreichend Licht, um sein Umfeld sehen zu können. Die sieben Männer seines Enter-Teams landeten neben ihm. Eine schnelle Untersuchung des Lochs nach einer den einfachen Durchbruch gewährenden Trennwand oder einer Tür, die ihnen den Zugang zum Inneren des Schiffs gewähren würde, verlief zunächst erfolglos. Es war nicht einfach. Schließlich hatten sie keine Ahnung, wo genau sie sich auf diesem außerirdischen Schiff befanden oder was sie auf der anderen Seite der versiegelten Schotten erwartete.

Die Logik sagte Royce, falls ein Zodark-Schiff einem irdischen Schiff ähnelte, musste es Korridore und Schottentüren geben – Bereiche, die im Fall eines Schadens am Schiffskörper abgeriegelt werden konnten. Nach einigen Minuten intensiver Suchen hinter verbogenen und zerstörten Metalltrümmern fand einer der Delta-Soldaten eine etwa drei Meter hohe Lukentür, die der Größe der Zodark entsprach. Mit einem kleinen, hocheffektiven Laserschneider, den er beinahe wie einen Kugelschreiber nutzte, gelang es ihm, ein Loch in die Tür zu schneiden.

Unterdessen schickte Royce eine Nachricht über sein NL, dass die Männer, die auf dem Osprey zurückgeblieben waren, sich dem Rest des Zuges anschließen sollten.

Sobald das Loch in der Tür passierbar war, drangen die ersten Deltas mit schussbereiter Waffe vor. Royce war der Dritte, der durch die Öffnung trat. Er sah schnell, dass er sich nicht verschätzt hatte – das Zodark-Schiff war wie ein irdisches Raumfahrzeug ausgelegt. Sollte es zu einem Rumpfdurchbruch kommen, schützten versiegelte Lukentüren am Ende von langen Gängen das Schiff vor einem massiven Druckabfall.

Mit dem Betreten des inneren Schiffsbereichs hatte Royce sofort die Existenz künstlicher Schwerkraft festgestellt. Er war sich nicht sicher, wie das den Zodark möglich war, aber ohne Zweifel bewegten sie sich in dem ihnen typischen Umfeld der Erdenschwere.

Das macht unseren Job, das Schiff zu sichern, weit einfacher, begrüßte er diese Tatsache.

Dreißig Meter den Gang hinunter standen die Deltas vor der nächsten verschlossenen Tür. Der Mann, der den Durchbruch in die erste Tür geschnitten hatte, machte sich auch hier an die Arbeit. Kaum hatte er jedoch angesetzt, als die Tür plötzlich laut hörbar entriegelt und nach innen aufgerissen wurde.

Master Sergeant Royce hatte einen direkten Blick auf den Zodark, der vor ihnen im Durchgang stand. Der blaue vierarmige Außerirdische mit den gefährlichen Krallen hatte einen Ausdruck totaler

Überraschung im Gesicht, als ihm klar wurde, wer sich da an der Tür zu schaffen gemacht hatte.

»Angriff!«, schrie Royce und rannte voran. Mit gesenkter Schulter rammte er dem Zodark in den Magen und brachte damit die drei Meter große Kreatur zu Fall.

Drei oder vier Deltas rannten voran und sprangen an Royce und dem Zodark vorbei, den dieser zu Boden gezwungen hatte. Sie suchten nach weiteren Zielen, die in den Tiefen des Ganges vor ihnen auf sie warten mochten.

Nachdem sich Royces Zodark viel zu schnell von seinem ersten Schock erholt hatte, griff er nach dem Sergeant, der in seiner Nähe stand. Ohne jegliche Anstrengung hob er seinen Gegner an und schleuderte ihn an die gegenüberliegende Wand. Bevor er weiteren Schaden anrichten konnte, feuerte einer der Deltas seinen Blaster und tötete den Feind.

Royce brauchte einige Sekunden, um das Erlebte abzuschütteln. Dann nickte er dem Delta, der ihn gerettet hatte, dankend zu und setzte sich in Bewegung, um zum Rest des Teams aufzuschließen. Vor sich hörte er lautes Geschrei, sowohl von den Zodark als auch von seinen Soldaten. Blaster wurden abgefeuert. Dann schlug das schwerere automatische Waffenfeuer der M90 auf etwas ein, gefolgt von dem ihm unbekannten Geräusch einer fremdartigen Waffe.

»Splittergranate aktiv!«, warnte einer der Deltas. Sekunden später wurde der Raum von einer Explosion geschüttelt.

Aufgeregtes Gebrüll und die Schmerzensschreie eines Zodark hallten den Gang hinunter. Es klang grauenvoll. Dieses nie gehörte, ungemein schrille und dissonante Geräusch ließ Royce innerlich erzittern.

Mit an der Schulter angelegter Waffe holte er endlich zu seinem Team auf. Der Gang vor ihm gab den Weg auf ein großes Flugdeck frei, auf dem zwei Raumfähren geparkt waren und etwas, das wie einer der Jäger aussah. Entlang den Seiten standen mehrere aufeinander gestapelte Kisten oder große Kästen in ordentlich organisierten Reihen.

Royce sah, dass drei seiner Männer die gestapelten Kisten zur Deckung gegen den Beschuss von einem Dutzend feindlicher Soldaten auf der gegenüberliegenden Seite nutzten. Royce suchte sich seine eigene Deckung und begann zu feuern.

Überraschend tauchte dann eine zweite Gruppe der Zodark aus einem Gang am Ende des Hangars auf. Sie verteilte sich im Raum und fügte dem Kampf ihre Feuerkraft hinzu.

Das könnte in einer Katastrophe enden.

Royce richtete seine Waffe auf die neu eingetroffene Bedrohung und feuerte seine 20-mm- präzisionsgesteuerte Munition ab. Der eingebaute Zielcomputer eines M85 lenkte die Munition so, dass ihr Einschlag in der optimalen Position den größten Schaden anrichtete. Royce wollte den Feind dazu zwingen, in Deckung zu bleiben, um dem Rest seiner Männer zu ermöglichen, in den Hangar vordrangen. Wenn er dazu noch einigen dieser Biester den Garaus machen konnte, war dies ein zusätzlicher Bonus.

»Maschinengewehr weiter auf die Gruppe rechts! Gregory, wo bleibt der verdammte schwere Blaster!«, schrie einer von Royces Truppführern.

Private Gregory, der den schweren Blaster M91 bediente, wechselte die Position, um auf die Gruppierung der feindlichen Soldaten zu zielen, die Royce gerade eben unter Beschuss genommen hatte. Er ließ einen beinahe konstanten Strom von Blasterblitzen auf die Zodark los, um sie davon abzuhalten, die Flanken der Deltas zu umrunden.

Lichtblitze flogen auch in Richtung von Royce und seinen Soldaten. *Ein absolutes Chaos.* Royce duckte sich gerade noch rechtzeitig, bevor ein Energiebündel sich über den Kisten entlud, hinter denen er und Private Gregory Deckung gefunden hatten. Ein Treffer zerstörte die Kisten und die Gewalt der Explosion katapultierte beiden nach hinten. Ihre Körper flogen über den Metallboden des Hangars, bis sie schließlich gegen eine Wand aufschlugen.

Private Gregory blieb unbeeindruckt. Der junge Soldat nahm sofort eine kniende Position ein, brachte die M91 auf seine Schulter und ließ eine solide Drei-Sekunden Salve auf drei Zodark los, die gerade dabei waren, ihre Stellung anzugreifen.

»Splittergranate!«, warnte ein anderer Delta, der ein Stück entfernt von Royce zwei Granaten in Richtung der Zodark warf.

Aus den Augenwinkeln nahm Royce wahr, dass auch etwas auf ihn zukam. Instinktiv warf er sich nach links, bevor zwei Blastereinschläge die Stelle trafen, an der er noch vor einer Sekunde gestanden hatte. Er sprang auf die Füße und rannte auf den 15 Meter vor ihm geparkten

Raumjäger zu. Er drückte auf den Abzug seiner an der Schulter angelegten Waffe – und traf einen Zodark in die Brust, einen anderen in die linke Schulter und einen dritten mitten ins Gesicht. Alle drei waren außer Gefecht, entweder tot oder sie krümmten sich vor Schmerzen.

»Jemand muss die rechte Flanke sichern!«, schrie Sergeant Wagner, der Führer des zweiten Trupps.

Wird Zeit, dass sie endlich auftauchen, dachte Royce, der hinter dem vorderen Fahrwerk des Jägers in die Knie ging.

»Deckungsfeuer!«, verlangte einer der Soldaten links neben Royce.

Zwei Deltas sprangen auf und rannten auf ein anderes Objekt zu, um dort Deckung zu suchen, während eine Handvoll ihrer Kameraden sie durch ununterbrochenes Blasterfeuer vor dem Feind zu schützen versuchten.

Royce musste zusehen, wie eine der Zodark-Waffen einen dieser Lichtbälle ausspuckte und einen seiner Soldaten mitten im Schritt erwischte. Wie vom Blitz getroffen, stolperte der Soldat am ganzen Körper zuckend voran, bevor sein lebloser Körper gegen eine der Kisten fiel und er sich nicht länger rührte.

Mehrere Blastereinschläge trafen den Raumjäger, hinter dem Royce sich duckte. Das zwang ihn, sich auf dem Boden rollend hinter einem Werkzeug zu verstecken, das wohl zur Instandhaltung der Raumfahrzeuge genutzt wurde. In seiner neuen Position legte Royce ein weiteres Mal seine Waffe an und zielte in die Richtung, aus der das feindliche Feuer kam. Das Zielprogramm seiner künstlichen Intelligenz half ihm, zwei Zodark in seiner Nähe anzupeilen. Er drückte auf den Abzug. Der erste Zodark wurde wiederholt in die Brust getroffen; andere Blasterblitze rissen seinem Kameraden zwei seiner vier Arme ab. Und der letzte Schuss traf den Nacken des zweiten Zodark, durch dessen offene Wunde eine bläuliche Flüssigkeit auszutreten begann.

»Sie stürmen durch die Mitte!«, brüllte Sergeant Wagman, der mit seinem Trupp nach vorn stürzte, um diesen Bereich abzudecken.

Der Lärmpegel des Kampfes stieg mit dem Eintreffen zusätzlicher republikanischer Soldaten an. Zwei von Royces Deltas schleuderten zwei Splittergranaten in Richtung ihrer Gegner, während drei andere ihnen laut schreiend Deckungsfeuer gewährten.

Wumm, wumm!

Die explodierenden Granaten beförderten die Mehrheit der verbliebenen Zodark ins Jenseits, die von der Gewalt, die von diesen kleinen Dingern ausging, überrascht zu sein schienen. Die Beseitigung der restlichen Zodark im Hangar war dann nur noch Routine.

Das Ende der Auseinandersetzung erlaubte Royce, seine Deckung zu verlassen und zusammen mit seinen Männern sicherzustellen, dass die feindlichen Soldaten nicht länger am Leben waren. Bei der Annäherung an die toten, verstümmelten und verwundeten Zodark beobachtete Royce, dass einige seiner Soldaten zur Sicherheit noch zwei Mal auf den Abzug drückten. Royce tat das Gleiche mit den Körpern, die in seiner Nähe lagen. Die Gefahr war groß, dass sich einer der Zodark nur tot stellte, da sie einfach nicht genug Erfahrung damit hatten, wann ein Zodark wirklich tot oder vielleicht doch nur bewusstlos war.

Royce informierte Captain Hopper in aller Eile über seinen NL und bat ihn, den Rest der Einheit schnellstens in den Hangar zu senden. Es war ein zu großer Bereich, um ihn mit wenig mehr als nur einem Trupp zu kontrollieren.

Master Sergeant, wie groß ist das Flugdeck? Können Sie es verteidigen, während wir einen zweiten Bereich näher zur Einbruchsstelle des Osprey sichern?, erkundigte sich Captain Hopper.

Frustriert schüttelte Royce den Kopf. Er hatte sich bereits mittels seines Peilsenders informiert, der ihm den Standort ihrer eigenen im Vergleich zu den feindlichen Truppen anzeigte. Royce wusste, dass sie Hilfe brauchten. *Negativ, Sir, der Hangar ist zu groß, um von einem einzigen Trupp gehalten zu werden. Ich habe sechs gefallene Soldaten und drei Verwundete. Von hier aus zweigen mehrere Gänge ab, die tiefer in das Schiff hineinführen – ich gehe davon aus, dass wir auf feindliche Kräfte treffen, die sich uns entgegenstellen werden.* Einige angespannte Sekunden vergingen, bevor Royce Antwort erhielt. *Verstanden. Ich bin mit dem Rest des Zugs auf dem Weg zu Ihnen. Die wartenden Osprey tauschen mit unserem den Platz, um den Rest der Einheit von Bord zu lassen. Halten Sie die Stellung. Unterstützung ist auf dem Weg.*

Royce seufzte und nutzte die Kampfpause, um tief durchzuatmen. Seine Soldaten überprüften die Akkus ihrer Waffen und die Magazine ihrer Granatwerfer auf Zuverlässigkeit und Vollständigkeit. Keiner wusste genau, ob, wann, und wo sich mehr Zodark zeigen würden. Sie mussten vorbereitet sein.

Dann hallte ein fremdartiger Klang durch die Flughalle – ein Alarmton, ähnlich dem ,Alle Mann auf Gefechtsstation'-Alarm, den sie von der *Voyager* und der *Rook* her kannten. Dem folgte eine Zodark-Stimme, die laut und dringlich Befehle über das Lautsprechersystem ausgab.

»Klingt nicht gut, Sarge. Wie lautet der Plan?«, richtete Sergeant Peckman, einer seiner Mannschaftsführer, das Wort an Royce.

Der runzelte irritiert die Stirn. Es dauerte viel zu lange, bis der Rest der Einheit zu ihnen aufschloss. »Verflucht, alle mir nach!«, befahl er aus dem Stand. »Machen wir die Monster platt. Hopper und der Rest sollen nachkommen. Wir können hier nicht nutzlos rumstehen und warten und damit dem Feind Zeit geben, sich neu zu gruppieren und wieder anzugreifen.

»Wagman, Sie bleiben mit dem Rest Ihrer Truppe hier. Versorgen Sie die Verwundeten weiter und sichern Sie die Zugänge dort unten vor eindringenden Zodark.«

Mit dieser Entscheidung hob Royce seine Waffe erneut an. Gefolgt von seinen Männern marschierte er zielbewusst aus dem Gang des Hangars hinaus tiefer in das Innere des Schiffs hinein. Sergeant Peckman bildete die Nachhut.

Das in Royces HUD – im Weitwinkel-Display seines Helms - integrierte AI-Frühwarnsystem schickte kurze Funkimpulse vor ihnen her. Diese Funkimpulse überfluteten den Korridor ähnlich einem Sonarsystem und drangen in jede Öffnung ein, um mögliche Bedrohungen aufzuzeigen und eine gute Sicht, auf das was vor ihnen lag, zu gewähren.

Eben dieses HUD teilte Royce gerade mit, dass sich einige Schotten von ihnen entfernt, eine große Gruppe von Zodark formierte. Falls sie ihre gegenwärtige Richtung beibehielten, würde er seine Truppe direkt auf sie zuführen.

Royce gab diese Information an den Rest des Teams weiter und teilte das Bild mit ihnen, dass sich ihm bot. Nachdem sie einige Alternativen diskutiert hatten, entschieden sie sich für das Aufstellen einer Schützenlinie. Royce befahl seinen Männern in Vorbereitung auf den Feind, ihre M85 von Blaster auf Magrail umzustellen.

Dann standen acht Männer mit schussbereiten Waffen vor der nächsten verschlossenen Schottentür, in Erwartung, dass die Zodark in Kürze auf der anderen Seite dieses Abschnitts auftauchen würden. Sobald das der Fall wäre, würden alle ihre Magrail auf Dauerbeschuss stellen. Ungleich den Blastern konnten die elektromagnetischen Waffen ihre Projektile durch eine mehrere Zoll dicke Panzerung oder durch Stahl senden und würden durch das Schott hindurch jeden auf der anderen Seite der Wand in Stücke reißen.

Über den Neurolink in seinem Kopf erreichte Royce eine Stimme. *Master Sergeant, halten Sie die Stellung,* befahl Captain Hopper. *Wir sind im Hangar. Ich schicke Ihnen einen zweiten Trupp zur Unterstützung Ihrer Leute. Der Rest der Einheit wird sich über die anderen Flure verteilen. Der vierte Zug tauscht gerade den Platz mit unserer Raumfähre. Das Abdichten der Schotten in Verbindung mit dem Abnabeln unserer Fähre und dem Anlegen der neuen Fähre, um die Verstärkung abzusetzen, kostet uns enorm viel Zeit.*

Resigniert schüttelte Royce den Kopf und erwiderte: *Verstanden. Vor uns versammeln sich etwa 30 feindliche Soldaten. Sobald sie in den nächsten Flur vordringen, begrüßen wir sie mit den Railguns.*

Verstanden. Aber Vorsicht damit im Innern des Schiffs. Noch mehr Löcher im Rumpf brauchen wir wirklich nicht.

Royce registrierte, dass Hopper ihm nicht rundweg untersagt hatte, seinen Plan umzusetzen. *Das war Genehmigung genug. Ansonsten hätte ihr Team absolut keine Chance.*

»Sie kommen in den Gang«, rief einer seiner Soldaten nervös aus.

Das war ihr Stichwort. Royce nickte und schrie dann: »Gebt ihnen Saures!«

Innerhalb der nächsten zehn Sekunden schickten die Deltas über 500 5,56mm-Projektile direkt durch die abgeriegelte Schotte vor ihnen in den dahinterliegenden Gang. Die Mehrzahl der Zodark, die sich in einer eng formierten Gruppe darauf vorbereitet hatten, den Eindringlingen Einhalt zu gebieten, wurden durch dieses Übermaß an Munition ohne Chance der Gegenwehr in Stücke gerissen.

Einer von Royces Soldaten feuerte ein panzerbrechendes 20-mm-Geschoss durch die zerfetzte Schottentür, das inmitten der überlebenden Zodark explodierte. Ihre Schreie und ihr Jammern war einfach grauenvoll; für sich genommen schon ein furchterregendes

Erlebnis. Aber darüber durften sie nicht nachdenken. Sie mussten weiter – den Feind vernichten, das Schiff räumen.

Gerade als Royces Soldaten weiterziehen wollten, warf einer der Zodark den schützenden Körper eines seiner toten Kameraden von sich und feuerte seinen Blaster. Ein Delta wurde durch zwei Schüsse in die Brust und ins Gesicht getroffen und fiel nach hinten. Er war tot, bevor sein Gehirn registrieren konnte, was ihm geschah. Ein anderer Soldat reagierte und feuerte seine Waffe, aber sein Gegner war schneller und erwischte ihn in der Brust.

Chris, ein weiterer Delta und Royces Freund, sprang plötzlich direkt vor Royce. Er wurde von zwei für Royce gedachte Schüsse getroffen, die ihn das Leben kosteten.

Master Sergeant Brian Royce sah den überraschten Ausdruck in Chris' Gesicht, gefolgt von einer Miene intensiven Schmerzes, bevor sein Augenlicht ermattete und schließlich ganz erlosch. Alles geschah so schnell, und dennoch spielte sich jede Sekunde wie ein Film vor Royce als unversehrter Zuschauer ab, der unfähig war, das Geschehen aufzuhalten.

Royces Urschrei entsprang der Tiefe seiner Seele. Vorbei an seinem toten Freund rannte er durch die Menge der toten und sterbenden Zodark auf das Monster zu, das sich tot gestellt und drei seiner Teammitglieder aus dem Hinterhalt angegriffen hatte. Ohne Unterlass schoss er mit seiner Magrail auf den feindlichen Soldaten. Ein Projektil riss das Gesicht des Monsters in Stücke, zwei weitere trafen ihn in die Brust. Die dritte und vierte Kugel traf ihn in den Nacken und trennte ihm beinahe den Kopf ab. Die Einschläge auf seinen Körper warfen ihn hintenüber auf die Masse der Leichen seiner Kollegen, während sich über dem Boden eine bläuliche Flüssigkeit ausbreitete und Blut zu gerinnen begann.

Inmitten dieses Chaos schlug Royce einem verwundeten Zodark mit dem Gewehrkolben den Kopf ein, feuerte einem anderen direkt ins Gesicht, und tötete einen dritten mit seinem Blaster. Er war nicht aufzuhalten.

Plötzlich tauchten drei neue Zodark aus dem nächsten Korridor auf, um die irdischen Soldaten davon abzuhalten, die Kontrolle über ihr Schiff zu übernehmen. Die Hand eines Zodark schnappte nach Royces Exoskelett-Anzug und schleuderte ihn mit großer Kraft quer durch den engen Raum hindurch gegen die gegenüberliegende Wand.

Mit dem Aufprall fiel Royces Waffe zu Boden, bevor eine geballte Faust ihn in seine gepanzerte Bauchplatte traf. Der Schlag raubte ihm den Atem. *Ohne den Schutz seines Kampfanzugs hätte ihn dieser Treffer getötet. Das war klar.* Benommen sah sich Royce nach seiner Waffe um. *Außer Reichweite.* Ein anderer Arm des gleichen Zodark erfasste Royces Helm und hämmerte ihn gegen die Wand. Royce sah Sterne.

Mit der rechten Hand tastete Royce nach seiner letzten Chance – einem 6 Zoll-Kampfmesser, das er aus der Scheide zog und es mit hoch erhobenem Arm gewaltsam in den Hals des Zodark trieb. Ein kurzer Dreh und dann – dank der zusätzlichen mechanischen Kraft seines Exo-Anzugs – trennte er dem Biest mit einem einzigen horizontalen Schnitt beinahe den Kopf ab. Der Zodark brach auf dem Boden vor ihm zusammen.

Ein anderer Zodark hatte anstelle seines Blasters zwei Kurzschwerter gezogen und war dabei, einen der Deltas in Stücke zu hacken. Royce hob den Arm erneut an, holte aus und warf sein Messer, von dem bläuliches Blut triefte, mit aller Kraft in Richtung des Zodark. Die Klinge flog zielgerade durch die Luft und vergrub sich tief im Rücken der Kreatur. Das Monster stieß einen gutturalen Schrei aus und suchte verzweifelt nach dem Messer, um es sich aus dem Rücken zu ziehen.

Mit einem Griff an seinen rechten Oberschenkel hatte Royce seine M72 Sig Sauer-Pistole in der Hand und feuerte sie auf den verwundeten Zodark ab, bevor er die Richtung wechselte und wiederholt auf den einzigen überlebenden Zodark schoss, der mit zwei seiner Deltas im Handgemenge auf dem Boden rollte.

Erschöpft, verstört und geschockt ließen sich Royce und die drei überlebenden Deltas endlich auf den Boden oder gegen die Wand fallen. Dieser Kampf war bei weitem schlimmer gewesen als jede bisherige Auseinandersetzung mit den Zodark.

Der Master Sergeant sah sich um. *Leichen überall.* In der Richtung aus der sie gekommen waren, sah er die leblosen Körper seiner Kameraden, die dieser Auseinandersetzung zum Opfer gefallen waren.

Und dann – zu spät – betraten 13 frische Delta des zweiten Trupps die Szene, deutlich erschüttert von Royces Anblick, der umgeben von toten feindlichen Soldaten mit der Pistole in der Hand auf dem Boden kauerte.

Master Sergeant Royce sah an sich herunter. Bläuliches Blut und andere Materie besudelte seinen Körperpanzer. Das Bild des Gemetzels, das sich ihm bot, war unwirklich.

»Master Sergeant, alles in Ordnung?«, fragte der soeben eingetroffene Staff Sergeant und Mannschaftsführer mit tiefer Besorgnis in der Stimme. Auch er war mit Royce befreundet.

Royce merkte erst jetzt, dass der Trupp zu ihnen aufgeholt hatte. Ohne ein Wort zu sagen, nickte er, während das Blut weiter von seinem Anzug und seiner Pistole tropfte.

Er zwang sich, die Lähmung, die ihn überwältigen wollte, abzuschütteln. Er stand auf, ging zu dem gefallenen Zodark hinüber und zog ihm das Messer aus dem Rücken. Nachdem er die Klinge vom Blut befreit hatte, steckte er sie zurück in die Scheide. Danach halfterte er seine Pistole und griff nach seinem Gewehr.

Royce zögerte einen Augenblick. Er war emotional am Ende. Aber alle sahen ihn erwartungsvoll an. *Sie hatten eine Aufgabe, die erledigt werden musste.* Also drehte er sich um und rief lautstark aus: »Weiter! Bevor wir das Schiff übernehmen können, müssen wir diese Monster beseitigen.«

Dann hob er die Waffe an und bewegte sich voran, tiefer in das Innere des Zodark-Trägers. Seine Soldaten folgten ihm.

****

Die Zodark bekämpften die Deltas bei jeder Gelegenheit hart bis auf den letzten Mann. Der Kampf zog sich noch zwei Tage lang hin, bevor drei Delta-Einheiten das riesige Zodark-Schiff endlich von seinen Insassen befreit hatten und einnehmen konnten. Im Endeffekt bändigten die überlegenen Taktiken der Delta und – unter den geeigneten Umständen –- der großzügige Einsatz ihrer Magrail die wenigen verbliebenen Zodark. Schließlich waren die Sieger in der Lage, sich in das bordeigene Lautsprechersystem zu hacken. In der Sprache der Zodark machten sie ihren unterlegenen Gegnern ein Angebot zur Akzeptanz ihrer Kapitulation.

»Es ist sinnlos, weiter Ihre Leben zu opfern«, begann die Ansage.

Zunächst schien diese Nachricht auf taube Ohren zu stoßen, aber die Besetzer zeigten Geduld und versuchten es weiter. In der Zwischenzeit hielten sie mit der weiteren Untersuchung des Schiffes inne, in der Hoffnung, dass ihre Offerte akzeptiert werden würde.

Nachdem die Nachricht mehrere Stunden lang übermittelt worden war, zeigte sich einer der Zodark.

»Ich will mit demjenigen sprechen, der das Sagen hat«, schrie er. Das Übersetzungsprogramm in ihren Helmen teilte ihnen das Gesagte fast simultan in Englisch mit.

Major Cornelius trat vor. »Ich habe hier das Sagen«, verkündete er. Sein Übersetzer spuckte diese Worte in Zodark aus. Cornelius war der Bataillonskommandeur des Zweiten Bataillons, Erste Sondereinheitsgruppe. Er war der führende Spezialeinheitenoffizier dieser Mission, der wenige Stunden nach dem Kapitulationsaufruf an die Zodark auf deren Schiff eingetroffen war.

Der Zodark richtete sich mit aufgeblasener Brust zu seiner vollen Größe auf. Er war über drei Meter groß und überragte die Menschen, die sein Schiff eingenommen hatten, wie ein turmhoher Riese.

»Ich bin NOS Grakus. Ich kommandiere dieses Schiff«, setzte der Zodark an. Während er sprach, studierte er aufmerksam Cornelius' Schutzanzug. »Kommandieren Sie das Raumschiff, das mich bekämpft hat? Wer sind Sie? Woher kommen Sie?«

Der Major nickte und lud ihn mit einer Handbewegung zu einem Gespräch am anderen Ende des Hangars ein. Das Biest rührte sich zunächst nicht von der Stelle, folgte dann aber dem Beispiel des Soldaten, der sein Schiff gekapert hatte.

»Royce, halten Sie Ihre Männer bereit. Ich werden den Major begleiten«, flüsterte Lieutenant Crocker so leise, dass es nur für die beiden hörbar war.

»Verstanden, Sir. Vorsicht, und Augen immer auf diese Untiere gerichtet«, warnte Royce still.

Lieutenant Crocker und einige seiner Soldaten postierten sich nicht allzu weit von dem Zodark und ihrem Vorgesetzten entfernt und verfolgten das Geschehen zwischen den beiden.

Cornelius nahm seinen Helm ab. Der Zodark fluchte und stieß ein Wort aus, das die Sumarer ihnen als ‚Sklave' übersetzt hatten. So sahen die Zodark die Menschen.

»Vielen Dank für Ihre Bereitschaft, mit mir zu reden«, begann Cornelius das Gespräch. »Ich hatte die Hoffnung, wir könnten einen Weg finden, diesen Kampf beenden.«

Der NOS stieß ein verächtliches Lachen aus, während er auf den Delta-Kommandeur hinuntersah. »Wir sind Zodark; wir kapitulieren nicht. Ihr – ihr seid unser Vieh, unsere Sklaven. Wo immer euer Volk auch herkommt, wir werden euch finden. Ihr werdet uns den gleichen Tribut wie jede andere menschliche Kolonie zahlen, oder euer gesamter Planet wird vernichtet werden.«

Bevor Cornelius darauf erwidern konnte, kratzte die Kreatur mit ihren krallenähnlichen Fingernägeln dem Major tiefe Furchen ins Gesicht, bevor er dem Delta so gut wie das ganze Gesicht wegriss. Dann suchte eine seiner vier Hände nach etwas an seinem Gürtel. Er drückte auf einen Knopf. Sekunden später wurde das Flugdeck von einer starken, um sich greifenden Explosion geschüttelt.

Lieutenant Crocker und mehrere der Soldaten, die Wache gestanden hatten, verdampften in der Explosion, ebenso wie ein halbes Dutzend weiter entfernt stehender Soldaten. Und dann ertönte in mehreren Bereichen des Schiffs das Kriegsgeschrei der verbliebenen Verteidiger, die ihr Bestes gaben, ihr Schiff von den Wesen zu befreien, die es eingenommen hatten.

In den nächsten Stunden bestimmte der Kampf von Mann gegen Biest das Schicksal der Zodark in dem brutalsten Geschehen seit dem Entern des Schiffes. Rotes und blaues Blut tünchte die Wände und die Leichen verteilten sich über das ganze Schiff. Letztendlich mussten dann aber auch die letzten Verteidiger ihre Niederlage hinnehmen, dank des Vorteils, den die Magrail und Handgranaten den Menschen bescherten. 26 Zodark gaben auf. Nach Zählung der Toten ergab sich, dass in diesem grausamen Kampf beinahe 2.000 Zodark ihr Leben verloren hatten.

Das Schiff war endlich unter ihrer Kontrolle. Die Republik widmete sich nun der Aufgabe, ihre Beute nach Neu-Eden abzuschleppen, während ihre Ingenieure und Wissenschaftler bereits eifrig dabei waren, das Schiff zu erforschen. Einige ihrer sumarischen Alliierten kamen an Bord, um den Menschen die Zodark-Technologie verständlicher zu machen. Es würde eine ganze Weile dauern, bevor die irdischen Kräfte gelernt und verstanden hatten, was ihnen in den Schoß gefallen war. Das Schwergewicht ihres Interesses lag dabei auf dem Erwerb umfassender Kenntnisse über die offensiven und defensiven Fähigkeiten des feindlichen Raumschiffs. Nur so konnte die Republik einen Gegenplan entwickeln, der Aussicht auf Erfolg versprach.
****

Admiral Abigail Halsey sah sich die Liste der Toten an, die der Eroberung des Zodark-Schiffes ihr Leben geopfert hatten. Ihr Magen revoltierte, ihr war übel. Der Verlust unter den Sondereinsatztruppen war groß. Wenn sich diese mit sämtlichen Vorteilen ausgestatteten Super-Soldaten im begrenzten Umfeld eines Raumschiffs so schwer gegen den Feind taten, wie viel schwerer würde es auf einem Planeten sein, auf dem man sich leichter verstecken und eine Entdeckung vermeiden konnte?

Deprimiert legte sie die Verlustmeldung aus den Händen und griff nach dem neuesten Schadensbericht von Captain Hunt. Die *Rook* hatte tatsächlich eine Schlacht nicht nur mit einem, sondern sogar mit zwei Zodark-Schiffen überstanden. Dabei hatte sie allerdings ernsthafte Schäden erlitten. Zunächst war Captain Hunt davon ausgegangen, dass sein Schiff in akzeptablem Zustand war. Leider hatte sich bei näherem Hinsehen ergeben, dass sie mehr als nur einige Tage brauchen würden, um die notwendigen Reparaturen durchzuführen. Was sie wirklich brauchten war eine Schiffswerft.

Einer der drei Magrail-Türme war beschädigt, und es würde sie einige Tage kosten, allein einen der drei Läufe funktionsfähig zu machen. Zwei der Munitionsfabrikatoren auf den Decks unter den Gefechtstürmen waren komplett zerstört – was bedeutete, dass nur ein Fabrikator seinen Dienst tat.

Hunts Mannschaft hatte ebenfalls große Opfer gebracht. Er versuchte, die Verletzungen herunterzuspielen, bestand sogar darauf, sie als gehfähige Verwundete zu beschreiben. Als Halsey jedoch persönlich mit dem leitenden medizinischen Offizier der *Rook* sprach, stellte sich die Lage vollkommen anders da. Von den 628 Marineangehörigen, die auf der *Rook* Dienst taten, waren 234 während des Kampfs oder kurz danach umgekommen. Weitere 356 wurden verletzt. Obwohl viele der Verletzten tatsächlich gehfähig waren und weiter ihren Dienst ausüben konnten, war nicht einmal im Traum daran zu denken, das Risiko einer weiteren Auseinandersetzung einzugehen.

Das Läuten an Halseys Bürotür ließ sie wissen, dass jemand Einlass begehrte. »Herein«, kommandierte sie.

Beim Anblick von Admiral Zheng Lee lächelte sie. Er war der Kommandeur der Tri-Parte-Allianz, kurz TPA genannt, und technisch gesehen, ihr Stellvertreter. Er kommandierte die acht schweren Transporter und die beiden Kriegsschiffe, die die Allianz als Teil dieser Verbundflotte ihrem Kommando unterstellt hatte.

»Admiral Halsey, schön, Sie zu sehen«, begrüßte er sie ebenfalls lächelnd. »Ich hielt es für besser, uns in einem persönlichen Gespräch anstatt über ein Hologramm zu besprechen. Wollen wir uns setzen?«, fragte er, während er auf die beiden Sofas deutete, die in ihrem Büro standen.

»Aber sicher, Admiral Zheng. Vielen Dank, dass Sie sich gemeldet haben«, erwiderte Halsey. »Ja, setzen wir uns und reden.«

Sie trat an eine kleine Anrichte und bereitete eine Tasse Tee für den Admiral und einen Kaffee für sich zu. Dann brachte sie die beiden Getränke zur Sitzecke und reichte dem chinesischen Kommandeur seinen Lieblingstee, bevor sie ihm gegenüber mit ihrem Kaffee in der Hand Platz nahm. Beide nahmen sich erst ein wenig Zeit, ihr Getränk zu genießen, bevor das Arbeitsgespräch begann.

Admiral Zheng fing an. »Admiral Halsey, zunächst möchte ich Ihnen zum Erfolg Ihrer Truppen gratulieren, die das feindliche Schiff so erfolgreich erobert haben. Ich weiß, es war nicht einfach, und Ihre Leute erlitten dabei enorme Verluste. Der Untergang Ihrer Zerstörer tut mir sehr leid. Unsere erste Schlacht mit dem Feind. Ein furchterregender Kampf, bei dem es schwer war, aus der Ferne zuzusehen.

»Eine Weile befürchteten wir sogar, die *Rook* sei verloren, so sehr hämmerten die Laser des Feindes und diese ‚Kometen-Waffen‘ auf das Schiff ein. Diese Waffen sind uns vollkommen neu. War es ihren Kräften möglich, einige von ihnen auf dem Schiff ausfindig zu machen?«

Halsey nickte. »Oh ja, Admiral, tatsächlich fielen uns eine ganze Reihe in die Hände. Die Sumarer sagen uns, dass es sich dabei um Plasmatorpedos handelt. Außerdem gehören uns nun über ein Dutzend der Jäger, mit denen sie uns angriffen, sowie zwei Arten von Raumfähren. Wir werden das Schiff näher an Neu-Eden heranschleppen. Sobald Ihre schweren Transporter dort entladen sind, würde ich sie gern mit so vielen Zodark-Funden wie möglich neu

beladen und nach Sol zurückschicken. Dort können unsere
Wissenschaftler umgehend den Wert des Gefundenen studieren.

»Außerdem wies ich unsere Ingenieure an, Teile der Panzerung des
feindlichen Schiffs zu demontieren und ihre Impulsstrahler
auseinanderzunehmen, um beides zurück zu transportieren. Je besser
wir ihre Technologie verstehen, desto erfolgreicher können wir dieses
Wissen in die Konstruktion unserer neuen Kriegsschiffe integrieren.«

Admiral Zheng war von diesen Nachrichten angetan. »Das klingt
sehr vielversprechend, Admiral. Ich bin froh, dass unsere Nationen
einen Weg der Zusammenarbeit gefunden haben, um Technologien wie
diese zu teilen. Ich bin überzeugt, dass die gemeinsamen Bemühungen
unserer Völker uns eine gute Chance gegen diese grässlichen Monster
eröffnen werden.« Er trank einen Schluck seines Tees. »Was kann
meine Streitkraft nun nach dem Ende des Hauptkampfs für Sie tun?«,
erkundigte er sich. »Wie stellen Sie sich den Einsatz meiner Schiffe
und Transporter vor?«

Admiral Halsey überlegte einen Augenblick, bevor sie ihn direkt
ansah. »Als erstes benötigen wir einen Scan von Neu-Edens Oberfläche
auf die mögliche Anwesenheit von Zodark-Truppen. Möglich, dass sie
zwischenzeitlich militärische Außenposten etabliert oder ihre
Minenlager befestigt haben. In jedem Fall müssen wir jegliche Gefahr
umgehend neutralisieren und die Abbauorte sichern. Der Abbau der
Trimar- und Morean-Mineralien muss so schnell wie möglich
beginnen, um einen regelmäßigen Transport zurück zur Erde zu
gewährleisten. Es sind die einzigen Ressourcen, die unsere
Schiffswerften noch benötigen, um den Rest der neuen Flotte zu bauen.
Wir müssen das gesamte System in eine uneinnehmbare Festung
verwandeln, bevor der Feind es für sich befestigen und uns
ausschließen kann.«

»Ganz Ihrer Meinung, Admiral«, pflichtete Zheng ihr bei. »Wenn
es Ihnen recht ist, veranlasse ich, dass unsere Kriegsschiffe, die *Han*
und die *Xi*, im Orbit um Neu-Eden herum an der Identifizierung
möglicher feindlicher Ansiedlungen auf dem Planeten arbeiten. Habe
ich Ihre Genehmigung?« Es war deutlich, dass auch der chinesische
Admiral einen Anteil an der Action haben wollte.

Admiral Halsey lehnte sich in ihrem Stuhl zurück. »Das klingt gut.
Vielen Dank für Ihr Angebot. Sobald wir mögliche Standorte entdeckt
haben, bringe ich unsere orbitalen Angriffsschiffe in Position. Bevor

wir den Transportern erlauben, in die Umlaufbahn des Planeten vorzudringen, werden wir jegliche Gefahr, die ihnen drohen könnte, eliminieren. Die Sicherung dieses Planeten ist absolut erforderlich. Wir müssen die Arbeit am Weltraumaufzug beginnen. Er spielt eine entscheidende Rolle in der Beförderung der abgebauten Mineralien.«

Die beiden unterhielten sich noch eine Weile über genauere Einzelheiten ihres Plans. Eine Stunde später kehrte der TPA-Admiral auf sein Schiff zurück, um seine Leute auf die nächste Phase der Operation vorzubereiten. Beide Anführer wurden von ihren Heimatregierungen stark unter Druck gesetzt. Sie sollten Neu-Eden so schnell wie möglich einnehmen, um zur effektiven Verteidigung von Sol endlich die Ressourcen beizubringen, die der Bau der neuen, gewaltigen Flotte verlangte.

Kapitel Drei
Mehr Überraschungen

New Eden – Hohe Umlaufbahn
RNS *Rook*

Frustriert beobachtete Captain Hunt, wie die *Xi* in der Umlaufbahn um Neu-Eden ihre Position einnahm. *Sein Schiff sollte den orbitalen Angriff anführen, nicht eines der weit schwächeren TPA-Kriegsschiffe.* Unglücklicherweise war die Kampfkraft der *Rook* solange drastisch reduziert, bis seine Leute die Funktionsfähigkeit ihrer Kanonen und Munitionsfabrikatoren wieder hergestellt hatten.

Über ein Dutzend gähnende Löcher im äußeren Schiffskörper mussten noch neu versiegelt werden. Sein leitender Ingenieur, Commander Jacob Lyons, hatte eine kleine Gruppe Reparatur-Synth damit beauftragt, die äußere Haut des Schiffs mithilfe einer eben erst erfundenen Nanopaste zu reparieren. Obwohl das keine Langzeitlösung war, würde sie bis zu ihrer Rückkehr und dem Besuch einer Schiffswerft ihren Dienst tun müssen.

Hunt gab es nur ungern zu, aber der letzte Kampf hatte seinem Schiff zugesetzt. *Nein, sei ehrlich, er hat ihr schwer zugesetzt,* dachte er. Die Tatsache, dass sie nicht in Stücke gerissen worden waren, verdankten sie mehr ihrem Glück als etwas anderem. Die drei Zerstörer, die beim Versuch, den feindlichen Transporter anzugreifen, untergegangen waren, hatten im Endeffekt wohl sein Schiff gerettet. Das – und die Tatsache, dass die *Voyager* sich als Schutzschild zwischen die *Rook* und dem Feind postiert hatte.

Falls der Zodark-Transporter den Beschuss weiter auf die *Rook* anstatt auf die Zerstörer und die *Voyager* gerichtet hätte, hätte die *Rook* das nicht überstanden. *Er musste Empfehlungen zur Verleihung von Tapferkeitsmedaillen für die Besatzung und die Kommandanten dieser Schiffe einreichen. Sie hatten sie verdient.*

Hunt sah auf das Tablet auf seinem Schreibtisch hinunter. Er war dabei, sich Captain Hoppers AAR – den After-Action-Report – nach dem Kampf um den Zodark-Transporter anzusehen, zusammen mit den Berichten anderer Unteroffiziere. Sie waren beeindruckend. Kurze Videoabschnitte unterstrichen einige der Kernpunkte der Berichte.

Captain Hopper hatte zwei der Videos besonders hervorgehoben. Sie waren nur kurz. Hunt konnte sich die Zeit nehmen, sie anzusehen.

Das erste Video zeigte eine Szene mit Master Sergeant Brian Royce. Sein Enter-Team von sieben Deltas, hatte nicht nur einen Weg in das feindliche Schiff gefunden, sondern auch den ursprünglichen Angriff durchgeführt. Das kurze Video zeigte den Kampf im Hangar, und wie das Team sich gegen eine überwältigende Anzahl der der Verteidigung verpflichteten feindlichen Soldaten durchgesetzt hatte. Hunt war von der Schnelligkeit und Flexibilität des Delta-Teams fasziniert.

Der Zeitstempel des zweiten Videos zeigte eine Szene, die sich kurz danach abgespielt hatte. Hunt drückte auf ‚Wiedergabe'. Was er sah, war wahrlich unglaublich – eine einsame Figur in ihrem Exoskelett-Anzug, die kopfüber auf eine Reihe von toten und verwundeten Zodark zustürzte. Der Soldat setzte – je nachdem, wie es die Situation verlangte – sein Gewehr entweder als Schlagwerkzeug ein oder erschoss den Feind aus nächster Nähe. Dieser unwirkliche Nahkampf dauerte vielleicht eine oder zwei Minuten, aber am Ende stand der Mann weiter allein, aber triumphierend da. Und Hunt registrierte, dass es sich hier um den gleichen Mann wie im ersten Video handelte – um Master Sergeant Brian Royce.

Am Ende des AA-Berichts empfahl Captain Hopper, dass Royce umgehend das Distinguished Service Cross, eine Auszeichnung für besondere Dienste, für seinen Einsatz erhalten sollte. Des Weiteren schlug er vor, ihn aufgrund seiner Verdienste zum Lieutenant zu befördern, um die Stelle von Aaron Crocker einzunehmen, der bei dem Selbstmordanschlag des Zodark NOS getötet worden war. Zunächst hielt Hunt dies für eine gute Idee, entschied sich dann nach weiterem Nachdenken aber dafür, den Versuch zu unternehmen, Royces Auszeichnung zur Medal of Honor, zur Tapferkeitsmedaille, aufzuwerten. So etwas Verzweifeltes oder Heroisches hatte er noch nie erlebt. Hunt war sich sicher, dass er dieses Video wiedersehen würde – Dinge wie diese tendierten dazu, sich wie ein Lauffeuer zu verbreiten.

Hunt studierte weiter den Bericht und seufzte. Das Delta-Bataillon war im Verlauf der Eroberung des Zodark-Transporters stark dezimiert worden. Sie hatten die Mission mit 540 Deltas begonnen. Jetzt belief sich ihre Zahl auf 413. Mehrere Offiziere und leitende Unteroffiziere hatten während des Angriffs ihr Leben verloren. Um den Betrieb aufrechtzuerhalten, mussten sie einige Beförderung im Felde vornehmen.

Ein Klopfen an Captain Hunts Tür störte seine Konzentration. Commander Fran McKee bat um Einlass. Er lächelte ihr zu und winkte sie herein.

»Sie sehen so müde aus, wie ich mich fühle«, scherzte er. »Wie kommen die Reparaturen voran?«

Sie trat ein und ließ sich in einen Stuhl vor seinem Schreibtisch fallen. Mit einem Seufzer erwiderte sie: »Oh, sie kommen gut voran – allerdings dauern sie länger, als mir lieb ist.«

Hunt brummte zustimmend. Im Weltraum dauerte alles, was man erreichen wollte, entweder länger oder es brachte dich innerhalb von einer Sekunde um. Ein Dazwischen gab es kaum.

»Was macht die Nanopaste? Funktioniert sie?«, erkundigte er sich. Diese Technologie war neu und sie machten zum ersten Mal hier von ihr Gebrauch. Hunt war noch nicht hundertprozentig von ihr überzeugt.

Aufgebracht sah sie ihn an. »Ich bin kein Ingenieur, Captain, aber es fällt mir schwer zu glauben, dass ein Klacks klebriger Nanopaste eine Öffnung im Schiffsrumpf ausreichend versiegeln kann. Wir sollten damit die Furchen, die die Laser in den Rumpf schnitten, füllen, aber sie nicht damit versiegeln. Ich vertraue einer ordentlichen Schweißnaht weit mehr als dem Unsinn, den die Forscher sich ausgedacht haben.«

Hunt kicherte. »Ich bin mir sicher, dass Commander Lyons sich das sorgfältig überlegt hat, bevor er diese Lösung vorschlug. So wie ich es verstehe, Fran, nutzt er die Paste nur, um die ausgebesserten Stellen abzudichten. Wie ich höre, besteht die Paste aus dem gleichen Material, aus dem die neuen Weltraumaufzüge gefertigt sind. Angeblich hat sie die ‚perfekte‘ Molekularstruktur«, deutete Hunt mit einer Anführungszeichengebärde an.

Er lehnte sich in seinem Stuhl nach vorn. »Themenwechsel, Commander – was wissen wir von Neu-Eden? Gibt es etwas Neues über die Verhältnisse am Boden?«

McKee richtete sich etwas gerader in ihrem Stuhl auf. »Tatsächlich war das einer der Gründe, warum ich Sie sehen wollte«, erwiderte sie mit leiser Stimme, als ob sie fürchtete, jemand könnte zuhören. »Einer der Satelliten fand etwas auf dem Planeten. Die *Xi* und die *Voyager* befinden sich mittlerweile in der Umlaufbahn um den Planeten. Vor dem Absetzen unserer Bodentruppen werden sie einen detaillierteren

Scan der Oberfläche durchführen. Allerdings gibt es bereits Hinweise auf Zodark-Aktivitäten an einer der Minenkolonien, um die es beim letzten Mal zum Kampf kam.«

Überrascht hob er die Augenbrauen »Wirklich? Das überrascht mich sehr. Der Planet scheint über keinerlei planetarische Verteidigungsmittel zu verfügen, die ….«

»Entschuldigen Sie die Störung, Captain, aber Sie erhalten eine Eilnachricht von Admiral Halsey«, kündigte Lieutenant Branson, sein Kommunikationsoffizier an. »Ich stelle das Gespräch durch.«

Admiral Halseys Bild auf der Brücke der *Voyager* erschien. Im Hintergrund plärrte ein Alarmton. »Captain Hunt, es scheint, als ob die Zodark auf der Oberfläche eine Überraschung für uns bereithielten – wir stehen unter relativ zielgenauem Bodenbeschuss. Außerdem heben mehrere dieser kleinen Jäger ab, die wir vom Träger her kennen.

»Ich ziehe die *Voyager* und die *Xi* in eine höhere Umlaufbahn zurück, während Sie mit Ihrem Schiff eine schützende Position zwischen uns und dem planetarischen Verteidigungssystem einnehmen. Mit zwei Schiffen können wir unsere Nahverteidigungssysteme effektiver einsetzen, um feindliche Raumjäger und diese Plasmatorpedos abzuwehren, die sie womöglich auf uns abschießen werden.«

Verdammt, dachte Hunt. *Mit was werden sie uns sonst noch auf der Oberfläche begrüßen?*

»Verstanden, Admiral. Wir begeben uns sofort in unsere neue Position«, bestätigte Hunt. »Mein taktischer Offizier wird sich mit Ihrem absprechen. Danach nehmen wir den Beschuss auf die feindlichen Laserbatterien auf der Oberfläche auf.«

»Tun Sie das, Captain. Halsey, Ende.« Dann verschwand ihr holografisches Bild inmitten des Chaos auf ihrer Brücke.

Hunt wandte sich an McKee. »XO, manövrieren Sie uns gemäß den Anweisungen des Admirals in die geeignete Position«, befahl er. Die beiden Offiziere erhoben sich gleichzeitig und eilten Richtung Brücke, während Hunt weiter Befehle austeilte. »Commander Lyons soll seine Reparaturmannschaften ins Schiff zurückbeordern. Weder unsere Leute noch die Reparatur-Synth dürfen sich außerhalb des Schiffs aufhalten, für den Fall, dass wir plötzliche Kurswechsel durchführen müssen.«

Beim Betreten der Brücke fiel Hunt sofort das Bild des orbitalen Kampfs ins Auge, der sich um die *Xi* und die *Voyager* herum abspielte.

»Informieren Sie mich!«, forderte Hunt von seinen Offizieren, während XO McKee ihre taktische Station ansteuerte. Auch sie würde einige Minuten brauchen, um auf dem neuesten Stand zu kommen.

»Sir, die *Xi* und die *Voyager* stehen unter Beschuss durch Bodenfeuer von mindestens vier bekannten Stellungen her«, berichtete Lieutenant Cory LaFine. »Dabei handelt es sich offenbar um Batterien von Impulsstrahlern. Die Sensoren zeigen zudem eine Reihe von Raumjäger-Staffeln an, die sich um einen der Stützpunkte am Boden herum formieren.«

»Befindet sich diese Formation immer noch nahe der Oberfläche oder sind sie bereits auf dem Weg in die Umlaufbahn, um unsere Schiffe anzugreifen?«, fragte Hunt, der seinen Platz im Kapitänsstuhl eingenommen hatte.

LaFine sah konzentriert auf seinen Bildschirm. »Sie formieren sich noch, einige Tausend Meter über dem Boden. Bisher sind sie unseren Schiffen noch nicht nahegekommen.«

Hunt lächelte; er hatte eine Idee. »Ok, wir machen Folgendes. Waffenabteilung, schicken Sie zwei Dutzend Geschosse aus den beiden intakten Magrail-Türmen auf die Jäger hinunter. Pech, dass der dritte Turm immer noch außer Gefecht ist. Ich gehe davon aus, dass die Zodark in einem engen Flugmuster kreisen werden, während sie entscheiden, wie und wann sie uns angreifen sollen. Warum versuchen wir nicht, einen Teil von ihnen zu vernichten, bevor sie sich zur Gefahr entwickeln?

»Als nächstes brauche ich Zielinformationen in Bezug auf die feindlichen Laserbatterien. Wir setzen die Havoc-Raketen ein. Benutzen Sie die konventionellen Sprengköpfe. Wenn wir Glück haben, beseitigen wir damit einen Großteil der Bodentruppen, die diesen Bereich verteidigen.«

Die *Rook* drang in die Umlaufbahn vor und manövrierte sich in eine Position zwischen der *Xi* und der *Voyager*. Selbst angeschlagen verfügte die *Rook* noch über die bessere Panzerung und die schlagkräftigste Bewaffnung der Flotte.

Die nächsten Minuten spielten sich ab wie im Film. Sobald sie sich im Orbit eingerichtet hatten, spuckten die beiden vorderen Magrail-

Geschütztürme ihre 36 Zoll-Munition auf die Ansammlung der Jäger unter ihnen aus.

»Abschuss der Hauptwaffen erfolgt«, rief Lieutenant LaFine.

Das Schiff schüttelte sich ein wenig mit der Zahl der Magazine, durch die sich die elektromagnetischen Kanonen fraßen.

»Raketenabschuss erfolgt«, sagte LaFine als nächstes an.

Captain Hunt hörte ein leises Grollen, als sich die erste Brennstufe der Raketen entzündete und sie ihre Abschussrohre verließen. Die Raketen flogen durch das All und nahmen – je näher sie ihrem Ziel kamen – an Geschwindigkeit zu. Indessen wurden auf der *Rook* die leeren Raketenrohre neu beladen und auf einen zweiten orbitalen Angriff vorbereitet, sollte ein solcher Schritt nötig werden.

Hunt und der Rest der Crew folgten erwartungsvoll dem Kurs ihrer Projektile, die auf den Schwarm der feindlichen Jäger zuhielten. Sie schienen unentdeckt zu bleiben – die Raumjäger reagierten nicht so, wie es nach der Entdeckung einer auf sie zukommenden Bedrohung zu erwarten war. Dann explodierten die ersten 5.000 Pfund schweren Sprengladungen und schleuderten Granatsplitter in sämtliche Richtungen. Ungefähr 40 der feindlichen Schiffe wurden auf einen Schlag vernichtet. Die restlichen Zodark-Jäger reagierten endlich und versuchten, mit Nachbrennern den explodierenden Projektilen zu entkommen.

Das Interesse von Captain Hunt und der Mannschaft auf der Brücke konzentrierte sich nun auf die Raketen, die sich auf dem Weg zur ihren beabsichtigten Zielen befanden. Sie hatten je 12 Raketen auf die vier bekannten Standorte der Laserbatterien abgesetzt, in der Hoffnung, dass einige von ihnen durchkommen und Schaden anrichten würden.

Hunt zählte. *Eins, zwei, drei, vier ....* Den Zodark gelang es, mehrere Raketen aus dem Verkehr zu ziehen. Hunts Herz schlug laut. Nervös klammerte er sich an den Armlehnen fest. Sekunden darauf erklärte der Waffenoffizier, dass zwei der Raketen es geschafft hatten, und dass eine der Laserkanonen in Flammen aufgegangen war. Diese Stellung war vernichtet.

»Sir, wir registrierten mehrere Explosionen«, berichtete Lieutenant LaFine weiter. »Es ist uns gelungen, einen Teil ihrer planetarischen Verteidigung auszuschalten.«

»Gute Arbeit, Lieutenant«, freute sich Hunt. »Schicken Sie noch eine Runde Raketen auf die verbliebenen Verteidigungsposten. Setzen Sie jetzt, nachdem wir die Raumjäger in alle Winde zerstreut haben, auch die Railguns ein. Bevor wir die Infanteristen auf dem Planeten absetzen können, müssen die Impulsstrahler funktionsunfähig sein.«

»Vorbereiten auf Einschlag!«, rief Commander McKee plötzlich eine Warnung aus und klammerte sich an ihrem Sitz fest.

Und dann ging eine gewaltige Erschütterung durch die *Rook*. Gerade als Hunt dachte, das Schlimmste sei vorbei, schüttelte sich das Schiff nach weiteren erfolgreichen Lasertreffern ein zweites und ein drittes Mal.

»Mit Ausweichmanövern begonnen, Sir!«, meldete der Steuermann.

Das Verteidigungssystem der Zodark hielt seine Abwehrmaßnahmen ununterbrochen aufrecht, um die *Rook* zu veranlassen, den Kurs zu wechseln und damit das Zielsystem ihrer Feinde aus der Bahn zu werfen. Die geringste Kursänderung garantierte den Zodark praktisch, dass über einen Abstand von Tausenden von Kilometern hinweg, der nächste Schuss das geplante Ziel verfehlen würde, während andererseits die Tracking-Laser der Zodark der *Rook* weiterhin folgten.

»Commander Robinson! Wo zum Teufel bleibt mein Störsender?«, wetterte Hunt.

»Ich bin dabei!«, knurrte Robinson, sein EloKa-Offizier, dessen Finger über die Tastatur vor ihm flogen.

»Captain, Rumpfeinbruch auf Deck Eins«, erklärte Commander McKee und gab diesen Schadensbericht umgehend an die Schadenkontrollteams weiter. Deck Eins, das Truppendeck, bestand weitgehend aus offenen Bereichen. Es war das am wenigsten unterteilte Deck des Schiffs und zu diesem Zeitpunkt glücklicherweise nicht von Truppen belegt.

»Verdammt noch mal! Wo bleibt der Störsender? Den nächsten Treffer überstehen wir nicht«, schrie Hunt Robinson erneut an.

»Feindliche Laser haben den Zielaufschluss verloren und sind momentan wirkungslos«, sagte Robinson, eindeutig erleichtert darüber an, dass er das feindliche Feuer auf sie stoppen konnte.

»Die Jäger halten auf uns zu«, warnte Lieutenant LaFine eindringlich. »In zehn Minuten sind sie in Reichweite unseres Nahverteidigungssystems.«

»LaFine, solange die Laserbatterien gestört sind, feuern Sie die Magrail mit allem, was wir haben«, befahl Hunt. »Ich will diese Waffen zerstört sehen, bevor es ihnen gelingt, sie wieder einzusetzen.«

Er drehte sich zu seinem XO um. »Commander McKee, fragen Sie nach, ob die Magrail der *Xi* und der *Voyager* auf Annäherungszünder umgestellt werden können, um die näherkommenden Raumjäger gemeinsam zu begrüßen. Ich könnte mir denken, dass sie vorhaben, uns mit eine Reihe ihrer widerlichen Plasmatorpedos zu überraschen.«

McKee verzog das Gesicht bei dem Gedanken, von einem dieser kleinen Feuerbälle getroffen zu werden. Diese Waffen hatten sie beim letzte Mal beinahe vernichtet. »Wird erledigt, Captain.«

Plötzlich wurde die Brücke hart und ohne Vorwarnung von einer Explosion geschüttelt, deren Druckwelle sich durch das gesamte Raumschiff fortsetzte.

Commander Lyons aus der technischen Abteilung sprach Hunt über seinen Kommunikator an. »Captain, Sie müssen das Schiff dringend in eine höhere Umlaufbahn bringen, damit wir das Loch auf Deck Eins versiegeln können. Wir befinden uns nahe dem Eintrittsbereich in die Atmosphäre. Die Luft, die vereinzelt hereinrauscht, facht die Feuer weiter an. Die Synth bekommen die Flammen nicht unter Kontrolle, solange sie weiter mit Sauerstoff beliefert werden.« Hinter Commander Lyons schien das Chaos überhand zu nehmen.

Captain Hunt berührte den Sensor seines Kommunikators. »Verstanden, Jake. Was zum Teufel war die Ursache der letzten Explosion?« Hunt hoffte, dass es nichts allzu Ernstes war. Ihre Lage war bereits brenzlig, und die Raumjäger waren weiter im Anflug.

Im Hintergrund waren mehr aufgeregte Stimmen zu hören. Commander Lyons erwiderte: »Ein Teil der Infanterie-Munition flog in die Luft. Sie riss zwei der Bereiche wieder auf, die wir gerade abgedichtet hatten. Außerdem führte es auch zu einem Einbruch auf Deck Fünf. Aber meine Leute sind dran. Wir bekommen das hin, Sir.«

Hunt nickte zufrieden, mehr zu sich selbst als zu seinem Freund, der ihn nicht sehen konnte. »Verstanden, Jake. Nur damit Sie es wissen, mehrere Jäger befinden sich im Anflug. Ich fürchte, dass wir in Kürze einem Beschuss mit Plasmatorpedos ausweichen müssen.«

»Captain, Sir, Einschläge von Plasmatorpedos werden uns den Rest geben«, warnte Lyons dringend. »Wir arbeiten noch an mehreren Einbrüchen, die wir gerade so mit Klebeband und Kleister zusammenflicken. Falls wir noch zwei harte Treffer wie die letzten hinnehmen, kann ich die Stabilität des Schiffs nicht garantieren.«

Verdammt, diese Eröffnung hätte er sich sparen können, dachte Hunt nervös. Der Monitor verriet ihm, dass ein ganzes Jägergeschwader immer näher kam. »Ich muss Schluss machen, Jake. Bereiten Sie Ihre Leute auf mehr Action vor.«

Wenige Minuten verstrichen, bevor ihr Nahverteidigungssystem das Feuer eröffnete. Der Lärm, der von den 12 20-mm-Phalanx CIWS-Waffen ausging, war sogar von der Brücke her vernehmbar. Das Punktverteidigungssystem gebrauchte althergebrachten, flüssigen Treibstoff; keine magnetischen Railguns. Die Feuerkadenz dieser Waffen des alten Stils war dreimal so hoch wie die des Magrail-Systems. Von daher machte es mehr Sinn, diese ältere Technologie für Abwehrmaßnahmen der letzten Minute einzusetzen.

Das Nahbereichsverteidigungssystem spuckte den feindlichen Angreifern eine Wand voller Blei entgegen. Einzelne Kämpfer brachen aus der Formation aus. Die Zodark versuchten, Raum zwischen ihren Fliegern zu schaffen. Das sollte ihre Chancen erhöhen, der *Rook* Plasmatorpedos entgegenzuschleudern, bevor sie sich schnell wieder zurückzogen.

Hunt starrte gebannt auf den Bildschirm vor sich, auf dem die Raumjäger in großer Zahl von ihrem CIWS vernichtet wurden. Die künstliche Intelligenz des CWIS koordinierte, welche Waffen auf welche Kampfgruppe eingesetzt wurden und orientierte den Beschuss um, sobald ein einzelner Jäger oder eine ganze Gruppe vernichtet worden war. Der Quantencomputer der *Rook* konnte weit besser als ein menschlicher Betreiber die beste Kampfstrategie des Schiffs entwerfen und welche Ziele ins Visier genommen werden sollten. Das bedeutete nicht, dass die menschliche Hand vollkommen entfiel. Dennoch war die KI in der Nahbereichsverteidigung das bevorzugte Instrument, da schiere Millisekunden einen Unterschied zwischen Leben und Tod machen konnten.

Dann schrak Hunt auf. Eine Gruppe von vier Zodark-Jägern, die das CIWS bislang nicht hatte vernichten können, feuerte je zwei ihrer Raketen ab. Aus der vorrangegangenen Schlacht wusste Hunt, dass er nur Sekunden hatte, die *Rook* sicher aus dem Weg zu bringen, bevor sich diese Raketen in Plasmatorpedos verwandelten und damit ihr Führungssystem verloren.

»Acht Torpedos im Anflug«, warnte Commander McKee mit einer vor Aufregung höheren Stimmlage.

»Steuermann, umgehend Ausweichmanöver!«, schrie Hunt, um sich über die ohrenbetäubenden Alarmsignale auf der Brücke und dem fortgesetzten Lärm des CIWS' und der anderen Waffensysteme Gehör zu verschaffen.

Das Schiff schwenkte abrupt nach Steuerbord ein und erhöhte dank seiner hochgefahrenen Haupttriebwerke stark die Geschwindigkeit.

Zwei weitere Plasmatorpedos steuerten auf die *Xi* und die *Voyager* zu. Alle drei Schiffe führten nun radikale Manöver durch und gaben ihr Bestes, die für sie bestimmten Torpedos zu vermeiden. Ihre Nahbereichsverteidigungssysteme feuerten weiterhin unbeirrt auf die näherkommenden Bedrohungen ein. Einem der Satelliten gelang es, ein erstaunliches Bild von diesem Kampf festzuhalten – drei Raumschiffe, die in einer wilden defensiven Aktion Zehntausende roter Leuchtspuren in die Dunkelheit des Weltalls und in die Atmosphäre unter sich hinausschossen.

»Feindliche Waffenbatterien außer Gefecht! Der letzte Beschuss unserer Kanonen brachte das planetarische Verteidigungssystem in die Knie!«, informierte ein glücklicher Lieutenant LaFine seinen Kapitän über ihren Erfolg.

»Daneben! Vier der Torpedos haben uns verfehlt!«, rief ein anderer der Brückenoffiziere.

Nur vier?, dachte Hunt.

»Mein Gott! Aber zwei werden ihr Ziel erreichen ….«, sagte Navigationsoffizier Lieutenant Hightower alarmiert voraus, während er verzweifelt eine radikale Kursänderung vornahm, die alle dazu zwangen, sich umgehend irgendwo festzuklammern.

»Vorbereiten auf Einschlag!«, schrie Commander McKee. Mit vor Furcht verzerrtem Gesicht hielt sie sich an den Armen ihres Sitzes fest.

BUMM …. BUMM!

Der Einschlag auf der *Rook* schüttelte alle brutal durch. Das Licht auf der Brücke erlosch. Die Computerbildschirme wurden schwarz, ebenso ihre taktische Übersicht darüber, was sich außerhalb des Schiffs abspielte. Nicht einmal das knatternde Geräusch des CIWS oder der anderen Waffensysteme war zu hören. Das Schiff hatte einen kompletten Energieverlust erlitten.

Kurze Zeit später flackerte die Notbeleuchtung auf. Die Computer fuhren hoch, sobald die Notstromanlagen aktiv wurden. Während all ihre Systeme nacheinander wieder zum Leben erwachten, verspürte Hunt etwas Unerwartetes: einen Verlust an Geschwindigkeit und wie es ihm schien, auch an Flughöhe. Noch standen ihm die Instrumente nicht zur Verfügung, die ihm darüber Aufschluss geben konnten, aber er hatte das ungute Gefühl, dass sie tiefer in die Umlaufbahn des Planeten gezogen wurden. Wenn dem so war, standen die Chancen gut, dass sie abstürzen und auf Neu-Eden aufschlagen würden. Raumschiffe waren nicht für einen aerodynamischen Flug durch die Atmosphäre gedacht.

»Steuermann, was ist los? Stürzen wir auf den Planeten ab?« Hunt verlangte Antwort.

Der Lieutenant antwortete nicht sofort. Wie jeder auf der Brücke war er intensiv damit beschäftigt, sein Terminal wieder online zu bringen.

Über seinen Kommunikator sprach Hunt die technische Abteilung an. »Jake, was ist los? Ich brauche die Betriebsfähigkeit der Systeme …. sofort!«

Sekunden vergingen ohne Reaktion. Hunt versuchte ein zweites Mal, seinen Chefingenieur über den Kommunikator zu erreichen. Er musste wissen, was zum Teufel sich dort abspielte.

»Fran, warum erreichen wir die technische Abteilung nicht?«, brüllte Hunt erregt. Sofort wurde ihm klar, dass er niemals hätte schreien sollen, aber er brauchte Antworten.

McKee drehte sich zu ihm um. Ihr Gesicht wurde von ihrem Computerschirm, der mittlerweile wieder in Betrieb war, beleuchtet. Ihre Antwort kam zögerlich. »Sir, es scheint, als sei der größte Teil der technischen Abteilung verloren. Beide Torpedos trafen die hintere Hälfte des Schiffs. Ich denke, sie wurde glatt abgetrennt. Nicht ein Schadenskontrollteam im hinteren Teil des Schiffs antwortet mir.«

»Ist es möglich, mit der *Voyager* Kontakt aufzunehmen?«, drängte Hunt seinen Kom-Offizier. »Wir müssen wissen, was geschehen ist, bevor ich den Befehl erteile, das Schiff aufzugeben.«

Branson nickte. Ihre Finger tippten auf einige Tasten. Dann stand eine Tonverbindung zu ihrem Flaggschiff.

Die *Voyager* bestätigte das Unvorstellbare: die Plasmatorpedos hatten die *Rook* in zwei Teile gespalten. Sie befand sich auf dem Weg nach unten, wo die Schwerkraft des Planeten sie überwältigen würde. Hunts Verantwortung stand ihm klar vor Augen – er musste so viele Mitglieder seiner Mannschaft wie möglich retten, bevor es zu spät war!

Nach der Bestätigung durch die *Voyager* hatte die Brückencrew ihre Tätigkeit eingestellt und sah Hunt erwartungsvoll an. Alle wussten, dass das Schiff dem Untergang geweiht war, warteten aber geduldig darauf, dass er den endgültigen Befehl erteilte.

Mit dem Blick auf die Menschen, die so tapfer neben ihm kämpften, wusste Captain Hunt, dass sie ihr Bestes gegeben hatten. Jetzt war es seine Aufgabe, die Crew zu retten. Und dann sprach er die Worte, die kein Kapitän je aussprechen wollte, wozu er aber bereit sein musste: »Alle Mann von Bord!«

Die kommenden Minuten sahen schiffsweit einen Wirbelwind von Aktivitäten. Alle flohen zu den Rettungskapseln; die Verwundeten erhielten Hilfe von ihren Kollegen. Die Schiffsdesigner hatten tatsächlich vorausgedacht und mehrere große Rettungskapseln in der Nähe der medizinischen Abteilung untergebracht, um die Evakuierung der Verwundeten zu erleichtern. Den Designern war nicht entgangen, dass die Zeit vor dem erzwungenen Verlassen eines Schiffs sicher knapp sein würde.

Mit dem Eintauchen in die obere Atmosphäre von Neu-Eden begann sich die *Rook* krampfhaft zu schütteln und laut zu ächzen, während der weit überhitzte untere Teil des Schiffskörpers wie eine Sternschnuppe durch den Himmel raste. Die Angaben auf seinem Tablet bestätigten Hunt, dass sich die gesamte Besatzung nun entweder in ihren Rettungskapseln befand oder bereits vom Schiff abgelegt hatte. Es war Zeit, seiner Mannschaft zu folgen.

Hunt rannte zu einer der letzten Rettungskapseln hinüber, sprang hinein und startete sie. Dann verriegelte er die Haube des Gefährts und schnallte sich an. *Es würde ein holpriger Flug werden*, das wusste er.

Das Drücken der Auswurftaste warf die kleine Röhre, in der er stand, wie eine Kanonenkugel aus.

Durch das schmale Fenster der Rettungskapsel konnte Hunt verfolgen, wie seine *Rook* aus dem Himmel stürzte. Ihre hintere Hälfte fehlte komplett. Andere Bereiche des Schiffs waren angekohlt und übel zugerichtet von der Schlacht. Die Reibung der Atmosphäre und sein unkontrollierter Fall auf die Planetenoberfläche ließ den Bug des Schiffes hellrot erglühen.

Hunt sah die große Zahl kleiner Rettungskapseln, die um ihn herum auf die Planetenoberfläche zuhielten. Die Mannschaftsmitglieder, die entkommen waren, solange die *Rook* sich noch in der Umlaufbahn befand, würden von der *Xi* oder der *Voyager* eingesammelt werden. Das wusste er. Viele andere wie er hatten das untergehende Schiff erst verlassen, als es bereits in die Atmosphäre des Planeten eingedrungen war. Ihnen blieb nur der Sturz in eine Richtung, ob sie es wollten oder nicht.

Die Temperatur in Hunts Rettungskapsel, die stark von ihrem Umfeld gebeutelt wurde, stieg spürbar an. Das kleine Hitzeschild am Boden der Kapsel entfaltete sich. Das bewahrte die Kapsel in der Atmosphäre vor dem Verbrennen und schützte ihn vor der immer stärker werdenden Hitze, die ihn sonst gekocht hätte.

Die Kapseln waren mit lenkbaren Fallschirmen bestückt, die sich automatisch in einer Höhe von 4.500 Metern über der Planetenoberfläche öffneten. Hunt benutzte einen kleinen Steuerknüppel, um die Landung seiner Rettungskapsel zu dirigieren. Das Gefährt verfügte nur über ein rudimentäres Navigationssystem, das im Prinzip aus zwei Druckluftflaschen bestand, die beim Lenken behilflich sein sollten. Das System war einzig für den Einsatz im Weltraum konzipiert.

Der nun doch deutlich verlangsamte Anflug auf die Oberfläche erlaubte Hunt, sich nach einem geeigneten Landeplatz umzusehen. Der Planet erschien ihm seltsam und fremdartig. Er verstand jetzt, wieso die Deltas davon gesprochen hatten, sich nicht von all dem Neuen und Unbekannten auf dem Planeten ablenken zu lassen. Er musste sich dazu zwingen, sich nicht einfach nur dem Staunen hinzugeben, sondern sich darauf zu konzentrieren, einen geeigneten und sicheren Landeplatz zu finden.

Zwei Gruppierungen von Rettungskapseln hielten parallel nebeneinander auf ein freies Feld zu, das nicht allzu weit von einem dicht bewaldeten Gebiet entfernt lag. Hunt beschloss, sich ihnen anzuschließen.

Kurze Zeit danach schlug seine Kapsel seitlich auf dem Boden auf und fiel um. Glücklicherweise war sie so balanciert, dass ihre Öffnungshaube jederzeit obenauf war. Das garantierte ein problemloses Aussteigen des Passagiers, egal wie die Landung auch ausgefallen war. Der nach wie vor aufgeblähte Fallschirm, auf den der Wind weiter einwirkte, schleifte seine Rettungskapsel noch ein gutes Stück über den Boden, bevor Hunt nach einigen Metern den Fallschirm abtrennen und die Kapsel stoppen konnte.

Captain Hunt atmete einige Male tief durch; viel konnte er noch nicht sehen. *Er musste aussteigen, um nach seinen Leuten zu suchen*, das war ihm bewusst. Er drückte auf die Entriegelungstaste und die Tür sprang auf. Mit einem leisen Zischen entwisch die interne Luft, die unmittelbar von der frischen Luft des Planeten ersetzt wurde. Hunt holte tief Luft und musste zugeben, dass sich diese Atmosphäre nach einem Monat des Atmens rückgewonnener Raumschiffluft befreiend anfühlte.

Kapitel Vier
Die Zodark

Hauptquartier des Weltraumkommandos
Die Erde – Sol

»Wer zum Teufel hat das Video veröffentlicht, Admiral?«, fragte Präsidentin Alice Luca aufgebracht, während sie ihn durchdringend anstarrte.

Admiral Chester Bailey versuchte mit erhobenen Händen ihren Zorn zu besänftigen. »Es sieht so aus, als hätte jemand in der TPA eine Kopie des Videos von deren gesichertem Server heruntergeladen. Über einen Transporter erreichte es dann den Handelsposten Gaelic, wo es auf einen Server hochgeladen und von dort aus an den Mars, den Mond und schließlich an die Erde ausgestrahlt wurde. Danach verbreitete es sich über das Internet schneller, als wir oder die TPA es aufhalten konnten.«

Der Blutdruck der Präsidentin stieg ihrer Gesichtsfarbe nach weiter an, obwohl sie ihr Bestes gab, die unbändige Wut, die sich in ihr aufbaute, zu kontrollieren.

»Frau Präsidentin, wenn ich dazu etwas sagen darf?«, bat Bailey. »Dieser Umstand könnte uns vielleicht sogar zum Vorteil gereichen.«

Luca lehnte den Kopf etwas zur Seite und sah ihn zweifelnd an. »Wie kommen Sie auf diese Idee, Admiral?«, fragte sie mit Eis in der Stimme. »Die gesamte Welt ist in Aufruhr. Die TPA wirft uns öffentlich vor, dass wir das Auftauchen dieser neuen Bedrohung verschuldet haben, indem wir von der geplanten Expedition nach Alpha Centauri abgesprungen sind. Ich war nicht einmal Präsidentin, als die Entscheidung fiel, diese Mission zugunsten von Neu-Eden aufzugeben.«

Bailey nickte und ließ sie ihrem Ärger Luft machen. Dann atmete er tief durch. »Die Veröffentlichung des Videos auf diese Weise war falsch«, gab er zu. »Aber wir können davon Gebrauch machen, Frau Präsidentin. Die Angst kann ein mächtiger Motivator sein. Gegenwärtig fürchtet sich die ganze Welt vor den Zodark – das sollten wir ausnutzen.«

Der Ärger der Präsidentin schien nachzulassen. »Was schlagen Sie vor, Chester?«

Admiral Chester Bailey erhob sich aus seinem Stuhl und ging hinüber zur Wand.

Präsidentin Luca nennt mich nur selten beim Vornamen, dachte er für sich. Es war offensichtlich, dass sie überfordert war. *Aber wer wäre das nicht? Sie war kaum ein Jahr im Amt, bevor die Zodark entdeckt wurden. Und jetzt musste sie die daraus resultierenden negativen politischen und militärischen Konsequenzen ausbaden, die ihr Vorgänger ihr hinterlassen hatte.*

Admiral Bailey strich mit einer Hand über einen freien Bereich an der Wand, worauf plötzlich eine kleine Tastatur aufleuchtete. Er tippte einen Code ein, legte seinen Daumen auf den biometrischen Scanner und sah in die kleine Kamera. Die Tür, die sich daraufhin entriegelte und mit leisem Zischen öffnete, gab den Blick auf einen gut versteckten Safe inmitten der Wand frei.

Bailey zog eine althergebrachte Dokumentenmappe aus dem Safe und brachte sie an den Tisch zurück, wo er sie der Präsidentin zögernd reichte.

»Ich schlage vor, dass wir diesem Weg folgen«, sagte er, während sie ihm die Akte aus der Hand nahm, die mit gelben und roten Streifen versehen war und die Aufschrift ‚Einsichtnahme NUR durch den Präsidenten‘ trug. Nur zwei Personen in der ganzen Welt verfügten über die Sicherheitsstufe, die sie ermächtigte, den Inhalt dieser Akte zu sehen oder was immer sie enthielt, zu bearbeiten. Sie war so geheim, dass keine elektronischen Kopien existierten, um zu verhindern, dass diese Information kopiert oder gestohlen werden konnte.

Luca lächelte beim Anblick der Akte. »Präsident Roberts informierte mich darüber, dass der Direktor des Weltraumkommandos eine geheime Papierakte besaß, von der nur eine Handvoll Personen Kenntnis hat. Ich hielt es mehr oder weniger für einen Scherz. Aber ihm war es ernst damit. Was steht in dem Ding, dass so geheim ist, dass es nicht auf unseren Servern erscheinen darf?«

»Überzeugen Sie sich selbst, Frau Präsidentin«, erwiderte Bailey zurückhaltend.

Beim Lesen überflog Präsident Lucas Gesicht ein leichtes Lächeln. Sie nickte einige Male und blätterte die nächsten Seiten durch. Nachdem sie den größten Teil der Dokumente studiert hatte, schloss sie plötzlich die Akte und legte sie auf dem Tisch neben sich ab.

»Ich verstehe, was Sie meinen, Chester«, setzte sie an. »Und obwohl ich mit dem Inhalt dieses Berichts übereinstimme, der eindeutig sehr sorgfältig durchdacht ist, bin ich mir nicht sicher, wie wir die TPA davon überzeugen werden, mitzuspielen. Wie Sie wissen, ist deren Wirtschaftsvolumen beinahe doppelt so groß wie das unsere und ihre Bevölkerungszahl ist vier Mal so groß als die unsere. Wie stellen Sie sich vor, sie überzeugen zu können?«

»Frau Präsidentin, so groß wie die TPA ist, mangelt es ihr dennoch an den militärischen Fähigkeiten, die Erde oder Sol zu verteidigen«, erklärte Bailey mit vor der Brust verschränken Armen. »Die Hälfte ihrer Weltraumflotte ist im Centaurus-System stationiert. Den Hauptanteil der Verteidigung von Sol und den Umgang mit der neuen Bedrohung überließen sie uns – ohne viele Worte.

»Ich denke, dass wir sinnvoll dafür argumentieren können, ihre Streitkräfte und Wirtschaft mit unseren zu verschmelzen. Der Schlüssel hierzu ist die Garantie, dass ein gleichberechtigter Verwaltungsrat oder Senat etabliert werden wird. Auf diese Weise fühlen sie sich nicht vom politischen Prozess ausgeschlossen. Ich gehe davon aus, dass diese Idee umsetzbar ist.«

Präsidentin Luca sah ihn zweifelnd an. »Sie glauben wirklich, dass sie sich darauf einlassen …. eine neue Republik mit uns gründen?«

Bailey nickte. »Wenn wir es richtig anfangen, dann ja. In einigen Wochen erwarten wir die ersten Kommunikationssonden von Neu-Eden. Wenn wir einen großartigen Erfolg vorweisen, dann wird das unsere Bemühungen zugutekommen. Wenn wir geschlagen wurden oder große Verluste erlitten, untermauert das die Angst, auf der wir die Notwendigkeit dieses Zusammenschlusses basieren können. Frau Präsidentin, egal wie, beide Alternativen werden sich als Gewinn sowohl für uns als auch für Sol erweisen.«

In Gedanken versunken hob Luca das Kinn an und wägte eine ganze Weile still den Vorschlag und die damit verbundenen Risiken ab. Admiral Bailey war sich sicher, dass sie auch über die möglichen Konsequenzen für ihre eigene Position nachdachte – es gab keine Garantie, dass sie zum Staatsoberhaupt dieser neuen Regierung aufsteigen würde.

Mich machen sie sicher zum Anführer der kombinierten Streitkräfte, bedachte er sein eigenes Schicksal.

Langsam aber sicher breitete sich ein Lächeln auf Lucas Gesicht aus. *Ob sie wohl vorhat, Verteidigungsministerin zu werden?*, fragte sich Bailey dann. Falls er und sie sich zusammentäten, würden sie die wichtigsten Aspekte der Regierung kontrollieren; außerdem könnte sich Luca in den kommenden Jahren immer noch die Stelle der Premierministerin sichern.

»Ok, Chester, sehen wir, ob wir in dieser Richtung etwas erreichen können. Strecken wir unsere Fühler aus«, gab sie ihm den Marschbefehl.

****

Zehn Tage später

Admiral, die erste Kommunikationsdrohne von Neu-Eden ist soeben eingetroffen, kündigte Baileys Adjutant über seinen Neurolink an.

Admiral Bailey war über diese Nachricht erfreut. *Transferieren Sie die Datei auf mein Terminal und planen Sie für heute Nachmittag eine Konferenz, um die erhaltenen Information zu diskutieren.*

Nach der Erledigung aller verwaltungstechnischen Aufgaben klickte Bailey auf das Informationspaket, das die Drohne überbracht hatte und gab seinen Passcode ein, um das verschlüsselte Datenpaket zu entschlüsseln. Aus Sicherheitsgründen verfügten nur wenige ausgesuchte Leute über den Schlüssel, um die Akten der Kom-Drohnen zu öffnen. Dies war eine vom Weltraumkommando beabsichtigte Vorsichtsmaßnahme, die sicherstellen sollte, dass es den Fluss der Informationen kontrollierte. Falls die Erdenflotte vernichtet werden sollte – und der Himmel möge das verhüten – wollte das Kommando dieses Wissen solange für sich behalten, bis das weitere Vorgehen festgelegt werden konnte.

Nach dem Öffnen der ersten Datei, las Bailey eine Reihe von Zusammenfassungen, um sich einen schnellen Überblick über das Geschehene zu verschaffen. Das BLUF oder ‚die Bottom-Line-up-front-Aussage' – das Fazit – ließ Bailey wissen, dass die Flotte sicher im System eingetroffen war. Des Weiteren enthielt die Akte Informationen über zwei bisher unbekannte Zodark-Schiffe, die sich von den bislang bekannten komplett unterschieden.

Bevor Bailey weiterlas, klickte er auf einige Nahaufnahmen der beiden Schiffe.

Interessant, dachte er. *Nein .... riesig und furchterregend, das trifft wohl eher zu.* Das waren Kriegsschiffe; eindeutig Schlachtschiffe, die für die Front gedacht waren.

Admiral Bailey rief den nächsten Abschnitt auf, in dem das Geschehen der Schlacht ausführlich dargelegt wurde. Da Bailey dank der Zusammenfassung bereits wusste, dass Admiral Halseys Flotte gewonnen oder zumindest überlebt hatte, fehlten ihm jetzt nur noch die relevanten Details.

Je mehr Chester über die Schlacht las, desto mehr verkrampfte sich sein Magen. Admiral Halseys Flotte war es gelungen, ein als Kriegsschiff der Zodark eingestuftes Raumschiff zu zerstören, hatte andererseits aber drei ihrer vier als Begleitschiffe fungierenden Zerstörer verloren. Außerdem hatten sie sich mit einem Zodark-Träger angelegt. Sein Herz klopfte schneller, als er von dem Entern und der Übernahme des funktionsunfähigen Schiffes las. Die letzte Information, die im Paket enthalten war, ließ ihn wissen, dass sie den Versuch unternehmen würden, das erbeutete Schiff zu reparieren, um es nach Sol zurückzubringen. Im Fall des Scheitern dieses optimistischen Plans würden sie die Hauptkomponenten, die ihre sumarischen Alliierten als solche gekennzeichnet hätten, zur weiteren Untersuchung auf die Erde zurücksenden.

Die Unterlagen des ersten Kampftags enthielten über 2.000 Stunden an Videoaufnahmen zur weiteren Analyse. Admiral Halsey hatte allein über 1.000 Stunden für den Zeitraum angehängt, in dem die Deltas das Zodark-Trägerschiff betraten.

Bailey sah sich kurz einige Ausschnitte an. Der Kampfgeist und die Grausamkeit dieser Biester erschreckte ihn zutiefst. *Das sind wilde Tiere,* dachte er. Er war davon ausgegangen, dass der Ausbruch eines Zodark aus der Gefängnisabteilung der *Voyager* während der letzten Mission an Brutalität nicht übertroffen werden konnte, aber der Nahkampf, der auf dem eingenommenen Zodark-Schiff stattgefunden hatte, war ein surreales Ereignis.

Die Deltas waren die besten Krieger der Republik; körperlich verbesserte, kampferprobte Soldaten. Neben ihren Exoskelett-Anzügen, in denen sie kämpften, waren ihre Körper beträchtlich weiterentwickelt worden, um sie zu noch stärkeren, intelligenteren und härteren Soldaten zu machen. Wenn diese Super-Soldaten im Kampf mit den Zodark Probleme hatten, wie würde es dann den regulären Soldaten ergehen?

Entweder müssen wir eine weit größere Zahl der weiterentwickelten Soldaten trainieren oder uns insgesamt auf Kampf-Synth umstellen, wurde Bailey bewusst.

Als nächstes las Bailey den Schadensbericht der *Rook*. Das Schiff hatte während der Schlacht schwersten Schaden erlitten. Über 30 Prozent der Mannschaft waren entweder im Kampf getötet oder verwundet worden. Zu diesem Zeitpunkt war das Schiff absolut kampfuntauglich. Vor einem erneuten Einsatz musste es zunächst in einer Schiffswerft komplett überarbeitet werden.

Bailey verbrachte noch eine Stunde damit, die übrigen Berichte zu überfliegen. Er hatte genug gesehen, um zu wissen, was geschehen musste. Die Flotte hatte sich tapfer in einer wagemutigen Schlacht gegen die Zodark geschlagen und dabei einen großartigen Sieg errungen. Aber der Sieg hatte sie viel gekostet. Jetzt mussten sein Stab einen Plan erstellen, wie diese Information in Koordination mit der TPA an die Öffentlichkeit weitergegeben werden sollte.

****

»Admiral Bailey, das sind ja fantastische Nachrichten. Haben Admiral Halsey oder Admiral Zheng einen Termin für den Start des Bodenangriffs festgelegt?«, fragte Admiral Hongs holografisches Bildnis.

Admiral Hong Jinping war Baileys Kollege in der Tri-Parte-Allianz. Da das TPA-Militär nun voll an der Eroberung der neuen Welt beteiligt war, gestaltete sich die Zusammenarbeit der beiden Institutionen enger als je zuvor.

Bailey schüttelte den Kopf. »Nein, das haben sie noch nicht«, antwortete er. »Wie ich Admiral Halsey kenne, wird sie zunächst eine gründliche Erkundung der beiden Monde des Planeten anordnen, um sicherzustellen, dass keine anderweitigen Gefahren drohen, bevor sie den Befehl erteilt, den Planeten einzunehmen. Da uns heute die erste Drohne erreicht hat, dürfen wir jetzt 14 Tage lang täglich eine neue Drohne erwarten. Ich bin mir sicher, dass wir mit der morgigen Drohne sehr viel mehr Informationen erhalten werden.«

Admiral Hong nickte. »Dann schlage ich vor, wir warten auf ihr Eintreffen, bevor wir eine öffentliche Ansage machen, Admiral.« Sein

Ton verriet, dass es sich hierbei nicht um einen Vorschlag, sondern mehr um eine Anordnung handelte. »Wir sollten sicher gehen, dass unserer Flotte nichts Unverhofftes zugestoßen ist. Wir müssen davon ausgehen, dass die Zodark eine Notmeldung abgesetzt haben, sobald unsere Flotte im System erschien.«

Bailey öffnete den Mund, um etwas zu sagen, schwieg dann aber. Er musste zugeben, dass Admiral Hong Recht hatte. Sie durften nicht unterstellen, dass die Zodark nach dem Eintreffen der Flotte im System keine dementsprechende Nachricht versandt hatten. Sie sollten mindestens einen, wenn nicht zwei Tage warten, bevor sie der Welt mitteilten, was sich im Rhea-System abgespielt hatte.

Uneingeladen kamen Bailey die Videobilder des Delta-Sergeanten in den Sinn, der allein gegen die Zodark gekämpft hatte. Dem Video war die Empfehlung beigefügt, dem Mann eine Tapferkeitsmedaille zu verleihen. Der Gedanke daran brachte ihn auf eine Idee, wie sie in einigen Tagen die Neuigkeit an die Öffentlichkeit weitergeben würden.

Mit dem Blick auf das holografische Bild von Admiral Hong bestätigte Bailey: »Sie haben Recht, Hong. Ich bin ganz Ihrer Meinung. Warten wir ab. Sammeln wir zunächst die Drohnen-Daten mehrerer Tage, um uns ein besseres Bild von der Situation im System zu verschaffen.«

Admiral Hongs Ego schien sich mit den Worten ‚Ich bin ganz Ihrer Meinung‘ geschmeichelt zu fühlen, und das Ende ihrer Unterhaltung verlief überaus freundlich.

Nach dem Ende dieser Besprechung kehrte Admiral Bailey zusammen mit seinem XO und einer Handvoll Berater in sein Büro zurück. Die Tür wurde geschlossen und die Gruppe nahm Platz.

Bailey räusperte sich. »In dem Paket, das Admiral Halsey uns geschickt hat, befand sich eine Reihe von Videoaufnahmen«, begann er. »Zwei davon stammten von dem Enterteam, dass den Zodark-Träger stürmte. Der Sergeant, der den Angriff geleitet hat, heißt Master Sergeant Brian Royce. Captain Hunt, sein Kompaniechef, hängte dem Video seine Empfehlung an, ihm eine Tapferkeitsmedaille zu verleihen. Nach dem Abspielen des Videos, das ich Ihnen allen ans Herz legen möchte, schließe ich mich seiner Empfehlung an. Ich werde die Präsidentin um die Verleihung bitten.«

Ein leises Murmeln ging um den Tisch. Alle wollten dieses Video sofort sehen, um zu erfahren, was darin so eindrucksvoll war.

»Ich möchte dieses Video und die Bilder von Master Sergeant
Royce wirksam nutzen – wir werden ihn zum Vorzeigekind des
menschlichen Siegs im Angesicht dieses schrecklichen Bösen machen.
Bauen Sie diese Videos in eine Medienkampagne ein, um die Angst vor
den Zodark im Herzen jeder Person in Sol zu schüren – bevor wir mit
der hoffnungsvollen Nachricht enden, dass auch sie besiegt werden
können, so wie es dieser Sergeant bewiesen hat. Setzen Sie unsere
besten Leute daran.«
****

Orbitalstation John Glenn
Hauptquartier Musk Industries

Andrew Barry, der Geschäftsführer von Musk Industries saß in
seinem Drehstuhl und sah aus den deckenhohen Fenstern seines Büros
auf die riesige Schiffswerft seines Unternehmens hinaus. In den letzten
sechs Monaten war diese von 12 auf 20 Konstruktionsbuchten
angewachsen. Das Weltraumkommando baute gerade zusätzliche 50
Buchten in einer gigantischen neuen Werft kurz hinter dem Mond.
Selbst die Werften im Orbit über dem Mars waren von sechs auf 12
Buchten angewachsen, mit acht weiteren in Arbeit.

Sowohl seine als auch die Firma seines Konkurrenten, BlueOrigin,
erlebten eine unglaubliche wirtschaftliche Explosion. Die beiden
republikanischen Schiffsbauer konnten nicht genug Arbeiter einstellen
oder genug synthetische Humanoide kaufen, um der Nachfrage nach
Schiffen, die das Weltraumkommando an sie stellte, gerecht zu werden.
Barry wusste, dass es ein Wettlauf gegen die Zeit war, den Bau dieser
mächtigen neuen Flotten zu Ende zu führen.

Gerade eben fand er sich in einer äußerst kritischen Lage wieder.
Während er mehr Bauaufträge hatte, als er realistisch ausführen konnte,
gesellte sich jetzt auch noch der kritische Mangel an Ressourcen hinzu,
der die bereits begonnenen Projekten erlahmen ließ. Die Minenflotten
im Gürtel hatten sich im Lauf der letzten sechs Monate beinahe
verdreifacht – wie auch die Abbauoperationen auf dem Mars oder an
anderen Orten innerhalb Sols. Dennoch konnten auch sie mit der
ungebrochenen Nachfrage der irdischen Schiffswerften nicht Schritt
halten.

Barry sah zu, wie zwei Transportschiffe der *Ark*-Klasse mit der Hilfe von zwei Schleppern von der Station ablegten. Die beiden Schiffe würden um die 62.000 Menschen zur Alpha Centauri-Kolonie transportieren. Die Reise der *Arks* nahm acht Tage in Anspruch, gefolgt von einer Woche des Entladens sowohl ihrer menschlichen Fracht als auch vom mitgebrachten Transportgut. Danach würden die *Arks* zur Erde zurückkehren und die gleiche Tour wiederholen.

Zwischen den beiden republikanischen *Ark*-Transportern und der Vielzahl der kleineren TPA-Schiffe, sowie den Raumschiffen privater Transportunternehmen, verlegte die Erde jeden Monat eine halbe Million Menschen auf Alpha Centauri. Der Exodus würde sicher noch schneller voranschreiten, falls es den Werften erlaubt wäre, zivile Raumschiffe zu bauen. Die einzigen nicht-militärischen Schiffe, die sie momentan bauten, waren Lastschiffe für den Minenabbau im Gürtel. Alle anderen Konstruktionsbemühungen konzentrierten sich gegenwärtig einzig auf den Bau der neuen Flotte, die Sol verteidigen und einen militärischen Außenposten im Rhea-System etablieren sollte.

Ein Klopfen an der Tür holte Barry in die Gegenwart zurück. Er drehte sich in seinem Stuhl um und sah Admiral Chester Bailey in der Tür, begleitet von zwei seiner Adjutanten.

Die Sache muss wichtig sein, wenn mich der Flottenadmiral persönlich ohne vorherige Terminabsprache besucht.

Beim Aufstehen winkte Barry ihnen einladend zu. »Admiral, schön, Sie zu sehen. Alles ist in Ordnung, will ich hoffen?«

Der Admiral verzog das Gesicht. Offensichtlich war er nicht gekommen, um gute Nachrichten zu verbreiten.

»Ich hatte schon bessere Tage, aber danke der Nachfrage. Wir müssen reden, Andrew.« Die Vier nahmen am Konferenztisch des Büros Platz.

»Selbstverständlich, Admiral. Was kann ich für Sie tun?«, erkundigte sich Barry, dessen Neugier nun geweckt war.

»Die Unterlagen, die ich Ihnen zeigen werde, unterliegen der Geheimhaltungspflicht. Bevor wir weitermachen, muss ich Sie bitten, diese Vertraulichkeitserklärung zu unterschreiben.«

Andrew Barry hatte bereits die höchste Sicherheitsklassifizierung, die dem Militär gewährt werden konnten. Als CEO der größten Schiffswerft im Weltraum war er mit vielen geheimen

Schiffsprogrammen und Waffensystemen vertraut. *Wieso also eine neue eidesstattliche Versicherung unterschreiben?*

Barry nickte kommentarlos und legte seine Finger auf das biometrische Unterschriftsfeld der Erklärung. Daraufhin zog der Admiral einen kleinen holografischen Monitor aus einem gesicherten Aktenkoffer, den ihm einer der Adjutanten gereicht hatte, und schaltete die Vorrichtung ein. Das Bild einer Schlacht erschien.

»Dies ist ein zeitkomprimiertes Video des im Rhea-System stattgefundenen Konflikts. Wie Sie sehen, stieß unsere Seite auf zwei uns bislang unbekannte Schiffsarten, über die die Zodark verfügen«, erläuterte Admiral Bailey, während sie der Schlacht folgten. »Das Erste scheint ein Schlachtschiff oder ein großes Kriegsschiff zu sein. Sorgen macht uns das zweite Schiff, dass sich während der Hauptauseinandersetzung im Hintergrund hielt. Wie Sie sehen, hat es enorme Ausmaße. Es ist ungefähr drei Kilometer lang.«

Drei Kilometer .... Wahnsinn!, dachte Barry.

Er verfolgte die Entwicklung des Kampfs zwischen den Kriegsschiffen und war beeindruckt von der hohen Schussrate, die die *Rook* den Zodark-Schiffen entgegenwerfen konnte. Die Kanoniere dieser Schiffe verstanden es, ihre Waffen maximal einzusetzen. Wirklich interessant fand Barry dann aber, wie schnell der feindliche Kommandant nach dem Beginn der Schlacht auf die Waffen der *Rook* reagierte.

Das feindliche Schiff nahm zunächst scheinbar überrascht den ersten Beschuss der Magrail hin, bevor die Zodark mit Ausweichmanövern begannen. Dem Kommandanten musste aufgegangen sein, dass seine Panzerung dem unablässigen Beschuss nicht standhalten konnte. Trotz der Größe des feindlichen Schiffs schien es in seiner Manövrierfähigkeit in keiner Weise behindert zu sein.

Verdammt, dachte Barry. Die Technik der Außerirdischen beeindruckte ihn.

Admiral Bailey spulte das Video zur Schlacht zwischen der *Rook* und dem Träger vor. Zu Barrys Überraschung brachte die *Rook* das feindliche Schiff weit schneller in die Knie als er es für möglich gehalten hätte. Die Aufbesserung der großen Magrail-Gefechtstürme und die Integration der neuen Havoc-Raketen hatten sich zweifellos ausgezahlt.

Doch dann gingen die Zodark zum Gegenangriff über. Die seitlich gelegenen Hangars des Zodark-Trägers spuckten Welle über Welle von Raumjägern aus, die mit unglaublicher Geschwindigkeit auf die *Rook* zurasten, wo sie zuerst von den Magrail der *Rook* und später von ihren CIWS-Nahverteidigungswaffen begrüßt wurden. Rote Leuchtspuren durchzogen das All wie ein wahnwitziges Feuerwerk. Der Anblick, der sich ihnen bot, war einfach erstaunlich.

Plötzlich sprang Barry etwas ins Auge. »Was zum Teufel ist das?«, forderte er vom Admiral und deutete auf Objekte, die die außerirdischen kleinen Jäger abfeuerten.

Mit sorgenvollem Gesichtsausdruck erklärte Admiral Bailey: »*Die* sind der Grund, weshalb Sie eine neue Geheimhaltungserklärung unterschreiben mussten. Der After-Action-Report von Admiral Halsey sagt, dass es Plasmatorpedos sind. So etwas wie sie ist uns bisher nicht begegn....«

»Plasmatorpedos? Wie funktionieren sie?«, unterbrach Barry ihn aufgeregt. Die Idee eines Plasmatorpedos war ihm noch nie gekommen. Plasma würde jegliches Leitsystem, jedes Triebwerk oder jede Treibstoffquelle, die ihm bekannt war, schmelzen.

Admiral Bailey seufzte. »Ehrlich gesagt sind uns die technischen Details weitgehend unbekannt. Die Leute bei DARPA versuchen, sie zu entschlüsseln. Ihnen will ich insbesondere das hier zeigen ....«

Bailey zoomte das Bild näher an den Torpedo heran, der nun weit deutlicher zu sehen war. Oberflächlich sah er wie eine Standardrakete aus; etwas, das sie kannten und verstanden: ein Raketenantrieb am Heck, in der Nase ein Leitsystem und nahe dem Bug die hochexplosiven Sprengstoffe. Aber dieses Geschoss war anders.

Barry furchte die Stirn, als sich die lenkbare Rakete vor seinen Augen in eine Plasmawaffe verwandelte. Die *Rook* gab ihr Bestes, den feindlichen Torpedos auszuweichen. Viele verfehlten ihr Ziel, was Barry den verbesserten Manövrierdüsen zuschrieb, die sie im Rahmen der Aufrüstung der *Rook* hinzugefügt hatten. Er machte sich eine geistige Notiz, sie zum Bestandteil aller künftigen Kriegsschiffdesigns zu machen und sie dazu noch weiter zu verbessern, um den irdischen Schiffen in einer Situation wie dieser noch mehr Manövrierfähigkeit zu verleihen.

Der Plasmatorpedo, der die *Rook* traf, durchschlug problemlos ihre Panzerung. Er schien keinen hochexplosiven Sprengkopf zu enthalten, zumindest nicht, nachdem sich der Torpedo von einer lenkbaren Offensivwaffe in eine ungesteuerte Plasmawaffe verwandelt hatte. Dennoch richtete ihr Einschlag außergewöhnlich großen Schaden an.

Barry wandte sich an den Admiral. »Sie haben Videos, Bilder und Schadensberichte, die sich meine Ingenieure ansehen können?«

Bailey nickte. »Die haben wir. Glücklicherweise musste die *Rook* nicht allzu viele Einschläge dieser Plasmawaffen hinnehmen.« Er pausierte das Video. »Danach gelang es uns, den feindlichen Träger manövrierunfähig zu machen. Nach einem zweitägigen, intensiven Kampf konnte unser Enter-Team das Schiff in Besitz nehmen.«

Mit erhobener Hand stoppte Barry den Admiral vom Weitersprechen. »Wie bitte? Sie sagen, wir haben einen Zodark-Träger in unserer Gewalt? Ist es möglich, ihn in unsere Schiffswerft zu schleppen, um ihn dort genauer zu untersuchen?«

Bailey schüttelte den Kopf. »Nicht zu diesem Zeitpunkt. Das Schiff wurde während der Schlacht schwer beschädigt. Vielleicht ist eine Verlegung auf die Erde möglich, nachdem wir seinen technischen Bereich repariert und herausgefunden haben, wie sein FTL-System funktioniert. Die gute Nachricht ist, dass Admiral Halsey uns mitteilte, dass sie mehrere Dutzend beschlagnahmter Plasmatorpedos, einige feindliche Raumjäger und eine Unmenge sonstiger außerirdischer Ausrüstungsgegenstände mit dem nächsten Transporter zurück zur Erde senden wird. Bevor wir aber darauf eingehen, habe ich noch ein Video, das Sie sehen müssen.«

Der Admiral brachte ein auf einige Tage später datiertes Video hoch. Hier sahen sie, wie die Schiffe der Alliierten im Orbit um Neu-Eden herum von den Zodark installierte planetarische Verteidigungssysteme bekämpften. Barry registrierte, wie effektiv die bodengestützten Laser der Zodark waren. Obwohl sie von der Oberfläche abgefeuert wurden, behielten sie ihre Potenz durch die Atmosphäre hindurch weitgehend bei und trafen noch hart genug auf ein Schiff auf, um signifikanten Schaden anzurichten. Zudem waren sie äußerst wirksam bei der Zerstörung der Havoc-Raketen der Flotte.

Erneut konnte Barry diese kleinen Jagdschiffe beobachten, die sich durch die Umlaufbahn auf die Flotte zubewegten. Die irdischen Kräfte verteidigten sich mit den ihnen zur Verfügung stehenden Waffen so gut sie konnten, bevor schließlich doch mehrere der Plasmatorpedos den Durchbruch schafften. Er musste zusehen, wie diese Torpedos in das

TPA-Schiff *Xi* einschlugen und den schweren Zerstörer in Stücke rissen. Einer großen Zahl an Rettungskapseln gelang die Flucht, bevor das Wrack der *Xi* in die Atmosphäre des Planeten abstürzte. Die *Voyager* hatte das Glück, den Plasmatorpedos zu entgehen, aber die *Rook* musste zwei Treffer hinnehmen, durch die sie die komplette hintere Hälfte ihres Schiffes verlor.

An diesem Punkt meldete sich Admiral Bailey wieder zu Wort. »Die *Rook* ist verloren«, kündigte er emotionslos an. »Ein Teil der Mannschaft konnte das Schiff verlassen, aber die Verluste waren hoch. Und die *Xi* wurde vollkommen zerstört, wie Sie sahen.«

»Verflucht …. Damit stehen uns insgesamt nur noch die *Voyager*, ein Zerstörer und das zweite TPA-Schiff im System? Schicken wir die *Bishop*? Sie ist das einzige wahre Kriegsschiff, das uns geblieben ist.« Barry flüsterte beinahe.

Die RNS *Bishop* war das Schwesterschiff der *Rook*. Gerade erst ein Jahr nach ihrer Fertigstellung war sie das Flaggschiff der Ersten Flotte, die Sol bewachte.

Bailey schüttelte den Kopf. »Nein, sobald wir die *Bishop* aussenden, lassen wir Sol schutzlos zurück. Die *Voyager* und das, was uns geblieben ist, muss ausreichen.«

Barry konnte es nicht fassen. Die Feuerkraft der gesamten republikanischen Flotte stützte sich jetzt in der Hauptsache allein auf zwei Kriegsschiffe und drei Zerstörer. Er war sich nicht sicher, ob das ausreichte.

»Wir brauchen weit mehr Schiffe, und das so schnell wie möglich«, stellte Barry fest.

Admiral Bailey stimmte dieser nüchternen Einschätzung zu. »Das ist keine Übertreibung. Admiral Halsey teilte uns mit, dass sie die Operationen ihrer Bodentruppen einleiten und die Konstruktion des Weltraumaufzugs anordnen wird. Der Betrieb der Minen wird umgehend aufgenommen. Halseys erhielt die Anweisung, unmittelbar nach der Gewinnung von ausreichend Mineralien für die Konstruktion von zwei neuen Schlachtschiffen, diese Ressourcen mit einem der Transporter zur Erde abzusetzen. Vor dem Ablegen der Flotte gab ich ihr persönlich auf, alle fünf bis sieben Tage einen Transporter mit allem, was sie bis dahin abbauen konnten, zurückzuschicken.«

Bailey hielt einen Moment inne. »Mit der Ankunft der Ressourcen in Sol muss alles Menschenmögliche getan werden, um zumindest einige der Kriegsschiffe so schnell wie möglich fertigzustellen. Wir wissen nicht, wie viel Zeit die Zodark zum Entsenden einer anderen Flotte brauchen. Falls sie zeitnah mehr Schiffe senden, bin ich mir nicht sicher, ob die *Voyager* und eine Handvoll Kreuzer es überstehen werden. Wie lange wird es nach dem Eintreffen der Ressourcen dauern, bis zumindest eines der neuen Schlachtschiffe einsatzbereit ist?«

Barry setzte sich in seinem Stuhl zurecht und überlegte einen Augenblick. Er war sich nicht sicher. Eigentlich hatte er gehofft, mehr Zeit für das Einholen zusätzlicher Ressourcen zu haben. Dank dieser neuesten Ereignisse war ihm klar, dass ihm der Luxus der Zeit nicht vergönnt war.

»Ein Großteil der Schiffe befindet sich bereits im Bau«, versicherte Barry. »Wir haben die einzelnen Module nur noch nicht zusammengefügt. Sobald ich weiß, dass die Materialien auf dem Weg sind, können wir mit der Montage der Schiffe beginnen. Und nachdem das für den Bau und den Betrieb der Reaktoren unumgängliche Trimar und Morean eintrifft, sind wir soweit, die Schiffe dicht zu machen. Danach sollte der Rest des Ausbaus relativ zügig vorangehen.

»Zur Not können wir die Schiffe auch in Mindestausstattung auf den Weg nach Neu-Eden bringen – nur versehen mit den wesentlichen Offensiv- und Defensivkapazitäten zum Kampf gegen die Außerirdischen. Diese Idee sagt mir nicht besonders zu, aber die Ernsthaftigkeit der Situation könnte es verlangen. Wir sollten eine drastische Maßnahme wie diese in Erwägung ziehen.«

Admiral Bailey fixierte Barry mit durchdringendem Blick. »Machen Sie sich an die Arbeit, Andrew. Uns bleibt vielleicht nur wenig Zeit. Das Schicksal eines gesamten Volks könnte von der Fähigkeit von fünf Schiffswerften abhängen, die für einen Krieg nötigen Werkzeuge zu erstellen. Wir dürfen nicht versagen, Andrew. Es könnte unsere letzte Chance sein.«

Kapitel Fünf
Die Rettung

New-Eden
Planetenoberfläche

Bevor er die Rettungskapsel verließ, nahm Captain Hunt den kleinen Rucksack mit Materialien für die Notfallversorgung an sich. *Wer weiß, wie lange wir hier draußen ausharren müssen?,* fragte er sich.

Er sah, wie sich eine Reihe Überlebender auf dem Feld vor ihm aus ihren Kapseln befreite, und ging auf sie zu. Der Sicherheitchef seines Schiffs, Victor Dubois, war Teil dieser Gruppe, ebenso wie zwei seiner Waffenmeister.

Dubois übernahm sofort die Kontrolle der Situation und organisierte Suchtrupps, um weitere Überlebende aufzufinden. Das musste ihre erste Priorität sein. Währenddessen nutzte Hunt das Funkgerät aus seiner Kapsel dazu, Kontakt mit der Flotte in der Umlaufbahn über ihnen aufzunehmen, um eine Rettungsaktion zu organisieren.

Niemand konnte mit Bestimmtheit sagen, ob sich in ihrer Nähe Zodark aufhielten. Klar war allerdings, dass Hunderte von Rettungskapseln, die wie ein Meteoritenschauer durch das All rasten, sicherlich ihre Position verraten hatten.

Drei Stunden nach ihrer Notlandung auf dem Planeten hatten sich mehrere hundert Überlebende eingefunden. Hunt, der zunächst über die geringe Zahl der Mannschaftsmitglieder, die vor ihm stand, bestürzt war, erinnerte sich daran, dass viele Angehörige der Crew wohl schon in der hohen Umlaufbahn entkommen konnten – bevor die *Rook* in die Atmosphäre abgestürzt war. Sie befanden sich sicher an Bord der *Voyager* oder der *Xi.*

»Captain Hunt«, sprach Dubois ihn an: »Ich schlage vor, dass wir die Überlebenden in kleine Gruppen einteilen und sie in gewissen Abständen im Umkreis verteilen. Wir wissen nicht, wie viele Zodark sich in der Nähe aufhalten. Falls es sie gibt, sollten wir eine Art Verteidigungslinie organisieren.«

Hunt nickte. Er war dankbar, dass Dubois diesen Teil der Organisation übernahm, denn er war sicher kein Experte im

Infanteriekampf. »Eine gute Idee, Commander. Finden Sie heraus, wie viele Waffen uns zur Verfügung stehen und stellen Sie sicher, dass diejenigen, die am besten damit umgehen können, sie als Erste in den Händen haben. Die restlichen Waffen verteilen Sie dann ganz nach Ihrem Ermessen.«

Im Verlauf der nächsten 12 Stunden gesellten sich noch weitere Überlebende zu ihnen, ansonsten blieb alles ruhig. *Vielleicht sind die Zodark zu weit entfernt, um zu bemerken, dass wir gelandet sind,* wagte Hunt zu hoffen.

Um Mitternacht rissen Hunt dann plötzlich qualvolle Schreie aus dem Schlaf. »Was zum Teufel ist das?«, rief er erregt mit laut klopfendem Herzen. Es waren die furchterregendsten und herzzerreißenden Laute, die er je gehörte. Und sie wurden lauter und lauter, bevor sie abrupt erstarben. Gerade wollte er nach Dubois suchen, als eines seiner Mannschaftsmitglieder in die Mitte des Camps stürzte und sich dort vor allen erbrach.

»Sir …. das wollen Sie nicht sehen«, sagte der Mann, nachdem sein Magen nichts mehr hergeben wollte.

Captain Hunt und Dubois mussten sich natürlich trotzdem ansehen, was geschehen war. Was sie fanden, war wahrhaftig grauenvoll. Ein Zodark hatte eine der Wachen entlang ihrer Schutzlinie gefangen, aufgeschlitzt, und danach ihre abgetrennten Körperteile in Richtung ihres Camps geworfen. Hunt dachte, auch er müsse sich übergeben.

Außerhalb des Camps setzte auf einmal etwas ein, das sich wie ein Kriegstanz der Zodark anhörte. Stunden später hielt ihr Ritual die Erdenbewohner in allerhöchster Alarmbereitschaft weiter wach. Trotzdem gelang es den Zodark, noch mehr Wachen zu ergreifen. Hunt und seine Mannschaft waren gezwungen, dem qualvollen Sterben ihrer Kameraden zuzuhören, während sie bei lebendigem Leib zerfleischt wurden.

Den Erdenbewohnern gelang es, einige der Zodark zu eliminieren, bevor diese die Zahl der *Rook*-Crew weiter reduzieren konnten. Je länger sich die Nacht allerdings hinzog, desto mehr stieg die Anspannung.

»Warum greifen sie uns denn nicht endlich an?«, stöhnte Fran McKee, als Hunt und sie unter sich waren.

»Das werden sie. Schon bald. Im Moment wollen sie uns nur demoralisieren und terrorisieren, bevor sie sich dann endlich auf uns stürzen«, erwiderte Hunt so leise, dass nur Fran ihn hören konnte. »Sie spielen mit uns.«

Plötzlich erschien Dubois. »Captain, ich denke, wir sollten alle näher zusammenbringen«, schlug er vor. »Verringern wir die Größe des Camps. Es ist schwer, einen so großen Bereich im Dunkeln zu patrouillieren.«

»Tun Sie das, Dubois«, stimmte Hunt zu.

Die Waffenmeister verfügten nicht nur über ihre M85-Gewehre, sondern auch über Nachtsichtbrillen. Das Problem war jedoch, dass sie nicht genug für alle hatten. Außerdem waren sie insgesamt unzureichend bewaffnet. Zweiundvierzig M85-Gewehre und 48 Pistolen – nicht unbedingt ein Arsenal, das ausreichte, um einige Hundert Mannschaftsmitglieder auf einem feindlichen Planeten zu beschützen und zu verteidigen.

Ungefähr eine Stunde vor Sonnenaufgang begannen die Zodark ihren ersten Angriff auf die rechte Flanke der Verteidiger. Die Waffenmeister mit den Nachtsichtbrillen sahen sie kommen und eröffneten das Feuer über eine größere Distanz hinweg. Sie töteten eine Reihe dieser brutalen Biester mit den Magrail, bevor es den Zodark gelang, eine Bresche in ihren Perimeter zu schlagen. Sobald die Zodark die Verteidigungslinie durchbrochen hatten, setzten die Feinde ihre Kurzschwerter und ihre krallenartigen Fingernägel ein, um den Erdenmenschen einen schrecklichen Tod zu bescheren.

Der Angriff war schnell, grausam und kurzlebig. Erst im Morgengrauen wurde dann der wahre Horror der vorangegangenen Nacht ersichtlich. 52 Mannschaftsmitglieder waren dem Angriff zum Opfer gefallen und weitere 38 von Hunts Männern und Frauen waren verletzt. Der Captain musste sich beim Anblick seiner Weltraumkameraden, die dort in Stücke gerissen vor ihm auf dem Schlachtfeld lagen, übergeben.

Ein genauerer Blick auf die Zodark war ihnen ebenfalls möglich. Für Viele war es das erste Mal, dass sie diese Kreaturen aus der Nähe sahen. Wahrhaft hässliche Biester – die vier Arme ihres Oberkörpers erschienen einfach unnatürlich. Ihre bläuliche Haut entsprach dem bläulichen Blut, das sich um ihre enormen, drei Meter großen Kadaver ausbreitete. Ein monströser Feind.
****

Captain Miles Hunt hörte den dämonischen Urschrei der Zodark, der ihn mehr denn je innerlich erzittern ließ. Der erste Überfall war seit Stunden vorbei. Danach hatte der Feind seine Kampagne der psychologischen Kriegsführung wiederaufgenommen.

»Wo zum Teufel bleibt die Rettungsmannschaft?«, beschwerte sich Commander Fran McKee, sein XO. Ihr Gesicht war schmutz- und staubverschmiert, ihr schweißnasses Haar klebte ihr am Kopf, und ihre Uniform reflektierte einen harten Tag der Arbeit und eine Nacht des Kampfes.

Die Waffenmeister entlang der Verteidigungslinie überprüften ihre M85 und die wenigen Zodark-Waffen, die sie dem Feind hatten abnehmen können. Sie mussten auf den nächsten Angriff vorbereitet sein. Ihre präzisionsgesteuerten 20-mm-Granaten waren aufgebraucht; geblieben waren ihnen nur einige wenige Magazine für die Magrail and ein einziger Akku für ihre Blaster.

Mit einer einzigen armseligen Pistole in der Hand rief Hunt: »Alle Mann herhören! Admiral Halsey teilte uns mit, dass unsere Retter die *Voyager* bereits verlassen haben. Sie sollten in 20 Minuten landen. Wir müssen uns nur noch eine kleine Weile behaupten.«

Aus der Ferne erreichte sie ein infernalischer Schrei. Hunt spürte, wie sich ihm die Nackenhaare sträubten. Die Mannschaft stand kurz vor dem Zusammenbruch. Die letzten 24 Stunden hatte ihre Nerven bis aufs Äußerste strapaziert und offengelegt.

Commander McKee sprach Hunt über den Neurolink an. *Sir, ich denke nicht, dass wir einen zweiten Angriff der Zodark überstehen werden. Der letzte hat uns beinahe aufgerieben.*

Ich weiß, Commander. Aber als die Verantwortlichen müssen wir stark für alle sein. Wenn wir den Halt verlieren, geben alle auf. Sie müssen mir helfen, alle bei der Stange zu halten, ok?

McKee nickte, ohne ein Wort zu sagen. Sie versicherte sich, dass die Waffe in ihrer Hand schussbereit war und ging auf die Verteidigungslinie zu. Falls die Zodark innerhalb der nächsten 20 Minuten angreifen sollten, würde jede Waffe in diesem Kampf gebraucht werden.

Hunt sah hoch zum Himmel über ihnen. Er hoffte verzweifelt, dass der Rettungstrupp bald eintreffen würde. Sie standen vor dem Aus.
****

Plötzlich erzitterte die Luft, als ob ein Blitz sie elektrisiert hätte. Einer von Hunts Männern fiel von einem Blaster getroffen zu Boden. Der Schuss war aus wenigen hundert Metern Entfernung abgeschossen worden. Sekunden später folgte diesem Treffer ein durchdringendes Siegesgeheul.

»Sie kommen!«, schrie einer von Hunts Sicherheitsoffizieren.

»Gebt ihnen Saures!«, brüllte ein zweiter Sicherheitsoffizier.

Die Flottenangehörigen richteten ihre M85-Gewehre auf die angreifende Horde der Zodark. Die Magrail spuckten eine Projektil nach dem anderen aus.

Blaues Blasterfeuer der Zodark überwanden den Abstand zwischen den beiden Gruppen. Kleine Gruppierungen der Zodark gewannen dank ihrer Körpergröße unglaublich schnell an Boden. Der psychologische Effekt ihrer grauenvollen Schreie war niederschmetternd.

Die Mannschaft gab ihr Bestes, den Feind durch ihren Beschuss so weit wie möglich von sich entfernt zu halten. Sobald die Zodark auf Messerlänge herankämen, würde es ihnen ein Leichtes sein, die Menschen abzuschlachten. Im Gegensatz zu den RA-Soldaten oder den Deltas trugen diese auf dem Planeten gestrandeten Verteidiger keine Panzerwesten oder Exoskelett-Kampfanzüge.

»Rechte Flanke, aufgepasst! Sie versuchen uns auf dieser Seite zu umrunden!«, warnte Commander McKee, die sich bemühte, den Überblick über die Schlacht zu behalten.

Dubois, sowie zwei der ihm untergeordneten Offiziere, waren bereits dem letzten Angriff zum Opfer gefallen. Hunt und die verbliebenen Offiziere taten, was sie konnten, allerdings fehlte ihnen die Ausbildung im Infanteriekampf. Sie bekämpften Raumschiffe, keine Soldaten.

Da stimmt etwas nicht. Alle bewegen sich nach rechts. Mit dem Gefühl, dass etwas nicht in Ordnung war, wandte sich Hunt der linken Flanke zu. Zwei Laserschüsse flogen über seinen Kopf hinweg, während er sich gebückt von einer Deckungsposition zur anderen vorarbeitete. Hunt sah sechs seiner Leute, die sich eng hinter kleineren Bodenerhebungen, Baumstümpfen oder allem, was ihnen Deckung bieten konnte, versteckt hielten, während die Zodark sie unter Beschuss hatten.

Eines der Crewmitglieder sprang auf und feuerte sein M85 wiederholt in die generelle Richtung der Zodark ab. Er schaffte es gerade noch, sich hinter seine Deckung zu werfen, bevor mehrere blaue Lichter die Stelle heimsuchten, an der er noch vor einer Sekunde gestanden hatte. Der nächste Schütze hatte weniger Glück. Ein Zodark-Blaster riss ihm den Kopf vom Leib, bevor er sich in Deckung bringen konnte. Die enthauptete Leiche fiel zu Boden, zum Entsetzen des weiblichen Mannschaftsmitglieds, das in seiner Nähe kauerte. Sie stieß einen panischen Schrei aus, während neben ihr das Blut aus dem Körper des Toten spritzte.

Hunt wollte sich ihr anschließen und ebenfalls laut sein Grauen hinausschreien. Stattdessen unterdrückte er seinen Horror, rannte zur Leiche und entriss der Hand des toten Mannes sein M85.

»Vorsicht!«, schrie jemand hinter ihm. Hunt wandte sich gerade rechtzeitig um, um das Monster zu sehen, das in ihre Mitte sprang.

Heulend und mit ausgefahrenen Krallen stürzte sich der Zodark auf die Menschen, die ihm an nächsten standen, und begann sie zu zerfleischen.

Ein Angehöriger des Sicherheitspersonals schoss dem Zodark mit seiner M85 in den Rücken. Von mehreren Einschüssen durchlöchert, brach sein lebloser Körper über den beiden Menschen zusammen, die er gerade in Stücke gerissen hatte.

Hunt zielte mit seinem Gewehr in die Richtung, aus der der Zodark gekommen war, im Fall, dass einer seiner scheußlichen Kollegen dort in Erscheinung treten sollte.

»Ich brauche Ihr Gewehr hier, Sir«, dirigierte ihn jemand auf eine Position in ihrer Nähe.

Hunt sah, dass sie Recht hatte und nickte. Wenn er eines der Gewehre sein eigen nannte, dann musste er an vorderster Linie bereitstehen, um dort den Feind zurückzuhalten.

Über den Rand seiner Deckung hinweg sah Hunt um die drei Dutzend Zodark, die ihre rechte Flanke attackierten. Zwei Dutzend griffen ihre mittlere Position an, und soweit er sehen konnte, blieb die linke Flanke, die direkt vor ihm lag, bislang unbehelligt.

An die Frau neben sich gewandt, fragte Hunt zögernd: »Sollen wir auf die Zodark schießen, die unsere Mittellinie angreifen?«

Kurz drehte sie sich zu ihm um. Hunt erkannte sie als einen der Lieutenants in der Waffenabteilung. »Das ist in Ordnung«, bejahte sie. »Passen Sie nur auf, dass Ihr Kopf nicht zu lange ungeschützt bleibt. Ich denke, sie haben entlang des Waldrands dort drüben einige

Scharfschützen stationiert. So haben sie Bill erwischt.« Sie zeigte auf ihren toten Kollegen, dem Hunt die Waffe abgenommen hatte.

Plötzlich wurde das Gemetzel von einem Überschallknall übertönt. Hunt sah nach oben und hoffte, dass ihre Rettungstransporter eingetroffen waren. Zwei schwarze Osprey durchbrachen die Wolkendecke. Sie näherten sich vom Nordosten in ungefähr 1.000 Metern Höhe. Merkwürdig erschien Hunt nur, dass sie anscheinend nicht an Geschwindigkeit verloren.

Wenn das ein Rettungseinsatz ist, wieso bereiten sie sich dann nicht auf die Landung vor?, fragte er sich.

Mit dem Anflug der Osprey begann eine im Bug untergebrachtes doppelläufiges Railgun auf die angreifenden Zodark-Soldaten zu schießen und mähte viele von ihnen erfolgreich nieder. Begeisterte Schreie kamen von dem gestrandeten Flottenpersonal. Hunt erkannte, dass es sich hier um die Osprey der Sondereinsatztruppen handelte, als er hinter dem Piloten einen Bordschützen sah, der den Zodark mit seinem mehrläufigen Schnellfeuergewehr den Garaus machte. Das verdammte Ding klang von Hunts Standort aus so, als ob es Gewebe zerreißen würde.

Das offensichtlich überraschende Auftauchen der Fluggeräte brachte die Zodark aus dem Konzept. Viele von ihnen hielten mitten im Angriff inne und zielten stattdessen auf die Osprey.

Als einer der Osprey die Richtung wechselte, sah Hunt, dass die Heckklappe offen stand.

Oh mein Gott, das ist doch Wahnsinn, fuhr es ihm durch den Kopf. Soldat nach Soldat sprang von der hinteren Rampe aus etwa 100 Metern Höhe ab, ohne Fallschirme oder Seile, die ihren Fall verlangsamen konnten. Sie rannten einfach in unregelmäßigem Abstand aus dem Flugzeug hinaus, um verteilt zwischen Hunts Linien zu landen.

Hunt beobachtete, wie ein Soldat im freien Fall mit seiner Waffe auf einen Zodark zielte; der Delta traf den Feind mit tödlicher Treffsicherheit. Das Ganze erschien ihm unwirklich.

Näher am Boden gab eine kleine Rakete oder ein Sauerstofftank an den Füßen der freifallenden Soldaten dann etwas frei, das ihre Körper plötzlich aufzufangen schien. Bei der Landung sah es so aus, als ob sie nur kurz in die Luft, anstatt aus dem Heck eines Flugzeugs gesprungen wären. Es war der beeindruckendste Stunt, den Hunt je gesehen hatte.

Unmittelbar nach der Landung der Deltas wurden sie aktiv. Mit an die Schulter gepressten Gewehren rannten sie mit Höchstgeschwindigkeit direkt auf die Zodark zu. Keine Furcht, kein Zögern – einfach nach vorn, ihre Waffen unermüdlich im Einsatz.

Der Blick auf die feindliche Linie verriet Hunt, dass die zu wanken begann. Eine Reihe der Zodark waren von den heranstürmenden Deltas bereits ausgeschaltet worden. Die verfeindeten Gruppen waren nun in einen stetigen Kampf verwickelt, während sich der Abstand zwischen ihnen zunehmend verringerte.

Fünf der Delta-Soldaten rannten auf seine Position zu. Hunt war sich nicht sicher, ob er versuchen sollte, einen von ihnen zu stoppen und mit ihm zu sprechen, oder ob er ihnen einfach den Weg freimachen sollte.

Drei von ihnen setzten weiter den Zodark nach. Einer der Supersoldaten kniete sich neben ein verwundetes Mannschaftsmitglied und versorgte dessen Verletzungen, während ein zweiter Delta auf Hunt zukam.

Dank ihrer Helme und Visiere konnte Hunt keinen der Männer identifizieren, bevor er die Aufschrift auf der Uniform des Mannes las, der nun vor ihm stand. Hunt lächelte erfreut.

»Captain Hopper, Sie wissen nicht, wie sehr es mich freut, Sie zu sehen!«, begrüßte ihn Hunt, der weiter geduckt unterhalb der Feuerlinie des Feindes kauerte.

Die Blasterblitze der Zodark flogen immer noch über ihre Köpfe hinweg und kreuzten das Schlachtfeld. Den Deltakommandanten schien das nicht im Geringsten zu stören; er trat einfach auf Hunt zu, als sei das keine große Sache.

»Captain Hunt, schön zu sehen, dass Sie noch am Leben sind. Admiral Halsey lässt Sie grüßen«, erwiderte Hopper. Er ging an Hunt vorbei, schoss einige Male sein Gewehr ab, bevor er sich neben Hunt in Deckung brachte. »Tut mir leid, dass es so lange gedauert hat, bis wir Sie und Ihre Mannschaft erreichten, Sir. Bevor wir Sie retten konnten, mussten wir erst eine orbitale Station der Zodark ausschalten. Die orbitalen Angriffsschiffe sind bereits in die untere Atmosphäre vorgedrungen. Sie werden die RAS in Kürze absetzen.«

Hunt hatte wegen der langen Wartezeit seinem Ärger Ausdruck verleihen wollen. Keine ihrer vorherigen Informationen hatte darauf hingewiesen, dass es in ihrem Absturzbereich Zodark gab. Er hatte eine

Menge guter Leute in der Zeit verloren, in der sie gezwungen waren, auf das Eintreffen des Rettungsteams zu warten.

Hunt seufzte. »Schnee von gestern, Captain …. Danke, dass Sie jetzt hier sind. Wir hatten ernste Probleme. Gibt es in der Nähe eine Zodark-Basis, von der wir nichts wussten?«

Hopper zuckte mit den Achseln. »Davon ist uns nichts bekannt, aber es gibt so viel auf dieser neuen Welt, wovon wir nichts wissen oder was wir nicht verstehen – wie etwa die magnetische Anomalie, die unsere Sensoren durch die Atmosphäre hindurch beeinträchtigt.«

Das Gewehrfeuer und die lauten Schreie um sie herum setzte sich fort, während die Deltas ein gutes Stück über den Standort der Flottenmitglieder hinaus vordrangen. Sie verfolgten die Zodark bis weit in den Wald hinein, etwas, woran Hunt sich sicher nicht beteiligen würde.

Besorgt erkundigte sich Hunt bei dem Kommandanten der Deltas. »Halte ich Sie davon ab, Ihre Einheit zu leiten?«

Nach einer kurzen Pause schüttelte Hopper den Kopf. »Nein, Sir. Ich koordiniere den Kampf über meinen Anzug mittels meiner Künstlichen Intelligenz, über verschiedene Neurolinks und unseren Drohnen, die im Umkreis postiert sind. Ein komplettes Situationsbewusstsein macht es mir möglich, über alles, was um uns herum vorgeht, Bescheid zu wissen; auch darüber, wo sich meine Soldaten befinden. Außerdem leitet Master Sergeant Royce den Angriff für mich. Und dieser Mann ist mit Abstand der beste Mann im Einsatz. Er wird die Zodark jagen und sie vernichten.

»Ach, und bevor ich meinen Männern folge … Admiral Halsey erteilte mir den Befehl, Sie und den Rest der Mannschaft zu retten und zu beschützen. Ich lasse 12 meiner Männer hier als Sicherheitstrupp zurück, während der Rest der Einheit die Zodark entweder gefangen nehmen oder ausmerzen wird.«

Hunt stieß ein gestresstes Lachen aus. »Zwölf Soldaten? Mehr sind dafür nicht erforderlich?«

Hopper kicherte. »Die Zahl scheint Ihnen vielleicht nicht ausreichend, Captain, aber meine Deltas sind den Soldaten der Zodark weit voraus. Wir lernen außerdem, dass unsere Gewehr ihnen im Kampf weit überlegen sind; insbesondere, wenn das Gefecht in einigem Abstand voneinander stattfindet oder in einem offenen Bereich wie zwischen diesem und den Bäumen dort drüben.«

»Wann wird unsere Mannschaft zurück auf die *Voyager* transportiert oder wohin schicken sie uns?«, fragte Hunt abschließend.

Hopper rechte Hand deutete nach oben, wo Hunt mehrere Raumfähren entdeckte. Sie machte Anstalten dort zu landen, wo sich die Mehrheit seiner Leute versammelt hatte.

Nach dem Aufsetzen der Fähren luden die Raumsoldaten zunächst die Verwundeten ein, bevor der Rest der Mannschaft folgen konnte. Es würde mehrere Flüge erfordern, sie alle in den Weltraum zurück zu transportieren, aber schon bald würden sich alle wieder in ihrem bekannten Umfeld – in einem Raumschiff – aufhalten.

Bevor Captain Hunt sich zur letzten Raumfähre begab, hielt er Captain Hopper die Hand entgegen. »Vielen Dank, dass Sie uns zur Hilfe geeilt sind, Captain. Bitte richten Sie auch Ihren Männern meinen Dank aus.«

Hopper nickte. »Wir sehen uns in einigen Tagen auf der *Voyager*«, erwiderte er. »In der Zwischenzeit wird meine Einheit die verbliebenen Zodark in diesem Bereich jagen und vernichten und danach die nächste feindliche Stellung, die auf uns wartet, einnehmen.«
****

RNS *America*
Erstes Orbitales Angriffsbataillon
„Die Große Rote Eins"

»Aufgepasst, RAS! Es ist soweit … die Mission, für die wir trainiert haben!«, rief der Lieutenant. »In wenigen Minuten besteigen wir die Schiffe, die uns auf den Planeten bringen werden. Schnallen Sie sich fest an und bereiten Sie sich vor. Sobald wir gelandet sind, wird jeder Truppführer umgehend sein Objekt einnehmen und schnellstens das Umfeld sicher. Die uns folgenden Truppen werden den Sicherheitsbereich weiter ausdehnen. Truppführer, stellen Sie sicher, dass Ihre Teams zusätzliche Munition, Granaten, Erste-Hilfe-Packs und Wasser mit sich führen. Und jetzt, Abmarsch!« Nach dem Ende dieser Ansage übernehmen die Unteroffiziere die Kontrolle.

Die Flughalle der RNS *America* war ein wahrer Tummelplatz der Aktivitäten. Unteroffiziere und Offiziere versicherten sich ein letztes Mal, dass ihre Soldaten bereit waren und sich mit so viel Munition und Versorgungsgegenständen wie möglich ausgestattet hatten. Niemand wusste genau, wie viel Zeit sie auf der Oberfläche verbringen oder wann eine neue Lieferung an Versorgungsgütern eintreffen würde. Deshalb horteten sie die wichtigsten Gegenstände, die in einem Kampf benötigt wurden: Munition und Erste-Hilfe-Materialien.

»Ok, es ist soweit, Große Rote Eins! Zeit, einzusteigen und die Sache anzugehen. Wir sehen uns auf der Oberfläche«, verkündete der Bataillonskommandant, Major Ernie Coons.

Sergeanten und Offiziere riefen ihren Soldaten zu, die Landungsschiffe zu besteigen. Monate des Trainings hatten sie zu diesem Moment gebracht. Und jetzt war die Zeit gekommen – was allen als der wohl gefährlichste Job der Armee bekannt war – einen orbitalen Angriff in die Tat umzusetzen. Ein Zug von 52 Soldaten saß eng gepfercht in einer Fähre. Alles was sie tun konnten war Hoffen und Beten, dass es den Piloten gelingen würde, sie heil auf die Oberfläche zu bringen.

Der Gefreite Paul ‚Pauli‘ Smith war ein nervöses Wrack. Während der letzten Stunde der Vorbereitung hatte sein Magen verrückt gespielt. Und jetzt musste er in diese Metallbüchse hinein, um hier aus dem All auf den Planeten unter ihnen fallengelassen zu werden.

»Na los doch, Pauli, nun mach schon«, trieb ihn einer seiner Freunde, der im Laufschritt auf die Rampe ihres Schiffs zulief, aufgeregt an.

Pauli verdrängte seine Bedenken und seine Nervosität und verzog stattdessen sein Gesicht zu einem breiten Grinsen. Seit Jahren hatten sie sich auf eine solche Mission vorbereitet. Sie waren *Die Große Rote Eins*, das Erste Orbitale Angriffsbataillon, eine Einheit, deren Geschichte bis zurück zur alten Ersten Armeedivision reichte.

An Bord ihrer Shuttle fanden die republikanischen Soldaten ihre Sitze und schnallten sich an. Dann folgte der Lieutenant und nahm neben dem Sergeant des Zuges Platz.

Die äußere Tür des schloss sich. Ein leise zischendes Geräusch kündigte deren Versiegelung an. Eine Minute später schwenkte der bewegliche Arm aus, an dem ihr Landungsfahrzeug hing, und brachte damit ausreichend Abstand zwischen sie und die übrigen orbitalen Transporter. Sobald der Arm weit genug ausgefahren war, hingen sie einige Minuten einfach nur fest und warteten auf die Freigabe.

Klick. Der Arm hatte sie losgelassen.

Pauli spürte einen leichten Ruck. Er drehte sich zu seinem Freund Tom im Sitz neben sich um. Sie waren seit der Grundausbildung befreundet.

»Es ist soweit, Pauli. Wir sind auf dem Weg«, stellte Tom mit ernstem Gesichtsausdruck fest.

Pauli nickte nur; er hatte den gleichen Gedanken gehabt. *Das waren sie tatsächlich. Wir sind auf dem Weg zu einem fremden Planeten um echte Außerirdische zu bekämpfen. Wie verrückt ist das denn ....*

Das Shuttlefahrzeug musste zwischen dem Verlassen des Orbits und dem darauffolgenden Eintritt in die obere Atmosphäre einige Turbulenzen überstehen.

»Erinnern Sie sich an Ihr Training und Sie werden lebend hier herauskommen!«, schrie der Lieutenant ihnen während des Sturzflugs zu.

Pauli lachte leise in sich hinein. *Glaubt er das wirklich selbst?,* fragte er sich. *Wenn deine Zeit gekommen ist, stirbst du. Daran wirst du absolut nichts ändern ....*

Ihr Schiff schüttelte sich stärker und schwenkte stark von rechts nach links. Der Pilot wollte offensichtlich etwas aus dem Weg gehen.

Eine eindringliche Stimme meldete sich über den Lautsprecher. »Wir werden von der Landezone her beschossen. Es wird eine heiße Landung werden«, informierte sie der Pilot, was die Angst der Angeschnallten natürlich nur weiter steigerte.

Das Schiff ruckte plötzlich erneut nach rechts und schüttelte die Soldaten so nachhaltig, als ob das ganze Schiff auseinanderbrechen wollte. Ihr Schiff taumelte durch die Luft. »Wir wurden getroffen!«, schrie der Pilot. »Wir landen hart. Alle sofort raus, sobald wir am Boden sind!«

Lieber Gott, ich will noch nicht sterben!, betete Pauli inständig.

Dann schlugen sie mit einem schweren Schlag auf dem Boden auf. Im beengten Landefahrzeug überschnitten sich die Geräusche von sich verbiegendem Metall, sich entzündenden Funken, von Schreien und Gejammer. Die Türen auf beiden Seiten des Shuttles öffneten sich und ein Lichtstrahl drang hinein. Alle befreiten sich aus ihrem Gurtzeug und stürzten auf die Ausgänge zu.

Beim Verlassen des beschädigten Landungsfahrzeugs nahm Pauli das allseitige Chaos in sich auf. Große und kleine blaue Blasterblitze schossen auf die republikanischen Shuttles, die die Infanterie auf dem Planeten absetzen wollten, und auf die Infanteristen, die bereits gelandet waren.

Gerade wollte Pauli seinen Kumpels rechts von ihm etwas zurufen, als sie vor seinen Augen vom schnellen Blasterfeuer der Feinde getötet wurden. Der Kopf einer Soldatin explodierte direkt vor ihm. Ihre Leiche stürzte wie ein Sack Zement zu Boden.

Pauli legte sein M85 hoch an der Schulter an und feuerte mehrere Male auf die Position, in der er die dafür verantwortliche Waffe vermutete. Eine hochgewachsene Figur beschoss ununterbrochen die Transportshuttles, die weiterhin zu landen versuchten.

Pauli brachte sich in Deckung und warf dann einen ersten guten Blick auf einen feindlichen Soldaten. Zwei Zodark in Panzerwesten mit fremdartig aussehenden Waffen in ihren vier Händen rannten auf seine Kameraden zu. Die beiden Biester sprangen mitten in eine Gruppe von Soldaten hinein, die gerade dabei waren, eines der Landefahrzeuge zu verlassen.

Pauli stand mit dem, was er sah, wie gelähmt da. Einer der Zodark krallte sich an Soldaten fest und – bevor sie überhaupt reagieren konnten – hatte er bereits mehrere von ihnen in Stücke gerissen.

Pauli fand seine innere Stärke. Mit angehobenem Gewehr schoss er mehrere Male auf das riesige Biest und tötete es – aber nicht, bevor es noch mehr seiner Kameraden entweder kampfunfähig machen oder ermorden konnte. Es war furchterregend.

»Position unschädlich machen!«, schrie jemand.

»Rechte Flanke!«, brüllte ein anderer.

»Sanitäter! Hilfe! Sanitäter!«, rief ein Dritter verzweifelt.

»Achtung, Splittergranate!«

Krach .... BUMM ....

»Pauli! Da sind Sie ja. Los, Mann, Einsatz«, rief ihm ein Corporal, der Anführer seines Kampfteams, zu.

Pauli sah den Mann an, der sicher nicht älter als 22 Jahre alt war. Die Furcht stand ihm im Gesicht geschrieben, aber auch der Entschluss, zu überleben. Sie gaben sich gegenseitig Feuerdeckung, um andere Soldaten zu unterstützen, die einen mit einem Blaster schießenden Zodark angriffen.

In letzter Sekunde warf sich Pauli gegen einen riesigen Baumstamm, der gerade von der anderen Seite her von einer Anzahl von Schüssen getroffen wurde. Er ließ sich auf den Boden fallen, bevor die nächsten Einschläge den dicken Stamm über ihm durchschlugen. Mit seinem eigenen Gewehr im Anschlag zielte er auf den angreifenden Zodark. Zwei Mal drückte er auf den Abzug –- und eines der Magrail-Projektile ließ den Kopf des Außerirdischen explodieren.

Erwischt, du Schweinehund!

»Weiter!«, forderte ihn sein Teamführer auf.

Pauli sprang auf die Beine und preschte zur nächsten Stellung vor, die ihm Deckung bot. Versteckt hinter einer Gruppe großer Steine, hielten sich vier Kameraden seines Kampfteams auf. Alle hörten ein grauenvolles Kreischen. »Was zum Teufel ist das?«, fragte einer von ihnen.

»Das sind diese verdammten Zodark. Das ist ihr Gebrüll während des Kampfs und wenn sie zum Angriff aufrufen«, erklärte der Corporal und spähte um einen Stein herum, um zu sehen, was sich vor ihnen abspielte.

»Verflucht …. sie kommen!«, schrie er und schoss wiederholt auf etwas, das auf sie zustürzte.

Pauli sprang hinter den Steinen nach oben und schoss mehrere Male auf eine Gruppe von Zodark, die in ihre generelle Richtung auf sie zurannten. Er traf einen von ihnen und schoss dann solange weiter, bis er schließlich tot zu Boden fiel.

Pauli nahm den nächsten Zodark ins Visier. Die Männer seines Teams ließen in ihrem Beschuss ebenfalls nicht nach. Einer der Gefreiten nutzte sein M90 SAW, um ein halbes Dutzend von ihnen unter Dauerfeuer zu eliminieren. Nach kurzer Zeit hatten die republikanischen Magrail die angreifenden feindlichen Soldaten ausgemerzt.

»Ist euch das aufgefallen?«, fragte Pauli. »Mit Ausnahme ihrer Blaster müssen die Zodark nahekommen, um uns zu töten. Solange wir sie mit den Magrail auf Abstand halten, haben wir alles unter Kontrolle.«

Dann rannte Pauli hinter der Steinansammlung hervor, hinter der er sich versteckt hatte. Aus irgendeinem Grund fürchtete er sich nicht länger. Es war, als hätte jemand in seinem Gehirn einen Schalter umgelegt.

****

Eine Stunde später kam der Kampf langsam zu Ende. Die Erdenbewohner hatten diese Position endgültig eingenommen und kontrollierten damit diesen Bereich. Der Sieg war hart erkämpft. Die RAS hatten drei Bataillons orbitaler Angriffstruppen eingesetzt. Sie mussten 146 Tote beklagen und 281 Verwundete versorgen. Demgegenüber hatten sie insgesamt 430 Zodark ins Jenseits befördert und 24 gefangen genommen.

Nachdem sich dieser feindliche Standort nun in menschlicher Hand befand, machten sich die Soldaten daran, erneut defensive Stellungen einzurichten und den Ort in einen Gefechtsvorposten, kurz COP genannt, zu verwandeln. In einer Weile würden ihre Ingenieure ihr eigenes planetarisches Verteidigungssystem aufbauen. Bis dahin würden die RAS den Ort in eine defensive Festung verwandeln, die jedem weiteren Angriff der Zodark standhalten konnte.

Kapitel Sechs
Die Besetzung
RNS *Voyager*
Neu-Eden

Admiral Abigail Halsey las den neuesten Bericht von Neu-Eden. Die Bodenoperationen verliefen reibungslos. Im Verlauf der letzten 24 Stunden hatten sie 12 ihrer 32 RAS-Bataillone auf die Planetenoberfläche verlegt. Die Armee hatte bislang zehn der 14 Zodark-Basen, die sie auf dem Planeten identifiziert hatten, eingenommen oder unschädlich gemacht. Im Lauf der kommenden 12 Stunden würden sie die letzten Einrichtungen angreifen und einnehmen.

Halsey nickte kurz mit dem Kopf, als sie die Zahlen der Toten und Verwundeten sah. Sie waren hoch, aber nicht so hoch wie sie erwartet hatten. Die Strategie der orbitalen Bombardierung vor dem Angriff auf eine bestimmte Position hatte sich bezahlt gemacht.

Jetzt blieb ihnen nur noch, den Rest der Soldaten auszuladen und den Abbau in den Minen zu beginnen. Mit dem Rhea-System frei von Zodark-Schiffen und Neu-Eden den Händen der Zodark so gut wie entrissen, *mussten* sie jetzt schleunigst die dringend benötigten Mineralien abbauen und in aller Eile zurück zur Erde transportieren. Sie war sich nicht sicher, wie viel Zeit sie hatten, bevor weitere Zodark-Kräfte auftauchen würden. Aber sie würde sicherstellen, dass sie auf ihren Empfang vorbereitet waren.

Das Klingeln an ihrer Tür ließ Halsey wissen, dass sie einen Besucher hatte.

»Herein«, rief sie. Der Schiffscomputer, der den Klang ihrer Stimme erkannte, öffnete die Tür.

Sie lächelte ihrem Freund entgegen. »Miles, es freut mich so, Sie zu sehen. Ich bin froh, dass Sie unverletzt sind. Wie geht es Ihnen?«, erkundigte sie sich, während sie ihm um ihren Schreibtisch herum entgegentrat. Sie umarmte ihn kurz und sie tauschten Höflichkeiten aus, bevor sie sich in der Sofaecke ihres Büros niederließen.

»Vielen Dank für die Rettung meiner Mannschaft, Admiral«, erklärte Hunt als erstes. Dann lehnte er sich vor und fragte mit angespannter Stimme: »Was können wir jetzt für Sie tun? Ohne ein Schiff sitzen wir da wie ein Fisch auf dem Trockenen.«

»Eine gute Frage, Captain«, nickte sie. »Genau das wollte ich ansprechen. Ich werde keine personellen Veränderungen vornehmen, ohne dies vorab mit Ihnen besprochen zu haben. Wie Sie wissen, erlitt unser Schiff bei der Bekämpfung des letzten planetarischen Verteidigungssystems Schaden. Unsere Verluste ließen einige unbesetzte Stellen zurück. Wäre es Ihnen recht, wenn Ihre Mannschaftsdienstgrade oder Offiziere sich auf diese Posten bewerben?«

Hunt lächelte. »Ich denke, dass viele von ihnen diese Gelegenheit begrüßen würden. Ohne Schiff sind wir auf der Erde entweder gezwungen, Verwaltungsposten zu übernehmen, oder – und der Himmel verhüte das – eine Trainingseinheit zu leiten«, erwiderte er belustigt. »Da wir schon von der Erde sprechen, wann kehrt der nächste Transporter dorthin zurück? Kann der Rest meiner Crew mitfliegen? Ich denke, wir sollten Admiral Bailey berichten, was vorgefallen ist. Ich bin mir sicher, dass ich dort auch das Kommando über eines der neuen Kriegsschiffe übernehmen kann, die gegenwärtig im Bau sind.«

»Das gefällt mir an Ihnen, Miles. Sie leben nicht in der Vergangenheit. Sie mischen ohne zu zögern, direkt wieder mit«, komplimentierte Halsey ihn. »Um Ihre Frage zu beantworten – ja, ich werde den Rücktransport der Crew organisieren, die es vorziehen, nicht zu bleiben. Allerdings verlässt der erste Transporter Neu-Eden wohl erst eine Woche nach dem Beginn der Abbauarbeiten. Ich sah mir die Liste der Ressourcen für einen der trimarischen Reaktoren an. Ich will sicherstellen, dass ich beim ersten Mal ausreichend Mineralien mit dem Transporter zurückschicke, um mindestens sechs davon zu bauen. Der nächste Transporter wird erst ablegen, nachdem er voll ausgelastet ist, bevor er genug für 20 weitere Reaktoren mit sich führt. Ich hoffe, dass wir nach dem Beginn der Abbauarbeiten alle vier oder fünf Tage diesem Schema folgen können.«

»Wer hätte das gedacht, Admiral ….», schmunzelte Hunt. »Sie haben sich zur Logistikexpertin gemausert.«

Beide kicherten belustigt. Es war gut zu lachen. Das verringerte die Spannung, die sie beide fühlten. Halsey wusste, dass Hunt der Verlust seines Schiffes und eines Großteils seiner Mannschaft schwer zu schaffen machte. Aber auch an ihr war das Geschehen nicht spurlos vorbeigegangen. Im Zeitraum von nur fünf Tagen hatte sie beinahe 4.000 Menschen unter ihrem Kommando verloren – das war mehr, als ein militärischer Führer seit dem Ende des Großen Krieges vor über 50 Jahren hatte akzeptieren müssen.

Halsey brachte sich unter Kontrolle. »Miles, nach Ihrer Rückkehr zur Erde müssen Sie den Politikern und dem Militär klarmachen, wie lebensgefährlich es hier draußen ist. Diese Zodark werden nie aufgeben. Dazu kommt, dass sie weit länger als wir im Weltraum unterwegs sind. Wir haben keine Ahnung, wie groß ihr Reich ist, und über wie viele Schiffe sie verfügen.«

Hunt nickte. »Ich weiß. Ich bin mir sicher, dass das dem Weltraumkommando bereits hinreichend deutlich gemacht wurde. Unsere Kommunikationsdrohnen mit den Videos der Angriffe auf unsere Schiffe sollte sie inzwischen erreicht haben. Sie wissen, was vorgefallen ist, mit dem Verlust der *Xi* und der *Rook*.«

Halsey seufzte und sah aus dem Fenster. Da sie gegenwärtig außer Gefahr zu sein schienen, hatte sie die Entfernung der Schutzvorrichtungen befohlen. Das Fenster bot ihnen die Aussicht auf den unter ihnen liegenden Planeten und auf zwei nahegelegene Schiffe.

»Die *Columbus* fängt heute Abend mit der Konstruktion des Weltraumaufzugs an«, informierte Halsey den Captain. »Er soll in 30 Tagen einsatzbereit sein.«

»Das ist gut. Er wird den Transfer der Ressourcen von der Oberfläche her und den Transfer nötiger Ausrüstungsgegenstände aus dem Orbit nach unten beschleunigen«, erwiderte er. Hunt sah nun ebenfalls aus dem Fenster. Er wurde dieser Aussicht nie müde, obwohl er sie schon Tausende von Malen gesehen hatte. Aus einem Raumschiff im Weltraum auf einen lebenden Planeten hinunterzusehen, erzeugte in ihm immer noch eine Ehrfurcht, die nicht in Worte zu fassen war.

Captain Hunt beugte sich auf dem Sofa nach vorn. »Admiral, bezüglich des eingenommenen Zodark-Schiffs .... Wenn ich recht verstehe, haben einige unserer sumarischen Freunde etwas Erfahrung mit ihnen. Sind sie in der Lage uns zu helfen, das Navigationssystem zu verstehen oder generell, wie das Schiff funktioniert? Ist es möglich, bestimmte Teile zu retten oder das Schiff zurück zur Erde zu verlegen?«

Halsey griff nach ihrem Tablet und suchte in einer Datei eine bestimmte Akte, die sie öffnete. Das kleine holografische Sichtgerät auf dem Tisch zwischen ihnen produzierte ein Bild.

Hunt furchte die Stirn. »Was sehe ich mir an?«, fragte er.

»Unsere bisher größte Aufklärungsentdeckung«, stellte der Admiral vor.

Mit einem Finger berührte Hunt ein kleines Hexagon mit dem Titel ‚Rhea-System‘.« Plötzlich erschien eine Linie, die eine Verbindung zwischen dem Rhea-System und einem anderen System herstellte, das über einhundert Lichtjahre entfernt lag. Die Augen gingen ihm über, als er registrierte, dass er ein Navigationsnetzwerk vor sich hatte.

»Wenn Sie das Bild unseres Systems schließen, sehen Sie das andere, zu dem die Verbindung besteht«, erklärte Halsey.

»Ich muss ehrlich zugeben, dass ich nicht verstehe, was ich da sehe«, brummte Hunt. »Ich kann erkennnen, dass all diese Systeme in Beziehung zueinander stehen. Aber wie sind sie verbunden? Über eine Art Wurmloch? Ist es das, was uns die Sumarer sagen?«

Halsey holte tief Luft. »Ich fürchte, diese Information fehlt uns noch. Es könnte sich um Wurmlöcher handeln, über die die Zodark die unterschiedlichen Systeme erreichen, oder es könnten Sternentore sein. Erinnern Sie sich, als wir vor einigen Jahren zum ersten Mal auf die Sumarer trafen? Da war ein Sumarer namens Hosni, der angeblich der Sklave eines Zodark-NOS war. Er erwähnte damals, dass ihre Schiffe durch eine Art Sternentor-Vorrichtung reisen. Ich denke, genau das sehen wir hier vor uns.«

»Haben wir eine Idee, wo sich diese Portale befinden und wie sie funktionieren?«, war Hunts nächste Frage. Halsey sah, wie sich hinter seinen Augen eine ganze Reihe von Fragen anstauten, während er weiter auf die Sternenkarte starrte.

Sie zuckte mit den Schultern. »Ich weiß es nicht, Miles. Ich las mir Hosnis Informationen noch einmal durch. Er sagte, dass ein Sternensystem normalerweise über ein bis zwei Sternentore verfügt. Er betonte, dass einige Systeme bis zu vier Tore haben, war sich aber nicht sicher, ob es irgendwo mehr gab. Von den Zodark-Gefangenen lernten wir, dass ihre Schiffe zum gewünschten Tor reisen, es wie durch ein Wurmloch durchqueren, um auf der anderen Seite wieder zu erscheinen. Sie konnten uns nicht mit Bestimmtheit sagen, wie lange die Reise durch ein solches Tor dauert, außer dass der Abstand zwischen manchen Toren weiter als bei anderen ist und dass diese Sprünge dann dementsprechend länger dauern.«

Überwältigt schüttelte Hunt den Kopf, setzte sich auf der Couch zurück und betrachtete die neue Information aus einer anderen

Perspektive. »Einfach unglaublich, Admiral. Ist Ihnen klar, wie viele Sternensysteme dadurch erreichbar sind? Dieser Karte nach müssen es Hunderte sein.«

»Gemäß dieser Sternenkarte sind genau 587 Sternensysteme über eine Anzahl von Sternentoren miteinander verbunden«, stellte Halsey klar. »Die Karte verrät uns nicht, wie viele Planeten es in diesen Systemen gibt, aber es dürften Tausende sein.«

»Ich will keine Klischees von mir geben oder mich wiederholen, Admiral, aber diese Erkenntnis ändert alles. Wenn uns die Sumarer helfen, die Systeme der Zodark zu orten oder wenn wir den Standort all dieser Sternentore bestimmen können, steht uns ihr Gebrauch offen. Wir müssen Suchschiffe aussenden, um die größtmögliche Zahl dieser Sternentore zu orten und zu markieren.« In Hunts Stimme klang die Begeisterung über diese neuen Aussichten mit.

Halsey lächelte und hörte seinen Ausführungen noch einige Minuten lang zu. *Diese Entdeckung war wahrhaft aufregend.* Sie freute sich ungemein, sie mit einem Freund und Vertrauten teilen zu können. Die beiden diskutierten noch eine Weile und entwickelten einen Plan, wie ihre nächsten Schritte aussehen sollten – jetzt, da ihnen ein weit besseres Bild von dem vorlag, was sie hier draußen umgab.

Dazu legten sie noch einige Themen und Vorschläge fest, die Captain Hunt während seiner Konferenz mit Admiral Bailey und anderen Entscheidungsträgern zurück auf der Erde ansprechen sollte. Es war von entscheidender Bedeutung, das Rhea-System zu sichern. Sie mussten das Sternentor, das den Zugang zu diesem System erlaubte, finden und befestigen. Sobald sie dann eine Idee hatten, wo sie sich in Bezug auf die von den Zodark kontrollierten Systemen aufhielten, konnten sie diese Verbindungen ausbauen und die anderen menschlichen Welten von der Herrschaft der Zodark befreien.

Kapitel Sieben
Der Gürtel expandiert

Asteroidengürtel, Außenposten Gaelic
Blockfreies Gebiet

Liam Patrick stand zusammen mit seiner Partnerin Sara Alma in der Bucht des Hangars und wartete darauf, dass der republikanische Zerstörer den Andockungsvorgang abschloss. Dieser Besuch war vollkommen unerwartet. Niemand hatte auch nur entfernt vermutet, dass die Regierung der Erde sie je auf irgendeine Weise anerkennen, geschweige denn, ihnen Legitimität zusprechen würde. Sie waren Gürtelleute, Piraten, nonkonformistische Abtrünnige von der Zentralregierung. Dennoch, hier standen sie nun als Leiter einer Station mit 150.000 Bewohnern, und der Flottenadmiral persönlich stattete ihnen einen offiziellen Besuch ab.

Die Minuten verstrichen, bis sich die äußere Tür mit einem leisen Zischen öffnete. Eine Handvoll Militärangehöriger verließ das Schiff und verteilte sich. Ihr Auftreten schien in keinem Fall bedrohlich – sie waren nicht bewaffnet – aber sie schenkten dem, was sie erwartete und was um sie herum vorging, ihre volle Aufmerksamkeit. Danach betraten drei ranghohe Offiziere den Gang und gingen auf Liam und Sara zu.

Beim Näherkommen erkannte Liam Flottenadmiral Chester Bailey. Seine beiden Begleiter waren ihm unbekannt. Die Besucher streckten Liam und Sara die Hände entgegen, um sie zu begrüßen.

»Herr Patrick, Frau Alma, es ist mir eine Freude, Sie endlich kennenzulernen. Ich hatte schon eine Weile den Wunsch, mich einmal mit Ihnen zu unterhalten«, begrüßte sie Admiral Bailey. Liam sah Sara an; sie war eindeutig ebenso geschockt wie er.

Liam erwiderte in seinem ausgeprägten irischen Akzent. »Wir freuen uns ebenfalls, Sie persönlich kennenzulernen. Wenn es Ihnen recht ist, geben wir Ihnen zunächst eine Tour der Station. Später können wir uns dann privat in unserem Wohnbereich unterhalten. Dort ist es sicher und ruhig.«

Die Delegation der Republik folgte Liam und Sara, die ihnen einen kompletten Überblick über den Außenposten boten. Es hatte sie 15

Jahre gekostet, ihn einzurichten und in das zu verwandeln, was er war –
ein schwebendes Heim, weit entfernt vom Rest der Erdenbürger.

Und jetzt hatten Liam und Sara schon zwei weitere massive
Asteroiden im Blick, die sie in schwebende Stationen wie diese
verwandeln wollten. Diese Information würden sie heute allerdings
nicht mit ihren Besuchern teilen. Des Weiteren träumten sie von einer
größeren Struktur, die schlussendlich all ihre Asteroiden verbinden und
sie früher oder später in eine zusammenhängende Stadt vereinen sollte.

Nach einer Stunde der Führung konnte Liam sehen, dass Admiral
Bailey leicht nervös wurde. Er zeigte ein offensichtliches Interesse an
dem, was sie aufgebaut hatten, und stellte eine Menge ausgezeichneter
Fragen, aber Liam spürte, dass ihm das, worüber er mit ihnen reden
wollte, nun dringend auf der Seele lag.

Aus diesem Grund lud er ihre Besucher dann in seine und Saras
Penthouse-Wohnung ein, um dort ihre private Unterhaltung zu führen.
Schließlich war sie der Grund, weshalb Admiral Bailey diesen Besuch
angesetzt hatte.

Nachdem die Tür ins Schloss gefallen war, nahm die Fünfergruppe
am Tisch im Wohnzimmer Platz. Liam begann das Gespräch.
»Admiral, ich freue mich sehr, dass jemand Ihres Rangs unsere Station
besucht; es bedeutet den Menschen, die diesen Ort als ihr Zuhause
ansehen, sehr viel. Während unseres Rundgangs wurde offensichtlich,
dass Ihnen etwas Sorge bereitet. Ich gehe davon aus, dass das mit
Ihrem Besuch hier zusammenhängt. Warum kommen wir also nicht
gleich zur Sache? Was führt Sie zu uns?«

Admiral Bailey, der diese Direktheit begrüßte, erwiderte: »Ich
hörte bereits, dass Sie kein Blatt vor den Mund nehmen. Das gefällt
mir. Das erspart uns eine Menge politischen Geredes, das reine
Zeitverschwendung ist. Also, dann sofort zum Thema – ich brauche
Ihre Hilfe und möchte Ihnen, falls Sie einverstanden sind, ein
entsprechendes Angebot unterbreiten.«

Ich wusste es! Wir sollen Ihnen einen Gefallen tun ..., dachte
Liam. Er bemühte sich, seinen Gesichtsausdruck so neutral wie
möglich zu halten.

Sara antwortete, bevor Liam reagieren konnte. »Admiral, der
Gedanke, dass wir einer Großmacht wie der Republik oder der TPA
helfen könnten, ist schmeichelhaft, aber wir sind nur ein kleiner

versteckter Außenposten im Gürtel. Was haben wir zu bieten, das einen Wert für Sie hat?«

»Sara, nicht wahr?«, erkundigte sich der Admiral, der wohl versuchen wollte, das Gespräch mit dem Gebrauch ihres Vornamens persönlicher zu gestalten. »Wenn ich Recht verstehe, sind Sie die Ingenieurin und Stationsleiterin, die für die Entstehung dieser Einrichtung zum großen Teil verantwortlich ist, stimmt das?«

Sara nickte.

»Dann verstehen Sie die technischen Aspekte, wenn es darum geht, etwas in dem Ausmaß zu erbauen, das das Gewöhnliche weit übersteigt. Ich bin hier, um Sie um einen Gefallen zu bitten. Wir brauchen Ihre Hilfe, besser gesagt, die Erde braucht Ihre Hilfe. Es geht nicht um die Republik oder um die TPA allein – es geht um die Menschheit.«

»Wow, einen Augenblick, Admiral ....«, unterbrach ihn Liam, »Bevor Sie weitersprechen .... Wir gründeten diesen Posten und heißen hier jeden willkommen, der eine Zuflucht weit entfernt von den Regierungsmächten der Erde sucht – nicht, um nun in deren Politik und Konflikte verwickelt zu werden.«

Der Admiral zwang sich zum Schweigen, bis Liam ausgesprochen hatte. »Ich verstehe Ihre Einstellung, Herr Patrick, aber Sie missverstehen mein Motiv«, konterte er. »Die Zodark sind nun auf Gedeih und Verderb im Bild. Es sind furchteinflößende außerirdische Kreaturen, die mehr als eine uns bisher unbekannte menschliche Welt versklavt haben. Und die Vorfahren dieser Menschen stammen womöglich von der Erde ab. Aber egal woher die Menschen auf diesen anderen Planeten auch kommen, sie wurden versklavt. Nachdem die Zodark nun von unserer Existenz wissen, haben sie uns im Visier. Diese Biester stellen nicht nur für die Erde, sondern für unser gesamtes Sonnensystem eine Gefahr dar. Als Menschen müssen wir uns zum Wohl der Gemeinschaft zusammenschließen, um unsere Spezies gegen diesen neuen Feind zu verteidigen.«

»Was genau erwarten Sie von uns, Admiral?«, kam Sara auf den Punkt.

Admiral Bailey lächelte. »Wir möchten, dass Sie uns dabei helfen, hier draußen eine Schiffswerft einzurichten – einen Standort weit entfernt von unseren Hauptwerften, für den Fall, dass die Zodark unser System eines Tages tatsächlich entdecken und angreifen. Wir müssen sicherstellen, dass wir durch einen einzigen Angriff nicht unsere gesamte Verteidigungsfähigkeit verlieren der zur Versklavung der gesamten Menschheit führt.«

Liam und Sara starrten den Mann von der Erde einige Sekunden sprachlos an, bevor Liam sich erkundigte: »Ok, angenommen, wir stimmen Ihrer Bitte zu. Welchen Vorteil ziehen wir daraus?«

Admiral Bailey lehnte sich vor, um dem Gewicht seiner Worte noch mehr Geltung zu verleihen. »Sie erhalten die offizielle Anerkennung vonseiten der Republik und der TPA als eigenständiges Volk und unabhängiges Land mit eigener Regierung. Und um unser Angebot noch verlockender zu machen, werden wir jedes zehnte Kriegsschiff, das in der neuen Werft gebaut wird, Ihrer Regierung zum Gebrauch überlassen. Das ermöglicht Ihnen einen Aufbau Ihrer eigenen Marine ohne jegliche Aufwendungen Ihrerseits. Wenn Sie möchten, bilden wir sogar Ihre Mannschaften in unserem Trainingsprogramm aus.«

Liam wollte gerade diesem Handel zustimmen, als seine bessere Hälfte sich zu Wort meldete. »Wir werden mehr als Anerkennung und hin und wieder ein Schiff brauchen, Admiral; wir wollen Technologie. Wir wollen eine Langzeitvereinbarung für einen kontinuierlichen Handel mit Sol und an anderen Orten. Sie sahen, dass wir auf dieser Station nur dank der Ressourcen, die wir im Gürtel abbauen und einkaufen, in der Lage sind, Produkte herzustellen. Wir sind davon abhängig, Ausrüstungsgegenstände und Komponenten zu importieren, die wir selbst hier nicht herstellen können.«

Der Admiral nickte und strich sich nachdenklich mit der Hand über das Kinn, so als ob er einen Moment über diese Frage nachdenken musste. Liam war klar, dass der Admiral diese Forderung bereits vorausgesehen hatte.

Admiral Bailey sah zunächst Liam dann Sara in die Augen. »Einverstanden«, erklärte er. Liam drehte sich zu Sara hin, die ihn zweifelnd anlächelte. *Sie sollte erfreut sein. Hier bot sich gerade eine fantastische Gelegenheit für sie und ihre Leute.*

Aber Sara war noch nicht zufrieden. »Admiral, die Zodark .... wie bedrohlich sind sie wirklich? Ich bezweifle, dass Sie einen solchen Handel mit uns eingehen würden, wenn die Situation unter Kontrolle wäre. Was ist dort draußen vorgefallen, das Sie veranlasst, gerade uns dieses großzügige Angebot zu unterbreiten?«

Diese Frage veranlasste den Admiral unbehaglich in seinem Stuhl hin und her zu rutschen, so als sei er unsicher, ob er ihnen die Wahrheit gestehen und wenn ja, wie viel er mit ihnen teilen sollte. Er deutete einem seiner Adjutanten an, ihm den Aktenkoffer zu reichen, den der für ihn bereit hielt. Nach dem Öffnen stellte Bailey einen holografischen Projektor auf dem Tisch vor ihnen ab. Nach einer kurzen Eingabe auf einem Tablet erschien ein Bild über dem Tisch.

»Was ich Ihnen heute zeige, müssen Sie zunächst für sich behalten. Allerdings wird eine systemweite Verbreitung Ihnen nichts einbringen; dieser Ausschnitt wird in den kommenden Tagen vielfach geteilt werden. Vor zwei Wochen kehrte eine Drohne aus dem Rhea-System zurück. Ich spiele Ihnen eine komprimierte Version der dort stattgefundenen Schlacht vor«, erklärte Bailey. Die Gruppe verfolgte den Ablauf des Kampfs.

Fasziniert sah Liam seiner ersten echten Weltraumschlacht zu. Das war nicht eine seiner kleinen ‚Scharmützel‘, an denen er als Pirat im Gürtel teilgenommen hatte – es war ein waschechter Kampf zwischen massiven Kriegsschiffen. Als einer der kleineren Zerstörer in Stücke gerissen wurde, hielt Sara sich schockiert die Hand vor den Mund.

Das große republikanische Schiff, das den Angriff leitete, agierte aggressiv – weit aggressiver, als Liam es für nötig befand. Er sah, wie das Schiff das Feuer eröffnete. Beinahe kam es ihm vor, als spulte sich ein alter schwarz-weißer Filmclip aus dem Zweiten Weltkrieg von vor über 100 Jahren vor seinen Augen ab. Das republikanische Schiff beschoss das Schiff der Zodark mit der größten Magrail-Kanone, die Liam je gesehen hatte. Er folgte den Projektilen, die auf direktem Kurs in die Zodark-Schiffe einschlugen. Überrascht ging ihm auf, dass er tatsächlich auf der Seite der republikanische Flotte stand, obwohl er die Republik die meiste Zeit seines Lebens als Gegner angesehen hatte.

Dann spuckte das große feindliche Schiff eine Unzahl an kleineren Schiffen aus.

»Raumjäger«, kommentierte einer von Baileys Adjutanten. Sobald sie näher kamen, setzte das republikanische Kriegsschiff eine Vielzahl an kleinerer Anti-Jäger-Munition ab. Das überraschte Liam. Er hatte keine Ahnung, dass die Republik eine solche Technologie in ihre Kriegsschiffe integriert hatte. Es war unglaublich, wie schnell das Raumschiff den angreifenden feindlichen Jägern ein Willkommen entgegensenden konnte. Es ließ eine breite Schneise der Zerstörung zurück, bevor die Jäger mit Ausweichmanövern begannen.

Dann schossen die Jäger ihre eigene Munition ab, die wie ein Schwarm aufgebrachter Bienen auf das republikanische Kriegsschiff zurasten. Liam war zuversichtlich, dass sie von Abwehrfeuer vernichtet werden würden, was auf die meisten auch zutraf. Einige von ihnen verwandelten sich allerdings in etwas, das er noch nie gesehen hatte.

»Was zum Teufel ist das?«, fragte er endlich.

Admiral Bailey antwortete mit schwerer Stimme: »Das, Liam, ist ein Plasmatorpedo. Das republikanische Schiff, das Sie dort sehen, ist die *Rook*. Sie musste zwei Treffer hinnehmen, die das Schiff beinahe zerstört hätten. Wären ihr die Zerstörer und die *Voyager* und *Xi* nicht zur Hilfe gekommen, wäre die *Rook* sicher untergegangen. Es war eine schwere Schlacht; eine, die wir beinahe verloren hätten.«

Bailey stoppte das Video. »Die Öffentlichkeit wird dies in wenigen Tagen sehen. Sie müssen verstehen, welchem Feind wir gegenüberstehen. Wir alle müssen unsere internen Feindseligkeiten begraben und zusammenarbeiten, oder wir sind verloren. Wir können diese Kreaturen nicht alleine bekämpfen. Das ist der Grund meines Besuchs. In der Vergangenheit standen wir nicht immer auf der gleichen Seite. Aber ich will, dass wir das Kriegsbeil begraben – wenn ich es so ausdrücken darf – um eine gemeinsame Grundlage zu finden.

»Sie, Liam, sind hier inzwischen für eine große Zahl Menschen verantwortlich. Sie sehen zu Ihnen als ihren Anführer auf, suchen Ihren Schutz. Falls die Zodark einfallen, steht keinem von uns, einschließlich Ihren Leuten, eine Zukunft bevor. Deshalb muss ich wissen, ob wir mit Ihrer Hilfe rechnen können, indem Sie uns erlauben, hier eine Schiffswerft einzurichten und Ihre Leute einzubeziehen, um die nötigen Kriegsschiffe zu bauen, die diesen Gegner besiegen werden.«

Liam setzte sich in seinem Stuhl zurecht und wechselte einen nervösen Blick mit Sara. Ihr Gesicht drückte Angst aus; etwas, das er sehr selten in ihr sah. Er wusste, dass er ihrer Angst entgegenwirken und aktiv werden musste. Diese Gelegenheit durfte er nicht ungenutzt an sich vorbeiziehen lassen.

Liam nickte dem Admiral zu, dem Mann, der einst sein Feind gewesen war, und streckte ihm die Hand entgegen. »Einverstanden, Admiral, zum Wohl der Menschheit erlaube ich Ihnen, hier eine Schiffswerft zu erbauen. Voraussetzung hierfür ist allerdings, dass Sie

unsere Eigenstaatlichkeit in diesem Bereich anerkennen«. Er beugte
sich vor, damit der Admiral auch *wirklich* die Bedingungen ihres
Handels verstand. »Wir arbeiten mit Ihnen zusammen, wir bauen Ihre
Schiffe, aber wir wollen unsere Unabhängigkeit beibehalten. Sobald
dieser Konflikt mit den Zodark beendet ist, werden wir vielleicht sogar
unsere eigene Welt in der Weite des Weltraums besiedeln wollen.
Haben Sie irgendein Problem mit dem, was ich Ihnen gerade vortrug?«

Admiral Bailey lächelte und hielt ihm die Hand entgegen. »Wir
haben ein Abkommen, Herr Patrick, wir haben ein Abkommen.«
****

Das Rhea-System
In der Umlaufbahn um Neu-Eden

Halsey wandte sich an Captain Erin Johnson, ihren XO: »Captain
Johnson, bitte schicken Sie Hadad eine Nachricht, er möchte zur
Brücke kommen. Ich möchte mit ihm reden.«

Kurz darauf meldete sich der Sumarer im Nervenzentrum des
Schiffs und trat an Admiral Halsey heran. Er verbeugte sich leicht.
»Admiral, Sie wollten mich sprechen?«, fragte er respektvoll.

Lächelnd erwiderte Halsey seine Verbeugung. Sie fing wirklich an,
die Sitten der Sumarer zu lieben. Es war eine sehr respektvolle und
kultivierte Gruppe. Noch dazu waren sie außergewöhnlich intelligent;
ihre Technologie war in vielen Bereichen der der Erde weit voraus.

»Danke, Hadad. Nennen Sie mich doch bitte Abigail.«

Dann deutete sie mit dem Arm in Richtung ihres Büros. »Lassen
Sie uns in meinem Büro reden. Wir haben eine Entdeckung gemacht,
zu der ich Ihre Meinung hören möchte.«

Abigail führte sie von der Brücke und bedeutete Captain Johnson,
sie zu begleiten. Ihr XO sollte ebenfalls an dieser Diskussion teilhaben.

Im Büro nahmen sie Platz.

»Sie sehen besorgt aus, Abigail. Was gibt es? Wie kann ich
helfen?«, erkundigte sich Hadad fürsorglich.

»Sie sind einfühlsam wie immer«, bestätigte Halsey seine
Feststellung. »Wir erhielten eine Nachricht von einem unserer Schiffe.
Sie denken, sie haben ein Sternentor gefunden und wollen es nun näher
untersuchen. Was können Sie uns über die Sternentore erzählen,
Hadad?«

Überrascht lehnte sich Hadad in seinem Sitz zurück; er antwortete nicht sofort. Nach kurzer Überlegung warnte er: »Bitte seien Sie im Umgang mit dem Sternentor sehr vorsichtig, Abigail. Niemand weiß, was uns am anderen Ende erwartet.«

Halsey hob die Hand, um ihn zu stoppen. »Doch, Hadad, das wissen wir.« Sie griff nach ihrem Tablet, worauf eine holografische Karte mitten über dem Kaffeetisch zu schweben begann. Sie zeigte auf das Rhea-System. »Das sind wir. Der Sternenkarte nach verbindet uns dieses Sternentor mit einer Region im Weltraum, die die Zodark Ratan nennen. Das Sternentor gewährt den Zugang zu einem System namens SN9S-N. Von dort aus scheint es den Eintritt in eine Vielzahl anderer Systeme zu eröffnen ….«

»Abigail, wollen Sie damit sagen, Sie verfügen über eine funktionsfähige Navigationskarte der Zodark?«, unterbrach sie Hadad eindeutig überrascht.

Abigail lächelte und nickte. »Das Zodark-Schiff, das wir einnahmen, hatte eine aktive Sternenkarte an Bord. Wir versuchen weiter, sie zu entschlüsseln, aber es gibt immer noch Bereiche ihrer Sprache, die wir nicht vollständig verstehen. Vielleicht können Sie uns bei der Übersetzung behilflich sein.«

»Sie erlauben?«, bat Hadad und berührte die holografische Abbildung.

Halsey nickte. Sie und Johnson sahen zu, wie Hadad durch mehrere Ebenen der Sternenkarte navigierte. Schließlich brachte er ein System nach vorn und verband es irgendwie mit dem System, in dem sie sich momentan aufhielten.

»Das ist mein Heimatsystem. Die Zodark nennen es YV-FDG; mein Volk nennt es Lagash nach unserer Sonne. Sie ist ein gelber Zwergstern, so wie die Ihre.« Danach hob Hadad noch mehrere andere Systeme hervor, die in einer Kette miteinander verbunden waren, bis diese Kette schließlich ihr Ende erreichte. »Unser System, Lagash, ist mit einer Reihe anderer Sternensysteme verbunden. Ich persönlich habe unser System außer zum Transport auf die Gefangenenkolonie nie verlassen. Aber vor Hunderten von Jahren, bevor die Zodark unser Weltraumreisen beschränkten, schickten wir eine Expedition aus, um diese Kette zu erforschen. Die Forscher waren mehrere Jahre unterwegs. Nach ihrer Rückkehr berichteten sie, dass es in jedem dieser

Systeme zumindest einen bewohnbaren Planeten gibt«, erläuterte
Hadad, der mehr und mehr in Fahrt geriet.

»Unser Volk nahm diese Entdeckung mit großem Optimismus
auf.« Er hielt inne und seine Begeisterung erlosch. »Das geschah um
die Zeit unserer Entdeckung, dass das Falten von Raum und Zeit uns
erlaubte, von einem Sternensystem ins andere zu reisen ohne ein
Sternentor nutzen zu müssen. Wir wollten diese Theorie gerade testen,
als die Zodark erfuhren, was wir vorhatten und uns davon abhielten.
Das war dann auch die Zeit, in der sie uns auf das Reisen innerhalb
unseres Systems limitierten und uns untersagten, diese anderen
Planeten weiter zu erforschen oder zu kolonisieren. Innerhalb von
Lagash waren wir frei, aber das Verlassen des Systems war uns
unmöglich.«

Halsey war neugierig. »Hadad, warum erlaubten die Zodark Ihnen
zunächst frei den Weltraum zu erkunden und entschieden dann
vollkommen überraschend Ihnen Beschränkungen aufzuerlegen?
Besuchten die Zodark Ihr System nicht regelmäßig?«

Hadad griff nach einem Glas auf Halseys Schreibtisch und füllte es
mit Wasser aus ihrem Krug. Er trank einen Schluck, als brauchte er
einen Moment des Nachdenkens. »Abigail, es gibt viel an den Zodark,
das ich nicht verstehe. Aber ich werde mich bemühen. Unsere
Geschichte berichtet, dass wir den Zodark vor etwa 2.000 Jahren zum
ersten Mal begegnet sind. Dem Mythos nach stand vor den Zodark eine
andere Art Außerirdischer in Kontakt mit unserem Volk. Darüber
liegen uns aber nur wenig Beweise und Informationen vor, außer
einigen prähistorischen Zeichnungen, die wir an Höhlenwänden und
auf Steintafeln fanden.

»Mit dem Auftauchen der Zodark gründeten sie zunächst eine
kleine Stadt auf dem Planeten. Sie lehrten uns die industrielle
Landwirtschaft, die medizinischen Wissenschaften und viele andere
Dinge. Die Gesellschaft auf unserem Planeten machte riesige
Fortschritte. Sie beendeten Kriege und Konflikte zwischen
verschiedenen Nationen und unterschiedlichen Gruppen und zwangen
alle zur Zusammenarbeit. Die Mehrheit der Bevölkerung hielt die
Gegenwart der Zodark auf unserem Planeten für eine gute Sache. Und
dann kam die Forderung nach den Tributen.

»Mit der Forderung ihres Tributs informierten die Zodark unser
Volk, dass dies der Preis für ihre Fürsorge und die technologischen

Fortschritte sei, die sie mit uns geteilt hatten. Ich kann nicht sagen, wie die ursprüngliche Antwort ausfiel, aber nach Tausenden von Jahren hat unsere Gesellschaft diesen Tribut als unabwendbar akzeptiert und hat Wege gefunden, damit umzugehen. Wie Sie wissen, glauben viele, dass die Zodark die Menschen, die sie auswählen, auffressen. Andere glauben, dass die Unglücklichen als Sklaven oder in anderer Funktion auf anderen von den Zodark regierten Welten gehalten werden. Tatsächlich, Abigail, weiß niemand mit Sicherheit, was sie mit denjenigen machen, die sie uns nehmen.

»Nach unserer Befreiung aus dem Minenlager erfuhren Sie, dass einige der Gefangenen die Regeln der Zodark gebrochen hatten. Andere Menschen waren Teil des jährlichen Tributs. Ich hoffe, dass ich nach unserer Befreiung nun doch eines Tages erfahren werde, was sie mit all den Menschen machen, die sie uns mit ihrer jährlichen Forderung abverlangen.«

Halsey beugte sich vor und stützte das Kinn in ihre Hände. »Aber bevor Ihre Leute die Entdeckung des freien Weltraumreisens machten, zeigten die Zodark kein allzu großes Interesse an Ihrem Planeten?«, hakte sie nach.

»Ich glaube, dass die Zodark abgelenkt waren. Sie lieferten sich einen galaktischen Krieg mit einer anderen Rasse.« Hadad hob die Hand, um Halseys erwartete Frage abzuwenden. »Bevor Sie mich danach fragen – dazu kann ich wenig sagen. Ich habe nie eine ihrer anderen Welten besucht. Ich weiß wenig über ihren Krieg, außer, dass sie immer noch in einen verwickelt sind, der sich seit Jahrhunderten hinzieht. Hosni kann Ihnen darüber vielleicht mehr berichten. Aber ich denke, das war der Grund, weshalb die Zodark zunächst nicht wussten, dass wir unser Sternensystem verlassen und noch dazu die neue Raumfahrttechnologie entwickelt hatten. Nicht, bevor wir soweit waren, sie einzusetzen.«

»Glauben Sie, dass die Planeten in der Systemkette von Menschen bevölkert sind, die als Tribut gefordert wurden?«, fragte Halsey. »Ist es möglich, dass die Zodark mehrere Planeten wie Sumara verwalten?«

Hadad nickte. »Das ist mehr als wahrscheinlich. Für eine weit interessantere Frage halte ich allerdings, wieso die Zodark ein Interesse daran haben, die menschliche Bevölkerung auf anderen Planeten anzusiedeln und wachsen zu sehen? Wozu brauchen sie die Menschen letzten Endes?«

»Als wir mit Hosni sprachen, versicherte er uns, dass die Zodark die Menschen nicht als Nahrungsquelle züchten, wie viele von Ihnen glauben. Er sagte, dass sie die Menschen in andere Systeme transportieren, um sie dort auszubilden und auf den Kampf in ihrer Armee vorzubereiten«, erklärte Halsey. Sie wollte hören, was Hadad Hosnis Überzeugung hinzuzufügen hatte.

Hadad zuckte mit den Achseln. »Hosni behauptet, er war der Sklave eines Zodark-NOS und dass er auf ihrer Heimatwelt aufgewachsen ist. Wenn das der Wahrheit entspricht, dann weiß er sicher mehr darüber als ich.«

»Sie klingen, als ob Sie an seiner Aussage zweifeln.« Überrascht furchte Abigail die Stirn.

Hadad öffnete den Mund zur Erwiderung, schloss ihn dann aber wieder. »Ich kann nicht mit Sicherheit sagen, ob er lügt oder die Wahrheit sagt. Ja, es gehen Gerüchte um, dass der Tribut dazu dient, andere Welten mit unseren Leuten zu bevölkern. Ich persönlich kann allerdings nur schwer glauben, dass die Zodark menschlichen Wesen erlauben würden, Seite an Seite mit ihnen zu kämpfen, wie Hosni es behauptet. Sie ließen nicht zu, dass *wir* an ihrer Seite kämpften. Wieso sollten sie es also anderen menschlichen Gruppen erlauben?«

Abigail fixierte ihn mit unbeugsamem Blick. »Hadad, ist es möglich, dass das, was Hosni uns berichtet hat, der Wahrheit entspricht? Ist es möglich, dass die Zodark eine aufwendige List anwendeten, um Ihr Volk zu täuschen?«

Hadad seufzte, während er in seinem Stuhl zusammensackte. »Abigail, ich weiß es nicht. Schon möglich, vielleicht. Ihre Welt wird nicht von den Zodark kontrolliert. Ihre eigenen Wissenschaftler sagen, dass unsere DNS übereinstimmt. Unsere Sprache ist eine, die auf Ihrem eigenen Planeten gesprochen wurde. Es könnte zutreffen; aber ich weiß es eben nicht. Demgegenüber kann ich allerdings mit Sicherheit sagen, dass es dort draußen neben den Zodark noch andere außerirdische Spezies gibt.«

In dem Gefühl, alles was er über dieses Thema wusste, aus ihm herausgepresst zu haben, wechselte Halsey nun zum eigentlichen Thema, weshalb er hier in ihrem Büro saß. »Hadad, sind Sie in der Lage, uns auf einer funktionierenden Sternenkarte die Heimatwelten der Zodark zu zeigen und die Herrschaftsbereiche, die sie kontrollieren?«

Er nickte und markierte sechs Systeme. Innerhalb dieser Systeme befanden sich insgesamt zehn Planeten. »Das sind ihre Hauptwelten. Wie stark sie bevölkert sind, kann ich nicht sagen. Die Zodark haben eine sehr lange Lebenserwartung, etwa 400 Jahre Ihrer Zeit. Ihre Geburtenrate ist allerdings sehr niedrig. Weibliche Zodark tragen vielleicht nur zwei bis drei Nachkommen im Leben aus. Im Vergleich dazu haben die Frauen auf unserem Planeten gewöhnlich zwischen sechs und zehn Kindern. Wir pflanzen uns erheblich schneller fort, was unsere Bevölkerungszahl rapide ansteigen ließ. Selbst die Tribute lassen uns mehr Nachkommen, als sie uns nehmen.«

Halsey schüttelte den Kopf. Sie kam einfach nicht über dieses Ritual der Zodark hinweg. Sie wusste, dass die Sumarer in diesem Fall keine Wahl hatten. Ein Teil von ihr hoffte, dass Hosnis Interpretation der Neuansiedlung auf anderen Planeten der Wahrheit entsprach. Wenn dem so war, gab es vielleicht einen Chance, diese Opfer aus den Klauen der Biester zu befreien.

»Wenn ich unserem Schiff befehlen würde, durch das Sternentor vorzudringen, wissen Sie, was sie in diesem System …. ähm …. SN9S-N erwartet?«, forschte Halsey.

Hadad zuckte mit den Achseln. »Ich bin mir nicht sicher, Abigail. Ich weiß, dass die Reise von meiner Heimatwelt nach Neu-Eden etwa drei Monate Ihrer Zeit in Anspruch nahm. Wie weit die Heimatwelten der Zodark von Neu-Eden entfernt sind ist mir unbekannt. Sicher ist allerdings, dass diese Entfernung größer ist als die von meiner Heimatwelt aus.«

Abigail hielt einen Augenblick inne. Sie konnte das Gefühl nicht abschütteln, dass eine ganze Flotte von Zodark-Schiffen zu ihnen auf dem Weg sein musste.

Hadad, der ihren nervösen Gesichtsausdruck bemerkte, erkundigte sich: »Was macht Ihnen Gedanken, Abigail?«

Sie stieß einen leisen Seufzer aus. »Ich habe Schwierigkeiten zu akzeptieren, dass die Zodark allein zwei Kriegsschiffe nach Neu-Eden schicken. Und dass sie, sobald sie den Kontakt zu ihren Schiffen verloren, nicht mehr Schiffe ausschicken, um herauszufinden, was denen zugestoßen ist. Sie müssen mittlerweile doch wissen, dass wir hier sind?«

Hadad überlegte einen Moment, bevor er zustimmend nickte. »Sie haben sicher Recht, Abigail. Es ist mehr als wahrscheinlich, dass sie weitere Schiffe auf den Weg bringen, um herauszufinden, was geschehen ist. Denken Sie aber bitte daran – Clovis, oder Neu-Eden, Ihr neuer Name – liegt an dem am weitesten entfernten Ende der uns bekannten Zodark-Systeme. Dies ist ein sehr entlegener Bereich für sie. Aller Wahrscheinlichkeit nach konzentrieren sie sich derzeit mehr auf die Probleme in Intrepid – auf die Region, in der sie sich im Krieg befinden.

»Wir Sumarer wissen wenig darüber, wer diese andere Spezies ist, wie sie heißt, und wie sie aussieht. Wir schnappten nur hier und da einige wenige Informationen auf. Der einzige Grund, weshalb ich davon weiß, ist die Unterhaltung zweier Aufpasser im Lager, die sich über diesen Krieg in nicht allzu positiven Kommentaren ausließen.«

»Hadad, warum höre ich erst jetzt von dieser anderen Spezies und einem Krieg mit den Zodark?«, fragte Halsey ganz offensichtlich frustriert. »Das ist eine ziemlich wichtige Tatsache für uns.«

Er errötete. »Es tut mir leid, dass ich Ihnen das bisher verschwiegen habe, Abigail. Das kam mir wirklich erst wieder in Erinnerung, nachdem ich die Sternenkarte sah. Hätte ich gewusst, dass Sie eine aktive Sternenkarte haben, hätte ich Ihnen weit mehr zeigen können. Die geschriebene Schrift der Zodark ist mir nicht ganz geläufig, aber ich bin versiert genug, um ihre Software zu verstehen. In meiner Karriere als Wissenschaftler auf meinem eigenen Planeten benutzte ich genau diese Sternenkarte sehr oft selbst.«

Halsey beugte sich vor. »Hierum muss ich Sie bitten, Hadad. Setzen Sie sich mit unseren Wissenschaftlern zusammen und helfen Sie uns, die Bedeutung all dieser Symbole zu verstehen. Danach erzählen Sie uns bitte bis ins Detail, was sie über diese Sternentore wissen, die Neu-Eden mit Ihrem Heimatsystem und mit dem der Zodark verbinden. Ich brauche so viel taktische Information wie möglich – was in jedem dieser Systeme zu finden ist, welche Art Industrie es dort gibt, die Anzahl ihrer Schiffe, usw.«

Hadad nickte.

»Wir brauchen ein weit besseres Verständnis des Ausmaßes der Bedrohung durch die Zodark, als Sie und Ihre Leute uns bisher geliefert haben«, übte Halsey Druck aus. »Falls Sie Ihre Freiheit erhalten möchten und unsere Hilfe bei der Befreiung Ihrer Heimatwelt anstreben, dann muss ich weit mehr über meinen Gegner erfahren. Haben Sie verstanden?«

Der Sumarer sicherte ihr seine Zusammenarbeit zu und bot an, sich mit den neun Sumarern, die sich ebenfalls auf dem Schiff befanden, abzusprechen, um zu sehen, welche zusätzlichen Informationen sie beisteuern konnten.

****

Sol
Orbitalstation John Glenn

Der Zerstörer näherte sich der Orbitalstation John Glenn. Admiral Bailey stand an der Seite der Brücke, um weder den Captain noch die Crew zu behindern. Er beobachtete die Männer und Frauen in der Ausübung ihrer Pflichten. Sie waren kompetent, professionell, und auf alles vorbereitet. Stolz registrierte er, dass die intensiven Trainingsprogramme, die er konzipiert hatte, Erfolg verzeichneten.

Nachdem er vor vielen Jahren als Admiral die Flottenoperationen übernommen hatte, hatte Bailey die Aufbesserung des Offiziers- und Soldatentrainings durchgesetzt. Das Schwergewicht lag nun auf Esprit-de-Corps, Disziplin und Einfühlungsvermögen. Das letztere hatte ihm einigen Spott eingebracht. Nichtsdestotrotz hielt Admiral Bailey es für wichtig, dass seine Führungskräfte nicht nur kampferprobte Männer und Frauen waren, die strikten Regeln und Befehlen folgten, vielmehr sollten sie auch über die Fähigkeit verfügen, ein Gefühl dafür zu entwickeln, was ihre Untergebenen durchmachten. Sein Training ermöglichte der gesamten Mannschaft, ihre individuellen Stärken zu entdecken und die zum Vorteil der Mission und des Schiffes einzubringen. Jeder Offizier und einfache Soldat hatte seine Fehler, aber diese Schwachstellen mussten sie nicht definieren.

Bailey sah auf den Monitor der Brücke, der ihm einen guten Überblick über die Station bot, die vor ihnen lag. Er bemerkte einen Transporter, dessen Gegenwart er nicht erwartet hatte. Er trat an den Captain heran. »Ryker, ist das die *Wahoo*, die dort angedockt liegt?«, fragte er und zeigte mit dem Finger in Richtung der Station.

Captain Ryker forderte einen seiner Offiziere auf, das Schiff am Ende des Docks auf dem Bildschirm zu vergrößern. Und richtig, es war die *Wahoo*, ein großer, mit FTL-Antrieb ausgestatteter Frachter, den die TPA Admiral Halsey zur Erfüllung ihrer Mission bereitgestellt hatte. Es war ein riesiger Frachter, der erst in drei Monaten daheim erwartet wurde. Die *Wahoo* sollte eines der letzten Schiffe sein, die zur Erde zurückkehrten, da sein überdimensionaler Frachtraum eine volle Ladung der wertvollen Mineralien transportieren konnte, die für den Bau ihrer Schiffe so wichtig waren.

Sobald sie angelegt hatten, forderte Admiral Bailey einen detaillierten Bericht an, wieso die *Wahoo* bereits zur Orbitalstation zurückgekehrt war. Unmittelbar nachdem er von Bord gegangen war, synchronisierte sich sein Neurolink mit dem internen Kommunikationssystem der Station. Eine Flut von Informationen brach über ihn herein. Zudem wurde ihm mitgeteilt, dass ihn eine Gruppe von Personen in seinem Büro auf der Station sprechen wollte.

Admiral Bailey arbeitete nicht allzu oft in seinem Büro auf der John Glenn – in der Regel nur ein bis zwei Mal im Monat. Meist verbrachte er seine Zeit im Hauptquartier des Weltraumkommandos und in der Hauptstadt der Nation, wo er hauptsächlich mit Finanzangelegenheiten beschäftigt war.

Bailey brauchte eine gute halbe Stunde, um die militärische Seite der Station zu erreichen. Seine Sicherheitsbeamten eskortierten ihn an den Wachen vorbei in sein Büro. Bereits beim Betreten des Büros seines Adjutanten, das vor seinem eigenen lag, schnappte Bailey hitzige Gesprächsfetzen auf, die aus seinem Reich zu ihm vordrangen. Sobald er in den Raum trat, nahmen alle stumm die Habachtstellung ein.

Kurz überflog Bailey die Runde. Als erstes sah er Captain Miles Hunt und erkannte danach mehrere von Hunts rangälteren Offizieren, die unter ihm auf der *Rook* gedient hatten.

»Weitermachen«, forderte Bailey seine Besucher auf. »Ach, und nebenbei, herzlich willkommen zurück auf der Erde. Gut, Sie alle lebendig wiederzusehen.« Er schüttelte Hände und arbeitete sich durch die Menge vor, bis er endlich seinen Protegé erreicht hatte.

Er sah Hunt in die Augen und sagte mit leiser Stimme: »Ich bin froh, dass Sie es geschafft haben, Miles. Als ich Ihr Schiff abstürzen sah, stand mir beinahe das Herz still. Zwei Tage lang dachte ich, wir hätten sie verloren.«

Beim Gedanken an sein zerstörtes Schiff verzog Hunt das Gesicht. »Danke, Admiral – das war ein harter Tag für uns. Wir verloren eine Menge guter Leute.«

Bevor Admiral Bailey etwas erwidern konnte, drehte sich Captain Hunt zu dem Soldaten neben ihm um. Er war die einzige Person im

Raum, die statt der Uniform der Flottenmitglieder einen Delta-Tarnanzug trug. »Admiral Bailey, das ist Master Sergeant Brian Royce, jetzt Lieutenant Royce. Er ist der Delta, der den Angriff auf den Zodark-Träger leitete und ihn einnahm. Und es war seine Einheit, die meine Mannschaftsmitglieder auf dem Planeten vor dem Angriff der Zodark gerettet hat. Wäre seine Einheit nicht genau zum richtigen Zeitpunkt eingetroffen, bin ich mir ehrlich gesagt nicht sicher, ob nur eines der verbliebenen Crewmitglieder den Angriff überstanden hätte.«

Bailey nickte, während er den Mann der Sondereinheit begutachtete. Dann streckte er ihm die Hand entgegen. »Es ist mir eine Ehre, Sie kennenzulernen, Lieutenant. Ich sah das Video Ihres Angriffs und muss zugeben, dass mich Ihr Mut und Ihre Tapferkeit beeindruckt haben.«

Der Lieutenant stand ein wenig gerader. »Ich habe nur meine Arbeit getan, Sir – mit gutem Beispiel vorangehen, wie es jeder Unteroffizier und Offizier tun sollte.«

»Ich bin mir nicht sicher, ob Captain Hunt oder ein anderer Sie bereits informiert hat, aber wir baten um Ihre Rückkehr zur Erde, da Sie in wenigen Tagen im Weißen Haus mit der Tapferkeitsmedaille ausgezeichnet werden«, überraschte Admiral Bailey den Lieutenant. »Tatsächlich wird das Video Ihrer Heldentat schon bald über das gesamte System ausgestrahlt werden.«

»Ich …. ähm …. ich weiß nicht, was ich sagen soll, Sir. Ist das eine gute Idee?« Plötzlich überflog das Gesicht des Deltas ein Ausdruck des Entsetzens, als ihm aufging, dass er mit diesem Satz gerade die Weisheit und Entscheidungsfähigkeit eines Flottenadmirals hinterfragt hatte.

Bailey lächelte nur. Er zog den Delta zur Seite. »Sie und ich werden uns morgen ganz unter uns unterhalten. Ich brauche einige ungefilterte Antworten von der Basis, die die Schiffskapitäne mir nicht geben können. Ich brauche die Perspektive eines Soldaten, Ihre Perspektive, ok?«

Royce nickte. Was sonst konnte er in dieser Situation tun?

Bailey sprach weiter. »Hören Sie zu, mein Junge. Sie und ich wissen, dass dieser Krieg, in dem wir uns wiederfinden, ein schwerer werden wird. Jeder Krieg braucht Helden; Menschen, an die wir glauben können. Im Moment sind Sie dieser Held, diese Person, an die wir glauben können. Sie sahen das Monster und haben es überlebt. Zum

Teufel, Sie haben mehr als ein Zusammentreffen mit den Biestern überstanden. Unser Volk muss wissen, dass sie besiegt werden können, dass wir diesen Krieg gewinnen können. Und Sie repräsentieren diese Gewissheit. Deshalb erwarte ich von Ihnen, dass Sie die Ihnen zugedachte Rolle nach der Verleihungszeremonie spielen, ok?«

Der Delta nickte, als ihm die Schwere der Aufgabe, die ihm übertragen worden war, bewusst wurde.

Die Offiziere und Unteroffiziere in Baileys Büro tauschten die nächste halbe Stunde Informationen darüber aus, was auf Neu-Eden vorgefallen war und was es Neues auf der Erde gab. In den wenigen Monaten ihrer Abwesenheit hatte sich viel geändert. Und eine Menge Änderungen standen ihnen noch bevor.

****

Einen Tag nachdem Captain Hunt und die restliche Mannschaft an der Station eingetroffen waren, versuchte Admiral Bailey immer noch die Informationen zu verarbeiten, die sie mitgebracht hatten. Er fühlte sich von all diesen Fakten überwältigt. Andererseits musste er sich einen totalen Überblick über das Geschehene verschaffen, bevor er sich morgen mit der Präsidentin aus Anlass der Verleihung von Lieutenant Royces Tapferkeitsmedaille traf. Sie würde ihm einige harte Fragen stellen, auf die er ihr präzise Antworten schuldete.

Diese Sternenkarte ändert alles. Aber wie nutzen wir sie am besten? Wie können wir diesen Monstern die Stirn bieten, solange wir nicht wissen, wie groß ihr Reich ist, wie viele Schiffe sie haben, oder wo sich ihre Heimatsysteme befinden?

Das Klopfen an der Tür unterbrach seinen Gedankengang. Captain Hunt stand vor der Tür, um wie vereinbart mit ihm zu sprechen. In diesem Augenblick erinnerte ihn die PA-Funktion seines Neurolinks, *Zeit der Besprechung mit Captain Miles Hunt, 0900 Uhr.*

Er machte sich eine geistige Notiz, die Erinnerung an seine Besprechungstermine 20 Minuten vor dem eigentlichen Treffen zu terminieren, anstatt auf den genauen Zeitpunkt. Obwohl er der Flottenadmiral war, war er wohl der mit der neuen NL-Technologie am wenigsten vertraute Nutzer. Vielleicht hatte es etwas damit zu tun, dass er schon etwas älter war, als ihm das Implantat eingepflanzt wurde.

Admiral Bailey winkte Hunt herein und wies seinen Adjutanten an, ihn für eine Weile nicht zu stören. Die beiden Männer nahmen Platz.

Bailey versicherte sich, dass das elektronische Störgerät in Betrieb war, bevor er zu sprechen begann.

»Miles, vielen Dank, dass Sie gekommen sind. Ich wünschte mir nur, dass wir uns unter besseren Bedingungen wiedersehen. Niemand will sein Schiff im Kampf verlieren, aber ich bezweifle, dass Sie der letzte Captain sind, dem es so ergehen wird. Ich las Admiral Halseys Bericht und bin ganz ihrer Meinung, dass sie eine Reihe von Erkundungsmissionen im Rhea-System ausschicken sollte, um dieses Sternentor zu finden.

»Andererseits muss ich gestehen, Miles, dass ich nicht weiß, wie wir das gegenwärtig bewerkstelligen sollen. Wir sind einfach überfordert. Unsere Grenze ist erreicht.« Admiral Bailey nahm kein Blatt vor den Mund. Er kannte Hunt nun schon seit 20 Jahren, deshalb wusste er, er konnte offen mit diesem Mann reden, selbst wenn er der Kapitän eines Schiffes war. Zwei Jahrzehnte gemeinsamer Geschichte verbanden sie.

Hunt beugte sich nach vorn. »Admiral ….«

»Wir sind unter uns Miles«, unterbrach ihn Bailey. »Mein Vorname ist Chester.«

Hunt nickte. „Chester, ich war einige Monate abwesend. Und jedes Mal scheint während meiner Abwesenheit etwas Entscheidendes vorgefallen zu sein. Es ist unmöglich, mit allem, was sich in Sol ereignet, auf dem Laufenden zu bleiben. Deshalb konzentriere ich mich weitestgehend darauf, was an der Front geschieht. Und dort brauchen wir Schiffe, Sir. Ohne Frage.«

Zurückgelehnt in seinem Stuhl stieß Admiral Bailey eine hörbaren Seufzer der Frustration aus. »So hatte ich mir die Sache nicht vorgestellt, Miles. Als wir die erste Abordnung in das Rhea-System schickten, war ich überzeugt davon, dass wir eine neue Erde finden – ein neues Zuhause für unser Land. Und jetzt …. Ich fühle mich, als hätten wir die Büchse der Pandora geöffnet, aus der etwas ungeheuer Hässliches herausgekrochen ist. Und ich weiß nicht, was ich dagegen tun soll.«

Hunt schien von diesem Geständnis überrascht zu sein. *Jetzt sieht er endlich, dass ich mir genauso unsicher in allem bin, wie er es ist,* dachte Admiral Bailey. Er stand seit einiger Zeit unter enormem Stress und konnte nur mit sehr wenigen Menschen darüber reden – zumindest nicht offen und ehrlich.

»Chester, wir sind seit langem befreundet«, sagte Hunt. »Du hast einen schweren Job, aber ich kann mir zu dieser Zeit niemand Geeigneteren als dich vorstellen, unser Volk zu leiten.« Dies sagte er mit tief empfundenem ehrlichen Respekt.

Admiral Bailey lächelte nach dieser Vertrauensbezeugung. »Na ja, die Präsidentin ist die *wahre* Führungskraft. Ich schlage ihr die Richtung vor, aber sie trifft die endgültigen Entscheidungen.«

Zögernd fuhr er fort. »Ich beneide dich, Miles. Du reist durch die Sterne. Du hast Fuß auf einen neuen Planeten gesetzt! Ich stecke hier fest und winde mich durch mehr politisches Wirrwarr und bürokratische Hürden als du dir vorstellen kannst. Die Lage hier ändert und verschiebt sich mit einer solchen Geschwindigkeit, dass du von Schwindelanfällen geplagt wirst.«

Besorgt ermunterte ihn Hunt: »Worum geht es denn, Chester? Ich habe dich noch nie so deprimiert oder in einer Situation gesehen, der du nicht gewachsen fühlst.«

Bailey lachte leise. »Wo soll ich anfangen, Miles? Ok, wie wäre es damit? Die TPA ist sich nicht sicher, ob sie tiefer in diesen Kampf hineingezogen werden will. Es gibt Gerüchte, dass sie die Erde für Alpha Centauri verlassen wollen, dass sie Sol insgesamt aufgeben und uns seine Verteidigung allein überlass….«

»Was? Das können sie nicht tun!«, unterbrach ihn Hunt erregt. »Wir brauchen ihre Hilfe, um die Zodark zu besiegen. Wir brauchen ihre Werften, ihre industriellen Kapazitäten, ihre Soldaten und ihre Marine, um uns in der Verteidigung von Sol zu unterstützen. Bist du sicher, dass das nicht einfach eine falsche Information oder irgendein Unsinn aus der Gerüchteküche ist?«

Bailey schüttelte den Kopf. »Ich *wollte*, es wäre so. Vor gut einer Woche sprachen wir den Vorsitzenden in Beijing auf die Idee an, eine Einheitsregierung hier auf der Erde zu kreieren; eine vereinte Regierung und ein vereintes Militär, um die Zodark zu bekämpfen. Ich dachte wirklich, sie würden diese Idee mit Freuden akzeptieren, insbesondere da der Vorsitzende in Beijing effektiv der neue Regierungschef wäre, während die Präsidentin das Verteidigungsministerium übernehmen würde. Er würde sich auf die Vereinigung der Welt und auf die globale Wirtschaft konzentrieren, während sie und ich an der Verteidigung von Sol arbeiten und die nötigen Werkzeuge beibringen würden, um diesen Kampf zu gewinnen.«

»Und, was ist passiert? Sie lehnten ab?«, fragte Hunt beunruhigt.

Bailey nickte. »Genau das taten sie. Sie lehnten ab«, bestätigte er. »Trotz dieser Abweisung sicherte uns der Vorsitzende ihre Unterstützung in diesem Krieg zu. Demgegenüber teilte mir mein TPA-Kollege nach der Konferenz mit, dass Mitglieder innerhalb ihrer Regierung heimlich alternative Pläne entwerfen und die Kampagne fortsetzen, ihre Regierung auf Alpha Centauri zu verlegen.«

Wie vom Donner gerührt saß Hunt einen Augenblick stumm da.

Bailey erklärte weiter. »Admiral Zheng versichert mir, dass ihre Schiffswerften auch weiterhin Kriegsschiffe für die gemeinsame Flotte bauen, von denen allerdings fünfundzwanzig Prozent in das neue Centaurus-System verlegt werden. Dort richten sie eine neue Basis und Heimatwelt ein, im Fall, dass die Situation hier auf der Erde untragbar werden sollte.«

Ungläubig schüttelte Hunt den Kopf, bevor er plötzlich eine Idee zu haben schien. »Chester, das könnte uns tatsächlich eine Möglichkeit eröffnen ....«

Bailey runzelte die Stirn. »Wie das? Woran denkst du, Miles?«

»Falls die TPA-Regierung tatsächlich die Erde hinter sich lassen will, dann überlassen sie uns womöglich die ausschließliche Kontrolle über alle Bereiche hier unten. Wir könnten die ganze Welt in den Kriegsmodus versetzen, um die Schiffe und die Flotte, die wir brauchen, zu bauen. Falls wir den Teil der Bevölkerung, der zurückgelassen wird, davon überzeugen können, die Regierung, die sie aufgegeben hat, fallen zu lassen und sich auf unsere Seite zu stellen, wäre dieser Schritt wohl machbar.«

Admiral Bailey setzte sich auf und ließ sich einige mögliche Szenarien durch den Kopf gehen. Endlich reagierte er: »Miles, das ist eine interessante Idee, und ich will sie nicht rundheraus ablehnen. Das könnte tatsächlich ein Lösungsansatz sein, aber die Durchführung eines solchen Vorhabens wird sich über Jahre hinziehen. Die TPA braucht noch eine Reihe von Jahren, bevor sie über eine halbwegs akzeptable Flotte zur Verteidigung von Alpha Centauri verfügt. Gegenwärtig können sie monatlich nur etwa eine Million Menschen in ihre neue Welt transportieren. Zudem wird es eine ganze Weile dauern, bevor sie die nötigen Industrien auf Alpha eingerichtet haben, um aus ihm einen autarken, auf sich selbst gestellten Planeten zu machen. Erst danach können sie die Erde aufgeben. Ich fürchte, dass der Kampf um Sol und Neu-Eden bereits entschieden sein wird, bevor die TPA den Punkt erreicht, an dem sie die Erde verlassen und sie uns überlassen kann – falls es je dazu kommen sollte.«

»Dann müssen wir sie zum Bleiben bringen, von der Notwendigkeit eines gemeinsamen Kampfs überzeugen und diesen Krieg gewinnen, Chester“, drängte Hunt. »Wir dürfen nicht zulassen, dass sie Sol abschreiben oder diese Möglichkeit auch nur in Erwägung ziehen.«

»Du kannst dich darauf verlassen. Niemand hat den Kampf bereits aufgegeben.« Bailey legte seinem Freund die Hand auf die Schulter. »Admiral Zheng ist kein Mann, der vor einem Problem davonläuft – der Vorsitzende vielleicht, aber nicht Admiral Zheng. Er wird tun, was er kann, um die Beteiligung der TPA sicherzustellen.«

Hunt dachte einen Augenblick über das Gesagte nach und nickte dann. »Ok, ich vertraue Ihnen, Sir. Wann bekomme ich also mein neues Schiff?«

Bailey grinste nur.

Kapitel Acht
Volle Mobilisierung

Orbitalstation John Glenn
Musk Industries

»Wie schnell wird das neue Schiff sein?«, erkundigte sich Captain Hunt bei dem leitenden Ingenieur, während er auf dem Tablet einige Spezifikationen begutachtete.

Der Musk-Ingenieur erwiderte: »Drei Mal so schnell wie die *Rook* und die *Voyager*. Ein schnelles kleines Biest – perfekt für Aufklärungseinsätze oder Überraschungsangriffe auf die Zodark, so wie es das Weltraumkommando verlangt hat.«

»Wie sieht die Außenpanzerung aus?«, war Hunts nächste Frage, während er weiterhin das neueste Kriegsschiff der Schiffsbauer unter die Lupe nahm.

Lächelnd brachte der Mann das holografische Schaubild des Schiffes hoch, damit sie es sich näher ansehen konnten. »Mit Hilfe der Sumarer gelang es uns, die Plasmatorpedos, die Sie zurückbrachten, zu rekonstruieren. Und mit dem gesicherten, regelmäßigen Eintreffen des Morean bauen wir jetzt unsere eigenen. Das Morean ist offensichtlich der Schlüssel im Verwandlungsprozess vom regulären Torpedo zu einer heißen Plasmawaffe.«

Der Ingenieur fuhr fort. »Wir nahmen uns die Freiheit, die neuen ‚Räuberschiffe‘ – wie wir sie nennen – mit Plasmatorpedos auszustatten, um ihnen zusätzliche Schlagkraft zu verleihen. Da die Schiffe relativ klein sind, können sie insgesamt nur 24 Torpedos aufnehmen. Abgefeuert werden sie aus sechs vorderen Torpedorohren und aus zwei hinteren Rohren, was bedeutet, dass jedes Rohr drei Mal geladen werden kann. Außerdem stehen dem Schiff zehn nach vorn gerichtete Havoc-Raketenabschussvorrichtungen zur Verfügung. Jede Vorrichtung hat drei rotierende Raketenmagazine, d.h., das Schiff kann während im Verlauf einer Rotation insgesamt 30 Raketen abfeuern. Je nach Art der Rakete sind sie entweder mit einem konventionellen hochexplosiven Gefechtskopf oder mit variablen nuklearen Sprengköpfen versehen. Wir verwenden ein rotierendes Magazin, um das Auswechseln während einer Gefechtssituation leichter zu machen. Ich denke, das bietet dem Schiff eine reiche Vielfalt an

Einsatzmöglichkeiten und eine Schlagkraft, die seine Größe weit übersteigt.«

Hunt stieß einen anerkennenden Pfiff aus. Er war beeindruckt von der Ansammlung der Waffen, die die Ingenieure so erfolgreich in diesem kleinen Schiff untergebracht hatten.

»Und die Magrail?«, wunderte sich Hunt. »Wir wissen, dass sie die effektivsten Waffen im Kampf gegen die Zodark sind, aber soweit ich sehe, fehlen sie hier.«

Der Ingenieur nickte. »Das haben wir auch überlegt, Captain. Wirklich, das haben wir. Das Räuberschiff kann allerdings keine großkalibrigen Magrail aufnehmen, wie Sie sie von der *Rook* oder der *Voyager* her kennen. Zum einen ist der Rückstoß der Waffe zu groß. Ein Schiff dieser Größe kann das nicht verkraften. Und zweitens fehlt uns dazu der Raum. Wir statteten die Räuberschiffe mit einem doppelläufigen, fünf Zoll-Magrail-Gefechtsturm aus, der allerdings nur dafür gedacht ist, es mit kleineren feindlichen Kriegsschiffen aufzunehmen oder in der Verteidigung eines größeren Kriegsschiffs zu assistieren. Die fünf Zoll-Munition kann mit Annäherungszündern versehen werden, um unter den Zodark-Jägern aufzuräumen. Außerdem sind sechs CIWS-Systeme zur Nahbereichsverteidigung an Bord. Die Räuberschiffe sind im Vergleich zu anderen Schiffen nicht sehr stark gepanzert, da ihre Hauptaufgabe die Erkundung ist. Trotzdem können sie im Fall der Fälle als Begleitschiffe für größere Kriegsschiffe eingesetzt werden.«

»Die Anwesenheit von Begleitschiffen ist ein wichtiger Punkt«, stimmte Hunt zu. »Die Erfahrung mit den feindlichen Jägern hat uns die Notwendigkeit der Unterstützung für große Kriegsschiffe gelehrt. Ich frage mich, ob es möglich wäre, eine Variante dieses Räuberschiffs zu kreieren – vielleicht eine größere Version, die stärker gepanzert und mit der doppelten oder dreifachen Anzahl der Nahbereichsverteidigungssysteme und der fünf Zoll-Magrail versehen ist. Das würde uns erlauben, mehr der kleineren Jäger und der Plasmatorpedos abzufangen, bevor sie die Chance haben, unsere Hauptschiffe zu treffen. Diese Schiffe müssten in einigem Abstand von der *Voyager* und einigen der anderen großen Kriegsschiffe postiert werden.«

Der Ingenieur nickte und machte sich einige Notizen auf seinem Tablet. »Eine gute Idee, Captain. Mein Team und ich werden sehen, was wir tun können. Wir werden Ihnen einen Entwurf zur Begutachtung vorlegen. Danach sehen wir, ob das Weltraumkommando ein solches Schiff in Auftrag geben will.«

Hunt war zufrieden. »Das klingt gut und wäre in jedem Fall sehr interessant. Aber zurück zu diesem Schiff. Ich muss sagen, dass ich beeindruckt von dem bin, was Sie und Ihr Team sich ausgedacht haben. Wir müssen uns bewusst sein, dass diese Räuberschiffe nicht als Schlachtschiffe gedacht sind, die wir weiterhin so dringend benötigen. Diese Schiffe werden die Augen und Ohren der Flotte sein, ähnlich dem Unterseeboot des letzten Jahrhunderts.« Er schlug die Arme vor der Brust zusammen und lächelte. »Und nun meine nächste Frage. Wie schnell können Sie sie vom Fließband rollen?«

Der Ingenieur hatte diese Frage erwartet. »Dieses Schiff ist weit einfacher zu bauen als die Kriegsschiffe, die wir bisher gebaut haben. Es ist viel kleiner, mit einer Mannschaft von nur 52 Personen. Wenn das Weltraumkommando diesem Entwurf zustimmt, dann können wir sofort mit der Produktion beginnen. Insgesamt sollte es nicht länger als sechs Wochen dauern, eines dieser Räuberschiffe fertigzustellen.«

Ungläubig schüttelte Hunt den Kopf. »Sechs Wochen? Wie soll Ihnen das so schnell gelingen?«

Jetzt war der Ingenieur an der Reihe, zufrieden zu lächeln. »Unsere sumarischen Alliierten haben eine Menge Technologie und interessante Methoden des Raumschiffbaus mit uns geteilt. Tatsächlich verhalfen sie uns dazu, unsere Effizienz im Schiffsbau um beinahe dreihundert Prozent zu steigern. Dank der mittlerweile gesicherten Versorgung mit Trimar und Morean von Neu-Eden stehen uns außerdem auch die nötigen Ressourcen wieder unbegrenzt zur Verfügung.«

Captain Hunt holte tief Luft und überlegte. Nach seiner Rückkehr von Neu-Eden vor zwei Monaten hatte Admiral Bailey ihn im Weltraumkommando inoffiziell zum Verantwortlichen für das Design-Programm und die Beschaffung neuer Schiffe gemacht. Hunt arbeitete weiter unter einem anderen Admiral, aber er war der Einzige, der gegen die Zodark gekämpft hatte. Demgemäß wurde sein Urteil über das, was funktionieren und nicht funktionieren würde, gewöhnlich mit der vollen Unterstützung des Admirals abgesegnet und auf Hunts Empfehlung hin in das Schiffsdesign übernommen – zumindest solange, bis Hunts wieder ein Kommando über sein eigenes Kriegsschiff antreten würde.

»Ok, meine Herren, die *Viper*-Klasse Fregatten sind genehmigt. Wir brauchen 110 dieser Räuberschiffe, und das so schnell wie möglich«, verkündete Hunt.

Der Gesichtsausdruck des Musk-Repräsentanten verriet seine totale Überraschung mit der Zahl der Schiffe, die das Weltraumkommando sehen wollte.

Hunt ignorierte das. »Können Sie mir einen ungefähren Lieferzeitraum nennen?«

Zwei der Ingenieure sahen sich an und diskutierten einige Minuten, bevor sie sich Hunt wieder zuwandten. »Acht bis 12 Monate für die gesamte Bestellung. Das ist die Mindestzeit.«

Hunt nickte und ließ sich ihr Tablet reichen. Er schrieb etwas nieder und unterzeichnete dann. »Erledigt. Und jetzt, meine Herren, machen Sie sich bitte schleunigst an den Bau. Sie wissen nicht, welche Bedeutung diese Schiffe für uns haben werden.«

Mit dem wichtigsten Anliegen des Morgens hinter sich, durchquerte Hunt die Promenade der Orbitalstation John Glenn zum Hauptfußweg hinüber. Nach einigem Umsehen fand er endlich die Person, die er gesucht hatte.

Hunt ging auf die wunderschöne Frau zu, die ihm den Rücken zudrehte, umarmte sie von hinten und flüsterte ihr ins Ohr: »Hallo, mein Schatz. Wie geht es dir heute?«

Lilly, seine Frau, drehte sich zu ihm um und küsste ihn auf die Wange. »Viel besser, jetzt wo mein Traummann hier ist. Hast du Zeit für ein kurzes Mittagessen?«

Da Hunt derzeit kein Schiff befehligte, konnte er seine Frau endlich täglich sehen. Die letzten Jahre war er so oft abwesend gewesen. Dazu hatte er dem Tod mehrere Male ins Auge gesehen. Solange sich ihm nun die Gelegenheit bot, wollte so viel Zeit wie möglich mit seiner Frau verbringen.

»Ich bin vollkommen ausgehungert«, versicherte Hunt ihr in bester Laune. Die beiden betraten die ‚Spacers Lounge‘ und fanden einen Tisch.

»Werden Ethan und Piper an Weihnachten nach Hause kommen?«, fragte Hunt in der Hoffnung, auch seine Kinder endlich wieder einmal zu sehen. Sein Sohn hatte gerade seinen ersten Offizierslehrgang abgeschlossen und seine Tochter war im dritten Jahr auf der Marineakademie.

Lillys Augen leuchteten bei der Erwähnung ihrer Kinder auf

In ihren Augen werden sie auch als Erwachsene wohl immer kleine Kinder bleiben, dachte Hunt.

»Das werden sie tatsächlich«, erwidert Lilly voller Freude. »Ethan bekommt einige Tage Urlaub vor der Zuweisung seines neuen Postens, und Piper erhielt die Erlaubnis, die Erde zu verlassen, um uns hier zu besuchen. Offensichtlich bringt es gewisse Vorteile mit sich, einen berühmten Schiffskapitän als Vater zu haben«, zwinkerte Lilly ihm zu.

Hunt hatte am gleichen Tag wie Brian Royce die Tapferkeitsmedaille erhalten. Das Öffentlichkeitsamt präsentierte ihn und den Delta-Mann als die Gesichter des Sieges gegen die Zodark. Hunt verstand die Notwendigkeit für Helden, fühlte sich aber absolut nicht als Held. Er hatte Hunderte von Menschen und sein Schiff verloren.

Lilly drückte ihrem Mann die Hand, als sie ihn mit der Erwähnung seiner neu gefundenen Berühmtheit blicklos ins Leere starren sah. »Es wird das erste Mal seit drei oder vier Jahren sein, dass wir Weihnachten zusammen verbringen. Ich freue mich so, Miles – ein echtes Familienweihnachtsfest.«

Die Bedienung nahm ihre Bestellung auf, brachte ihnen das übliche Glas Wasser und überließ sie dann ihrer Unterhaltung.

»Weißt du, Ethan wird nicht darum bitten, aber er will wirklich unter dir arbeiten«, verriet ihm Lilly. »Er will einen Posten auf deinem neuen Schiff.«

Hunt lächelte. *Natürlich will er das.* Schon bald würde Hunt das Kommando über das größte, kampfstärkste Kriegsschiff der Erde übernehmen. Jeder Offizier und jeder halbwegs ehrgeizige Militärangehörige der Flotte wollte seinem Schiff zugewiesen werden.

»Ethan ist bewusst, dass mein Schiff in den Kampf ziehen wird, ja?«, fragte Hunt.

Auf diese Antwort hin sah Lilly leicht besorgt aus. »Das will er – aus genau diesem Grund, denke ich. Er will bei dir sein, dort wo sich alles abspielt.«

Hunt sah, dass ihr bei diesem Gedanken nicht wohl war. »Aber du willst ihn nicht auf meinem Schiff sehen, richtig?«, forschte er.

Seine Frau schwieg eine Weile. Um Zeit zu gewinnen, griff sie nach ihrem Wasserglas und trank einen Schluck. Endlich sah sie ihm in die Augen. »Miles, in den letzten zwei Jahren habe ich dich beinahe zwei Mal verloren. Beide Reisen nach Rhea brachten brutale Kämpfe mit sich. Ich weiß, dass Ethan dort sein will, wo die Action ist. Als seine Mutter muss ich allerdings ehrlich zugeben, dass ich ihn in Sicherheit sehen will. Gibt es keinen sicheren Posten, den du für ihn finden könntest? Vielleicht könnte Chester ihn in seinem Stab unterbringen?«

Lilly flehte ihren Mann förmlich an, alles ihm Mögliche zu tun, ihren Sohn vor eventuellen Gefahren zu bewahren. Es schmerzte ihn zu sehen, wie viel ihr an diesem Anliegen lag. Er wollte helfen; auch er wollte ihren Sohn in Sicherheit wissen. Welcher Vater wollte das nicht? Andererseits wusste er, dass Ethan ihm niemals vergeben würde, wenn sein Vater seine Verbindungen spielen ließ, um seinen Sohn auf einen sicheren Posten zu versetzen – was zudem auch Ethans Karriere schaden würde.

Hunt sah seine Frau an und öffnete den Mund, um etwas zu sagen, hielt dann aber inne. Er wusste, was immer er sagen würde – in den Augen seiner Frau wäre es das Falsche. Leise seufzend nickte er. »Ich weiß, es ist schwer für dich, Lilly. Ich sehe, was ich tun kann, aber garantieren kann ich dir nichts. In den kommenden Monaten nehmen wir eine Reihe neuer Schiffe in Betrieb und viele der jungen Offiziere werden dort einen Posten zugewiesen bekommen.«

Lilly griff über den Tisch nach Miles Hand und sah ihm in die Augen. »Bitte, Miles! Wenn du ihn nicht in Chesters Stab unterbringen kannst, dann sei sicher, dass er auf deinem Schiff stationiert wird. Dort kannst du auf ihn aufpassen.«

Hunt wusste, dass die Chancen, zusammen zu dienen, gleich Null waren. Es war unakzeptabel, dass der Sohn auf einem von seinem Vater kommandierten Schiff diente – Nepotismus war das Schlagwort hier. Lilly war das egal. Sie würde ihn bedrängen, bis er ihrem Sohn eine sichere Position gefunden hatte.

Hunt erwiderte den Druck ihrer Hand und versicherte ihr: »Ich werde tun, was ich kann, Lilly. Und jetzt lass uns unser Mittagessen und die gemeinsame Zeit genießen.«
****

Vale, Colorado
Walburg Technologies
Wohnhaus

Dr. Alan Walburg sah aus dem Fenster seines Büros hinaus. Es schneite. Manchmal ertappte er sich dabei, wie er auf den fallenden Schnee hinausstarrte. Schon als Kind hatte er ein Schneegestöber geliebt. Diese weißen flockigen Wattebällchen, die aus dem Himmel fielen, faszinierten ihn jedes Mal aufs Neue. Nicht eine Schneeflocke war mit einer anderen identisch – genau wie die Menschen. Jeder war auf seine Weise unterschiedlich und einzigartig.

Walburgs Blick kehrte auf den Computerbildschirm vor ihn zurück, wo ihm bewusst wurde, dass die Kreationen, die er in der Vergangenheit entworfen hatte, keine Schneeflocken waren. Sie hatten keine einzigartigen oder unterschiedlichen Eigenschaften – die Synthetiker waren alle gleich.

Aber nicht diese Synth. Sie werden anders sein ....

Wie gentechnisch veränderte Nutzpflanzen würde sich der Code, den er für seine neue Art von Synth schrieb, drastisch von allem unterscheiden, was er in der Vergangenheit kreiert hatte. Er war immer noch nicht mit sich selbst im Reinen. Wenn der Menschheit nicht die echte Gefahr der Ausrottung durch eine brutale außerirdische Spezies drohen würde, hätte er die Erschaffung dieser neuen Kampf-Synthetiker niemals in Erwägung gezogen.

Das Video des Zodark-Angriffs auf der *Voyager* hatte ihn jedoch überzeugt. Und ein zweites Video, dass er vor gut einem Monat gesehen hatte, hatte ihm die nötige Energie verliehen, die er zur Beendigung seiner Arbeit brauchte. Wie jeder andere auf der Erde hatte ihm das Video des Delta-Soldaten, dem die Tapferkeitsmedaille verliehen worden war, stark beeinträchtigt. Die Gewalttätigkeit und Brutalität dieser außerirdischen Bedrohung hatte ihn in Angst und Schrecken versetzt. Die Zodark hatte die menschlichen Soldaten, die in ihr Schiff vorgedrungen waren, wie die Stoffpuppe eines wütenden Kindes in Stücke gerissen und durch die Luft geschleudert. Dr. Walburg wusste, falls er seiner Spezies heute nicht zur Hilfe kam, gäbe es vielleicht in einigen Jahren keine Menschheit mehr, die es zu verteidigen galt.

Niemand wusste, wann oder ob die Zodark Sol überfallen würden. Sollte dieser Angriff allerdings in nächster Zeit stattfinden, dann wussten *alle,* dass die Regierungen der Erde ihnen nur wenig entgegensetzen konnten.

Ein leises Klopfen an der Tür seines privaten Büros unterbrach Dr. Walburgs Überlegungen. Seine Frau stand in der Tür, mit einer Tasse heißen Tees und einem Teller seines Lieblingssandwiches – Pastrami auf Roggenbrot mit allem Drum und Dran. Sie hatte ihm sogar eine Tüte Chips dazugelegt. Ihr Anblick erfreute ihn. Seine Frau und er waren seit 46 Jahren verheiratet – und dank der Erfindung der medizinischen Naniten würden sie, so hoffte er zumindest, noch weitere 30 bis 40 Jahre miteinander verbringen dürfen.

»Bist du sicher, du willst nicht unten im Esszimmer essen?«, fragte ihn seine Frau mit Besorgnis in der Stimme. Sie predigte ihm immer, dass er für sein Alter viel zu viel und viel zu schwer arbeitete.

Dr. Walburg hatte sich die letzten vier Wochen in die Berge, in sein Privathaus in Vail, Colorado, zurückgezogen. Er tendierte dazu, Menschen bei heiklen Projekten wie diesem aus dem Weg zu gehen. Der beste Weg dies zu tun war die freiwillige Absonderung in seiner Bergvilla. Der reichste Mann der Erde zu sein, hatte seine Vorteile, wie etwa der Kauf eines 40 Hektar großen Grundstücks am Berghang, auf dem er sein Traumhaus bauen konnte. Genau das hatte er vor beinahe 30 Jahren getan. Seitdem nutzte er diese private Idylle für streng geheime Projekte wie dieses oder für seine eigenen kleinen Versuche, für die er bekannt war.

Dr. Walburg lächelte seine Frau an. »Danke, Schatz. Das war seine nette Geste. Aber ich muss noch den letzten Teil des Codes fertigschreiben.«

Sie nickte verständnisvoll, stellte das Tablett mit dem Sandwich und dem Tee auf seinem Schreibtisch ab und küsste ihn auf die Stirn. »Dann will ich dich nicht länger stören«, verabschiedete sich, bevor sie die Tür auf dem Weg nach draußen hinter sich schloss.

Dr. Walburg sah auf den Tee hinüber, als ob er die Antwort auf all seinen Fragen liefern konnte. Er hoffte, er tat das Richtige. Im Prinzip stand der Code – er musste nur noch sicherstellen, dass die Sicherheitsvorkehrungen, die er eingearbeitet hatte, unangreifbar waren. Keiner von außen eindringenden Macht durfte es auch nur entfernt möglich sein, sie außer Kraft zu setzen. Schließlich bestand die realistische Gefahr, dass die Zodark versuchen könnten, in das Betriebssystem seiner Maschinen einzudringen, um ihr Programm zu verändern. Dr. Walburg war dies bewusst. Genau das war im letzten Krieg passiert. Ein solches Albtraum-Szenario musste er in jedem Fall vermeiden. Das war auch der Grund, weshalb sein Unternehmen niemals seinen beachtlichen finanziellen Einfluss dazu genutzt hatte, den Bann der autonomen KI oder ihren Einsatz auf dem synthetischen Markt zu untergraben.

Mehrere Stunden später verschwand die Sonne hinter dem Berg und warf lange, mysteriöse Schatten über das Tal. Obwohl es gerade erst 17 Uhr war, würde es bald stockdunkel sein.

Mit dem letzten Tippen auf seinem Tablet nickte Dr. Walburg zufrieden. *Geschafft. Ich bin fertig .... Zeit, sie zu testen!*
****

Am nächsten Morgen schickte Dr. Walburg eine Nachricht an das Weltraumkommando mit der Information, dass die Programmierung der Kampf-Synthetiker abgeschlossen sei. Der nächste Schritt war der Besuch seines Testgeländes in New Mexico, um dort mit dem Testen zu beginnen. Nach dem erfolgreichen Abschluss einer Reihe von Tests und sobald die Regierung ihre Zufriedenheit und ihr Einverständnis zur Herstellung des Produkts erteilt hatte, würde er mit der Fabrikation von Zehntausenden seiner Synthetiker beginnen.

Die einzige Frage, die Dr. Walburg an das Weltraumkommando hatte, stand noch offen. Wie sollten die neuen Synthetiker an ihren Einsatzort transportiert oder wo genau würden sie eingesetzt werden? Er wusste, dass die Zodark in unterschiedlichen Systemen der Galaxie mehrere Welten beherrschten. Er ging davon aus, dass das Weltraumkommando einen Weg finden würde, ihre Synthetiker auf einigen dieser Planeten einzuschleusen, um dort Probleme zu kreieren und Chaos unter dem Feind anzurichten.

Dr. Walburg musste unbedingt daran denken, während der Produktion keine Markierung oder einen Hinweis auf seinen Maschinen zu hinterlassen, die zur Erde zurückverfolgt werden konnten. Keine gute Idee, dem Feind eine Visitenkarte zu präsentieren, die besagte: »He, diese Maschine wurde von Walburg Technologies auf der Erde gebaut.«

In seiner Anlage in Alamogordo, New Mexico, wartete der erste Kampf-Synthetiker darauf, sich Dr. Walburgs Tests zu stellen.

Zunächst schlossen seine Ingenieure die Maschine an einen Computer an. Dann lud Dr. Walburg seinen Code in das Betriebssystem des Synthetikers hoch und erweckte ihn damit zum

Leben. Das dauerte nicht halb so lange wie man vermuten konnte. Mit einem Quantencomputer und einem zu diesem spezifischen Zweck entwickelten Kabel, das pro Sekunde Terabytes an Daten übertrug, war das kein Wunderwerk.

Kurz darauf war das neue Kampf-Synth-Programm installiert. Einige seiner Ingenieure, besonders ausgewählte Individuen, denen Dr. Walburg im Umgang mit dieser Art von Technologie bedingungslos vertraute, begannen mit einer Reihe von Systemtests. Sie überprüften die Protokolle des Synth, was er tun würde, falls ein Mensch bedroht wurde, wie er Menschen zu behandeln hatte, wann und wann es nicht akzeptabel war, einen Menschen zu verwunden oder gar zu töten, und wie der Synth die Entscheidung treffen würde, wann die Verwundung oder Tötung einer Person angemessen und akzeptabel war. Dann ging es um Fragen, die die Zodark betrafen: wann waren sie anzugreifen, wann sollte er sich zurückhalten, wie waren sich ergebende Zodark zu behandeln, und wann sollte eine Kapitulation nicht akzeptiert werden? Das Programm enthielt sogar Hinweise für die Synth, wann die Zodark hinterlistige Tricks anwandten, wie etwa auf dem eingenommenen Zodark-Transporter, auf dem der Bataillonskommandant der Delta und eine Gruppe umstehender argloser Soldaten von einem sich anscheinend ergebenden NOS getötet worden waren. Die Szenarien, die sie der neuen Maschine beibringen mussten, waren weitreichend und konnten folgenschwer sein.

Die Modellnummer des Synth war C100 – C stand für ‚Combat‘, für Kampf, und 100 war die Serienbezeichnung. Dr. Walburg hatte die Idee, dem Synth einen Namen zu geben nicht unbedingt zugesagt, andererseits wollte er ihn auch nicht nur als Gegenstand mit einer Modell- und Seriennummer sehen. Bei der Suche nach einem Namen für das ‚Kind‘, das er kreiert hatte, entschied er sich schließlich dafür, den ersten C100 ‚Adam‘ zu nennen. Es schien angebracht, der ersten empfindungsfähigen Maschine diesen Namen zu geben. Seine Ingenieure gaben ihm ihren eigenen Spitznamen: AA, für Alans Adam.

Mehrere Wochen lang spielten Dr. Walburgs Ingenieure Tausende von Szenarien mit Adam bezüglich der Frage durch, wann er seine Fähigkeit zu töten und wann er sie nicht einsetzen durfte. Sie testeten sein Sicherheitsprotokoll bis aufs Äußerste – solange, bis sie sich sicher fühlten, dass es keine Lücke enthielt, die ihm ein Abweichen möglich machte.

In gewisser Weise ähnelte Adam einem kleinen Kind. Er stellte eine Menge Fragen, wie es von ihm erwartet wurde. Darüber hinaus verfügte er aber von Anfang an über ein enormes Wissen. Die Herausforderung bestand darin, Adam zu lehren, wie er dieses Wissen dazu verwenden konnte, eine bessere, ausgewogenere Entscheidung zu treffen. Sie verbrachten Wochen damit, Adams vorrangige Aufgabe zu diskutieren, der Republik zu dienen und sie und die Menschheit zu schützen. Des Weiteren stellten sie sicher, ihm war klar, dass er an allerster Stelle ein Soldat war.

Nach Monaten der Ausbildung hielt Dr. Walburg Adam für hinreichend vorbereitet, ihn mit seiner Ausstattung bekannt zu machen und die Besonderheiten seines Jobs zu erlernen. Adam wurde seinen militärischen Ausbildern vorgestellt, die ihm rund um die Uhr sieben Tage die Woche alles beibrachten, was sie über das Soldatendasein, über Waffen, Taktiken, Erste Hilfe und den Kampf gegen einen Feind wussten. Sie versorgten Adam mit hinreichend Wissen, um als Sanitäter oder als Arzt verletzten Soldaten auf dem Schlachtfeld beistehen zu können. Das stellte sicher, dass Adam weit mehr als nur eine Killermaschine war; er war auch befähigt, Leben zu retten.

Die Analyse der Videos von Tausenden von Kampfstunden zwischen den Zodark und den Menschen stellte ebenfalls eine wichtige Trainingseinheit für Adam dar. Er musste bis ins Detail verstehen, wie die menschlichen Soldaten, an deren Seite er kämpfen würde, im Vergleich zu den Zodark kämpften und die Taktiken seiner Feinde aussahen, die ihn angreifen würden. Dieses Training würde den C100 erlauben, einen Unterschied zu machen, falls es je zu ihrem Einsatz kommen sollte. Nach nur wenigen Wochen wusste Adam so viel vom Soldatentum wie seine Ausbilder.

Sobald das Militär sein gesamtes Wissen mit ihm geteilt hatten, wurde ihm seine Ausrüstung ausgehändigt. Er lernte den Umgang mit allen Arten militärischer Ausrüstungsgegenstände und wo deren Grenzen lagen. Die Soldaten der republikanischen Armee und die Deltas stellten sicher, dass Adam nicht nur mit sämtlichen Waffensystemen der Erdenbewohner vertraut war, sondern dass er auch sämtliche militärischen Fortbewegungsmittel fliegen, fahren und kontrollieren konnte – angefangen mit den Mechs der Infanterie bis hin zu Panzern, zu den ‚VAC‘ – den vertikalen Angriffsschiffen – und den Truppentransportern. Adams Trainingswissen wurde automatisch in das

Bewusstsein aller neuen Kampf-Synth aufgenommen. Darüber hinaus lernten die C100, als unabhängige militärische Einheit zu fungieren und zu operieren. Wo immer ihre Herren es ihnen befahlen, konnten Synth eingesetzt werden, um Kampfhandlungen vorzunehmen.

Der Prozess, Adam und ein Synth-Bataillon auf den Krieg vorzubereiten, war langwierig und schwer und dazu noch beängstigend. Falls diese Technologie jemals gegen die Erde angewandt werden würde, konnte sie die Menschheit vernichten. Die Synth waren die Terminatoren des 22. Jahrhunderts und mit Gottes Hilfe würden sie sich als die Retter der Menschheit in deren schwerster Stunde erweisen.
****

Wenige Wochen vor dem Abschluss der Tests für die neuen Synth-Kämpfer trafen Flottenadmiral Chester Bailey, Captain Miles Hunt und Lieutenant Brian Royce von den Spezialeinheiten ein, um einer Demonstrationsveranstaltung beizuwohnen. Die sollte Dr. Walburg die Chance geben, seine neueste Entwicklung zu präsentieren und die endgültige Genehmigung der Regierung zu erhalten, mit der Massenproduktion seiner C100 zu beginnen.

Admiral Bailey streckte Walburg die Hand entgegen und stellte ihm dann seine beiden Gäste vor. Dr. Walburg wusste natürlich bereits, wer sie waren. Lieutenant Royce war ein Kriegsheld, der Mann, der gegen die Zodark gekämpft und sie besiegt hatte. Dr. Walburg fühlte beinahe so etwas wie Ehrfurcht vor dem Mann, der den Feind so überaus mutig angegriffen und es überlebt hatte. Es waren seine Taten, die Dr. Walburg inspiriert hatten, einige weitere Funktionalitäten und Fähigkeiten in den endgültigen Entwurf der Kampf-Synth zu integrieren.

Captain Hunt war ebenfalls ein Mann, vor dem Dr. Walburg großen Respekt hatte. Er hatte die Zodark mehrere Male im Weltraum bekämpft und es heil überstanden. Außerdem war Hunt der Mann, der für das neueste Design der im Bau befindlichen Kriegsschiffe verantwortlich war. Das Aussehen und die Komplexität der irdischen Kriegsschiffe hatte sich über die letzten viereinhalb Jahre radikal zum besseren gewandelt. Sie waren größer und weit tödlicher. Tatsächlich sahen sie nun wie ernstzunehmende Kriegsschiffe aus.

Admiral Bailey nahm seinen Platz nahe des Vorführbereichs ein. »Dr. Walburg, ich möchte Ihnen zu Ihrer guten Arbeit gratulieren. Ich weiß, dass Sie und Ihr Team lange unermüdlich an diesem Projekt gearbeitet haben.«

Dr. Walburg nickte nur. »Ich .... ich hoffe nur, dass sie ihrem geplanten Zweck gerecht und im Endeffekt Leben retten werden«, stotterte er. Dann räusperte er sich und sprach mit weit kraftvollerer Stimme weiter. »Willkommen. Sie werden heute unseren C100 kennenlernen. Den Ersten dieser Generation nannten wir Adam. Alles, was wir Adam beigebracht haben, wird an sämtliche nachfolgenden Produktionsmodelle weitergegeben werden. Das bedeutet, dass vom Tag seiner Entstehung an jedes Modell, das vom Fließband steigt, über Adams Wissen und seine Erfahrungen verfügen wird.«

In diesem Moment öffnete sich die Tür zu einem Nachbarraum und Adam, begleitet von zwei von Dr. Walburgs Ingenieuren, trat ein, um vorgestellt zu werden. Dies war das erste Mal, dass jemand außerhalb ihrer kleinen Gruppe das endgültige Produkt zu Gesicht bekam. Bislang hatten sie nur die Test-Synth gesehen.

Beim Anblick des Synth stieß Admiral Bailey einen anerkennenden Pfiff aus. Adam kam auf ihn zu. Lieutenant Royce stand auf, um sich dieses Ungetüm von Maschine näher anzusehen.

Adam war zwei Meter fünfzig groß, hatte weite, ausladende Schultern und sah einfach furchterregend aus. Seine metallene Struktur war nicht wie bei einem normalen Synth von einer synthetischen Haut überzogen. Stattdessen bestand ein Großteil seines Exoskeletts entweder aus exponiertem Metall oder war gepanzert. Seine Haut war zudem einzigartig in ihrer Fähigkeit, sich ihrem Umfeld anzugleichen. So passte sich sein Äußeres etwa in einem bewaldeten Gebiet oder im arktischen Klima den Farben an, von dem es umgeben war. Sein elegantes Design in Verbindung mit seinem schier unüberwindbar erscheinenden Auftreten machte ihn gleichzeitig zu einer außergewöhnlich gut aussehenden und einzigartig furchteinflößenden Einheit.

Adams Gesicht war ebenfalls etwas Besonderes. Während es in gewisser Weise einem menschlichen Gesicht ähnelte, bestanden seine Augen aus einem ein-Zoll breiten Band, das über die vordere Gesichtshälfte von Ohr zu Ohr reichte. Das gewährte Adam eine 180-Grad-Ansicht von allem, was sich vor ihm abspielte. Um einen Beobachter wissen zu lassen, dass er aktiv und nicht abgeschaltet oder dabei war, seine Batterien aufzuladen, flackerte ein einzelnes blaues Licht von rechts nach links über das Band.

Adam kam auf Dr. Walburg und dessen Besucher zu und hielt vor ihnen inne. »Hallo, Vater. Was kann ich heute für dich tun?«, fragte Adam in einer natürlich klingenden menschlichen Stimme, die trotz der bedrohlichen Größe dieser Killermaschine Ruhe projizierte.

Admiral Bailey kicherte. »Adam nennt Sie also ,Vater‘, wirklich, Alan?«, amüsierte er sich grinsend.

Dr. Walburg zuckte mit den Achseln. »Ich habe ihn erschaffen«, stellte er ganz selbstverständlich fest. »Er kennt mich entweder als Vater oder als Dr. Alan Walburg.«

Dann wandte er sich wieder seiner Kreation zu. »Adam, ich möchte dir drei sehr wichtige Personen vorstellen. Das .... - und damit zeigte er auf Admiral Bailey - .... ist Flottenadmiral Chester Bailey. Er ist der Oberbefehlshaber des republikanischen Militärs. Er ist dein höchster Vorgesetzter.«

Adam hielt ihm die Hand entgegen, so wie er es gelernt hatte, und schüttelte die Hand von Admiral Bailey mit genau dem richtigen Druck um Respekt und Stärke auszudrücken, ohne ihm dabei die Hand zu zerquetschen.

»Das ist Captain Miles Hunt«, fuhr Dr. Walburg fort. »Er kommandierte das Schiff, das unsere Feinde, die Zodark, mehrere Male im Weltraum bekämpfte. Er hat uns viele Siege eingebracht. Auch er ist einer deiner Vorgesetzten.«

Adam schüttelte Captain Hunt die Hand. Dann wandte sich der C100 intuitiv Brian Royce zu. Dr. Walburg wusste, dass Adam sofort den Unterschied in den militärischen Uniformen erkannte und dass er Royce, ungleich den beiden Leuten, die Adam gerade kennengelernt hatte, als einen menschlichen Soldaten identifizierte, dessen Fähigkeiten verändert und verstärkt worden waren.

»Das ist Lieutenant Brian Royce, ein Delta-Soldat in einer der Spezialeinheiten der republikanischen Armee«, bestätigte Dr. Walburg Adams Vermutung. »Er bekämpfte die Zodark von Mann zu Mann; vielleicht erkennst du ihn von den Kampfvideos, die wir studiert haben.«

Adam bot auch Royce die Hand und kommentierte: »Sie sind der große Krieger, zu dessen Unterstützung ich gebaut wurde. Vater hat mir die Videos Ihrer Kämpfe gezeigt. Sie kämpften mit außergewöhnlichem Mut – furchtlos, aber in vielen Ihrer Schlachten auch waghalsig. War es Ihnen egal, ob Sie sterben würden?«

Bei dieser Frage lief Dr. Walburg rot an. »Entschuldigen Sie, Lieutenant ….«, versuchte er, sich einzuschalten. »Adam muss noch den korrekten Umgang mit Menschen lernen. Gegenwärtig steht er auf der emotionalen Stufe eines kleinen Kindes.«

Royce lachte nur. Er sah die Maschine an und erwiderte: »Adam, du hast Recht. Ich habe ohne Rücksicht auf Verluste gekämpft. Ich wusste, sobald ich in diesen Auseinandersetzungen auch nur einen Augenblick zögern würde, würden die Zodark mich und mein Team mit Sicherheit töten. Wenn ich überleben wollte, musste ich bereit sein, zu sterben. Indem ich den Wunsch aufgab, mein eigenes Leben zu erhalten, konnte ich es ebenso retten, wie das Leben der Männer und Frauen, die neben mir kämpften. Verstehst du?«

Die Maschine starrte Royce einen Augenblick lang an und verarbeitete, was ihr da gerade gesagt worden war. »Ja, das ergibt Sinn, Lieutenant. Ich denke, ich kann viel von Ihnen lernen.«

Hunt meldete sich zu Wort. »Meine Männer und ich werden dir ebenfalls viel beibringen können, Adam. Am wichtigsten für dich ist allerdings zu lernen, dich Veränderungen anzupassen. Während ich aufwuchs, wiederholte mein Vater immer wieder ein altes Sprichwort: ‚Jeder hat einen Plan, bis er eine auf die Schnauze bekommt‘. Das hat vor langer Zeit mal ein berühmter Boxer gesagt. Sobald du in einen Kampf verwickelt wirst, wirst du erleben, dass keiner deiner Pläne den ersten Kontakt übersteht. Sobald die Blasterblitze fliegen, kommt es allein darauf an, den Feind so schnell und effektiv wie möglich zu töten, um die Mission zu erfüllen und deine Leute am Leben zu erhalten.«

Die Maschine nickte weder zu dem noch erwiderte sie etwas auf das, was Hunt gerade gesagt hatte – zumindest nicht sofort. Sein sanftes blaues Licht bewegte sich weiter von rechts nach links über die Blende, wo sich normalerweise die menschlichen Augen befanden. Dann fragte Adam endlich: »Werde ich Sie persönlich in den Kampf begleiten?«

Bevor jemand antworten konnte, erklärte Royce: »Das kommt darauf an, Adam, wie lange es dauern wird, dich kampfbereit zu machen und wie wir die C100 in unsere militärischen Einheiten integrieren werden. Ich persönlich wünsche mir, dich mit in den Kampf zu nehmen. Es gibt viel, was ich dich lehren will, in der Hoffnung, dass du alles an die anderen C100 weitergibst.«

Dr. Walburgs Gesicht strahlte, als er der Unterhaltung zwischen seiner Kreation und dem Soldaten sah, zu dessen Unterstützung sie gebaut worden war. Es macht ihn glücklich, wie schnell Adam sich verselbständigte und eine eigene Persönlichkeit zu entwickeln begann.

»Adam, in den kommenden Wochen wirst du viel von Lieutenant Royce und anderen Soldaten wie ihm lernen«, versprach Dr. Walburg. »Solange der Admiral heute bei uns ist, möchte ich, dass du ihm einige deiner Fähigkeiten demonstrierst. Vielleicht zeigst du uns zunächst einmal einige deiner Kampffertigkeiten?«

Die nächste Stunde verbrachte Adam damit, eine Reihe von Übungen zu absolvieren, die seine Fähigkeiten hervorhoben. Was jedoch alle am meisten zu interessieren schien, war Adams Gabe, Fragen zu stellen und eine Unterhaltung zu führen. Den Männer des Militärs war dies wichtig. Die Zodark waren ein ernstzunehmender Feind, einer der mit der Zeit lernen würde, wie sie die Menschen bekämpfen und besiegen konnten. Falls die Kampf-Synth ihren Zweck erfüllen sollten, mussten sie die gleiche Lernfähigkeit entwickeln und sich einem sich ändernden Kampfstil der Zodark anpassen.

Nach dem Ende der Vorführung innerhalb des Gebäudes, machte sich die Gruppe auf den Weg zum Waffentrainingsgelände. Die Deltas hatten Walburgs Ingenieuren dabei geholfen, das taktische Modell einer Innenstadt zu erbauen. Nun war es an der Zeit, Adams Talente in diesem Umfeld zu testen.
****

Schießplatz 5 - Häuserkampf

Lieutenant Brian Royce befestigte die letzten Ausrüstungsgegenstände an seinem Exoskelett-Anzug und überprüfte dann noch schnell sein Sim-Gewehr. Die Sim-Gewehre waren exakte Nachbildungen der neuesten M85 Infanterie-Sturmgewehre, mit der Ausnahme, dass ihre Munition nicht tödlich war. Da die Gegner sich heute aus einer Einheit regulärer Armeesoldaten zusammensetzten, war der Gebrauch der Sim-Gewehre angebracht.

Der Zug der Soldaten, der sich neben Royce vorbereitete, warf Adam skeptische Blicke zu. Dies war das erste Mal, dass sie mit einem

C100 zusammenarbeiteten. Es war keine Übertreibung zu sagen, dass sie der Zusammenarbeit mit einer Killermaschine angesichts der Vorkommnisse im Großen Krieg nicht unbedingt entgegensahen.

Royce bemerkte ihr Zögern. »Hört zu, Leute. Adam hier ….« Royce zeigte auf ihn. »Adam wird uns während dieser Übung begleiten, um zu beweisen, dass Androiden als gleichwertige Mitglieder eines Delta-Teams eingesetzt werden können. Ich will, dass ihr Adam wie ein ganz normales Teammitglied behandelt. Diese Übung wird seine Fähigkeit testen, als einer von uns zu fungieren, nicht nur als Einzelkämpfer. Noch dazu haben wir heute die Gelegenheit, Admiral Bailey unser Können und unsere Leistungsfähigkeit vor Augen zu führen. Also baut keinen Mist, sonst lässt uns Captain Hopper auf dem Weg zurück nach Neu-Eden die Toiletten schrubben.«

Einige Soldaten lachten, andere murrten. Sie verstanden die unverblümte Mitteilung, weder Royce noch den Captain vor den hochrangigen Militärs zu blamieren.

»Trupp Zwei, Sie werden per Fallschirmabsprung aus großer Höhe genau hier im Dorf landen. Während des Falls erledigen Sie die Wachen auf dem Dach und wo immer sie zu finden sind. Sofort nach der Landung formieren Sie sich neu und bewegen sich auf das Haus mit den Geiseln zu.«

Der Führer des Trupps und die Leiter seiner Feuerteams nickten.

»Trupp Drei, Sie machen das Gleiche wie Trupp Zwei, nur auf der anderen Seite des Dorfes, genau hier.« Royce markierte mit einem Lichtzeiger den Bereich der Karte, den diese Truppe einnehmen würde. »Sobald Sie auf dem Boden sind, befreien Sie diesen Teil des Dorfs von allen Feinden. Sobald Trupp Zwei die Geiseln hat, stellen Sie deren Exfiltration aus dem Dorf sicher.«

Royce wandte sich an Trupp Vier – traditionell sein mit Granatwerfern und Panzerabwehrwaffen ausgestatteter schwerer Waffentrupp. In dieser Mission übernahmen sie die Rolle einfacher Schützen. »Trupp Vier wird zusammen mit Adam das Hauptgebäude angreifen, während Trupp Eins den feindlichen Anführer aus dem Verkehr zieht. Gehen Sie davon aus, dass diese Position von den RA-Männern bis aufs Äußerste verteidigt wird, was bedeutet, dass dieser Angriff schwierig sein wird. Darauf wette ich. Sie werden den hohen

Rängen beweisen wollen, dass sie ebenso gut wie wir sind. Und wir werden ihnen zeigen, wie falsch sie liegen.«

Dieser letzte Kommentar beschwor viel Gelächter und zynische Kommentare der Mitglieder dieser Spezialeinheit herauf. Die Rivalität zwischen den beiden Armen des Militärs existierte uneingeschränkt weiter.

Nach ihrer Einweisung fanden die Teams ihren Weg zu den in den Flughallen bereitstehenden Ospreys. Obwohl nur ein Osprey einen ganzen Zug aufnehmen konnte, verteilten sich die Trupps auf vier verschiedene, um ihren Zielort aus mehreren Richtungen angreifen zu können.

Vierzig Minuten später schwenkte der Osprey, der Lieutenant Royce und Trupp Eins transportierte, scharf nach links ein und verlor plötzlich schnell an Höhe. Der Pilot meldete sich über ihre HUD und erklärte: » „Wir nähern uns dem Zielort. Unseren Informationen nach erwarten sie uns bereits. Gehen Sie von unmittelbarem Widerstand aus.«

Die Deltas grinsten und boxten sich gegenseitig in die Rippen. Sie liebten einen guten Kampf und dieser hier klang vielversprechend. Während sich seine menschlichen Kollegen für das, was ihnen bevorstand, hochputschten, saß Adam still mit seinem von rechts nach links laufenden Augenlicht da.

Der Osprey flog eine enge Kurve. Dieses Mal eröffnete das vordere Geschütz mit seiner nichtletalen Munition das Feuer auf ein unsichtbares Ziel. Der Pilot adressierte die Deltas erneut über ihre HUD. »Wir sind beinahe über dem Absprungbereich. Bereiten Sie sich vor, denn ich mache mich direkt wieder aus dem Staub.«

Royce stand auf. Auf dem Weg in den hinteren Teil des Schiffs halfen ihm seine magnetischen Stiefel festen Halt auf dem Boden zu finden. Der Mannschaftschef war bereits dabei, die Rampe für ihren Absprung zu senken. Am Ende der Rampe sah Royce die kleine Stadt, um die es bei diesem Einsatz ging. Dort hielten sich 220 RA-Soldaten versteckt, um ihre Rolle in diesem Kampftraining zu spielen.

Der Osprey verlangsamte sein Absinken etwas und richtete die Nase gerade nach vorn. Das Sprunglicht wechselte von Rot auf Grün – Zeit zum Springen. Ohne das geringste Zögern rannte Royce los und sprang vom Ende der Rampe. Sein HUD informierte ihn, dass er sich ungefähr 30 Meter über dem Boden befand und das automatische Fadenkreuz hatte ihm bereits feindliche Kräfte identifiziert, die er während des Falls nach unten neutralisieren musste.

Im peripheren Blickwinkel bemerkte Royce, dass Adam vor ihm auf dem Boden gelandet war. Der Kampf-Synth setzte seine Waffe bereits mit erstaunlicher Geschicklichkeit gegen mehrere Ziele ein. Anstatt wahllos um sich zu schießen, traf er den Feind mit der akkuraten Präzision, die nur eine Maschine oder ein bestausgebildetes, hochqualifiziertes Individuum bieten konnte.

Sekunden später lief Adam unter Aufrechterhaltung seines Beschusses auf eine schützende Position zu. Verteidiger über Verteidiger fielen unter seinem Angriff.

Royce, immer noch im Fall, hob seine Waffe, um feindliche Ziele auszuschalten. Das grüne Ziel-Fadenkreuz tanzte solange über sein HUD, bis er es auf das Rot eines Feindes bringen konnte. Royce drückte mehrere Male auf den Abzug und schickte seine Munition auf den Weg.

Mehrere Elektroschockrunden trafen den Körper eines Mannes, der sich an die Brust griff und zuckend von der Elektrizität, die ihn durchfuhr, auf dem Boden zusammenbrach. Obwohl ihn diese Munition nicht töten würde, würde sie ihm sicherlich in Erinnerung bleiben.

Sobald Royce und der Rest seiner Truppe gelandet waren, eilten sie schleunigst hinter Adam her, der ihnen bereits den Pfad geebnet hatte. Royce sah, wie einer der RA-Soldaten versuchte, sich Adam in den Weg zu stellen. Dutzende von Blasterblitzen flogen dem Kampf-Synth entgegen. Erstaunt beobachtete Royce Adams offensichtliche Gewandtheit. Mit unglaublicher Geschwindigkeit wich er den Schüssen aus, bevor er sich auf eine Seite fallen ließ und in eine neue Deckungsposition rollte, aus der er unablässig weiter feuerte.

Royce und eines seiner Truppenmitglieder sahen sich kurz an, bevor sie bewundernd den Kopf schüttelten. So etwas hatten sie noch nie gesehen.

Wie aus dem Nichts tauchte plötzlich zwei Gassen vor ihnen ein Zug RA-Soldaten auf; andere erschienen in den Fenstern weiter entfernt liegender Gebäude. Royce und sein Trupp wurden von ihrem Erscheinen überrascht.

Ich dachte, diesen Bereich hätten wir gerade geklärt. Royce zwang sich, ruhig zu bleiben. Sie waren nur noch 100 Meter von dem Gebäude entfernt, in dem ihr hochrangiges Ziel sich vor ihnen versteckte.

»Ich bin getroffen!«, schrie einer von Royces Männern und schlug von Schüttelkrämpfen gebeutelt hart am Boden auf.

Zu seiner Rechten sah Royce zwei seiner Männer, die ebenfalls außer Gefecht waren. *Verdammt, schon drei Verluste.*

Er schaltete auf das Netzwerk des gesamten Zugs um. »Trupp Vier, konzentrieren Sie Ihr Feuer auf Sektor K und assistieren Sie Trupp Eins. Wir werden von einem Element des feindlichen Zugs in den Gebäuden gegenüber unserer Position am Weiterkommen gehindert. Trupp Zwei, Situationsbericht in Bezug auf die Geiselbefreiung?«

Seine Anzeige der eigenen Streitkräfte teilte Royce mit, dass Trupp Zwei und Drei gerade in das Gebäude mit den Geiseln eingedrungen waren. Es sah so aus, als hätten sie einen weiten Sicherheitsperimeter um das Haus eingerichtet, was bedeutete, dass dieser Bereich von feindlichen Kräften befreit war.

»Lieutenant, die Geiseln sind frei. Trupp Zwei wird sie zum Exfiltrationsort begleiten. Soll ich Ihnen Trupp Drei schicken, um Ihnen auszuhelfen?«, fragte der Sergeant, der für diesen Teil der Mission verantwortlich war. Trupp Drei hatte einen zweiten C100 bei sich. Sie wollten die Fähigkeit der Synth testen, sowohl an einer Mission der Rettung von Geiseln teilzunehmen als auch ihr Verhalten in einer direkten Kampfrolle, die Adam hier wahrnahm. Eine Geiselbefreiung verlangte weit mehr Schussdisziplin, um die versehentliche Tötung einer Geisel zu vermeiden.

»Ja, gute Idee«, begrüßte Royce diesen Vorschlag. »Trupp Drei soll versuchen, das Gebäude von Sektor L aus einzunehmen. Wir werden auf unserer Seite weiter den feindlichen Beschuss auf uns konzentrieren – das sollte Ihren Leuten die Gelegenheit geben, Ihre Aufgabe zu erfüllen. Ende.«

Royce und sein Trupp lieferten Deckungsfeuer, während Trupp Drei sich an der Seite des Gebäudes auf das Eindringen vorbereitete. Adams Schusssicherheit war beeindruckend – sein Deckungsfeuer zwang die Feinde nicht nur, ihre Köpfe unten zu halten, sondern brachte darüber hinaus einen Verteidiger nach dem anderen zur Strecke.

Krach! Bumm!

Royce hörte das Nachgeben der Tür, gefolgt vom Explodieren einer Blendgranate. Trupp Drei würde das Gebäude Raum für Raum durchsuchen, bis sie das hochrangige Ziel gefunden und eliminiert hatten.

Zisch. Adam entging nur knapp einem Elektroschock. Er schien sich im allerletzten Bruchteil einer Sekunde zu bewegen. Royce verspürte tatsächlich so etwas wie Eifersucht.

Augenblicke später war die Übung vorbei. Das hochrangige Individuum war überwältigt und das Gebäude von RA-Soldaten befreit.

Die Videoübertragung durch die Drohnen musste die Vorgesetzten beeindruckt haben. »Gute Arbeit, Männer«, lobte Admiral Bailey sie über das Netzwerk des Zugs. »Bier und Burger gehen heute Abend auf meine Rechnung.«

Royce und der Rest seiner Trupp jubelten begeistert. Wer freute sich nicht über kostenloses Essen und Trinken?

Nachdem sich alle von der Feier erholt hatten, wurden sämtliche Deltas dazu befragt, wie sie die Leistung der C100 einschätzten. Die Ingenieure wollten einfach alles wissen. Wie erfolgreich war der Androide als Teammitglied und wie als individueller Kämpfer? Sie sahen sich die Videos aller an der Übung beteiligten Soldaten in der Zusammenarbeit mit den beiden C100 an, aber nichts war wichtiger als die ehrliche Beurteilung der Soldaten, auf deren Seite sie kämpfen würden.

Die regulären RA-Soldaten hielten die C100 für erschreckend – es war schwer, sie zu töten und sie erwiderten den Beschuss so schnell, dass die RA eine große Zahl ihrer Kameraden innerhalb kürzester Zeit verloren. Die Deltas liebten sie, dank ihrer schnellen und geschmeidigen Bewegungen, die einem verdienten Veteranen von 20 Jahren alle Ehre machen würden. Die menschlichen Soldaten äußerten sich dazu, was vielleicht noch verbessert werden könnte, insgesamt aber waren alle von diesem Kampfwerkzeug begeistert.

Die hochrangigen Militärs waren überzeugt. Jetzt mussten die C100 nur noch weiter mit ihren militärischen Gegenstücken trainieren und dann konnte Warburg in volle Produktion gehen. »Ich denke, wir fanden gerade unser Ass im Ärmel, sollte es in diesem Krieg je zu einer

Bodenschlacht gegen die Zodark kommen«, stellte Admiral Bailey
äußerst zufrieden fest.
****

Die Erde, Sol
Orbitalstation John Glenn

»Fühlt sich merkwürdig an, Weihnachten in der Umlaufbahn zu
verbringen«, bemerkte Hunts Sohn Ethan, als alle im Wohnzimmer des
Hunt-Quartiers saßen.

»Ja, da magst du Recht haben. Ich wünschte, wir könnten
Weihnachten in unserem Haus in Florida feiern«, erwiderte Hunt
sehnsuchtsvoll. Der Besuch am Strand an Weihnachten und Neujahr
war eine langjährige Familientradition der Hunts, seit der Zeit, in der
sie in diesem tropischen Klima lebten.

»Warum bleiben Mama und du dann hier oben?«, forschte Ethan
weiter. »Wartest du nicht noch auf den Ausbau deines Schiffs?«

Hunt bewunderte den kleinen Weihnachtsbaum im Zimmer. Er
atmete tief ein, so als ob er das Weihnachtsfest einatmen und die Zeit
mit seiner Familie wie eine Zeitkapsel in sich tragen könnte. Dann
antwortete er seinem Sohn. »Ein Großteil meiner Arbeit für Admiral
Bailey findet dieser Tage hier oben statt, zumindest bis mein Schiff
endlich fertig ist.«

Ethan schwieg einen Moment und sah auf seine Füße hinunter.
Hunts Frau warf ihm einen aufmunternden Blick zu, den er gut genug
kannte, um zu wissen, dass er nun etwas über die künftige
Stationierung seines Sohnes sagen sollte. Ethan würde in wenigen
Wochen sein Training abschließen. Die meisten seiner
Klassenkameraden hatten bereits ihre neuen Befehle erhalten, aber
Ethan fehlte bislang die diesbezügliche Information.

Hunt stöhnte, mehr für sich als für sein Publikum, bevor er gerade
laut genug, damit sein Sohn ihn hören konnte, sagte: »Ethan, komm mit
in mein Büro. Lass uns reden.«

Hunt erhob sich und ging in das Arbeitszimmer voraus, in dem er
in letzter Zeit so viel Zeit verbrachte. Sein Sohn folgte ihm. Sie nahmen
in den Stühlen vor Hunts Schreibtisch Platz. Die Situation fühlte sich
seltsam an, wie das obligatorische Aufklärungsgespräch zwischen

Vater und Sohn über die Bienchen und die Blümchen. Aber es musste sein.

Fragend sah Hunt seinen Sohn an. »Wohin soll dich deine Karriere im Weltraumkommando führen?«

Ethan sah ihn voller Ernst an und erwiderte: »Letztendlich will ich Kapitän eines Schiffs werden, so wie du.«

Hunt lächelte stolz bei dem Gedanken, dass sein Sohn in seine Fußstapfen treten wollte. Gleichzeitig fühlte er aber auch die Notwendigkeit, ihn vor dem langen Weg, der vor ihm lag, zu warnen. »Du weißt, es hat knapp 26 Jahre gedauert, bevor ich mein erstes Kriegsschiff kommandieren durfte. Und dieses Kriegsschiff habe ich verloren, zusammen mit mehr als der Hälfte meiner Mannschaft. Und das bereits nach wenigen Jahren.«

Unbehaglich rutschte Ethan in seinem Stuhl hin und her. »Das weiß ich, Dad. Ich meine auf lange Zeit gesehen – ich will mein eigenes Raumschiff kommandieren, so wie du. Ich weiß, dass ich mich durch die Ränge hocharbeiten muss und dazu bin ich gern bereit. Ich will nur meine Chance bekommen.«

Hunt stand auf und trat an seinen Schreibtisch. Aus einer der Schubladen zog er zwei Gläser und eine Flasche guten schottischen Whisky hervor. Hunt schenkte ein und stellte die Gläser auf dem Schreibtisch vor ihnen ab. Dann setzte er sich wieder.

»Bevor du mir eine Rede hältst, Dad .... Ich bin mir sicher, dass Mutter dich darum gebeten hat, mir über deine Beziehungen einen sicheren Job in Sol, oder noch schlimmer, auf Alpha Centauri zu besorgen. Aber das will ich nicht«, betonte Ethan mit Nachdruck. »Ich will nicht bevorzugt werden. Ich will so wie jeder aus meiner Klasse behandelt werden. Ich übernehme jeden Posten auf jedem Schiff, das einen neuen Offizier braucht.« Ethans Augen drückten Widerstand aus.

Hunt seufzte, griff nach seinem Glas und leerte es mit einem Zug. Er schauderte etwas, als sich der Alkohol einen Weg hinunter in seinen Magen brannte. »Hör zu, Ethan, ich kann dir keine Stelle auf meinem neuen Schiff besorgen. Das Weltraumkommando würde niemals darauf eingehen. Vater und Sohn können nicht auf dem gleichen Schiff dienen, besonders wenn der Vater der Kommandant des Schiffes ist. Damit bleiben uns zwei Möglichkeiten: Ich kann dich in Admiral Baileys Stab unterbringen, was dir eine Erfahrung als Stabsoffizier einbringen würde, um die die meisten Offiziere dich beneiden werden;

oder ich kann dir einen Posten auf einem Raumschiff besorgen. Ein
Raumschiff ist mit den erwarteten Auseinandersetzungen ein
gefährlicher Ort. Wir werden die Zodark erneut bekämpfen, und ich
habe keine Ahnung, ob oder wie wir die kommenden Schlachten
überleben werden. Was wäre dir lieber?«

Hunt wollte seinem Sohn eine Wahl bieten, nicht einfach eine
Friss-oder Stirb-Variante.

»Wenn ich auf einem Raumschiff dienen will, könnte ich dann auf
einem der neuen Schlachtschiffe, die sie gerade bauen,
unterkommen?«, erkundigte sich Ethan aufgeregt.

Hunt setzte sich im Stuhl zurück und überlegte einen Augenblick.
Er wollte seinen Sohn in keinem Fall auf einem der neuen
Kriegsschiffe der Flotte stationiert sehen. Sie wurden für die Schlacht
gebaut und viele von ihnen würden aller Wahrscheinlichkeit nicht
überleben. Dann hatte er eine Idee.

Hunt beugte sich nach vorn und fragte: »Was, wenn ich dir etwas
Besseres als ein Kriegsschiff finden kann?«

Ethan zeigte Interesse. »Was könnte besser als ein Job auf einem
Kriegsschiff sein?«

Hunt lächelte und griff nach seinem Tablet. »Du bist jetzt ein
Offizier mit einer Unbedenklichkeitsbescheinigung. Gegenwärtig ist
das was ich dir zeigen werde, noch streng geheim, aber bald werden
alle Bescheid wissen.«

Er stellte den holografischen Bildprojektor an, worauf das Bild
einer neuen Klasse von Fregatten erschien. Das Schiff war klein,
schnittig und erschien wendig zu sein. Ethan lächelte bei seinem
Anblick und Hunt war sich sicher, dass er einen sicheren Weg für
seinen Sohn gefunden hatte zu dienen ohne direkt am Kampfgeschehen
teilzuhaben.

»Was ist das? Von diesem neuen Schiff habe ich weder etwas
gehört noch gesehen«, kommentierte Ethan mit Blick auf das vor ihm
schwebende Bild. Dann blätterte er einige der Spezifikationen des
Schiffs rechts von der Darstellung durch und las sich ein.

»Das, Ethan, wird eines der wichtigsten Schiffe für die Zukunft der
Menschheit sein. Wir nennen es *Viper*. Die *Viper* werden die Augen
und Ohren unserer Flotte sein. Es sind unsere neuesten
Erkundungsschiffe. Und jetzt verrate ich dir etwas, was du niemandem
gegenüber wiederholen darfst, verstanden?« Hunt sah seinen Sohn mit

zusammengekniffenen Augen an, die ihn vor dem Riesenärger warnten, der ihm bevorstand, falls er dieser Anordnung nicht Folge leisten sollte.

»Verstanden, Dad. Mir ist klar, dass ich über gewisse Dinge nicht reden darf«, versicherte Ethan ihm.

»Während unserer letzten Auseinandersetzung mit den Zodark ist uns eine aktuelle Sternenkarte des Zodark-Reichs und der Systeme, die sie bisher erkundet haben, in die Hände gefallen. Aufgabe der *Viper* wird es sein, uns einen Überblick über diese Systeme zu verschaffen. Sie werden den tiefen Weltraum erkunden und uns mit der Identifikation der Zodark-Planeten, ihren Sternbasen und anderen strategischen Einrichtungen behilflich sein. Sie werden den Feind nicht in einen Kampf verwickeln, sondern seine Position an die Flotte zurückmelden. Es ist ein gefährlicher und ungemein wichtiger Job, Ethan«, betonte Hunt.

Ethan sah ihn voller Begeisterung an. »Und du kannst mich auf einem dieser Schiffe unterbringen?«

Hunt zuckte mit den Achseln. »Ich denke schon. Wahrscheinlich. Aber wenn du eine dieser Stellen haben willst, wirst du noch einige Trainingskurse absolvieren müssen. Die ersten Schiffe laufen erst in ungefähr acht Monaten vom Stapel.«

»Du sagst, seine oberste Aufgabe wird die Erkundung sein, aber wird es auch am Kampfgeschehen teilnehmen?«

»Ethan, wenn dieses Schiff in einen Kampf verwickelt wird, wird es aller Wahrscheinlichkeit nach zerstört werden. Seine Panzerung ist unzureichend. Und obwohl wir es mit Offensivwaffen bestücken, um ihm gegebenenfalls einen überfallartigen Angriff aus dem Hinterhalt zu ermöglichen … falls dieses Schiff getroffen wird, ist es verloren. Ich weiß, du kannst es kaum erwarten, an einer Schlacht beteiligt zu sein, aber eine Position auf diesem Schiff ermöglicht dir, mehr von der Galaxie zu sehen, als es mir je vergönnt war.«

Hunt hoffte wirklich, dass sein Sohn sich für diesen Job entscheiden würde. »Außerdem ist es ein kleines Schiff, Ethan«, fügte er abschließend hinzu. »Das bedeutet auch eine kleinere Mannschaft, was dir als Offizier eher erlauben wird, zu wachsen und selbständig zu denken. Mit einer Stationierung auf einem Kriegsschiff bist du einer von drei- oder vierhundert Offizieren. Auf einer *Viper* bist du einer von insgesamt sechs. Wenn du eines Tages ein Raumschiff kommandieren willst, verhilft dir das wahrscheinlich eher zum Durchbruch als die Stationierung auf einem der großen Schlachtschiffe.«

Ethan schwieg eine Weile. Er sah weiter auf das Bild des Schiffs vor ihm, bevor er sein Glas anhob und ebenso wie sein Vater dessen Inhalt auf einen Zug leerte.

Zögernd fragte er dann: »Und du denkst wirklich, ich sollte diesen Weg gehen, Dad?«

Ohne überlegen zu müssen, erwiderte Hunt: »Das denke ich, und nicht aus dem Grund, weil ich dich in Sicherheit wissen will. Weitab von der Flotte werdet ihr vielen Gefahren ausgesetzt und dabei meist auf euch selbst gestellt sein. Aber dir bietet sich hier eine wundervolle Chance. Diese neuen Fregatten werden das Äquivalent der Unterseeboote des 20. Jahrhunderts sein – die Augen und Ohren der Flotte, die allein und einsam tief hinter den Feindeslinien operieren.«

Schließlich breitete sich auf Ethans Gesicht ein Grinsen aus und er nickte. »Ich mach's! Wenn du es hinbekommst, Dad, dann mache ich es. Du hast Recht; es ist eine fabelhafte Gelegenheit. Die sollte ich nicht verpassen. Mann, werden meine Freunde eifersüchtig sein, sobald sie davon erfahren.«

Hunt stieß einen Seufzer der Erleichterung aus. Er war froh, dass sein Sohn zugestimmt hatte und erleichtert, dass seine Frau ihn nicht dafür hassen würde, Ethan nicht in Admiral Baileys Stab untergebracht zu haben. Es war wirklich eine gute Alternative. Sie würde seinen Sohn aus den anstehenden Kampfhandlungen der kommenden 12 Monate heraushalten und ihn auf einem Schiff etablieren, dass jedem Kampf aus dem Weg gehen würde.

Der Rest des Weihnachtstags verlief glücklich. Die Familie Hunt genoss ihre Zeit, einzeln und gemeinsam. Der Himmel allein wusste, was ihnen die Zukunft bringen würde oder wann sie das nächste Mal ein Weihnachtsfest zusammen feiern durften. Sie beschlossen das Beste daraus zu machen und die Zeit, die sie hatten, voll auszukosten.

Kapitel Neun
Die Sternentore

Das Rhea-System
RNS *Voyager*

Admiral Abigail Halsey tigerte vor ihrem Stuhl auf der Brücke auf und ab. Sie wartete darauf, von ihrem Kommandeur am Boden zu hören. Ihr Kontingent der republikanischen Armee war vor knapp vier Monaten auf Neu-Eden gelandet und bislang war es ihnen immer noch nicht gelungen, die wenigen auf dem Planeten verbliebenen Zodark auszumerzen. Kleine Inseln des Widerstands behinderten weiter ihre Operationen auf der Oberfläche.

Sie wandte sich an ihren Stabsoffizier. »Ist die Raumfähre des Generals bereits eingetroffen?«

Der Offizier sah auf ihre Station hinunter und lächelte. »Jawohl, Admiral. Sie dockt gerade an.«

»Ausgezeichnet, Lieutenant. Bitte informieren Sie ihn, dass er sich umgehend in meinem Büro melden soll.« Halsey verließ die Brücke auf dem Weg zu ihrem privaten Büro.

Sie verbrachte mehr und mehr Zeit entweder in ihrem Büro oder in der Offiziersmesse, um an verschiedenen Einsatzbesprechungen teilzunehmen und täglichen Berichten zuzuhören. Das wissenschaftliche Team sowie die Boden- und Minenoperationen hielten sie hier oben in ihrem kleinen Königreich an der Grenze des Weltraums mit endlosen Verwaltungsaufgaben auf Trab.

Alle fünf Tage lieferten neue Schiffe von Sol mehr Soldaten, mehr militärische Ausrüstung und die nötigen Ressourcen an, um das System weiter zu befestigen. Auf deren Rückflug schickten sie enorme Mengen an Trimar und Morean zur Erde zurück, zusammen mit einer steten Zahl von Leichensäcken. Auf der Oberfläche starben immer noch RA-Soldaten, und das war ein Problem. Ihr Militär sollte bereits vor Monaten den Kampfhandlungen ein Ende bereitet haben, stattdessen waren sie immer noch in einen Guerillakrieg gegen die verbliebenen Zodark verwickelt.

Brigadegeneral Ross McGinnis klopfte an ihre Tür und wartete auf seine Einladung, eintreten zu dürfen. »Herein«, sagte Halsey laut genug, um von ihm gehört zu werden. Nachdem McGinnis die

Erlaubnis zum Eintreten erteilt worden war, öffnete die KI ihm automatisch die Tür.

Der hochrangige Soldat, der für die Bodenoperationen verantwortlich war, betrat in Begleitung von zwei Offizieren ihr Büro. McGinnis war ein kleiner Mann, aufbrausend, kampferfahren und ein vorbildlicher Soldat, der nur selten ein Nein akzeptierte. Zudem war er bekannt dafür, seine Untergebenen vehement zu verteidigen und für seine Leute einzustehen. Den Berichten nach, die sie über ihn gelesen hatte, und nach beiläufigen Erwähnungen seiner Person in etlichen Gesprächen, wusste sie, dass seine Männer ihm treu ergeben waren und für ihn durch die Tore der Hölle einfallen würden, sollte er dies von ihnen verlangen. Halsey war sich sicher, dass allein diese Art von General den Bodenkrieg für sie gewinnen konnte.

McGinnis stand in Habachtstellung vor ihrem Schreibtisch. Die beiden Offiziere, die zu ihm gehörten, taten es ihm nach. Hart musterte sie die Männer einen Augenblick, bevor sie sie aufforderte: »Rühren Sie sich, General. Nehmen Sie doch Platz. Es gibt viel zu diskutieren.«

»Jawohl, Ma'am«, erwiderte General McGinnis in einem Ton, der seiner Verärgerung darüber Ausdruck verlieh, dass er gerade von seinen Pflichten auf der Oberfläche abgehalten wurde.

Sie musste sich das Lächeln über die versteckte Einstellung in seiner Stimme verkneifen. *Er hält sicher ein direktes Gespräch mit einem Flottenoffizier wie mir für reine Zeitverschwendung.*

»General McGinnis, ich forderte sie zu diesem persönlichen Treffen hier oben auf, weil ich verstehen will, wo das Problem auf dem Planeten liegt. Wieso leiden unsere Leute immer noch unter Angriffen aus dem Hinterhalt? Es macht es um nichts leichter, eine Basis zu errichten und eine Kolonie zu gründen, solange wir uns weiter vor Gruppierungen von Zodark-Soldaten fürchten müssen.« Halsey gab sich keinerlei Mühe, ihre Irritation zu unterdrücken. Sie war aufgebracht, dass die Planetenoberfläche immer noch nicht vollkommen in der Hand der Republik war.

McGinnis räusperte sich. »Bei allem Respekt, Admiral, die Situation am Boden stellt sich tatsächlich etwas komplizierter dar, als es hier oben im Orbit vielleicht aussehen mag.«

Du aufgeblasener Bastard.

»Ach ja? Dann informieren Sie mich doch bitte darüber, wieso ich weiterhin alle fünf Tage Dutzende, manchmal Hunderte von

Leichensäcken nach Sol zurückschicke«, wies sie ihn mit kalter, sarkastischer Stimme in seine Schranken.

»Admiral, die Zodark kennen das Terrain besser als wir«, erklärte McGinnis unbeeindruckt von ihrem Tadel. »Unsere Leute brauchen Zeit, sich auf das neue Umfeld einzustellen. Außerdem behindert uns um die Berge und um die Minen herum eine magnetische Interferenz, die es unseren Sensoren unglaublich schwer macht, die Zodark von der Atmosphäre aus oder mit unseren Drohnen zu entdecken und zu verfolgen. Wir sind dabei, eine Vielzahl von Bodensensoren um alle gefährdeten Anlagen herum zu installieren, um eine mögliche feindliche Annäherung an unsere Einrichtungen zu registrieren. Im Verlauf der letzten drei Tage halfen uns die Sensoren zwei geplante Angriffe zu identifizieren und abzuwehren, bevor sie ausgeführt werden konnten. Diese Strategie sollte uns helfen, das Blatt zu unseren Gunsten zu wenden.«

»Hmm ….«, gab Admiral Halsey von sich und schlug die Arme übereinander. »Ok, und wie planen Sie, den Rest der Zodark-Truppen, der sich immer noch frei bewegt, zu eliminieren?«, bohrte sie weiter. *So leicht kam er ihr nicht davon.*

»Admiral, wir schicken zusätzliche Patrouillen um unsere Einrichtungen herum aus und an den Orten, an denen wir ein Operationszentrum der Zodark vermuten. Es ist ein gefährliches, schwer zugängliches Gebiet, das wir nach einem Rastersystem in Abschnitte eingeteilt haben. Mit dem Eintreffen weiterer Pioniereinheiten richten wir zusätzliche Artilleriestützpunkte und Patrouillenbasen ein, um dem Feind die Chance zu nehmen, sich dort ungehindert zu bewegen.

»Mit der Eröffnung jeder Basis beginnt das dort stationierte Bataillon unserer Armee umgehend eine Rund-um-die-Uhr-Überwachung des Bereichs. Gegenwärtig machen neun Bataillone fast ununterbrochen die Runde. Wir erleiden Verluste und die Anzahl der Leichensäcke steigt, weil wir aktiv dabei sind, die Zodark aus ihrem Versteck zu locken.«

Sein Rücken versteifte sich noch mehr, was Admiral Halsey so gut wie unmöglich erschien. »So sehr ich es auch hasse, einen meiner Soldaten zu verlieren, ist das leider eine Tatsache dieses Jobs«, resümierte er. »Sobald wir die Zodark aufstöbern und sie bekämpfen, verlieren wir Leute. Das ist einfach so. Dennoch bin ich zuversichtlich, dass es uns mit Hilfe dieser Strategie gelingen wird, die Zodark in den kommenden Monaten auszurotten.«

General McGinnis hatte bereits vor seinem Treffen mit Admiral Halsey gefährlich nahe vor dem Abgrund gestanden. Beide waren sich der angespannten Stimmung im Raum sehr wohl bewusst. Seine Bodentruppen baten in großem Ausmaß um orbitale Unterstützung von der *Voyager,* die Halsey immer gerne gewährt hatte. Allerdings hatte das auch ihren Eindruck verstärkt, dass die Truppen unter McGinnis' Kommando den Krieg an der Oberfläche nicht gewinnen würden.

Halsey beugte sich in ihrem Stuhl zu ihm vor und starrte ihn an. »Hören Sie zu, General, mein Schiff kann nicht ewig in der Umlaufbahn bleiben. Die Begutachtung der in der Nähe befindlichen Monde steht noch aus. Außerdem müssen wir ein Auge auf das Eintreffen zusätzlicher Zodark-Schiffe richten. Ich muss mich darauf verlassen können, dass Sie die Lage unter Kontrolle haben. Die Abbaumaßnahmen müssen unbedingt fortgesetzt werden, und der Betrieb des Weltraumaufzugs muss unter allen Umständen geschützt werden.«

»Lassen Sie Schiffe in der Umlaufbahn zurück?«, fragte McGinnis pikiert.

»Ist das nötig?«, forschte Halsey skeptisch.

McGinnis seufzte. »Admiral, soweit ich weiß sind Sie Flottenoffizier, jemand, der mit den Feinheiten einer Bodenoperation vielleicht nicht unbedingt vertraut ist. Die überlegene Position in dem Krieg, in den wir gerade verwickelt sind, liegt momentan im Orbit. Ein hier oben eingesetztes Raumschiff kann mit seiner Magrail ein hartes Ziel vernichten oder den Bodentruppen unmittelbare Feuerunterstützung über das hinaus liefern, was uns unsere VACs bieten können.

»Das ist wichtig für den Erfolg unserer Mission. Solange wir die Zodark von der Umlaufbahn her angreifen, ist ihnen klar, dass sich unsere Schiffe dort aufhalten. Sobald das endet, wissen sie, dass wir nicht länger mit Hilfe rechnen können und dass keine Verstärkung eintreffen wird. Wir müssen den Feind ständig daran erinnern, dass wir hier draußen nicht allein auf uns gestellt sind. Falls irgend möglich, sollte zumindest ein Schiff der Flotte in der Umlaufbahn über unseren Standorten zurückbleiben.«

Halsey setzte sich im Stuhl zurück. Sie gab es nur ungern zu, wusste aber, dass er Recht hatte. Vielleicht hatte sie den Mann falsch eingeschätzt. Falls das Zurücklassen eines Schiffes in der Umlaufbahn das Leben einiger Soldaten retten konnte und damit der Bodenkrieg ein schnelleres Ende fand, dann würde sie es tun.

Nach einer kurzen Pause nickte sie. »In Ordnung, General, Sie haben mich überzeugt. Ich lasse die *Wanju* in der Umlaufbahn zurück. Sie wird künftig den orbitalen Beschuss auf Ihre Bitte hin übernehmen. Wenn ich in zwei Monaten zurückkehre, erwarte ich dafür die Nachricht, dass Sie den Planeten gesichert haben und dass unsere Bodenoperationen reibungslos und ungehindert verlaufen. Haben wir uns verstanden?«

Es war mehr ein Befehl als eine Bitte. General McGinnis nickte. »Ich werde mein Bestes tun«, erwiderte er.

Die auf dem Planeten stationierten Soldaten erhoben sich und verließen den Raum. Halsey fühlte sich nach diesem Treffen weit besser informiert und brachte dem, was auf der Oberfläche vorging, nun etwas mehr Verständnis entgegen. Sie hätte ihre Warnung sicher auch über den holografischen Kommunikator abgeben können, aber sie wollte die Männer vor sich erscheinen lassen. Sie musste sie daran erinnern, dass hier ein Admiral Halsey das Sagen hatte – zumindest solange, bis ein Offizier mit mehr Sternen wie sie selbst auftauchen und sie ablösen würde.

****

Am nächsten Tag befahl sie ihr Schiff aus der Umlaufbahn hinaus auf einen Kurs nach Tigris, den am nächsten gelegenen Mond. Nach Monaten der Verzögerung begannen sie nun endlich mit ihren geologischen Untersuchungen. Der Mond selbst war faszinierend. Ungleich dem weiter entfernten Mond Pishon, konnte Tigris kein Leben erhalten oder unterstützen. Er verfügte über eine Atmosphäre, allerdings nur über eine sehr dünne. Vulkanische Aktivitäten auf Tigris, die in großem Umfang giftige Stoffe in seine Atmosphäre ausstießen, machten ihn unbewohnbar. Aber das war nicht das, was diesen Mond für ihr wissenschaftliches Team so interessant machte. Es war seine Zusammensetzung. Er war unglaublich reich an Schwermetallen – an den Ressourcen, nach denen eine hohe Nachfrage bestehen würde, falls sie dieses System in eine echte vorgeschobene Operationsbasis verwandeln wollten.

Der zweite Mond, Pishon, konnte Leben erhalten – aber nicht für die Menschen außerhalb ihrer EVA-Anzüge. Halseys Wissenschaftler hatten entdeckt, dass sich Pflanzen und andere Lebensformen auf Pishon entwickeln und halten konnten. Auch auf der Erde gelang es Mikroben, Insekten und Teilen der Pflanzenwelt unter modifizierten Umweltbedingungen zu überleben. Welche Lebensformen auf Pishon existierten und was genau sie dort tatsächlich finden würden, war den Wissenschaftlern noch unbekannt.

Sobald die *Voyager* sich im Orbit über Tigris eingefunden hatte, sandte das wissenschaftliche Team mehrere Satelliten zur Umkreisung des Mondes aus, um mit einer intensiveren geologischen Aufnahme zu beginnen. Zusätzlich setzten sie eine Reihe von Drohnen in der Atmosphäre aus und schickten ein Landefahrzeug auf die Oberfläche. Dies war dazu gedacht, einen geeigneten Standort zur Errichtung eines Biodome-Lebensbereichs zu finden, dessen Einrichtung der zu etablierenden Minenkolonie den Start ihres Betriebs erlauben würde.

In wenigen Monaten würde ein Schiff von der Erde eintreffen, dass die Teile zur Konstruktion eines Weltraumaufzugs mit sich führte. Sobald der einsatzbereit war, würden über ihn die abgebauten Mineralien von der Oberfläche des Mondes in den Orbit befördert werden und Arbeiter und Ressourcen auf den Mond hinunter.

Der Vorgang, mehrere Kolonien in einem System zu etablieren, das so weit von ihrem Heimatsystem entfernt lag, brachte ernsthafte Probleme mit sich. Für Admiral Halsey war es der langwierigste und ermüdendste Job ihrer bisherigen Karriere.

Sie wollte dort draußen sein und nach den Zodark suchen. Sie wusste, dass es irgendwo in ihrer Nähe ein Sternentor gab. Ihrem Zerstörer und zweien der drei TPA-Schiffe war die Aufgabe zugefallen, diese Nachforschungen anzustellen. Leider hatte sich die Suche bisher als erfolglos erwiesen. Die *Voyager* und das dritte TPA-Raumschiff waren demgegenüber gezwungen, sich in der Nähe von Neu-Eden aufzuhalten, im Fall, dass die Zodark unvermutet auftauchen sollten.

Wann wird die Erde endlich ihre neue Flotte schicken?, fragte sie sich immer wieder. *Mit dem was wir hier haben, sind wir wehrlos ....*

Nach außen hin präsentierte sie das stoische Bild einer furchtlosen Anführerin. In der Stille ihrer eigenen Gedanken war sie mehr als nervös. Falls die Zodark zurückkämen, bevor Verstärkung aus Sol eintraf, war sie sich nicht sicher, ob sie sie stoppen konnte.

Ich vermisse Hunt, ging ihr auf. *Er wusste sich im Kampf zu schlagen und zu gewinnen .... Er war furchtlos ....*

Die *Rook* direkt zu Beginn dieser Kampagne zu verlieren, hatte wirklich wehgetan. Noch dazu war es ein Tiefschlag gegen die Moral. Einige Mannschaftsmitglieder der *Rook* befanden sich nun auf ihrem Schiff. Ihre Gegenwart war eine allgegenwärtige Erinnerung an ihre tragischen Verluste. Halsey gab sich oft selbst die Schuld am Untergang der *Rook* und am Verlust so vieler Menschen. Ihr Schiff war ebenso gepanzert wie das der *Rook* und trotzdem hatte sie es in einer Position zurückgehalten, die die *Rook* preisgab, aber ihr Schiff schützte. Sie sagte sich, dass die *Voyager* – nicht Hunts Schiff - die Führungsrolle hätte übernehmen sollen, spätestens nachdem sein Schiff bereits schwer beschädigt war und keine weiteren Treffer hinnehmen konnte.

Halsey warf sich vor, dass ihr Zögern die Republik in der letzten Schlacht die *Rook* und viele Soldaten gekostet hatte. Diese Art von Fehler durfte ihr nie wieder unterlaufen. Insgeheim hoffte sie, Admiral Bailey würde einen anderen erfahrenen Admiral schicken, um die Leitung der Mission zu übernehmen – jemand, der die schwierigen Entscheidungen für sie traf, der ihr sagen würde, was sie zu tun hatte, und der für seine Befehle die Verantwortung tragen musste.

»Admiral, wir erhielten eine Nachricht von der *Boston*. Soll ich sie abspielen?«, fragte ihr Kommunikationsoffizier.

Halsey nickte.

»Admiral Halsey, Captain Shale hier. Ich denke, dass unsere Weitbereichssensoren das gesuchte Sternentor gefunden haben. Unsere gegenwärtige Position und den Standort des Sternentors finden Sie im Anhang zu dieser Nachricht. Wir werden vorrücken und uns die Sache näher ansehen. Sobald wir unser Ziel erreicht haben, schicke ich Ihnen eine zweite Nachricht, zusammen mit einem Videobild des Sternentors. Captain Shale, Ende.« Die Übertragung verstummte und ließ die Anwesenden aufgeregt, aber in gewisser Weise auch unsicher zurück. Ihre Suche hatte Früchte getragen. Sie hatten das Sternentor gefunden.

»Lieutenant, wann hat Captain Shale uns diese Nachricht zukommen lassen?«, erkundigte sich Halsey, um die Entfernung zwischen der *Voyager* und der *Boston* einschätzen zu können.

Der Lieutenant suchte auf ihrer Konsole nach dem Zeitstempel. »Vor fünf Stunden, Ma'am. Sie sind in weiter Ferne – mit FTL-Geschwindigkeit beinahe einen halben Tag.«

»Ok. Danke, Lieutenant. Informieren Sie mich umgehend, falls weitere Nachrichten eingehen. Laden Sie diese neueste Information auf eine unserer Notfallkommunikationsdrohnen, für den Fall, dass eine Warnung an die Erde nötig wird«, befahl Halsey. Sie ging nicht davon aus, dass ihr Schiff innerhalb der nächsten Stunden zerstört werden würde; trotzdem war es wichtig, dass Sol über die Entdeckung des Sternentors informiert wurde.

Kapitel Zehn
Verstärkung

Neu-Eden
RNS *Viper*

»Captain, in fünf Sekunden kommen wir aus dem FTL-Modus«, berichtete Ensign Ethan Hunt von seinem Navigationsterminal aus.

»Ausgezeichnet. Fahren Sie unmittelbar danach unsere elektronischen Sensoren hoch. Volles Abtasten unseres Umfelds. Wir müssen sicher sein, dass wir weiter Kontrolle über diesen Bereich haben«, befahl Commander Amy Dobbs.

Dobbs war der Kapitän der allerersten Fregatte der *Viper*-Klasse. Das Kommando über ein solches Schiffs zu erhalten, war eine große Ehre. Obwohl es ein kleines Schiff war, war es dennoch schnell und erstaunlich beweglich. Das Einzige, was Dobbs etwas zusetzte, war die relative Unerfahrenheit ihrer Mannschaft. Andererseits war sie sich bewusst, dass sich ihre eigene Erfahrung in diesem neuen Krieg einzig auf ihre zweijährige Tour auf der *Rook* beschränkte, bevor die dem Kampf zum Opfer gefallen war. Während sie Captain Hunt keinerlei Schuld am Verlust des Schiffes gab, empfand sie eine gewisse Bitterkeit Admiral Halsey gegenüber, die sie in die Position gebracht hatte, die letztendlich zum Verlust der *Rook* führte. Andererseits wäre sie ohne die Zerstörung der *Rook* wohl nie befördert worden und hätte das Kommando über die *Viper* erhalten.

Sekunden später waren sie aus dem FTL und fanden sich in der Dunkelheit des Weltraums wieder. Dobbs reiste gern im Innern der FTL-Blase. Es war faszinierend und wundervoll. Sie liebte die schwirrenden Lichter und das Aufblitzen der Sterne, die in der Ferne an ihnen vorbeirasten.

»Sensorengruppe aktiviert«, informierte sie Lieutenant Reynolds, ihr Waffen- und Taktischer Offizier.

Der Nachteil eines kleinen Schiffs wie der *Viper* bestand darin, dass allen an Bord mehrere Verantwortungsbereiche zukamen. Der Einzelne musste hier eine Reihe von Aufgaben übernehmen, die auf einem großen Kriegsschiff auf verschiedene Abteilungen verteilt waren. Eine solche Situation brachte aber auch Vorteile mit sich. Alle Offiziere und Mannschaftsmitglieder der *Viper* wurden mit weit mehr

Funktionen eines Schiffes vertraut, als es ihnen auf einem der größeren Raunschiffe möglich wäre.

Die Sensoren der *Viper* überfluteten mit ihren Impulsen das gesamte System und entdeckten sogleich die elektronischen Signale mehrerer Schiffe und Satelliten. Schnell stellte sich jedoch heraus, dass dies entweder die elektronischen Merkmale der Schiffe des Weltraumkommandos oder von denen der TPA waren. Die beiden Schiffe in der Umlaufbahn um Neu-Eden herum schickten ihr einen Challenge-Code, den ihr XO sofort identifizierte.

»Steuermann, ändern Sie unseren Kurs«, befahl Commander Dobbs Ensign Hunt. »Bringen Sie uns näher an die *Voyager* heran und grüßen Sie sie. Informieren Sie sie, dass wir die Vorhut der Flotte sind, und dass der Rest der Flotte noch heute oder spätestens morgen eintreffen wird.«

»Aye-aye, Captain. Nachricht abgeschickt«, bestätigte Hunt.

Dobbs wusste, dass Ensign Hunt der Sohn ihres ehemaligen Vorgesetzten war, aber das störte sie nicht im Geringsten. Sie mochte und respektierte seinen Vater. In ihrem gemeinsamen Gespräch vor einigen Monaten, hatte der ältere Hunt nicht mit einem Wort erwähnt, dass sein Sohn auf ihrem Schiff postiert werden würde. Sie hatte auch keine besonderen Befehle bezüglich Ensign Hunt erhalten, nicht, dass sie so etwas erwartet hätte. Sie kannte Captain Hunt als jemanden, der sich an die Regeln hielt. Er war ein außergewöhnlicher Schiffskapitän, der für seinen Sohn nie eine Sonderbehandlung verlangen würde.

Eine Stunde später traf eine Nachricht von der *Voyager* ein. Sie war verschlüsselt und mit der Überschrift ‚Streng Vertraulich‘ allein für den Captain bestimmt. Dobbs erkannte, dass diese Mitteilung in Anbetracht der Tatsache, dass sie gerade erst eingetroffen waren, wichtig sein musste. Ihr Schiff war noch über zwei Stunden vom Erreichen der *Voyager* und von Neu-Eden entfernt.

Dobbs zog ihren Monitor so nahe an sich heran, dass nur sie ihn sehen konnte. Nach der Aktivierung ihres Kapitänscodes erhielt sie Zugriff auf die verschlüsselte Nachricht. Sie war kurz und präzise. Die *Viper* sollte umgehend und in aller Schnelle neue Koordinaten anfliegen. Dort würden sie eines der Sternentore finden, das die Zodark von diesem System aus mit ihren anderen Netzwerken verband.

Heiliger Bimbam, dachte Dobbs. Admiral Halsey wollte, dass sie durch dieses Sternentor hindurch erkundeten, was dahinter lag!

Beim Weiterlesen ihrer geänderten Marschbefehle sah sie, dass ihr Schiff zunächst kurz neben der *Voyager* festmachen sollte und danach an Neu-Edens neu errichtetem Weltraumaufzug, um dort zwei Passagiere aufzunehmen.

Na großartig, noch mehr Münder zu füttern, brummte sie vor sich hin. *Wissen sie denn nicht, dass dieses Schiff so viel kleiner als alle andere hier draußen ist?*

Drei Stunden vergingen wie im Flug. Die *Viper* näherte sich der *Voyager* bei guter Geschwindigkeit. Verglichen mit den älteren Schiffen und sogar mit denen, die sich gegenwärtig im Bau befanden, waren die Fregatten der *Viper*-Klasse enorm schnell. Die *Rook,* Dobbs' letztes Schiff, hatte für die Überwindung der 12 Lichtjahre zwischen Sol und dem Rhea-System noch 12 Tage gebraucht – ihr Schiff schaffte es innerhalb von drei Tagen. Die MPD-Antriebe der *Viper* konnten fünf Mal die Geschwindigkeit der Triebwerke der großen Kriegsschiffe produzieren. Das machte die *Viper* zu solch einer hervorragenden Wahl für die Sondierung und Erforschung des tiefen Weltraums. Sollte die Flotte in einen Kampf Unterstützung benötigen, bedeutete das auch, dass eine *Viper* blitzschnell einen tödlichen Beschuss mit Plasmatorpedos oder Havoc-Raketen abliefern konnte, bevor sie ebenso schnell wieder verschwand. Riskant wäre dieses Unterfangen trotzdem. Dank ihrer dünnen Panzerung und dem eingeschränkten Verteidigungssystem bestand ein hohes Risiko, selbst abgeschossen zu werden.

»Captain, wir nähern uns der *Voyager*«, verkündete Ensign Hunt. »Sie möchten wissen, ob sie Ihnen einen Transporter schicken sollen, um Sie abzuholen.«

»Sagen Sie ihnen ja, das wäre nett«, nickte Dobbs. Ihr Schiff war nicht groß genug, um seine eigene Raumfähre, geschweige denn einen ganzen Shuttlehangar zu haben.

Der Blick auf die *Voyager* auf dem Hauptbildschirm zeigte Commander Dobbs die Narben und Brandzeichen ihres Panzers – Gefechtsschäden, die in diesem System behoben worden waren. Je näher sie der *Voyager* kamen, desto skurriler erschien der Unterschied zwischen den beiden Schiffen. Die *Viper* war nicht mehr als 130 Meter lang, 40 Meter hoch und 30 Meter breit. Dazu kam auf jeder Seite noch ein 12 Meter langer Flügel, unter dem die Havoc-Raketen auf ihren

Einsatz warteten. Es war ein kleines, vollbepacktes Schiff – ohne Raum für unnötige Dinge.
****

Eine Stunde später zog Commander Dobbs beim Verlassen der Raumfähre den Kopf ein, bevor sie die höhlenartige Flughalle der *Voyager* betrat. Dobbs war jedes Mal von Neuem von den Ausmaßen dieses Schiffs beeindruckt – es war noch um einige hundert Meter länger als es die *Rook* gewesen war. Die *Voyager* führte ein Kontingent RA-Soldaten mit sich, sowie eine gewissen Anzahl an Osprey und orbitalen Angriffsschiffen. Obwohl es nicht die gleiche Feuerkraft wie ihr altes Schiff hatte, war es gegenwärtig dennoch das mächtigste Kriegsschiff, über das die Erdenmenschen verfügten.

»Wenn Sie mir bitte folgen, Commander, ich führe Sie zum Büro des Admirals«, lud sie ein Lieutenant mit einer Geste ein. »Sie freut sich darauf, Sie kennenzulernen.«

Die beiden folgten mehreren langen Korridoren, bis sie endlich an einen Aufzug kamen. Dobbs' *Viper* hatte keinen Aufzug. Ihre beiden Decks waren durch einfache Treppenaufgänge miteinander verbunden. Technisch gesehen, war ihr Schiff eigentlich groß genug, drei oder sogar vier Decks zu haben. Dem war allerdings nicht so, da sie in diesen für den Betrieb ungenutzten Bereichen hinreichend Versorgungsgüter mit sich führten, um die Versorgung der *Viper*-Mannschaft für die Zeit ihrer langen Weltraumpatrouillen zu sichern.

Vor der Tür des Admirals klopfte der Lieutenant zwei Mal an. Die Tür öffnete sich und er bedeutete Dobbs, einzutreten. Damit hatte er seine Empfangsfunktion erfüllt. Er drehte sich auf dem Absatz um und begab sich wieder auf seinen Posten.

Commander Dobbs trat vor Admiral Halseys Schreibtisch und salutierte forsch. »Commander Amy Dobbs, Kapitän der *Viper*, meldet sich wie befohlen, Ma'am.«

Hinter ihrem Schreibtisch erwiderte Admiral Halsey den Salut. »Stehen Sie bequem, Commander. Keine Formalitäten. Setzen wir uns doch dort drüben hin. Ich möchte Sie auf den neuesten Stand bringen und kurz Ihre neuen Befehle mit Ihnen besprechen. Aber was noch wichtiger ist, ich möchte, dass Sie mich darüber aufklären, was gerade auf der Erde geschieht. Ich bin nun schon eine ganze Weile vom Rest der Flotte abgeschnitten – was gibt es Neues von daheim?«

Dobbs lächelte und folgte dem Admiral zu einer Sitzecke, die aus zwei Sofas und einem einzigen Stuhl bestand. In diesem Augenblick betraten zwei weitere Offiziere zusammen mit dem Master Chief den Raum. Commander Dobbs nahm am Ende einer Couch Platz, die anderen Besucher setzten sich ebenfalls. Halsey servierte jedem, der um eine Tasse bat, einen Kaffee.

Im Laufe der nächsten 20 Minuten informierte Admiral Halsey Dobbs über all das, was sich nach ihrem Verlassen der Erde über die letzten 15 Monate im Rhea-System zugetragen hatte. Obwohl es sich entgegen der Vorstellungen des Admirals länger hingezogen hatte, hatten die RAS den Planeten dann doch endgültig gesichert. Der Weltraumaufzug war in Betrieb und der Abbau der Mineralien lief auf Hochtouren. Selbst auf Tigris und Pishon – auf den beiden Monden im Orbit von Neu-Eden – hatten sie Minenkolonien etabliert. Halsey gab allerdings auch zu, dass sie weiterhin auf die Fertigstellung der Weltraumaufzüge für die beiden Monde warteten.

Nach dem Ende des Updates über das Rhea-System lächelte Admiral Halsey. »Und jetzt ist es wohl an der Zeit, Ihnen von der neuen Aufgabe zu erzählen, die ich der *Viper* zugewiesen habe.«

Halsey präsentierte Dobbs ein Video des Sternentors. »Ehrlich gesagt wissen wir nicht, wie es funktioniert und welche Energiequelle es antreibt«, gestand sie. »Wir wissen, dass es sich aktiviert, sobald ihm ein Schiff zu nahe kommt. Unsere Wissenschaftler glauben, dass es ein Wurmloch zu einem Sternentor auf der anderen Seite erzeugt.«

Sie räusperte sich. »Wir wollen, dass die *Viper* durch das Sternentor reist und erkundet, was sich im System der anderen Seite und darüber hinaus abspielt.«

Alle Augen waren auf Dobbs gerichtet, die ohne auch nur einen Augenblick zu überlegen, begeistert zustimmte.

»Und jetzt sind Sie dran«, forderte Halsey Dobbs auf. »Was gibt es Neues in Sol?«

Commander Dobbs lieferte ihnen einen schnellen Überblick über das Geschehen auf der Erde. Halsey und die anderen Offiziere befragten sie über 30 Minuten lang.

Den gestellten Fragen nach vermutete Dobbs, dass die Anwesenden jeden Schiffskapitän und jede Mannschaft, die das System betrat, in gleicher Weise ‚verhörten‘. Sie machte ihnen keinen Vorwurf – sie hungerten nach Nachrichten, das war klar.

Kommunikationsdrohnen konnten nur eine gewisse Menge an Informationen mit sich führen. Die *Voyager* hatte Sol vor 15 Monaten verlassen. Das war eine lange Zeit der Abwesenheit von zu Hause, wo sich zwischenzeitlich viele Dinge geändert hatten.

»Wann wird der Rest der Flotte im System eintreffen und uns die nötige Verstärkung bringen?«, forschte Admiral Halsey mit Dringlichkeit in der Stimme.

Bei dieser Frage furchte Dobbs die Stirn. *Warum lesen Sie nicht einfach die Befehle, Ma'am?*, dachte Dobbs, ohne es laut auszusprechen.

»Admiral, ich …. ähm …. innerhalb der nächsten 12 Stunden werden zwei weitere *Viper* im System eintreffen. Morgen um diese Zeit treffen zwei TPA-Kreuzer in Begleitung von zwei *Arks* und ungefähr zwei Dutzend TPA- und republikanischen Frachtern ein. Darüber hinaus reisen fünf zusätzliche *Viper* mit ihnen ….«

Bevor Dobbs weitersprechen konnte, unterbrach Admiral Halsey sie. »Moment mal, was schickt uns das Weltraumkommando da? Warum sagt mir niemand, dass wir mehr RAS erhalten? Und welche anderen Kriegsschiffe werden hierher verlegt? Ich will Ihnen nicht zu nahe treten, Commander, aber die *Viper* sind nicht unbedingt schwere Schlachtschiffe, die es mit der Zodark-Flotte aufnehmen und sich einen Kampf liefern können.«

Dobbs verzog das Gesicht bei der Aufzählung der Unzulänglichkeiten ihres Schiffes. »Ich kann Ihnen keine exakte Auskunft darüber geben, was genau hierher verlegt wird, Admiral. Ich bin sicher, Sie finden alles in der Befehlsmappe, die Ihnen übersandt wurde. In Bezug auf zusätzliche Kriegsschiffe …. Admiral Hunt wird mit seinem neuen Kriegsschiff und seiner neuen Flotte in zehn Tagen im System eintreffen. Soweit ich weiß, wird er von Admiral Bailey und Präsidentin Luca begleitet, die Neu-Eden endlich persönlich sehen möchten.«

»Wie bitte?«, fragte Halsey schockiert. »Es wäre schön gewesen, früher von dieser Gruppe VIPs und ihrem geplanten Besuch zu …. Moment mal, Commander, sagten Sie, Admiral Hunt?«, rief Halsey aus.

Meine Güte, liest sie ihre eigenen Befehle nicht durch? Die haben wir doch schon vor mehreren Stunden verschickt ….

»Ja, Admiral. Captain Miles Hunt wurde am Tag bevor mein
Schiff Sol verließ zum Flottenadmiral befördert«, informierte Dobbs
sie. »Sein neues Schiff, die *George Washington*, reist in Begleitung von
fünf *Vipern*, vier neuen Kriegsschiffen und zehn orbitalen
Angriffsschiffen.«

Die Offiziere im Raum waren von den Neuigkeiten über das
Anwachsen der Flotte mehr als erfreut.

Admiral Halsey erhob sich, bedeutete aber allen anderen, sitzen zu
bleiben. »Ich besorge uns frischen Kaffee und einige Sandwiches aus
der Kantine. Unterhalten Sie sich bitte weiter, während ich mir an
meinem Schreibtisch den eingegangenen Befehlsordner durchlese. Es
tut mir leid, Commander, dass ich das nicht vor unserem Gespräch
getan habe. Damit hätte sich wohl die Mehrzahl meiner Fragen
erübrigt. Die letzten Tage ging es hier recht bewegt zu. Um ehrlich zu
sein, hatte ich Sie erst in einigen Wochen erwartet.«

Dobbs nickte. »Kein Problem, Admiral. Ich kann mir denken, dass
Sie hier draußen sehr beschäftigt sind. Ich weiß, dass Ihnen das
Weltraumkommando in den kommenden Tagen viel Hilfe zukommen
lässt. Sobald sie das System erreichen, sollte das Ihre Belastung stark
verringern.«

Master Chief Riggs meldete sich zu Wort. »Commander, der
Postausgabe hier draußen scheint keine Priorität zuzukommen. Wissen
Sie, wo das Problem liegt? Ich habe eine ganze Reihe von
aufgebrachten TPA-Männern und Infanteristen, die sich über den
unregelmäßigen Eingang ihrer Post von zuhause beschweren.«

Dobbs konnte nur mit den Achseln zucken. Die TPA gab ihr
Bestes, so viele Leute wie möglich aus ihrem Hoheitsgebiet hinauf zur
neuen Kolonie auf Alpha Centauri zu verlegen. Einen regelmäßigen
Schiffsverkehr zwischen Sol und Rhea zu etablieren stand nicht an
erster Stelle ihrer Prioritätenliste.

»Chief, die TPA-Schiffe, die in den kommenden Tagen eintreffen,
können Ihnen hierzu vielleicht eine bessere Erklärung geben. In Bezug
auf unsere Leute vermute ich, dass jedes Versorgungsschiff Post mit
sich führt. Ist dem nicht so?«, fragte Dobbs und wunderte sich, was
dabei schiefgehen konnte.

»Commander, wie Sie wissen, treffen die Versorgungsschiffe im
Rhea-System nicht in regelmäßigen Intervallen ein. Manchmal dauert
es einen Monat oder länger, bevor wir Nachschub bekommen«, erklärte

Chief Riggs. »Die Bodenoperationen sind ein schwerer Auftrag für unsere Truppen und Post von daheim hebt die Moral. Das ist alles.«

Dreißig Minuten lang bombardierten die Offiziere sie weiter mit Fragen über die Erde. Dobbs bemühte sich, alles was sie wusste, mit ihnen zu teilen. Sie berichtete davon, wie praktisch der gesamte Planet außer sich vor Angst war, nachdem die Videos der Flottenschlacht und des RAS-Kampfs gegen die Zodark der Öffentlichkeit vorgestellt worden waren. Jeder hier draußen wurde auf ihrem Heimatplaneten als Held gefeiert. Die Anzahl der Freiwilligen, die der TPA und dem Weltraumkommando beitreten wollten, hatte sich um ein Vielfaches erhöht. Einige wollten Teil der Action sein. Alle wollten die Zodark von der Erde fern halten.

Des Weiteren erzählte sie von der gerade unterzeichneten Vereinbarung mit den Siedlern im Asteroidengürtel, die unter den Nasen aller dort eine neue Kolonie etabliert hatten. Diese Neuigkeit überraschte einige. Die ‚Gürtelleute‘ wurden generell als Piraten eingestuft, zumindest die, die nicht im Abbau oder im Transport der Rohmaterialien zu den Schiffswerften tätig waren. Vor der Entdeckung der Zodark hatte das Weltraumkommando sie als ihr größtes Problem angesehen. Wie sehr sich die Zeiten doch geändert hatten!

Nachdem sie etwas gegessen und Dobbs Meinung nach wirklich schlechten Kaffee getrunken hatten, gesellte sich Admiral Halsey wieder zu ihnen.

»Commander, ich denke, ich habe jetzt einen besseren Überblick über den Plan und was als nächstes geschehen wird«, begann Halsey. »Das führt dazu, dass ich Ihren Auftrag korrigieren muss. Ich möchte, dass Sie sich nun direkt – ohne erst einen Stopp am Weltraumaufzug einzulegen – so schnell wie möglich zum Sternentor im System YV-FDG begeben. Dort finden Sie offensichtlich das Heimatsystem der Sumarer, das sie Lagash nennen. Ihr Job wird es sein, die gesamte Region zu erkunden und uns einen Überblick darüber zu verschaffen, wie dieses System aussieht.

»Wie viele Zodark-Schiffe oder Vorposten gibt es dort? Welchen Gefahren sind wir ausgesetzt, die unsere Anstrengungen, Sumara zu befreien, vereiteln könnten? Sobald Sie die entsprechende Information eingeholt haben, kehren Sie zurück und berichten. In keinem Fall legen Sie sich mit den Zodark oder mit sonst jemandem an. Vermeiden Sie jeglichen Kontakt. Wir brauchen Aufklärung über eine Region, in der

Sie ungesehen ein- und ausgehen werden. Haben Sie verstanden, Commander?«

Endlich eine richtige Mission, jubelte Dobbs innerlich. Sie nickte. »Jawohl, Ma'am. Wir werden unbemerkt ein und aus gehen, ohne den Zodark zu verraten, dass wir in ihrem System waren.«

Damit war alles gesagt und das Treffen fand sein Ende. Commander Dobbs wurde zur Raumfähre zurückbegleitet. Innerhalb einer Stunde würde ihr Schiff mit Höchstgeschwindigkeit auf das Sternentor zuhalten und ein beinahe 200 Lichtjahre von der Erde entferntes Abenteuer beginnen, das ein Erdenmensch in dieser Form noch nie erlebt hatte.

****

Sternen-System 33-JRO
RNS *Viper*

»Haben sie uns schon entdeckt?«, fragte Commander Dobbs nervös.

Lieutenant Reynolds schüttelte den Kopf. »Unbekannt, Captain. Aber sie kommen ganz sicher auf uns zu.«

»Steuermann, bringen Sie uns durch das Sternentor, *sofort*!«, befahl Dobbs.

»Wir springen«, kündigte Ensign Hunt an, während er den Antrieb des Schiffes hochfuhr. Nur wenige Sekunden – und dann traten sie durch das Sternentor hindurch ihre Reise ins Unbekannte an.

Die Durchquerung eines Sternentors war eine aufregende Erfahrung. Mit dem Eintritt des Schiffs schien es sich wie Knete in die Länge zu ziehen, bevor es plötzlich auf der anderen Seite des Tors herausschoss. Überraschenderweise dauerte der Sprung als solcher nicht lange. Sie hatten schon Dutzende, manchmal Hunderte von Lichtjahren in Minuten hinter sich gebracht. Andererseits konnten einige dieser Spritztouren zwischen den Toren auch mehrere Wochen bis hin zu einem Monat in Anspruch nehmen.

»Wir verlassen das Tor«, warnte Ethan nervös.

Sobald das System, das sie gerade betreten hatten, auf dem Schirm erschien, erkannte Commander Dobbs, dass sich ihnen hier kein Versteck bot.

»Steuermann, bringen Sie uns auf Höchstgeschwindigkeit in eine Position direkt hinter das Tor«, bestimmte Dobbs voller Selbstvertrauen. »Ich will uns 20.000 Kilometer über und hinter dem Tor sehen. Uns bleibt nur ein Angriff aus dem Hinterhalt.«

Die Geschwindigkeit des Schiffs nahm schnell zu. Ensign Hunt schwenkte die *Viper* herum. Innerhalb weniger Minuten waren sie in Position. Sobald sie den von Dobbs anvisierten Navigationspunkt erreicht hatten, begann Ensign Hunt das Schiff langsam im Kreis zu steuern. Er nutzte nur 15 Prozent der Kapazität ihrer Triebwerke, war aber 100 Prozent bereit, umgehend aktiv zu werden, sobald die feindliche Flotte durch das Tor vordringen würde.

Commander Dobbs erhob sich, verband ihren Neurolink mit dem schiffsweiten 1MC, und richtete das Wort an die Mannschaft. »Wir werden an der Rückseite des Tors den Sprung der feindlichen Flotte erwarten«, informierte sie sie. »In dem Augenblick, in dem die Zodark eintreffen, wird unser Schiff sie mit einer vollen Ladung Plasmatorpedos und Havoc-Raketen begrüßen. Unmittelbar danach springen wir durch das Sternentor am anderen Ende dieses Systems, bevor die Zodark Gelegenheit haben, nach uns zu suchen.«

Dobbs hatte schon immer zu Wagemut geneigt. Sie hatte Admiral Halseys Befehl, den Feind nicht anzugreifen, zwar registriert, war aber unwillig, eine große Gruppe von Zodark-Schiffen unbehelligt davonkommen zu lassen, wenn sie die Macht hatte, etwas daran zu ändern. Sie hatte gelernt, dass es manchmal besser war, um Vergebung als um Erlaubnis zu bitten. Falls nötig, konnte sie ihren Plan immer als einen Akt der Selbstverteidigung verkaufen.

Acht Stunden saßen sie da und kreisten in Erwartung der feindlichen Flotte langsam in Position. Commander Dobbs wusste, dass es schwer für die Mannschaft war, eine solch lange Zeit auf Gefechtsstation zu verbringen und dabei konzentriert und aufmerksam zu bleiben.

Falls die Zodark nicht in Kürze auftauchen sollten, würde sie die Gefechtsbereitschaft aufheben. Trotzdem musste sich ihr Team für den Fall der Fälle weiter in der Nähe der Gefechtsstationen aufhalten. Nach dem Eintreffen der Zodark-Flotte blieb ihnen nur sehr wenig Zeit, ihren Überraschungsangriff durchzuführen. Die Sensoren der Feinde würden sie innerhalb kürzester Zeit entdecken. Und nur ein einziger Schuss eines Zodark-Schiffs wäre ausreichend, sie zu vernichten. Dobbs wusste das ebenso gut wie die Mannschaft.

Lieutenant Reynolds verließ seine Station und trat neben Commander Dobbs. »Captain, ich weiß, dass sie keine Atomwaffen nutzen wollten, aber ich habe einige Kalkulationen hinsichtlich des Tors durchgeführt. Wenn wir die HE-Gefechtsköpfe gegen Atomsprengköpfe austauschen, können wir die Raketen bereits jetzt absetzen und *hier*, *hier* und *dort* um das Tor herum in Position bringen«, schlug er vor und deutete auf drei Standorte auf Dobbs' Karte. »Damit bleibt das Sternentor unbeeinträchtigt vom Explosionsradius, während die feindliche Flotte unsere Sprengköpfe in ihrer Mitte findet. Mit dem Sprung der Zodark ins System haben wir die Wahl – entweder wir detonieren die Raketen sofort oder wir starten sie schnell, um sie dann aus der Nähe in die Luft zu jagen .«

Reynolds hatte sich schon vorher für den Einsatz ihrer geringen Anzahl von nuklearen Gefechtsköpfen ausgesprochen. Dieses Schiff war nicht mit einer gewaltigen Feuerkraft ausgestattet, aber die sechs atomaren Sprengköpfe, die sie mit sich führten, konnten sehr wohl beträchtlichen Schaden anrichten.

Dobbs schüttelte den Kopf. »Ich weiß nicht, Reynolds . Wir haben keine Ahnung, woraus das Tor besteht oder wie es möglicherweise auf eine nukleare Explosion in seiner Nähe reagieren wird. Ich fürchte, wir könnten unbeabsichtigte Konsequenzen auslösen. Ich bin Ihrer Meinung, dass wir die Atomwaffen nutzen sollten, aber ich halte es für vernünftiger, die Zodark an einem anderen Ort zu überraschen. Vielleicht an einer Asteroidengruppe oder von der dunklen Seite des Mondes her ... irgendwelche Ideen?«

Reynolds sah enttäuscht aus, nickte aber kompromissbereit. »Ok, Captain. Ich werde nach einer besseren Stelle für einen Hinterhalt suchen, von dem aus wir nach unserem zweiten Sprung die Explosion auslösen können.«

Als Reynolds eben wieder seine Station einnehmen wollte, aktivierte sich das Tor. Das erste Zodark-Schiff drang in das System vor. Es war eines der Kriegsschiffe, die sie zuvor beobachtet hatten.

»Steuermann! Triebwerke auf volle Geschwindigkeit und richten Sie uns auf das Zodark-Schiff aus«, rief Commander Dobbs befehlsgewohnt.

»Weitere Schiffe kommen durch, Captain!«, rief Reynolds laut. Alarmsignale warnten die Besatzung vor der neuen Gefahr.

Dobbs verfolgte auf ihren Bildschirm, wie drei feindliche Kriegsschiffe durch das Tor sprangen – gefolgt von einem Truppentransporter. Erfreut lächelte sie. Eine große, fette, verlockende Beute!

»Zielen Sie auf den Transporter und geben Sie ihm alles, was wir haben. Und dann nichts wie weg hier, bevor sie die Gelegenheit nutzen, auf uns zu schießen«, schrie Commander Dobbs über den Lärm der Warnsignale hinweg, die sie wissen ließen, dass die Zodark sie entdeckt hatten. Mindestens eines ihrer Schiffe versuchte bereits, sie ins Visier zu nehmen.

Parallel zur Freigabe des Beschusses auf den feindlichen Truppentransporter durch den Waffenoffizier aktivierte Dobbs die elektronischen Gegenmaßnahmen – das ECM-Programm – und hoffte inständig, dass es die Fähigkeit der Zodark, sich auf ihre Koordinaten einzuschießen, beeinträchtigen würde, zumindest lange genug, um unbehelligt zu entkommen.

»Waffen abgeschossen!«, rief der Waffenoffizier.

»Wendung zur Initiierung des FTL-Modus«, kündete Ensign Hunt an und änderte den Kurs des Schiffs. Die *Viper* zog sich zurück, die MPD-Antriebe stellten den Betrieb ein und die FTL-Spiralen dehnten sich in Vorbereitung auf den Sprung.

»Sie schießen auf uns!«, schrie Reynolds nervös. Alle warteten angespannt auf die Bildung der FTL-Blase.

Commander Dobbs' Augen weiteten sich vor Furcht, als eines der Kriegsschiffe seine Impulsstrahler abfeuerte. Sie versuchte sich gegen den Einschlag zu wappnen, wohl wissend, dass er ihr Schiff zerstören würde. Gerade als der Laser sie treffen sollte, schoss die *Viper* mit Warp-Geschwindigkeit wie ein Lichtstrahl durch den Weltraum davon.

»Himmel noch mal, das war knapp!«, entfuhr es Lieutenant Reynolds, eindeutig überrascht davon, dass sie mit dem Leben davongekommen waren.

»Gut gemacht, Ensign. Verdammt gute Arbeit, Hunt«, lobte Dobbs ihn aufgeregt. Der Schweiß tropfte ihr von der Stirn.

Erneut verband sie ihren Neurolink mit dem 1MC. »Wir haben unsere Waffen abgeschossen. Die Zodark blieben nach unserem erfolgreichen Sprung zurück«, ließ sie die Mannschaft wissen.

Es würde Stunden dauern, bevor sie wussten, ob ihr Angriff erfolgreich verlaufen war. Vor der Konfrontation hatten sie eine Kommunikationsdrohne freigesetzt, um den Angriff aufzuzeichnen. Diese Daten sollten an die irdische Flotte im Rhea-System weitergeleitet werden. Einige Tage zuvor hatten sie bereits eine erste Drohne entlang ihrer Route platziert, die ihnen erlaubte, nachfolgende Signale zu koppeln. Solange sie nicht in der FTL-Blase reisten, konnten sie Daten versenden und empfangen, wenn auch mit leichter Verzögerung.

»Ok, Leute. Zeit, uns auf den nächsten Hinterhalt vorzubereiten. Torpedorohre und Raketenrampen neu beladen. Danach gibt es etwas zu essen, bevor wir acht Stunden Pause machen. Basierend auf der KI-Analyse der Reisezeit der Zodark, dürfen wir sie in ungefähr 15 Stunden in unserer gegenwärtigen Position erwarten. Ich will, dass wir alle für den nächsten Kampf ausgeruht sind«, verkündigte Commander Dobbs der Mannschaft.

Sie war sich sicher, dass ihr Team heute seine Arbeit getan hatte. Jetzt war es Zeit, sich auszuruhen und abzuwarten, wie erfolgreich ihr letzter Angriff verlaufen war.

****

In der Kantine schnitt Dobbs mit ihrem Messer ihre Rinderlende in kleine Stücke. Das hatte sie von ihrem Vater, der auf ihrer Ranch in Wyoming sein Fleisch immer vorgeschnitten hatte, bevor er zu essen begann. Der Gedanke daran erinnerte sie an glücklichere Zeiten. Sie hatte das Leben in Wyoming geliebt. Sie war mit dem Wunsch herangewachsen, selbst Rancherin zu werden, so wie ihr Vater. Dieser Traum wurde ihr als Teenager leider zerstört, als ihr Vater überraschend einen Herztod erlitt. Ihre Mutter und ihre Brüder hatten hart gearbeitet, konnten aber die Familienranch letztendlich nicht erhalten. Nach deren Verkauf zogen sie nach Billings in Montana.

Ihre Mutter hatte eine Stelle in einer Werbeagentur gefunden. Trotzdem machte die Familie harte Zeiten durch. In Dobbs' letztem Jahr der High-School hatte ein Anwerber für das Weltraumkommando ihre Schule besucht. Er hatte ihr von der Weltraumakademie in Colorado Springs, Colorado, erzählt. Obwohl sie nicht damit gerechnet hatte, tatsächlich akzeptiert zu werden, hatte sie sich beworben. Und dann hatte der Anwerber sich mit der Bestätigung gemeldet, dass sie zugelassen worden war. Sie war zu Beginn des Ausbildungsjahres in der Akademie angetreten und war dem Ruf des Weltraums gefolgt.

Ensign Hunt stellte seinen Teller ihr gegenüber ab. »Darf ich mich zu Ihnen setzen, Captain?«, fragte er.

Dobbs sah hoch und brachte ihre Gedanken in die Gegenwart zurück. Sie lächelte und nickte, während er Platz nahm. Auch er schnitt sein Steak gleich zu Beginn in Stücke, so wie sie es mochte.

Die Kantine des Schiffs war recht klein – sie konnte nur etwa 20 Personen auf einmal aufnehmen. Bei einer Mannschaft von 56 Leuten saßen selten mehr als zehn oder 15 Personen im Raum.

Dobbs sah ihrem jüngsten Offizier ins Gesicht und erkundigte sich: »Also, Ethan, was hielten Sie von Ihrer ersten waschechten Kampfhandlung?«

Ethan wollte sich gerade eine Gabel voller Steak und Kartoffeln in den Mund schieben, die er nun in letzter Sekunde zurückhielt. »Sie war schneller vorbei, als ich erwartet hatte«, erwiderte er, bevor er den nächsten Bissen einwarf.

Dieser Kommentar brachte sie zum Lachen. »Ja, genau das Gleiche habe ich beim meinem ersten Mal auch gesagt.«

Ethan kicherte. »Wissen Sie, was mein Vater über meine Mutter erzählt? *Genau das hat sie beim ersten Mal gesagt.*«

Dobbs verschluckte sich bei diesem anzüglichen Scherz beinahe vor Lachen. »Ja, das kann ich mir bei ihrem Vater gut vorstellen. Er ist wirklich lustig, wenn er nicht ernst an etwas arbeitet.«

»Wie lange dienten Sie mit meinem Vater?«, forschte Ethan. Dabei schaufelte er sein Essen so schnell weiter, als ob er in allerhöchster Eile wäre.

Dobbs lachte erneut. »Langsam, Ethan, nehmen Sie sich die Zeit, Ihr Essen zu schmecken. Es dauert noch, bevor uns die Drohne das Kampfresultat liefert, und noch länger, bevor sich der Feind in diesen Breiten zeigt.«

Danach schien Ethan etwas ruhiger zu werden und das Steak, das der Koch ihm zubereitet hatte, bewusster zu genießen. Schließlich feierte die Mannschaft der *Viper* mit diesem Festessen ihre erste offizielle Auseinandersetzung mit dem Feind.

Dobbs beantwortete nun auch Ethans Frage. »Ich hatte das Glück, im Laufe meiner Karriere zwei Mal mit Ihrem Vater zu dienen. Einmal auf der *Rook* vor knapp drei Jahren, bevor das Schiff zerstört wurde, und noch einmal 2 Jahre während meiner Stationierung im Hauptquartier des Weltraumkommandos. Ihr Vater ist ein guter Mann. Er ist seiner Karriere sehr ergeben, aber ich hatte immer den Eindruck, dass ihm seine Familie ebenso wichtig ist. Wenn es nicht um die Arbeit ging, sprach er mit uns jüngeren Offizieren immer wieder über seine beiden Kinder und seine Frau.«

Ethan lächelte beim Gedanken an seine Familie. Er selbst war mittlerweile ein gestandener Offizier, der in der flotte aufstieg. »Oh ja, Vater geht in seinem Job auf. Wenn es ihm irgend möglich war, war er immer für uns da, aber seine Arbeit zwang ihn oft zur Abwesenheit. Meine besten Erinnerungen stammen aus der Zeit, die wir alle zusammen auf dem Mars verbrachten. In der Zeit auf dem Roten Planeten unternahmen wir viel als Familie. Es war die einzige Periode in meiner Kindheit, in der er nicht unterwegs war.«

»Ach ja; ich vergaß, dass Sie beinahe ein Jahrzehnt auf dem Mars verbracht haben. Das muss damals eine interessante Erfahrung gewesen sein – vor dem starken Bevölkerungszuwachs und dem FTL-Reisen«, kommentierte Dobbs, bevor sie selbst einen weiteren Bissen zu sich nahm. Ethan nickte. »Damals war er weit weniger entwickelt als heute, ohne Zweifel. Aber auf eine Art war das schöner. Wir verbrachten viel Zeit miteinander, spielten Spiele und unterhielten uns. Diese Zeit vermisse ich ….«, sagte er nachdenklich. Er beendete seine Mahlzeit. »Aber genug über die Vergangenheit«, wechselte er das Thema. »Denken Sie, wir sollten die Zodark-Flotte weiter alleine angreifen oder nach Rhea zurückkehren, um uns zusammen mit dem Rest der Flotte auf die nächste Schlacht vorzubereiten?«

»Eine gute Frage, Ethan. Ich will abwarten, bis ich das Ergebnis unseres letzten Angriffs sehe«, erklärte Dobbs. »Sobald ich weiß, wie der ausging, bin ich in der Lage, eine bessere Entscheidung zu treffen. Meine Hoffnung wäre es, sie noch bevor sie Rhea erreichen um einiges zu schwächen.«

In diesem Augenblick erschien einer der Unteroffiziere in der Kantine und informierte sie: »Captain, die Nachricht von der Kommunikations-Drohne traf soeben ein.«

Dobbs bedankte sich und der Petty Officer kehrte an seinen Posten zurück. An Ethan gewandt, stellte sie mit einem Zwinkern fest: »Dann werden wir wohl in wenigen Minuten wissen, wie erfolgreich unser Angriff war.«

Sie standen auf, lieferten ihre leeren Teller ab und machten sich auf den Weg zur Brücke. Dort hatten sich mehrere Offiziere und Mannschaftsdienstgrade um Lieutenant Reynolds' Station versammelt und sahen sich etwas an. Commander Amy Dobbs kündigte ihre Ankunft mit einem Räuspern an und ging auf die Menge zu. »Was gibt's, Reynolds?«, forderte sie einen Bericht.

Überrascht fuhren die Köpfe der Umstehenden herum. Der Auflauf löste sich in aller Eile auf. Jeder kehrte an seinen Posten zurück. Die Brücke war nicht groß genug, um sich zu verstecken oder ungesehen zu verschwinden.

Reynolds hob den Kopf und grinste. »Gute Nachrichten, Captain. Der Zodark-Träger hat einige Treffer eingesteckt.«

Dobbs runzelte die Stirn. Der Gesichtsausdruck der Anwesenden ließ sie vermuten, dass sie nicht unbedingt einen durchschlagenden Erfolg verzeichnet hatten. »Wieso vermute ich nach dieser guten Nachricht jetzt ein *aber* zu hören?«

Reynolds zuckte mit den Achseln. »Ich versuche, mich auf das Positive zu konzentrieren. Hier, sehen Sie selbst.« Er spielte ihr das Video des Angriffs vor. »Unsere sechs Plasmatorpedos steuerten direkt auf den Träger zu. Es sieht so aus, als hätte eines ihrer Kriegsschiffe – das Gleiche, das uns treffen wollte – es geschafft, drei der sechs Torpedos abzufangen. Wie Sie sehen, schlugen die anderen drei in ihren Träger ein.«

Sie konnten sehen, dass die Plasmatorpedos in drei verschiedenen Bereichen des Schiffs tiefe Scharten gerissen hatten, gefolgt von zwei durch das Brennen der Atmosphäre ausgelösten sekundären Explosionen.

»Unsere Havoc-Raketen erwiesen uns keinen großen Dienst, Captain«, berichtete Reynolds. »Das gleiche Schlachtschiff stoppte sieben der zehn Geschosse. Drei schlugen in das Schiff ein, aber wie Sie sehen, hatten sie nicht den gleichen Effekt wie die Plasmatorpedos. Die Havocs trafen auf den gepanzerten Rumpf auf, ohne den Panzer zu durchbrechen, fürchte ich. Falls es ihnen doch gelungen sein sollte, drangen sie leider nicht tief genug in das Schiff vor, bevor die Gefechtsköpfe explodierten. Sie richteten keinen größeren Schaden an.« Reynolds zeigte ihr mehrere Nahaufnahmen der Einschlagsorte.

Wenige Sekunden später endete das Video abrupt. »Die Zodark schossen die Kommunikationsdrohne ab«, erklärte Reynolds.

Dobbs durchdachte das, was sie gerade gesehen hatte. *Die Plasmatorpedos brannten sich also ihren Weg durch die Panzerung, die Havocs konnten das nicht. Und dann war da noch das Timing.* Sie erkannte, dass der Transporter seine eigenen Verteidigungsmittel ganz offensichtlich nicht schnell genug einsatzbereit machen konnte, um sich selbst zu verteidigen. *Das könnte sich als eine hilfreiche Information erweisen ....*

»Reynolds, bilde ich mir das ein oder ist Ihnen auch aufgefallen, dass das einzige Schiff, das auf unseren Angriff reagieren konnte, das Schlachtschiff war, das als erstes durch das Sternentor kam? Spulen Sie das Video zurück und dann sehen wir uns die Zeitstempel an – angefangen mit der Zeit seines Sprungs durch das Tor bis zu dem Zeitpunkt, als es in der Lage war, uns zu orten und unsere Raketen und Torpedos abzuwehren. Ich vermute beinahe, dass es ein kurzes Zeitfenster gibt, in dem ihre Schiffe unfähig sind, sich selbst zu verteidigen. Falls dem so wäre, ist das eine einzigartige Gelegenheit, unser Schlüssel dafür, ihre gesamte Flotte zu zerstören.«

Die nächsten 20 Minuten verbrachten sie damit, das Video wiederholt eingehend zu studieren, um genau zu bestimmen, wie lange sich das Kriegsschiff und die anderen Schiffe der Zodark im neuen System aufgehalten hatten, bevor es so aussah, als ob sie ihre Verteidigungssysteme aktivieren konnten. Sobald sie zu dem Schluss gekommen waren, dass ein Zodark-Schiff nach dem Sprung ungefähr 60 Sekunden auf die Einsatzbereitschaft ihrer Verteidigungssysteme warten musste, befahl Commander Dobbs sich mit Höchstgeschwindigkeit zum Sternentor Z-MO29 zu begeben. Dieses Tor verband sie über nur ein weiteres Tor direkt mit dem Rhea-System und mit ihrer heimischen Flotte. Sie wollte ihre Entdeckung dringend weitergeben. War diese Information vielleicht der zentrale Hinweis darauf, wie sie die feindliche Flotte pulverisieren konnten, ohne ihr eine Chance zu geben, sich zu organisieren?

Kapitel Elf
Eine gewaltige Flotte

Schiffswerft BlueOrigin – Erde
RNS *George Washington*

Das Inspektionsgefährt beendete gerade die fünfte Stunde der Überprüfung der Außenwand des größten, mächtigsten Schlachtschiffs, das je von der Erde gebaut worden war. Adrian Rogers, der leitende Ingenieur von BlueOrigin, saß in der Nähe von zwei Mitarbeitern, die hinter ihren Arbeitstischen sorgfältig mehrere Videomonitore studierten. Die beiden inspizierten ihren speziellen Bereich des Raumschiffs auf mögliche Probleme oder Mängel, bevor sie das Projekt als erfolgreich abgeschlossen zertifizieren würden.

Heute war der Tag der alles entscheidenden Abnahmeinspektion. Nachdem die Inspektoren es freigegeben und der neue Schiffskapitän, Rear Admiral Hunt, es akzeptiert hatte, würde das Schiff offiziell dem Weltraumkommando übergeben werden.

Rogers wandte sich an den Admiral, der neben ihm saß. »Nun, was halten Sie von dem Schiff, Sir?«

Admiral Hunt zwang sich, den Blick von der Videoaufnahme seiner neuen Nahbereichsverteidigungswaffen abzuwenden. »Ich liebe es«, erwiderte er. »Es ist ein wunderschönes, kolossales Schiff. Meine einzige Sorge ist unsere Bereitschaft zum Kampf. Die *GW* ist mit einer Reihe neuer Waffensysteme und Plattformen ausgestattet, von denen viele unerprobt oder nie zuvor im Einsatz waren.«

»Sie sprechen von den Kampfdrohnen?«, erkundigte sich Rogers. Er selbst stand ihnen skeptisch gegenüber. Dem Weltraumkommando fehlte es weiterhin an einem sorgfältig durchdachten Konzept eines Weltraumjägerprogramms – zumindest bislang. Momentan waren sie gerade dabei, eine erste Gruppe von Piloten für Raumjäger zu trainieren. Tatsächlich war BlueOrigin immer noch damit beschäftigt, Prototypen dieser bemannten Jäger zu entwickeln.

Hunt nickte. »Ja, Adrian. Die Idee mit den Drohnen gefällt mir nicht. Ich bin mir nicht sicher, ob sie so reaktionsschnell wie bemannte Schiffe sein werden – an denen es uns bisher allerdings noch genauso mangelt wie an den Piloten, die sie fliegen können.«

Hunt schüttelte den Kopf und lehnte sich vor. Mit leiser Stimme sagte er: »Um ehrlich zu sein, Adrian, halte ich den bevorstehenden Einsatz dieses Schiffes für überstürzt. Wir brauchen einen umfassenden Testflug und ausreichend Zeit, die Mannschaft zu trainieren. Beinahe zwei Drittel meiner Besatzung kommt direkt von der Akademie. Die Versetzung auf dieses Schiff ist ihr erster Posten.«

»Ja, das hörte ich bereits, Admiral. Wissen Sie schon, welche Mission Ihnen nach der Übernahme des Schiffs übertragen wird?« Wie jeder Zivilist zeigte Rogers Interesse daran, wie sich der Krieg entwickelte.

Hunt seufzte. »Ich habe vier Tage Zeit, meine Mannschaft an Bord zu bringen. Am folgenden Tag legen wir nach Neu-Eden ab. Die Fortsetzung unseres Trainings, der Testflüge und die Behebung möglicher Probleme wird dort stattfinden – bis die Zodark eintreffen oder wir bessere Informationen hinsichtlich ihrer Heimatwelt in den Händen haben. Apropos Tests, hat Ihr Unternehmen bereits die Gruppe identifiziert, die uns begleiten wird?«

Beim Gedanken, Hunt auf der *GW* begleiten zu müssen, verzog Rogers das Gesicht – er hatte nicht das geringste Interesse daran, diesen Zodark-Monstern nahezukommen. Er wollte in Sol bleiben und weiter das gute Leben auf der Grundlage des enormen Entgelts leben, das seine Firma ihm zahlte. Aber nein, die Firma hatte bestimmt, dass er für 300 Ingenieure und Arbeiter verantwortlich sein würde, die weiter auf dem Schiff Tests durchführen, Fehler korrigieren und Probleme, denen die Mannschaft begegnen würde, beheben sollten.

Er richtete sich gerade auf und kontrollierte seine Körpersprache. »In der Tat, Admiral, ist es so, dass ich persönlich als Repräsentant des Unternehmens mit Ihnen reisen werde«, erklärte er. »Ein Kontingent von 300 Mitarbeitern wird mich begleiten.«

»Darüber sind Sie nicht besonders glücklich, stimmt's?«, stellte Hunt schmunzelnd fest.

Rogers zuckte mit den Achseln. »Ich bevorzuge, mich von den Zodark fernzuhalten. Zumindest entlohnt uns die Firma angemessen für unsere Bemühungen.«

Hunt kicherte. »Schön, dass sich das wenigstens in Ihrem Gehalt ausdrückt. Das Weltraumkommando geht davon aus, dass es Teil unserer Aufgabe ist, bislang unbekannte Außerirdische zu finden und zu töten, ohne uns gesondert dafür zu bezahlen. Aber ich werde mein

Bestes tun, einen Besuch Ihrer Leute auf Neu-Eden zu arrangieren. Das ist das Mindeste, wie ich Ihnen für Ihre Hilfe danken kann.«

»Wow ....«, entfuhr es Rogers, den die Gelegenheit, Fuß auf einen neuen Planeten zu setzen, nun doch in Begeisterung versetzte, ».... das wäre fantastisch, Admiral. Vielen Dank.«

Die nächste Stunde verlief problemlos. Sie prüften den Rest des Schiffs. Sobald Hunt mit dem, was er sah, zufrieden war, machte er die Abnahme offiziell. Das Inspektionsschiff kehrte an den Landeplatz zurück und alle verabschiedeten sich.

An diesem Abend genoss Hunt ein elegantes Abendessen mit seiner Frau, bevor sie in sein Privatquartier auf der Orbitalstation John Glenn zurückkehrten. Es war seine letzte Nacht mit Lilly. Morgen würde er in einer offiziellen Zeremonie das Kommando über die *George Washington* übernehmen. Danach würde das Schiff in Vorbereitung auf ihren Einsatz sein Zuhause sein. Er hatte fünf Tage Zeit, die Crew und sämtliche Versorgungsgüter an Bord zu bringen, bevor sie die Station verließen. Der Rest der Flotte legte bereits in den kommenden Tagen ab. Sein Schiff war das letzte, dass den sicheren Hafen hinter sich lassen würde.

****

Am nächsten Morgen standen mehrere Tausend Mannschaftsmitglieder und RA-Soldaten in Hab-Acht-Stellung auf dem Flugdeck der *George Washington*. Eine Anzahl von Würdenträgern, Offizieren und Familienmitgliedern saßen auf ihren Stühlen vorne, während eine wichtige Person nach der anderen eine kurze Rede hielt. Die Taufe und Kommandoübergabe über das neue Schlachtschiff war ein wichtiger Moment.

Mehr als 80 Schiffe hatten im Verlauf der beiden letzten Monate ihren aktiven Dienst aufgenommen. Viele von ihnen waren kleinere Fregatten, die sogenannten *Viper,* die der Flotte vorausfliegen würden. Und neben einer Handvoll der neuesten Kriegsschiffe, verfügte das Weltraumkommando nun über dieses Großkampfschiff, die RNS *George Washington.*

Admiral Miles Hunt stand in Habachtstellung, während die Präsidentin ihre kurze Rede hielt. Ihre Worte sollten inspirieren, Hoffnung bieten, und den Erdenmenschen angesichts der Bedrohung durch die Zodark Mut zusprechen. Die RNS *George Washington* war die Krönung einer beinahe unfassbaren dreieinhalbjährigen Anstrengung, die rund um die Uhr von mehr als 30.000 Synthetikern und einer Armee von 25.000 menschlichen Arbeitern unternommen worden war. Insgesamt waren über 400.000 Arbeiter auf der Erde und in der Schiffswerft daran beteiligt, Materialien und Ausrüstungsgegenstände zur Endmontage der *GW* beizusteuern. Der Fertigstellung dieses Schiffs ging eine enorme globale Anstrengung voraus.

Die Dimensionen des Schiffs – 4.200 Meter Länge, 430 Meter Höhe und 860 Meter Breite waren immens. Dazu wurde das gesamte Objekt von einer 40 Meter dicken Panzerung ummantelt. Sein schwächster Punkt, die einziehbaren Flugdecks auf beiden Seiten des Schiffs, trutzten mit einem 26 Meter dicken Mantel. Das Schiff war ein riesiger fliegender Panzer, der ungeheure Mengen an feindlichem Feuer absorbieren und dabei überleben konnte. Zudem war es mit einer herausragenden Auswahl an Waffen bestückt.

Seine Spezialwaffe war eine einläufige vier Meter breite Plasmakanone. Das Rohr war 50 Meter lang und konnte ein Plasmaprojektil mit einer Geschwindigkeit von 60 Megametern pro Stunde abfeuern. Angeordnet auf der Ober- und Unterseite der *GW* befanden sich die Hauptkanonen: 24 zweiläufige 60-Zoll Magrailtürme, die dem Schiff einen extrem weiten Schussbereich boten.

Zwischen den Hauptkanonen auf beiden Seiten des Schiffs befanden sich zudem noch 24 zweiläufige 16-Zoll Magrailtürme. Zudem verfügte die *GW* über 12 Impulsstrahler. Diese neuen Laser waren in Zusammenarbeit mit den Sumarern entwickelt worden und folgten im Design dem Waffensystem der Zodark auf dem eingenommenen Schiff. Die Schiffsbauer hofften, damit einen hilfreichen Beitrag zu leisten und hatten der *GW* die Laser noch in letzter Minute beigegeben.

Neben ihren kinetischen Waffen war das Schiff an Bug und Heck außerdem mit jeweils zehn wiederaufladbaren Plasmatorpedo-Startgeräten und vier separaten Batterien von Havoc-Raketen bestückt. Jede Batterie enthielt 200 Raketen, was die *GW* mit insgesamt 800 Raketen ausrüstete. 200 dieser Raketen waren mit variablen nuklearen Gefechtsköpfen ausgestattet, die zwischen 250 und 100 Megatonnen Sprengkraft boten und dem Schiff diesbezüglich Flexibilität lieferten.

Sobald die Raketenvorräte erschöpft waren, konnten sie über ein Versorgungsschiff ausgetauscht und durch volle Batterien ersetzt werden. Das bedeutete, dass die *GW* weder ein Ladesystem noch die nötige Ausrüstung zur Fabrikation zusätzlicher Raketen mit sich führen musste. Das ließ einen ausgedehnten Bereich offen, der zu einem späteren Zeitpunkt dazu gedacht war, die Raumjäger der *GW* aufzunehmen, die wachsen und ein wichtiger Bestandteil des Schiffs werden sollte.

Gegenwärtig setzte sich die Fliegertruppe aus einer Gruppe von 24 Raumfähren zusammen, die schwere Fracht und Personal auf und vom Schiff transportieren konnten. Des Weiteren gehörten ihr zehn Gruppen von je 24 Kampfdrohnen an, die von ihren Piloten aus besonders dafür eingerichteten Pilotenkabinen des Schiffs gesteuert wurden. Demgegenüber würden die geplanten Raumjäger – nach ihrer eventuellen Fertigstellung – von speziell ausgebildeten Piloten bemannt werden. Bis es allerdings so weit war, standen der *GW* die Einweg-Drohnen zur Verfügung, deren mögliche Verluste schnell und problemlos durch ihre Herstellung an Bord ausgeglichen werden konnten.

Hunt, der ganz in die Überlegungen hinsichtlich der Fähigkeiten seines Schiffes versunken war, wurde plötzlich von Admiral Chester Bailey aufgeschreckt, dessen Rede seine Aufmerksamkeit erregte. »Admiral Hunt, voller Stolz ernenne ich Sie hiermit zum ersten Kapitän der *George Washington* und erteile Ihnen den Befehl, das Kommando über die *George Washington* und ihr Personal zu übernehmen. Wir vertrauen Ihnen das Leben von 4.300 Besatzungsmitgliedern und RA-Soldaten an.«

Die Menge jubelte und Rear Admiral Hunt salutierte, bevor er Admiral Bailey die Hand schüttelte.

»Ihr erster Auftrag als Kommandant dieses neuen Schlachtschiffs lautet, Ihre Flotte in das Rhea-System zu führen, wo Sie eine permanente militärische Präsenz und einen Stützpunkt errichten werden. Ihr zweiter Auftrag als Kommandant lautet, die Zodark-Schiffe, die die Rhea- und Sol-Systeme bedrohen, zu finden und zu zerstören. Ihre dritte und letzte Aufgabe als Kommandant der zweiten Flotte lautet, Sumara, den Planeten der Sumarer, zu finden und ihn zu befreien. Integrieren Sie diesen Planeten und seine Menschen in unsere

Gemeinschaft und bekämpfen und besiegen Sie die militärischen Kräfte der Zodark mit allen Ihnen zur Verfügung stehenden Mitteln.«

Damit drehte sich Admiral Bailey um, um die neue Standarte der *George Washington* in Empfang zu nehmen und sie feierlich an Admiral Hunt weiterzureichen. Hunt akzeptierte sie, machte eine forsche Kehrtwendung und verharrte, bis sein rangältester Unteroffizier vor ihn trat, um in militärischer Tradition die Standarte von ihm entgegenzunehmen. Dann stieg Hunt in seiner Ausgehuniform, die mit allen ihm verliehenen Orden geschmückt war, die Stufen zum Podium hoch, das Admiral Bailey für ihn geräumt hatte. Aus seiner Jackentasche zog er einen kleinen Zettel mit einigen Aufzeichnungen.

Hunt musste beinahe lachen, als ihm aufging, wie altmodisch diese Art der Niederschrift war. *Vollkommen überholt.* Die meisten hielten, was immer sie sagen wollten, auf ihrem digitalen PA fest, um das dann später während ihrer Rede abzulesen. Nicht Hunt.

Er sah in die Menge hinaus, die vor ihm stand. »Menschen der Erde, Frau Präsidentin, Flottenadmiral Bailey, ich akzeptiere das Kommando über die *George Washington* und danke Ihnen für das mir entgegengebrachte Vertrauen, für dieses Schiff und seine Besatzung die Verantwortung übernehmen zu dürfen. Dieses Schiff wird morgen die Reise in das Rhea-System zu unserer neuen Kolonie Neu-Eden antreten, um die Vorherrschaft der Erde im Weltraum geltend zu machen und um unsere Einwohner und unsere Lebensart von einem abscheulichen und gefährlichen Feind zu befreien. Ich stand den Zodark in drei verschiedenen Auseinandersetzungen gegenüber und ging jedes Mal als Sieger hervor. Nicht einmal wich ich der Gefahr aus oder setzte mein Schiff einer größeren Gefahr aus, als nötig war, um den Kampf siegreich zu bestehen.

»Allerdings kann ich Ihnen nicht in jeder Schlacht, in der wir auf die Zodark treffen, einen Sieg versprechen oder gar garantieren. Die Zusage, die ich Ihnen geben kann, ist die, niemals einem Kampf auszuweichen. Wir werden niemals die Waffen strecken, sondern bis auf den letzten Atemzug die Sicherheit und Freiheit unseres Volkes verteidigen. Wir werden den Kampf zum Feind tragen, um am Ende, so hoffen wir, eine Form von Frieden zu erreichen, die es unserem Volk erlaubt, sich weiterzuentwickeln und neue Welten zu kolonisieren.

»Dieses Schiff, die *George Washington,* ist die Vorhut der Menschheit. Es wird unser Volk in die Sterne führen und wo immer es auch reist, ein Zeichen der Hoffnung setzen. Ich möchte mich bei Ihnen für Ihre Anwesenheit heute bedanken. Und an die Familienangehörigen derjenigen, die unter meinem Kommando dienen werden: Vielen Dank, dass Sie uns die besten jungen Männer und Frauen geschenkt haben, die unser Land je gesehen hat. Mein Dank gilt auch den Partnern der Männer und Frauen, für Ihre Unterstützung derer, die uns auf dieser großen Reise begleiten werden. Ich danke allen, die unserem Volk beistanden, und Dank auch an die Hunderttausende, die mithalfen, dieses großartige Schlachtschiff zu bauen, das Sol und dem Rhea-System Sicherheit und Frieden bringen wird.«

Hunt trat einen Schritt zurück, was die Zeremonie offiziell beendete. Nach dem obligatorischen Applaus verliefen sich die Crew und die Soldaten. Das Schiffspersonal, das Familie hatte, hatte die Erlaubnis, acht Stunden das Schiff zu verlassen, um diese letzte Zeit mit ihren Angehörigen auf der Station zu verbringen; die Alleinstehenden durften in der gleichen Zeit ebenfalls tun und lassen was sie wollten, mussten allerdings auf dem Schiff bleiben. Ihnen standen sämtliche Holofone und Kommunikationsmittel zur Verfügung. Zudem bereitete ihnen ein aus diesem monumentalen Anlass beauftragter Catering-Betrieb ein besonderes Surf- und Turf-Abendessen zu. Im Gegensatz zu der Navy und dem Militär der guten alten Zeiten, erlaubte das Weltraumkommando seinen Leuten Alkoholkonsum auf seinen Schiffen, allerdings nur in MWR-Einrichtungen und mit einer strikten Drink-Obergrenze.

Hunt fand die Präsidentin und Admiral Bailey und dankte ihnen privat erneut für die Gelegenheit, ein solches Schiff kommandieren zu dürfen und für die großartige Flotte, die sie zu dessen Unterstützung hatten bauen lassen. Die VIPs, die mit ihnen nach Neu-Eden reisen würden, wurden dann in die für sie vorbereiteten Unterkünfte begleitet. Das Schiff würde pünktlich um 9 Uhr früh ablegen.

Während die VIPs sich in ihren Unterkünften einrichteten, suchte Hunt nach seiner Frau. Sie stand neben ihrer Tochter und sah in ihrem figurbetonten Kleid einfach fabelhaft aus. In seinen Augen wirkte sie in diesem Kleid und mit ihrem Makeup 20 Jahre jünger und sah verdammt heiß aus. Er umarmte seine Tochter, die mit ihrem Freund gekommen war, und tauschte einige letzte Worte mit ihr aus.

»Meine erwachsene Prinzessin«, verabschiedete er sich schließlich. Erneut umarmte er sie, bevor sie das Schiff mit all den anderen verließ, die nicht an Bord bleiben würden.

Hunt zwinkerte seiner Frau spitzbübisch zu, während er sie in das Quartier des Admirals führte, das zweckmäßigerweise direkt neben seinem Büro lag. Die beiden verbrachten mehrere Stunden zusammen, um sich voneinander zu verabschieden und sich ein letztes Mal zu lieben. Niemand wusste, wann Hunt zurückkommen oder *ob* er je zurückkommen würde. Diese nächste Mission hielt ihn womöglich auf Jahre von der Erde fern.

Als er seine Frau endlich vom Schiff begleitete, war es beinahe Zeit zum Abendessen. Hunt war eingeladen, in der Gesellschaft von Admiral Bailey, Präsidentin Luca und zwei seiner Stabsoffiziere zu dinieren. Da sie immer noch an der Station verankert waren, war ein exklusives Mahl geplant, das die Chefköche des Weißen Hauses persönlich in der Küche des Schiffs zubereitet hatten.

Für den Rest der Mannschaft war auch hier wieder der Unterschied zwischen dem alten und dem neuen Militär ersichtlich: Offiziere, Unteroffiziere und Mannschaften aßen nicht länger in getrennten Speisesälen oder wurden unterschiedlich versorgt. Allen stand die gleiche Auswahl zur Verfügung und es blieb ihnen überlassen, in welchem der über dem ganzen Schiff verteilten Speisesäle sie ihre Mahlzeit zu sich nehmen wollten.

Das Einzige, was Hunt hinsichtlich seiner künftigen Stationierung auf Rhea nicht zusagte, war die Art, wie seine Flotte dorthin verlegt wurde. Anstatt alle gemeinsam abzulegen, wurden sie in Gruppen ausgeschickt. Vor zwei Wochen hatten sie bereits mehrere *Viper* auf den Weg gebracht und danach ein Konvoi von Kreuzern und schweren Transportschiffen. Sein eigener Verband stellte die letzte Welle dar. Bestehend aus der *GW*, sechs Schlachtschiffen und einer großen Zahl von orbitalen Angriffsschiffen verkörperte er ungefähr 80 Prozent der Feuerkraft der kombinierten Flotte.

Nach ihrer Ankunft auf Neu-Eden würden die Präsidentin und Admiral Bailey Admiral Halsey ihren dritten Stern anheften und sie zum Vizeadmiral ernennen. Sie würde zum militärischen Kommandanten der gesamten Expeditionsstreitmacht außerhalb Sols aufsteigen.

Zusätzlich zu den Mitgliedern des Militärs, die bisher ins Rhea-System verlegt worden waren, beförderten die großen Transporter eine Armee von beinahe 10.000 Zivilisten und 2.000 Regierungsangestellten, die Admiral Halsey mit der Etablierung der Kolonien und der Mineneinrichtungen auf dem Planeten und den beiden Monden behilflich sein würden. Außerdem gab es einen zweiten echten Planeten im System, auf den sie bislang nicht einmal gelandet waren hatten. Auch das war etwas, das sie in Kürze angehen würden.

Präsidentin Luca würde zudem David Crawley als das neue zivile Oberhaupt von Neu-Eden und dem Rhea-System zum Gouverneur ernennen. Ihm kam die Aufgabe zu, Admiral Halsey alle verwaltungstechnischen Arbeiten abzunehmen, die sie davon abhielten, sich ganz auf die militärischen Aspekte der Sicherung des Planeten und des Systems zu konzentrieren.

Der Zweijahresplan der Republik sah die Einrichtung einer großen Schiffswerft auf Neu-Eden sowie die Etablierung von zwei Sternenbasen innerhalb des Rhea-Systems vor. Während die TPA als Allianz ihre Anstrengungen auf die Evakuierung ihrer Leute und der Regierung nach Alpha Centauri konzentrierte, ging die Republik im Rhea-System aufs Ganze. Auf Biegen und Brechen … die Republik war entschlossen dieses System für sich einzunehmen und an ihm festzuhalten.

****

Auf der Brücke seines prachtvollen Schiffs bewunderte Rear Admiral Miles Hunt den eindrucksvollen 20 Meter breiten Bildschirm, der sich vor ihm von einem Ende der Brücke zum anderen streckte. Er zeigte sechs Schlachtschiffe, die in Formation mit seinem flogen, drei zu jeder Seite. Gleichzeitig lieferte er ihm auch einen beeindruckenden Blick auf das vordere Drittel der *GW* samt ihrer mächtigen Plasmakanone, die auf der Mittellinie des Schiffs ihre Stellung behauptete. Es war ein wundervoller Anblick, einen, den er nicht so schnell vergessen würde.

»Sind wir zum Ablegen bereit, Admiral?«, fragte die Präsidentin, die neben Hunt stand. Ihr gehörte der Stuhl neben dem des Kapitäns. Flottenadmiral Bailey saß ihnen gegenüber. Hunt konnte es nicht entgegen, dass er von den beiden mächtigsten Persönlichkeiten seines Landes flankiert war.

Der Blick auf Präsidentin Luca ließ Hunt wissen, dass sie leicht nervös war. Sie hatte bereits einmal die Gelegenheit genutzt, auf einem Raumschiff zu reisen, aber niemals in einer FTL-Blase und niemals außerhalb von Sol. Das Gleiche traf tatsächlich auch auf Admiral Bailey zu. Für beide war dies eine vollkommen neue Erfahrung.

Admiral Hunt lächelte. »Jawohl, Ma'am«, bestätigte er. »Wir werden in Kürze von unseren MPD-Antrieben auf das FTL-System umsteigen. Nach unserem Sprung wird es etwa vier Tage dauern, bis wir unser Ziel erreichen.«

Präsidentin Luca nickte hastig. Sie sah mehr als nur ein wenig verängstigt aus.

Admiral Bailey stand auf und trat an sie heran. »Ihre erste Reise nach Rhea dauerte wie lange – sechseinhalb Monate, ist das richtig?«

Hunt lachte leise mit dieser Erinnerung. »Ganz recht, Admiral, Sie täuschen sich nicht. Beim zweiten Mal dauerte es nur sechs Wochen. Und heute, mit den Modifikationen, die wir selbst einbrachten und mit den Technologien der Zodark und der Sumarer, die in unsere FTL- und MPD-Systeme eingeflossen sind, liegen wir bei vier Tagen. Wie Sie wissen, schaffen es die Fregatten der *Viper*-Klasse nach dem Sprung bereits in drei Tagen. Ihre Rückreise wird auf einer *Viper* erfolgen, sobald sie es wünschen.«

Die Drei unterhielten sich noch ein wenig länger, bevor der Steuermann sie informierte, dass sie bereit waren, den FTL-Sprung durchzuführen. Alle nahmen Platz und schnallten sich an. Über das 1MC-System des Schiffs ging die Information an alle heraus, dass das Schiff den Sprung initiiert hatte. Das gab der Crew drei Minuten, das zu sichern, woran sie gerade arbeiteten, und sich in einem der Notsitze anzuschnallen. Gewöhnlich verliefen die Sprünge ereignislos, nur hin und wieder kam es zu geringen Turbulenzen.

»Mit der Entstehung der FTL-Blase presst sich das Schiff durch Zeit und Raum hindurch in Richtung seines Ziels voran«, frischte Hunt das Wissen von Bailey und der Präsidentin auf. »Beinahe, als ob Sie die Reste der Zahnpasta aus der Tube drücken.«

Es war eine Standardmaßnahme, während des Sprungs angeschnallt zu sein. Sollte es ein Problem mit dem FTL geben, würde das aller Wahrscheinlichkeit im Lauf der ersten Sekunden zu einem extrem holprigen, unkontrollierten Verlassen der Blase führen. Schon eine Minute nach dem Beginn des Sprungs konnten alle die

Sicherheitsgurte wieder ablegen und weiter ihrem Dienst nachgehen –
bis sie die Warnung erhielten, dass sie aus dem FTL kommen würden.
Dann schnallten sich alle wieder in Vorbereitung auf dem Austritt an.

Nachdem Hunt sich versichert hatte, dass sowohl die Präsidentin
als auch Admiral Bailey angeschnallt waren, nickte er dem Steuermann
zu, der den FTL-Sprung initiierte. Ein helles Licht blitzte auf, worauf
das Schiff den Weltraum mit einer unglaublichen Geschwindigkeit
durchkreuzte. Der Gesichtsausdruck der Präsidentin besagte alles.
Zuerst weiteten sich ihre Augen aus Furcht, bevor sie die Blase um das
Schiff herum mit überraschtem Erstaunen bewunderte. Die *GW* flog
durch den Raum wie ein Auto, dass nachts in einem Schneesturm durch
einen dichten Schneefall fuhr. Diese Ansicht war einfach
unbeschreiblich. Selbst Hunt wurde ihr nie überdrüssig.

Admiral Bailey beugte sich zu ihm vor und flüsterte: »Miles, das
ist ja unvorstellbar schön. Vielen Dank, dass du darauf bestanden hast,
dass ich zusammen mit der Präsidentin mitkomme. Ich … ich bin
sprachlos.«

Admiral Hunt lächelte seinem alten Freund zu. »Freut mich, dass
wir einer Meinung sind, Sir«, erklärte er. »Ich halte es für wichtig, dass
Sie aus erster Hand sehen, wofür wir da draußen kämpfen. Außerdem
ist es gut für die Truppen, ihre Präsidentin und ihren obersten
Befehlshaber persönlich so weit weg von zu Hause zu sehen.«

Hunt räusperte sich. »Ich verspreche Ihnen, Sir, dass diese neue
Welt besser als die Erde sein wird, sobald es uns gelingt, sie ganz von
den Zodark zu befreien. Sie ist fünf Prozent größer, ihre Luft und ihre
Umwelt sind sauber und rein, und sie verfügt über weit mehr offenes
Land, als Sie sich vorstellen können. Nie wieder Angst vor
Überbevölkerung oder vor einer verseuchten Welt – ganze 70 Prozent
des Planeten sind offenes Land. Dieser Ort ist ein Paradies.«

Während ihres Gesprächs hatte sich Präsidentin Luca abgeschnallt
und gesellte sich zu ihnen. Sie hörte Hunts Aussage und äußerte sich
ebenfalls. »Ich freue mich auch darauf, diesen Ort mit eigenen Augen
zu sehen. Nach seiner Rückkehr nach China hörte ich, dass der Besuch
des Vorsitzenden auf Alpha Centauri seine Einstellung der Erde
gegenüber total verändert hat. Er unterstützt nun einen wirklich
ehrgeizigen Plan, die TPA so weit und so schnell wie möglich nach
Alpha umzuziehen.«

Hunt lachte. »Ich denke, dass die Motivation des Vorsitzenden eher auf der Furcht vor den Zodark beruht als auf einem anderen Grund. Die Zodark sind ein schrecklicher Feind, Frau Präsidentin. Das habe ich am eigenen Leib erfahren. Das Wort *schrecklich* ist vielleicht ein zu gelinder Ausdruck.«

Die nächsten vier Tage vergingen wie im Flug. Admiral Hunt ließ die Mannschaft eine Reihe von Gefechtsbereitschaftsübungen absolvieren, was die Präsidentin zunächst störte, bevor sie die Notwendigkeit dafür einsah. Mit der Zeit sah sie der Crew sogar gerne bei diesen Drills zu. Am Ende des vierten Tages observierte sie freiwillig die Drills verschiedener Abteilungen in der Erfüllung ihrer Aufgaben.

Präsidentin Luca und Admiral Bailey bemühten sich, mit so vielen Mannschaften und Soldaten wie möglich auf dem Schiff in Kontakt zu kommen. Sie aßen zu unterschiedlichen Zeiten und in mehreren Speisesälen, um die unterschiedlichen Crews kennenzulernen. Sie verbrachten Zeit in jeder Abteilung des Schiffs, angefangen mit der Wäscherei, über die Küche, Maschinenwerkstatt, Technik, Waffenabteilung bis hin zum Flugbetrieb. Sie nutzten einen Großteil ihrer Zeit dazu, das Schiff kennenzulernen und die Männer und Frauen, die die *GW* ausmachten.

Mit der Ankunft der Flotte im Rhea-System äußerte Präsidentin Luca plötzlich Bedenken. »Dieser Sprungort ist so dunkel und ganz ohne Leben?«, wunderte sie sich.

Hunt wurde klar, dass sie erwartet hatte, in der Nähe eines Planeten zu landen. Er nahm sich die Zeit, ihr verständlich zu machen, dass das Schiff in einen offenen Bereich des Systems springen musste, um nicht versehentlich gegen einen Mond oder einen Planeten geworfen oder von der Schwerkraft eines Planeten angezogen zu werden.

Über eine Periode von zwei bis drei Minuten nach dem Sprung war das Schiff verletzlich – in der Zeit, die nötig war, um vom FTL- auf die MPD-Antriebe umzuschalten. Das Schiff musste die FTL-Vorrichtungen wieder unter ihren gepanzerten Abdeckungen unterbringen und dann die Plasmaantriebe hochfahren. Selbst eine gut ausgebildete Mannschaft brauchte dafür etwas Zeit.

Während die Technik das Schiff erneut auf das reguläre Reisen vorbereitete, machte sich eine Vielzahl ihrer hochentwickelten elektronischen Sensoren umgehend an die Arbeit. Die *GW* verfügte über die fortschrittlichste Sensoren-Suite, die je von der Erde gebaut wurde. Einige der Zodark-Technologien, die sie auf dem eingenommenen Schiff vorgefunden hatten, hatten nach erfolgreicher Rekonstruktion ihren Weg in die *GW* gefunden. Das Eintreffen der von den Sensoren registrierten Daten vermittelte der *GW* einen Überblick über das, was gegenwärtig im System vor sich ging.

Admiral Hunt war von der Geschwindigkeit und von der Klarheit dieses neuen Systems begeistert – es war wirklich unglaublich. Im Gegensatz zu seinem letzten Schiff, der *Rook*, musste er nicht länger stundenlang auf das Eintrudeln neuer Informationen warten. Sie trafen beinahe unmittelbar ein – und dazu noch viel detaillierter. Er sah die *Voyager* in der Nähe von Neu-Eden, den Weltraumaufzug, die behelfsmäßige Station im Orbit des Planeten, und den Weltraumaufzug, der sich auf Tigris, einem der Hauptmonde des Planeten, gerade im Bau befand. Zudem sah Hunt nun auch die massive Armada der Schiffe, die seine Flotte ausmachte.

»Steuermann, bringen Sie uns auf einen Kurs in Richtung der *Voyager*«, befahl Hunt. »Informieren Sie den Rest der Flotte von unserer Ankunft. Teilen Sie Admiral Halsey mit, dass sie, sobald wir in ihrer Nähe unsere Position eingenommen habe, eine Raumfähre zur *GW* nehmen soll, um Admiral Bailey und Präsidentin Luca hier zu begrüßen.« Er wollte die Dinge jetzt schleunigst ins Rollen bringen, da seine Flotte nun komplett stand.

»Jawohl, Admiral«, bestätigten sein Steuermann und der Kom-Offizier.

Die nächsten sechs Stunden verliefen recht ereignislos, während die *GW* und ihre begleitenden Schlachtschiffe sich Neu-Eden und dem Rest ihrer Flotte näherten. Allein einige Fregatten rasten an ihnen vorbei, mit dem Befehl, das Sternentor aufzusuchen, das die *Viper* vor einigen Tagen zum ersten Mal durchquert hatte. Dort würden sie eine Art ‚Stolperdraht‘ organisieren, der sie auf verschiedenen Ebenen vor einem eventuell bevorstehenden Eindringen einer Zodark-Flotte warnen sollte.

Hunt befahl einem seiner Transporter, sich ebenfalls umgehend zum Sternentor zu begeben. Sie hatten eine Reihe von stationären Plattformen für Plasmatorpedo- und Magrail-Geschütztürme entwickelt, die sie in der Nähe des Tores verankern wollten. Erklärtes

Ziel war es, das Tor mittels defensiver Waffenplattformen zu sichern und die Kontrolle darüber zu erhalten, wer durch das Tor nach Rhea vordrang.

Kurz nachdem die *George Washington* ihre Position in der Nähe der *Voyager* eingenommen hatte, traf Admiral Halseys Raumfähre ein, wo sie von Rear Admiral Hunt und Admiral Bailey auf dem Flugdeck begrüßt wurde. Sie hießen sie an Bord des neuesten republikanischen Schlachtschiffs willkommen und begleiteten sie zu dem großen Konferenzraum nahe der Brücke, um dort die Präsidentin zu treffen.

Nachdem alle im Raum versammelt waren, schüttelte Präsidentin Luca Admiral Halsey die Hand. »Admiral, hiermit möchte ich mich bei Ihnen für Ihre harte Arbeit und Ihre Anstrengungen im Rhea-System bedanken«, begann sie und überreichte Admiral Halsey ein kleines Kästchen. Halsey öffnete es und entdeckte ein Set von 3 Sternen für den Kragen ihrer Uniformjacke, das die beiden Sterne, die sie zurzeit trug, ersetzen würde. Darüber hinaus verlieh ihr die Präsidentin noch den zweithöchsten militärischen Orden, das Navy Cross, für ihre Tapferkeit angesichts der Feinde während des Kampfs, Neu-Eden den Zodark abzugewinnen.

Nach dem Ende dieser formellen Ordens- und Beförderungszeremonie nahmen die leitenden Offiziere des Weltraumkommandos und die zivilen Führungskräfte um den Tisch herum Platz, um ein längst überfälliges Grundlagengespräch zu führen und Strategiediskussionen für die Zukunft anzustoßen.

Präsidentin Luca eröffnete das Gespräch. »Admiral Halsey, Sie halten sich nun schon über einem Jahr in diesem System auf. Was denken Sie, ist nötig, um eine arbeitsfähige Schiffswerft zu bauen, die alle hier anfallenden Reparaturen vornehmen kann? Und was brauchen wir, um eine Reihe defensiver Stützpunkte zum Schutz des Systems einzurichten?«

Admiral Halsey hatte eine Antwort. »Ressourcen, Frau Präsidentin. Wir brauchen Leute und Ressourcen, um diese Projekte anzugehen.« Halsey hielt einen Augenblick inne und sah ins Leere, bevor sie ihren Blick wieder auf die Präsidentin richtete. »Wie Sie selbst sehen, Frau Präsidentin, ist der Weltraum ein großer Ort. Der Bau einer einfachen Orbitalstation für unseren Weltraumaufzug stellt bereits eine Herausforderung dar. Eine Kolonie auf dem Planeten zu gründen, ein planetarisches Verteidigungssystem um Neu-Eden und die benachbarten Monde herum aufzubauen – das sind Aktivitäten, die umfangreiche Ressourcen verlangen. Wir brauchen Hunderte von Konstruktionsschleppern, zehntausende 3-D Drucker, eine Armee von Synthetikern, Landwirtschaft, Nahrungsmittelvorräte und landwirtschaftliche Nutztiere. Die Liste nimmt kein Ende, Frau Präsidentin.«

Präsidentin Luca und Admiral Bailey wechselten einen nervösen Blick. Beide wussten, dass Admiral Halseys Flotte dieses letzte Jahr überlastet gewesen war; am Verständnis für die tatsächliche Schwere der Situation hatte es ihnen allerdings gemangelt.

Präsidentin Luca wandte sich an Gouverneur Crawley. »David, sieht aus, als stünde Ihnen viel Arbeit bevor«, bemerkte sie.

Ohne mit der Wimper zu zucken, erwiderte der junge aufstrebende Nachwuchspolitiker: »Ich freue mich auf die Herausforderung, Frau Präsidentin. Die Leistung, die Admiral Halsey bis zu diesem Punkt erbracht hat ist einfach unglaublich und ist Zeugnis ihrer Führungseigenschaften.«

Crawley wandte sich an Halsey. »Admiral, Ich bin hier um Ihnen zu helfen. Ich werde Ihnen viele der Verwaltungsaufgaben abnehmen und überwiegend die zivile Entwicklung des Planeten und des Systems organisieren. Wir haben Ihre Bitte um Hilfe gehört und sie ist eingetroffen.«

Admiral Halsey lächelte und stieß einen tiefen Seufzer der Erleichterung aus. »Ich freue mich auf unsere Zusammenarbeit, Gouverneur. Dieser Ort verfügt über ein enormes Potenzial, aber ich will nicht lügen – der Aufbau wird schwer werden. Wir werden ungeheure Mengen an Versorgungsgütern aus Sol benötigen, und damit meine ich nicht ein oder zwei Ark-Transporter. Um Neu-Eden wie geplant lebensfähig zu machen, ist ein ununterbrochener Strom an Gütern und Personal unumgänglich.«

Die Präsidentin adressierte ihren militärischen Oberbefehlshaber. »Admiral Bailey, besteht die Möglichkeit, den Transport von Versorgungsgütern zur Unterstützung von Admiral Halsey und Gouverneur Crawley zu beschleunigen?«

Der Flottenadmiral kratzte sich am Kopf. »Nicht sofort, Frau Präsidentin«, erwiderte er mit einem Achselzucken. »Momentan liegen wir in Bezug auf unsere Logistik und der Schiffsproduktion etwas im Hintertreffen. Die Zodark-Bedrohung zwang uns dazu, uns überwiegend auf den Bau neuer Kriegsschiffe zu konzentrieren. Von den ursprünglich geplanten sechs Ark-Transportern sind bislang zwei fertiggestellt. Eine dritte *Ark* wurde in die *George Washington* verwandelt. Ein weiterer Rumpf ist für den Bau eines zweiten Großkampfschiffs vorgesehen, und die verbliebenen Gerippe sind unfertig und befinden sich noch in der Werft. Die Konstruktion unserer kleineren Transporter wurde zugunsten der weit größeren Flotte der Fregatten, Kriegsschiffe und orbitalen Angriffsschiffe zurückgestellt. Es braucht seine Zeit, eine Navy, in dem Umfang, in dem wir sie brauchen, aufzubauen.«

Präsidentin Luca schürzte die Lippen. Diese Antwort sagte ihr eindeutig nicht zu. Sie drehte sich zu ihrem frisch beförderten Admiral um und stellte ihm die gleiche Frage.

Hunt wollte seinem Chef nicht widersprechen und hoffte, dies zu umgehen. »Frau Präsidentin, unsere Transportkapazitäten sind beschränkt; niemand kann das schönreden oder leugnen. Während wir für dieses Problem keine unmittelbare Lösung haben, können wir das uns zur Verfügung Stehende vielleicht effizienter nutzen.

»Die Arks sind riesig und in der Lage, bis zu 30.000 Personen über große Entfernungen zu transportieren. Wir können einen dieser Transporter dazu ausersehen, Materialien, Nutztiere und die benötigten Ausrüstungsgegenstände direkt von Sol nach Neu-Eden zu liefern. Nach der Löschung dieser Ladung bringt er dann Materialien nach Sol zurück. Der Trick, diese Transporte effizienter zu nutzen, liegt darin, den Lade- und Entladeprozess auf Sol und hier auf Neu-Eden zu optimieren. Wenn wir diese Aufgabe lösen, wird es uns möglich sein, im gleichen Zeitraum doppelt so viele Güter und Personen zu bewegen.«

Die Gruppe setzte ihre Diskussion fort, bevor ein Lieutenant sie unterbrach, um Admiral Hunt eine wichtige Nachricht zu überbringen. Er beugte sich zu ihm hinunter und flüsterte ihm etwas in Ohr. Hunt furchte die Stirn.

»Wir sind sofort oben«, sagte er an.

»Worum geht's denn, Hunt?«, erkundigte sich Bailey, den diese plötzliche Unterbrechung leicht gereizt hatte.

Hunt sah Luca und Bailey an und erklärte: »Eines unserer ersten Erkundungsschiffe, die *Viper*, entdeckte ein Konvoi von Zodark-Schiffen auf dem Weg zu dem Sternentor, das in unser System führt.

Sie schickten eine Kommunikationsdrohne durch das Tor an uns zurück und informierten uns über die Größe und Zusammensetzung der feindlichen Flotte, bevor sie sie in einem Überraschungsangriff mit Plasmatorpedos beschossen.«

Präsidentin Lucas' Augen weiteten sich bei der Erwähnung der Zodark. »Sie sind auf dem Weg hierher? Wann? Wann treffen sie ein?«, forderte sie Auskunft.

Hunt hob die Hand, um weitere Fragen zu stoppen. »Wir müssen auf die Brücke, Frau Präsidentin. Dort oben erfahre ich mehr. Bevor wir gehen, möchte ich Sie allerdings darum bitten, ruhig und besonnen zu bleiben. Ich gehe davon aus, dass uns mehrere Tage bleiben, bevor der Feind hier ist, also kein Grund zur Panik. Eine unmittelbare Gefahr besteht gegenwärtig nicht.«

Bailey sah die Präsidentin an und nickte ihr zu. Beide erhoben sich, um Hunt auf die Brücke zu folgen. Beim Betreten des riesigen Kommandozentrums wurde deutlich, wie unaufgeregt die Offiziere und die Mannschaft die ihnen zugewiesenen Aufgaben routinemäßig erfüllten, als ob nichts Außergewöhnliches vorgefallen sei.

Dieser Anblick schien Präsidentin Luca zu beruhigen. Vielleicht wurde ihr klar, dass sie, solange sich die Experten nicht alarmiert zeigten, wohl ebenfalls keinen Grund hatte, nervös zu werden.

Hunt trat an den taktischen Offizier heran. »Was wissen wir bisher über die Situation der *Viper*?«

Der Offizier der taktischen Station wandte sich um. Als er den Admiral gefolgt vom Flottenadmiral und dicht dahinter auch noch die Präsidentin sah, fühlte er sich sichtlich etwas unbehaglich. »Sir .... ähm .... vor 15 Minuten erreichte uns eine Drohnennachricht«, stammelte er. »Sie sprang aus dem Sternentor und begann mit der Übertragung. Commander Dobbs, der Kapitän der *Viper*, berichtet, dass sie ein Konvoi von Zodark-Schiffen auf dem Weg zu dem Sternentor entdeckten, das in das Nachbarsystem von Rhea führt.«

Das ist das Schiff meines Sohns, war Hunts erster Gedanke. Er tat sein Bestes, seine Gefühle zu unterdrücken, wohl wissend, dass die *Viper* ein Erkundungsschiff und nicht zum Kampf gegen die Zodark gerüstet war.

»Das heißt, sie sind noch mindestens zwei Sprünge von Rhea entfernt?«, fragte Hunt nach.

Der taktische Offizier nickte. »Korrekt, Sir. Ihrer geschätzten Geschwindigkeit treffen sie in drei bis vier Tagen ein.«

»Ok, gut zu wissen. Wie setzt sich ihre Flotte zusammen?« Hunt musste genau wissen, wem sie letztlich gegenüberstehen würden.

»Die genauen Schiffstypen sind uns im Moment noch nicht bekannt, aber es sieht so aus, als ob zumindest zwei dem Schiff gleichen, das wir erobert haben«, berichtete der taktische Offizier, nachdem er sich den Inhalt der Nachricht ein weiteres Mal durchgelesen hatte. »Vier von ihnen sehen wie das Kriegsschiff aus, das das Trägerschiff begleitete. Drei scheinen kleinere Zodark-Schiffe der Art zu sein, auf die Sie das erste Mal trafen. Außerdem sind sechs weitere Schiffe wohl zusätzliche Truppentransporter.«

Admiral Halsey pfiff leise durch die Zähne. »Das sind viele Schiffe.«

Hunt lächelte. »Richtig, aber ich bin mir sicher, dass wir das im Griff haben. Tatsächlich denke ich, dass das sogar ein Vorteil für uns sein könnte.«

»Ach ja?« Halsey zeigte sich skeptisch.

»Wir wissen, dass sie kommen. Und wir wissen, dass sie keine andere Wahl haben, als durch ein spezifisches Sternentor zu springen. Wir haben ausreichend Zeit, unsere Schiffe an diesen einen Ort zu verlegen und dort ganz ruhig ihre Ankunft zu erwarten. Sobald sie springen, schließen wir die Falle und pulverisieren ihre Flotte, bevor sie wissen, wie ihnen geschieht.«

»Denken Sie, Ihre Flotte ist stark genug, es mit ihnen aufzunehmen?«, hinterfragte Admiral Bailey Hunts Optimismus.

Hunt nickte selbstbewusst. »Absolut«, versicherte er ihm. »Sie kommen mit einer Reihe von Kriegsschiffen. Ich habe die *George Washington*, sechs Schlachtschiffe, acht TPA Kreuzer und 18 Fregatten. Die überwältigende Feuerkraft, die wir damit bei ihrem Sprung ins System freisetzen können, wird sie vernichten. Und nachdem wir ihre Flotte besiegt haben, sind wir soweit, unsere Invasion in ihren Raum zu beginnen und die Befreiung der sumarischen Heimatwelt zu planen.«

Admiral Halsey nickte anerkennend. »Ihr Plan gefällt mir, Hunt. Zeit, dass wir Vergeltung üben.«

»Sir, wir erhalten gerade eine weitere Nachricht von der *Viper*«, verkündete der Kom-Offizier, der zwei Arbeitsstationen weiter saß.

»Was besagt die?«, fragte Hunt.

»Commander Dobbs sagt, sie zieht sich nach Rhea zurück, um sich uns anzuschließen«, las der Kom-Offizier. »Sie fügte ein Video bei, sowie einige erste Analysen, die ihr Team durchgeführt hat. Sieht aus, als ob sie die Zodark an einem der Tore aus dem Hinterhalt angriffen und einige Treffer erzielt haben. Ich schicke die Nachricht und das Video zu CIC, damit die es sich dort näher ansehen können.«

Hunt nickte zustimmend und brachte die Nachricht auf seinem Kommando-Tablet hoch, dass er immer bei sich trug. Er sah sich kurz das Video und die Notizen an, die zusammen mit dem Video durchgekommen waren. Das Erste, was ihm ins Auge fiel, war die Information, dass die Zodark-Schiffe nach dem Sprung ungefähr 60 Sekunden lang nahezu hilflos waren. Das bestätigte seine eigenen Vermutungen. Die Zodark-Schiffe brauchten nach einem Sprung einige Zeit, ihren Sensoren neu zu kalibrieren, bevor sie sich verteidigen oder jemanden angreifen konnten. Das erhöhte die Erfolgsaussichten seines Plans, die feindliche Flotte hinter dem Tor zu erwarten und sie dort zu zerstören.

Er sprach Admiral Bailey an. »Admiral, ich werde meine Flotte an das Tor verlegen, um dort den Hinterhalt vorzubereiten. Sie sind herzlich eingeladen, auf der *GW* zu bleiben und von hier aus das Geschehen aus erster Hand zu verfolgen, allerdings kann ich nicht garantieren, dass wir während dieses Kampf keine Treffer hinnehmen müssen. Es ist mehr als unwahrscheinlich, dass sie die *GW* zerstören werden, aber ich muss Sie auf diese Möglichkeit hinweisen.«

»Vielen Dank, Admiral Hunt. Ich halte es für das Beste, wenn Präsidentin Luca und ich auf die *Voyager* wechseln und den Kampf aus der Ferne beobachten«, entschied Admiral Bailey zur offensichtlichen Erleichterung der Präsidentin.

Innerhalb von zwei Stunden hatten die beiden republikanischen Führungskräfte gepackt und waren mittels einer Raumfähre auf die in der Nähe liegende *Voyager* umgezogen. Gouverneur Crawley und seine Leute befanden sich bereits auf dem Hauptstützpunkt der RA auf Neu-Eden. Dort würde die Armee sie schützen, während sie die Gründung der ersten offiziellen Kolonie in Angriff nahmen und alle zusätzlichen zivilen Funktionen ausübten, die ihnen auferlegt worden waren. In der Zwischenzeit bereitete sich Admirals Hunts Flotte auf ihren Sprung zum Sternentor vor.

Kapitel Zwölf
Die smaragdgrüne Stadt

Neu-Eden
Anlage ‚Siegesstützpunkt'

Der Osprey flog über den Komplex , den die Soldaten VBC, Victory Space Complex, nannten. Präsidentin Luca sah aus dem Fenster und erblickte persönlich zum ersten Mal diesen außerirdischen Planeten Neu-Eden. Er war weit schöner, als sie sich ihn vorgestellt hatte. Die Videos und Bilder, die sie über die Jahre von ihm gesehen hatte, konnten diesem ersten Anblick nicht gerecht werden. Sie verstand jetzt, was alle meinten, wenn sie von der unübertroffenen Schönheit des Planeten sprachen.

Der ausgedehnte Militärstützpunkt schien sich über mehrere große Hügel und Bergzüge zu erstrecken. Eine der Anlagen hatte deutlich bessere Tage gesehen.

»Das war ein Stützpunkt der Zodark vor der Invasion«, erklärte einer der Mannschaftsführer. »Tatsächlich sehen Sie hier eine Ansammlung mehrerer Basen, die wir miteinander verbanden, um erhöhten Schutz zu gewährleisten. Jeder Anlage kommt eine separate Funktion zu.«

In einem vorgelegenen Flachland war eine Anzahl Landebahnen und Rollfelder erkennbar, auf denen sich Reihen von Osprey drängten, ebenso die VACs der Infanterie und mehrere andere Transportschiffe. »Die Basis, die wir ansteuern, ist für die Luft- und Transportoperationen sämtlicher Militäreinrichtungen verantwortlich«, erläuterte der Mannschaftschef weiter.

Präsidentin Luca fiel eine andere Einrichtung ins Auge, die sich entlang eines Hügelkamms im Bau befand, offenbar um dem Flughafen- und Raumhafengelände Schutz zu gewähren. Sie war von Artilleriegefechtsständen, Befestigungen und anderen Dingen umgeben, deren Funktion ihr vollkommen unbekannt waren. Am meisten beeindruckte sie allerdings, wie schnell all dies Gesicht angenommen hatte. Die Armee hatte diesen Stützpunkt, der mittlerweile 52.000 Soldaten beherbergte, in nur 15 Monaten errichtet.

Einer der Generäle hatte ihr bereits erklärt, dass die Armee insgesamt über drei solcher Einrichtungen in strategischen Positionen über den Planeten verteilt verfügten. Des Weiteren gab es inzwischen auch 42 kleinere Artilleriestützpunkte, ebenfalls an strategisch wichtigen Standorten, die weitgehend zum Schutz der Aufrechterhaltung der Bergbauoperationen dienten.

Mit dem Anflug auf den Raumhafen entdeckte Präsidentin Luca in vielleicht 12 Meilen Entfernung ein riesiges Stück Land, das direkt in den Ozean mündete und einfach atemberaubend schön war. Dort würden sie die erste Stadt für die Bevölkerung bauen, da war sie sich sicher.

»Eine faszinierende Ansicht, nicht wahr, Frau Präsidentin?«, fragte Gouverneur David Crawley, der ebenfalls aus dem Fenster starrte.

Sie lächelte und sah ihn kurz an. »Ich beneide Sie, David. Sie dürfen bleiben und auf einem neuen Planeten eine neue Stadt von Grund auf neu konzipieren.«

Crawley nickte. »Ich kann Ihnen gar nicht genug danken, dass Sie mich zu Gouverneur gemacht haben, Frau Präsidentin. Wir werden eine wundervolle Stadt für unsere Leute bauen, eine, die vor der Geschichte bestehen wird.«

Einer der Mannschaftsführer kam auf sie zu. »Schnallen Sie sich jetzt bitte an. Wir befinden uns im Landeanflug.«

Präsidentin Luca schnallte sich wieder ihr Gurtzeug um. Die Zeit, die neue Welt aus dem Fenster heraus zu bestaunen, war erst einmal vorbei.

Der Osprey landete und parkte in der Nähe eines großen Hangars. Mit dem Auslaufen der Motoren baute sich eine Gruppe von Soldaten und eine Marschkapelle vor der hinteren Rampe des Ospreys auf, um die Präsidentin willkommen zu heißen.

Währenddessen begrüßten alle Mannschaftsführer und die Piloten des Osprey Luca ein weiteres Mal auf Neu-Eden und auf dem Stützpunkt, bevor sie die hintere Tür öffneten, durch die ihnen angenehm warme Luft entgegenschlug.

Mit den Händen schützte Präsidentin Luca ihre Augen gegen das Sonnenlicht. Sie wusste, dass die Sonne auf Neu-Eden stärker als die auf der Erde strahlte. Ihre Information war richtig. Das Rhea-System hatte nicht umsonst drei Sonnen.

Über dem ersterbenden Lärm der Motoren hinaus vernahm sie die ersten Klänge der Marschkapelle. Während Luca die Rampe des

Ospreys hinunterschritt, spielten sie ‚Hail to the Chief‘, den offiziellen
US-Präsidialsalut.

Mehrere Offiziere traten vor, um sie zu begrüßen. »Frau
Präsidentin, ich bin Generalmajor Ross McGinnis. Es ist mir ein
Vergnügen, Sie bei hier bei uns zu empfangen«, versicherte ihr der
Kommandant der republikanischen Streitkräfte beim Händeschütteln.

Präsidentin Luca lächelte. »Vielen Dank General, für das herzliche
Willkommen«. Sie deutete nach links. »Das ist David Crawley, der
neue Gouverneur von Neu-Eden und Kopf der zivilen Regierung. Er
und seine Leute werden Ihnen behilflich sein und Ihnen einige der
Herausforderungen, denen Sie sich hier stellen mussten, abnehmen.«

»Vielen Dank, Frau Präsidentin, und ich freue mich, Sie
kennenzulernen, Gouverneur Crawley. Ihre Anwesenheit und die des
Personals, das Sie mit sich brachten, freut uns ungemein. Wenn Sie mir
bitte folgen wollen. Ich habe eine kurze Tour von einigen unserer
Bereiche für Sie vorbereitet, bevor wir uns ins Hauptquartier begeben.«

Die drei Führungspersönlichkeiten passierten mehrere Reihen von
Soldaten, die in Formation mit ihren Sturmgewehren in
Habachtstellung dastanden. Präsidentin Luca hielt zwei Mal inne, um
einen Soldaten anzusprechen, bevor sie weiter ging. Direkt vor der
Flughalle wartete bereits ein gepanzertes Fahrzeug auf sie.

Die Gruppe stieg ein, begleitet von zwei Secret-Service Agenten
der Präsidentin, die auf dem hinteren Sitz Platz nahmen. Das Fahrzeug
verließ den Bereich des Hangars und die Tour begann.

Die nächste Stunde nutzte General McGinnis, Präsidentin Luca
und Gouverneur Crawley über die einzelnen Einrichtungen und deren
Funktionen aufzuklären. Dann berichtete er ihnen ein wenig über das
Leben auf einer Basis, was die Soldaten in ihrer Freizeit machten, und
einiges über die Dinge die sie zwischenzeitlich über Neu-Eden entdeckt
und gelernt hatten. Es gab unglaublich viel Interessantes, das Luca
aufnehmen wollte. Sie war froh, dass sie sich für einen persönlichen
Besuch auf dem Planeten entschieden hatte, selbst wenn es nur ein
kurzer Stopp sein würde.

Schließlich kam das Fahrzeug vor einem stark befestigten Gebäude
zum Stehen. »Da sind wir«, verkündete McGinnis. »Folgen Sie mir
bitte nach drinnen. Dort werden Sie noch einige meiner Männer
kennenlernen, bevor wir in unserem Bunker eine tiefergehende
Besprechung für Sie vorbereitet haben.«

Luca war ungemein beeindruckt, wie schnell sich alles auf Neu-Edens Oberfläche entwickelt hatte. Dieser militärische Stützpunkt war noch nicht ganz zwei Jahre alt und sah aus, als existierte er bereits seit Jahrzehnten. Manchmal hatte sie sich gefragt, wohin all das Geld aus dem Verteidigungshaushalt floss – jetzt wusste sie es.

Nach dem Betreten des Bunkers wurden Luca und Crawley an einen großen Konferenztisch geführt, an dem alle Platz nahmen und ihnen Erfrischungen angeboten wurden, während die Vortragenden ihre Papiere ordneten, um in Kürze die darin enthaltenen Informationen mit ihren Besuchern zu teilen.

Zwei Stunden vergingen mit dem Briefing über Neu-Eden und über einige der herausragenden Entdeckungen, die sie bislang gemacht hatten. Zudem erhielt Luca auch einen guten Überblick über die militärischen Operationen gegen die auf dem Planeten verbliebenen Zodark-Soldaten. McGinnis' besten Erkenntnissen nach waren zu diesem Zeitpunkt nur noch sehr wenige übrig – allerdings verursachten die, die bislang nicht ausgerottet werden konnten, so viele Probleme, dass der General gezwungen war, Tag und Nacht eine große Zahl von Einheiten patrouillieren zu lassen.

General McGinnis trug sein Anliegen vor, Neu-Eden zusätzlich eine halbe Million Soldaten sowie in großem Ausmaß weitere militärische Ausrüstungsgegenstände zukommen zu lassen. Luca weigerte sich zunächst gegen diesen Gedanken. Nachdem er ihr allerdings den Grund für die Stärke einer solchen Streitmacht nannte, ergab es Sinn. Der General wollte die Truppen auf Neu-Eden akklimatisieren und sie auf dem Planeten und den beiden Monden im Orbit trainieren. Das Ziel war, die Invasionskräfte, die Sumara befreien sollten, auf ihren Einsatz auf anderen außerirdischen Planeten vorzubereiten.

Am Ende seiner militärischen Ausführungen genehmigte Luca seine Bitte und versprach, nach ihrer Rückkehr auf der Erde mit General Pilsner zu sprechen. Außerdem teilte sie McGinnis mit, dass sie ihn einen Dienstgrad befördern würde und ihm weiter die Rolle als Kommandant der Expeditionstruppen zufiel.

Als nächstes diskutierten sie die geplanten zivilen Projekte. Ihre Ingenieure und Landvermesser hatten ein Dutzend geeigneter Standorte für den Aufbau neuer Städte identifiziert. Der interessanteste Vorschlag wollte in einem den Speichen eines Rades folgenden Muster kreisförmig um die im Mittelpunkt gelegene Hauptstadt herum bauen. Dies würde den Massenverkehrsmitteln erlauben, alle Mega-Städte, die die Planer gründen wollten, miteinander zu verbinden, was sowohl das weitere Wachstum der Städte begünstigen als auch hinreichend Grünfläche zwischen den Bevölkerungszentren gewährleisten würde.

Präsidentin Luca unterbrach diese Ausführungen. »Beim Anflug an das Camp sah ich unweit von hier ein wunderschönes großes Stück Land direkt am Wasser. Gibt es Pläne, dort eine Stadt anzusiedeln?« Es schien eine logische Schlussfolgerung. Sie war in San Diego aufgewachsen und liebte das Wasser. Die Bauingenieure schwiegen. Endlich zuckte ein Mann namens George mit den Achseln und erwiderte: »Das war bislang nicht im Gespräch, Ma'am. Die fünf Städte um das Rad herum liegen relative nahe an unseren Abbauorten. Es wäre sinnvoll, Städte nahe unserer Bergwerke zu gründen, da sich dort die Industrie und die Arbeitsplätze befinden.« Er zeigte auf die Projektkarte. »Diese beiden Städte liegen in der Nähe der Berge und die drei hier sind im Flachland angesiedelt, in dem es reiches Ackerland gibt. Aber möglich wäre es schon, eine weitere Stadt am Wasser mit dem Rad zu verbinden.«

Ein anderer Ingenieur überlegte: »George, wir könnten eine Reihe von Städten entlang der Küste gründen und durch einen Hyperloop mit dem ursprünglichen Raddesign verbinden. Damit müssten wir die bereits bestehenden Pläne nicht drastisch neu gestalten.«

Luca lächelte, als die beiden die Lösung des von ihr erzeugten Problems direkt angingen. Sie hatten offensichtlich viel Zeit und Mühe in die Standortwahl und das Design der neuen Städte investiert, was ihnen nun jemand durcheinander zu bringen drohte.

Luca räusperte sich. »Ich habe noch eine Frage. Wenn wir den ursprünglichen Plan umsetzen, wie lange wird es dauern, bevor wir mit der Konstruktion beginnen können, und für wie viele Einwohner sind die Städte ausgelegt?«

Der leitende Ingenieur stellte sich vor die Gruppe. »Mit der Erlaubnis des Gouverneurs ist es uns dank den kürzlich eingetroffenen Synth und Fabrikatoren möglich, sofort zu beginnen. An erster Stelle steht die Infrastruktur – Hyperloops, Untergrund- und Straßenbahnen, Bahnhöfe, Wasser, Abwasser, unterirdische Versorgungsleitungen, etc. Dem folgt der Bau unserer Hauptstadt als das erste Großprojekt, bevor wir nach dem Abschluss einer jeden Konstruktionsphase den Naben des

Rades nach außen folgen. Die Infrastruktur ist zweifellos Phase Eins – da es viel einfacher ist, sie auf unbebautem Gelände frei von Hindernissen wie Häuser, Straßen oder industriellen Unternehmen einzurichten.

»In Phase Zwei geht es um die Errichtung von Mietwohnungen und den öffentlichen Einrichtungen, die parallel dazu erforderlich sind, wie etwa Schulen, Polizeistationen, Krankenhäuser, und ähnliches. Phase Drei beinhaltet die Expansion industrieller und wirtschaftlicher Bedürfnisse jeder Stadt und des Planeten insgesamt. Bei gleichbleibendem Stand unserer jetzigen Ressourcen gehen wir davon aus, dass wir in circa zwei Jahren 100.000 Kolonisten eine Zuhause in ihrer neuen Stadt bieten können. Diese Zahl kann sich dramatisch steigern, falls es uns gelingt, mehr Arbeiter und Fabrikatoren zu produzieren. Insgesamt gesehen hoffen wir, dass wir innerhalb eines Jahrzehnts 10 Millionen Menschen eine Unterkunft bieten können. Danach ist das Wachstum exponentiell, je nach Anzahl der geplanten Städte, die wir rund um den Planeten gründen wollen.«

Luca war von diesen Informationen äußerst beeindruckt, neigte aber immer dazu, großzügiger zu denken. »Meine Herren, ich beglückwünsche Sie zu diesem außergewöhnlichen Konzept. Aber ich glaube, wir müssen in größerem Rahmen planen«, warf sie ein. »Sie zeigten mir die Anlage einer einzigen Stadt. Wir brauchen zehn oder 20 Städte zur gleichen Zeit, falls irgend möglich. Es darf nicht ein Jahrzehnt dauern, zehn Millionen Menschen auf Neu-Eden anzusiedeln. Neu-Eden muss sich in kürzester Zeit zu einem industriellen Machtzentrum entwickeln, um unsere wachsende militärische Präsenz in diesem System zu untermauern und zu gewährleisten. Das setzt die Existenz einer massiven Schiffswerft voraus, die unsere Kriegsschiffe bauen und auch reparieren kann – was wiederum die Versorgung mit Ressourcen, Arbeitern und noch mehr Ressourcen verlangt.

»Auf der Erde leben Milliarden von Menschen. Trotz der Gefahr durch die Zodark stehen mehrere Millionen Erdbewohner schon heute bereit, hierher zu reisen. Ich möchte, dass Sie Ihren Plan weiter verfolgen, ihn allerdings in seinem Umfang um ein Zehnfaches ausweiten. Im kommenden Jahr wird eine Armee von Menschen und Versorgungsgütern auf Sie einstürzen. Handeln Sie jetzt, um auf diesen Zustrom vorbereitet zu sein!«

Kurz nach dieser Ankündigung kam die Besprechung zu Ende und sie kehrten zum Flughafen zurück. Mit der Ankunft in der Nähe des Osprey, der sie sicher zurück zur *Voyager* transportieren würde, wartete erneut eine Formation von Soldaten vor dem großen Hangar auf die Präsidentin, die sie dort persönlich befördern und mit Tapferkeitsmedaillen auszeichnen wollte. Obwohl ihr durch das bevorstehende Eintreffen der Zodark-Flotte zu ihrer Enttäuschung wenig Zeit auf Neu-Eden verblieb, war ihr diese Zeremonie wichtig. Die Soldaten waren eine Welt von zu Hause entfernt, getrennt von ihren Familien und von denen, die sie liebten. Sie kämpften einen langen und harten Kampf, um einen fremden Planeten von einer feindlichen Macht zu befreien. Präsidentin Luca hielt es für ihre Pflicht, Zeit mit ihnen zu verbringen und persönlich ihre Beförderungen auszusprechen und ihnen die Orden anzuheften. Schließlich war sie die oberste militärische Befehlshaberin.

Es kostete sie zwei Stunden, an Reihen von Soldaten Orden zu verleihen und ihnen zu ihrem neuen Rang zu gratulieren. Aber die Zeit war gut angelegt. Sie konnte den Esprit de Corps der diversen Einheiten und den Stolz in den Augen dieser tapferen Krieger sehen, die in Neu-Edens Einheiten dienten.

Nach diesem Tag auf dem Planeten fühlte Präsidentin Luca ein gesteigertes Gefühl der Dringlichkeit, sicherzustellen, dass diesen Männer und Frauen zur Verfügung stand, was immer auch nötig sein mochte, um diesen Krieg zu gewinnen. Sie war mehr denn je entschlossen, diesen Konflikt bis zum totalen Sieg durchzuziehen, egal, was es kosten würde.

Kapitel Dreizehn
Die Schlacht am Tor

Das Rhea-Tor
RNS *George Washington*

»Wir nähern uns dem Sternentor«, verkündete der Steuermann, als endlich eine riesige schwebende Struktur auf dem Bildschirm vor ihnen erschien.

Niemand wusste, wer diese Sternentore erschaffen hatte, noch wie deren Mechanismus funktionierte. Die Erdenmenschen wussten nur, dass sie den Zodark zum Reisen durch die Galaxie dienten. Möglich, dass sie das geniale Werk einer uralten Gattung waren, die einstmals die Sterne kolonisiert hatte. Niemand hatte eine Antwort, aber darauf kam es im Augenblick auch gar nicht an. Wichtig war allein, dass die Zodark-Flotte auf dem Weg war und ihnen wenig Zeit zur Vorbereitung blieb.

»Da kommt etwas durch«, rief der taktische Offizier aufgeregt.

»Zielcomputer aktivieren. Solange es nicht eines unserer Schiffe ist, Zielauswahl und Abschuss!«, befahl Captain Fran McKee, Hunts XO.

Als Hunt zum Rear Admiral befördert und ihm das Kommando über das mächtigste Schlachtschiff der Erde übertragen wurde, hatte er seine Beziehungen spielen lassen, um Fran zu einem O-6, einem Captain, zu machen, und zum offiziellen XO der *George Washington* ernannt zu werden. Er hätte ihr sicher ein Kommando über eines der Kriegsschiff beschaffen können, aber in den bevorstehenden Kämpfen brauchte und wollte er ihre Hilfe auf der *GW,* einem wahrhaft riesigen Schiff. Hunt wusste, dass ihr nach einer Tour als XO auf der *GW* das Kommando über das nächste im Bau befindliche Großkampfschiff so gut wie sicher war.

Mit dem Blick auf den Hauptbildschirm der Brücke verlangte Hunt: »Vergrößern Sie das Bild. Ich will sehen, wer springt.«

Das Bild auf dem Monitor gab das Sternentor nun weit deutlicher wieder. Sie sahen, wie das Tor kurz aufleuchtete, bevor ein Schiff hindurch geschossen kam, das sich nach dem Verlassen des Tors erst einmal schleppend bewegte. Es bemühte sich, an Geschwindigkeit zu gewinnen. Sobald die Brückenbesatzung der *GW* eine Sekunde später auf das visuelle Erscheinungsbild dieses Eindringlings reagieren konnte, stieß sie einen kollektiven Seufzer der Erleichterung aus.

»Es ist die *Viper*. Entspannen Sie sich, meine Herrschaften«, empfahl Captain McKee.

»Sir, sie funken uns an«, informierte Lieutenant Molly Branson.

Ebenso wie McKee hatte auch Branson auf die *GW* gewechselt. Hunt hatte sich sehr bemüht, ehemalige Mitglieder der Brückenmannschaft der *Rook* für die *GW* zu gewinnen. Er kannte ihre Arbeit und ihren Einsatzwillen. Sie wussten, wie man auf einem Kriegsschiff kämpft. Dieses Wissen und diese Erfahrung wollte er dem mächtigsten Kriegsschiff der Flotte zugutekommen lassen.

»Stellen Sie durch«, erwiderte Hunt und richtete sich in seinem Stuhl auf.

Das Bild von Commander Dobbs erschien. »Admiral, schön, Sie zu sehen. Einen Augenblick dachte ich, wir wären geliefert, bevor wir beim Sprung durch das Tor erkannten, wer uns erwartet.« Hunt bildete sich die Schweißtropfen auf ihrer Stirn wohl doch nicht ein.

Hunt lächelte. »Vor zwei Tagen traf Ihre Nachricht mit der Idee, am Tor zu campen, bei uns ein. Ich beschloss, unsere Flotte in Position zu bringen. Wie weit sind die Zodark noch von uns entfernt, Commander?«

Dobbs runzelte die Stirn. »Schwer zu sagen, Admiral. Es ist uns immer noch unmöglich, ihre tatsächliche Reisegeschwindigkeit mit einhundertprozentiger Sicherheit zu bestimmen. Das macht es schwer, ihre genaue Entfernung einzuschätzen. Unserer besten Schätzung nach liegen sie vielleicht 36 Stunden hinter uns zurück. Deshalb meine Frage, Sir – da wir nun wieder im System sind, möchten Sie, dass sich unser Schiff Ihrer Flotte anschließt?«

»Wie steht es um Ihre Gefechtsbereitschaft, Commander?«, forschte Hunt.

»Wir haben nur eine Runde unserer Plasmatorpedos und Havoc-Raketen eingesetzt. Ich habe noch zwei weitere Ladungen an Bord«, berichtete Dobbs. »Uns fehlt es eher an Nahrungsmitteln als an etwas anderem.«

»Ok, Commander, kehren Sie so schnell wie möglich nach Neu-Eden zurück und frischen Sie Ihre Vorräte auf, bevor Sie hierher zurückkehren«, entschied Hunt. »Ich habe unsere Nachschubschiffe mit der *Voyager* in der Nähe von Neu-Eden zurückgelassen. In spätestens

32 Stunden erwarte ich Sie zurück, damit uns auch Ihr Schiff für die bevorstehende Auseinandersetzung zur Verfügung steht.«

Während die *Viper* ihren Befehlen folgte, befahl Hunt zwei seiner Fregatten durch das Sternentor hindurch, um ein Auge auf die näherkommende Zodark-Flotte zu haben. Den Rest des Tages verbrachten sie vorwiegend damit, Commander Dobbs' Aufnahmen des Angriffs auf die feindliche Flotte erneut zu studieren. Hunts Leute suchten nach jeder auch nur entfernt realistischen Gelegenheit, die Zodark auf irgendeine Weise zu überraschen und dabei mit etwas Glück ihre gesamte Flotte zu zerstören.

Der Transporter, den Hunt vorausgeschickt hatte, hatte bereits zwei der Plasmatorpedo-Plattformen entladen. Eine dritte musste noch errichtet werden, bevor sie danach die drei Magrailtürme in Position bringen konnten. Hunt war sich nicht sicher, ob ihnen diese Aufgabe noch rechtzeitig vor dem Eintreffen der Zodark gelingen würde, aber er wollte hoffen. Die schwebenden Türme würden einen entscheidenden Beitrag zum allgemeinen Chaos und der Zerstörung leisten, die sie dem Feind zufügen wollten.

Die Erde hatte die letzten Jahre damit verbracht, eine Navy aufzubauen, um Sol und Rhea zu verteidigen. Falls es ihnen hier und heute gelingen sollte, die feindliche Flotte vernichtend zu schlagen, dann stand ihrem Plan, den sumarischen Heimatplaneten und die Sumarer zu befreien, hoffentlich nichts mehr im Weg. Im Anschluss daran würden Hunts Stab die Sumarer in ihre militärische Allianz integrieren und gemeinsam würden sie weitere menschliche Welten – wo immer sie sich auch befinden sollten – von der Tyrannei befreien. Hunt drängte es danach, die brennenden Fragen, die er weiterhin nicht beantworten konnte – *Wie viele andere menschlichen Welten gab es da draußen? Wie wurden die Menschen über die Sterne verteilt? Wie groß war das Reich der Zodark wirklich?* – eines Tages beantwortet zu sehen. Zumindest wollte er das versuchen.

Hunt überprüfte das Zeitprotokoll auf seinem Neurolink. *Beinahe zwei Tage her, dass die Viper durch das Tor gesprungen war.* Das war eine gute Sache. Der Transporter hatte ausreichend Zeit gehabt, sämtliche Torwaffen in Position zu bringen. Hunt hätte gerne weit mehr installiert, unter anderem vielleicht sogar einige Antischiffsminen. Aber er war schon froh, dass ihm zumindest einige externe Waffen zur Verfügung standen.

Die beiden Erkundungsschiffe auf der anderen Seite des Tors hatten sich bislang nicht gemeldet, um sie vor dem Eintreffen der Zodark zu warnen. Admiral Hunt überlegte, was zu tun war.

Ich könnte duschen und etwas essen, während wir weiter warten, dachte er, während er sich im Kapitänsstuhl auf der Brücke streckte.

Er wandte sich an Captain McKee. »XO, die Brücke gehört Ihnen. Ich will mich frisch machen und etwas essen. Soll ich Ihnen etwas aus der Kantine mitbringen?«

Captain McKee bedankte sich lächelnd, lehnte aber ab.

Beim Betreten seiner komfortablen Unterkunft gestand sich Hunt ein, dass er diese Vergünstigung als Teil seines Kommandos wirklich genoss. Verglichen mit den ehemaligen Schiffen, auf denen er gedient hatte, war das Quartier des Admirals hier sehr großzügig angelegt. Selbst die Kapitänsunterkunft, in der er McKee untergebracht hatte, schnitt im Vergleich zu seinen früheren Quartieren weit besser ab. Das Schiff war mit dem Gedanken entworfen worden, einen Flottenadmiral an Bord zu haben. Dementsprechend überstiegen die Quartiere, die für seinen Stab vorgesehen waren, das Niveau der Unterkünfte des regulären Kommandostabs.

Das Quartier des Admirals war in zwei Bereiche aufgeteilt. Zunächst das Büro, mit einem großen Mahagoni-Schreibtisch, der in der Verlängerung einer Adjutantin einen Arbeitsplatz bot. Hunt überlegte, wie selten seine Adjutantin das Büro verließ. Andererseits war es ihre Aufgaben, sich um Hunts Nachrichtenverkehr und um seine Verwaltungsaufgaben zu kümmern. Sie war ihm eine unersetzliche Hilfe.

Am anderen Ende des Büros stand eine Sitzecke mit zwei Sofas und zwei Stühlen für eher formlose Treffen, sowie ein 10-Personen Tisch aus der Offiziersmesse für private formelle Besprechungen und für die Einnahme von Mahlzeiten. Die Tür am hinteren Ende des Raums führte in seinen persönlichen Bereich. Dieser kleinere Raum war immer noch doppelt so groß wie der auf der *Rook* oder die Bereiche auf anderen Schiffen, die ihm zugestanden hatten. Statt eines Einzelbetts hatte er hier ein Doppelbett, auf dem er sich ausstrecken konnte. Er liebte den bequemen ledernen Ruhesessel und das kleine Fernseh- und Musikzentrum, mit denen er holografische Filme sehen oder Musik hören konnte. Insgesamt war es eine sehr komfortable zweite Heimat. Seine Dusche bot ihm sogar einen gewissen

Bewegungsspielraum – echt luxuriös im Gegensatz zu dem, woran er sich als Marineoffizier hatte gewöhnen müssen.

Hunt entledigte sich seiner zwei Tage alten Uniform und warf sie in den Wäschekorb, damit seine Adjutantin sie in die Schiffsreinigung bringen konnte. Nachdem er eine frische Uniform auf dem Bett bereit gelegt hatte, ging er unter die Dusche, deren heißes Wasser er weit aufdrehte. Hunt spürte sein Alter von 54 Jahren. Er war immer noch schlank, aber weniger muskulös und trainiert als in seiner Jugend. Ein Kommando zu führen zog körperliche Folgen nach sich. Er verbrachte mehr und mehr Zeit in Konferenzen oder strategischen Diskussionen und weniger Zeit im Trainingsraum.

Hunt drehte den Hahn einen Augenblick zu, um sich von Kopf bis Fuß einzuseifen. Dann erlaubte er dem heißen Wasser, die Seife zusammen mit allem Schmutz und Stress der letzten Tage wegzuspülen.

Und dann hörte er den bekannten, durchdringenden Alarmton des 1MC, der die Mannschaft auf ihre Stationen rief.

Entschuldigen Sie die Störung, Admiral, aber das Sternentor hat sich aktiviert. Wir erwarten einen Sprung, informierte Captain McKee ihn über seinen Kommando-Neurolink.

Mann, jedes Mal das Gleiche, sobald ich verhindert bin, geht der verdammte Alarm los, fluchte Hunt.

Danke, Captain, ich bin sofort da. Falls es ein Zodark-Schiff sein sollte, wissen Sie, was zu tun ist. Er drehte den Wasserhahn zu, lief ans Bett und sprang in seine Kleider. *Ohne die Zeit, sich richtig abzutrocknen, musste seine neue Uniform eben das Wasser für ihn absorbieren.*

Sobald er sein Quartier verlassen hatte, rannte Hunt so schnell er konnte zur Brücke. Er hoffte, es waren nicht die Zodark – zumindest jetzt noch nicht. Hunt wollte auf der Brücke stehen, um die ersten kritischen Entscheidungen, die getroffen werden mussten, selbst zu fällen. Sicher, er vertraute McKee, die richtigen Maßnahmen einzuleiten, aber er war der Mann, der nicht nur für dieses Schiff, sondern für die gesamte Flotte verantwortlich war. 15.000 Menschenleben hingen von seiner richtigen Entscheidung zum richtigen Zeitpunkt ab.

Seine Ankunft auf der Brücke ging mit dem Sprung von zwei Schiffen durch das Sternentor einher. Erleichtert erkannte er, dass es sich um die republikanischen Fregatten und nicht um eine Zodark-Flotte handelte.

»Begrüßen Sie sie, erbitten Sie ein Update und finden Sie heraus, ob sie die feindliche Flotte gesichtet haben«, wies Captain McKee den Kom-Offizier an.

Hunt trat neben McKee. »Ging die Nachricht an der Rest der Flotte aus, auf Gefechtsstation zu gehen?«

»Gerade als Sie die Brücke betraten«, bestätigte sie.

»Admiral, eine Nachricht von der *Blackjack*«, verkündete Lieutenant Branson. »Die Flotte der Zodark ist soeben am anderen Ende des Tors eingetroffen. Deshalb kamen sie zurück.«

Hunt, der nun ganz selbstverständlich die Kontrolle übernahm, rief laut genug, damit es alle hören konnten: »Ok, Leute, es ist soweit – der Kampf, auf den wir gewartet haben, ist hier. Der Feind steht am anderen Ende dieses Sternentors. Sie könnten in wenigen Minuten oder erst in einigen Stunden springen, das wissen wir nicht. Was wir *wissen* ist, dass sie in der Absicht kommen, sich dieses System wieder zu eigen zu machen. Wir werden sie mit einem guten alten Erdengruß empfangen.«

Hunt adressierte den taktischen Offizier. »Commander, schicken Sie eine Nachricht an die Flugoperationen. Sie sollen die Vorbereitungen für den Einsatz unserer Jäger treffen. Und fahren Sie die Plasmakanone aus. Das verdammte Ding braucht eine gewisse Anlaufzeit, also starten Sie den Vorgang jetzt.«

Captain McKee stellte sich neben Hunt und flüsterte ihm zu: »Admiral, soll ich mit dem Beginn der Schlacht die Leitung des Kampfs für dieses Schiff übernehmen, während Sie sich auf das Management der Flotte konzentrieren?«

Hunt lächelte McKee zu. Genau aus diesem Grund brauchte er sie als XO. Sie war intuitiv und sah seine Wünsche voraus, noch bevor er die Gelegenheit hatte, sie auszusprechen. »XO, das ist eine gute Lösung. Die Plasmakanone bleibt unter meiner Kontrolle, aber ja, bitte nehmen Sie mir das Schiff ab und dirigieren Sie es, während ich mit den anderen Schiffskapitänen arbeite. Es wird ziemlich chaotisch werden. Vergessen Sie nicht die Entsendung der Schadenskontrollteams, sobald wir die ersten Treffer einfangen. Wir haben eine Menge neuer und bisher ungetesteter Systeme an Bord. Unsere erste Schlacht wird sicher einige Probleme entlarven.«

McKee nickte zustimmend. Dann wandte sie sich um, und gab Befehle an die verschiedenen Abteilungen auf der Brücke aus.

Hunt, der vor seinem Terminal Platz genommen hatte, warf gerade einen Blick auf die Stellung der Schiffe innerhalb seiner Flotte, als sich das Sternentor aktivierte. Auf dem riesigen Bildschirm der Brücke beobachtete er das Aufblitzen des Sternentors, während das Unbekannte auf sie zuraste. Augenblicke später kam das erste Schiff in Sicht.

»Sieht wie ein Kriegsschiff der Zodark aus«, informierte sie ein Crew-Mitglied der taktischen Abteilung.

»Elektronische Störmaßnahmen, sofort! Waffenoffizier, Beschuss mit unseren primären Waffen«, befahl Captain McKee.

Das Personal der Brücke übte nun seine ihm zugedachte Funktion aus, die dazu angelegt war, die Operation des Schiffs als eine Einheit zu bewerkstelligen. Das EloKa-Team initiierte sein Störmaßnahmenprotokoll. Die technische Abteilung verlangte den Reaktoren mehr Leistung ab, und der Steuermann brachte das Schiff langsam in Fahrt, jederzeit auf einen Befehl hin bereit, zu beschleunigen oder zu manövrieren.

Die taktischen- und die Waffengruppen ordneten den primären und sekundären Geschützbatterien Ziele zu, während die Schadenskontrollteams bereit standen, den unausweichlichen Schaden, der in jedem Kampf anfiel, schnellstens zu reparieren. So musste es nach Tagen und Wochen harten Trainings aussehen. Oft genug machte das den Unterschied zwischen einem Schiff, das den Kampf überstand, und einem, das seinen Heimathafen nie wiedersah.

Hunt schickte eine Nachricht an sämtliche Kriegsschiffe seiner Flotte, sich gemeinsam auf diesen einen Kontakt zu konzentrieren. Seine Strategie war es, die Anstrengungen seiner gesamten Flotte auf ein Schiff nach dem anderen zu lenken. Falls es ihnen gelang, die feindlichen Schiffe systematisch zu überwältigen, war das vielleicht ihre Chance, sie insgesamt schneller auszuschalten.

»Mehr Schiffe springen …. fünf neue Kontakte«, warnte der taktische Offizier.

Auf dem Großbildschirm sah Hunt nun sechs Schiffe. Das Schlachtschiff der Zodark versuchte, die *GW* ins Visier zu nehmen. Leider schien es zu nahe zu sein, um die elektronischen Störmaßnahmen der *GW* greifen zu lassen. Doch dann feuerten die

Batterien der *GW* ihre erste Serie der Magrailmunition auf das Zodark-Schiff ab. Die anderen RNS-Kampfschiffe eröffneten ebenfalls das Feuer.

In der Zeit, die die fünf später eingetroffenen Zodark-Schiffe brauchten, um ihre eigenen Zielvorrichtungen zu aktivieren, wurde das erste Zodark-Schiff von Hunderten von Einschüssen vonseiten der *GW* und sechs weiteren republikanischen Kriegsschiffen gebeutelt. Das feindliche Schiff steckte bereits in Schwierigkeiten. Dutzende von Feuern breiteten sich über seiner gepanzerten Außenhaut aus.

Als nächstes sah Hunt, wie eine Reihe von Plasmatorpedos auf das feindliche Schiff zurasten. Acht der 14 Torpedos trafen ihr Ziel. Augenblicke später verwandelte sich das ganze Schiff in einen Feuerball und explodierte.

Die irdische Flotte hatte ihren ersten Sieg in dieser Schlacht errungen. Hunts neuer Befehl an seine Kriegsschiffe wies sie wiederum an, sich gemeinsam auf ein zweites Gefährt der Feinde zu konzentrieren. Er befahl den Schiffskapitänen, ihre konzertierten Anstrengungen auf das gleiche Schiff zu bündeln. Hunt wollte vermeiden, dass diese Schlacht in einen Zirkus individueller Kämpfe zwischen den verschiedenen Schiffen ausuferte.

Hunt hatte drei seiner sechs Schlachtschiffe an der Steuerbordseite des Tors und die anderen drei auf der gegenüberliegenden Seite postiert. Diese Schiffe kreisten langsam in einer Achterschleife in verschiedenen Graden und Positionen vor dem Tor. Das gab jedem Schiff ausreichend Bewegungsspielraum, ohne befürchten zu müssen, versehentlich unter Beschuss eines seiner Nachbarschiffe zu geraten. Andererseits war damit gewährleistet, dass der Bereich vor dem Tor mit hinreichend Magrailbeschuss und Plasmatorpedos saturiert werden konnte. Hunt hatte eine Todesfalle aufgebaut – eine kolossale Todesfalle.

Sein Überblick über die Schlacht, die sich um die *GW* herum abspielte, zeigte Hunt, dass die Plasmatorpedo- und Kanonengefechtstürme, die sie um das Tor herum verankert hatten, beliebig auf das ihnen am nächsten gelegene Schiff feuerten. Auf diese Waffen hatte er keinen direkten Einfluss. Dank ihrer eingebauten KI arbeiteten sie eigenständig.

Hunt spürte in seinem Kommandosessel eine leichte Vibration seines Schiffs. Aber es war nicht nur *ein* Turm oder *eine* Waffe, die das

Schiff vibrieren ließ – nein, es war die Akkumulation von beinahe 60 primären und sekundären Railguns, die dem Feind ununterbrochen zusetzten.

Die dreidimensionale Wiedergabe des Kampfs bewies Hunt, dass seine Taktik den gewünschten Erfolg erzielte. Das zweite Schlachtschiff der Zodark fiel unter ihrem steten Beschuss. Die Zodark-Schiffe lagen zu nahe beieinander, um den Magrailkanonen der irdischen Schiffe ausweichen zu können. Sie steckten fest. Solange sie versuchten, ihre Triebwerke hochzufahren, um der Todesfalle zu entgehen, mussten sie den Angriff wehrlos über sich ergehen lassen.

»Mehr Schiffe kommen durch das Tor«, warnte der taktische Offizier erneut.

Hunt sah nach vorn. Da waren sie – acht weitere Kriegsschiffe. Zwei von ihnen sahen wie die Träger aus, vor denen sie gewarnt worden waren.

Plötzlich ging ein hartes Schütteln durch die *GW*. Hunt sah, dass der Feind nun kampfbereit war und soeben einige Treffer gelandet hatte. Ein Dutzend Impulsstrahler traf auf ihre dicke Panzerummantelung auf und versuchte, sie zu durchdringen. Und obwohl die Zodark damit bislang keinen Erfolg verzeichnen konnten, beeinträchtigten die Einschläge sein Schiff dennoch.

»Commander Ross!«, rief Hunt. Der Mann drehte sich zu ihm um und sah ihn mit gespanntem Gesichtsausdruck an; so, als habe er schon den ganzen Tag darauf gewartet, endlich von Hunt einbezogen zu werden. »Zielen Sie mit Ihrer Waffe auf den hinteren Bereich des ersten Trägers und feuern Sie. Mal sehen, ob wir ihn in aller Schnelle neutralisieren können«, wies Hunt ihn an.

Commander Ross gab einige Kommandos an die Mannschaft weiter, die für die Plasmakanone zuständig war. Das gewaltige Rohr bewegte sich langsam auf der Suche nach seinem Ziel. Hunt trat an die Abschusskontrolle heran und wartete, bis Commander Ross dank des optischen Visiers der Kanone den gewünschten Zielbereich fand. Das Fadenkreuz lag direkt über dem hinteren Teil des Zodark-Schiffs, das um die dreieinhalb Kilometer lang sein musste – nicht ganz so lang wie die *GW*, aber weit größer als jedes andere irdische Kriegsschiff.

Ross gab Hunt das OK. »Schussbereit!«

»Feuer!«, erklang Hunts Befehl.

Hunt hörte ein lautes knirschendes Geräusch. Die gewaltige Kanone hatte ihre Ladung auf das feindliche Kampfschiff abgeschossen. Allein die Gewalt und der Rückstoß des Schusses rüttelte die *GW* stärker als all ihre Waffensysteme zusammen.

Hunt versuchte, den Flug der Plasmaladung auf dem Monitor zu verfolgen. Die Übertragung war einen kurzen Augenblick lang unterbrochen, bevor die erneute Bildwiedergabe ein abgrundtiefes, weit offenes Loch im hinteren Bereich des feindlichen Raumschiffs zeigte.

»Ist ja irre! Habt ihr das gesehen?«, entfuhr es dem Waffenoffizier.

Laute aufgeregte Freudenrufe waren zu hören, als alle den Schaden beäugten, den die Plasmakanone dem feindlichen Schiff zugefügt hatte.

Leicht geschockt blickte Captain McKee zu Hunt hinüber. Die Sumarer hatten die Republik über zwei Jahre lang darin unterrichtet, eine Plasmakanone zu bauen und sie erfolgreich einzusetzen, aber dies war das erste Mal, dass sie die neue hochtechnologische Waffe in der Auseinandersetzung mit dem Feind tatsächlich angewandt hatten. Sie war fabelhaft.

Hunt lächelte zufrieden. Die *George Washington* hatte dem Feind gerade einen kapitalen Schaden zugefügt. »Commander Ross, noch ein Schuss auf die gleiche Stelle«, befahl er in der Hoffnung, dass ein letzter Treffer das Schiff in Stücke reißen würde.

Beim näherer Betrachtung der riesigen Wunde sah Hunt, dass Bruchstücke des Schiffs und weitere Trümmerteile aus dem vorderen Ende des Kriegsschiffes austraten. Im All war eine klare Linie erkennbar, die sich von der Stelle, an der sich die Plasmakanone der *GW* gerade befunden hatte, den ganzen Weg hinüber bis zum enormen Loch im hinteren Teil des Zodark-Schiffs erstreckte. Das feindliche Schiff schien ruderlos zu schweben; die hinteren Triebwerke waren außer Gefecht. Einige Bereiche des Schiffs schienen allerdings noch betriebsbereit zu sein – Hunt vermutete, dass die Notfallgeneratoren oder eine andere Energiequelle dafür verantwortlich waren.

»Wir haben ein Problem«, kündigte einer der Offiziere der taktischen Abteilung an.

In diesem Augenblick sah Hunt, wie eines der Kampfschiffe der Zodark sich zwischen der *GW* und dem verwundeten Träger in Position brachte, während der zweite Träger Hunderte ihrer Jagdschiffe ausspuckte. Die Richtung des feindlichen Beschusses verlagerte sich ebenfalls. Alles konzentrierte sich nun auf die *GW*. Der Feind hatte beschlossen, das mit diesen neuen Superwaffen ausgestattete Schiff kampfunfähig zu machen, bevor es weiteren Schaden anrichten konnte.

Captain McKee ließ die primären und sekundären Magrailtürme auf das Kriegsschiff einschwenken, das sich schützend vor den Träger gestellt hatte. Hunt schickte neue Zieldaten an die Kriegsschiffe seiner Flotte aus, mit dem Befehl, ihren Beschuss auf den zweiten Träger zu lenken, der noch funktionsfähig war. Dieses Schiff stieß eine außerordentliche Anzahl von Jägern aus.

Hunt trat an Commander Ross' Station heran. »Ist die Plasmakanone bereit?«

Ross starrte unbeirrt auf sein Terminal hinunter. »20 Sekunden, Admiral, dann sind wir neu geladen und feuerbereit. Setzen wir den Angriff auf den ersten Träger fort?«

Auf dem Zielbestimmungsmonitor erkannte Hunt, dass das feindliche Schiff sein Bestes gab, sie vom Erzielen eines weiteren Treffers abzuhalten. »Das will ich schon, aber wie stehen die Aussichten, ihn tatsächlich zu treffen und dort etwas von Wert zu zerstören?«

Ross runzelte die Stirn, offenbar damit beschäftigt, die wenigen exponierten Stellen des Trägers zu orten und die Wahrscheinlichkeit eines Treffers zu kalkulieren. Dann schüttelte er den Kopf.

»Wenn diese verdammte Kanone sich zwischen zwei Schüssen nicht fünf Minuten lang aufladen müsste, wäre es egal. Wir könnten einfach alles in Schutt und Asche legen. Hier wäre es allerdings besser, Sir, die Kanone umzuorientieren und den zweiten Träger unter Beschuss zu nehmen. Falls das nicht möglich ist, sollten wir eines ihrer Schlachtschiffe zerstören.«

Das Schiff schüttelte sich weiter unter den Einschlägen, die es hinnehmen musste. Hunt wollte den ersten Träger unbedingt vernichtet sehen. Das verdammte Zodark-Schiff stand dem im Weg, und das brachte ihn in Rage – aber Ross hatte Recht, sie sollten sich den zweiten Träger vornehmen.

Hunt sah allerdings, dass dem gerade von sechs RNS-Schlachtschiffen gleichzeitig zugesetzt wurde. *Nein, kein Grund, uns hier einzumischen. Der wird sich nicht lange halten können. Wir müssen ein anderes Schiff aus dem Verkehr ziehen,* dachte er. *Da .... Das wäre es ....*

»Dieses Schiff hier«, bestimmte Hunt und zeigte auf eines der länglichen Schiffe, das sich sehr bemühte, hinter zwei größeren Kreuzern Deckung zu finden.

Ross lächelte tückisch. »Ein Transporter. Gute Idee, Sir. Für den dürfte schon ein einziger Schuss genügen.«

Commander Ross schwenkte die Plasmakanone auf die Gruppe der Transporter ein. Gerade als er ihre Superwaffe abfeuern wollte, läuteten auf der Brücke die Alarmglocken. Eine automatische Ansage informierte sie über die Beschädigung des Schiffskörpers auf einem der Decks.

»Starten Sie unsere Jäger!«, befahl Captain McKee, bevor sie die Sicherung des Einschlagortes und den sofortigen Beginn der Reparaturen anordnete.

Die Atmosphäre auf der Brücke konnte sicher noch nicht als chaotisch bezeichnet werden, aber es wurde langsam doch sehr laut. »Vernichten Sie das Schiff, Commander«, rief Hunt über alle Aktivitäten auf der Brücke hinaus.

»Kanone abgefeuert!«, bestätigte Ross ebenfalls so laut er konnte.

Die *GW* vibrierte leicht dank dem Lärm der aktivierten Kanone und deren gewaltigen Rückstoß. Der Plasmaschuss verursachte einen brillanten Lichtblitz, der die Bildschirme der Brücke kurzzeitig wieder außer Kraft setzte, bevor sie ihre Arbeit erneut aufnahmen.

Der Blick auf die Monitore ließ mehrere Brückenmitglieder erst einen überraschten Schrei ausstoßen, bevor sie zu jubeln begannen. Das Transportschiff, auf das sie es abgesehen hatten, war in zwei Teile zerbrochen. Die hintere Hälfte des Fahrzeugs trieb in eine Richtung davon, während die vordere Hälfte sich langsam im Raum um sich selbst drehte. Aus den getrennten Teilen des Schiffs stoben die Funken, gefolgt von Wrackteilen, die ins Vakuum des Alls hinausgeschleudert wurden.

»Ich will mir die Trümmer näher ansehen. Zoomen Sie sie näher heran«, verlangte Admiral Hunt.

Sekunden später entdeckten sie, dass es sich bei diesen ‚Wrackteilen‘ wirklich um eine Gruppierung von Tausenden von Zodark-Leichen handelte – Soldaten, die Neu-Eden zurückerobern sollten. Jetzt schwebten sie in der Dunkelheit des Weltraums vor ihrem zerstörten Transportschiff, das sie ausgestoßen hatte.

Hunts neuer Befehl an Commander Ross ließ nicht lange auf sich warten. »Schießen Sie die anderen Transporter ab. Wir dürfen nicht zulassen, dass sie ihre Truppen auf unserem Planeten landen.«

Inmitten der tobenden Schlacht sah es so aus, als ob die verbliebenen Transporter zusammen mit drei Kreuzern einen Ausbruchversuch starten wollten. Mit Höchstgeschwindigkeit versuchten sie, die Schlacht so schnell und so weit wie möglich hinter sich zu lassen.

»Primärwaffen auf die Transporter und die Kreuzer!«, schrie Hunt, um den Lärm auf der Brücke zu übertönen. »Sie planen den Sprung nach Neu-Eden!«

»Tun Sie, was der Admiral sagt«, herrschte Captain McKee die Mannschaft an. »Alle Waffen auf die fliehenden Schiffe. Das gilt auch für die Havoc-Raketen.« McKee verstand ebenfalls, was die Gruppe, die sich absetzte, im Sinn hatte. Den Zodark war klargeworden, dass sie diesen Kampf verlieren würden. Der einzige Schachzug, der ihnen blieb, war die Anlieferung der Truppen auf dem Planeten, bevor ihre Flotte pulverisiert wurde.

»Ross, noch einen Schuss, bevor sie springen?«, flehte Hunt beinahe.

»Schuss abgefeuert, Admiral«, erklärte Ross Sekunden später.

Bumm ....

Der Abschuss der Plasmakanone nahm ihnen auf ihren Bildschirmen erneut für einen kurzen Moment die Sicht. Die Rückkehr der Bilder zeigte ein weiteres Transportschiff, das dieses Mal nicht nur in Stücke gerissen wurde, sondern beim Einschlag direkt explodiert war.

»Sie springen!«, schrie der taktische Offizier.

Lange bevor sie reagieren konnten, waren die vier unbeschädigten Transporter und zwei der Zodark-Kreuzer verschwunden. Der dritte Kreuzer und zwei der Transporter schafften den Sprung nicht mehr. Ihre Schiffe waren zu sehr von den Einschlägen betroffen, die die massive Feuerkraft der irdischen Schiffe ihnen entgegenwarf. Sie würden nicht lange überleben.

Hunt rief dem Kom-Offizier zu: »Schicken Sie eine Nachricht an die *Voyager* und an jedes Kriegsschiff im Orbit um Neu-Eden herum – zwei Zodark-Kreuzer und vier Truppenschiffe sind entkommen. Betonen Sie nachdrücklich, dass sie unbedingt zunächst die Transporter vernichten müssen, bevor sie daran denken, die Kreuzer anzugreifen. Wir dürfen nicht zulassen, dass mehr Truppen auf der Oberfläche landen.«

Danach konzentrierte Captain McKee die primären und sekundären Waffensysteme der *GW* auf die am Tor zurückgebliebenen Träger und Kriegsschiffe der Zodark.

»Feindliche Jäger im Anflug«, warnte einer der Waffenoffiziere.

»Aktivierung der Nahbereichsverteidigung«, konterte ein anderer Offizier, dem diese Systeme unterstanden.

Hunt nahm wieder in seinen Kommandosessel Platz. Das feindliche Feuer hämmerte immer noch auf den Panzer seines Schiffes ein. Sein Kommando-Bildschirm gewährte ihm einen guten Überblick über die Schlacht, die sich um sie herum abspielte. Zwei Fregatten stürzten sich wie ein Paar Sturzflugzeuge von der linken Flanke her ins Gefecht, bevor sie ihr Manöver dicht neben dem ersten, zu Beginn der Schlacht bereits angeschlagenen Trägerschiff abbrachen und sich dort einpendelten.

Beide RNS-Schiffe feuerten sechs Plasmatorpedos und zehn Havoc-Raketen in schneller Folge ab, bevor die Fregatten sich in aller Eile wieder aus dem Schussbereich der Zodark-Waffen zurückzogen. Eines der feindlichen Schiffe, das verzweifelt versucht hatte, den Träger zu schützen, schickte einer der Fregatten einen Impulsstrahler hinterher, dem es unglücklicherweise gelang, die Fregatte in zwei Teile zu spalten. Die andere Fregatte führte einige ausgefallene Manöver durch, bevor auch sie zu guter Letzt vom Laserstrahl eines anderen Zodark-Schiffs vernichtet wurde.

Die beiden verbliebenen Fregatten entluden ihre Torpedo und Havoc-Raketen auf den zweiten Träger. Beide Fregatten konnten entkommen und zogen sich kurzfristig aus dem Geschehen zurück, um ihre primären Waffensysteme neu zu laden und einen weiteren Angriff vorzubereiten.

Hunt sah zu, wie 12 Torpedos auf den eingeschränkt bewegungsfähigen Zodark-Träger zuflogen. Zwei Torpedos wurden von den Schlachtschiffen der Zodark abgefangen, der Rest fand sein Ziel. Der erste Träger wurde von einer Reihe starker Explosionen entlang der Panzerhaut des Schiffs geschüttelt. Mehreren Torpedos gelang es, diese Panzerung zu durchbrechen und weiteren Schaden im Innern des Schiffes anzurichten.

Ein Blick auf den zweiten Träger ließ Hunt mit wachsendem Zorn den Kopf zu schütteln. Es brachte ihn auf, dass die Mehrzahl der Havoc-Raketen vor der Erzielung eines Treffers abgeschossen worden waren. Die zwei, die auf die Ummantelung des zweiten Trägerschiffes aufgeschlagen waren, hatten den Durchbruch durch den Panzer nicht geschafft. *Das musste er in seinem Nachbericht unbedingt festhalten, damit die Forscher an einem stärkeren Gefechtskopf arbeiten konnten.* Den wenigen Torpedos, die das Nahbereichsverteidigungssystem des zweiten Trägers nicht hatte abwehren können, gelang es allerdings, beträchtlichen Schaden zu verursachen.

Während der Schlagabtausch zwischen den Zodark- und den irdischen Schiffen weiterging, überprüfte Hunt über seinen Neurolink die Zeit. Seit dem Sprung der Transporter waren 20 Minuten vergangen. Er hoffte inständig, dass Admiral Halsey und die kleine Gruppe von Schiffen um Neu-Eden herum den feindlichen Angriff stoppen konnten. Er wusste nicht, wie viele Zodark-Soldaten sich jeweils auf einem Transporter befanden, aber er wusste aus erster Hand, was die Zodark-Soldaten einem Menschen antun konnten. Es war zu grauenvoll, darüber nachzudenken. Er musste sein Bestes geben, um sicherzustellen, dass kein feindlicher Soldat jemals wieder die Gelegenheit bekam, Fuß auf einen von Menschen kontrollierten Planeten zu setzen.
****

Neu-Eden
RNS *Voyager*

Ich wollte, es gäbe aktuellere Informationen darüber, wie die Schlacht verläuft, dachte Admiral Abigail Halsey. *Ich hoffe, Miles schafft das und die* GW *übersteht es ungeschoren und in einem Stück.* Sie sah auf ihre Hand hinunter und bemerkte, dass ihre Finger nervös auf der Sessellehne trommelten. Sie machte sich Sorgen, das war offensichtlich.

»Wie die Schlacht wohl verläuft?«, fragte Präsidentin Luca, die so nervös aussah, wie Admiral Halsey sich fühlte.

Ganz die Verkörperung ruhiger Zuversicht, erwiderte Halsey: »Admiral Miles Hunt ist der fähigste Kommandant, den ich kenne. Ich bin mir sicher, dass er unserer Flotte einen grandiosen Sieg einbringen wird, Frau Präsidentin.«

Die beiden unterhielten sich eine Weile, bevor Kommunikationsoffizier Lieutenant George Adams, ihr Gespräch unterbrach. »Admiral, wir erhielten eine dringliche Mitteilung von Admiral Hunt. Vier Truppentransporter und zwei Kreuzer der Zodark konnten der gestellten Falle entgehen. Sie schafften den Sprung durch das Tor. Er glaubt, dass sie auf dem Weg hierher sind!«

Präsidentin Luca schlug die Hand vor den Mund und keuchte laut auf. »Diese Monster sind auf dem Weg hierher zu uns?«, war alles, was sie mit zitternder Stimme von sich geben konnte.

»Enthielt die Nachricht sonst noch etwas?«, forschte Halsey.

»Er sagt, dass wir uns unbedingt zuerst auf die Truppentransporter konzentrieren müssen, um zu verhindern, dass sie ihre Bodentruppen auf dem Planeten absetzen«, vervollständigte Adams seinen Bericht.

Halsey informierte den taktischen Offizier. »Gefehtsbereitschaft auslösen. Sobald die feindlichen Schiffe in Reichweite sind, alle Waffen auf die Transporter richten.«

Der taktische Offizier nickte und schickte diese Anweisung an die Leiter der primären und sekundären Waffenabteilungen weiter, um ihre Leute vorzubereiten.

»Steuermann, volle Geschwindigkeit mit Kurs auf Neu-Eden. Ich will, dass wir so nahe wie möglich am Planeten sind, bevor die Zodark dort auftauchen. Mit ihrem Erscheinen manövrieren Sie unser Schiff zwischen sie und den Planeten. Verstanden?«

»Jawohl, Ma'am.«

In diesem Augenblick betrat Flottenadmiral Chester Bailey die Brücke und trat auf Halsey zu. »Was ist los, Admiral?«

Halsey unterrichtete ihn über den Inhalt von Hunts Nachricht und wer nun auf dem Weg zu ihnen war. Bailey sah zu Präsidentin Luca hinüber, die mit verkrampften Händen nervös auf und ab ging.

Politiker, dachte Halsey, obwohl sie sie nicht zu sehr verurteilen konnte. Luca hatte nie dem Militär angehört; die Erfahrung der Teilnahme an einem Kampf war ihr fremd.

Bailey schien ihre Gedanken zu lesen. »Ich begleite Präsidentin Luca in den Konferenzraum ….«, bot er an, ».… um von dort aus den Ablauf des Kampfs auf einem der Bildschirme zu verfolgen. Wir werden uns bemühen, Ihnen nicht im Weg zu sein, Admiral. Tun Sie, was Sie tun müssen, aber bedenken Sie bitte, dass Sie die Präsidentin und auch mich an Bord haben ….«

Admiral Halsey lächelte mit seiner letzten Bemerkung und bedankte sich bei Admiral Bailey für seine Hilfe mit der Präsidentin. Er hatte Recht; sie musste klar denken können. Eine oder beide VIPs während eines Angriffs auf der Brücke zu haben, würde sie ablenken. Die Lage würde brenzlig genug werden, auch ohne Politikereinmischung, selbst wenn es die Präsidentin war.

Nachdem die Ehrengäste die Brücke verlassen hatten, richtete sie das Wort an ihren Ops-Offizier, Lieutenant Moore. »Rufen Sie alle Fregatten im Umkreis zusammen, in Formation um uns herum. Die beiden TPA-Kreuzer sollen sich zum Weltraumaufzug aufmachen und tun was sie können, um dessen Einnahme oder mögliche Zerstörung zu verhindern.«

Der Ops-Offizier führte ihre Aufträge aus. In der Zwischenzeit erhielt der Kom-Offizier neue Instruktionen. »Lieutenant Adams, bitte schicken Sie eine Nachricht an General McGinnis. Informieren Sie ihn, dass vier feindliche Transporter den Planeten anfliegen. Wir bereiten uns auf ihren Empfang vor, um das Landen ihrer Truppen auf der Oberfläche zu verhindern. Trotzdem sollten seine Leute bereitstehen, eine orbitale Landung abzuwehren, im Fall, dass wir erfolglos bleiben sollten.«

Die nächsten Minuten vergingen in gespannter Erwartung auf das bevorstehende Geschehen. Da die *Voyager* sich mit größter Intensität auf die Verteidigung von Neu-Eden vorbereitete, übersah sie die Notwendigkeit, ihren Monden Aufmerksamkeit zu schenken – und dort war es, wo die Zodark-Flotte hinter Pishon zunächst unerkannt aus dem Warp kam. Obwohl dieser Mond reich an Mineralien war, hatte die Erde bislang dort noch keine Minenkolonie eingerichtet.

Plötzlich rief der taktische Offizier: »Admiral, wir haben die feindliche Flotte entdeckt!«

»Wie bitte? Wo?«, fragte Halsey irritiert. Alle starrten auf die Bildschirme vor ihnen und versuchten zu ergründen, wie die feindliche Flotte ohne entdeckt zu werden, über Neu-Eden hatte einfallen können.

»Verdammt. Sie tauchten nahe Pishon auf – nahe dem Mond, der sich gerade hinter dem Planeten befindet«, beantwortete der taktische Offizier Halseys Frage.

»Teufel noch mal! Befehlen Sie die Flotte auf die andere Seite des Planeten. Wir müssen diese Transporter ausschalten. Wir wissen nicht, ob sie Soldaten auf der Rückseite von Neu-Eden oder auf dem Mond absetzen werden«, ordnete Halsey erregt an. Sie machte sich Vorwürfe, versäumt zu haben, zumindest eine ihrer Fregatten oder einen Kreuzer auf der Rückseite des Planeten zu postieren. Halsey musste dieses Versehen in ihrem Nachbericht erwähnen.

Die *Voyager* gewann an Geschwindigkeit und machte sich die Schwerkraft des Planeten zunutze, mit deren Hilfe sie bei höherer Geschwindigkeit als ihnen ihre Triebwerke bieten konnten, um den Planeten herumschoss. Geschwindigkeit bedeutete Leben, und Halsey beabsichtigte, sämtliche Vorteile, die ihr zur Verfügung standen, zu nutzen, um ihr Schiff so schnell wie möglich in Reichweite der feindlichen Schiffe zu katapultieren.

Mit der Umrundung der Krümmung des Planeten lieferten ihnen die Sensoren nun genauere Informationen. Zwei der Transporter zusammen mit einem Kreuzer schienen sich in der Umlaufbahn um Pishon herum aufzuhalten. Die Transporter waren bereits dabei, ihre Landeschiffe zu starten, die aller Wahrscheinlichkeit nach mit Bodentruppen und Versorgungsgütern beladen waren. Zwei weitere Transporter und ein einzelner Kreuzer drangen soeben in die Umlaufbahn um Neu-Eden herum ein. Obwohl sie noch nicht mit dem Landemanöver der Bodentruppen begonnen hatten, war dies nur eine Frage der Zeit.

»Feuern Sie auf die Transporter in der Umlaufbahn, bevor die mit der Truppenverlegung beginnen können!«, befahl Halsey und hoffte, dass es noch nicht zu spät war.

Die vordere Magrailkanone feuerte einen Schuss nach dem anderen ab. Die Raketenabschussrampen schlossen sich dem Angriff an und warfen den Transportern in großer Zahl Antischiffsraketen entgegen. Es dauerte einige Minuten bevor die Projektile der magnetischen Railguns den Abstand zwischen der Voyager und den Zodark-Schiffen überwunden hatten. Während ihre Distanz sich weiter verringerte, stürzte sich eine der Fregatten, die *Viper*, mit Höchstgeschwindigkeit ins Gefecht, und schoss je drei Plasmatorpedos auf einen der Transporter und auf den Kreuzer ab, gefolgt von zehn Havoc-Raketen auf den Transporter allein.

Die *Viper* wollte gerade ihren Rückzug antreten, als sie von einem Impulsstrahler des Kreuzers getroffen wurde. Das Schiff verlor seine linke MPD-Düse und taumelte seitwärts ins All. Ein zweiter Einschlag verursachte gravierende Schäden in mittleren Bereich der *Viper*. Sobald Halsey das Feuer entdeckte, war ihr klar, dass das Schiff an Atmosphäre verlor. Wenige Sekunden später tauchten mehrere kleine Rettungskabinen um das todgeweihte Schiff herum auf. Der Kapitän der *Viper* hatte der Mannschaft befohlen, das sinkende Schiff zu verlassen.

Halsey beobachtete, wie einer der Zodark-Transporter ungefähr zwei Dutzend kleinerer Landefahrzeuge Richtung Neu-Eden absetzte. Der Feind war grimmig entschlossen, Bodentruppen auf die Oberfläche zu verlegen, bevor das Raumschiff vernichtet werden konnte – was sich gleich darauf bewahrheitete. Sekunden nachdem die Zodark ihre Bodentruppen entladen hatten, schlugen zwei der drei Plasmatorpedos in den Transporter ein. Er explodierte in einem Sprühregen von hellem Licht und Flammen, bevor seine Wrackteile in die Atmosphäre des Planeten stürzten.

Dem zweiten Zodark-Transporter gelang es, vielleicht vier oder fünf seiner Landefahrzeuge auszusetzen, bevor alle drei für ihn gedachten Plasmatorpedos ihn in Stücke rissen. Sein Begleitschiff war in der Lage, sechs der zehn Antischiffsraketen zu stoppen. Obwohl die restlichen Havoc akzeptable Treffer gegen den dünner ummantelten Kreuzer erzielten, waren sie dennoch nicht effektiv genug, um seine erhoffte Zerstörung zu bewirken.

»Beschießen Sie die Landefahrzeuge. Wir müssen sie stoppen!«, lautete Halsey nächster Befehl. Sie war sich nicht sicher, ob ihre Waffen etwas so Kleines und Bewegliches als Ziel erfassen konnten, aber sie mussten es versuchen.

Während die *Voyager* sich der Landefahrzeuge annahm, bemühte sich der Rest der Flotte, den Kreuzer auszuschalten. Unmittelbar nach seiner Vernichtung würden sie sich den drei anderen Schiffen nahe Pishon widmen, was nicht allzu weit entfernt lag. Unglücklicherweise war der feindliche Kreuzer schneller und verließ die Umlaufbahn, um sich dem Rest der Zodark-Schiffe nahe Pishon anzuschließen. Zudem trennte sich nun auch der Zodark-Kreuzer in der Nähe des Mondes von seinen Transportern, um die irdische Flotte anzugreifen. Zu Halseys Überraschung wechselten auch die beiden Transporter – nachdem sie offensichtlich ihre Soldaten entladen hatten – ebenfalls die Richtung und begannen ihrerseits einen Angriff gegen Halseys Flotte.

Halsey spürte, wie sich ein mulmiges Gefühl in ihrer Magengegend ausbreitete. Anstatt zu entkommen, wechselte nun auch der Kreuzer, der vor der *Voyager* geflohen war, die Richtung und sah ihnen entgegen. Plötzlich wusste Halsey, was dies zu bedeuten hatte.

Ihrem Kom-Offizier rief sie zu: »Befehl weitergeben! Die Flotte soll sich zerstreuen. Die Zodark-Schiffe werden versuchen, uns zu rammen. Sie dürfen niemandem zu nahe kommen! An alle Schiffe: Waffen auf den angeschlagenen Kreuzer, der uns am nächsten ist. Dieses Schiff muss als Erstes beseitigt werden! Danach Konzentration des Feuers auf den zweiten Kreuzer. Erst nachdem die beiden erledigt sind, kümmern wir uns um die Transporter.«

Fünf Minuten lang beschleunigten die Zodark-Schiffe und versuchten angestrengt, ein Schiff der RNS-Flotte ins Visier zu bekommen. Die *Voyager* blieb unbehelligt – sie war außer Reichweite – aber die Zodark hatten es auf zwei ihrer TPA-Kreuzer abgesehen. Halseys taktische Offiziere hielten den Beschuss der feindlichen Schiffe sowohl mit ihren primären als auch mit den sekundären Waffen aufrecht. Die verbliebenen Fregatten tauchten bei großer Geschwindigkeit auf, um Schwärme ihrer ungesteuerten Plasmatorpedos auf den Feind loszulassen. Den Transporter der Zodark brachte das ein schnelles Ende ein – aufgrund ihrer eingeschränkten Manövrierfähigkeit und ihrer dünneren Ummantelung konnten die Transporter weder den Torpedos noch den Antischiffsraketen, die auf sie einregneten, standhalten.

Schließlich gab auch einer der Zodark-Kreuzer den Kampf auf. Eine ununterbrochene Folge von Magrail-Projektilen hatte endlich genug Löcher in das Schiff geschlagen, um zu guter Letzt etwas offenbar Wichtiges in die Luft fliegen zu lassen. Das gesamte Schiff zerbrach in mehrere große Teile. Und auch das letzte Zodark-Schiff zog einen feurigen Schweif hinter sich her, als es wie ein brennender Pfeil durch den Nachthimmel auf ein TPA-Schiff stürzte, das nicht rechtzeitig ausweichen konnte. Die beiden Schiffe stießen frontal aufeinander und brachen unter der Schwere dieses enormen Zusammenpralls auseinander.

Die Mannschaft der *Voyager* verfolgte diese Szene, die sich wie in Zeitlupe zu entwickeln schien, von der Brücke aus; die enorme

Explosion erhellte den schwarzen Weltraum wie das Finale eines surrealen Disney-Feuerwerks. Große Teile der TPA- und Zodark-Schiffe wurden aufgrund des überraschenden Aufpralls und der damit verbundenen hohen Geschwindigkeit beim Zusammenstoß weit in den Raum hinausgeschleudert.

»Himmel nochmal …. Habt ihr den Kamikazeangriff des Zodark-Schiffs auf den TPA-Kreuzer gesehen?«, rief einer der Brückenoffiziere, ohne wirklich eine Antwort zu erwarten.

Verdammt, jetzt sind sie auch noch selbstmörderisch veranlagt?, ging es Halsey durch den Kopf, während sie das Trümmerfeld musterte, das weit verstreut vor ihnen lag. *Was steht uns noch mit diesen Zodark-Biestern bevor?*

»Halten sich weitere feindlichen Schiffe in der Nähe auf?«, erkundigte sich Halsey. »Haben wir alle erwischt?«

Es dauerte einen Augenblick, bevor einer ihrer Offiziere antwortete. »Alle Schiffe wurden zerstört, Ma'am. Momentan entdecken wir nur die Rettungskapseln aus den Wracks der TPA- und der Zodark-Schiffe.«

»Weisen Sie die Raumfähren an, Rettungsmaßnahmen einzuleiten. Sie sollen unsere Leute aus der *Viper* und der Fregatte einsammeln und an Bord der *Voyager* bringen«, bestimmte Halsey.

Sie zögerte und seufzte bei dem Gedanken an die Zodark, die dort draußen in ihren eigenen Rettungskapseln herumschwebten. Etwas in ihr wollte das CIWS-System auf die Kapseln loslassen, aber sie wusste, dass sie das moralisch nicht verantworten konnte.

»Beauftragen Sie außerdem einige andere Raumfähren unter dem Schutz unserer RA-Soldaten die Kapseln der Zodark einzuholen. Wir nehmen sie gefangen. Wenn sie sich kampflos ergeben, ok. Falls nicht, werden sie getötet.«

Wenn wir Glück haben, sind vielleicht einige bereit, zu reden, überlegte sie. Vielleicht fänden sie heraus, was die Zodark über die Menschen wussten, wie ihre Pläne aussahen, oder sie erhielten zusätzliche Informationen, die ihnen ein besseres Bild und mehr Verständnis über den Feind verschaffen würden.

Nach dem Ende der Schlacht fand sich Flottenadmiral Bailey zusammen mit Präsidentin Luca wieder auf der Brücke ein. »Admiral Halsey, es scheint, als hätten wir die Schlacht gewonnen«, gratulierte

Admiral Bailey ihr händeschüttelnd. »Welchen Schaden hat Ihr Schiff erlitten und wie steht es um den Rest der Flotte?«

»Die *Voyager* musste nur wenige Treffer hinnehmen«, berichtete Halsey. »Unsere Systeme erlitten keinen größeren Schaden. Wir waren nicht das Hauptziel der feindlichen Kreuzer. Der Rest der Flotte verlor einen TPA-Kreuzer und zwei Fregatten. Ein weiterer TPA-Kreuzer erlitt mehrere Schäden, die ihn aber nicht kampfunfähig machten. Insgesamt wurden sechs feindliche Schiffe zerstört – allerdings erst, nachdem die Truppenschiffe der Zodark den größten Teil ihrer Bodentruppen absetzen konnten. Den beiden Transportern um Pishon gelang es, all ihre Truppen auf dem Mond zu landen. Die Bodentruppen aus einem der Transporter und ein geringer Teil aus einem zweiten vor Neu-Eden schafften es ebenfalls auf die Oberfläche des Planeten.«

»Schlechte Nachrichten. Wo sind die Zodark gelandet?«, drängte Bailey. »Irgendwo in der Nähe einer unserer neuen Einrichtungen?« Die Gefahr, der Neu-Eden damit ausgesetzt war, war ihm zweifellos sofort klar.

Halsey schüttelte den Kopf. »Nein, sie landeten auf der anderen Seite des Planeten, weit entfernt von den Standorten unserer Streitkräfte und unserer Anlagen. Allerdings wird es äußerst schwer sein, sie auf dieser Seite des Planeten ausfindig zu machen. Das erfordert die Verlegung mehrerer Bataillone auf diese Seite des Planeten, da keiner unserer Stützpunkte oder logistischen Basen sich in der Nähe befindet.«

Admiral Bailey trat einen Schritt näher an Admiral Halsey heran. »Vielleicht auch nicht, Admiral. Womöglich können wir ein anderes Werkzeug einsetzen, um den Zodark auf dieser Seite des Planeten nachzustellen.«

Halsey runzelte die Stirn. *Worauf nahm Bailey hier Bezug?* Sie war immer noch nicht auf dem neuesten Stand darüber, welche Ausrüstungsgegenstände die Flotte aus Sol mit sich führte.

Präsidentin Luca, die ihren verwirrten Gesichtsausdruck sah, flüsterte gerade laut genug, damit Halsey sie hören konnte. »Er spricht von den neuen Kampf-Synthetikern, Admiral. Eines unserer Transportschiffe brachte eine kleine Armee mit sich.«

Halsey Augen weiteten sich bei dieser Enthüllung. »Ich .... ähm .... ich wusste nicht, dass wir diese Art produzieren. Ist das nicht illegal?«, stammelte sie.

Admiral Bailey zuckte mit den Achseln. »Angesichts der Gefahr einer möglichen Ausrottung werden viele Dinge, die einst illegal waren, plötzlich wieder zum Gebrauch zugelassen. Sie sind schon eine Weile hier im Weltraum, Admiral. Im Laufe der letzten Jahre investierten wir einen ansehnlichen Betrag an Geld und sehr viel Zeit in die Kodierung und Produktion dieser Kampf-Synth, insbesondere, als wir befürchten mussten, dass die Erde von den Zodark eingenommen werden könnte.

»Da wir jetzt offenbar über eine Flotte verfügen, die stark genug ist, eine Invasion auf der Erde zu verhindern, brachten wir einige der Synth mit auf Neu-Eden. Wir hatten vor, sie auf einem von den Zodark kontrollierten Planeten zu testen, aber mit dem plötzlichen Erscheinen der Zodark-Truppen auf der anderen Seite des Planeten bietet sich uns dort vielleicht sogar das bessere Testgelände.«

Halseys XO, Captain Erin Johnson, unterbrach ihr Gespräch. »Admiral, möchten Sie, dass ich eine Nachricht an Admiral Hunts Flotte schicke, um sie zu informieren, dass die Angreifer neutralisiert wurden?«

Halsey nickte zustimmend. »Ja, bitte lassen Sie sie wissen, was vorgefallen ist. Fordern Sie auch einen Situationsbericht ihrerseits an. Ich möchte wissen, wie es um ihren Kampf steht, und ob der Admiral unsere Hilfe gebrauchen kann.«

»Halten Sie es für klug, uns dem Kampf am Tor anzuschließen?«, fragte Präsidentin Luca. Ihre Nervosität war zurückgekehrt.

»Klug? Sicher nicht. Aber wenn die Gesamtzahl unserer Schiffe den Kampf zu unseren Gunsten entscheiden kann, ist es in jedem Fall wert, ihnen zur Seite zu stehen«, erwiderte Halsey.

Admiral Bailey war der gleichen Meinung. »Admiral, nach der Rettung der Fregattenmannschaft würde ich gerne mit ihr sprechen. Ich verfolgte den Ablauf der Schlacht und muss sagen, dass ich wohl noch nie etwas so Heroisches wie den Einsatz des Kapitäns der *Viper* gesehen habe. Ihre Fregatte erschien praktisch aus dem Nichts, um ihre Ladung an Plasmatorpedos und Raketen abzuliefern. Es war wirklich beeindruckend. Es tat mir leid, ihr Schiff vernichtet zu sehen. Gott sei Dank konnten so viele Rettungskapseln vor ihrer endgültigen Zerstörung entkommen.«

»Das richte ich gerne aus, Admiral. Es dürfte etwa eine Stunde dauern, bevor wir alle Rettungskapseln, einschließlich denen der

Zodark, eingesammelt und zurück an Bord gebracht haben. Ich werde die Crew wissen lassen, dass Sie sie persönlich beglückwünschen wollen. Wir werden auch eine Handvoll Gefangene haben. Möchten Sie die Zodark ebenfalls sehen?«

Bailey und Präsidentin Luca wechselten nervöse Blicke aus, bevor die Präsidentin vortrat. »Das würde ich gerne tun«, stimmte sie sicher ängstlich, aber dennoch resolut zu. »Ich will unseren Feind von Angesicht zu Angesicht sehen. Wenn ich weiterhin unseren Leuten befehlen soll, sie zu bekämpfen und dafür ihr Leben zu lassen, dann sollte ich diese außerirdischen Kreaturen mit eigenen Augen sehen.«

Admiral Halsey nickte ohne Kommentar. Und nach dem Ende dieses Gesprächs kehrte sie zu ihren Pflichten zurück, die Flotte und ihr Kriegsschiff zu kommandieren.

****

RNS *George Washington*

Der Kampf am Sternentor zog sich nun schon drei Stunden lang hin. Zodark- und irdische Raumschiffe beschossen sich gegenseitig mit mächtigen Lasern, magnetischen Railguns, Antischiffsraketen und von Seiten der Menschen aus mit deren neuen Plasmakanonen.

»Admiral Hunt, wir erhielten einen Statusbericht von Admiral Halseys Flotte«, informierte ihn sein Kom-Offizier. »Die feindliche Flotte ist neutralisiert. Allerdings gelang es den Transportern, einige ihrer Bodentruppen zu landen – die meisten auf Pishon, nur ein kleines Kontingent schaffte es, auf Neu-Eden zu landen. Sie verloren einen TPA-Kreuzer und zwei Fregatten.«

Hunt nickte kurz zur Bestätigung und konzentrierte sich dann wieder auf die verbliebenen feindlichen Schiffe. Der Zodark-Träger, den sie gleich zu Anfang der Auseinandersetzung kampfunfähig gemacht hatten, schwebte immer noch hilflos ohne Antrieb im Raum. Der zweite Träger war endlich vor 30 Minuten explodiert. Es hatte sie über zwei Stunden gezielten Feuers auf seine Panzerung gekostet, bevor es den irdischen Schiffen endlich gelungen war, einen vernichtenden Schlag zu landen.

Gegenwärtig waren noch zwei Schlachtschiffe der Zodark und einer ihrer Kreuzer kampffähig, obwohl alle drei schwere Schäden erlitten hatten. Von Hunts sechs Schlachtschiffen waren drei zerstört, ebenso vier der fünf TPA-Kreuzer und acht seiner 12 Fregatten, die nun deaktiviert waren.

Auch die *GW* hatte einige Schläge einstecken müssen, war aber noch funktionsfähig. Seit gut zwei Stunden war ihre Plasmakanone unbrauchbar, und nach Stunden intensivster Kämpfe war auch die Hälfte der primären Waffentürme außer Gefecht. Sie hatten drei von vier Kampfdrohnen verloren. Der Kampf entwickelte sich zu einem kostspieligen Blutbad für beide Seiten.

Aus den Augenwinkeln sah Hunt, dass McKee sich mit Branson, seinem Kom-Offizier, im Flüsterton unterhielt. *Es musste ein Problem geben.* Er trat auf die beiden zu, um Genaueres zu erfahren. Sobald er an sie herantrat, unterbrachen sie ihr Gespräch.

Mit hochgezogenen Augenbrauen erkundigte sich Hunt: »Was ist denn los, meine Damen? Der Kampf ist noch nicht beendet, oder?«

Mit einem Ausdruck von Trauer und Sorge im Gesicht sah McKee ihn an. »Gehen wir in Ihr Büro, Admiral? Wir sollten uns einen Moment unter vier Augen unterhalten.«

Damit war Hunt klar, dass tatsächlich etwas nicht stimmte. War die Präsidentin oder etwa Admiral Bailey im Kampf getötet worden?

»Ok, gehen wir in mein Büro«, stimmte er zu.

Sobald er Fuß in sein Büro gesetzt hatte, drehte Hunt sich um. »Um was geht's, Fran? Warum müssen wir unter vier Augen reden?«, verlangte er zu wissen.

»Ich .... ich weiß nicht, wie ich es sagen soll, Sir, also sage ich es geradeheraus. Die *Viper* wurde während des Kampfs über Neu-Eden zerstört.«

Hunt fühlte sich, als hätte ihn jemand in den Magen geboxt. Die Neuigkeit ließ ihn nach hinten stolpern. Fran fing ihn auf und half ihm, das Gleichgewicht zu bewahren. Sie führte ihn zu einem Stuhl, wo er einen Augenblick lang ohne ein Wort zu sagen einfach nur dasaß. Eine Träne rollte ihm die Wange hinunter, bevor er sie stoppen konnte. Selbst Fran musste sich die Tränen aus den Augen wischen.

Endlich hatte Hunt sich so weit im Griff, dass er fragte: »Konnten sie ihre Rettungskapseln erreichen? Besteht die Möglichkeit, dass er noch lebt?«

»Das kann ich noch nicht sagen«, erwiderte Fran. »Ich schickte eine Nachricht an die *Voyager* ab, um das zu erfahren. Genauer gesagt, ich bat um eine Liste der Überlebenden der Schiffe, die zerstört wurden. Dann erweckt es nicht den Eindruck, als ob wir uns ausschließlich für Ihren Sohn interessieren, Sir.«

Hunt schüttelte den Kopf und atmete mehrere Male tief durch, so, als ob er sich beruhigen wollte. *Falls sein Sohn tot war, würde die Zeit kommen, ihn zu betrauern. Dies war nicht die Zeit dazu,* erkannte er. *Wir müssen die letzten feindlichen Schiffe vernichten.*

Mit aller Gewalt nahm Hunt sich zusammen und schlüpfte in die Rolle des Flottenkommandanten. »Danke, dass Sie mich auf dem Laufenden halten, Captain. Bitte informieren Sie mich, sobald Sie eine Antwort erhalten. In der Zwischenzeit müssen wir eine Schlacht gewinnen. Unsere Verluste betrauern wir, sobald unser Sieg gesichert ist.«

Und dann erhob sich Admiral Hunt, zog sich die Uniformjacke zurecht und kehrte zur Brücke zurück.

»Admiral, die beiden letzten Zodark-Kriegsschiffe sind gerade explodiert«, berichtete ihm sein taktischer Offizier. »Der Kreuzer ist das einzige noch intakte Schiff.« Hunt war nicht allzu lange abwesend gewesen. Er war überrascht, dass es ihnen gelungen war, während seiner kurzen Abwesenheit die Kriegsschiffe zu vernichten.

He, warum denn nicht?, dachte er.

Hunt blickte sich suchend nach seinem XO um. »Captain McKee, schicken Sie dem Zodark-Kreuzer eine Nachricht. Informieren Sie sie, dass ihre Lage hoffnungslos ist. Fragen Sie sie, ob sie aufgeben möchten, um das Leben ihrer Mannschaft zu retten. Wenn wir diese Schlacht hier beenden können, möchte ich das tun. Falls sie nicht die Waffen strecken, dann sollen sich alle Schiffe neu in Position bringen und einen weiteren Angriff auf den Kreuzer starten. Solange, bis er zerstört ist.«

Mehrere Minuten vergingen beim Versuch, das feindliche Schiff anzusprechen. Nach einiger Zeit erwiderten die Zodark schließlich mit einer Nachricht, die einem ‚Fahrt zur Hölle‘ gleichkam, und dann ging ihr Schiff plötzlich in Flammen auf. Der Kapitän des Schiffes musste seine Selbstzerstörungsfunktion aktiviert haben.

Kopfschüttelnd wandte sich Hunt an Captain McKee. »XO, führen Sie einen vollen Sensoren-Sweep im gesamten Bereich durch. Suchen Sie zwischen den Trümmern der Schiffe nach treibenden Rettungskapseln unserer Schiffe oder der der Zodark. Falls sie welche entdecken, will ich, dass sie geborgen werden. Der Kampf ist vorbei, es ist dringend Zeit für Rettungsmaßnahmen. Die Sauerstoffvorräte der Kapseln sollten beinahe aufgebraucht sein.«

»Sie haben den Admiral gehört«, unterstrich McKee die Wichtigkeit seiner Anweisung. »Lieutenant Commander Arnold, schicken Sie eine Nachricht an Flugoperationen, sie sollen ihre Bergungsschiffe aussenden. Wir müssen unsere Leute so schnell wie möglich an Bord bringen. Danach schicken Sie eine Nachricht an die *Lakeland* und die *Mobile*. Sie sollen durch das Tor springen und ein Auge auf das Geschehen auf der anderen Seite haben. Falls es in diesem System eine zweite feindliche Flotte gibt, will ich auf ihre Ankunft vorbereitet sein.«

Die Crew der RNS verbrachte die nächsten Stunden damit, Tausende von Rettungskapseln um den Kampfschauplatz herum ausfindig zu machen und zu bergen. Die Trümmer der zerstörten Schiffe verteilten sich vor dem Tor über einen riesigen Bereich. Während die Rettungsarbeiten im Gang waren, arbeiteten die Schadenskontrollteams hart daran, die Schäden an der *George Washington* zu reparieren und sie wieder einsatzbereit zu machen.

»Admiral Hunt, haben Sie einen Augenblick Zeit?«, rief ihm Captain McKee vom Kommunikationsterminal aus zu, das sie gerade verlassen hatte.

Hunt nickte und folgte ihr in den hinteren Bereich der Brücke. Ihr Gesichtsausdruck und die Tatsache, dass sie ihn nicht in seinem Büro sprechen wollte, ließ plötzlich ein optimistisches Gefühl in ihm aufkeimen.

»Worum geht es, Fran?«

»Sir, wir erhielten den Bericht von Admiral Halseys Flotte. Ihr Sohn ist in Sicherheit. Sein Schiff verlor 23 Mannschaftsmitglieder; den meisten gelang es aber, sich zu retten. Ihr Sohn erlitt keine ernsthaften Verletzungen – einen gebrochenen Arm und einige Schürfwunden, sonst nichts.«

Hunt stieß einen tiefen Seufzer der Erleichterung aus. Bevor es jemand sehen konnte, wischte er sich eine Träne aus dem Augenwinkel und sah Fran glücklich an. »Danke, Fran. Vielen Dank.«

Sie lächelte. »Das ist das Mindeste, was ich tun konnte, Admiral. Ich bin nur froh, dass er in Sicherheit ist. Ich muss noch einiges regeln.

Wenn Sie später noch einmal privat reden möchten, sagen Sie mir einfach Bescheid. Ich bin für Sie da.«

Hunt holte tief Luft und hielt einen Moment den Atem an. Er wollte sichergehen, dass er seine Gefühle unter Kontrolle hatte, bevor er zu seiner Station zurückkehrte. Als Flottenkommandant musste er Stärke für seine Mannschaft und für die zeigen, die zu ihm aufsahen.

Hunt registrierte, wie schwer seine Leute auf der Brücke arbeiteten, um das Schiff auf einen möglichen nächsten Kampf vorzubereiten. Viele von ihnen taten bereits über 24 Stunden Dienst, ohne dass er die geringsten Anzeichen der Ermüdung feststellen konnte. Sie waren im Adrenalinrausch. Sie hatten gerade die größte Schlacht in der Geschichte der Menschheit gegen einen Feind hinter sich, der diese Menschheit versklaven wollte – und sie hatten gewonnen!

Seine Mannschaft war von dem berauschenden Gefühl beflügelt, das jede Person überkam, die soeben einen fantastischen Erfolg erzielt hatte. Hunt wusste, dass er nichtsdestotrotz seinen Leuten in Kürze turnusmäßig Ruhe verordnen musste. Er war sich relativ sicher, dass der vereitelte Zodark-Angriff momentan der einzige unmittelbare Gefahrenherd war, der ihre Aufmerksamkeit erfordert hatte. Der letzte war es sicher nicht. Seine Leute mussten ausgeruht und scharfsinnig sein.

Die Mannschaft hatte zunächst die Rettungskapseln der Flottenmitglieder geborgen. Dazu kamen noch über 400 Zodark-Kapseln. Hunt hatte nun Hunderte von Gefangenen, die verhört werden mussten. Diese Quelle neuer und wertvoller Informationen konnte ihnen dabei behilflich sein, ihren Feind besser zu verstehen. Er würde sicherstellen, dass die Gruppe, die die Verhöre durchführte, die sich ihnen bietende Gelegenheit voll ausnutzte.

Sobald er weitestgehend sicher sein konnte, dass sie alle Rettungskapseln geortet hatten, befahl Hunt zwei seiner Fregatten, auf dieser Seite des Sternentors zurückzubleiben. Ihre Aufgabe war es, in Zusammenarbeit mit den Fregatten auf der anderen Seite des Tors, den Bereich auf mögliche Zodark-Aktivitäten zu patrouillieren – angefangen mit dem Eintreffen eines einzelnes Schiffs bis hin zur Warnung vor dem Eindringen einer ganzen Flotte.

Der Rest der Flotte kehrte nun nach Neu-Eden zurück. Ohne eine erst in Planung befindliche voll funktionsfähige Schiffswerft auf Neu-

Eden, oblag es den bereitstehenden Reparaturdrohnen und Synth, die bitter nötigen Arbeiten an ihren Raumschiffen durchführen. Hunts Hauptziel war es, seine primären Magrailtürme, und falls irgend möglich, auch ihre einzige Plasmakanone wieder einsatzfähig zu machen.

Unten auf dem Flugdeck arbeitete das für die Flugoperationen zuständige Team hart daran, neue Kampfdrohnen herzustellen. Es würde einige Wochen dauern, aber sie würden die gewünschte Staffelstärke wieder erreichen. Hunt war froh darüber, dass seine Fliegergruppe aus Drohnen und nicht aus bemannten Jägern bestand. Er hatte beinahe sechsundachtzig Prozent seiner Jagddrohnen verloren, aber nicht einen einzigen Piloten. Das Trainieren von Piloten nahm Zeit in Anspruch, und Zeit war etwas, von der die irdischen Streitkräften nicht genug hatten – nicht bei einem Feind wie den Zodark.
****

RNS *Voyager*

»Commander Amy Dobbs, hier, wie befohlen«, erklärte sie im professionellsten Ton, den sie hervorbringen konnte – in Anbetracht dessen, dass sie ihr Schiff verloren hatte.

Flottenadmiral Bailey erwartete sie zusammen mit der Präsidentin und zwei anderen Offizieren im Konferenzzimmer. Dobbs hatte keine Ahnung, weshalb sie herbeordert worden war. Deshalb schwieg sie nun, bis sie endlich erfahren würde, was ihre Vorgesetzten von ihr wollten.

»Rühren Sie sich, Commander«, lud Admiral Bailey sie mit einer Geste zum Sitzen ein.

Die anderen Offiziere nahmen ebenfalls Platz. Alle warteten, bis der Koch, der ihnen gerade Sandwiches und Kaffee hereingebracht hatte, die Tür wieder hinter sich geschlossen hatte.

»Commander, ich bat Sie herzukommen, da die Präsidentin und ich nicht oft Gelegenheit dazu haben, unsere Truppen, die die Zodark bekämpfen, kennenzulernen oder uns mit ihnen zu unterhalten«, begann Admiral Bailey. »Wir folgten der Schlacht über Neu-Eden und sahen, was Ihr Schiff geleistet hat. Das war ein beeindruckendes Manöver. Die Art, wie Ihr Schiff sich gekonnt hinter der *Voyager* versteckt hielt, um dann in der letzten Minute hervorzustürzen und Ihre

Ladung Raketen und Torpedos auf die Zodark abzufeuern …. Ihnen ist es zu verdanken, dass der feindliche Transporter vernichtet wurde, bevor er weniger als die Hälfte seiner Truppen entladen konnte. Eine bemerkenswerte Leistung.«

Da sie nun wusste, wieso ihre Anwesenheit erwünscht war, entspannte sich Dobbs ein wenig. »Danke für Ihr Lob, Sir, aber bedanken Sie sich bitte bei meinem Ensign. Er ist es, der so gekonnt fliegt. Ein ausgezeichneter Pilot, obwohl er eben erst die Offiziersschule verlassen hat. Trotzdem, ich habe mein Schiff verloren, Sir; ein Schiff, das ich nur wenige Monate kommandiert habe.«

Präsidentin Luca verwarf Dobbs' Bedenken. »Commander, wir können neue Schiffe bauen. Kommandanten wie Sie und Mannschaften wie die Ihre sind demgegenüber nicht leicht zu ersetzen. Mit der Zerstörung der feindlichen Schiffe haben Sie fabelhafte Arbeit geleistet. Ich habe den Bericht über Ihrem Angriff auf die Zodark vor einigen Tagen gelesen. Ich möchte behaupten, dass Sie und Ihre Crew mehr als die meisten anderen geleistet haben. Zudem waren Sie es, die uns die entscheidende Warnung geschickt und uns damit die nötige Zeit gewährt haben, uns zu organisieren und den Feind am Tor zu erwarten. Sie und Ihre Mannschaft leisteten einen bedeutenden Beitrag dazu, dass wir die Zodark-Flotte vernichtend schlagen konnten.«

Dobbs, die bei dieser überschwänglichen Lobrede rot anlief, erwiderte: »Wir sind Offiziere des Militärs, Ma'am. In diesem Krieg fällt uns allen eine Rolle zu. Wir erledigen unsere Aufgaben besser als der Feind. Das ist alles.«

Admiral Bailey lachte laut mit dieser Antwort. »Absolut, Commander. Uns allen fällt in diesem Krieg eine Aufgabe zu. Deshalb will ich jetzt mit Ihnen über Ihre reden. Die Fregatten der *Viper*-Klasse haben sich außergewöhnlich gut in ihrer Rolle als Aufklärer bewährt. Allerdings identifizierte diese Schlacht auch einige kritische Schwachpunkte, die wir korrigieren müssen. Ohne Salz in Ihre Wunde zu streuen …. Sie haben solange kein Schiff, bis wir Ihnen ein neues bauen können. Ich möchte, dass Sie in meinem Stab mit unseren Ingenieuren zusammenarbeiten, um das *Viper*-Design zu verbessern. Entweder finden wir einen Weg, die Panzerung unserer Viper so zu verstärken, dass sie mehr als einen Treffer überstehen, oder wir entwerfen ein robusteres Schiff, dass einige Treffer hinnehmen und sie überleben kann, ohne seine primäre Funktion der Erkundung und der

Durchführung von Störaktionen aufzugeben. Dieser Krieg könnte sich in die Länge ziehen. Wir müssen sicherstellen, dass unsere Schiffe mehr als einen Kampf überstehen. Künftig weiter die Anzahl der Schiffe zu ersetzen, die wir heute verloren haben, ist ein nicht tragfähiges Konzept.«

Dobbs nahm sich genau zwei Sekunden Zeit, um über dieses Angebot nachzudenken. »Das wäre fantastisch, Admiral. Ich bin überzeugt, dass meine Kampferfahrung auf der *Rook* und nun auch auf der *Viper* uns zugutekommen kann, die perfekte Fregatte für diese Art von Kampf zu entwickeln.«

»Ausgezeichnet. Sobald die Präsidentin und ich in wenigen Tagen nach Sol zurückkehren, reisen Sie mit uns«, erklärte Bailey. »Ihre Mannschaft bleibt zurück und wird den Schiffen in Admiral Hunts Flotte zugewiesen, die Verluste hingenommen haben. Er übermittelte uns gerade seinen Bericht. Sie befinden sich auf dem Rückweg. Sie haben gewonnen, aber der Kampf war nicht einfach. Die letzte Kampfhandlung hat uns über die Hälfte unserer Schiffe gekostet.«

Die Präsidentin ergriff das Wort. »Der heutige Verlust vieler guter Leute hat uns hart getroffen, Commander. Dennoch sollten wir nicht aus den Augen verlieren, dass wir in diesem Krieg einen riesigen Sieg davongetragen haben. Wir haben eine Militärmacht besiegt, die vor nur zwei Jahren noch übermächtig gewesen wäre. Unsere Aufklärungsbemühungen in diesem Bereich ergaben, dass dies aller Wahrscheinlichkeit nach die einzige feindliche Flotte war, die zwischen uns und der sumarischen Heimatwelt stand. Unmittelbar nach dem Abschluss der nötigen Reparaturen befreien wir die Welt der Sumarer!«

»Ein guter Plan, Frau Präsidentin«, begrüßte Dobbs diese Aussage. Dann wandte sie sich an den Admiral. »Sir, ich würde gern einige meiner verletzten Teammitglieder besuchen. Brauchen Sie mich noch?«

»Ich komme mit Ihnen«, beschloss Bailey. »Ich habe nur selten Gelegenheit, Purple Hearts für im Kampf erlittene Verletzungen persönlich zu verleihen. Ach, und bevor ich es vergesse …. Bevor wir das System verlassen, reiche ich Ihre Empfehlung für das Navy Cross ein. Bitte nennen Sie mir fünf Mitglieder Ihrer Mannschaft, die sich entweder heute oder im Lauf der letzten Wochen einen Silbernen Stern verdient haben. Dem Rest der Mannschaft verleihe ich Bronzesterne mit einem V-Anhänger, um ihren Heroismus im Kampf hervorzuheben.

Sie und Ihre Mannschaft haben sich diese Auszeichnungen verdient. Außerdem müssen wir den Menschen auf der Erde zeigen, wie echte Helden aussehen.«

Dobbs war sich nicht sicher, was sie dazu sagen sollte. Diese Ankündigung hatte sie vollkommen überrascht. »Ich lasse Ihnen die Namen bis zum Ende des Tages zukommen, Sir«, versicherte sie ihm endlich. Die Namen, die ihr ohne weiteres in den Sinn kamen, waren ihr taktischer- und Waffenoffizier Lieutenant Reynolds, und Ensign Hunt, ihr Steuermann und Navigator. Beide hatten außergewöhnliche Arbeit geleistet und sich damit ohne Zweifel den dritthöchsten Orden verdient, den die Nation vergeben konnte.

Kapitel Vierzehn
Die Terminatoren

RNS *George Washington*
Neu-Eden

Auf dem Flugdeck der *GW* herrschte emsiges Treiben. Dieser Teil
des Schiffs hatte während der Schlacht vor einigen Tagen den
geringsten Schaden erlitten. Der Rest des Schiffs wurde von
synthetischen Arbeitern und Reparaturrobotern beherrscht, die an einer
Stelle neue Panzerplatten verschweißten und an anderer Stelle Risse im
Rumpf reparierten und versiegelten. Der Großteil der Reparaturen
konzentrierte sich auf die massiven Magrailtürme und die
Plasmakanone. Dies waren die Waffen, die in dem Sieg über die
Zodark eine entscheidende Rolle gespielt hatten.

Mit den Händen auf den Hüften sah Lieutenant Brian Royce der
Raumfähre entgegen, die soeben von einem der in der Nähe gelegenen
Transporter eingetroffen war. Mehrere seiner Deltas standen neben ihm
und verfolgten das Herablassen der hinteren Rampe mit ihm. Als die
Tür endlich mit dem Aufsetzen auf das Flugdeck geöffnet war,
verschlug ihnen das Bild, das sich ihnen bot, den Atem.

Im dunklen hinteren Ende der Raumfähre leuchtete eine Reihe
rotglühender Lichter auf, bevor vier Reihen Kampf-Synth im
Gleichschritt die Fähre verließen und auf die Deltas zumarschierten.

Ist das Adam?, überlegte Royce, als einer der neuen Kampf-Synth
auf ihn zuzusteuern schien. Er trug ein goldenes Abzeichen auf seinem
Kampfanzug, das ihn von den anderen abhob. Zudem war er der
einzige Synth, der aus der Formation ausbrach.

Der C100 trat vor ihn. »Lieutenant Brian Royce, es ist mir ein
Vergnügen, Sie wiederzusehen«, grüßte er.

Das ist Adam, erkannte der. Royces Männer sahen zwischen ihm
und der Maschine, die vor ihnen stand, hin und her. Sie waren sich
nicht sicher, was sie von dieser mechanischen Tötungsmaschine halten
sollten.

Lächelnd erwiderte Royce: »Freut mich auch, dich zu sehen,
Adam. Hattet ihr eine gute Reise?«

»Wir verbrachten unsere Reise damit, alles, was wir über die
Zodark und das Umfeld auf Neu-Eden und seine beiden Monde

ausfindig machen konnten, zu erlernen. Mein Kommando steht bereit, Sie auf jegliche Art zu unterstützen«, erwiderte Adam ohne jegliche Gefühlsregung.

In diesem Moment trat ein Delta-Colonel namens Charlie Hackworth an Royce heran. »Aha, Lieutenant. Ich sehe, Sie kennen Adam bereits.«

»Jawohl, Sir. Ich traf ihn vor einigen Monaten mit Admiral Hunt«, bestätigte Royce. »Ich ging allerdings nicht davon aus, dass wir sie so schnell in Dienst nehmen.«

Colonel Hackworth grinste. »Ach ja, stimmt. Ich vergaß Ihre exklusive Tour mit Admiral Hunt. Tatsächlich hatten wir nicht vor, sie so kurzfristig einzusetzen, aber dem alten Walburg gelang es, ein Bataillon für diese Mission zu produzieren. Sie werden mit unseren Einheiten ausrücken und Erfahrungen sammeln. Damit hoffen wir eventuelle Probleme auszubügeln, bevor die C100-Bataillone ernsthaft zum Einsatz kommen.«

Bevor Royce sich dazu äußern konnte, drehte sich der Colonel der Gruppe der Deltas zu, die die sich ganz in ihrer Nähe in Formation stehenden Maschinen anstarrten. »Das, meine Damen und Herren, ist die Zukunft der modernen Kriegsführung im 22. Jahrhundert.« Hackworths Gesichtsausdruck war unbeweglich und verriet in keiner Weise, was er selbst von seiner Aussage hielt. Nervös und unsicher musterten die Soldaten die Maschinen weiter. Sie alle hatte Filme und Videos über die menschlichen Ersatzdrohnen gesehen, die sich im letzten Krieg gegen die Menschen gewandt hatten. Niemand wollte eine Wiederholung riskieren. Und diese Maschinen sahen weit gefährlicher als die Drohnen des Großen Kriegs aus.

Adam stand wie ein regulärer Kompanieführer vor seiner Einheit der Kampf-Synth. Die Maschinen nahmen das Starren und die im Raum stehenden negativen Schwingungen seitens der Soldaten nicht wahr. Sie standen unbeweglich da, wie die Krieger die sie waren, und erwarteten ihren nächsten Einsatzbefehl.

Einer von Royces Soldaten trat einen Schritt vor und stellte die Frage, die sich alle stellten: »Was sollen wir mit denen, Colonel?«

Hackworth lachte. »Gute Frage, Soldat. Walburg Industries nennt sie die C100. Das Weltraumkommando nennt sie Kampf-Synth. Ich nenne sie die Terminatoren.«

Ein streberhaft wirkender Soldat, der passend zu seinem Aussehen Royces Kommunikations- und Drohnenführer war, hob die Hand. »Ich erinnere mich an einen uralten Film über Maschinen, die planten, die Kontrolle über die Welt an sich zu reißen und alle Menschen zu töten. Die wurden auch Terminatoren genannt.«

Das alte lederne Gesicht des Colonels verzog sich zu einer Grimasse. Er trat vor den Soldaten, der gerade gesprochen hatte. »Sie reden von den ‚Ersatzmenschen‘ des letzten Großen Kriegs – von diesen Terminatoren, oder von dem Schwachsinn, den Hollywood sich ausgedacht hat? Ich erinnere mich daran, diese Hunde im letzten Großen Krieg bekämpft zu haben. Damals merzten sie uns beinahe aus. Millionen von Menschen fielen ihnen zum Opfer.«

Colonel Hackworth hielt einen Augenblick inne und starrte die Deltas, die aufgereiht vor ihm standen, durchdringend an. „Ich nenne diese Metallbüchsen nur aus einem einzigen Grund Terminatoren, Deltas. Es sind Tötungsmaschinen; einzig und allein dazu gebaut, zu töten. Sie sind mit einer gepanzerten Außenhaut und einer optimierten künstlichen Intelligenz ausgestattet, die sie tausendmal klüger, schneller und anpassungsfähiger an eine Situation macht, als unsere Sondereinsatztruppen der Infanterie es jemals sein könnten. Es sind Terminatoren, schlicht und einfach. Und die lassen wir jetzt auf die Zodark los, während die Deltas aus der Ferne zusehen. Ihre Aufgabe ist es, die Terminatoren zu beobachten, zu sehen, wie sie lernen, und – was noch wichtiger ist – zu beobachten, wie die Zodark auf sie reagieren.

»Falls dieses Experiment Erfolg haben sollte, ist es gut möglich, dass wir einige Tausend dieser Blechdosen auf den von den Zodark kontrollierten Welten absetzen und ihnen dort freien Lauf lassen. In genau sechs Stunden besteigen wir unsere Osprey auf dem Weg zur Oberfläche von Pishon. Die Atmosphäre dieses Monds ist nicht für Menschen geeignet. Es ist unumgänglich, dass Sie jederzeit Ihren Helm tragen. *Falls* Ihr Helm undicht oder Ihr Anzug beschädigt werden sollte, haben sie genau zwei Minuten, bevor sie bewusstlos werden. Nach fünf Minuten sind Sie tot. Mit der Landung auf der Oberfläche steht medizinische Unterstützung bereit. Trotzdem wäre es besser, deren Fähigkeiten nicht zu testen, verstanden?«

Die Deltas gaben dem Colonel ein lautes „Hooah“, den offiziellen Kriegsruf der Republikanischen Armee und die Antwort auf so

219

ziemlich alles, was man sich denken konnte. Dieser Ausruf stammte noch aus den alten Tagen, bevor das Verteidigungsministerium von sechs unabhängigen militärischen Armen auf nur zwei reduziert worden war. Die US Air Force, die Navy und das Weltraumkommando waren nun unter der Überschrift ‚Kriegsflotte des US-Weltraumkommandos‘ zusammengefasst, während die US-Armee, die Marines, alle Reservekomponenten und die Nationalgarde nun den Soldaten der Republikanischen Armee, den RAS-Bataillonen, angehörten. Sie stellten die Bodentruppen der Flotte dar. Noch Jahrzehnte nach der Konsolidierung hatte es viel Unzufriedenheit über diesen Schritt gegeben. Einige spezialisierte Gruppen existierten allerdings unbehelligt weiter, wie etwa die Deltas, die ihre Herkunft auf die 1st Special Forces, die 75th Rangers und die Marine Force Recon-Gruppen zurückführen konnten. Diese Gruppen unterstanden dem ‚Vereinten Sondereinsatztruppenkommando‘ und übernahmen einzigartige militärische Aufgaben, die außerhalb des Erfahrungsbereichs der RAS lagen.

Der alte Colonel der Sondereinsatztruppen baute sich dicht vor Lieutenant Royce auf und flüsterte ihm mit Stahl in der Stimme zu: »Hören Sie zu, Lieutenant. Ich traue diesen Blechdosen nur soweit ich sie werfen kann, was angesichts ihres Gewichts von beinahe 2.000 Pfund nicht sehr weit ist. Ich will, dass Ihre Leute sie genauestens im Auge behalten, insbesondere ihr Verhalten untereinander, jegliche verbale und nonverbale Kommunikation. Momentan sind sie so programmiert, dass sie verbal kommunizieren, damit wir sicher sein können, was sie sagen, denken und tun.

»Unterschätzen Sie sie nicht, Lieutenant. Sobald diese Blechdosen auch nur einen Schritt von ihrer Programmierung abweichen, haben Sie und der Sergeant Ihres Zugs die Erlaubnis, sie mit den Notausschaltern, die Sie bei sich tragen, zu deaktivieren. Falls diese Situation eintritt, muss Ihr Zug darauf vorbereitet sein, den Job zu Ende zu bringen und die Zodark auszumerzen. Ich habe Ihre Akte gelesen und kenne Ihre Geschichte; die Zodark zu erledigen, wird Ihnen keine Probleme bereiten ... falls Ihr Einsatz nötig wird.« Hackworth schlug Royce anerkennend auf die Schulter und wandte sich dann auf dem Weg zum Konferenzzimmer außerhalb des Flugdecks von ihm ab.

Nun war Royce an der Reihe. »Ok, herhören, Deltas. Unsere Aufgabe ist es, diese .... Terminatoren zu beobachten. Genau das werden wir tun. Packen Sie Ihre Sachen für eine fünftägige Mission und ausreichend Stim-Pakete und Rationen für zehn Tage, für den Fall, dass die Flotte vergisst, uns wieder abzuholen. Finden Sie sich in drei Stunden im Konferenzzimmer ein, um den Umfang der Mission zu besprechen. Danach gehen wir mit unseren neuen Freunden an Bord. Wegtreten!«

Drei Stunden später fand sich Second Platoon, Bravo Company, 2nd Battalion im Einsatzbesprechungszimmer in der Nähe des Flugdecks ein. Dieser Raum wurde überwiegend als Trainingsraum für die Piloten der Kampfdrohnen genutzt, weswegen er mit holografischen Kartentischen, dreidimensionalen Bildschirmen und mit einigen anderen Geräten ausgestattet war, die mittlerweile auch in die neuesten Kriegsschiffe integriert wurden.

Beim Betreten des Raums fühlte sich Royce so behaglich, als gehörte er auf die *GW*. Obwohl er sich nur kurz an Bord aufhalten würde, freute er sich daran, wie neu und sauber das Schiff aussah. Die Wände der Korridore waren überwiegend in einem Weiß-Grau gehalten, der Boden war grau. Das ließ den Raum weit größer erscheinen. Zudem war die Beleuchtung außergewöhnlich gut, was dazu diente, die menschlichen Emotionen während eines Langzeit-Einsatzes auf einem Raumschiff zu stabilisieren.

Colonel Hackworth war bereits anwesend und erwartete sie am vorderen Ende des Raums. Als Royce eintrat, winkte Hackworth ihm zu, sich vor der Gruppe zu ihm zu gesellen. Die beiden unterhielten sich einige Minuten, wonach Royce mit dem Rest des Zuges Platz nahm.

Die Gruppe wurde beinahe eine ganze Stunde lang von einem der Wissenschaftler der Flotte darüber unterrichtet, was sie über den Mond wissen mussten und was ihnen aller Wahrscheinlichkeit nach auf seiner Oberfläche begegnen würde. Der Mond hatte eine Atmosphäre; allerdings war sie den Menschen nicht zuträglich. Den Zodark schien das demgegenüber keinerlei Probleme zu bereiten.

Der Wissenschaftler zeigte ihnen diverse Videos der Oberfläche von Pishon, um sie vor Überraschungen zu schützen. Der Mond war sicher kein Neu-Eden, ähnelte ihm aber in gewisser Weise. Manche Gegenden war stark bewaldet, während andere Gebiete aus flachen, weit offenen Prärien bestanden. Außerdem verfügte Pishon über zwei ansehnliche Mini-Ozeane.

Nach der Aufklärung über die Beschaffenheit des Mondes zeigte ihnen ein anderes Flottenmitglied die Videos der Drohnenüberwachung des Gebiets, in dem die Zodark gelandet waren. Die Sicht wurde hier nicht wie auf Neu-Eden durch überhängende Baumkronen oder wild wucherndes Gestrüpp behindert. Es war deutlich erkennbar, wo die Zodark sich aufhielten.

Die Zodark hatten bereits damit begonnen, Verteidigungspositionen einzurichten. Sie hatten sich klugerweise verteilt, um einem orbitalen Angriff kein leichtes Ziel zu bieten, und bereiteten sich offenbar auf einen langwierigen Kampf vor.

Royce fragte sich, ob diese Zodark-Soldaten von der Vernichtung ihrer Flotte wussten. Wussten sie, dass sie auf sich allein gestellt waren, ohne Hilfe von außen? Oder mussten sie nur einige Monate durchhalten, bevor Verstärkung aus ihren Heimatsystemen eintraf?

Sobald sie die endlosen PowerPoint-Präsentationen und Briefings hinter sich gebracht hatten, trat der alte Colonel wieder vor den Raum. Hackworth räusperte sich, um sicherzustellen, dass alle die ihm gebührende Aufmerksamkeit schenkten. »Das langweilige Zeug liegt hinter uns«, verkündete er raubeinig. »Zeit, unser Geld zu verdienen und den Babysitter für die neuesten Spielzeuge des Militärs zu spielen. Schnappen Sie sich Ihre Ausrüstung und besteigen Sie die Transporter. Denken Sie daran, jedem Trupp wurde eine Einheit der neuen Spielzeuge zugewiesen. Haben Sie ein Auge auf sie, beobachten Sie sie, aber überlassen Sie ihnen den Großteil des Tötens. Wir sind hier, um sicherzustellen, dass sie ordnungsgemäß funktionieren.

»Sollte es Probleme mit den Terminatoren geben, schicken Sie uns eine Nachricht. Wir haben Dutzende Programmierer von Walburg Industries an Bord. Sie werden das Problem analysieren und die entsprechenden Korrekturen vornehmen. Verstanden …« Das war weniger eine Frage als eine Aussage. Der Colonel erwartete, das obligatorische „Hooah“ zu hören, und wurde nicht enttäuscht.

Zwanzig Minuten später erwarteten die Truppen in den Ospreys die Verlegung auf die Mondoberfläche. Jeder Osprey transportierte einen Trupp Deltas und einen Zug Terminatoren. Der Flug zur Oberfläche würde 30 Minuten in Anspruch nehmen. Die Flotte würde sie nicht in unmittelbarer Nähe der Zodark absetzen, sondern in etwa zehn Kilometern Entfernung. Die Infanteristen sollten den Rest des

Wegs zu Fuß zurücklegen und den Zodark so lange nachspüren, bis sie sie gefunden hatten.

Mit dem Verlassen der Umlaufbahn und beim Eindringen in die Atmosphäre des Mondes verloren die Piloten durchgehend an Höhe, bis sie einige tausend Meter über dem Boden erreicht hatten. Einer der Mannschaftsführer öffnete die hintere Rampe ihres Vogels und erlaubte den Insassen, einen ersten Blick auf den Mond zu werfen. Wie auf Neu-Eden gab es hier Vögel oder große, fliegende, vogelähnliche Kreaturen, eine starke Bewaldung und alle Arten von neuen Büschen, Blumen und Tieren, die sie nie zuvor gesehen hatten.

Royce musste sich daran erinnern, dass er nicht an einer Entdeckungstour teilnahm, sondern dass sie eine Aufgabe zu erledigen hatten. Trotzdem, alles war so neu und exotisch … Über sein NL schickte er eine kurze Nachricht an seine Männer: *Nicht vom Umfeld ablenken lassen! Wir haben Arbeit.*

Der Blick über die Rampe hinaus zeigte Royce, dass ihre Piloten den Osprey etwa 30 Meter über dem Boden ausgependelt hatten. Die Terminatoren, die mit dem Navigationscomputer des Osprey verbunden waren, erkannten, dass sie sich der Absprungzone näherten. Alle erhoben sich gleichzeitig und drehten sich der Rampe zu.

Die Piloten schalteten das Sprunglicht an, das die Insassen darauf hinwies, bereitzustehen. Einige Minuten später wechselte das Sprunglicht von Rot auf Grün, worauf die Terminatoren ohne auch nur eine Sekunde Zeit zu verlieren, vortraten und aus der Raumfähre sprangen. Royce signalisierte seinen Männern, sich zu beeilen und ebenfalls schleunigst zu springen. Sie mussten mit ihren Schützlingen Schritt halten.

Obwohl es ein relativ kurzer freier Fall war – nur Sekunden bis zur Oberfläche – fühlte sich Royce intensiv lebendig. Sein Exoskelett-Kampfanzug absorbierte den größten Schock seines Aufpralls. Unmittelbar nach Ihrer Landung hielten Royce und seine Männer ihre Waffen bereits schussbereit in den Händen und folgten den Terminatoren, die sich schon ein gutes Stück vor ihnen auf den letzten bekannten Standort der Zodark zubewegten.

Verdammt, die Blechbüchsen sind schnell, dachte Royce. Anstatt *Terminator* war *Battlestar Galactica* das Popkulturphänomen, das ihm durch den Kopf ging. Er hoffte nur, dass Adam und die anderen

Maschinen sich nicht irgendwann gegen sie wenden würden, wie es in dieser Serie geschehen war.

Über seinen Neurolink setzte Royce eine Nachricht an den Drohnenkontrolleur ab, einen Nerd, der auf der *GW* so viele Fragen gestellt hatte. *Versichern Sie sich, dass unsere Überwachungsdrohnen im Einsatz sind. Ich will jederzeit ein Auge auf die Terminatoren haben.*

Der Delta-Trupp zwang sich über ein schwieriges Terrain hinweg mit den mechanischen Tötungsmaschinen Schritt zu halten. *Diese Apparaturen wurden wohl nie müde und zudem nie von dem neuen und exotischen Umfeld eines unbekannten Planeten oder Mondes abgelenkt, wie es einem menschlichen Soldaten erging.* Die Blechbüchsen im Auge zu behalten erwies sich schwieriger, als Royce es erwartet hatte.

»Lieutenant, das Feed der Drohnen sagt mir, dass die Terminatoren kurz davor sind, auf eine Gruppe der Zodark zu stoßen«, warnte Royces Drohnenkontrolleur. »Sie sollten in wenigen Minuten Kontakt aufnehmen.«

Royce schaltete sich in das Kom-Netzwerk der C100 ein. »Adam, Lieutenant Royce hier. Halte deinen Zug an und warte, bis meine Truppe in Position ist, bevor ihr angreift. Hast du verstanden?«

Adam meldete sich umgehend zurück und bestätigte den Befehl.

»Corporal, halten die C100 ihre gegenwärtige Position?«, erkundigte sich Royce, der sichergehen wollte, dass Adam seinen Zug unter Kontrolle hatte.

Neben der Aufsicht über die C100 hatte sein Drohnenmann noch die zusätzliche Aufgabe, die eingehenden Videoaufnahmen der Drohnen auszuwerten. Ohne ihre eigenen kybernetischen und körperlichen Verbesserungen bezweifelte Royce allen Ernstes, dass seine Deltas in der Lage wären, die Hälfte der ihnen auferlegten Missionen auch nur halbwegs zu erfüllen.

»Das tun sie, Lieutenant«, bestätigte ihm der Corporal. »Sie stellten sich in einer Schützenlinie auf und warten offensichtlich auf den Angriffsbefehl.«

»Danke, Corporal. Bringen Sie die Drohnen in einen guten Winkel, um den Angriff von Anfang an zu dokumentieren … und synchronisieren Sie sie mit der Kommandozentrale auf der *GW*«, befahl Royce, während er über einen gefallenen Baumstamm sprang.

Sein HUD informierte Royce, dass er sich noch 1.500 Meter hinter den C100 befand. Um aufzuholen, sprintete er weiter über gestürzte Bäume und andere Hindernisse hinweg.

Der Rest seiner Truppe tat es ihm nach und durchquerte in aller Eile den Wald. Auf eine Weise war es angenehm, die Blechbüchsen vor sich zu haben. Es ersparte ihnen die Mühe, sich vorsichtig und leise vorzuarbeiten, da die Maschinen ihnen den Weg freihielten.

„Lieutenant Royce, Ihr Trupp scheint sich unserer Position zu nähern«, meldete sich Adam über das Netzwerk. »Erbitte die Erlaubnis, den Feind angreifen zu dürfen.«

»Adam, dein Zug hat die Erlaubnis, die Zodark-Position anzugreifen. Falls ihr Hilfe braucht, lasst es uns wissen«, entgegnete Royce. Er konnte die C100 sehen. Es war Zeit, sie auf den Feind loszulassen.

»Angriff beginnt!«, kündigte Adam über das Truppennetz an.

»War das einer der Terminatoren?«, fragte einer von Royces Sergeanten.

Bevor Royce auf die Frage reagieren konnte, hörte er den bekannten Ton der irdischen Blasterwaffen, unmittelbar gefolgt vom Lärm der Magrail und dem Einsatz von zwei Splitterbomben.

Das Gefecht hat begonnen. Zeit, uns unser Geld zu verdienen, dachte Royce, der das Vordringen seiner Truppe leitete.

Denken Sie daran, wir sind hier, um den Kampf zu beobachten, nicht, um uns in ihn einzumischen, warnte Royce seinem Teamkameraden über den Neurolink. *Halten Sie Abstand und verfolgen Sie, was die Blechdosen tun, ok?* Es fiel ihm schwer, sich nicht kopfüber ins Gewühl zu stürzen. Nach dem, was die Zodark ihnen vor Monaten angetan hatten, verlangte es Royce ernsthaft nach Rache.

Trotzdem hielt er einige hundert Meter von den Zodark entfernt hinter einem Baum inne. Über die verbesserte Optik seines HUD zoomte er den Kampfort näher heran und sah, wie die C100 einen befestigten Zodark-Standort angriffen.

Ohne Rücksicht auf ihre eigene Sicherheit stürmten mehrere der Maschinen voran. Die Blaster der Zodark fällten drei von ihnen, bevor sie die geringste Chance hatten, zu reagieren. Es war brutal, dem zuzusehen.

Zwei C100 warfen mehrere Splitterbomben in Richtung des Feindes und stürzten dann nach vorn. Sie nutzten die Verwirrung, die

die Granaten ausgelöst hatten, um unter ihrer Deckung die Hälfte des Wegs zur feindlichen Position hin zu überwinden. *Diese Gruppe der Blechdosen schien standardmäßige Infanterietaktiken anzuwenden. Sofort nachdem die ersten ihrer Kollegen gefallen waren, hatten sie sich dem Feind angepasst.* Eine Gruppe bot Deckungsfeuer, während die andere Gruppe die Granaten warf und nach vorne vordrang.

Als die C100 die Zodark beinahe erreicht hatten, sah Royce etwas, was er so bislang noch nicht erlebt hatte. Ein Team von fünf Zodark warf mehrere Objekte in Richtung der Angreifer. Die Explosion der Objekte löste einen hellen Blitz aus, wonach einige der Kampf-Synth elektrische Funken sprühten. Royce konzentrierte sich auf drei Blechdosen nahe der Explosion – zwei von ihnen waren außer Gefecht, inoperabel oder was auch immer. Der einzige noch aufrecht stehende Synth beschoss den anstürmenden Feind weiter. Sein System schien allerdings nicht ordnungsgemäß zu funktionieren. Er schoss einfach nur wild und unkontrolliert um sich.

Wenige Meter vor den C100 zogen zwei der vier Hände der Zodark Kurzschwerter oder eine Art Messer hervor, die allein ihrem Aussehen nach furchteinflößend waren.

Zwei Zodark stürzten sich auf die am Boden liegenden Maschinen und versuchten, ihnen ihre Schwerter in die Brust zu jagen. Ein dritter Zodark warf sich auf den verbliebenen C100, der den Kampf nicht aufgab. Die Maschine machte sich gekonnt die Vorwärtsbewegung des Zodark zunutze und schleuderte ihn mehrere Meter in die Höhe und über seine Schulter hinweg nach hinten. Mit der Erkenntnis, dass dies nun eine Nahkampfsituation war, ließ der C100 von seinem Blaster ab, der seitlich am Riemen seiner Uniform baumelte, und zog stattdessen zwei acht-Zoll lange Messer hervor – eines in jeder Hand – und griff den nächsten Zodark damit an. Eine der Klingen des Feindes schlitzte den Brustbereich des Synth auf, dessen Brustpanzer die Brutalität des Angriffs jedoch weitgehend auffing. Der C100 wich der zweiten Klinge des Zodark aus und stieß dem Biest stattdessen sein eigenes Messer in die Brust. Danach nutzte er seine mechanische Kraft, um die Brust des Zodark mehrere Zentimeter mit dem Messer zu öffnen, was die Kreatur zu einem schrecklichen Schmerzensgeheul veranlasste.

Ein anderer Zodark griff den C100 von hinten an und stieß der Maschine beide Klingen in den Rücken, worauf Royce etwas Grauenvolles zu sehen bekam – die kurzen Schwerter des Zodark wechselten plötzlich die Farbe und leuchteten strahlend Rot auf. Der Zodark trieb beide Klingen tief im Rücken des C100 in entgegengesetzte Richtungen. Der zweigeteilte Terminator stürzte zu Boden.

Die drei Zodark, die diese Begegnung überstanden hatten, wandten sich auf der Suche nach dem nächsten Blechfeind um, um ihm den Garaus zu machen.

Royce und sein Trupp beobachteten zehn Minuten lang ein Gemetzel, in dem ein einziger Zug von 46 Terminatoren es mit der vierfachen Anzahl von Zodark aufnahm. Einen Moment lang befürchtete Royce, dass die C100 erledigt wären. Aber dann begannen die Zodark ihre Angriffe einzustellen und sich zurückzuziehen. Die Terminatoren riefen sich gegenseitig Befehle zu, den Feind zu verfolgen.

Da er nicht alle seine Terminatoren in ihrer ersten Schlacht verlieren wollte, gab Royce einen übergeordneten Befehl aus, der die Synth veranlasste, den Kampf einzustellen. Die verbliebenen Kampfmaschinen nahmen umgehend defensive Positionen ein und hielten den Beschuss der verbliebenen Zodark mit ihren Magrail aufrecht.

Nachdem die Zodark endgültig geflohen waren, trat Lieutenant Royce vor den Terminator, der zum Zugführer bestimmt worden und im Prinzip Royces Gegenstück war.

»Adam, bestätige meine Anwesenheit«, verlangte Royce mit lauter, kommandierender Stimme.

Adam sah mit dem Augenband seiner beweglichen Lichter auf Royce hinunter. »Lieutenant Brian Royce, was kann ich für Sie tun?«

»Adam, wie schätzt du das Resultat dieses Kampfes ein?«, herrschte Royce den C100 in harschem Ton an.

Die Maschine antwortete nicht sofort. Sie schien selbst erst darüber nachzudenken. Endlich erwiderte Adam:. »Es verlief nicht nach Plan. Mein Zug nahm inakzeptable Verluste hin.«

Royce nickte zustimmend. »Das ist richtig, Adam. Was hat dich während der Schlacht überrascht?« Royce wollte sehen, wie gut der Terminator ihre eigene Leistung einschätzen und im Anschluss daran die festgestellten Mängel korrigieren konnte.

»Die Zodark kämpften härter als ich erwartet hatte«, erklärte Adam bereitwillig. »Die Videoaufzeichnungen vergangener Kämpfe zeigen uns Zodark-Soldaten und -Waffen, die sich von den heutigen unterschieden. Diese Soldaten des Feindes schienen besser trainiert, besser ausgerüstet und vollkommen unerschrocken im Angriff gegen uns zu sein.«

»Adam, was würdest du bei deinem nächsten Angriff anders machen?«

»Lieutenant Royce, ich würde meinen Zug vorsichtiger voranbringen. Anstatt uns direkt auf ihre Position zu stürzen, würde ich ihre Zahlen zuerst aus der Distanz mit den uns zur Verfügung stehenden Waffen reduzieren. Erst nachdem wir ihre Zahl ausreichend geschwächt hätten, würde ich meinen Zug unter besserem Deckungs- und Manövrierfeuer vorwärts dirigieren«, antwortete Adam.

Die Maschine hielt einen Moment inne, bevor sie den Kopf zur Seite legte. »Lieutenant Royce, ich habe wiederholt die Videos Ihrer Auseinandersetzung mit den Zodark gesehen. Wie hätten Sie diese Gruppe feindlicher Soldaten angegriffen?«

Royce lächelte. *Diese kleinen Schlingel konnten wirklich selbständig denken!*

Lieutenant Royce verbrachte die nächsten 20 Minuten damit, den Kampf mit Adam detailliert zu besprechen. Er zeigte ihm Videoaufnahmen – was sie richtig und was sie falsch gemacht hatten, und was sie hätten besser machen können. Royce war von demjenigen, der diese Maschinen programmiert hatte, echt beeindruckt. Sie stellten wirklich gute Fragen und schienen die Daten, die sie erhielten, aufzunehmen. Die Frage, die sich Royce nun stellen musste, war die, ob sie die neuen Informationen, die er ihnen gerade dargeboten hatte, tatsächlich auch verinnerlichen und verwerten konnten.
****

Royce ließ seine Männer für die Nacht ruhen. Sobald die Sonne aufging, würden sie erneut mit der Jagd auf die Zodark beginnen. In der Zwischenzeit wollte er mit Adam individuelle- und Gruppentaktiken besprechen. Royce wusste, dass alles, was er Adam lehrte, an die übrigen C100 weitergegeben wurde – wie in einem Bienenstock.

Kurz vor Sonnenaufgang weckte die *GW* Royce mit der Warnmeldung, dass sich ein Verbund feindlicher Soldaten ihrer Position näherte. Royce setzte sich auf, schüttelte seine Schläfrigkeit ab und weckte den Rest des Teams auf. Danach gab er die Information auch an Adam weiter, der umgehend um die Erlaubnis bat, den Feind angreifen zu dürfen.

Royce verweigerte dies. Bevor er die Terminatoren in den Kampf befahl, wollte er zunächst weitere Informationen über die Angreifer sammeln.

Das Drohnen-Feed verriet ihnen, dass fünf- bis sechshundert Zodark-Soldaten auf dem Weg zu ihnen waren. Eine beträchtliche Anzahl. Royce kontaktierte die *GW* mit der Bitte um orbitale Unterstützung, bevor der Feind ihnen zu nahe kommen konnte.

Unglücklicherweise kam ein orbitaler Angriff nicht in Frage, da der Feind bereits zu nahe war. Die *GW* konnte ein solches Risiko nicht eingehen. Die Magrail-Projektile aus der Umlaufbahn würden die feindlichen Kräfte mit dem Äquivalent eines 100 Kilotonnen starken Gefechtskopfs treffen – was bedeutete, dass zwischen dem Einschlagsbereich und den republikanischen Kräften ein bestimmter Sicherheitsabstand gewährleistet sein musste, um eigene Verluste zu vermeiden.

Resigniert seufzte Royce mit der Erkenntnis, dass er und seine Männer die Zodark auf sich allein gestellt besiegen mussten. Er rief sein Team zu sich. »Ok, Leute, so lautet unser Plan. Adam, du wirst deine Kräfte teilen und an diese Punkte –– hier und dort – verlegen.« Er markierte diese Stellungen mithilfe ihres NL auf der gemeinsamen Karte. »Sobald ihr in Position seid, wartest du auf den Einsatzbefehl. Vier deiner C100 bleiben bei meinen Männern zurück, zwei auf jeder Seite, um mein Team zu verteidigen und zu unterstützen. Hast du verstanden?«

Die Maschine sah Royce an. »So wird es sein.«

»Adam, mit dem Beginn des Angriffs greifen deine Gruppen die Flanken der Zodark entlang dieser Positionen – hier und hier – an. Vorher musst du dem Feind erlauben, seine Kräfte ganz auf die vordere Linie unserer Position zu konzentrieren. Wir müssen ihr Fokus sein, nicht deine Einheiten. Sobald deine Gruppen dann in den Kampf eingreifen, müssen sie schnell und hart zuschlagen. Einige hundert Soldaten kommen auf uns zu. Es wird ein harter Kampf werden. Ich versuche weiter, Unterstützung von der Flotte zu erhalten.«

Royce hielt inne, um über seinen PA die Zeit zu bestimmen, die ihnen blieb, bevor die Zodark in Position waren. Zur Sicherheit konsultierte er noch einmal die Karte. Er schätzte, dass ihnen 50 Minuten blieben.

Dann besprach Royce mit den anderen Trupps seines Kommandos, was auf sie zukam. Außerdem musste er Luftunterstützung anderer Art von der Flotte anfordern. Eines seiner Teams hatte noch keinen Kontakt zum Feind aufgenommen. Das war Royce beinahe unverständlich. Der Blick auf das Drohnenvideo belehrte ihn, dass die Zodark, die ursprünglich in diesen Bereich vorgedrungen waren, die Richtung gewechselt hatten und nun auf Trupp Vier zuhielten. Da er wusste, dass er ihre zusätzliche Feuerkraft gut gebrauchen konnte, ließ Royce den zurückgelassenen Trupp von zwei von der *GW* ausgeschickten Ospreys einsammeln und zu seiner Gruppe hinüber transportieren.

Die nötige Unterstützung begann einzutreffen. Die Befehlshaber auf der *GW* hatten Royce zwei Züge der C100, die bislang nicht am Kampf teilgenommen hatten, überstellt. Dies und das zusätzliche Delta-Team würde seine Position entscheidend verbessern. Zudem wurde ihm weitere Luftunterstützung zugesichert.

Mit jeder Minute, die verstrich, rückten die Zodark näher. Die Deltas konnten das Geschrei und Gebrüll dieser widerlichen Biester schon aus gut zwei Kilometer Entfernung hören. Offensichtlich peitschten sie sich gegenseitig im Kampfrausch auf. Royce fehlte es am Verständnis, wieso ein Feind seine Position auf diese Weise preisgeben wollte. Effektiver wäre es, sich still und leise anzuschleichen.

Als es so aussah, als wären die Zodark ihrer Position auf einen Kilometer nahegekommen, richtete Royce das Wort an seine Truppenführer. »Setzen Sie die ‚Hüter‘ frei«, befahl er. Die neuesten Waffen, die ihren Teams zur Verfügung standen, waren kleine, etwa faustgroße Selbstmorddrohnen. Jeder Soldat konnte persönlich programmieren, was die Hüter angreifen sollten, um sie dann über ein Abschussrohr auszusenden. Jedes Rohr war mit zehn Drohnen bestückt. Nicht alle Drohnen mussten auf einmal abgeschossen werden, falls nur eine Handvoll nötig war.

Die Hüter waren üble Burschen. Sie nutzten eine ausgeklügelte Gesichtserkennungssoftware um ihre Beute zu identifizieren, bevor sie Maß nahmen und zuschlugen. Sobald die hilfreiche Selbstmorddrohne einen Meter vom beabsichtigten Ziel entfernt war, schoss sie dem Feind entweder mit einem einzelnen Projektil in den Kopf oder detonierte eine kleine Bombe, die das geplante Opfer mit Schrapnell überzog. In

Erwartung von mehreren hundert Zodark, die ihre Position angreifen würden, befahl Royce den Einsatz ihrer 60 Hüter. Sie würden ihnen in der bevorstehenden Schlacht gute Dienste erweisen.

Hinter sich hörte Royce das bekannte Geräusch einer landenden Raumfähre. Sobald er sich umdrehte sah er, wie acht Mech-Kämpfer der republikanischen Armee die rückwärtige Rampe verließen. Die Sondereinsatzkräfte arbeiteten nur selten mit diesen schwerfälligen Klötzen, die eher für den Einsatz in großen, offenen Feldschlachten geeignet waren. Wenn er allerdings darüber nachdachte, musste Royce zugeben, dass er angesichts des bevorstehenden schweren Kampfs den höheren Dienstgraden vielleicht dankbar für diese Art von Verstärkung sein sollte.

Die Mechs wurden von einem Zug regulärer RAS begleitet. Ihr Zugführer trat vor Royce. »Sir, mein Befehl lautet, mich bei Ihnen zu melden. Wo sollen meine Männer und die Mechs in Position gehen?«

Dankbar nickend, informierte Royce den Lieutenant, wo seine Mechs Stellung beziehen und wo seine Soldaten sich zur Unterstützung von Royces Team verteilen sollten.

Kurz nach dem Eintreffen der Verstärkung warnte Royces Sergeant: »Sie kommen! Sieht aus, als hätten sie ihren Kriegstanz beendet, oder was immer das war, was sie die letzten zehn Minuten gemacht haben.«

Gleich darauf sprang eine Horde Zodark hinter den Bäumen hervor und raste voller Blutdurst auf Royces eilig vorbereitete Stellungen zu. Die Meute war nur noch 300 Meter von ihnen entfernt; nur einige wenige Bäume, Büsche und anderes Gestrüpp trennte sie von ihrem Gegner. Dem Feind stand wenig Deckung zur Verfügung, wobei die Zodark allerdings nicht dafür bekannt waren, ihre Angriffe verdeckt vorzunehmen. Sie schienen ihre Gegner einfach ohne Rücksicht auf Verluste zu stürmen, in der Hoffnung, dass ihr Heulen und ihr Geschrei die Verteidiger so in Angst und Schrecken versetzte, dass sie Fehler machten.

Wäre dies ihr erstes Zusammentreffen mit den Zodark gewesen, hätten sie mit ihrem unkontrollierten Angriff und ihrem schrecklichem Geschrei Royce und seine Männer womöglich tatsächlich dazu getrieben, sich zitternd vor Angst in alle Winde zu zerstreuen – aber das war nun schon das siebte Mal, dass sie diesen Monstern gegenüberstanden. Diese Taktik der Zodark überraschte sie nicht länger.

Auf der digitalen Karte seines HUD beobachtete Royce, wie der Feind näher rückte und mit seinen Blastern leuchtende Flammen in Richtung seiner Männer schleuderte. Manche Schüsse trafen Bäume und trennten ganze Baumkronen von ihrem Stamm oder sie zerschmetterten Steine. Leider trafen diese Schüsse aber auch RA-Soldaten, die in Folge oft genug ihren schweren Verletzungen erlagen.

Royces Kräfte begannen nun ihrerseits den Beschuss mit ihren Sturmgewehren. »Noch ein wenig näher, ein wenig näher«, murmelte Royce vor sich hin.

Royce nahm Verbindung mit Adam auf. Es war Zeit, den Angriff der C100 zu starten. Die Karte auf seinem HUD unterrichtete ihn, dass sich die beiden Gruppen der Synth umgehend erhoben, um die Flanken der Zodark anzugreifen. Schnell verringerten sie ihren Abstand zum Feind und schnitten ihm einen möglichen Rückzug ab.

Der Blick auf das Geschehen direkt vor ihm bewies Royce, dass er hier wohl nicht so sorgfältig aufgepasst hatte, wie es angebracht gewesen wäre. Die vordere Linie der Zodark war gerade noch 30 Meter von ihnen entfernt. Seine Männer und die Kampf-Synth taten ihr Bestes, sie aufzuhalten, konnten ihre Ränge aber nicht schnell genug reduzieren.

Mit seiner an der Schulter angelegten Waffe schoss Royce mehrere Male auf den Zodark, der ihm am nächsten war. Er traf das Biest in die Brust, das stolperte und tot zu Boden fiel.

Zu seiner Rechten vernahm Royce durchdringendes Geschrei. Vier Zodark sprangen zwei der Kampfstellungen an, die die Deltas ausgegraben hatten. Einer der Zodark stieß einem überraschten Delta sein Kurzschwert in den Bauch und schlitzte ihn von oben bis unten weit auf, was die inneren Organe des Mannes aus seiner Bauchhöhle austreten ließ. Mit der zweiten Klinge köpfte der Zodark den Mann.

Auf der Suche nach neuer Beute drehte sich das Monster um und sah Royce voller Hass und Blutdurst direkt in die Augen. Er stieß seinen grauenvollen Schrei aus und nahm Royce mit den blutbefleckten Kurzschwertern in den Händen als nächstes Opfer ins Visier.

Royce riss sein Gewehr herum und traf den Zodark mit zwei schnellen Schüssen in die Brust und ins Gesicht. Dieses Biest fiel. Aber seine Freunde kämpften weiter.

Einem anderen Delta gelang es, den Zodark, mit dem er kämpfte, auszuschalten und einem dritten Zodark das Messer in die Rippen zu jagen. Royce gab einen einzelnen Schuss ab, der dieses Monster mitten in die Stirn traf und seinen Schädel explodieren ließ.

»Vorsicht, Lieutenant!«, warnte einer von Royces Soldaten.

Instinktiv ließ sich Royce auf ein Knie fallen und drehte sich nach links, wo sich ein Zodark mit zwei Kurzschwertern in der Hand auf ihn stürzte, um ihm ein blutiges Ende zu bereiten. Gestützt auf seinem rechten Fuß und mit gesenkter linker Schulter erwartete Royce den nur Sekunden entfernten Aufprall eines drei Meter großen Körpers.

Nach dem schweren Aufschlag des Biests auf seine gebückte Stellung nutzte Royce den Vorwärtsschwung des großen Monsters, um den Zodark dank der zusätzlichen Stärke, die ihm sein Exoskelett-Anzug gewährte, anzuheben und über die Schulter zu katapultieren. Der Zodark flog hoch in die Luft, während Royce sich um die eigene Achse drehte, um ihm frontal zu begegnen.

Der Feind war nun zu nahe, um seine Waffe wirkungsvoll einzusetzen. Royce griff nach seinem Messer und stürzte sich auf den Zodark, der gerade benommen auf die Beine kommen wollte. Royces Schulter rammte ihn und warf ihn zurück, worauf dessen Messer seinen Weg in die Bauchgegend des Zodark fand, wo Royce es mit aller Kraft zuerst drehte und dann nach oben riss.

Der Zodark stieß einen entsetzlichen Schmerzensschrei aus. Einer seiner Arme schlug mit unerwarteter Kraft auf Royces rechte Schulter ein. Royce vernahm ein lautes Knacken, gefolgt von einem sein Gehirn überflutenden, unbeschreiblichen Schmerz. Er wusste, dass ihm das Monster entweder das Schlüsselbein oder die Schulter gebrochen hatte. Darauf kam es jetzt jedoch nicht an. Er steckte in Schwierigkeiten, das war klar.

Über seinen Neurolink wies Royce seinen Kampfanzug an, ihm ein Mittel zur Blockierung der Nerven zu injizieren, gefolgt von einer Dosis Adrenalin und einer Nanitenspritze, um mögliche interne Blutungen zu stoppen. In Bruchteilen von Sekunden waren seine Schmerzen verschwunden. Das Adrenalin gab ihm die nötige Energie, sein Messer ein zweites Mal in der Brust des Zodark zu vergraben. Dieses Mal drehte er es zuerst nach rechts und dann nach links, um das große blaue Biest endgültig zu töten. Der Zodark stöhnte und brach zusammen.

Über und über mit bläulichem Blut bespritz, entdeckte Royce einige Meter von ihm entfernt einen gegen einen Baum gelehnten Delta. *Er musste ihn versorgen.* Sobald er neben dem verwundeten Mann stand, griff Royce nach dessen Erste-Hilfe-Packung, die an der Seite seines Brustharnischs hing. Mit dem ersten Naniten-Autoinjektor in der Hand warnte er den schwer verwundeten Mann: »Das könnte weh tun.«

Der Delta hatte eine Menge Blut verloren, das aus einer Wunde an seiner Seite austrat. Royce spritzte ihm zehn Mal mehr Naniten in den Körper als die einfache Dosis, mit denen ihre Kampfanzüge die Soldaten normalerweise versorgten.

Während Royce darauf wartete, dass die winzigen medizinischen Wundermittel Wirkung zeigten, griff er erneut nach der Waffe, die weiter an der Seite seines Anzugs hing, und sah sich nach einem Ziel um.

Zu seiner Rechten riss eine der Mech-Einheiten einen Zodark in Stücke. Der Soldat, der in dem Mech saß, setzte seine 12,7-mm-Magrailwaffe wie eine Sense ein. Mit jeder schwungvollen Bewegung nach links oder rechts, öffnete er eine große Schneise in den Reihen der vorwärts drängenden Feinde. Zu Royces Horror gelang es zwei Zodark, die Maschine zu flankieren und auf den Rücken des Mechs zu springen. Einer der Angreifer schlug wiederholt mit seinem Arm auf die kugelsichere Glasscheibe des Mechs ein, durch das der Soldat nach draußen sehen konnte. Er konnte sie nicht zerstören. Der Mann in der Maschine versuchte die Biester abzuschütteln, was ihn leider davon abhielt, mit seiner Hauptwaffe weiter die Feinde niederzumähen, die, so wie es aussah, kurz davor standen, die republikanischen Kräfte zu überwältigen. Der zweite Zodark platzierte eine kleine Sprengvorrichtung an der Rückseite des Mechs, woraufhin beide umgehend von ihm abließen. Sekunden später flog der Mech in die Luft. Der Soldat wurde getötet. Die Zodark eilten mit vermehrtem Schwung voran, da soeben ein kritisches Hindernis zwischen ihnen und ihrer menschlichen Beute beseitigt worden war.

GW, falls Sie uns mit Luftunterstützung aushelfen können, wäre das jetzt die richtige Zeit, übermittelte Royce über den Neurolink seinen Hilferuf an die Kommandozentrale des Schiffs.

Royce hob seine Waffe an. Zwei Zodark demontierten gerade einen der C100. Royce zielte und erledigte beide Monster mit mehreren

Schüssen. Zu spät. Der Terminator war zerstört; die Kurzschwerter der Zodark hatte seine mechanischen Arme abgetrennt. Sie lagen am Boden und glühten rot.

Royce wollte über sein HUD sehen, wie der Kampf insgesamt verlief, konnte aber nicht eine Sekunde darauf verschwenden. Der Feind war mitten unter ihnen. Sie waren von Zodark umringt. Es war ein Kampf auf Leben und Tod.

Dann vernahm er den überaus willkommenen Klang eines VTOL-Erdkampfflugzeugs, auch Reaper genannt. Der Reaper schien aus dem Nichts aufzutauchen, um einen Strom Anti-Personenraketen inmitten der größten Gruppe der Zodark zu feuern. Die nachfolgende Serie von Explosionen schleuderte eine große Anzahl von Zodark-Leichen und -Körperteilen durch die Luft und reduzierte die Zahl ihrer blutrünstigen Gegner beträchtlich.

Danach flog der gepanzerte Vogel langsam und niedrig über Royces Männer hinweg und eröffnete mit seiner in der Flugzeugnase untergebrachten Maschinenkanone und dank seiner beiden Seitenschützen das Feuer auf den Feind. Der Klang war Musik in Royces Ohren.

Die Reapers waren eine Mischung zwischen dem amerikanischen V-22 Osprey des 21. Jahrhunderts und einem Apache-Kampfhubschrauber. Sie verfügten auf jeder Seite über einen Schwenkrotor, der zum Schutz mit einer Panzerung verkleidet war. Eine 20-mm-Waffe in der Nase und zwei Schützen, die aus den Seitentüren hinaus ihre M134 Miniguns abschossen, vervollständigten die Ausrüstung. Ungleich den älteren Waffen des 21. Jahrhunderts nutzten diese Waffen eine flüssige Treibladung, was dem Flugzeug erlaubte, weit mehr Munition mit sich zu tragen.

Die Reaper waren zudem auf jeder Seite noch mit zwei Raketenwerfern versehen, die jeweils 36 60-mm-Antimaterialraketen voller Sprengstoff und Schrapnell enthielten. Für den Fall, dass ihnen Gefahr aus der Luft drohte oder im Fall von gepanzerten gegnerischen Waffen waren sie zudem mit 12 Dual-Use-Raketen ausgestattet. Diese Raketen konnten im Umkreis von 20 Kilometer gegen ein Flugzeug oder einen Panzer eingesetzt werden. Acht Passagiere fanden hinter den Schützen ebenfalls noch Platz.

»Hooah!«, riefen mehrere RAS' und Deltas, da jetzt nicht nur einer, sondern vier Reaper ihre Position überflogen.

Die Kampfflugzeuge spuckten Raketen und Maschinengewehrfeuer auf die verbliebenen Zodark aus und unterbrachen damit deren Angriff, bevor sie Royce und seine Männer überwältigen konnten.

Eine Handvoll Zodark schoss ihre Blaster auf einen der Reaper ab. Zwei Schüsse wurden von seiner Panzerung geschluckt, bevor zusätzliche Schüsse einen seiner Schwenkrotoren trafen. Nachdem dieser Bereich des VTOL weiteren Beschuss hinnehmen musste, flog schließlich die gesamte verkleidete Rotorenvorrichtung in die Luft. Der Verlust eines Flügels und von fünfzig Prozent seiner Auftriebskraft ließ den Reaper außer Kontrolle geraten. Er trudelte zu Boden, wo er hart aufschlug und eine Wolke schwarzen Rauchs in den Himmel schickte.

Der Absturz des Hubschraubers erinnerte Royce daran, dass dieser Gegner niemals aufgeben würde; sie würden bis auf den letzten Mann kämpfen, selbst wenn das einzig Sinnvolle ein Aufgeben wäre. Vor wenigen Minuten hatte die Luftunterstützung der Republik die Zodark erfolgreich dezimiert – woraufhin die ihre Blaster auf die Reaper gerichtet hatten.

Die drei unbeschädigten Reaper gewannen schnell an Geschwindigkeit und an Höhe, um dem Gefahrenbereich zu entkommen. Nun kreisten sie auf einer weit höheren Ebene und beschossen von dort aus die feindlichen Positionen.

Auch das hielt nicht lange vor. Die Zodark schossen Luftabwehrraketen auf die VTOL ab. Eines der ins Visier genommene Flugzeuge setzte infrarote Täuschkörper frei und versuchte im Tiefflug, den Raketen zu entkommen. Unter Umgehung sämtlicher Gegenmaßnahmen schlug eine Zodark-Rakete in die Mitte des Reapers ein. Die rauchenden und brennenden Trümmerteile und Überreste auch dieses Reapers schlugen auf der Mondoberfläche auf.

Die restlichen Reaper zogen sich zur *GW* zurück.

Der Verlauf des Gefechts am Boden vor ihm zeigte Royce, dass sich die C100, denen er zunächst so skeptisch gegenübergestanden hatte, unaufhaltsam hinter ihrem Rücken einen Weg in das Hauptfeld der Zodark gebahnt hatten. Dort kämpften die beiden Züge der Terminatoren nun Biest gegen Maschine.

Diese Tötungsmaschinen sind wirklich nicht aufzuhalten, dachte Royce und versuchte, den einen oder anderen Zodark mit seiner Waffe aus der Ferne zu erlegen. Die tödliche Auseinandersetzung mit einem

Gegner brachte einen Adrenalinrausch und ein Gefühl des Nervenkitzels mit sich, das durch nichts ersetzt werden konnte. Ein Teil von ihm wollte sich einfach nur mitten ins Kampfgewühl stürzen.

Royce wusste allerdings, dass er die Leitung des Kampfes wieder an sich reißen musste. Schließlich war er der Kommandant der Bodentruppen.

Trotz der Nanitenspritze war seine Schulter zudem nicht voll einsatzfähig. Er konnte sie nur eingeschränkt bewegen. Allein seinem Kampfanzug war es zu verdanken, dass er sie überhaupt nutzen konnte.

Nachdem Royce sich versichert hatte, dass sein Umfeld so sicher wie möglich war, rief er das HUD in seinem Helm auf und verschaffte sich einen Überblick über die Situation. Die Zodark an seiner rechten Flanke waren so gut wie am Ende. Die Verstärkung durch die C100 zu Beginn des Kampfs hatte sie hier gerettet. Die Lage an der linken Flanke war noch ungewiss; Adams Einheiten kämpften noch, hatten aber die Hälfte ihrer Kollegen verloren. Und die Mitte - das war der Bereich, der Royce am meisten zusetzte. Fünf seiner zehn Deltas waren im Kampf gefallen, während die anderen fünf, einschließlich ihm, verletzt waren.

Der Zug der RA-Soldaten war ebenfalls gebeutelt worden; sie hatten beinahe die Hälfte ihrer Männer verloren. Die vier Mechs, die sie mitgebracht hatten, waren zerstört. Die Zodark hatten sich gleich zu Beginn des Kampfs auf sie konzentriert. Royce wusste, dass sie ohne Verstärkung verloren waren …. und weitere Verstärkung von der *GW* zu erhalten war ausgeschlossen, zumindest nicht zeitig genug, um einen Unterschied zu bewirken.

Adam, befehle deiner Truppe die Position hinter den Zodark aufzugeben und stattdessen die linke Flanke zu verstärken. Verstanden?, bestimmte Royce über ihren Neurolink.

Lieutenant Royce, wenn ich das tue, entkommen die Zodark um das nächste Mal erneut zu kämpfen. Wir sollten sie in der Zange behalten und direkt hier beseitigen, erwiderte Adam.

Adam, das ist ein Befehl. Zieh den Trupp zurück, der den Rückzug der Zodark verhindert. Bestätige diesen Auftrag!

Befehl bestätigt. Sofortiger Rückzug des zweiten Trupps.

Nachdem die AI-gesteuerten Kämpfer zur linken Flanke abgezogen waren, nahmen die Zodark die Gelegenheit wahr, sich tiefer in den Wald zurückzuziehen, um Abstand zwischen sich und die menschlichen Streitkräfte zu bringen. Innerhalb von fünf Minuten war der letzte der Zodark verschwunden.

Nach ihrem Abzug beorderte Royce die C100 zurück an seine Position. Danach beantragte er medizinische Transporter, um die Verwundeten und Toten abzuholen. Er wollte sie so schnell wie möglich vom Mond entfernen und wieder zurück auf dem Schiff haben.

Die Ankunft der ersten medizinischen Raumfähre brachte einen neuen Zug RA-Soldaten und zwei neue Mechs mit sich. Die Soldaten sahen alle energiegeladen und zum Kampf bereit aus, bis sie die im weiten Bereich verstreuten toten Zodark und die Leichen ihrer Kameraden sahen.

Dann landete noch ein größerer Transporter mit zusätzlicher Verstärkung. Er entlud 80 frisch vom Mutterschiff in der Umlaufbahn gesandte C100. Sobald sie sich mit Adam vernetzt hatten, würde der als ihr Anführer ihr kollektives Wissen um die Erfahrungen der letzten beiden Kampftage bereichern. Die soeben eingetroffenen Maschinen würde diese Information verinnerlichen und in ihre Programmierung integrieren, um so aus den Erfahrungen der letzten Gruppe zu lernen.

Einer der Männer, die aus dem Transporter kletterten, war Colonel Hackworth.

Grüßend nickte ihm Royce entgegen. »Sir, was kann ich für Sie tun?«

Hackworth verzog das Gesicht, als er das Chaos, das sie umgab, begutachtete. »Ich bin hier, um Sie abzulösen, Lieutenant. Großartige Arbeit – Sie standen Ihren Mann. Tatsächlich kämpften Sie besser, als ich es Ihrer Gruppe zutraute. Aber Sie und alle anderem in Ihrem Team sind verletzt. Ihr Trupp ist vom Dienst entbunden und auf dem Weg zurück zur *GW*, wo sie zusammengeflickt werden. Ich bleibe hier unten und bereite der Sache mit den beiden Zügen der C100 und dem der RA ein Ende. Danach wischen wir auf. Sie haben sich ihr Geld verdient. Und jetzt lassen Sie sich helfen.« Mit dem Kopf wies der Colonel Royce die Richtung zur Raumfähre.

Da ihm die kleinste Bewegung Schmerzen bereitete, wusste Royce, dass seine Schulter nicht nach einer kurzzeitigen Lösung, sondern nach einer echten ärztlichen Behandlung verlangte. »Vielen Dank, Sir. Viel Erfolg.«

Royce befahl den Rest seiner Truppe an Bord. Für sie war der Kampf vorbei. Jetzt mussten sie sich regenerieren und ihrer Kameraden gedenken, die auf Pishon ihr Leben ließen.
****

Lieutenant Brian Royce lag im Bett der Krankenabteilung der *George Washington* und war froh, dass seine Schulter auf dem Weg der Besserung war. Der Arzt hatte ihm versprochen, dass sein Schlüsselbein dank der Naniten in etwa zwei Tagen vollkommen geheilt sein würde, einschließlich den gerissenen Sehnen und Muskeln. Dann würde er wieder ganz der Alte sein.

Die freie Zeit in der Krankenabteilung erlaubte Royce, seinen längst überfälligen Papierkram zu erledigen. Das Militär würde in sich zusammenbrechen, wenn nicht alles bis ins kleinste Detail schriftlich festgehalten wurde. Traurig sah Royce sich die Liste der Soldaten an, für die Leistungsberichte fällig waren, die ihre Fitnesstests absolvieren oder andere unabdingbare Voraussetzungen erfüllen mussten. Auf knapp ein Viertel der Namen auf dieser Liste traf dies nicht länger zu. Sie hatten der Republik auf Pishon ihr Leben geopfert.

Seit wir Neu-Eden entdeckt haben, gingen so viele Menschenleben verloren, dachte er deprimiert. *Die Hälfte meiner Freunde sind in diesem blutigen Krieg gefallen ....*

Royce versuchte sein Bestes, ein starke Fassade zu präsentieren. Er war inzwischen ein Offizier, der Sondereinsatztruppen kommandierte. Es war sein Job, Feinde zu bekämpfen und so viele seiner Leute wie möglich am Leben zu erhalten. Trotzdem .... Er vermisste seine Zeit als Sergeant. In diesem Job hatte sich alles um das Töten des Feindes gedreht. Befehle zu erteilen, die wahrscheinlich einigen seiner Männer das Leben kosten würden, setzten ihm zu. Royce konnte einfach nicht verstehen, wie ein General – oder der Kapitän eines Schiffes – fähig war, so viele Entscheidungen zu treffen, die zum Tod seiner Untergebenen oder sogar zum Verlust seines ganzen Schiffs führen konnte.

Vielleicht bin ich für eine Kommandostellung einfach nicht geeignet, grübelte er.

Lieutenant Royce zwang sich, diese düsteren Gedanken zu verjagen und kehrte zu seinen Papieren zurück. Er öffnete den Leistungsbericht für den Sergeanten seines Zugs, Master Sergeant Joe

Tanner. Tanner war ein ausgezeichneter Unteroffizier, ein wahrer Anführer. Royce notierte sich die Stichpunkte, die ihm helfen würden, seine nächste Beförderung zu erhalten.

Er überflog Tanners Militärakte, sah sich die militärischen Schulen und Kurse und weiterführenden Ausbildungen an, die der Sergeant absolviert hatte, und die Auszeichnungen und Belobigungen, die er im Laufe der Jahre erhalten hatten. Wie viele der Soldaten vor Beginn des Krieges hatte Tanner nur wenige Orden – meist welche für hervorragende Leistungen und Verdienstmedaillen. Das waren Auszeichnungen, die ein Soldat routinemäßig erhielt, wenn er von einer Position in die andere wechselte oder wenn er etwas tat, das weit über seine regulären Dienstpflichten hinausging. Dieser Einsatz war Tanners erster Kampfeinsatz. Bisher hatte er Glück gehabt. In keinem der bisherigen Auseinandersetzungen war er verletzt worden. Heute hatte ihn der Blaster eines Zodark erwischt, aber er war ok, zumindest dieses Mal. Er lag einige Betten von Royce entfernt.

Sergeant Tanner hatte außergewöhnlich gut auf Neu-Eden und Pishon gekämpft. Royce schrieb eine erste Empfehlung zur Verleihung eines Bronzesterns mit V-Anhänger für den Angriff zur Einnahme von Neu-Eden. Dann schrieb er eine zweite, gleichlautende Empfehlung für den Angriff auf Pishon und eine dritte für die Verleihung des Verwundetenabzeichens Purple Heart. Joe hatte sich diese Auszeichnungen verdient, und Royce war froh, sich in der Position zu befinden, seinen Männern die Orden und Auszeichnungen zukommen zu lassen, die sie sich so hart erarbeitet hatten. Er hasste es zu sehen, wenn andere Offiziere Medaillen vergaben, die mehr auf politischen Gesichtspunkten als auf tatsächlicher Leistung beruhten. Er schwor sich, nie so wie diese falschen Schleimer zu werden.

Nach drei Stunden der Verwaltungsarbeit trat jemand an sein Bett. Royce legte sein Tablet zur Seite und lächelte beim Anblick des Mannes. »Schön, Sie zu sehen .... Major? Was, Sie wurden schon wieder befördert?«

Ein breites Grinsen hellte Major Jayden Hoppers Gesicht auf. Er zuckte mit den Achseln. »Nicht meine Wahl, wenn Sie das hören möchten. Ich wäre viel lieber noch auf Kompanieebene. Als Kompanieführer war ich wenigstens noch am Kampf selbst beteiligt. Wie geht's der Schulter? Ich hörte, dass es ein recht schlimmer Bruch sein soll.«

»Er wird heilen. Ich bin nur froh, dass wir die Naniten haben«, erwiderte Royce. »Der Arzt sagte mir, dass diese Art Verletzung mit der medizinischen Technologie und den Heilmethoden des letzten Großen Kriegs meine Karriere unweigerlich beendet hätte. Heute bin ich nur zwei Wochen lang außer Gefecht. Schon erstaunlich, wie weit die Kriegsmedizin gekommen ist. Die Hälfte meiner Männer wird überleben und weiter dienen, dank den Naniteninjektionen in unseren Erste-Hilfe-Packungen.«

Royce wusste, dass der frisch beförderte Major ein beschäftigter Mann war. »Es freut mich, dass Sie mich besuchen, Sir, aber ich denke, da steckt etwas mehr dahinter als sich nur nach meiner Gesundheit zu erkundigen«, forschte er neugierig. »Was kann ich vom Krankenbett aus für Sie tun?«

Hopper nickte. »Immer direkt und auf den Punkt, Brian. Nenn mich privat doch einfach Jayden. Kein ‚Major‘-Getue zwischen uns Offizieren, ok? Also, pass auf, Brian. Unser Bataillon ist erst seit fünf Monaten im Einsatz. In diesem Zeitraum verloren wir zweiundvierzig Prozent unserer Soldaten. Berücksichtigen wir, dass so gut wie jeder Angehörige des Bataillons zumindest einmal verwundet wurde, bedeutet das, dass wir enorme Verluste hinnehmen mussten. Dieser Einsatz brachte sehr viel Action mit sich, woran sich meiner Ansicht nach auch in naher Zukunft nichts ändern wird.«

Royce furchte die Stirn. »Wie ich hörte, sind die Zodark auf Pishon mittlerweile ausgerottet und die RAS und Deltas haben Neu-Eden befreit. Ist eine neue Gruppe in das System eingedrungen?«

Hopper schüttelte den Kopf. »Nein, keine Spur von den Zodark. Die Kommandeure sind dabei, einen Plan zu erarbeiten, um die sumarische Heimatwelt Sumara zu befreien. Unser Bataillon wird aufgeteilt, um ein neues, eigenständiges Delta-Bataillon zu formieren. Ich wurde zum Kommandanten des neuen 1st Battalion, 3rd Deltas ernannt, deshalb auch die Beförderung. Dieses neue Delta-Team wird in Neu-Eden ansässig sein. Und ich möchte wissen, ob du einer meiner Kompanieführer sein willst.«

Überrascht ließ Royce seinen Kopf auf das Kissen zurückfallen. *Kompanieführer? Ich hatte kaum Zeit, mich daran zu gewöhnen, der für einen Zug verantwortliche Offizier zu sein.*

Hopper, der den verwirrten Gesichtsausdruck des Lieutenants bemerkte, fuhr fort: »Brian, ich weiß, ich verlange viel von dir mit der

Bitte, eine meiner Kompanien zu übernehmen. Wir erlitten eine Menge Verluste und brauchen gute Offiziere mit Kampferfahrung, die über Führungsqualitäten verfügen. Es fehlt uns an Offizieren und Unteroffizieren mit deinem und meinem Hintergrund.

»Die ursprüngliche Kompanie, die sich vor sechs Jahren auf den Weg nach Neu-Eden machte, hat mehr Kampferfahrung gesammelt als sämtliche Sondereinsatztruppen des Weltraumkommandos zuvor. Wir – und damit meine ich die obersten Befehlshaber – müssen diese erfahrenen Veteranen in den Führungspositionen der neuen Einheiten unterbringen. Wir müssen aus einem neuen Nukleus heraus schlagkräftige Einheiten aufbauen. Ich brauche dich, Brian, um mich dabei zu unterstützen, mein Bataillon zum besten Delta-Bataillon der neuen Gruppe zu machen.«

Royce sah seinem Freund in die Augen und fragte geradeheraus: »Blieben uns genug Deltas, um eine Kompanie zu gründen, geschweige denn ein ganzes Bataillon?«

Hopper strich sich über seine Bartstoppeln. Er überlegte einen Augenblick. »Ehrlich gesagt, Brian, nein. Andererseits haben sich die C100 als hinreichend anpassungsfähig erwiesen, mit einem menschlichen Team zu arbeiten. Euer Kampf auf Pishon war ein hervorragendes Studienbeispiel dafür, wie die neuen Kampf-Synth in eine menschliche Einheit integriert werden sollten. Basierend auf diesem positive Ergebnis will das Weltraumkommando die C100 einbeziehen.«

»Nur zur Information, Jayden, wir tendieren dazu, sie Blechbüchsen oder Terminatoren zu nennen, nicht C100 oder Kampf-Synth«, korrigierte Royce ihn leise kichernd. »Außer Adam, ihrem Anführer, natürlich.«

Hopper grinste über den herabsetzenden Spitznamen, den die Soldaten den C100 gegeben hatten. »Verstehe, ja. Also, die *Blechbüchsen* haben bewiesen, dass sie mit einem menschlichen Zug zusammenarbeiten und effektiv funktionieren können. Deshalb hat das Weltraumkommando wie erwähnt entschieden, dass wir die freien Stellen solange mit C100 besetzen, bis unser Trainingsprogramm auf der Erde alle verfügbaren offenen Positionen füllen kann.« Hopper hob die Hand, um den erwarteten Kommentar von Royce zu stoppen. »Pass auf, Brian. Ich weiß, dass die Truppen ihnen einen Spitznamen gaben, und ich weiß auch, dass der verschrobene alte Delta-Colonel sie

Blechbüchsen oder Terminatoren nennt. Aber offiziell müssen wir sie mit ihrer Bezeichnung ansprechen. Also rufe sie bitte in Anwesenheit der Ranghöheren oder sonstiger Autoritätsfiguren so weit wie möglich beim Namen. Nenne sie C100, wenn du den Begriff ‚Kampf-Synth' nicht gebrauchen willst. In Ordnung?«

Royce nickte und errötete leicht. Er wusste, dass Hopper Recht hatte. Das war einer der Unterschiede zwischen einem Offizier und einem Unteroffizier. Ein Offizier musste immer professionell auftreten, während ein Unteroffizier sich Dinge leisten konnte, die dem Offizier nicht verziehen wurden.

»Ach ja, Colonel Hackworth ist unser neuer Gruppenkommandeur«, ergänzte Hopper. »Deine neue Kompanie besteht zu fünfundzwanzig Prozent aus menschlichen Soldaten, der Rest sind Synth. Dieser Prozentsatz wird sich mit jedem Eintreffen neuer Truppen verringern. Bis dahin werden die Kampf-Synth den größten Anteil ausmachen. Du wirst die Einbindung der C100 in deine Züge planen und überlegen, wie du die Züge organisieren willst. Ich bin sicher, dass mir der Simulator dazu auch einige brauchbare Ideen liefern kann. Also, nun ganz offiziell, Brian …. Darf ich dir die überreichen und du wechselst in mein Bataillon über?«, fragte Hopper und hielt ihm ein kleines Kästchen mit brandneuen Captain-Abzeichen entgegen.

Royce schüttelte lachend den Kopf. Er konnte seinen Freund nicht enttäuschen. Sie waren bereits seit über sechs Jahren befreundet, als sie Sol zum ersten Mal gemeinsam verlassen hatten. Natürlich würde er die Beförderung akzeptieren. Offiziere wie Jayden Hopper waren selten. Wenn seine Bosse ihn für hinreichend qualifiziert hielten, um durch die Ränge nach oben katapultiert zu werden, dann wäre Royce gut beraten, sich ihm anzuschließen und zu sehen, wie weit die Reise ging.

»Ich akzeptiere das Angebot … aber du musst mir zwei Wochen mit den Synth und meinen Soldaten geben, um neue Taktiken zu studieren, die die Zusammenarbeit leichter machen«, nahm Royce die Beförderung an. »Unser Kampf auf dem Mond war wirklich nur ein improvisiertes Desaster, mit dem wir glücklicherweise Erfolg hatten. Zukünftig möchte ich so etwas lieber vermeiden. Wenn wir weitere Kämpfe in dieser Zusammensetzung bestreiten müssen, brauchen wir spezielle Taktiken und Pläne, die es uns zu unserem Vorteil erlauben, dank der besonderen Fähigkeiten der C100 unsere menschlichen Schwachstellen auszugleichen. Einverstanden?«

Hopper streckte Royce die Hand entgegen. »Klingt gut, Brian. Ich kann dir gar nicht sagen, wie erleichtert ich bin, dich in meinem Team zu haben. Ach ja …. Lass mir bitte, bevor ich offiziell die Kompanie verlasse, deine Zug-Unterlagen und Auszeichnungsempfehlungen zukommen. In meinen letzten 24 Stunden als Kompanieführer möchte ich diese Pflichten noch erfüllen, bevor der nächste Mann an meine Stelle tritt.«

»Jayden, bevor du gehst …. Wie schaffen wir es, alle offenen Offizier- und Unteroffizierstellen zu besetzen?«

Hopper grinste. »Tatsächlich ganz einfach. Wir befördern diejenigen, die ihre übergeordneten oder gleichrangigen Kollegen überlebt haben. Wenn der Krieg sich noch eine Weile hinzieht, dann ernennen sie dich und mich früher oder später zum Colonel. So ist das eben, Brian. Sobald eine Armee schnell wächst und die Ränge ihrer Offiziere und Unteroffiziere durch Gefechtsverluste drastisch reduziert werden, dann fallen viele Leute in kürzester Zeit die Beförderungsleiter hoch.«

Mit dieser Aussage ließ der frischgebackene Major das Kästchen mit den Hauptmannsabzeichen auf Brians Bett zurück, um mit weitere verwundeten Soldaten in der Krankenabteilung zu sprechen. Royce zog das Kästchen an sich und starrte auf seine neuen Rangabzeichen. In seinen kühnsten Träumen hatte er sich nie vorstellen können, Offizier zu werden, geschweige denn der Führer einer ganzen Kompanie. Vor diesem Krieg war sein höchstes Ziel die Beförderung zum Sergeant Major gewesen.

Wer weiß? So wie dieser Krieg unsere Soldaten dahinrafft, bin ich eines Tages vielleicht General.

Kapitel Fünfzehn
Schiffsbau

Orbitalstation John Glenn
RNS *George Washington*

Rear Admiral Miles Hunt stieß einen tiefen Seufzer aus, nachdem sein Schiff an der riesigen Station angelegt hatte. Die *GW* würde 24 Tage im Hafen verbringen, bevor sie erneut ins Rhea-System ablegte, eine neue Expedition anführte …. dieses Mal die Invasion in einen von den Zodark kontrollierten Raum. Er hatte 24 Tage, die nötigen Reparaturen am Schiff zu überwachen und seiner Besatzung vor ihrer nächsten Kampagne ein Mindestmaß an Urlaub zuzugestehen.

Hunt wandte sich an seinen XO. »Captain McKee, bitte entlassen Sie die nicht absolut notwendigen Mannschaftsmitglieder in zwei Wochen verdienten Urlaub. Der Rest der Besatzung erhält zehn Tage in Rotation, entweder auf der Station oder auf der Erde. Höchste Zeit, unseren Leuten eine kurze Entspannungspause zu gönnen.«

»Aye-aye, Admiral«, bestätigte McKee erfreut. Ihr gehörten die ersten zehn Tage im Hafen, bevor sie mit dem Admiral tauschte und er seine freie Zeit genießen durfte.

Die Jungfernreise der *GW* hatte sich über fünf brutale Monate hingezogen, in denen das Vorzeigeschiff der RNS-Flotte außerordentlichen Schaden hatte hinnehmen müssen und sie auf diesem Weg viele Freunde verloren hatten. So sollte eine Jungfernfahrt wirklich nicht verlaufen, aber sie waren nun einmal im Krieg.

Nach dem Höhepunkt der Schlacht vor dem Sternentor, war die *GW* nach Neu-Eden zurückgekehrt. Obwohl die Besatzung direkt im Orbit einen Großteil ihres Schadens beheben konnte, war für einige Reparaturen eine hochentwickelte, komplett ausgestattete Schiffswerft erforderlich. Das Risiko einzugehen, die *GW* von Rhea abzuziehen, war der einzige Weg, ihre Superwaffe vor weiteren Begegnungen zu reparieren.

In der Diskussion, ob die die *GW* das Rhea-System verlassen konnte, hatte einer der Ingenieure von BlueOrigin die brillante Idee, die Sternentore zu bewehren. Die Durchführung dieses Vorschlags hatte ihnen die Reise nach Hause möglich gemacht. Unabhängig davon, ob sie die Sternentore kontrollieren oder ihren Mechanismus erklären konnten, befestigen konnten sie sie in jedem Fall.

Nachdem sie erlebt hatten, wie effektiv die wenigen Geschützbatterien gewesen waren, die sie vor der Schlacht am Sternentor installiert hatten, gaben sie nun ihr Bestes und richteten eine Unzahl von Abschussrampen für Plasmatorpedos und zusätzliche Gefechtstürme auf feststehenden Plattformen rund um das Sternentor herum ein. Geschützt wurden diese Vorrichtungen durch eine vierzig Meter dicke Panzerschicht. Sollte ein fremdes Schiff es wagen, durch das Tor zu springen, würde es schonungslosem Beschuss ausgesetzt sein und gleichzeitig die irdischen Kräfte alarmieren, dass ein Eindringling das System betreten hatte.

****

Eine Stunde nach dem Andocken des Schiffs waren die ersten Werftarbeiter an Bord, um mit den Reparaturen zu beginnen. BlueOrigins leitender Ingenieur, Adrian Rogers, betrat auf der Suche nach Hunt die Brücke. Er fand ihn mit einem Tablet in der Hand in seinem Kapitänssessel.

Hunt sah hoch und lächelte dem bekannten Gesicht entgegen. Er stand auf und ging auf seinen Freund zu. »He, wen haben wir denn da? Wie geht's, Adrian?« Die Männer schüttelten sich die Hände.

»Hallo, Miles .... will sagen, Admiral. Schön, Sie zu sehen«, begrüßte Rogers ihn.

Mit einer Geste seiner Hand wischte Hunt die Erwähnung seines Rangs vom Tisch. »Nennen Sie mich Miles, Adrian. Wir kennen uns zu lange, um auf Titel oder Rang zu bestehen. Es war wirklich zu schade, dass Sie uns in der letzten Minute nicht auf unserer Jungfernfahrt begleiten konnten. Was war der Grund? Ich bekam nie eine vernünftige Antwort.«

»Er war persönlicher Natur«, erklärte Rogers mit trauriger Stimme. »Meine Mutter erlitt einen schweren Herzanfall und starb einen Tag vor dem Beginn Ihrer Reise. Ich sagte meine Teilnahme nur ungern ab, aber ich konnte unmöglich meinen Vater in diesem Moment allein zurücklassen. Eric hat sich in meiner Abwesenheit doch sicher um alles gekümmert?«

Hunt nickte. »Ja, kein Problem, Adrian. Ich wollte nur sicher sein, dass auf Ihrer Seite alles in Ordnung war. Wie geht es Ihrer Familie jetzt?«

»Mein Vater hat ihren Tod noch nicht verarbeitet. Trotz aller medizinischen Wunder, die wir dieser Tage vollbringen, können wir immer noch nicht vorhersagen, wann uns ein massiver Herzanfall das Leben kosten wird. Meine Eltern waren 82 Jahre lang verheiratet. Schwer zu glauben. Der Verlust meiner Mutter setzt meinem Vater weiter schwer zu. Ich bin nur froh, dass ich für ihn da sein konnte, als er mich brauchte.«

Hunt dachte einen Augenblick lang nach. *82 Jahre Ehe.* Es machte ihn glücklich, dass die medizinische Technologie so weit fortgeschritten war, dass Menschen dieser Tage bis zu 150 Jahre alt werden und dementsprechend so lange verheiratet sein konnten. Lilly und er hatten gerade ihren 37. Hochzeitstag gefeiert.

Wie schnell die Zeit vergeht ....

Rogers berichtete weiter. »Meiner Frau geht es gut, und die Kinder .... Die sind mittlerweile erwachsen und aus dem Haus.«

Rogers sah aus, als ob er noch etwas hinzufügen wollte, zögerte dann aber.

»Was ist, Adrian?«, drängte Hunt. »Gibt es sonst noch etwas, das ich wissen sollte?«

Rogers sah leicht beschämt aus. »Ähm .... da Sie es ansprechen .... meine Tochter Tina wurde vor sechs Monaten eingezogen.«

Wenige Monate bevor Hunt und die Flotte Sol verließen, hatte Präsidentin Luca in der gesamten Republik die Wehrpflicht eingeführt. Die TPA erhöhte ebenfalls die Zahl ihrer Militärangehörigen.

»Das wusste ich nicht, Adrian. Wissen Sie, wem sie zugeteilt wurde oder was ihre Aufgabe sein wird?« Hunt bot ihm an, neben seinem Kapitänsessel Platz zu nehmen. Eine kleine Armee von Arbeitern schwärmte gerade auf der Brücke aus, um diagnostische Tests durchzuführen und zu bestimmen, wo ihre Reparaturprioritäten lagen und was warten konnte.

Rogers errötete. »Wie es der Zufall will, wurde sie Ihrem Schiff, der *George Washington*, zugewiesen. Sie soll sich in der Waffenabteilung als Artilleriemaat melden.«

Rogers sah besorgt aus. Der Schadensbericht, den die *GW* ihn bereits vor ihrer Ankunft übersandt hatte, hatte ihm den umfangreichen

Schaden, den das Schiff an seinen Magrailtürmen erlitten hatte, deutlich gemacht – Schaden an der Waffengruppe, an der die neuen Artilleriemaate typischerweise dienten.

Hunt verstand den Mann gut. Er hatte zusammen mit Rogers am Design der *GW* gearbeitet und ihn über die Jahre auch persönlich gut kennengelernt.

»Ich dachte, Tina besucht die Universität?«, fragte Hunt. »Boten sie den Studenten nicht die Zurückstellung an?« Er war so lange unter den Sternen unterwegs gewesen, dass er keine Ahnung hatte, was sich zurück auf der Erde abgespielt hatte.

Rogers schüttelte den Kopf. »Nein, das Zurückstellen wird nicht länger angeboten. Wenn sie deine Nummer aufrufen, musst du dich melden. Ich wollte nicht meine Beziehungen spielen lassen, um sie vom Dienst zu befreien – das wäre nicht recht. Und obwohl der Vater in mir es trotzdem tun wollte, sprach sich meine Tochter vehement dagegen aus.«

Hunt nickte erfreut. »Was halten Sie davon, Adrian? Ich sehe, ob ich sie an eines der CIWS-Systeme versetzen kann, die kaum an der Action beteiligt waren und im Kampf nicht stark angegriffen wurden. Das ist das Beste, was ich für Sie tun kann.«

Rogers schien mit dieser Antwort zufrieden zu sein. Er lächelte und bedankte sich. »Ich weiß das zu schätzen, Miles. Und jetzt sollten wir wohl über die notwendigen Reparaturarbeiten sprechen. Ich sah die Liste, die Sie uns geschickt haben, aber welche Arbeiten halten Sie für absolut vorrangig?«

Nach dem Griff nach seinem Tablet markierte Hunt zwei Positionen, bevor er es an Rogers weiterreichte. »Ich habe die meiner Ansicht nach wichtigsten Reparaturen hervorgehoben. Neben der Plasmakanone kommt den 3-D Druckern der höchste Stellenwert zu. Die primären und sekundären Magrailtürme an Steuerbord wurden ebenfalls stark beschädigt. Einige Lasertreffer brannten sich durch unseren Panzer hindurch und beeinträchtigten unsere Fabrikatorenabteilung. Diesen Bereich konnten wir nicht eigenständig reparieren. Und ohne Fabrikatoren sind wir in unserer Produktion stark eingeschränkt.

»Und der Schutzpanzer! Obwohl wir eine Menge Nanitenpaste auf Flickarbeiten verwendet haben, bin ich nicht sehr zuversichtlich, dass sie einem Zodark-Pulsstrahler standhalten werden. Wir sind einem neuen größeren Schlachtschiff begegnet, das viel, viel härter zuschlägt als die Schiffe, die wir bislang kennengelernt haben«, erläuterte Hunt.

»Ja, ich las den Bericht, den Sie Admiral Bailey überließen. Ehrlich gesagt, bin ich überrascht aber sehr froh, dass Sie sich gegen dieses Schiff durchsetzt haben. Ich kann immer noch nicht glauben, dass sie unserem neuesten Schlachtschiff einen solch schweren Schaden zufügen konnten. Es war eine beinahe übermenschliche Leistung, sechs Schlachtschiffe für die letzte Kampagne zu bauen. Drei von ihnen in einer einzigen Schlacht zu verlieren, dazu noch der Schaden an den drei anderen …. Einfach unglaublich!« Er beugte sich vor und flüsterte beinahe: »Ist es möglich, diesen Krieg zu gewinnen, wenn sie uns weiter mit immer größer werdenden Schiffen entgegentreten, Miles?«

Hunt beugte sich ebenfalls vor, um nicht belauscht zu werden. »Wir haben gesiegt, Adrian, indem wir klüger als sie waren«, entgegnete er. »Wir schlagen sie, da wir uns den wechselnden Gegebenheiten anpassen und jede neue außerirdische Technologie so schnell wie möglich erfolgreich in unsere Schiffe integrieren.«

Dann richtete sich Admiral Hunt wieder auf und sprach mit normaler Stimme weiter. »Ok, ich war fünf Monate lang unterwegs. Erzählen Sie mir von den Fortschritten in der Technologie, seit unser Schiff das letzte Mal im Hafen lag?«

Rogers grinste. »Na ja, wenn Sie darauf bestehen …. Unser Forscherteam untersuchte gemeinsam mit unseren sumarischen Alliierten eingehend die Panzerschicht des Zodark-Trägers, den wir vor einigen Jahren eingenommen haben. Wir kennen nun das Geheimnis, das ihnen erlaubt, ihre Schutzpanzer so zu modulieren, dass sie die Effektivität unserer Laser zunichtemachen. Und diese Technologie fließt selbstverständlich in die neue Generation unserer im Bau befindlichen Kriegsschiffe ein. Wir fügen sie einfach dem ursprünglichen Schiffsdesign hinzu. Ich denke, dass das ihre Überlebensfähigkeit in künftigen Auseinandersetzungen erheblich verbessern wird.«

Hunt klopfte Rogers anerkennend auf die Schulter. »Sehen Sie, genau davon sprach ich, Adrian«, rief er erfreut. »Das ist die Art von Erfindergeist, der uns den Sieg einbringen wird.«

Hunts PA informierte ihn, dass es beinahe Mittag war.

Mittagszeit, dachte er. Lilly, seine Frau, hatte ihn wissen lassen, dass sie auf der Station eingetroffen war. Sie erwartete ihn in seinem vorläufigen Quartier. Wenn er sich zwei Stunden Zeit stehlen konnte, würde er sicher sowohl eine Mahlzeit als auch eine andere Aktivität mit seiner Braut genießen können.

»Ok, mein Freund. Zeit, dass ich Sie wieder an die Arbeit gehen lasse«, erklärte Hunt. »Ich habe einen Termin, der nicht warten kann.« Beim Aufstehen zwinkerte er Rogers verschwörerisch zu.

»Aber sicher. Ich erkannte Lilly, als ich sie heute Morgen an der Bohnenstange sah«, grinste Rogers. »Wir sprechen uns morgen.«
****

Station Jericho
Republikanische Marineschiffswerft

Commander Amy Dobbs fühlte sich auf der Station Jericho sehr wohl. Der Entwurf der Station basierte auf dem Plan, von Grund auf neue, überdimensionierte Raumschiffe auf äußerst gestraffte und effektive Weise zu bauen. Die Station glich dem Aufbau nach einer Fabrik mit individuellen Herstellungsbereichen, die ihrerseits in mehrere Sektionen unterteilt waren.

Ihre große Trockendockvorrichtung, an die sich mehrere Konstruktionsbuchten anschlossen, konnten jede Art von Schiff aufnehmen – angefangen mit kleineren Fregatten über weit größere Kriegsschiffe bis hin zu Großkampfschiffen. Etwa dreißig Prozent der Einrichtung war gegenwärtig in Betrieb. Es würde Jahre dauern, bis die gesamte Werft voll einsatzfähig sein würde.

Grübelnd sah Dobbs sich die holografische Wiedergabe des Schiffs an, an dessen Entwicklung sie seit fünf Monaten beteiligt war. Sie fragte sich, ob es sich während eines Kampfs behaupten würde. Die Fregatten der *Viper*-Klasse, die die Navy vor über einem Jahr vorgestellt hatte, waren gute Schiffe. Sie erfüllten ihre Aufgaben, hatten aber einige Defizite, die erst im Laufe der Schlacht ans Licht getreten waren. Und obschon die *Viper* in der Hauptsache zur Erkundung und nicht für den Kampf bestimmt waren, verlangte dieser Krieg mit den Zodark, dass alle Schiffe gefechtsbereit sein mussten.

Nach dem Verlust ihres Schiffs war Dobbs die Aufgabe zugefallen, den Schiffsdesignern dabei zu helfen, eine neue Klasse von

Kriegsschiffen wie die Fregatten der *Viper*-Klasse zu entwickeln. Bei gleichbleibendem Auftrag sollten sie allerdings eine Auseinandersetzung mit den Zodark besser und länger überstehen.

Das neue Kriegsschiff, das sie mit Dobbs Hilfe entworfen hatten, war ein Biest, in das sie die neueste Panzerungstechnologie sowie einige mächtige neue Waffensysteme integriert hatten. Das Schiff verfügte nun über eine drei Meter dicke Außenhaut, in die die modulierte Panzertechnologie der Zodark eingeflossen war. Diese Verbesserungen würde ihnen in zukünftigen Kämpfen während eines Schusswechsels einen effektiveren Schutz gewähren.

Einer der Schiffsdesigner von Musk Industries trat an sie heran. »Na, haben Sie sich schon einen Namen für unsere Schiffsreihe ausgedacht?«

Dobbs drehte sich zu ihm um und errötete. »Hallo, John. Das habe ich. Ich bin mir nur nicht sicher, ob das Weltraumkommando ihn genehmigen wird. Wir werden sehen.«

»Ok, die Spannung bringt mich um, Commander. Wie soll sie heißen?«, fragte der Ingenieur grinsend.

»Falls sie zustimmen, will ich sie die Zerstörer der *Scorpion*-Klasse nennen«, verkündete Dobbs.

Er nickte zustimmend. »Gefällt mir. Prägnant. Angesichts der Bewaffnung dieser Bestie passt *Scorpion,* denke ich.«

»Ich muss Admiral Bailey morgen über den Status dieses Projekts berichten«, teilte Dobbs ihm mit. »Er will sich mit Admiral Hunt hier auf der Station treffen, da die *GW* und der größte Teil des Gefechtsverbands zurückgekehrt sind. Der Admiral wird sich nach dem Produktionszeitrahmen erkundigen. Wie lange wird es dauern, diese Schiffe zu bauen? Wann werden wir sie in Dienst nehmen können?«

»Gute Frage«, erwiderte John. »Ich kann Ihnen sagen, wie lange es dauert, ein Schiff zu bauen, aber wie schnell wir sie bauen und in Dienst stellen ... das hängt überwiegend vom Admiral ab und wann er sie haben will.«

Dobbs furchte die Stirn. »Was meinen Sie damit?«

Schiffsbau und Auftragsvergabe waren nun einmal nicht ihre Sache. Mit diesem Aspekt hatte sie als ranghoher Offizier der Flotte keinerlei Erfahrung. Sie wusste allerdings, dass sich – falls sie eines Tages zum Admiral ernannt werden wollte – die Erfahrungen, die sie in ihrer jetzigen Position machte, als sehr hilfreich erweisen würden.

John trat an das holografische Bild heran, das sie studiert hatte. Mit der Hand wischte er das Bild des Schiffes davon und ersetzte es mit einer Projektion ihrer Schiffswerften. »Commander, gegenwärtig bauen vier unserer fünf Werften auf der Erde ausschließlich Kriegsschiffe. Station Jericho ist nur zu dreißig Prozent fertiggestellt. Es wird Jahre dauern, bevor die Werft hier voll einsatzfähig sein wird. Und die fünfte Werft baut – wie Sie wissen – ein großes ziviles Transportschiff für die TPA, die weiter daran arbeitet, so viele Bürger wie möglich in das Centaurus-System zu verlegen.

»Die beiden TPA-Werften sind auf zwei Schiffsklassen spezialisiert: ihre Version eines Kriegsschiffs, das wesentlich kleiner als das unsere ist, und die Kreuzer. Ihre Kreuzer sind solide Schiffe, die sich in vergangenen Auseinandersetzungen mit den Zodark ausgezeichnet bewährt haben. Allerdings geht die Hälfte der Schiffe dieser Werft nach Alpha Centauri, um dort Wache zu schieben, bis sie endlich ihr Verteidigungssystem ausgebaut haben.

»Unsere Werften über der Erde bauen Kriegsschiffe und ein weiteres Großkampfschiff. Die Werft über dem Mars baut orbitale Angriffsschiffe, und die kleinere Werft der Leute im Gürtel produziert Fregatten. Wie Sie sehen, sind unsere Kapazitäten ziemlich ausgelastet. Admiral Bailey müsste entscheiden, welche Reihe er stoppen will und für wie lange, um die neue *Scorpion*-Reihe vom Band zu bekommen.«

Wir kämpfen diesen Krieg mit Alleskleber und Klebeband, dachte Dobbs.

»John, wie viele Vipers bauen wir gerade?«

Er klickte auf eine Datei und brachte die Information hoch. »Gegenwärtig befinden sich 22 in Konstruktion. Sobald die fertig sind, bauen wir noch einmal 22. Die Gürtelleute brauchen genau 12 Wochen, um eine Viper zu bauen. Nach der Freigabe aus der Werft, dauert es noch einmal drei Monate, bevor die Innenausstattung des Schiffs und die Installation seiner Waffensysteme fertiggestellt ist. Danach wird sie dem Weltraumkommando übergeben, die die neue Crew für die Viper aufstellt.«

Dobbs schüttelte überrascht den Kopf. »Was ist mit den orbitalen Angriffsschiffen? Die, die wie Sie sagten, auf dem Mars gebaut werden?«

John schloss eine Datei und öffnete eine andere, worauf auch diese Information vor ihnen über dem Tisch schwebte. »Wir bauen 12 orbitale Angriffsschiffe, die ein Bataillon RA-Soldaten samt deren Ausrüstung für den Einsatz befördern können. Unsere Schiffsbauer brauchen 12 Monate für eines dieser Schiffe, dazu kommen wieder drei Monate für die Innenausstattung und die Waffensysteme.«

Dobbs rutschte unruhig in ihrem Sitz hin und her und John lächelte. »Und bevor Sie fragen …. Musk Industries baut 15 Schlachtschiffe. Fünfzehn Monate für den Bau, gefolgt von fünf Monaten Innenausbau und Installation der Waffensysteme. Insgesamt 20 Monate bis zur Inbetriebnahme eines solchen Schiffs. Und das mit rund 26.000 Synth und menschlichen Arbeitern, die rund um die Uhr sieben Tage die Woche eingespannt sind. Eigentlich eine unglaubliche Leistung, wenn man darüber nachdenkt.«

Dobbs öffnete den Mund, um etwas zu sagen, aber John schnitt ihr das Wort ab. »Ach, und bevor Sie das Großkampfschiff ins Spiel bringen, die reine Konstruktion dieser Art Schiff kostet uns ungefähr drei Jahre, gefolgt von einem Jahr für den Innenausbau und die Waffensysteme. Momentan befinden sich zwei im Bau, dazu kommt noch die *GW*, an deren Reparatur die Werft ebenfalls arbeitet. Und nun zurück zu Ihrer ursprünglichen Frage, Commander – wie lange wird es dauern, die *Scorpion* zu produzieren? Ein Schiff könnte in etwa 12 Wochen fertiggestellt sein mit weiteren sechs Wochen für den Innenausbau und die Waffensysteme. *Aber,* und das ist ein großes *ABER*, das bedeutet, dass wir die Produktion eines anderen Projekts einstellen müssen – eine andere Klasse von Schiffen, die wir nichtdestotrotz unbedingt brauchen, insbesondere nach den Verlusten in der Schlacht am Sternentor.«

Dobbs gab nicht auf. »Ist es möglich, die Werft auf Jericho schneller fertigzustellen, um damit das Produktionsproblem aufzufangen?«

Belustigt schüttelte John den Kopf. Er schien sich das Lachen zu verkneifen.

Dobbs warf ihm einen bösen Blick zu und sah ihn mit schiefgelegtem Kopf an. »Habe ich gerade eine dumme Frage gestellt, John?«

John wurde wieder ernst. »Nein, Commander, es war keine dumme Frage, allerdings ist es nicht so einfach, wie man sich denken mag. Die Station der Gürtelmenschen befand sich 15 Jahre lang im Bau. Unsere Werft über dem Mars nahm knapp 20 Jahre in Anspruch, um das zu erbauen, was Sie heute dort sehen. Admiral Bailey gab die Station Jericho vor gut drei Jahren in Auftrag. Und nach all dieser Zeit ist sie nun zu dreißig Prozent einsatzfähig. Wir reden hier von riesigen Strukturen, die enorme Mengen an Ressourcen und Arbeitskraft vereinnahmen. Jedes Mal, wenn wir Synth oder menschliche Arbeiter abziehen, um einen Bereich von Jerichos Werft schneller zu Ende zu bringen, halten wir diese Ressourcen von der Fertigstellung eines Kriegsschiffs, einer Fregatte oder der orbitalen Angriffsschiffe ab. Es kommt immer darauf an, wo der Schwerpunkt liegt – Ausbau der Station Jericho oder der Bau von einhundert weiteren Kriegsschiffen? Bisher sah Admiral Bailey die Kriegsschiffe als absolute Priorität an.«

Dobbs dachte darüber nach, was John ihr mitgeteilt hatte. Es gefiel ihr absolut nicht. Die Menschheit war wirklich in ein Rennen gegen die Zeit verstrickt.

John trat vor sein Computerterminal. Er tippte einige Worte auf seinem Laptop ein und zog dann einen kleinen USB-Stick aus der Seite des Terminals, den er an Dobbs weitergab. »Der enthält sämtliche Spezifikationen und technischen Informationen bezüglich des *Sorpion*. Falls das Weltraumkommando in Produktion gehen möchte, schicken Sie mir einfach eine Nachricht und einen Vertrag, und wir machen uns an die Arbeit. In der Zwischenzeit, Commander, falls wir uns nicht wiedersehen sollten, passen Sie auf sich auf, ok? Wir brauchen mehr Offiziere wie Sie.«

Dobbs akzeptierte den Stick und steckte ihn in ihre Tasche. »Danke, John. Es war mir ein Vergnügen, die letzten Monate mit Ihnen zu arbeiten. Ich bin froh, dass wir dieses Projekt durchziehen konnten. Mit etwas Glück wird unser Design von ganz oben genehmigt werden und wir fügen der Flotte ein neues, ausgezeichnetes Schiff hinzu. Ich lasse Sie wissen, wie der Admiral morgen reagiert, ob wir seinen Segen haben oder nicht. Ich hoffe, *Scorpion* in Kürze in Produktion zu sehen.«
****

Orbitalstation John Glenn
Hauptquartier der Ersten Flotte des Weltraumkommandos

Admiral Chester Bailey war schlechter Stimmung. Er hatte soeben ein besonders unangenehmes Treffen mit Präsidentin Luca, dem

Vorsitzenden der TPA und seinem militärischen Gegenstück in der TPA hinter sich gebracht. Die Führung der TPA, besorgt über den zunehmenden Verlust ihrer Schiffe im Rhea-System, hatten sich allen Ernstes erkundigt, ob es möglich wäre, einen Waffenstillstand mit den Zodark zu schließen.

Admiral Bailey musste sie mehrere Male daran erinnern, dass bislang alle Versuche, Kontakt mit den Zodark aufzunehmen, erfolglos verlaufen waren. Die Zodark gaben nicht einmal ein Schiff auf, das funktions- und kampfuntüchtig war. Es war schon schwer genug, einige ihrer Soldaten zum Aufgeben zu bewegen – deren Eifer, auf Leben und Tod zu kämpfen, war einfach fanatisch.

Anstatt Admiral Halseys Flotte mit zusätzlichen Schiffen aufzurüsten, beschränkte die TPA den Einsatzbereich der Mehrzahl ihrer neuen Kriegsschiffe auf Sol. Bailey wusste, dass es nur eine Frage der Zeit war, bevor die Zodark eine neue Flotte ausschickten – eine weit größere Flotte – da ihre beiden letzten Expeditionen nicht zurückgekehrt waren. Falls Bailey Admiral Halseys Flotte nicht mit mehr Schiffen unterstützen konnte, bestand die reale Möglichkeit, dass sie das Rhea-System verloren.

Baileys PA erinnerte ihn daran, dass es beinahe Zeit für seine nächste Besprechung um 13 Uhr war. Er seufzte. Es kostete ihn einige Willenskraft, sich aus dem Stuhl zu erheben und sich Richtung Konferenzzimmer auf den Weg zu machen. Beim Eintreten rief jemand: »Stillgestanden!«

Bailey grüßte und winkte alle an den runden Tisch, wo er den für ihn reservierten Platz fand und sich setzte. Die Anwesenden folgten seinem Beispiel. Alle sahen ihn mit ernstem, bedrückten Gesichtsausdruck an. Die Situation war kritisch. Seit der Schlacht am Sternentor, die nun schon fünf Monate her war, diskutierten sie ihren nächsten Zug.

Bailey sah, dass Admiral Hunt mit zwei Angehörigen seines Stabs ebenfalls anwesend war.

»Lassen Sie mich zunächst Admiral Hunt zu diesem Gespräch begrüßen. Freut mich, Sie persönlich zu sehen, Admiral. Und jetzt zum Thema. Commander Dobbs hat mich über den Status unseres neuesten Schiffsentwurfs der Zerstörer-Klasse, die *Scorpions,* unterrichtet. Sie sehen fantastisch aus – genau das, was wir brauchen, um unsere Flotte zu ergänzen. Die Frage ist, welche Schiffsproduktion stellen wir hintenan, um diese neue Reihe der Zerstörer zu bauen? Vorschläge?«

Admiral Hunt räusperte sich und meldete sich als Erster zu Wort. Als Anführer der Expeditionsstreitmacht wusste er wohl besser als die meisten, worauf sie verzichten konnten. »Sir, wenn es darum geht, was wir brauchen, im Gegensatz zu dem, worauf wir verzichten können, dann schlage ich vor, die orbitalen Angriffsschiffe zurückzustellen und die gesamte Werft auf den Bau der *Scorpions* umzustellen.«

»Sie meinen, wir stellen die Schiffe, die gegenwärtig in Produktion sind, fertig, um danach auf die neuen Schiffe umzustellen?«, wollte ein anderer Admiral geklärt haben.

Hunt schüttelte den Kopf. »Nein, ich denke, wir sollten ihre Konstruktion sofort stoppen und uns ganz auf die Herstellung der neuen Zerstörer konzentrieren. Des Weiteren schlage ich vor, die Fertigstellung unseres zweiten Großkampfschiffs und der Schlachtschiffe vor dem vereinbarten Liefertermin voranzutreiben.« Er sah Bailey an. »Wenn ich kurz erklären darf, Sir, bevor Sie Kommentare einholen?«

Ich hoffe, Miles weiß was er tut, dachte Bailey. Er hatte schon genug Probleme, um die er sich kümmern musste. Auf eine Meute zorniger Schiffswerftmanager konnte er gut verzichten.

»Ok, Admiral, bitte sprechen Sie weiter. Admiral Lewis und ich werden die endgültige Entscheidung treffen, das wissen Sie«, warnte Bailey und warf Hunt einen Blick zu, der besagte, *Ich hoffe, dein Argument ist überzeugend.*

»Vielen Dank, Sir. Momentan haben wir acht orbitale Angriffsschiffe, die unsere Truppen von Sol nach Neu-Eden und auf die beiden Monde transportieren. Zum jetzigen Zeitpunkt ist unser Bedarf an diesen Schiffen gedeckt«, erklärte Hunt.

Admiral Lewis, der Leiter des Beschaffungsprogramms für das Weltraumkommando unterbrach ihn. »Admiral, was ist mit Ihrer neuen Kampagne? Wenn Sie in den von den Zodark kontrollierten Raum eindringen und gegebenenfalls den Planeten Sumara befreien wollen, wie soll Ihnen das mit nur acht orbitalen Angriffsschiffen gelingen? Benötigen Sie dafür nicht zusätzliche Bodentruppen?«

»Eine gute Frage, Sir«, nickte Hunt. »Wenn wir in unserer letzten Auseinandersetzung nicht so hohe Verluste hingenommen hätten, dann ja, dann würde ich eine große Zahl an Bodentruppen zu diesem Zweck begrüßen. Der letzte Kampf hat allerdings die Dynamik entscheidend verändert. Wir gingen davon aus, dass die *Viper* einen Nachteil unserer derzeitigen Flottenzusammensetzung beheben würden. Wir brauchten ein Erkundungsschiff, das den tiefen Weltraum erforschen und Ausschau nach der feindlichen Flotte halten sollte. Die *Viper* haben allerdings ein anderes Problem: zugegebenermaßen sind sie mit einer fantastischen Feuerkraft ausgestattet, ihre Panzerung ist allerdings hauchdünn. Wir verloren fünfzig Prozent unserer *Viper* im ersten Gefecht. Wir können es uns nicht leisten, Schiffe zu produzieren, die so einfach zu zerstören sind. Wir müssen auf die neuen Zerstörer umstellen, von denen wir weit mehr erwarten.«

Hunt fuhr fort. »Ein zweiter Punkt. Wir begannen unsere letzte Mission mit sechs Kriegsschiffen, von denen wir drei verloren. Die übrigen erlitten ernsthaften Schaden. Hierbei möchte ich allerdings darauf hinweisen, dass es uns – trotz der schweren Verluste, die wir erlitten – gelang, eine massive Zodark-Flotte zu vernichten. Die Zodark waren uns zahlenmäßig beinahe um das Doppelte überlegen. Ich bin zuversichtlich, dass die nächste Serie unserer Kriegsschiffe noch bessere Ergebnisse erzielen wird. Eine erfolgreiche Invasion des Zodark-Raums und die Befreiung von Sumara setzt eine größere Zahl dieser neuen Kriegsschiffe voraus.«

Bailey sah, dass viele der am Tisch Versammelten zustimmend nickten. »Und ein letzter Punkt. Die *George Washington* machte den entscheidenden Unterschied zwischen Sieg und Niederlage. Unsere Superwaffe, die Plasmakanone, bescherte uns die bahnbrechende Wende, indem sie mühelos die Zodark-Schiffe durchbohrte. Aber auch die Panzerung der *GW* spielte eine große Rolle. Sie erlaubte uns, feindliches Feuer in enormem Ausmaß einzustecken. Dazu waren unsere primären und sekundären Gefechtstürme in der Lage, mehrere Zodark-Schiffe gleichzeitig unter Beschuss zu nehmen, was uns Flexibilität bescherte. Während sich der Feind in der Hauptsache auf uns konzentrierte, konnte der Rest der Flotte ihm zusetzen.

»Die Fertigstellung des zweiten Großkampfschiffs wird uns erlauben, um dieses Schiff herum eine zusätzliche Flotte aufzubauen. Zwei Gefechtsverbände würden uns ein großes Maß an Beweglichkeit in künftigen Operationen bieten. Aus all diesen Gründen empfehle ich, die Produktion der *Viper* im Gürtel zu stoppen und sie auf die *Scorpion* umzustellen. Zudem müssen wir den Bau der orbitalen Angriffsschiffe einstellen, um mehr Scorpions zu bauen. Im Anschluss daran verdoppeln wir unsere Anstrengungen, den Bau des Großkampfschiffs und der Schlachtschiffe, die sich gegenwärtig im Bau befinden, vorzeitig zu beenden.«

Nachdem Admiral Hunt seine Ausführungen beendet hatte, nahm er zuversichtlich seinen Platz ein. Bailey hielt seine Argumentation für überzeugend. Aber was hielt Admiral Lewis davon?

Der ältere Admiral, der für die Schiffsbeschaffung zuständig war, schien über Hunts Vorschlag nachzudenken. Der Raum verfiel in Erwartung seiner Reaktion in Schweigen. Endlich erhob sich der Admiral und verkündete: »Dieser Krieg mit den Zodark war teuer. Admiral Hunt schlug einen sehr kostspieligen Plan zum Schutz der Bewohner der Erde, auf Centauri und auf Rhea vor. Dazu plant er, auf anderen Welten unsere menschlichen Brüder aus der Sklaverei zu befreien.«

Bailey hielt in Erwartung einer resoluten Ablehnung den Atem an.

»In diesem Kampf ließ eine große Zahl wunderbarer Männer und Frauen ihr Leben. Ich bin überzeugt, dass wir alles tun müssen, um weit größere Opfer zu vermeiden«, schloss Lewis zu Baileys Überraschung. »Ich stimme dem Strategiewechsel, so wie Admiral Hunt ihn vorgeschlagen hat, zu.«

Kapitel Sechzehn
Neue Welten

Sternensystem Lagash
RNS *Franklin*

Der Sprung durch ein Sternentor machte Lieutenant Commander Joe Reynolds immer nervös. Er wusste nie, was sie am anderen Ende des Tors erwartete. Eigentlich überraschte es ihn, dass die Zodark diese Tore nicht bewehrten oder ihnen dort mit ihren Kriegsschiffen auflauerten. Andererseits – wenn er richtig informiert war, gab es *Tausende* dieser Tore im Universum. Daher konnten sie nicht alle verteidigen.

»Eintritt in das System«, verkündete Lieutenant Ethan Hunt. Der bunt glitzernde Warp-Tunnel, der während ihrer Reise von einem Sternentor zum anderen um sie herum zu wirbeln schien, fiel in sich zusammen. Sie sprangen in ein neues, ihnen vollkommen unbekanntes Sternensystem hinein – in das Heimatsystem des sumarischen Volks.

Reynolds lächelte, als sie das Tor unbehelligt verließen. Er wandte sich an Ethan. »Ausgezeichnet, Lieutenant. Volle Kraft voraus«, befahl er. »Finden wir einen Asteroidengürtel, hinter dem wir uns verstecken können, während wir Daten einholen. Nur passive Sensoren zu diesem Zeitpunkt. Keine aktiven Sensoren, bis wir uns einen groben Überblick über das System verschafft haben.«

Reynolds und Ethan hatten zusammen auf der *Viper* gedient. Nach der Zerstörung ihres letzten Schiffs hatte es zunächst so ausgesehen, als ob ihre Mannschaft auf andere Raumschiffe verteilt werden würde. Die Fertigstellung einer neuen Fregatte hatte ihnen dann doch noch die Chance eröffnet, sich auf ihrem eigenen Schiff am Kampf zu beteiligen.

Ethan versorgte die Triebwerke mit mehr Energie und die Fregatte gewann an Geschwindigkeit. Die passiven Sensoren zeigten fünf Planeten in diesem System an und einen ausgedehnten Asteroidengürtel am Rand des Systems. Ethan steuerte ihr Schiff auf eine Ansammlung großer Felsen zu, die ihnen in diesem Gürtel ein gutes Versteck bieten würden.

Auf dem Weg zum Gürtel fuhr Ethan – der gleichzeitig als elektronischer Kampfführungsoffizier oder EloKa-Offzier, diente – ihre elektronischen Sensorantennen aus. Selbst in passivem Betrieb konnte ihre moderne Einrichtung so gut wie jede elektronische Ausstrahlung im System entdecken; insbesondere da ihnen mittlerweile die von den Zodark und Sumarern genutzten Frequenzen und Bandbreiten bekannt waren.

Die Verluste der letzten Schlacht am Rhea-Tor und um Neu-Eden herum hatte das Weltraumkommando viele Offiziere und Mannschaftsmitglieder gekostet. Schiffe konnten ersetzt werden, aber erfahrene und erprobte Leute zu finden dauerte ein gutes Stück länger. Aus diesem Grund musste Ethan zusätzlich zu seiner Aufgabe als Steuermann auch noch die EloKa-Stelle besetzen.

Die nächsten acht Stunden vergingen sehr schnell und dann auch wieder schmerzhaft langsam. Die Reise zum Asteroidengürtel zog sich in die Länge, selbst bei voller Geschwindigkeit. Im Hinblick auf das Sammeln elektronischer Daten kam jedoch keine Langeweile auf. Sobald ihre elektronischen Werkzeuge aktiviert waren, brach eine Flut von Informationen über das Schiff herein. Der zweite Planet von der Sonne schien ein Schwerpunkt elektronischer Aktivitäten zu sein, desgleichen trafen aber auch Daten vom dritten Planeten und von mindestens drei Monden ein.

Das Erschreckende daran war, dass ein Großteil dieser Emissionen von den Zodark auszugehen schienen. Bisher hatten sie nur drei Zodark-Schiffe entdeckt, von denen keines sonderlich groß war; vielleicht kleinere Kriegsschiffe oder Transporter? Die Frage war nun, wie lange sollten sich die Erdenmenschen im Asteroidengürtel aufhalten, bevor sie sich wieder nach Rhea zurückzogen?

Lieutenant Ethan Hunt drehte sich in seinem Stuhl um und erkundigte sich: »Sir, erlauben uns unsere Befehle, Kontakt mit den Sumarern aufzunehmen?«

Das hatte sich Reynolds selbst schon gefragt. Seine Befehle lauteten, das System auszukundschaften und die Situation zu eruieren, um der Hauptflotte einen vorbereitenden Überblick zu verschaffen. Die Befehle verboten ihnen nicht, Kontakt aufzunehmen, drückten aber auch nicht aus, dass sie es tun durften. Es war eine Grauzone. Hätten sie auf den nahegelegenen Planeten und Monden nicht diese Zodark-Schiffe und -Einrichtungen entdeckt, hätte er sicher ohne zu überlegen, Kontakt aufgenommen. Nun war er sich nicht sicher.

»Ich denke, jetzt ist nicht die richtige Zeit«, erwiderte Reynolds. »Sieht aus, als hätten die Zodark in diesem System eine recht große Präsenz. Mit der dürfen wir uns nicht anlegen. Außerdem bin ich mir ehrlich gesagt nicht sicher, wie uns die Sumarer empfangen werden. Gut möglich, dass sie auf der Seite der Zodark stehen. Schließlich gehören sie deren Reich schon Hunderte, wenn nicht Tausende von Jahren an.«

Ethan kaute auf seiner Unterlippe und dachte nach. Reynolds Einschätzung schien Sinn zu machen.

»Was sollen wir Ihrer Meinung nach als nächstes tun?« Sie hielten sich nun schon zehn Stunden in diesem System auf.

Reynolds zuckte mit den Achseln. »Ich denke, wir bleiben einige Tage, sammeln Daten, sehen, ob es etwas von Interesse gibt, und versuchen mit unseren Instrumenten alles herauszufinden, was es herauszufinden gibt. Falls uns nichts Außergewöhnliches über den Weg läuft, verschwinden wir in vier bis fünf Tagen wieder.

»Wir sind mindestens zwei Monate von Rhea entfernt. Die Flotte wird nicht in dieses System vordringen, bis wir unsere Daten entweder persönlich abgeliefert oder mittels den Kommunikationsdrohnen übermittelt haben. Stellen Sie sicher, dass die Drohne stündlich aktualisiert wird. Im Fall, dass wir ertappt werden, muss zumindest die Drohne es zurück zu unseren Leuten schaffen. Sie brauchen unsere Informationen.«

****

Zwei Tage später saß Ethan Hunt in der Kantine und trank einen Kaffee. Lieutenant Commander Joe Reynolds, der sich gerade selbst eine Tasse besorgt hatte, setzte sich ihm gegenüber an den Tisch.

»Tiefgründige Gedankengänge?«, forschte Reynolds. Er riss ein Tütchen Kaffeeweißer auf und schüttete es in seinen Kaffee.

Ethan stellte seine Kaffeetasse ab und sah seinem Freund ins Gesicht. »Ist es falsch, sich davor zu fürchten, erneut in den Kampf zu müssen?«, fragte er ohne Umschweife.

Um etwas Zeit zu gewinnen trank Reynolds einen Schluck und verbrannte sich die Zunge. »Nein, es ist nicht falsch, sich zu fürchten, Ethan.« Sobald die beiden Freunde unter sich waren, ließen sie die formellen Anreden fallen. Er starrte einen Augenblick ins Leere, bevor er fortfuhr: »Ich würde mich mehr sorgen, wenn du *keine* Angst hättest.

Mann, ich bin ebenso nervös wie du. Schließlich ist dies meine erste Kommandostelle. Alles ist mir neu. Bevor ich zum Waffenoffizier auf unserem letzten Schiff ernannt wurde, flog ich Patrouille im Gürtel. Wir sollten Piraten jagen. Das Lustige daran war, dass wir trotz dieser vermeintlichen Piratenaktivitäten nie auch nur ein einziges Piratenschiff zu Gesicht bekamen, obwohl wir in den Nachrichten oder sogar in unseren Briefings ständig von ihnen hörten.«

»Ich wette, du würdest gern zu diesen guten alten Tagen der Piratenjagd zurückkehren«, lächelte Ethan.

Reynolds schüttelte den Kopf. »Ja und nein. Die Zeiten vor den Zodark waren einfachere Zeiten, ganz ohne Zweifel. Hätten wir sie allerdings nicht entdeckt, dann hätten wir Menschen einen Grund gefunden, uns untereinander zu bekämpfen, denke ich. Viele Leute vergessen, dass das Verhältnis zwischen der Asiatischen Allianz, der GEU und der Republik vor dem Auslaufen des SET stark angespannt war. Bedanken wir uns also bei den Zodark, dass sie der Menschheit zum Frieden verhalfen und sie als eine Spezies vereinten.«

Ein Lächeln überflog Ethans Gesicht. »Genau das hat mein Vater letzte Weihnachten auch gesagt. Trotzdem mache ich mir Sorgen, dass wir uns zu weit aus dem Fenster gelehnt haben. Wir haben keine Ahnung, wie ausgedehnt das Zodark-Reich wirklich ist und wie viele Rassen Außerirdischer es dort draußen tatsächlich gibt.«

Mit einem Schluck leerte er seine Tasse. »Joe, hattest du keine Angst, als Commander Dobbs unseren ersten Angriff am Tor befahl?«

Reynolds holte tief Luft, bevor er antwortete. »Ethan, ich hatte Todesangst. Es war mein Job, die Waffen zu feuern – ihre Schiffe anzuvisieren, die Waffen abzuschießen und den Feind hoffentlich auch zu treffen. Parallel dazu musste ich auch noch ihre Sensoren blockieren.«

»Wie hast du diese Angst überwunden, Joe? Ich fühle mich wie gelähmt von ihr«, gab Ethan flüsternd zu und sah sich kurz im Raum um, um sicherzugehen, dass niemand sie belauschen konnte.

Achselzuckend erwiderte Joe: »Ich denke, ich verließ mich einfach auf mein Training. Ich wusste, dass wir garantiert sterben würden, falls ich diese Torpedos nicht abfeuerte und ihre Sensoren blockierte. Deshalb atmete ich tief durch, zwang mich, mich zu konzentrieren und machte meinen Job, so gut ich es eben konnte – in der Hoffnung, dass jeder andere genau das Gleiche tat. Deshalb führen wir so viele

Übungen durch und trainieren so hart. Damit wir in einer Situation wie dieser auf unser Training zurückgreifen können. Es wird uns zur zweiten Natur.«

Reynolds sah sein Gegenüber prüfend an. »Was ist los, Ethan? So unsicher habe ich dich noch nie gesehen. Gibt es etwas, was ich wissen sollte?«

Ethan kämpfte um eine Antwort und spürte, wie ihn eine Welle der Emotionen überkam. Der Griff nach der Kaffeetasse zeigte ihm, dass sie leer war. Er verharrte einen Augenblick, um seinem Gehirn zu erlauben, seine Gefühle wieder in den Griff zu bekommen. »Ich .... ich bin mir nicht sicher. Im Verlauf der letzten Wochen unserer Reise kehrten meine Träume und Erinnerungen an diesen Tag zurück: die schrillen Alarmsignale; das Schiff, das von Einschlägen getroffen wird; schreiende Menschen; und schließlich der Befehl, dass Schiff aufzugeben. Meine Rettungskapsel schaffte es gerade noch aus der *Viper,* bevor sie zerbrach. Als das Schiff direkt unter meiner Kapsel explodierte, verlor ich vor Angst die Kontrolle über meine Blase. Ich entkam in allerletzter Sekunde, Joe. Eine oder zwei Sekunden später .... und ich wäre tot.«

Ethan zögerte einen Moment und wischte sich eine Träne aus den Augen. »Wir verloren beinahe die Hälfte unserer Mannschaft, Joe. Susie, eine Freundin von mir aus der Krankenabteilung … sie starb. Sie schaffte es nicht rechtzeitig in ihre Rettungskapsel. Wie geht man mit einem solchen Verlust um und macht weiter, Joe?«

Reynolds studierte die Zimmerecke. »Was bleibt uns übrig, als weiterzumachen, Ethan? Wir ehren die Freunde, die wir verloren haben, indem wir ihren Tod rächen und selbst ein gutes, ehrliches Leben führen. Wir helfen anderen, so gut es geht, und versuchen die besten Offiziere und Menschen zu sein, die wir sein können.

»Sie sind tot – daran können wir nichts ändern – aber sie starben für etwas, woran sie geglaubt haben. Sie starben bei der Verteidigung ihrer Freunde, ihrer Familien und was am wichtigsten ist, zur Verteidigung unserer Lebensart und unserer Freiheiten. Das dürfen wir nicht vergessen. Sie starben, damit wir leben können. So machst du weiter, Ethan. Wir vertreiben die Toten nicht einfach aus unseren Gedanken oder tun so, als wäre nichts geschehen; wir erinnern uns an sie, wir leben zu ihren Ehren und wir machen unsere Arbeit.«

Ethan dachte über das Gesagte nach und nickte dann. »Du hast Recht, Joe. Danke, dass du es mir unter diesem Aspekt erklärt hast. Es hat mir wirklich geholfen. Und es ist gut zu wissen, dass ich nicht der Einzige bin, der sich so fühlt.«

»Kopf hoch, Ethan«, munterte Reynolds ihn auf. »Du stehst in diesem Kampf oder mit diesen Gedanken nicht alleine da. Wir alle machen das Gleiche durch, ok? Und jetzt entschuldige mich bitte, ich muss zurück zur Brücke. Meine Schicht beginnen in fünf Minuten.«

Reynolds verließ Ethan, der weiter Pause hatte. Seine nächste Schicht begann erst in zwei Stunden. Solange sie im Gürtel Versteck spielten, gestattete Reynolds seinen Leuten lange Ruhepausen und gewährte ihnen Zeit zum Abschalten. Ein Großteil der Arbeit auf dem Schiff war zu diesem Zeitpunkt elektronischer Natur, und die Bedienung dieser Einrichtungen verlangte wenig Personal. Die künstliche Intelligenz hatte alles im Griff.

Was tatsächlich *viel* Zeit in Anspruch nahm, war die Erstellung einer Liste über die Vielzahl von Kontaktaufnahmen auf dem Planeten und die Zusammenfassung der Informationen, die sie hereinbrachten. Manche mochten das für unproduktiven Papierkram halten, aber es war interessant und eine Notwendigkeit. Dank ihres mittlerweile guten Verständnisses sowohl der sumarischen als auch der Zodark-Sprache, entzifferte ihre künstliche Intelligenz alles, was in ihrem Umfeld übertragen wurde, selbst den verschlüsselten Nachrichtenverkehr.

Bislang hatten sie erfahren, dass die Sumarer über ihrem Planeten eine Station im Orbit betrieben, die über einen Weltraumaufzug mit der Oberfläche verbunden war. Sie schienen auch eine zweite Kolonie auf einem anderen Planeten und zwei weitere auf den Monden des Systems zu unterhalten. Zwischen diesen Einrichtungen herrschte ein reger interplanetarer Handel. Zudem existierte in einem anderen Bereich des Asteroidengürtels ein Abbaubetrieb. *Eine gute Nachricht*, dachte Commander Reynolds.

Eine ihrer wichtigsten Spionageaufgaben war es, den Entwicklungsstand des sumarischen Weltraumprogramms abzuschätzen. Nach nur zwei Tagen in diesem System stand fest, dass die Sumarer zwischen den Planeten und ihren Kolonien hin und her reisen konnten. Obwohl die Zodark ihnen die Gründung einer Raumflotte untersagt hatten, waren die Sumarer zweifellos in der Lage, eine solche zu unterhalten. Dies war ein unerhört wichtiges Detail.

Falls das Weltraumkommando vorhatte, weitere Einsätze in dem von den Zodark besetzten Gebieten durchzuführen, machte das die Einrichtung einer vorgeschobenen Basis erforderlich. Außerdem brauchten sie einen Alliierten, der aktiv am Krieg teilnehmen konnte – einer, der etwas vom Bau von Kriegsschiffen verstand.
****

Drei Tage später, als Reynolds und Ethan gemeinsam Dienst taten, wollten Reynolds gerade die Augen zufallen, als Ethan plötzlich verkündete: »Captain, aus der Tiefe des Systems kommen endlich die neuesten Sensorinformationen durch. Sieht aus, als gäbe es in diesem System nicht nur ein, sondern gleich drei Sternentore.«

Reynolds linke Augenbraue schoss überrascht nach oben. »Wirklich? Wieso erfahren wir das jetzt erst?«

Ethan vertiefte sich in die neuen Informationen. »Hmm .... dieses System ist größer als ursprünglich vermutet. Diese Sternentore befinden sich in weiter Entfernung. Selbst mit dem FTL- Antrieb würde es uns zwei Tage kosten, das erste Tor zu erreichen. Der Abstand zu den anderen Toren ist in etwa der Gleiche, allerdings liegen sie in anderen Himmelsrichtungen.«

»Lass sehen«, sagte Reynolds und rief ein holografisches Bild der Systeme auf, die sie über eine direkte Verbindung von Rhea aus bereits bereist hatten.

Wenn sie ihren Weg aus diesem System heraus zurückverfolgten, kehrten sie nach H8-ZTO zurück. In diesem System gab es drei Sternentore. Eines davon führte über 0ZN7-G hinaus zurück nach Rhea. Das andere Tor, HHJD-5, führte tiefer in das Zodark-Reich hinein – zumindest gemäß der Sternenkarte der Zodark, die der Republik in die Hände gefallen war.

»Wenn HHJD-5 tiefer in von den Zodark beherrschten Raum führt und YV-FDG als drittes Tor in das sumarische Heimatsystem, wohin führen dann die Sternentore dieses Systems?«, dachte Reynolds laut. »Der Sternenkarte nach gibt es dort kein Durchkommen. Trotzdem sind auf der Karte 12 weitere Systeme dahinter verzeichnet ....«

Reynolds sah Ethan an. Sie waren momentan die Einzigen auf der Brücke. Die anderen Mannschaftsmitglieder hatten frei. »Ethan, was weißt du über die Sumarer oder die Zodark und ihre Beziehung zu den Sumarern?«, fragte Reynolds.

Ethans überlegte einen Augenblick. »Während meiner letzten Einsätze nutzte ich einen Großteil meiner Freizeit, um mich darüber zu informieren, was wir bisher über sie wissen. Gegenwärtig gibt es zwei Theorien, wenn ich es richtig sehe. Die eine vermutet, dass die Sumarer für die Zodark im Prinzip nur Schlachtvieh sind; eine Nahrungsquelle – nicht ausschließlich, aber ganz sicher ein Bestandteil ihrer Ernährung. Die andere Theorie behauptet, dass die zehn Prozent der Bevölkerung, die als Tribut verlangt werden, den Zodark als Sklaven dienen und womöglich in ihre Armee eingegliedert werden.

»Die zweite Theorie stimmt mit dem überein, was ich aus anderer Quelle gelesen habe«, erklärte Ethan weiter. »Basierend auf dem einzigen Bericht eines einzelnen Sumarers vermutet ein Forscher in Istanbul, dass die Zodark über diesen Tribut ‚Janitscharen‘ kreieren, eine Elitegarde aus Kriegersklaven, wie es sie im Osmanischen Reich gab. Diese Menschen werden angeblich auf anderen Planeten untergebracht, wo sie sich fortpflanzen sollen, um früher oder später in die militärische Kriegsmaschine der Zodark integriert zu werden.«

Reynolds nickte. Diese letzte Theorie kam dem am nächsten, was ihm selbst zu Ohren gekommen war. Aber etwas nagte weiter an ihm. »Ja, von dieser alternativen Theorie habe ich gehört. Sie könnte wahr sein, aber wer weiß. Wenn ich mich recht erinnere, gab es da nicht einen Sumarer, der sich als Sklave eines NOS vorgestellt hat – als sein Lieblingstier sozusagen?«

Ethan nickte. »Ja, das stimmt. Er ist der Sumarer, der uns die zweite Theorie gebracht hat. Mittlerweile ist er der Anführer des neu gegründeten sumarischen RA-Bataillons. Nach der Befreiung der sumarischen Heimatwelt wird dieses Bataillon der Grundstein einer neuen sumarischen Streitkraft sein.«

»Ja, ich weiß. Ich weiß auch, dass er der Einzige war, der uns diese Theorie bescherte. Es gab keine weiteren Zeugen. Er war es auch, der davon sprach, dass es andere von Menschen bewohnte Planeten gibt. Obwohl er sie nie persönlich besucht hat, behauptet er, dass er seinen Herrn einmal von ihnen hatte reden hören. Hast du diesen Bericht gelesen?«, fragte Reynolds.

Plötzlich ging Ethan auf, worauf diese Unterhaltung hinauslief. »Du denkst, diese neuen Sternentore könnten in diese Systeme führen? Zu den von Menschen bewohnten Planeten?«

Reynolds lächelte. »Genau das denke ich. Bring uns aus dem Asteroidengürtel hinaus und bereite das FTL vor. Kurs auf das nächstgelegene Tor. Ich bereite den Rest der Mannschaft vor, während du das Schiff in Position bringst.«

Zwanzig Minuten später war das Schiff zum Sprung bereit. Obwohl sie nicht wussten, ob die Zodark oder die Sumarer die Aktivierung ihres FTL-Antriebs registrieren würden, hielt Reynolds das Risiko für gerechtfertigt. Falls sie bei der Erforschung der Systemkette tatsächlich menschliche Welten entdecken sollten, dann wäre das einfach unglaublich. Es könnte das Rätsel der Geschichte der Entstehung der Menschheit lösen und Antwort auf die Fragen geben, wieso es Menschen auf anderen Planeten gab, und wieso alle – außer der Bewohner der Erde – von den Zodark beherrscht wurden.

Die *Franklin* verbrachte auf der Reise zum ersten Sternentor zwei lange Tage im Warp. Wenn sie der Sternenkarte vertrauen konnten, sollte dieses Sternentor sie ins System UAAU-C bringen, das wiederum mit zwei weiteren Sternensystemen verbunden war. Das Sternensystem LUL-WX, das neben UAAU-C lag, würde ihnen im Fall der Fälle einen Fluchtweg aus der Kette heraus bieten.

Die Mannschaft der *Franklin* hatte keine Ahnung, was sie in den 12 Sternensystemen entlang dieser Kette erwartete. Sollte sich ihre Hypothese jedoch als richtig erweisen, wäre das eine solch bedeutende Entdeckung, dass sie die Abweichung von der ursprünglichen Mission zweifellos rechtfertigte. Schlussendlich folgten sie damit der Bestimmung eines Erkundungsschiffs des erdfernen Weltraums.

»Captain, wir nähern uns dem Sternentor. Soll ich das Tor aktivieren, sobald wir aus dem Warp kommen?«, fragte Hunt.

Reynolds war zu gleichen Teilen nervös und aufgeregt. »Ja, sofort nachdem wir auf normalen Betrieb umstellen.«

Kurz danach implodierte die Warpblase um ihr Schiff herum und die große kreisförmige Struktur, die sie als das Sternentor erkannten, tauchte vor ihnen auf.

Lieutenant Hunt schaltete vom FTL auf ihre MPD-Antriebe um und versorgte die Hauptmotoren mit mehr Energie. Das Schiff beschleunigte schnell. Es dauerte nicht lange, bevor sie dem Sternentor nahe genug waren, um es zu aktivieren. In der kreisrunden Öffnung erschien eine schimmernde Welle, die wie eine hellgraue Flüssigkeit in einer Tasse schwappte und sie zum Springen einlud. Sie drangen in den

Kreis ein und wurden unmittelbar über Hunderte von Lichtjahren voran befördert.

Reynolds hielt das Reisen durch ein Sternentor für die coolste Erfahrung, die er bislang gemacht hatte. Der Tunnel, den sie durchflogen, war kein gerader, linearer Pfad. Er wand sich nach rechts, nach links, nach oben, nach unten – beinahe so, als ob sie in einem Kampfflieger die Atmosphäre durchflogen oder in einer Achterbahn Höhen und Tiefen durchmachten. Es dauerte nie lange, ein Tor zu durchqueren; meist nur wenige Minuten. Der längste Sprung, den seine Crew bisher mitgemacht hatte, hatte sich über knapp fünf Minuten hingezogen. Die meisten Sprünge nahmen zwei bis drei Minuten in Anspruch.

Ihr Eintritt am anderen Ende des Tors in das Sternensystem UAAU-C hinein, gewährte ihnen einen ungehinderten Blick auf die Schwärze des Alls, vor dem sich eine Unzahl von Sternen und drei Sonnen tummelten.

»Ok, Hunt, wie gehabt. Volle Geschwindigkeit auf der Suche nach einem Versteck. Passive Sensoren. Verschaffen wir uns einen Überblick.« Reynolds Crew machte sich an die Arbeit.

Auf der Suche nach einem Planeten, der Menschen beherbergte, ließen sie das Sternentor in Richtung der drei Sonnen hinter sich zurück. Eine Stunde später entdeckten ihre passiven Sensoren zwei Planeten im System. Einer der beiden schien bewohnbar zu sein. Hunt plante seinen Kurs.

Fragend erkundigte sich Lieutenant Hunt bei Reynolds: »Ich kann keine Anzeichen von Zodark-Schiffen in diesem System entdecken. Soll ich unsere Sensoren aktivieren?«

»Ja, gute Idee. Sehen wir uns das Sternensystem näher an«, stimmte Reynolds zu.

Ethans Finger tanzten über die Tasten. Sekunden später wurde das gesamte System dank der aktivierten Sensoren mit hochenergetischen Wellen überzogen, die sämtliche Spektren und Wellenlängen einschlossen. Es würde Stunden dauern, bevor sie das Feedback mit guter Sicht auf alle Objekte und Aktivitäten innerhalb des Systems auf dem Schiff zurückerwarten konnten.

Die Reise der *Franklin* in Richtung des Planeten, der ihrer Überzeugung nach menschliches Leben unterstützen konnte, nahm einen halben Tag in Anspruch. Und dann erschien der Planet auf den

Bildschirmen. Seine Färbung war faszinierend – ein helles gelblich-orange. Die ersten Ergebnisse der Sensoren zeigten an, dass es ein wasserarmer Planet war, der nichtsdestotrotz wohl menschliches Leben erhalten konnte.

Lieutenant Commander Reynolds saß ganz vorn auf seinem Stuhl, während er eine vergrößerte Ansicht des Planeten studierte. »Sieht aus wie eine Wüste. Gibt es Hinweise auf Wasser?«

Ethan rief einige der grundlegenden Informationen auf, die ihnen bisher vorlagen. »Hmm …. wir sehen es nicht, aber auf der Rückseite des Planeten gibt es ein großes Reservoir an Wasser. Unten am Südpol befindet sich ebenfalls ein Gewässer, allerdings nicht so groß wie das erste.«

»Wie groß ist das Gewässer?« Reynolds klang skeptisch. »Der Planet sieht wirklich ziemlich ausgetrocknet aus.«

»Das sehen wir dann in einer Stunde, sobald sich der Planet gedreht hat«, erwiderte Ethan grinsend.

»Verstehe. Klugscheißer, was?«, scherzte Reynolds, um die Spannung zu lockern. »Ok, dann warten wir die Stunde ab. In der Zwischenzeit, gibt es Anzeichen für menschliches Leben auf diesem Planeten?«

»Unsere Sensoren weisen auf gewisse Aktivitäten hin, aber nur wenig elektronische Emissionen«, berichtete Ethan. »Falls es dort unten Leute gibt, ist es eine weniger fortgeschrittene Gesellschaft als die der Sumarer oder unserer.«

Eine Stunde später hatte sich der Planet gedreht und gab ein relativ großes Gewässer preis. Flaches, fruchtbares Land in der Nähe des Wassers erstreckte sich einige hundert Kilometer ins Land hinein, bevor es gegen eine ausgedehnte, hohe Gebirgskette stieß, die eine beträchtliche Fläche des Planeten einzunehmen schien. Damit war klar, wieso sie den Planeten zunächst für eine Wüstengegend gehalten hatten. Die Feuchtigkeit des Gewässers war auf einer Seite der Bergkette gefangen, was die andere Seite der Berge zum Wüstendasein verurteilte.

Zwischen den üppigen Grünbereichen schienen sich Dutzende von Städten auszubreiten, die alle durch ein Netz von Straßen, vielleicht sogar durch Züge, verbunden waren. Hinweise auf Flugfahrzeuge gab es nicht.

Reynolds ordnete an, Stellung im Orbit zu beziehen, um den Planeten und seine Bevölkerung etwas länger zu beobachten. Sie entschieden, zwei Tage darauf zu verwenden, den Planeten und seine Lebensformen zu studieren. Es war schwierig, dies aus der Umlaufbahn zu tun, aber sie würden ihr Bestes geben. Ihrer Schätzung nach schien sich diese Gesellschaft auf dem Entwicklungsstand der Erde im 18. oder im frühen 19. Jahrhundert zu befinden – im Industriezeitalter, aber noch vor der Erfindung des Stroms.

****

Gegen Ende des zweiten Observationstages äußerte Reynolds gegenüber der Brückenmannschaft: »Ich wollte, es gäbe Teleportation oder wir hätten zumindest eine Raumfähre. Wäre es nicht toll, die Leute direkt auf der Oberfläche zu studieren? Wir könnten feststellen, wie sie aussehen, welche Sprache sie sprechen, welche Religion sie praktizieren, und ob die Zodark ihre Gesellschaft wie die Sumarer ‚züchten‘.«

Ethan drehte sich in seinem Stuhl um. »Ich weiß nicht, Skipper …. Wenn wir dort runtergingen …. wer sagt uns, welche Kleidung sie tragen? Ja, aus einiger Entfernung, das wäre ok, aber sie aus der Nähe zu beobachten – vollkommen unmöglich.«

Reynolds schüttelte scheinbar enttäuscht den Kopf. »Typisch Spielverderber, Hunt. Sie verstehen einfach keinen Spaß.«

Die anderen auf der Brücke lachten und scherzten darüber, wie sie die Städte infiltrieren würden und wie es wäre, in einer Stadt umherzuwandern, die sie 400 Jahre in die Vergangenheit zurückversetzte. Selbst die besten Kameras und Sensoren der *Franklin* konnten ihnen leider nur einen schwachen Eindruck von dem vermitteln, wie die Städte und die Bevölkerung auf der Oberfläche tatsächlich aussahen.

Die Fünf auf der Brücke machten sich darüber lustig, wie einfach es Hollywood in *Star Trek* aussehen ließ, wenn eine Abordnung der Schiffsmannschaft auf eine Planetenoberfläche hinuntergebeamt wurde und wie selbstverständlich sie die Kleidung der Anwohner trug, um ins Bild zu passen. Realistisch war das sicher nicht und es machte Spaß, darüber zu lästern.

Ein summendes Geräusch unterbrach ihr entspanntes Geplänkel. Lieutenant Ethan Hunt wandte sich wieder seiner Station zu. »Captain, der Alarm informiert uns, dass ein neues Schiff in das System vorgedrungen ist. Ich warte noch auf die Bestätigung, dass es die Zodark sind, allerdings sehe ich nicht, wer es sonst sein könnte. Ihre Befehle, Sir?«

Mist, das hat uns noch gefehlt, dachte Reynolds. Er wollte sicherlich nicht von einem Zodark-Schiff in der Umlaufbahn dieses Planeten gesichtet werden.

»Ok, an die Waffen. Alle Mann auf Gefechtsstation«, befahl er. »Hunt, bringen Sie uns mit Höchstgeschwindigkeit aus der Umlaufbahn und auf die Rückseite des Planeten. Von dort aus mit FTL so schnell wie möglich zum nächsten Sternentor. Wir müssen aus diesem System verschwinden, bevor sie uns entdecken.«

Die nächsten 20 Minuten hektischer Aktivitäten zielten darauf ab, sie aus der Umlaufbahn herauszubringen und die Zodark so weit wie möglich hinter sich zu lassen. Reynolds hoffte, dass die Sensoren der Zodark sie auf der Rückseite des Planeten nicht aufspüren konnten.

»Bereit, auf FTL umzustellen«, kündigte Ethan endlich an.

»Wissen wir mit Sicherheit, ob es sich um die Zodark oder vielleicht um ein anderes Schiff handelt?« *Wer wusste schon, welchen Besuch sie so tief in unbekanntem Neuland erwarten durften.*

»Mit Sicherheit kann ich es nicht sagen, aber die elektronischen Ausstrahlungen stimmen mit denen eines Zodark-Schiffs überein«, antwortete Ethan. »Mit dem Eintritt in das System aktivierten sie ihre Sensoren. Auf die stützt sich meine Vermutung.«

»Ihre Sensoren sind aktiv?«, wiederholte Reynolds mit steigender Besorgnis in der Stimme. »Ist es möglich, dass sie uns entdeckt haben, bevor wir hinter dem Planeten verschwanden?«

Ethan antwortete nicht sofort. Er überprüfte einige Angaben auf seinem Terminal, bevor er sich äußerte. »Möglich wäre es, Sir. Aber sie scheinen uns nicht zu folgen, was es wahrscheinlich macht, dass sie von unserer Anwesenheit nichts wissen.«

Zufrieden mit dieser logischen Einschätzung entgegnete Reynolds: »Ok, klingt gut. Und jetzt mit dem FTL-Antrieb nichts wie weg von hier!«

»Verstanden. Kurs auf das nächste Tor, das ins System 3PPT-9 führt«, kündigte Ethan an und schaltete auf Warp-Drive um.

Das Warp-Feld baute sich um ihr Schiff herum auf …. Und dann waren sie weg wie eine verschossene Kugel. während ihr Schiff durch die Struktur der Raumzeit voran katapultiert wurde.

Die *Franklin* verweilte etwa acht Stunden im Warp, bevor sie dem nächsten Sternentor nahe kam. Sobald das Schiff aus dem Warp war, schaltete Ethan ihren Antrieb vom FTL-Drive auf ihre MPD-Antriebe um. Bei einer kleinen Fregatte wie der ihren ging dieser Vorgang weit schneller vonstatten als bei einem großen Kreuzer oder bei den Kriegsschiffen.

Gerade als sie vor dem Tor zum Sprung ansetzen wollten, passierte etwas Unerwartetes.

»Verdammt, was ist das? Ich entdecke ein anderes Schiff, das neben dem Tor erscheint!«, rief Ethan mit Panik in der Stimme. Seine Hände rasten über das elektronische Kriegsführungsdisplay.

»Alle Mann auf Gefechtsstation! Waffen ausfahren und kampfbereit machen!«, rief Reynolds dem Waffenoffizier zu. An Ethan gewandt, wies er ihn an: »Störfunktion gegen den Eindringling aktivieren. Und so schnell wie möglich durch das verdammte Tor.«

Diese Situation kam dem schlimmsten Albtraum nahe, den ein Kapitän sich erträumen konnte: nach dem Sprung durch ein Tor überraschend einem feindlichen Schiff gegenüberzustehen – ohne die geringste Chance auf ein Entkommen.

Und dann blitzte vor der *Franklin* plötzlich ein helles Licht auf. Nicht einmal 800 Kilometer von ihrer gegenwärtigen Position entfernt materialisierte sich ein Schiff. Es saß praktisch auf ihnen.

Mehrere Crew-Mitglieder stöhnten laut auf. Reynolds starrte mit weit offenem Mund. Das war kein Zodark-Schiff. Welch dramatischer Unterschied! Es war ein rein-weißes Gefährt, das rundum mit kleinen Lichtern bestückt war. Ihre Sensoren verrieten, dass das Schiff ungefähr 1.000 Meter lang war. Trotzdem sah es mit seinen runden, sanften Kurven ungeheuer schnittig aus. Dieses Raumschiff unterschied sich von allen anderen Schiffen, die dieser Besatzung im Lauf ihrer militärischen Karriere begegnet waren.

»Was ist das, Herrgott noch mal?«, rief Ethan mehr zu sich selbst laut aus. Die Störfunktion war vergessen; seine Hand hing bewegungslos über den Reglern des EloKa-Systems.

Reynolds war der Erste, der reagierte. »Keine Ahnung, Lieutenant Hunt, aber bringen Sie uns endlich durch das Tor. Keine Störaktionen, es sei denn, sie nehmen uns ins Visier. Wir wissen nicht, ob es sich hier um Freund oder Feind handelt. Sicher besser, keine Zeit darauf zu verschwenden, das herauszufinden.«

Ethan zog die *Franklin* ein gutes Stück von dem unbekannten
Schiff zurück und begann, ihren Antrieben maximale Energie
zuzuführen. Dann verriet ein singendes Geräusch an Ethans Station,
dass jemand Kontakt mit ihnen aufnehmen wollte.

Ethan gab diese Information an Reynolds weiter. »Sir, sie wollen
mit uns reden. Was soll ich tun?«

Reynolds legte die Stirn in Falten. Er war sich nicht sicher. Sein
erster Gedanke war, sich so schnell wie möglich davonzumachen.
Letztlich siegte jedoch die Neugier, wieso ein feindliches Schiff
Interesse an einem Gespräch zeigen sollte.

»Stellen Sie es auf die Sprechanlage der Brücke um«, entschied
Reynolds endlich.

Die Nachricht, die sie erreichte, war zunächst verworren und
unverständlich. Nachdem sie die künstliche Intelligenz an Bord
entschlüsselt hatte, identifizierte sie diese Sprache eindeutig als die der
Zodark, allerdings mit einem abweichenden Akzent.

Die Nachricht besagte: *Unbekanntes Schiff, bitte identifizieren Sie
sich.*

»Wie soll ich antworten?«, fragte Ethan.

Reynolds hielt es für höchst unwahrscheinlich, dass ein feindliches
Schiff sie um Identifizierung bitten würde. *Sie hätten auch zuerst
schießen und danach Fragen stellen können*, überlegte er.

Reynolds räusperte sich. »Ähm …. informieren Sie sie, dass wir
das Raumschiff *Franklin* sind und dem Militär der Republik angehören.
Wir sind Entdecker. Wir wollen niemandem Schaden zufügen. Setzen
Sie diese Nachricht in Zodark, auf Sumarisch und auf Englisch ab«,
schloss Reynolds. *Hoffentlich hatte er das Richtige gesagt ….*

Ihr Schiff näherte sich unmerklich weiter dem Tor. *Nur noch drei
Minuten, bevor wir nahe genug sind, um zu springen!*

»Wir erhalten eine weitere Nachricht. Weitergabe an den KI-
Übersetzer«, kündigte Ethan an.

Die Nachricht spielte über das interne System der Brücke ab.
»Auch wir haben keine böswilligen Absichten. Bitte springen Sie nicht
durch das Tor. Wir sind die Altairianer. Wir würden gerne weiter mit
Ihnen reden. Wie nennt man Ihre Spezies?«

Reynolds war verwirrt. Sie befanden sich in einem von den Zodark
beherrschten Bereich - in einem System, das ihres Wissens nach von

den Zodark kontrolliert wurde und in einer Sackgasse endete. *War dies nun eine vollkommen neue Gattung?*

Alle auf der Brücke starrten Reynolds in Erwartung ihres nächsten Schrittes an. Reynolds erklärte schließlich: »Hunt, geben Sie Folgendes an sie weiter. Wir sind Menschen aus einem Sternensystem, das sehr weit von hier entfernt liegt. Sind Sie mit den Zodark verbündet? Mit der Rasse, die dieses und die umliegenden Systeme beherrscht?«

Ethan hatte ihre Geschwindigkeit in Richtung Tor reduziert, ließ die Motoren aber weiter auf Hochtouren laufen, um gegebenenfalls unmittelbar beschleunigen zu können.

Die Antwort kam sofort. »Wir befinden uns mit der Spezies der Zodark im Krieg.«

Reynolds grinste. Er griff nach dem Handset ihrer Kommunikationsanlage, das ihm die Aufnahme einer direkten Verbindung zu dem neuen Schiff erlaubte. »Mein Name ist Commander Joe Reynolds. Ich bin der Kapitän dieses Schiffs. Unsere Rasse befindet sich ebenfalls im Krieg mit den Zodark. Wäre es möglich, eine eventuelle militärische Allianz im gemeinsamen Kampf gegen die Zodark zu diskutieren? Unsere Sensoren zeigen uns, dass sich in diesem System zumindest ein Zodark-Schiff aufhält. Es ist möglich, dass es hier in Kürze gefährlich werden könnte.«

Das außerirdische Schiff reagierte prompt. »Unsere Sensoren weisen das Zodark-Schiff als Transporter aus. Es stellt keine Bedrohung dar. Das nächste Kriegsschiff der Zodark hält sich mehrere Systeme von hier entfernt auf. Es spricht nichts dagegen, unsere Unterhaltung hier fortzusetzen. Falls ein Zodark-Kriegsschiff in dieses System springen sollte, ist unser Schiff mehr als fähig, es zu zerstören.«

Das war bei weitem die beste Nachricht, die Reynolds seit langem gehört hatte. Er drückte auf den Sprechknopf seines Handmikrofons. »Ich begrüße die Gelegenheit, mich weiter mit Ihnen zu unterhalten. Sind Sie gewillt, eine elektronische Datei zu empfangen? Mein Volk hat ein Datenpaket erstellt, das Informationen über unsere Rasse enthält, wer wir sind, und dazu noch einiges über unsere Geschichte. Diese Datei ist Teil unseres ‚Protokoll des Ersten Kontakts'. Sind Sie an einem solchen Informationsaustausch interessiert?«

Einen Augenblick später erwiderten die Altairianer: »Wir begrüßen den Erhalt dieser Informationen und werden sie studieren. Wir haben ein ähnliches Datenpaket, das wir Ihnen zusenden können.

In der Zwischenzeit sollten wir weiterreden. Wo sind Ihnen die Zodark zum ersten Mal begegnet?«

»Wir stießen unserer Zeit nach vor knapp sieben Jahren zum ersten Mal auf die Zodark ….«, begann Reynolds, »… .auf einem Planeten im Rhea-System, den wir Neu-Eden und die Zodark Clovis nennen. Dort hatten sie eine andere menschliche Rasse, die Sumarer, versklavt. Wir befreiten die Sumarer auf diesem Planeten und befinden uns seitdem mit den Zodark im Krieg.«

Die nächste Stunde saßen die beiden Schiffe einträchtig vor dem Tor und redeten und tauschten Informationen aus. Aus einer Stunde wurden sechs. Aus sechs Stunden wurden drei Tage. Dann boten die Altairianer ihre fortgeschrittenere Form des Reisens an, um die *Franklin* direkt zurück ins Rhea-System zu befördern. Gleichzeitig drückten sie ihr Interesse daran aus, den Anführer der menschlichen Rasse persönlich zu sprechen, um zu entscheiden, ob die Bildung einer Allianz in Frage kam.

Reynolds wusste zunächst nicht, was er von diesem Vorschlag halten sollte. Wann würde sich eine solch fantastische Gelegenheit ein zweites Mal bieten? Was aber, wenn diese neue Rasse in Wirklichkeit gar keine Allianz eingehen wollte? Was, wenn sie allein den Standort der irdischen Kräfte auskundschaften wollte, um sie dort zu zerstören? Ein schwieriges Dilemma.

Mist, ich habe ihnen schon verraten, dass uns die Zodark im Rhea-System über den Weg liefen, tadelte sich Reynolds selbst. *Wenigstens habe ich ihnen nicht von Sol erzählt.*

Die Altairianer erklärten sich einverstanden, sie durch das Sternentor nach Rhea zu transportieren. Dort würden sie nahe des Tors warten, bis der Zeitpunkt für ein Treffen feststand. Kurz darauf erzeugte das Schiff der Altairianer ein Wurmloch, das groß genug war, um beide Schiffe aufzunehmen – und einen Atemzug später tauchte die *Franklin* unvermutet im Rhea-System auf, 100.000 Kilometer von ihrem letzten Standort entfernt. Die Überwindung einer solchen Entfernung hätte sie unter normalen Umständen drei Monate gekostet.

Mit ihrem Sprung ins System leuchteten sämtliche Warnlichter der *Franklin* gleichzeitig auf. Acht irdische Schiffe, die Dienst am Tor taten, zielten mit schussbereiten Lasern auf sein Schiff und sicher auch auf das der Altairianer.

Reynolds schnappte sich das Schiffsmikrofon und kündigte über einen offenen Kanal an: »Hier spricht Lieutenant Commander Joe Reynolds, Kapitän der RNS *Franklin*. Identifikationsnachweis Zulu-Neun-Neun-Zulu-Lima-Charlie. Waffenbereitschaft einstellen. Das zweite Schiff steht unter meinem Schutz. Ich bitte um ein sofortiges Gespräch mit Vizeadmiral Halsey.«

Die irdischen Schiffe änderten ihre Formation vom langsamen Kreisen vor dem Tor zur Ausrichtung in zwei deutlich identifizierbare Angriffsreihen.

»Wir werden kontaktiert«, verkündete Ethan. »Es ist die *O'Brian*.«

Reynolds lächelte. Er kannte den Kapitän der *O'Brian*. Sie hatten vor vielen Jahren zusammen die Offiziersanwärterschule besucht.

»Joe, bist du das wirklich?«, fragte eine bekannte Stimme.

»Ich bin's, John. Jagt uns nicht in die Luft. Ich muss dringend mit Admiral Halsey sprechen«, bestätigte Reynolds.

»Die *O'Brian* hat die Entwarnung an die übrigen Schiffe weitergegeben«, stellte Ethan Hunt deutlich erleichtert fest. »Außerdem setzten sie nach der Verifikation unseres Codes eine Nachricht an Neu-Eden ab, Sir.«

In Begleitung eines unbekannten Raumschiffs durch ein stark militarisiertes Sternentor zu springen war nicht unbedingt eine kluge Entscheidung. Reynolds wusste allerdings nicht, was er sonst hätte tun können.

»Die *O'Brian* bittet um ein privates Gespräch«, informierte Ethan Reynolds. »Soll ich das Gespräch an Ihren Kommunikator weiterleiten?«

«Ja, bitte.«

Gleich darauf hörte Reynolds Lieutenant Commander John Blanch' Stimme am Funkgerät. »Joe, was zum Teufel geht da vor und woher kommt das unbekannte Schiff? Unsere Sensoren zeigten, dass es unmittelbar nach dem Sprung darauf eingestellt war, seine feuerbereiten Waffen auf uns alle loszulassen.«

»Haben sie sie wieder gesichert, nachdem ihr die Gefechtsbereitschaft aufgegeben habt?«, musste Reynolds wissen.

»Ja, das haben sie. Also, was ist nun los?«

»Eine lange Geschichte, John. Ich will es mal so formulieren: Wir sind in den Kaninchenbau gefallen und am anderen Ende mit einem potenziellen neuen Freund wieder herausgeklettert«, philosophierte Reynolds.

Blanch schwieg einen Moment.

Reynolds sah auf den Hauptbildschirm und auf die aktuelle taktische Aufstellung der sie umgebenden Schiffe. Sein Freund hatte seine Gruppe in Verteidigungsposition gebracht. Sie hatten die Angriffsformation aufgegeben, standen aber bereit zu reagieren, falls etwas schiefgehen oder ihren Verdacht erregen sollte.

»Ihr wart wie lange … drei Monate … unterwegs, Joe?«

»Ja, in etwa. Hat sich eines der anderen Schiffe schon zurückgemeldet?«

Ihr Schiff war nicht die einzige Fregatte, die den tiefen Weltraum erkundete. Vier andere Scoutschiffe waren in verschiedene Richtungen mit dem Befehl ausgesandt worden, zwei Monate lang ihrer Richtung zu folgen und dann mit den Informationen, die sie gesammelt hatten, zurückzukehren. Das Weltraumkommando tat sein Bestes, zu klären, wer und was sich am anderen Ende all dieser mysteriösen Sternentore befand. Es war eine überwältigende Aufgabe und noch dazu ein riskantes Unternehmen. Im Fall, dass sie in Schwierigkeiten gerieten, war es der Flotte praktisch unmöglich, ihnen Hilfe zukommen zu lassen.

»Noch nicht, Joe. Ihr seid die Ersten. Allerdings muss ich sagen, dass wir eure Ankunft so nicht erwartet haben. Unsere Sensoren warnten uns, dass sich ein Raum-Zeit-Loch oder Ähnliches vor uns öffnet, und dann standen aus heiterem Himmel plötzlich zwei Schiffe vor uns. Wie ist das möglich, Joe?«, drängte sein Freund hart auf Antwort.

Reynolds seufzte und gab nach. Er erzählte ihm die Geschichte ihrer Erkundung des Zodark-Reichs. Er sprach von der Entdeckung der sumarischen Heimatwelt Sumara und der zweiten von Menschen bevölkerten Welt. Er erklärte, wie dieses andere Schiff unmittelbar vor ihnen in der Nähe eines Sternentors aufgetaucht war und dass sie dort Gespräche aufgenommen hatten. John und Joe unterhielten sich noch etwas zehn Minuten, bevor Reynolds von der *Voyager*, Admiral Halseys Flaggschiff, gegrüßt wurde.

Die Übertragung der Nachricht erfolgte mit einiger Zeitverzögerung, was einem Gespräch dennoch nicht im Wege stand. »Commander Reynolds, Admiral Halsey hier. Commander Blanch ließ mir gerade eine Blitznachricht zukommen, dass die *Franklin* und ein unbekanntes Schiff aus dem Nichts hinter dem Tor aufgetaucht sind. Erklärung, Commander?« Ihre Stimme klang stahlhart.

Joe hatte Admiral Halsey nur ein einziges Mal getroffen, als sie ihm, Ethan und drei anderen einen Silbernen Stern verliehen und sie alle einen Rang befördert hatte. Selbst in seiner neuen Position hatte er gewöhnlich selten Gelegenheit, mit einem Offizier ihres Dienstgrads zu konferieren.

Reynolds berichtete ihr das Gleiche, was er gerade seinem Freund erzählt hatte. Er wies Hunt an, Halsey das Datenpaket mit den Informationen zukommen zu lassen, die ihr Schiff im Laufe der Mission gesammelt hatte, ebenso wie das Paket, dass ihnen die Altairianer überlassen hatten. Die weiterbestehende Zeitverzögerung brachte Reynolds auf die Palme. Es dauerte etwa zehn Minuten, bis die Antwort auf eine von ihm gestellte Frage endlich durchkam.

Schließlich wurde auch der Admiral dieser Zeitverschwendung überdrüssig. Sie beauftragte Reynolds, das neue Schiff nach Neu-Eden zu eskortieren und erklärte ihr Einverständnis, sich persönlich mit den Außerirdischen zu treffen.

Reynolds gab diese Einladung an das altairische Schiff weiter, das sofort zustimmte, der *Franklin* an den Bestimmungsort zu folgen.

»Wir schicken Ihnen die Koordinaten«, bot Reynolds an.

»Das ist nicht nötig. Unsere Sensoren haben das Schiff des Admirals bereits identifiziert. Wir folgen Ihnen«, erklärten die Altairianer.

Diese Aussage setzte Reynolds zu. *Das bedeutete wohl, dass diese Rasse sogar noch fortgeschrittener als die der Zodark war. Lieber Gott, ich hoffe, wir haben einen neuen Freund gefunden,* betete Reynolds inständig.

Die Auseinandersetzung mit einem zweiten Feind, der dem Entwicklungsstand der Zodark offensichtlich voraus war, würde die menschliche Rasse wohl nicht überleben.
****

RNS *Voyager*

»Was wissen wir über das unbekannte Schiff?«, erkundigte sich Admiral Halsey bei ihrem taktischen Offizier. Die *Franklin* und das neue Schiff kamen gerade aus dem Warp und näherten sich vor Neu-Eden nun der *Voyager* und ihrer kümmerlichen Flotte.

Die Wachgruppe am Sternentor hatte sie bereits mit ersten Informationen versorgt, auf die sie sich jedoch bislang keinen Reim machen konnten. Momentan wussten sie nur, dass dieses Schiff durch temporäre Wurmlöcher reiste, die sie nach Bedarf selbst kreieren konnten. Ihre Sensoren schienen zudem effektiver als die des Weltraumkommandos und der Zodark zu sein.

Lieutenant Adams, ihr Kommunikationsoffizier, unterbrach jede weitere Diskussion über das außerirdische Schiff. »Admiral, sie kontaktieren uns.«

Halsey strich sich ihre Uniformjacke glatt und erhob sich. »Stellen Sie sie mit Video und Audio durch«, befahl sie.

Und dann sprach sie mit diesen Außerirdischen. Die Altairianer teilten keinen Videolink mit ihr, aber die Audioübertragung kam klar und deutlich durch. Dank den Informationen, die Commander Reynolds mit ihnen geteilt hatte, hatten die Außerirdischen die englische Sprache in ihr Übersetzungsprogramm aufgenommen.

Die Altairianer boten Admiral Halsey und jedem ihrer Offiziere an, sich persönlich mit ihnen auf ihrem Schiff zu treffen. »Wir atmen eine ähnliche Atmosphäre«, versicherte ihr Wortführer. »Beim Betreten unseres Schiffs überlassen wir Ihnen ein medizinisches Gerät, das Ihnen erlaubt, unsere Luft ohne Schaden für Ihre menschlichen Körper zu atmen.«

Halsey musste einen Augenblick über diese Einladung nachdenken. *Eine höchst prekäre Situation.* Wenn sie das fremde Schiff besuchte und etwas geschehen sollte, wäre sie außer Stande, ihre kleine Flotte zu befehligen. Das Datum der Rückkehr der *GW* mit zusätzlichen Kräften stand immer noch nicht fest. Falls das unbekannte Schiff sich entschließen sollte, sie anzugreifen, hätten sie keine Chance. *Andererseits …. wenn sie angreifen wollten, hätten sie es sicher schon getan ….*

Bevor sie das Angebot eines Treffens akzeptierte, befahl sie einer der Fregatten ihrer Flotte die Rückkehr nach Sol. Dort sollte sie die bisher bekannten Informationen über die Altairianer und die Daten, die die *Franklin* gesammelt hatte, dem Hauptquartier des Weltraumkommandos und Admiral Hunt und seiner Flotte überbringen.

Halsey musste sicherstellen, dass die Führungsspitze wusste, was auf sie zukam, im Fall, dass etwas schiefgehen sollte.

Endlich wandte sich Halsey an ihren XO. »Captain Johnson, Sie übernehmen das Schiff und kommandieren während meiner Abwesenheit die Flotte. Bitten Sie Chief Riggs, zu mir zu kommen.«

Einige Minuten später stellten sich Admiral Halsey und Master Chief Riggs an die Stelle der Brücke, die die Altairianer ihnen empfohlen hatte. Halsey schluckte nervös und kündigte dann mit fester Stimme an: »Wir sind bereit.«

Funkelnde Lichter erschienen und begannen sie zu umkreisen. Halsey registrierte die erstaunten Gesichter der Brückenbesatzung .... bevor sie aus ihrem Gesichtsfeld verschwanden. Kurz darauf registrierte sie einen steril aussehenden weißen Raum, die glitzernden Lichter verflogen, und sie stand auf einem außerirdischen Schiff.

Halsey blieb zunächst regungslos stehen und versuchte, sich zu orientieren. Rechts von ihr standen vier Figuren, die sie beobachteten.

Das Erscheinungsbild der Altairianer machte einen weit weniger gefährlichen Eindruck als das der Zodark. Zum einen waren sie nur um die ein Meter sechzig groß, also nach menschlichen Vorstellungen relativ klein. Mit zwei Armen und zwei Beinen ähnelten diese Außerirdischen in gewisser Weise den Menschen. Allein ihre Hände schienen sechs Finger und einen Daumen zu haben. Ihre Haut war rein-weiß und sah zäh aus, beinahe wie Leder. Das Haar auf ihren Köpfen war dünn, kurz geschnitten und ebenfalls rein-weiß. Außer dem Kopf schien der Rest ihres Körpers haarlos zu sein. Ihre Augen waren es, die Halsey leicht nervös machten. Sie waren rabenschwarz, ohne erkennbare Pupillen und ohne Augenlider, was bedeutete, dass diese Fremden nie blinzelten. Es war irgendwie seltsam und beunruhigend, ihnen zu lange ins Gesicht zu sehen.

Halsey wandte sich ihren neuen Bekannten zu und stellte sich vor. »Hallo, mein Name ist Vizeadmiral Abigail Halsey. Ich bin der kommandierende Offizier aller menschlichen Militärkräfte und -operationen in diesem Sektor. Wer sind Sie?«

Chief Riggs, der neben ihr stand, sah sie nervös an, äußerte sich aber nicht. Er war als Beobachter hier und um gegebenenfalls Rat zu erteilen. Ansonsten sollte er nur reden, falls er direkt angesprochen wurde.

»Hallo, Abigail. Abigail, ich darf Sie so nennen?«, begrüßte sie einer der Außerirdischen höflich.

Halsey nickte. »Ja, das ist mein Vorname. Halsey ist mein Nachname oder Familienname, und Vizeadmiral ist mein Rang«, erklärte sie ihm.

Der kleine Außerirdische nickte. »Vielen Dank für diese kurze Erläuterung. Unser Protokollprogramm hat uns das bestätigt. Mein Name ist Handolly. Ich bin der Protokolloffizier dieses Schiffs. Neben mir steht Pandolly. Er ist der Kapitän dieses Schiffs. Die anderen Individuen sind Medizintechniker. Mit Ihrer Erlaubnis möchten wir Ihnen diese Atemhilfen für die Zeit unserer Gespräche überlassen. Der Sauerstoffgehalt auf unserem Schiff ist etwa zwanzig Prozent geringer als der, den Ihre Körper verlangen. Wenn Sie regelmäßig im Abstand von wenigen Minuten über diese Geräte einatmen, wird das den geringeren Sauerstoffgehalt auf unserem Schiff ausgleichen.«

Die Techniker näherten sich den Menschen mit aller Vorsicht und reichten ihnen zwei Gegenstände, die wie Inhalatoren aussahen. Nachdem ihnen ihr Gebrauch erklärt worden war, benutzte Halsey ihr Gerät zum ersten Mal. *Welch ein Unterschied.* Es fühlte sich an, als sei sie von der Bergspitze hinunter auf Meereshöhe abgestiegen.

»Abigail, wenn Sie sich hier bitte setzen möchten«, bat sie einer der Anwesenden. Sie und Chief Riggs nahmen am Tisch neben den vier Altairianern Platz.

Protokolloffizier Handolly sprach als Erster. »Abigail, ich muss Ihnen etwas gestehen. Unsere Rasse, die Altairianer, weiß schon seit Tausenden von Jahren von der Existenz Ihrer Spezies. Wir kennen Ihre Heimatwelt die Erde und Ihr Sonnensystem – obwohl wir zunächst fälschlicherweise davon ausgingen, dass die letzten Menschen einem planetenweiten Massensterben zum Opfer fielen. Seit geraumer Zeit verfolgen wir nun wieder die menschliche Evolution und ihre wissenschaftlichen Entdeckungen. Als dann plötzlich ein irdisches Schiff im System UAAU-C auftauchte, hielten wir die Zeit für gekommen, Sie kennenzulernen und uns offiziell bei Ihnen vorzustellen.«

Abigail musste sich im Zaum halten, weder Überraschung noch Zorn auszudrücken. Sie hielt ihren Gesichtsausdruck so passiv wie möglich. Aber das Geständnis dieser außerirdischen Kreatur hatte sie aus dem Konzept gebracht.

Bevor sie etwas erwidern konnte, fuhr der Protokolloffizier fort:
»Unsere Rasse hat sich der Ideologie verschrieben, anderen Spezies
ohne Einmischung unsererseits zu erlauben, sich selbst zu regieren, zu
entwickeln und Fortschritte zu machen. Das unterscheidet uns von den
Zodark und den Orbots, ihren Schutzherren. Diese Spezies sind allein
auf die Eroberung und Unterdrückung anderer Spezies aus, um,
basierend auf ihren expansionistischen Zielen, ihr Reich wachsen zu
sehen.«

Halsey atmete tief an ihrem Inhalator, bevor sie ihn unterbrach.
»Einen Augenblick, Handolly. Sie sagen, dass die Zodark in diesem
großen galaktischen Spiel einer anderen Rasse untergeordnet sind?«

Der Altairianer schwieg und tippte stattdessen eifrig auf eine
Tastatur ein, die scheinbar ungefragt auf dem Tisch vor ihm erschienen
war. Im Zentrum des Tischs wurde ein holografisches Bild sichtbar, das
sich mit Bildern und Daten über diese andere Spezies ausfüllte. Abigail
und sogar Chief Riggs stöhnten leise auf.

Danach wechselte der Altairianer auf ein Bild, dass die
Unendlichkeit des Raums mit seinen zahllosen Galaxien zeigte.
Handolly erklärte: »Abigail, vielleicht wäre es einfacher, unsere
Beziehung zu den Menschen und eine kurze Geschichte der Galaxie
von Anbeginn an zu erläutern. Wie Sie wissen, ist das Universum eine
unbeschreibliche Weite, in dem es über 200 Milliarden Galaxien gibt.
Verteilt über diesen Raum bevölkern Tausende von Spezies
Zehntausende bewohnbarer Planeten. Nichtsdestotrotz sind
bewohnbare Planeten vergleichsweise immer noch selten, was bedeutet,
dass sie oft umkämpft werden, um zu sehen, wer die Kontrolle über sie
erhält oder behält. Vielleicht sollte ich noch erwähnen, dass wir unter
Tausenden von Rassen im Universum nur eine kleine Prozentzahl als
empfindungsfähig betrachten. Die Prozentzahl der Raumfahrtnationen
unter diesen Rassen ist sogar noch geringer.«

Admiral Halsey und Chief Riggs atmeten hin und wieder über ihre
Inhalatoren ein, während sie sich weiter auf die Informationen
konzentrierten, mit denen der Altairianer sie überschüttete. Halsey
dachte, dass ohne die Hirnimplantate, die sie vor über einem Jahrzehnt
erhalten hatte, das meiste wohl an ihr vorbeigegangen wäre. Sie war
dankbar für die Implantate, die ihr erlaubten, die potenziellen
kognitiven Fähigkeiten ihres Gehirns in höherem Ausmaß zu nutzen.

Sie machten sie weit aufnahmefähiger, als es ihr unter normalen Umständen möglich gewesen wäre.

Handolly fuhr fort. »Ihr Planet, Abigail, befindet sich in der Milchstraße. So nennen Sie Ihre Galaxie. Unsere Heimatwelt ist in der gleichen Galaxie angesiedelt. Allerdings liegt unser Planet über 2.000 Lichtjahre von der Erde entfernt. In jeder Galaxie gibt es einige raumfahrende Rassen, die sowohl um die Vorherrschaft in ihrer eigenen Galaxie als auch um die darin befindlichen bewohnbaren Planeten kämpfen. Manche Rassen haben ihre Galaxien vereint und kämpfen nun gemeinsam gegen andere Rassen um die Kontrolle über deren Galaxien.

»In unserer Galaxie bekämpfen wir Altairianer die Rasse der Orbot, eine fortgeschrittene Spezies, deren Kreaturen sowohl aus biologischem Material als auch aus mechanischen Teilen bestehen. Ihre Erfüllungsgehilfen sind die Zodark, obwohl ihnen mehrere andere Rassen ebenfalls dienen.«

Vor ihnen erschien ein Bild der Orbot auf dem holografischen Bildschirm. Es war eine ausnehmend hässliche Rasse. Ihre mechanischen Körper waren mit vier spinnenähnlichen Beinen und zwei Armen mit Händen ausgestattet. Die Orbot waren etwa ein Meter achtzig groß - halb so groß wie die Zodark. Eine Hälfte ihres Gesichts schien biologischer Natur zu sein, während die andere Hälfte mechanisch aussah. Ihr Erscheinungsbild erweckte den Eindruck, als hätte sie ein irrer Wissenschaftler zusammengeschraubt.

Handolly sah die verwirrten Gesichtsausdrücke der Besucher beim Anblick der Orbot. »Die Orbot sind eine einzigartig gefährliche Rasse. Sie waren nicht immer so. Es gab eine Zeit, in der unsere Rassen tatsächlich friedlich nebeneinander existierten. Vor mehreren tausend Jahren begannen die Orbot dann mit Kybernetik zu experimentieren und eine Klasse von Menschmaschinen zu kreieren – die Cyborg – die ihre Kriege für sie führen sollten. Wir wissen nicht genau, was vorgefallen ist, aber etwas hat diese Cyborg-Klasse dazu veranlasst, sich gegen ihre eigenen Schöpfer zu wenden und sich in die Spezies zu verwandeln, die Sie heute vor sich sehen. Das machte sie zu den Orbot. Ich glaube, dass unsere Bezeichnung *Orbot* in Ihrer Sprache *Cyborg* bedeutet.«

Himmel .... ich hoffe, uns steht mit den C100 nicht das gleiche Schicksal bevor, dachte Halsey. Persönlich lehnte sie nach

Geschehnissen des letzten Großen Kriegs die Entwicklung der Kampf-Synth rundheraus ab, aber diese Entscheidung wurde immer noch von Höherrangigen getroffen.

Handolly legte eine kurze Pause ein und schien ihre Körpersprache zu deuten. Dann fuhr er fort. »Da sie halb Maschine, halb Mensch sind, halten sie sich nun für das Herrenvolk des Universums, dessen Rasse unter Ausschluss aller anderen die herrschende Rasse sein sollte. Sie halten sich Verbündete wie die Zodark und andere in der Hauptsache dafür, sie als Fußknechte in ihren Kriegen zu verwenden. Sie unterstützen die Zodark mit den Technologien und anderen Dingen, die sie benötigen, um Kriege oder Schlachten zu gewinnen. Gleichzeitig stellen die Orbot aber auch sicher, dass ihre Verbündeten weiter von ihnen abhängig sind. Das gewährleistet, dass die untergeordnete Rasse niemals stark genug sein wird, die Orbot herauszufordern. Wir Altairianer glauben, dass die Orbot eines Tages auch die ihnen dienenden Rassen in ihren kollektiven Bienenstock zwingen werden ….«

Halsey stellte eine Frage. »Pflanzen sich die Cyborg oder Menschmaschinen immer noch selbst fort, oder erhöhen sie ihre Zahl einzig durch erzwungene Assimilation?«

»Die Orbot stellen sicher, dass ein Teil ihrer ursprünglichen Bevölkerung rein biologisch bleibt und allein der Fortpflanzung verpflichtet ist. Nachdem sie aber ein gewisses Alter erreicht haben, werden die erwachsenen biologischen Wesen in die Kreaturen verwandelt, die Sie vor sich sehen. Als Maschinen sind sie in der Lage, ihre Wissensbasis kollektiv zu erweitern und miteinander zu teilen. Was einer der Orbot denkt oder weiß, dass wissen alle anderen ebenfalls. Auf diese Weise geben sie jahrtausendealtes Wissen und Informationen weiter. Das ist es, was sie so gefährlich macht.«

»Ich verstehe nicht, wie so etwas möglich ist?«, protestierte Halsey. »Wieso sollten die Zodark sich auf solch ein Verhältnis einlassen, anstatt gegen die Orbot aufzubegehren?« Sie hatte Schwierigkeiten, dieses Konzept zu verstehen.

Pandolly, der Schiffskapitän, antwortete. »Admiral, die Orbot sind, so wie wir, eine weitentwickelte Rasse. Zehntausende von Jahren alt. Orbot und Altairianer erkunden seit Tausenden von Jahren den Raum. Unseren beiden Spezies gelang die Entwicklung erstaunlicher Technologien. Wir bereisen die Sterne. Das Einzige, was unsere

Spezies nie überwinden konnten, war der Tod. Einige von uns sterben im Kampf, manche durch einen Unfall, aber viele von uns sterben früher oder später einfach aufgrund ihres hohen Alters.

»Die grundlegende Frage ist: Was passiert, nachdem wir gestorben sind? Manche Spezies glauben an eine Gottheit; an einen Gott, der über Leben und Tod bestimmt. Ohne hier eine philosophische Debatte über die Frage zu führen, ob es einen Gott gibt oder nicht, ist es genau diese Suche nach einem Gott, der die Orbot zu dem gemacht hat, was sie heute sind. Sie hielten es für möglich, ihre biologischen Körper durch die Verwandlung in Cyborg hinter sich zu lassen.

»Und obwohl der größte Teil ihrer Körper heute mechanisch ist, ist ihr Gehirn weiter biologisch. Diese ‚Schwachstelle‘ veranlasste sie, das zu kreieren, was wir den Bienenstock nennen. Dort teilt das Kollektiv sein gesammeltes Wissen und dort finden die Orbot ihre Identität. Mit der Einführung des allwissenden Bienenstocks sind sie nun davon überzeugt, dass sie ihre biologischen Beschränkungen überwunden haben und selbst zu Göttern geworden sind. Dieser Irrglaube ist es, der sie so gefährlich macht, und weshalb wir Altairianer sie seit Tausenden von Jahren bekämpfen. Wir wollen verhindern, dass sie den Rest der Galaxie schlucken.«

Chief Riggs mischte sich nun doch in das Gespräch ein. »Pandolly, wenn die Orbot davon ausgehen, dass sie einen höheren Daseinszustand erreicht haben, wozu dann noch die Allianz mit den Zodark oder den anderen Rassen? Wieso ist das nötig? Warum produzieren sie nicht einfach eine mechanische Armee von Orbot-Kämpfern, die für sie in den Krieg zieht?«

Pandolly hob beide Hände, was einem Nicken gleichzukommen schien. »Ian, wie Handolly bereits erwähnte, ist der Weltraum ein weiter Ort. Es gibt Millionen von Systemen, die alle über Planeten verfügen. Die Orbot benutzen ihre Alliierten dazu, ihr Reich auszuweiten.

»Bevor die Orbot vor 8.000 Jahren die Zodark entdeckten, gab es eine Rasse namens Rindulu, die einmal über 50 Sternensysteme kontrollierte. Sie kämpften mehrere hundert Jahre lang auf der Seite der Orbot. Schließlich wurde ihnen klar, dass die Orbot sie nur benutzten und sie eines Tages ebenso assimilieren würden, wie all die Rassen, die sie über die Jahre im Auftrag der Orbot unterjocht hatten. Als die Rindulu endlich gegen die Orbot rebellierten, war es allerdings schon zu spät. Sie waren zu sehr von der Technologie der Orbot abhängig, die diese nutzten, um die Rindulu zu kontrollieren. Egal ob die Zodark es zugeben wollen oder nicht, ihnen wird es eines Tages ebenso ergehen.«

Halsey kam ein Gedanke. »Pandolly, ist es möglich, dass die Zodark einen Weg gefunden haben, nicht wie die Rindulu von den Orbot kontrolliert zu werden?«

Handolly und Pandolly tauschten Blicke aus, bevor sie Abigail wieder ansahen. »Das ist möglich. Alles ist möglich«, räumte Pandolly ein. »Für wahrscheinlicher halte ich allerdings, dass die Orbot den Zodark hinreichend Freiraum geben, ihr eigenes Königreich in den Sternen zu errichten – nur um es ihnen eines Tages unter den Händen wegzureißen.«

»Wieso sind wir in keiner unserer bisherigen Auseinandersetzungen mit den Zodark auf die Orbot gestoßen?«, überlegte Abigail laut.

Dieses Mal antwortete Handolly. »Abigail, selbst die Orbot unterliegen mit ihren teils mechanischen, teils biologischen Körpern gewissen Einschränkungen. Hier kommen die Zodark zum Zug. Die Zodark sind ihre ‚Schläger‘, wie Sie es in Ihrer Sprache ausdrücken würden. Zu diesem Zweck teilten die Orbot einen beträchtlichen Anteil an Technologie mit ihnen, aber bei weitem nicht so viel, dass die Zodark je auf die Idee kommen könnten, sie herauszufordern. Die Zodark dürfen auch einen großen Raumsektor ihr eigen nennen, wofür sie im Gegenzug weiter die Befehle der Orbot befolgen und deren militärische Kampagnen unterstützen.«

Nach einem Griff zum Inhalator hob Abigail erneut die Hand, um ihn zu stoppen. »Handolly, Sie haben wirklich erstaunliche Informationen mit uns geteilt. Aber wie passen wir Menschen in dieses Bild? Wieso gibt es Menschen auf anderen Planeten?«

Handolly antwortete nicht. Stattdessen tippte er wieder auf seine digitale Tastatur. Das Licht im Raum verdunkelte sich und ein holografisches Bild der Erde oder eines Planeten, der der Erde ähnlich war, schwebte über der Mitte des Tischs.

Der Altairianer führte weiter aus: »Wie bereits erwähnt, weiß unser Volk schon seit geraumer Zeit von der Existenz der Menschheit. Ich werde Ihnen zeigen, wieso es Menschen auf anderen Welten außerhalb der Erde gibt, wie sie dort hinkamen, und wie all dies geschehen ist.

»Das ist Ihre Heimatwelt - die Erde vor 12.000 Jahren. Ihre Welt war eine wundervolle Biosphäre von Menschen und Kreaturen jeglicher Art, die von einer schützenden Wassersphäre umgeben war. Tatsächlich war unsere Entdeckung ihres Planeten ein absoluter Zufall.

» Eines unserer Schiffe beobachtete in einem nahe gelegenen System einen Kometen, der durch mehrere Sternensysteme hindurch raste. Ein Stern war explodiert. Diese Supernova katapultierte eine Menge Geröll und Trümmer in sämtliche Richtungen des Raums. Einer der Planeten eben dieses Systems war ein Eisplanet, der mit seiner Explosion mehrere Eiskometen ins All hinaus schleuderte. Einer dieser Kometen schlug auf einer unserer Kolonien ein und zerstörte sie. Die Kolonie war klein – wir hatten sie gerade erst etabliert und ihre Frühwarn- und Verteidigungssysteme waren noch nicht aktiv. Infolge dieser Zerstörung entschieden wir, die Eiskometen zu beobachten und gegebenenfalls zu zerstören, bevor sie andere Welten annihilieren konnten.«

Handolly hielt einen Moment inne. Halsey konnte seinen Gesichtsausdruck nicht deuten. Schwer zu sagen, was ihm gerade durch den Kopf ging. »Es gibt nur wenige bewohnbare Planeten in der Galaxie, Abigail«, fuhr er fort. »Selbst ohne eine erfolgreiche Kolonisierung entwickelt sich dort in der Regel eine unabhängige Lebensform. Wir Altairianer sehen uns als eine der , Ältestenrassen‘ der Galaxie an. Wir bereisen den Weltraum seit Zehntausenden von Jahren und halten es für unsere Verantwortung, so viele bewohnbare Planeten wie möglich zu beschützen, damit neues Leben auf ihnen entstehen kann

»Sobald wir feststellten, dass einer der Kometen auf dem Weg zur Erde war und sie zerstören würde, versuchten wir wiederholt ihn aufzuhalten. Es gelang uns, einen großen Teil seiner Materie abzuspalten, aber selbst unsere moderne Technologie konnte seinen eisigen Kern nicht eliminieren. Nachdem unsere Bemühungen, Ihren Planeten zu retten, sich als aussichtslos erwiesen hatten, identifizierten wir zwei Planeten, die für Ihre Spezies geeignet waren und sie am Leben erhalten konnten.

»Wir schickten Schiffe auf Ihren Planeten, um Ihr Volk zu evakuieren und so viele Menschen wie möglich auf die neuen Planeten zu verlegen. Als dann der Komet der Erde gefährlich nahe kam, mussten wir die verbliebenen Menschen zurücklassen. Der Einschlag

des Kometen durchbrach die Wasserbarriere, die die Erde damals
schützend umgab. All dieses Wasser stürzte auf den Planeten selbst ein
und traf den Bereich am härtesten, den Sie heute Russland nennen.
Soweit ich weiß, beschreiben Ihre religiösen Führer dieses Ereignis als
die Sintflut, in der eine Person, die in der christlichen Bibel Noah
genannt wird, eine ausschlaggebende Rolle spielt. Diese Flut
absorbierte den Staub, der durch den Einschlag des Kometen freigesetzt
wurde und der Ihre Spezies ausgemerzt hätte. Das war das einzig Gute
an ihr. Andererseits löschte die Katastrophe das Leben vieler Kreaturen
wie etwa das Ihrer Dinosaurier aus; zum einen durch die Flut, zum
anderen durch den massiven atmosphärischen Druckunterschied, den
die Zerstörung der Wassersphäre des Planeten mit sich brachte.

»Ihre Spezies, Abigail, war die widerstands- und
anpassungsfähigste von allen. Der Menschheit gelang es, sich dem
atmosphärischen Wechsel anzupassen und ihn zu überleben, obschon
die Lebenserwartung Ihrer Spezies sich danach dramatisch verringerte,
da Ihre Körper an einen höheren Sauerstoffgehalt gewöhnt waren. In
Anbetracht dessen, dass Sie von Rechts wegen hätten untergehen
sollen, ist es eine wahrhaft erstaunliche Leistung, dass Sie überlebt
haben.« Handollys Ausführungen wurden von holografischen Bildern
begleitet, die ihre eigene Geschichte erzählten– eine virtuelle Version
seiner Ausführungen.

Chief Riggs meldete sich wieder zu Wort. »Die Altairianer
verlegten also eine kleine Anzahl Menschen auf die beiden neuen
Planeten. Wie gelang es den *Zodark,* diese Menschen zu unterwerfen
und wieso finden wir sie mittlerweile auf so vielen Planeten? Wie ist es
dazu gekommen?«

Handolly richtete das Wort an Riggs. »Die Menschen, die wir auf
diesen beiden Planeten angesiedelt hatten, entwickelten sich sehr gut.
Ihre Gesellschaften wuchsen so wie sie es auf der Erde getan hatten.
Eine uns unterlegene Rasse, die Primord oder Prim, wie wir sie nennen,
trafen Ihrer Zeitrechnung nach vor circa 3.000 Jahren zum ersten Mal
auf die Zodark. Wir versorgten die Prim mit Technologien, um die
Zodark zu bekämpfen und hüteten den Bereich des Weltraums, in dem
sie lebten. Wir halfen ihnen, sich auszudehnen und ihr Territorium vor
den Zodark zu verteidigen.«

Chief Riggs und Admiral Halsey beugten sich nach vorn, absolut
von dem in den Bann geschlagen, was Handolly ihnen berichtete.

»Vor etwa 2.000 Jahren Ihrer Zeit begannen die Orbot, ihren Krieg gegen uns zu verlieren. Etwa zur gleichen Zeit teilten sie eine Menge neuer Technologie mit den Zodark – Technologien, die denen Hunderte, wenn nicht Tausende Jahre der Entwicklung ersparten. Die Orbot rüsteten die Zodark aus und trainierten sie und machten aus ihnen eine echte Kampftruppe, um ihnen in ihren aussichtsloser werdenden Kriegen gegen uns zur Seite zu stehen. Kurz darauf befahlen die Orbot den Zodark dann, die Primord anzugreifen.«

Handolly zeigte ihnen eine gigantische Karte mehrerer Sternensysteme und Regionen des Weltalls, die Admiral Halsey unbekannt waren. »Primord und Zodark kämpften einige hundert Jahre lang, bis die Auseinandersetzung zum Stillstand kam. Die Zodark waren mächtige Krieger, aber ihre Raumschiffe konnten mit denen, die wir den Prim überließen, nicht konkurrieren. Diese Situation änderte sich, als die Orbot den Zodark den Warp-Drive gaben – das, was Sie den FTL-Antrieb oder das ‚Schneller-als-das-Licht-Reisen‘ nennen.

»Trotzdem behielten wir am Ende die Oberhand. Die Gallentin aus einer nahegelegenen Galaxie sind mit uns verbündet. Sie sind uns beinahe ebenbürtig, eine weitere ‚Ältestenrasse‘, wenn Sie es so ausdrücken möchten. Unser Militär stand ihnen im Kampf gegen ihre Feinde bei. Zum Dank für unsere Hilfe unterstützten die Gallentin uns bei der Eroberung einer der Hauptwelten der Orbot. Das war die ausschlaggebende Wende in unserem tausendjährigen Krieg. Die vernichtende Niederlage der Orbot zwang sie, ein Friedensabkommen mit uns zu schließen.

»Nach der Vereinbarung eines Waffenstillstands war den Orbot klar, dass es ihnen ohne die Zodark unmöglich sein würde, die beiden Systeme und die fünf Planeten, die wir ihnen abgenommen hatten, zurückzuerobern. Wie Sie sehen, sind wir körperlich keine allzu imposante Spezies. Neben ihrem bedeutenden Größenvorteil sind die Zodark zudem im Bodenkampf unglaublich stark. Die Orbot riefen die Überreste ihrer Flotte zusammen und halfen den Zodark, unsere Alliierten, die Prim, vernichtend zu schlagen.

»Unglücklicherweise kamen wir zu spät, um den Prim rechtzeitig beizustehen. Sie verloren einen Großteil ihrer Hauptwelten. Es gelang ihnen, einige wenige Systeme zu verteidigen, während sie gezwungen waren, siebzig Prozent ihres bisherigen Einflussbereichs aufzugeben. Und obwohl die Technologie, die wir ihnen im Anschluss daran überließen, ihnen ermöglichte, ihre totale Ausrottung durch die Zodark zu verhindern, wird es lange dauern, bevor wir uns erneut auf die Prim verlassen können.«

Chief Riggs nutzte Handollys kurze Atempause. »Das beantwortet meine Frage nicht, Handolly – wieso leben die Menschen mittlerweile auf mehreren Planeten?«

Halsey warf Riggs einen Blick zu, der ihm deutlich sagte, er solle zunächst einmal den Mund halten und ihren neuen Freunde ohne Unterbrechung reden lassen. Er lief rot an, und sie wusste, dass ihre nonverbale Nachricht angekommen war.

»Selbstverständlich, entschuldigen Sie«, nickte Handolly. »Ich wollte Ihnen einen Überblick darüber geben, was mit diesen menschlichen Welten geschah. Der Verlust des Raums, den die Prim hinnehmen mussten, umfasste auch die beiden Planeten, auf denen wir die Menschen angesiedelt hatten. Die Zodark sind, wie Sie wissen, Fleischfresser. Tatsächlich nehmen sie gelegentlich auch menschliches Fleisch zu sich. Wie viele Sumarer glauben und ihnen vielleicht erzählt haben, züchten sie die Menschen jedoch nicht zur Nahrungsmittelproduktion.«

»Moment mal, was soll das heißen, ,wie viele Sumarer glauben'?«, fragte Halsey aufgebracht. »Wir haben die Sumarer in unserem bisherigen Gespräch mit keinem Wort erwähnt, noch das, was sie uns erzählt haben.«

Pandolly, der altairische Schiffskapitän übernahm die Führung. »Admiral Halsey ….« Er sprach sie mit ihrem offiziellen Titel an. »…. wir sind über Ihr Verhältnis zu den Sumarern unterrichtet und wissen alles, was sie Ihnen bis zu diesem Zeitpunkt anvertraut haben. Obwohl Sie davon ausgehen, dass Ihre Computersysteme gesichert sind, ist es unseren Sensoren gelungen, alles, was Ihr Volk und Ihre Gesellschaft bis zum heutigen Tag erlernt hat, zu scannen und zu assimilieren.«

Diese Aussage brachte Halsey Bluts zum Kochen. Sie hob die Hand, um ihn vom weiteren Sprechen abzuhalten. »Sie sind in unsere Systeme eingedrungen? Wie können Sie es wagen …!«, fauchte sie.

Chief Riggs legte ihr seine Hand auf den linken Unterarm und flüsterte sanft: »Admiral, es ist müßig, sich darüber aufzuregen. Wir stehen eindeutig einer weit fortgeschrittenen Hochkultur gegenüber. Sie mussten davon ausgehen, dass ihnen Technologien dieser Art zur Verfügung stehen.«

Halsey stieß einen Seufzer aus und zwang sich, sich zu beruhigen. Sie nickte langsam. Flüsternd gab sie zu: »Sie haben Recht. Ich habe die Beherrschung verloren.«

»Ich muss mich entschuldigen, Captain«, adressierte sie Pandolly dann. »Es gab keinen Grund, Ihnen Vorwürfe zu machen. Sie tun das, was Sie für am besten halten, um Ihr Schiff und Ihre Leute zu schützen. In Ihrer Position hätte ich das Gleiche getan.«

Der Altairianer nickte ihr bestätigend zu.

»Abigail, wir stellen keine Bedrohung für die Menschheit dar«, bekräftigte Handolly. »Falls wir Ihnen schaden wollten, wäre nur eines unserer Schiffe vollkommen ausreichend. Bitte lassen Sie mich einfach weiter erklären, was mit ihren Mitmenschen geschah.

»Die Sumarer ließen Sie an ihrer religiösen Folklore teilhaben. Nichts davon ist wahr. Die Zodark brachten Gerüchte in Umlauf – Geschichten, die sie zu Halbgöttern erklären, und dass sie den Tribut an Menschen, der an sie entrichtet wird, wie Schlachtvieh zum Verzehr züchten. Nichts davon entspricht der Wahrheit. Tatsächlich transportieren die Zodark diese Menschen auf einen neuen Planeten, der tief in ihrem Raum liegt.

»Dort teilen die Zodark seither einen Großteil ihrer Technologie mit dieser Gruppe. Die Orbot tun das Gleiche. Tatsächlich erlaubten die Orbot einigen Menschen sogar, eine eigene humanoide Version ihrer selbst zu kreieren – halb Mensch, halb Maschine; Cyborg wie sie selbst. Zodark und Orbot gründeten diese neuen Menschenwelten, um eine Armee neuer Soldaten aufzustellen, die uns bekämpfen soll. Weder die Zodark noch die Orbot pflanzen sich schnell oder oft fort. Und obwohl sie über weit ausgedehnte Reiche, über viele Planeten und Kolonien verfügen, wächst ihre Bevölkerung nur sehr langsam. Jede größere Schlacht, egal ob Sieg oder Niederlage, reduziert ihre Bevölkerung weiter. Allein in Friedenszeiten gelingt es diesen beiden Spezies ihren Bestand zu erhöhen. Demgegenüber können die Menschen sich schnell und oft fortpflanzen, was beiden Spezies einen beinahe unergiebigen Vorrat an Soldaten beschert.«

»In Beantwortung Ihrer Frage, Chief Riggs ...«, wandte sich Pandolly dem Chief zu, »... die Zodark verpflanzten die Menschen von den beiden Planeten, auf die wir sie umgezogen hatten, auf viele andere bewohnbare Planeten in ihrem Bereich. Und das aus dem Grund, den ich Ihnen eben genannt habe – um dank des kontinuierlichen

Bevölkerungswachstums neue Soldaten heranzuziehen. So wie die Zodark mittlerweile von den Orbot abhängig sind, machten die Zodark die Menschen auf ihren Planeten von sich abhängig. Den Orbot ist das natürlich nicht entgangen. Sie fingen an, ihre eigenen, mit Menschen bevölkerten Kolonien zu gründen. Schließlich konnten sie den Zodark nicht erlauben, zu sehr zu wachsen, um nicht eines Tages von ihnen überrannt zu werden.«

Voller Abscheu schüttelte Abigail den Kopf und flüsterte: »Die Menschen sind die Sklavenkaste der Galaxie ….«

Pandolly, der altairische Schiffskapitän, schnappte ihren Kommentar auf. »Ich verstehe, was Sie das glauben lässt, Abigail. Unsere Erfahrung mit den Menschen hat uns allerdings gelehrt, dass sie eine der anpassungsfähigsten, intelligentesten und unbändigsten Spezies der Galaxie ist. Überlegen Sie nur, wie Ihr Volk die Sintflut überstanden hat, während wir den Rest der irdischen Bevölkerung bereits abgeschrieben hatten.

»Als Sie vor einigen Jahren Ihren Kampf gegen die Zodark begannen, erregten Sie ganz sicher mit der Zerstörung ihrer Schiffe deren Aufmerksamkeit. Sobald wir erfuhren, dass Sie eine ganze Kampfgruppe der Zodark vernichtend geschlagen hatten, ordnete unser Ältestenrat an, Kontakt mit Ihnen aufzunehmen. Unser Befehle lautet, festzustellen, ob sich Ihr Volk als wahre Freunde und Alliierte bewähren können, um uns im Kampf gegen die Orbot und ihre nachgeordneten Spezies zu unterstützen.«

Halsey richtete sich in ihrem Stuhl auf. »Seit sieben Jahren bekämpft unser Volk nun die Zodark. Die erfolgreiche Integration der Technologien der Zodark als auch die der Sumarer in unsere eigenen Systeme brachte uns die technologischen Vorteile ein, die es uns ermöglichten, den Feind zu besiegen. Ich hege keinerlei Zweifel daran, dass wir Ihnen, mit einiger Unterstützung Ihrerseits, behilflich sein können, die Zodark und die Orbot zu schlagen.«

Pandolly konterte. »Wie wollen Sie die Zodark besiegen? Gerade eben verlässt eine zweite Kampfgruppe deren Heimatplaneten, um Sie zu vernichten.«

Die Nachricht von einer zweiten Kampfgruppe ließ Halseys Herz schneller schlagen. Die irdische Flotte war gegenwärtig nicht auf die nächste größere Auseinandersetzung eingestellt. Admiral Hunts Flotte hielt sich weiter in Sol auf und ein Großteil der Ersatzschiffe befand sich immer noch im Bau.

Chief Riggs beugte sich vor und flüsterte Halsey ins Ohr: »Admiral, darf ich ihnen einen Vorgeschmack von dem geben, was wir vorhaben?«

Sie sah ihn kurz an, bevor sie zustimmend nickte.

»Pandolly, wir planen die Befreiung der sumarischen Heimatwelt Sumara und hoffen danach diese menschliche Welt in den Kreis unserer Alliierten aufzunehmen. Im Anschluss daran befreien wir die übrigen von Menschen besiedelten Planeten entlang der Kette von Systemen, in der Sie auf die *Franklin* gestoßen sind. Unser erklärtes Ziel ist es, alle menschlichen Welten unserem militärischen und industriellem Unterbau hinzuzufügen. Das wird das Wachstum der Flotte durch den Ausbau unserer Truppen begünstigen, und uns dabei helfen, unseren Einflussbereich auszuweiten.

»Ihre Beschreibung, wie die Zodark sich diese menschlichen Welten zu Nutze machen, hat uns vollkommen neue Einsichten geliefert. Der Verlust der Kontrolle über die Sumarer wird künftig ausschließen, dass die Zodark diese Menschen als ihre Soldaten gegen unsere eigene oder Ihre Streitmacht einsetzen.«

Das Schweigen im Raum zog sich beinahe eine ganze Minute hin. Halsey und Riggs fiel die Einschätzung schwer, was die beiden Altairianer von diesem Plan hielten. Ihr Gesichtsausdruck waren entweder nicht ausdrucksvoll genug oder ihre Gesichter zeigten generell keinerlei Regung.

Endlich ergriff Handolly, der Protokolloffizier, das Wort. »Admiral Halsey ….«, trug er unter Nennung ihres Titels sein offizielles Anliegen vor, »…. ich möchte gern mit den Oberhäuptern der Erde und Ihrem militärischen Kommandanten Rear Admiral Miles Hunt sprechen.«

Mit der Erwähnung von Admiral Hunt furchte Halsey die Stirn. »Flottenadmiral Chester Bailey steht an der Spitze unseres Militärs«, informierte sie Handolly. »Rear Admiral Miles Hunt ist der Kommandant unserer Expeditionsstreitkräfte. Seine Flotte befindet sich derzeit zur Reparatur in unserer Werft. Gegenwärtig bin ich das militärische Oberhaupt dieses Sektors.«

Dieses Mal sprach Pandolly. »Admiral, Ihre militärische Rangfolge ist uns bekannt. Wir nahmen Einblick in die Berichte Ihrer

Schlachten gegen die Zodark. Ihr Admiral Miles Hunt ist bei weitem der kompetenteste und erfahrenste Kommandant Ihrer militärischen Streitkräfte. Im Fall, dass wir eine militärische Allianz mit Ihrer Spezies in Betracht ziehen sollen, erwarten wir, dass allein die fähigsten Offiziere das Kommando über die neuen Kriegsschiffe und Waffen erhalten, deren Bau wir Sie lehren werden.

»Uns ist außerdem bekannt, dass die Erde derzeit von zwei Faktionen geleitet wird – zum einen von Ihrer Faktion, zum anderen von einer Gruppe, die sich die Tri-Parte-Allianz nennt. Diese Machtverhältnisse müssen geklärt werden, bevor wir Ihnen die Aufnahme in unsere Allianz gewähren. Wir werden nicht eine Partei einer anderen vorziehen. Falls Sie sich mit diesem Arrangement anfreunden können, dann möchte ich Sie bitten, Ihrer Stellvertreterin eine Nachricht zukommen zu lassen, die ihr mitteilt, dass Sie uns zur Erde begleiten, um uns Ihrem obersten Vorgesetzten und diesem Admiral Hunt vorzustellen.«

Diese Forderung aus heiterem Himmel schockierte Halsey ein wenig. Sie suchte nach einer passenden Antwort. »Ähm …. in der Regel dauert es vier Tage von hier aus die Erde zu erreichen. So lange kann ich mein Kommando nicht verlassen. Insbesondere, da Sie uns vor dem bevorstehenden Eintreffen einer neuen Kampfgruppe der Zodark gewarnt haben«, erwiderte sie, in der Hoffnung, nicht gerade einen diplomatischen Fauxpas mit den Altairianern begangen zu haben.

Handolly winkte kurz mit der Hand ab, als ob er ihre Bedenken zerstreuen wollte. »Abigail ….«, und damit griff er die formlose Anrede wieder auf, » …. unser Schiff bewältigt die Entfernung von hier zur Erde in weniger als einer Minute. Sie werden nur einen Tag abwesend sein. Danach bringen wir Sie zurück zu Ihrer Flotte. Und im Hinblick auf die Zodark …. Deren Flotte wird erst in zwei Monaten hier eintreffen. Wir haben mehr als genug Zeit, Ihnen mit der Organisation einer Verteidigung zu helfen, die die Zodark in ihre Grenzen weisen wird.«

Halsey riss bei dieser unvorstellbaren Ansage die Augen auf. Sie wusste, dass die Geschwindigkeit der altairischen Schiffe denen der Republik überlegen war, aber am wahren Verständnis ihrer vollen Kapazitäten mangelte es ihr offensichtlich weiter. *Wenn die Altairianer uns zeigen, mit dieser Geschwindigkeit zu reisen, dann ist die gesamte*

Galaxie gerade ein gutes Stück geschrumpft, dachte sie, während ihr eine Reihe von Möglichkeiten durch den Kopf gingen.

Sie riss sich am Riemen und zwang sich, ihren Schock nach außen hin nicht zu zeigen. »In Ordnung, Handolly, ich schicke eine Nachricht an mein Schiff, um das weiterzugeben, was Sie uns gerade eröffnet haben«, erklärte sie ihr Einverständnis und stellte über ihren Kommunikator die Verbindung zu Captain Johnson auf der Brücke der *Voyager* her.

Kapitel Siebzehn
Die Altairianer

Orbitalstation John Glenn
Hauptquartier der Ersten Flotte

Rear Admiral Miles Hunt lag im Bett und starrte an die Decke. Am Abend vorher hatten Lilly und er eine wunderbare Abendgesellschaft besucht und waren erst spät in sein Quartier zurückgekehrt. Er genoss es, alte Freundschaften und Bekanntschaften aufzufrischen, die er im Lauf der Jahre oder sogar in nur Tagen der Abwesenheit vernachlässigt hatte.

Seine einzige Beschwerde war momentan nur, dass er selbst im Urlaub einfach nicht länger als 5 Uhr früh schlafen konnte. Nach Jahrzehnten militärischen Drills erlaubte ihm seine innere Uhr nur selten, lange auszuschlafen.

Die Instandsetzung seines Schiffs, der *George Washington,* war bereits seit knapp einem Monat abgeschlossen. Ohne konkret anstehende Bedrohung durch die Zodark hatte sie das Weltraumkommando an der Station zurückbehalten, um auch die kleineren Reparaturen noch hier zu erledigen. Diese zusätzliche Zeit brachte seiner Mannschaft einen längeren Urlaub ein, um die Bindung zu ihren Familien wiederzufinden und weiter zu vertiefen. Alle wussten, dass das nächste Ablegen von der Erde eine Abwesenheit von einem Jahr oder länger mit sich bringen würde.

Hunt drehte sich zur Seite und sah, dass Lilly immer noch tief und fest schlief. Daraufhin wanderten seine Gedanken zu seinem Sohn Ethan. In der letzten Schlacht um Neu-Eden hätte er ihn beinahe verloren, ohne dass Hunt ihm rechtzeitig hatte Hilfe gewähren können. Bis sein Schiff den Ort des Kampfs erreichte, war die Auseinandersetzung vorbei. Das hatte ihm schwer zugesetzt. Er war stolz auf Ethan und auf dessen Leistung. Insbesondere war er stolz darauf, dass ihm sein Kommandant einen Silbernen Stern verliehen hatte, mit der Begründung, dass seine herausragende Flugbegabung in Kombination mit seinem taktischen Talent zum siegreichen Ende der Schlacht beigetragen hatte.

Nachdem sein Sohn nun aktiv am Krieg teilgenommen und sich einige Auszeichnungen verdient hatte, wollte Hunt ihm eine Position in

Admiral Baileys Stab oder einen sicheren Job in Sol besorgen. Sobald die *Franklin* aus der Schiffswerft kam, hatte ihm Ethan allerdings einen Strich durch diese väterliche Rechnung gemacht und hatte sich freiwillig zum Dienst auf der *Franklin* gemeldet. Ethans Schiff patrouillierte nun bereits seit knapp drei Monaten den tiefen Weltraum. Einmal im Monat teilte ihnen eine Drohne mit, dass die Mannschaft noch am Leben war – aber die *Franklin* hatte immer noch einen ganzen Monat vor sich, bevor sie auf Rhea zurückerwartet wurde.

Gerade als Hunt aufstehen und unter die Dusche gehen wollte, meldete sich sein Kommunikator und ließ ihn wissen, dass jemand versuchte, ihn zu erreichen. Der Griff nach dem Gerät ließ ihn leise auflachen, als er sich daran erinnerte, wie dieses verdammte kleine Ding seinen dreißigsten Hochzeitstag auf Bora Bora ruiniert hatte. Er drückte den Sprechknopf. »Admiral Hunt. Verbindung herstellen.«

»Admiral, hier spricht Captain McKee. Wir erhielten eine Blitznachricht von Admiral Halsey. Sie werden es nicht glauben, Sir.« McKee klang überaus aufgeregt.

Hunt schüttelte den Kopf. »Ganz ruhig, Captain. Ich bin noch in meinem Quartier. Erzählen Sie. Ich will noch duschen, bevor ich aufs Schiff komme.«

Die Funkverbindung krächzte kurz, während Captain McKee sicherstellte, dass niemand ihrer Unterhaltung elektronisch folgen konnte. Obwohl es ein verschlüsselter Kommunikator war, gab es auf dieser Station eine Menge modernster militärischer Ausrüstung, vor der man sich in Acht nehmen musste.

»Admiral, sie sagt, sie sind einer neuen außerirdischen Rasse begegnet, die dabei ist, den Admiral und ihren rangältesten Unteroffizier zur Erde zu transportieren, wo sich diese Außerirdischen mit Präsidentin Luca, Flottenadmiral Bailey und *Ihnen*, Sir, treffen wollen!«

Das hält wohl jemand für witzig, dachte Hunt. *Die Mannschaft erlaubt sich einen Spaß mit mir, bevor wir wieder ablegen.* Bei dem Gedanken, dass sich hier jemand einen praktischen Scherz erlaubte, stieg sein Blutdruck spürbar an.

Eine Sekunde darauf stieß sein Kommunikator einen lauten, gongähnlichen Ton aus, gefolgt von einem Alarm, der Tote erwecken konnte – nicht aber seine Frau, der es irgendwie gelang, durch den *Alle Mann auf Gefechtsstation*-Alarm, der in diesem Moment über jeden

Kommunikator des Weltraumkommandos auf der Station ertönte, durchzuschlafen.

Verdammt, kein Scherz, erschrak er und fürchtete, dass ihnen ein Angriff auf die *GW* bevorstand. Er musste SOFORT zurück auf sein Schiff.

Hunt drückte den Sprachknopf. »Ich bin auf dem Weg. Gefechtsbereitschaft auf dem gesamten Schiff. Falls Sie ein Notfall zwingt, von der Station abzulegen, bevor ich an Bord bin, tun Sie das.«

Hunt sprang in seine Uniformhose, zog sich die Jacke über und schlüpfte in seine Stiefel. Ohne den Versuch zu machen, Lilly zu wecken, schnappte er sich seine Kopfbedeckung und lief zur Tür hinaus.

Während er durch die Flure hastete, knöpfte Hunt sich die Jacke zu. Er verließ den Offiziersbereich und folgte dem Hauptweg in Richtung der Anlegestellen. In letzter Sekunde erreichte er den Transportbus, der gerade abfahren wollte.

Der Fahrer erkannte seinen Rang und fragte sofort: »Welches Schiff, Admiral?«

»Die *GW*, so schnell wie möglich«, informierte ihn Hunt, bevor er seine Stiefel fertig verschnürte und sich die Uniform zurechtzog.

Die *GW* lag am hinteren Pier der Station. Auf dem Weg zur *GW* übersprang der Fahrer mehrere Anlege- und Haltestellen. Das veranlasste einige der Passagiere, die ebenfalls so schnell wie möglich an ihren Posten mussten, an ihrem Stopp einfach abzuspringen. Den meisten gelang dieser Sprung ohne Verletzungen zu erleiden, nur einige wenige stolperten und fielen zu Boden, bevor auch sie davoneilten.

Hunt fuhr gerade vor, als die Wachen das Tor schließen wollten, das den Zugang zum Schiff ermöglichte. Als sie Hunt und zwei Dutzend Mannschaftsmitglieder auf sich zulaufen sahen, hielten sie das Tor gerade lange genug offen, um ihnen Durchgang zu gewähren.

Kurz darauf waren sie an Bord der *GW*. Die Tür hinter ihnen verriegelte sich und schottete das Schiff damit total von der Station ab. Hunt hatte nur wenige Meter auf dem Weg zur Brücke hinter sich gebracht, als er ein leichtes Schütteln des Kriegsschiffs registrierte.

Fran trennt uns von der Station.

Hunt rannte zu einer der schiffseigenen Transportbahnen und sprang an Bord. Diese Bahn würde ihn zur Mitte des Schiffs bringen, von der aus mehrere andere Bahnen und Aufzüge in sämtliche Bereiche des Schiffes abzweigten. Es war der schnellste Weg von einem Ende des vier Kilometer langen Kriegsschiffs zum anderen zu gelangen.

An der Aufzugstation stürmte Hunt in einen bereitstehenden Aufzug und befahl dem Computer: »Brücke. Sofort!«

Die künstliche Intelligenz des Schiffs identifizierte die Stimme des Kommandanten und lieferte ihn unverzüglich an der Brücke ab. Ihm kam Priorität zu. Erst danach würde sie seine Mitfahrer an ihren jeweiligen Stopps absetzen.

Hunt, der den Aufzug im Laufschritt verließ, betrat die Brücke gerade rechtzeitig, um Zeuge davon zu werden, wie ein unbekanntes Schiff in ihr System eindrang – aufgetaucht aus dem Nichts und weniger als eine Million Kilometer von der Station entfernt!

Himmel noch mal! Was zum Teufel geht hier vor?, war alles, was Hunt durch den Kopf ging, während er auf seinen Kommandosessel zulief.

»Sofort von der Station entfernen und primäre und sekundäre Türme ausfahren. EWO! Nehmen Sie das Schiff ins Visier und bereiten Sie die Blockierung ihrer Systeme vor!«, wies Hunt seine Brückenmannschaft in hartem Befehlston an. Die Crew bereitete sich an ihren Stationen fieberhaft darauf vor, die Erde und die Station gegen diese neue und unbekannte Bedrohung zu schützen.

Dann erschien ein Bild auf dem Hauptmonitor. Admiral Halsey und Chief Riggs standen neben zwei Außerirdischen, die absolut keine Ähnlichkeit mit den Zodark hatten.

»Admiral Hunt, ich weiß, Sie sind dabei, die *GW* darauf vorzubereiten, dieses Schiff anzugreifen. Heben Sie Ihre Gefechtsbereitschaft auf, Admiral. Das sind die Altairianer. Sie sind auf meine Bitte hier, um mit Präsidentin Luca, Admiral Bailey und Ihnen zu sprechen. Bitte bestätigen Sie, dass Sie meine Nachricht gehört und verstanden haben«, forderte Halsey streng.

Was zum Teufel ....?

Hunt griff nach seinem Kommunikator. »Admiral Halsey, als wir zusammen während der Ganymede-Mission dienten, wieso befahlen Sie uns direkt am ersten Tag, sobald wir die Umlaufbahn erreicht hatten, alle Steaks aufzuessen?«

Captain Fran McKee und der Rest der Brückencrew sahen Hunt verwundert an und fragten sich eindeutig, *Hat er jetzt komplett den Verstand verloren?*

Admiral Halsey erwiderte mit einem Kichern: »Guter Versuch, Miles. Es war während der Io-Mission, und der Kühlschrank funktionierte nicht. Außerdem passierte es nicht am ersten Tag in der Umlaufbahn, sondern wir aßen sie erst am fünften Tag. Habe ich den Test bestanden?« Spitzbübisch grinste sie ihn an.

Lächelnd drehte sich Hunt zu Captain McKee um. »Gefechtsbereitschaft aufheben. Sie ist es. Sie sagt die Wahrheit.«

»Danke, Miles«, nickte ihm Halsey zu. »Chief Riggs und ich und unsere beiden neuen Freunde treffen Sie in fünf Minuten in Ihrer Offiziersmesse. Bitte erwarten Sie uns dort. Halsey, Ende.«

Fünf Minuten – das ist viel zu wenig Zeit, um von einem Schiff zum anderen überzuwechseln, wunderte sich Hunt. Er forderte McKee auf, ihm in die Offiziersmesse zu folgen, bevor er seiner Sicherheitsabteilung befahl, ein Empfangskomitee auf dem Flugdeck bereitzustellen und eines in die Offiziersmesse zu senden. Er wollte kein Risiko eingehen.

Hunt und McKee betraten soeben die Messe, als Admiral Halsey, Chief Riggs, und die beiden Unbekannten plötzlich ganz unvermutet vor ihnen erschienen. Augenblicke später standen Präsidentin Luca und Flottenadmiral Bailey neben ihnen.

»Was geht hier vor?!«, war alles, was Admiral Bailey sagen konnte, bevor er die Umstehenden erkannte. Der Mann trug noch seine Sportkleidung.

Der Vorsitzende der TPA, Hong Jinping, zusammen mit seinem Flottenadmiral Zheng Lee, materialisierten sich ebenfalls. Beide sahen außergewöhnlich verwirrt und alarmiert über diesen rasanten Ortswechsel aus. Eine Minute waren sie in China, in der nächsten standen sie in der Offiziersmesse der *George Washington*.

Präsidentin Luca schrie überrascht verhalten auf und schnappte nach Luft. Sie war in ihrer Jogginghose auf der *GW* erschienen und schien ebenso perplex wie der Vorsitzende Hong zu sein.

«Was geht hier vor?«, verlangten Präsidentin Luca und der Vorsitzende Hong praktisch zur gleichen Zeit zu wissen. Die beiden Oberhäupter der Welt waren eindeutig ein wenig darüber aufgebracht, sang- und klanglos ohne ihr Einverständnis auf die *GW* transportiert worden zu sein.

»Präsidentin Luca, Vorsitzender Hong, ich muss mich bei Ihnen entschuldigen, Sie auf diese Weise zu diesem Treffen einzuladen, aber es ist wichtig, dass wir mit Ihnen als Gruppe sprechen«, meldete sich einer der Außerirdischen zu Wort.

Alle außer Halsey und Riggs starrten mit offenen Mund zwei unbekannte Außerirdische an, die nur wenige Meter vor ihnen standen und sie gerade angesprochen hatten.

Admiral Halsey übernahm schnell die Kontrolle. »In den letzten acht Stunden hat sich viel ereignet. Vielleicht nehmen wir am besten alle Platz, damit ich Sie auf den neuesten Stand bringen und Ihnen unsere Gäste vorstellen kann.«

Hunt nickte immer noch leicht verstört. »Ja, das halte ich für eine gute Idee. Frau Präsidentin, Vorsitzender Hong, ich lasse uns aus der Küche einige Erfrischungen und frischen Kaffee für alle bringen.«

Nachdem die Gruppe endlich am Tisch saß, unterrichteten Admiral Halsey und die Altairianer die beiden irdischen politischen Anführer über ihr erstes Aufeinandertreffen und das nachfolgende Gespräch. Mehrere Stunden lang feuerten die Anführer der TPA und der Republik Fragen über die Zodark, die Orbot, die Primord an die Altairianer ab, und wie es dazu gekommen war, dass verstreut durch die Galaxie Menschen zu finden waren. Die Altairianer zeigten ihnen Videoaufnahmen vom Aussehen der Erde vor der Sintflut – die der Grund dafür gewesen war, dass sie einen Teil der Menschheit auf anderen Planeten angesiedelt hatten, um sie vor dem Untergang zu bewahren.

Nach diesem Gespräch, dass sich über Stunden hinzog, unterbreiteten die Altairianer schließlich ihr Angebot. Sie würden die Menschen in ihren Einflussbereich und unter ihrem schützenden Mantel willkommen heißen … gegen eine Gegenleistung. Die Erde sollte sich verpflichten, ihnen in ihrem Krieg gegen die Orbot und deren Handlanger, die Zodark, beizustehen.

Präsidentin Luca reagierte als Erste. »Handolly, unser Volk liegt mit den Zodark seit sieben Jahren im Krieg. Sie selbst geben zu, dass Ihr Krieg gegen die Orbot und die Zodark bereits Tausende von Jahren tobt. Ich bin mir nicht sicher, ob die irdische Bevölkerung einen Krieg ohne Ende führen will. Wie stellen Sie sich den Ausgang dieses Krieges vor, im Fall, dass wir Ihrer Allianz beitreten möchten?«

Handolly wandte sich dem Oberhaupt der Republik zu und antwortete: »Frau Präsidentin, es trifft zu, dass sich dieser Krieg seit Tausenden von Jahren hinzieht. Unsere Spezies bekämpft die Orbot und ihre Gefolgsleute seit Generationen. Unser Überleben hängt davon ab. Generell entwickelt sich ein Krieg im Weltraum nicht allzu schnell. Manchmal dauert es Jahre oder Jahrzehnte, bevor er tatsächlich ausbricht. Der Weltraum ist von unerhörter Weite. Selbst mit unseren überragenden Reisegeschwindigkeiten nimmt es eine gewisse Zeit in Anspruch, Soldaten und Schiffe an einen Kampfort zu transportieren. Es nimmt sogar noch mehr Zeit in Anspruch, wenn Sie den Feind und die Flotte, die Sie zerstören wollen, zunächst einmal finden müssen.

»Wir bitten um die Hilfe der Erde, uns und unseren Verbündeten, den Primord, im Kampf gegen die Zodark beizustehen. Ich kann Ihnen nicht sagen, wie lange sich dieser Krieg hinziehen wird, aber was ich Ihnen versprechen kann …. Wenn die Primord im Kampf gegen die Zodark unterliegen, wird die Erde ebenfalls untergehen. Entweder werden die Zodark Ihre Welt versklaven oder sie direkt zerstören. Wir bieten Ihrem Volk eine Chance zu überleben und inmitten der Sterne zu wachsen.«

Hong, der Vorsitzende der TPA, meldete sich zu Wort. »Wenn ich Recht verstehe, Handolly, haben wir die Wahl, Ihrer Allianz beizutreten und in einen endlosen Krieg verwickelt zu werden, oder die Hoffnung aufrechtzuerhalten, dass unser Militär auf sich gestellt die Zodark-Flotte stoppen kann, die sich gegenwärtig auf dem Weg ins Rhea-System befindet? Wenn Sie mich fragen, klingt das weniger wie eine Wahl, sondern eher wie ein Ultimatum.«

Dieses Mal war Pandolly, der Militäroffizier, an der Reihe. »Herr Vorsitzender, die Menschen verbrachten einen Großteil ihrer Geschichte mit dem einen oder dem anderen Krieg. Wir bieten der Erde die Gelegenheit, dem Rest der zivilisierten, weltraumreisenden Spezies in einer Allianz der gegenseitigen Unterstützung beizutreten. Wir wissen, dass Sie mehrmals versuchten, Kontakt mit den Zodark aufzunehmen, die allerdings keinerlei Interesse an einem Frieden mit Ihrer Gattung zeigten. Den Zodark ist nur daran gelegen, Ihre Bevölkerung zu unterjochen und als Kanonenfutter in ihren eigenen Kriegen zu verwerten. Und während Sie vielleicht davon ausgehen, dass wir Sie zum gleichen Zweck missbrauchen wollen, darf ich Ihnen ausdrücklich versichern, dass Ihre dahingehende Vermutung falsch ist.

»Wenn uns nichts an fühlenden Wesen liegen würde, hätten wir nicht die Anstrengung unternommen, vor 4.000 Jahren die Menschheit vor der Sintflut zu bewahren. Die Menschen sind eine intelligente und geniale Spezies – vielleicht die widerstandsfähigste Lebensform, der wir je begegnet sind. Ihre Spezies hat so viel Potenzial. Was wir bieten, Herr Vorsitzender, ist die Gelegenheit für Ihre Leute, zu überleben, sich zu entwickeln und sich unter den Sternen auszubreiten. Wir können Ihnen andere bewohnbare Planeten zeigen, die auf ihre Kolonisierung warten. Wir wollen weitere zivilisierte Spezies wie die Ihre kultivieren, um unsere Allianz mit Gleichdenkenden auszuweiten. Das wird uns unmöglich sein, falls es den Orbot und den Zodark gelingt, die Galaxie zu versklaven. Werden Sie auf unserer Seite kämpfen? Werden Sie sich unserem Ziel verschreiben?«

»Falls wir Ihrer Allianz beitreten, gibt es andere Voraussetzungen, außer der erforderlichen militärischen Unterstützung, deren Erfüllung Sie von uns erwarten?«, fragte Admiral Bailey.

»Richtig«, pflichtete Präsidentin Luca ihm bei. »Falls sich das Volk der Erde entschließen sollte, ihren Weg mit den Altairianern zu teilen, was verlangen Sie sonst noch von uns?«

Handolly richtete das Wort an beide Fragensteller. »Wir werden der Erde einen substanziellen technologischen Fortschritt bringen, verlangen allerdings dafür, dass Sie Ihr Denkbild der Stammessysteme aufgeben. Wenn die Menschheit in der Galaxie überleben will, müssen Sie auf diesem Planeten als ein Volk unter einer Fahne zusammenfinden. Die Regierungen der Erde müssen sich vereinen. Uns kommt es nicht darauf an, welche Faktion die Erde repräsentiert, solange es nur eine einzige Faktion gibt. Unsere Technologie geht nur an eine Regierung dieser Welt, die sich im Gegenzug dazu verpflichtet, die Kriegsbemühungen der Alliierten zu unterstützen.«

Vorsitzender Hong räusperte sich. »Handolly, wie Sie sicher wissen, begannen wir vor kurzem mit der Kolonisierung des Planeten Alpha Centauri. Wäre es akzeptabel, unsere Planeten eigenständig in loser Zusammenarbeit unter der übergeordneten Kontrolle von nur einer Regierung operieren zu lassen?«

Der altairische Militäroffizier Pandolly fragte nach: »Sie meinen, die TPA ist für Alpha Centauri zuständig und die Republik für die Erde?«

Unter der Direktheit dieser Zusammenfassung errötete der Vorsitzende und nickte nur.

Bevor Präsidentin Luca oder einer der Anwesenden sich hierzu äußern konnten, mischte sich Handolly ein. »Lassen Sie mich eines klarstellen, Herr Vorsitzender. Wir geben den Menschen nicht vor, wie sie ihre Planeten und Kolonien regieren oder verwalten sollen. Wenn Sie unserer Allianz beitreten, wird dies über eine einzige Regierung erfolgen, die die Gesamtheit Ihres wachsenden Reichs kontrolliert. Wir werden Ihnen behilflich sein, neue Welten zu kolonisieren, aber all diese Welten werden einer Zentralregierung unterstellt sein. *Falls* es ein Abweichen von dieser Regierungsform geben sollte, dann verstößt Ihre Spezies gegen unser Abkommen und wird aus der Allianz entfernt werden. Und sobald das geschieht, sind sie vom künftigen Technologietransfer ausgeschlossen und stehen allein gegen die Orbot und deren nachgeordneten Gattungen da. Beantwortet das Ihre Frage?«

Vorsitzender Hong antwortete nicht direkt, aber es war klar, dass er seine Antwort erhalten hatte.

Präsidentin Luca richtete sich in ihrem Stuhl hoch auf. »Handolly, ich bin sicher, dass der Vorsitzende und ich eine zufriedenstellende Lösung für diesen Wandel finden werden. Bitte bedenken Sie, dass wir für Milliarden von Menschen verantwortlich sind. Unsere Bürger werden diese Veränderungen nicht einfach widerspruchslos hinnehmen. Wir werden Zeit brauchen, um diese Wende zu realisieren.«

Die Altairianer nutzten die folgenden Stunden dazu, den Erdenbewohnern die technologischen Wunder zu zeigen, die sie mit ihnen beim Eintritt in die Allianz teilen würden. Am Ende des Gesprächs informierten sie Präsidenten Luca und den Vorsitzenden Hong, dass sie 48 Stunden Zeit hatten, über diesen Vorschlag nachzudenken und diesbezüglich eine Entscheidung zu treffen. Falls sie sich zugunsten der Allianz entscheiden sollten, dann würde Pandolly zusätzliche altairische Kriegsschiffe anfordern, um ihnen im Kampf gegen die im Rhea-System erwartete Zodark-Flotte beizustehen.
****

Zwei Tage später

Präsidentin Alice Luca bestaunte die neueste technologische Errungenschaft, die die Altairianer mit ihnen geteilt hatten. Es war ein großes turmähnliches Gerät, das mithilfe organischer Materialien hohe CO_2-Konzentrationen und andere schädliche Chemikalien absorbierte, die der Umwelt großen Schaden zufügten. Die Altairianer versicherten ihr, dass allein 20 dieser Geräte an strategischen Positionen um den Planeten herum innerhalb von zwei bis drei Jahrzehnten die Umwelt zum Wohl der Menschheit wiederherstellen konnten. Es war einfach unglaublich. Zudem produzierten diese Vorrichtungen das Nebenprodukt Nano-Kohlenstoff, das ihnen die Altairianer, neben anderen Gebrauchsmöglichkeiten im Haushalt, zur Herstellung eines besonders starken und dauerhaften Schutzpanzers für die menschlichen Soldaten empfohlen.

Des Weiteren hatten ihnen ihre altairischen Freunde eine Technologie vorgestellt, die die menschliche Nahrungsmittelproduktion und die öffentliche Sicherheit erhöhen konnte – eine Vorrichtung zur Beeinflussung des Wetters. Und obwohl sie nicht mit dem Umlegen eines Schalters Regen oder Schnee heraufbeschwören konnten, beeinflusste die Vorrichtung die Großwetterlage hinreichend, um es innerhalb von einem oder zwei Tagen regnen oder schneien zu lassen. Außerdem war sie in der Lage, die Bildung von Orkanen, Taifunen, Wirbelstürmen und Tornados zu verhindern. Die Eisbildung auf den Polarkappen konnte dank dieser Technologie ebenfalls angeregt werden, was die wachsende Sorge über deren Schmelzen gegenstandslos machen würde.

Ein dritter und wahrscheinlich der gravierendste Technologietransfer, den die Altairianer zugunsten der Menschen nach der Besiegelung des Abkommens durchführen würden, war ein medizinischer Durchbruch, der zur Heilung und Erneuerung des menschlichen Körpers beitragen würde. Die Menschen hatten bereits große Fortschritte mit der Entwicklung der medizinischen Naniten gemacht, aber die Altairianer hatten diese Entwicklung noch um einiges vorangetrieben. Ihr Wissen versprach den Menschen nicht nur die generelle Verhinderung jeglicher Art von Krebs im menschlichen Körper, sondern würde auch Heilbehandlungen für Alzheimer, Parkinson, Multiple Sklerose und viele andere Krankheiten, einschließlich dem Altern, freigeben. Diese enorme Verbesserung der medizinischen Naniten würde es der Menschheit fortan erlauben, Hunderte von Jahren zu leben und praktisch nie alt zu werden. Falls jemand Zweifel daran gehegt hatte, ob die Menschen sich tatsächlich mit den Altairianern verbünden sollten, dann brachten diese technologischen Wunder jeden Zweifler schnell zum Schweigen.

Präsidentin Lucas gesichertes Telefon vibrierte auf ihrem Schreibtisch und ließ sie wissen, dass sie jemand erreichen wollte. Die Anruferkennung zeigte ihr die private Nummer des Vorsitzenden Hong. Sofort drückte sie auf die Verbindungstaste.

Eine kleine holografische Wiedergabe von Hong Jinping erschien auf Lucas Schreibtisch. Jinping lächelte sie an. »Guten Morgen, Frau Präsidentin«, begrüßte er sie in ausgesprochen fröhlichem Ton.

»Guten Abend, Herr Vorsitzender«, lächelte Präsidentin Luca zurück. »Wem oder was verdanke ich die große Ehre Ihres privaten Anrufs?«

»Ich wollte ohne die Anwesenheit unserer Berater noch einmal persönlich mit Ihnen den Verschlag diskutieren, den die Altairianer uns unterbreitet haben.« Er räusperte sich. »Wie Sie wissen, hat unsere Allianz über sechs Millionen Menschen nach Alpha Centauri umgezogen. Die Altairianer versprachen uns die Technologie, die uns erlauben wird, zwischen hier und dort innerhalb von Minuten zu reisen. Das bedeutet, dass wir weiterhin eine große Anzahl an Menschen in die neue Kolonie transportieren können – mit weit weniger Zeitaufwand. Darüber hinaus können wir mit der weiteren Technologie, die wir erwarten dürfen, bereits vorzeitig beginnen, die anderen Planeten und Monde in diesem System zu kolonisieren.«

Luca wartete auf den Punkt, den der Vorsitzende mit seiner Aussage machen wollte. Der zögerte jedoch, bevor er seine nächste Überlegung in Worte fasste. »Was ich damit sagen will, Alice …. Ich denke, Sie sollten die Kontrolle über die Erde übernehmen ….«, brachte er endlich hervor, »…. während ich mich auf die Bemühungen der Menschheit im Centauri-System konzentriere.«

Präsidentin Luca war schockiert. Eigentlich hatte sie eine ausgesprochen langwierige Diskussion darüber erwartet, wer letztendlich die menschliche Regierung leiten und die Kontrolle über die Erde übernehmen sollte.

Gespannt lehnte sie sich in ihrem Stuhl nach vorn und fragte interessiert: »Woher dieser plötzliche Sinneswandel, Jinping? Ehrlich gesagt ging ich davon aus, dass Sie darauf bestehen würden, die Erde zu kontrollieren.«

Jinping seufzte hörbar, bevor er ihr antwortete. »Alice, mein Regierungsstil ist weit mehr für die Kolonisierung und schnelle Ausbreitung der Menschen über den Bereich der Erde hinaus geeignet. Demgegenüber steht Ihnen ein harter Kampf gegen die Zodark und die Orbot bevor, um sie der Erde vom Leib zu halten. Ihr Militär ist momentan dem unseren weit überlegen. Falls die Menschheit auch nur einen Hoffnungsschimmer haben soll, die Zodark und die Orbot zu schlagen, müssen unsere besten militärischen Kräfte diesen Kampf aufnehmen. Das ist die Republik, nicht die TPA.«

Präsidentin Luca lehnte sich wieder in ihrem Stuhl zurück. Seine Logik war nicht zu widerlegen. Sie hoffte nur, dass sich diese Regelung auch langfristig bewähren würde.

»Jinping, wenn wir uns auf diesen Vorschlag einlassen, müssen wir entweder eine übergeordnete Einheitsregierung etablieren oder eine Regelung finden, die sicherstellt, dass sich unsere Leute nicht fremd werden oder untereinander in Wettstreit treten. Die Menschheit wird die bevorstehende Herausforderung nur überstehen, wenn wir als eine vereinte Rasse auftreten und nicht als zwei Völker, die in verschiedenen Sternensystemen leben. Ist das klar?«, fragte Luca.

Das holografische Bild des Anführers der TPA schien in eine andere Richtung zu starren, bevor es Luca wieder direkt ansah. »Einverstanden, Alice. Rufen wir einen Senat ins Leben, der das Führungsgremium unserer neuen Republik sein wird. Gewählte Gouverneure werden die Planeten regieren, mit einer bestimmten Zahl an Senatoren von jedem Planeten oder von jeder Kolonie. Diese Senatoren werden dann ihren Vorschlag unterbreiten, wer Präsident werden soll, worauf die Gouverneure diese Wahl entweder bestätigen oder ablehnen werden.«

Lucas Gesicht hellte sich auf. »Jinping, Sie haben das Problem wirklich sorgfältig durchdacht. Woher kommt allerdings dieser plötzliche Richtungswechsel zur Einführung einer demokratischen Regierungsform?«

Auf diese Frage hin musste er lachen. »Ich dachte mir schon, dass Ihnen meine plötzliche Unterstützung für Ihre Art der Regierung zusagen wird.«

»Das tut sie. Es kommt einfach nur unerwartet, das ist alles«, erwiderte Luca ebenfalls belustigt.

»Gestern Abend luden mich die Altairianer zu einem Gespräch auf ihr Raumschiff ein. Wir verbrachten sechs Stunden miteinander, in denen sie mir viele verschiedene Dinge zeigten. Von einem will ich Ihnen berichten. Sie zeigten mir die Entwicklung der Menschheit, falls die Regierungsform der TPA auf allen von Menschen kontrollierten Welten eingeführt werden würde. Kurzfristig würden wir alle wachsen und gedeihen und es ginge uns sehr gut. Längerfristig würden wir damit jedoch unsere eigene Entwicklung blockieren und nicht besser als die Zodark werden. Dann zeigten sie mir, wie sich die Menschheit unter Ihrer Form der Regierung entwickeln würde. Und auch hier kamen wir eine Weile gut voran, bevor wir am Ende aber von Riesenkonzernen und den Superreichen kontrolliert wurden.

»Als nächstes zeigten sie mir die Mischform einer Regierung, die die besten Seiten unserer jeweiligen politischen Systeme in sich vereinte. Es ist das gleiche Regierungssystem, das ihre Verbündeten, die Primord, gegenwärtig haben. Diese Form der Regierung erlaubt ihrer Bevölkerung nicht nur ein blühendes Wachstum, sondern auch das Überleben und eine progressive Entwicklung über Tausende von Jahren hinweg, da das System in der Lage ist, sich zusammen mit der Bevölkerung oder der Technologie zu ändern und sich an andere Umstände anzupassen. Sie informierten mich, dass die Form, die ich Ihnen gerade vorgestellt habe, die beste Art der Regierung sei, und eben die, die unsere neuen Alliierten, die Primord, gegenwärtig haben.

»Zunächst sagte es mir wenig zu, von einer außerirdischen Spezies gesagt zu bekommen, wie wir unseren Planeten und unsere Leute regieren sollen. Je länger ich allerdings darüber nachdachte, Alice, desto klarer wurde mir, dass sie Recht haben. Ich weiß, es setzt viel voraus, aber ich denke, wir sollten unseren Planeten und unsere Regierung ihrem Vorschlag nach organisieren.«

Präsidentin Luca atmete tief durch. *Das muss sorgfältig überlegt werden,* dachte sie. Sie konnte diesem Vorschlag nicht einfach während eines holografischen Gesprächs zustimmen.

»Jinping, warum treffen wir uns nicht heute Abend und diskutieren dies im Detail?«, schlug sie vor. »Ich möchte das erst selbst mit den Altairianern besprechen. Im Prinzip bin ich ganz Ihrer Meinung, aber ich brauche noch einige weitere Informationen und Zeit, darüber nachzudenken.«

Die beiden unterhielten sich noch einige Minuten, bevor das Gespräch mit der Vereinbarung endete, sich in naher Zukunft zu treffen.

****

An Bord des altairischen Raumschiffs, das in der Umlaufbahn über der Erde lag, saß die menschliche Delegation dem Protokolloffizier Handolly und Pandolly, dem Kapitän des Schiffs, als Repräsentanten der Altairianer gegenüber.

»Dann haben wir eine Vereinbarung«, fasste Handolly knapp zusammen. »Ihre Bevölkerung wird ihre Regierung reformieren und unsere Bedingungen erfüllen, um offizielles Mitglied des Galaktischen Reichs zu werden.«

Die Führer der Republik und der TPA sahen sich kurz an und nickten dann einvernehmlich. »Wir sind einverstanden«, versicherte der Vorsitzende Hong Jinping, der für die TPA sprach.

Handolly sah Präsidentin Luca an. »Und Sie sind ebenfalls einverstanden? Ihr Land wird diese Bedingungen akzeptieren?«

Luca zögerte einen Moment. Sie wusste, sie musste zustimmen. Wenn sie das Überleben der Menschheit sicherstellen wollte, blieb ihr wenig Spielraum. Auf sich allein gestellt, würden sie gegen die Zodark nicht viel ausrichten können. Bisher war ihnen das Glück hold gewesen, aber darauf konnten sie nicht ewig zählen. Der Gedanke, der sie wirklich zum Zögern brachte, war die Erkenntnis, dass sie in wenigen Sekunden offiziell die letzte Präsidentin der Republik sein würde. Sie war überrascht, dass ihr das bislang nicht in den Sinn gekommen war. Jinping musste das Gleiche denken. Er war nun der letzte Vorsitzende Chinas.

Sie wappnete sich und erwiderte mit hocherhobenem Kinn und mit Selbstvertrauen und Überzeugung in der Stimme: »Das bin ich. Die Bürger der Republik akzeptieren Ihr Angebot. Wir begrüßen die Altairianer und nehmen dankbar die Gelegenheit wahr, dem Galaktischen Reich beizutreten.«

Der Gesichtsausdruck der Altairianer veränderte sich nie; Luca bezweifelte, dass sie dazu in der Lage waren. Nichtsdestotrotz schienen die Repräsentanten der Altairianer erfreut, dass sich beiden Seiten mit ihren Bedingungen einverstanden erklärt hatten.

»Ausgezeichnet. Damit ist es nun offiziell. Von jetzt an werden Sie innerhalb des Reichs als die *Irdische Republik* geführt werden. Wir werden zusammen mit Ihnen daran arbeiten, eine Botschaft und Ihre dauerhafte Präsenz in unserem Senat zu etablieren. Als neues Mitglied unseres Senats steht Ihnen ab sofort das volle Wahlrecht und Ihre Repräsentation im Reich zu«, erklärte Handolly mit mehr Gefühlsregung und Freude, als sie es ihm bis zu diesem Zeitpunkt zugetraut hätten.

Nachdem sie den Menschen zum Beitritt zur Allianz gratuliert hatten, verkündete Pandolly: »Wir haben zwei altairische Kriegsschiffe und vier Kreuzer nach Sol beordert. Sie werden Ihre Verteidigung gegen die Zodark unterstützen, bis Ihre Schiffswerften die neue Technologie, die wir Ihnen zur Verfügung stellen, integriert haben.

»Sie haben 18 Monate Zeit, Ihre erste Kampfgruppe zu erstellen, die mit einer Reichsflotte in den Kampf ziehen wird. Sie sind nun auf absehbare Zeit dazu verpflichtet, dem Reich alle fünf Jahre eine neue einsatzbereite Kampfgruppe von Schiffen und Bodentruppen zur Verfügung zu stellen. Das ist Ihr Beitrag zur Allianz.«

Den Menschen wurde außerdem ein Herrschaftsgebiet über 32 Sternensysteme überlassen, in dem die drei von Menschen bewohnten Planeten und ein nahe an der altairischen Heimatwelt gelegener Planet angesiedelt waren. Den letzteren Planeten sollten sie kolonisieren und als Verbindungswelt zwischen den Menschen und den vielen anderen Spezies einrichten, die dem Galaktischen Reich, oder dem GR, wie es die Altairianer nannten, angehörten. Die verbliebenen 28 Systeme befanden sich unter der Kontrolle der Zodark und der Orbot. Falls die Menschen an ihnen Interesse hatten, mussten sie um sie kämpfen.

Kapitel Achtzehn
Die Geburt der neuen Republik

Vier Monate später
Jacksonville, Arkansas

Die Fähre, die Rear Admiral Miles Hunt an die Oberfläche brachte, umkreiste mehrmals langsam die Stadt Jacksonville und den Weltraumhafen Little Rock. Hunt sah aus dem Fenster und war erstaunt, wie sehr sich dieser Ort in solch kurzer Zeit verändert hatte.

Sofort nachdem die Erde das Bündnis mit den Altairianern eingegangen war, hatte sich als Teil dieses Pakts eine neue, vereinte Erdenregierung gebildet. Nicht alle Bewohner waren von dieser Idee begeistert. Eine überraschend große Prozentzahl der Bevölkerung wollte trotz der Bedrohung durch die Zodark an ihrer nationalen Identität festhalten. Viele Länder, einschließlich einige der Republik und sogar in der Tri-Parte-Allianz wollten ihr Selbstbestimmungsrecht nicht aufgeben. Dementsprechend zogen sich die Proteste noch Wochen nach der Wende hin.

Schließlich zeigten sich die Altairianer den Erdenmenschen in Person und stellten sie vor die Wahl: sie konnten leben wie zuvor, ohne die neuen Technologien, die der Erde zugutekamen, und damit das Risiko der Vernichtung durch die Orbot und deren Stellvertreter, die Zodark, eingehen, oder sie konnten die Allianz mit dem Galaktischen Reich akzeptieren. Ein Kompromiss war unmöglich. Diese neue Realität wurde im Endeffekt dann doch von den Erdenbürgern akzeptiert, wenn zum Teil auch nur ungern. Nachdem die Altairianer dann mehr und mehr Technologie und Wissen mit den Menschen der Erde teilten, schliefen diese Proteste endgültig ein.

Es dauert nicht lange, bis die Erdenbewohner ihren altairischen Verbündeten Spitznamen gaben. Die neutraleren Begriffe bezeichneten sie als ‚die Alt', ‚die ETs', oder angesichts ihrer weißen Haut als ‚die Geister'. Weniger schmeichelnd war der Name ‚die Weißen Wanderer'. Er stammte aus einem alten Fantasie-Roman und kam in der Fernsehserie *Game of Thrones* von George R. R. Martin vor, die vor 80 Jahren populär gewesen waren. In dieser Show brachten die reinweißen Figuren, egal wo sie sich aufhielten, entweder den Tod oder die Assimilation mit sich. Mehr als eine Handvoll Erdenbürger befürchteten weiterhin, dass das was die Altairianern der Erde gebracht hatten, eben zu diesem Tod oder zur Assimilation führen würde.

Hunt hingegen konnte nur von angenehmen Begegnungen mit den neuen Alliierten berichten. Pandolly, einer ihrer Militärkommandanten und Schiffskapitäne, hatte Hunt unter seine Fittiche genommen, den die Waffen und außerordentlichen Fähigkeiten ihrer neuen Verbündeten nur staunen ließ. Hunt hatte die Zodark für eine weiterentwickelte Gesellschaft gehalten. Einem Vergleich mit den Alt konnten sie jedoch nicht standhalten. Trotzdem machte er sich Sorgen. Mit all der Macht, über die die Alt verfügten, war es ihnen nicht gelungen, die Orbot in einem mehrere tausend Jahre währenden Krieg zu besiegen. Der Gedanke, dass es dort draußen außerirdische Rassen gab, die so viel oder sogar noch mehr Macht als die Alt hatten, setzte Hunt zu.

Er richtete seinen Blick wieder auf die Stadt, die sich unter ihm ausbreitete. Die Gestalt, die Jacksonville annahm, gefiel ihm. Obwohl die Alt den Menschen mehr oder weniger versprochen hatten, sich selbst regieren zu dürfen, hatten sie bestimmt, dass die neue vereinte irdische Regierung eine neue Hauptstadt oder einen neuen Regierungssitz haben sollte. Eine Diskussion über diesen Punkt brachte wenig ein. Aus Gründen, die niemand auf der Erde verstehen konnte, hatten die Altairianer die kleine Stadt Jacksonville in Arkansas vorgeschlagen. Präsidentin Luca hatte ihr Einverständnis erklärt, da Jacksonville die ehemalige Luftwaffenbasis Little Rock beherbergte, die bereits vor Jahrzehnten in einen Weltraumhafen umfunktioniert worden war. Sollte das derzeitige Hauptquartier des Weltraumkommandos in Florida aus irgendeinem Grund nicht zur Verfügung stehen, war dieser Hafen bereits als Ersatzkommandozentrale ausersehen und auf diese Operation vorbereitet. Die Wahl dieses neuen Standorts als Welthauptstadt würde es zudem einfacher machen, eine ständige Verbindung zwischen ihr und den unterschiedlichen Armen des Weltraumkommandos aufrechtzuerhalten.

In dem Augenblick, in dem die Alts Jacksonville als de facto Hauptstadt der Menschheit auf Erden erklärten, begann sich die Stadt über Nacht zu verwandeln. Jeder, dem ein Haus, ein Geschäft oder Land im Umkreis von 35 Kilometern um die Stadt herum gehörte, war plötzlich Millionär, da die Preise unaufhaltsam in die Höhe schossen.

Hunt war sich nicht sicher, wie es der Regierung gelungen war, so viele Leute zum Verkauf ihres Eigentums zu bewegen, Aber die *Irdische Republik* hatte so gut wie die gesamte Stadt und gute 15 Kilometer Land um sie herum erworben. In einer wahrhaft übermenschlichen Anstrengung hatte die Regierung den gesamten Bereich von den existierenden Strukturen befreit, um Platz für eine ultramoderne Mega-Stadt zu machen, die nach dem Design und den Vorschlägen der Altairianern errichtet werden würde.

Um den weiter modernisierten Weltraumhafen herum sah Hunt eine Handvoll Transportschiffe, die bereits gelandet waren. *Die anderen sind wohl schon eingetroffen.*

Hunt hatte bewegte vier Monate hinter sich. Seine Kampfgruppe hatte zusammen mit einer altairischen Gruppe an einer größeren Schlacht in einem Rhea-nahen Sternensystem teilgenommen. Hier hatte er auch zum ersten Mal ein Schiff der Orbot und einen sogenannten ‚Sternenzerstörer‘ der Zodark zu Gesicht bekommen. Er konnte jetzt mit Sicherheit sagen, dass die Menschheit ohne die Hilfe der Altairianer nicht die geringste Überlebenschance gehabt hätte. In dieser letzten Auseinandersetzung hatten die Alt zwei Kreuzer und Hunt drei Viertel seiner Flotte verloren. Im Gegenzug dafür hatten sie die Schiffe der Orbot und die gesamte Zodark-Flotte vernichtet. Die Alt hielten es für wahrscheinlich, dass es Jahre dauern würde, bevor die Zodark einen erneuten Angriff auf die Erdenmenschen in Erwägung zogen. Nachdem die Orbot sich in diesem Kampf eine blutige Nase geholt hatten und wussten, dass die Menschen mit den Altairianern verbunden waren, würden sie diese für sie unbedeutende Bühne einfach ihren Handlangern überlassen. Tatsächlich war die Erde strategisch nicht wichtig genug, um weitere Ressourcen auf ihre Unterdrückung und Besetzung zu verschwenden – zumindest nicht zu diesem Zeitpunkt.

Die Altairianer bestanden darauf, dass die Menschen diesen Raum zum Atmen zwischen möglichen weiteren Angriffen dazu nutzten, so schnell wie möglich ihre neuen Kriegsschiffe zu bauen – Schiffe, deren Bau und Betrieb sie ihre menschlichen Verbündeten lehren würden. Das war der Grund für Hunts Anwesenheit auf dem Planeten. Die Alt wollten seine Meinung bezüglich der neuen Schiffe einholen, bevor sie deren Designs endgültig abzeichneten und an die menschlichen Schiffsbauer weitergaben.

Hunt sah dieser Konferenz entgegen. Er konnte es nicht erwarten, die neuen altairianischen Raumschiff-Designs für ihre menschlichen Verbündeten zu sehen, und wie ihre Waffen und andere Ressourcen sich von dem unterschieden, was seinem Militär gegenwärtig zur Verfügung stand.

Mit der Landung der Fähre öffnete sich die rückwärtige Rampe, die die Morgensonne und eine kühle Brise hereinließ. Am Rand der Rampe stehend, atmete Hunt tief waschechte ‚frische Luft' ein und stieß sie langsam wieder aus. Seit beinahe acht Jahren hatte er den größten Teil seiner Zeit entweder auf der Raumstation John Glenn oder auf einem Raumschiff verbracht. Es war ein sehr gutes Gefühl, reine Luft zu atmen und die Wärme der Sonne auf seiner Haut zu spüren.

Ein Lieutenant und ein Captain traten auf ihn zu und salutierten schwungvoll. Hunt erwiderte den Gruß.

»Haben Sie Gepäck, um das wir uns kümmern sollten, Sir?«, fragte der Captain, dessen Augen suchend im Innern der Raumfähre umherwanderten.

Hunt schüttelte den Kopf. »Nein, ich verbringe nur einen Tag hier, bevor ich zur Station zurückkehre.«

»Gut, Sir. Dann begleiten wir Sie zum Konferenzraum. Dort gibt es frischen Kaffee und Gebäck, falls Sie Lust darauf haben«, lockte ihn der Captain mit einem Grinsen.

Hunt trat von der Rampe und versicherte ihm: »Fabelhaft, Captain. Das Essen auf der Erde schmeckt so viel besser als das Zeug, das sie uns auf der Station oder in einem Raumschiff vorsetzen.«

Mit der Reorganisation des irdischen Militärs vor drei Monaten, war Hunt von einem Ein-Sterne-Admiral zu einem Zwei-Sterne-Admiral befördert worden. Er hatte sich noch nicht vollkommen an das neue Protokoll eines ranghohen Flaggoffiziers im neuen vereinten irdischen Militärdienst gewöhnt.

Der Weg zum Hauptgebäude bot Hunt einen guten Überblick über die Aktivitäten im Park-und Servicebereich des Raumhafens. Er sah zwei neue VTOL-Bodenangriffsschiffe, die die Armee künftig einsetzen würde. Es waren schnittig aussehende, fliegende Todesmaschinen, die – was entscheidend war – von einem orbitalen Angriffsschiff aus ablegen konnten. Sie mussten nicht länger in großen Frachtkisten zur Oberfläche hinunter transportiert und dort vor dem

Kampf zusammengebaut werden. Diese kleinen Monster konnten nun unmittelbar in den Kampf eingreifen.

Hunt blieb unvermittelt stehen. Seine Begleiter wären ihm beinahe in den Rücken gelaufen. »Ist etwas, Sir?«, erkundigte sich der Captain besorgt.

»Captain, ich würde mir gern kurz diesen neuen Vogel ansehen und einem der Techniker eine schnelle Frage stellen.«

Der Captain legte seinen Kopf nach links, so wie Hunt es jedes Mal tat, wenn er den Neurolink nutzte. Dann brummte er etwas und nickte. »Wir haben einige Minuten, Sir.«

Die Drei traten an die Gruppe der Mechaniker heran, die offensichtlich die tägliche Wartung an der neuen Maschine durchführten. Überrascht registrierten die Mechaniker den Zwei-Sterne-Admiral, der plötzlich vor ihnen erschien.

»Stillgestanden!«, brüllte einer der Sergeanten die drei überraschten Mechaniker an. Alle stoppten, was sie taten, und standen hochaufgerichtet und bewegungslos mit den Armen an den Seiten und den Augen nach vorne gerichtet da.

»Rührt euch, Soldaten. Ich habe noch keinen dieser Bodenangriffsmaschinen aus der Nähe gesehen. Was können Sie mir über sie sagen?«, bat Hunt.

Das Admiralabzeichen machte es Hunt möglich, jederzeit mit den unteren Rängen und jungen Offizieren ein Gespräch anzufangen. Das half ihm dabei, informiert zu bleiben und verdiente ihm gleichzeitig den Respekt und die Loyalität der Mannschaft unter seinem Kommando.

Nervös runzelte der Sergeant die Stirn und stammelte: »Ähm …. sicher, Sir. Das, Admiral, ist das AS-100, das Angriffsschiff 100 unserer Armee«, begann der Sergeant. »Wir nennen sie die *Sensen*, da sie wie der Sensenmann mit ihrer Ankunft den Tod bringen. Es sind die neuesten Bodenangriffsschiffe, dazu gedacht, der Armee zu helfen, schwierige Ziele zu räumen. Es sind Einpersonen-Schiffe, die falls nötig, auch per Fernsteuerung geflogen werden können. Auf jeder Seite des Cockpits gibt es zwei Impulsstrahler. Außerdem sind sie mit je 30 dieser kleinen Schönheiten ausgestattet, deren Bau uns die Alt gezeigt haben – das Neueste in präzisionsgesteuerter Munition. Sie können entweder als ungesteuerte Rakete oder präzisionsgesteuert auf ein spezifisches Ziel gelenkt werden.« Der Sergeant war eindeutig stolz auf seine Arbeit mit den neuen Prachtstücken.

Hunt nickte zufrieden. »Tolle Sache, Sergeant«, gratulierte er ihm. »Ich denke ‚Sense‘ ist ein guter Name für sie. Er passt. Ok, das beantwortet meine Fragen. Ich muss zu einer Konferenz. Aber vielen Dank, dass Sie sich die Zeit genommen haben, mit mir zu sprechen.« Hunt fischte in seiner Hosentasche und zog einen *Commander's Coin* der *George Washington* hervor. Er schüttelte dem Sergeant die Hand und übergab ihm dabei einen dieser begehrten Münzen, die Militärkommandanten an ihre Untergebenen als Auszeichnung für die besondere Erfüllung ihrer Aufgaben ausgeben.

Der Sergeant lächelte erfreut und seine Gruppe machte sich wieder an die Arbeit.

Der Captain ermahnte Hunt höflich: »Wenn Sie mir bitte folgen, Sir, wir müssen gehen. Die Konferenz startet in wenigen Minuten.«

Hunt nickte und folgte seinem Begleiter. Dann fragte er: »Captain, wann hatten Sie das letzte Mal ein Kommando?«

Überrascht erwiderte der Mann: »Das ist einige Jahre her, Sir. Ich arbeite in der Verwaltung und verbrachte einen Großteil meines Militärdienstes in der einen oder anderen Hauptquartiergruppe. Warum fragen Sie?«

»Sie zeigten großes Interesse, als der Sergeant mir das neue Schiff erklärte.«

Der Captain zuckte mit den Achseln als er Hunt durch die Tür des Gebäudes vorangehen ließ. »Ich finde das alles sehr interessant, Sir, aber viel näher werde ich diesem Kriegsgeschehen wohl nicht kommen.«

»Haben Sie Interesse an einer Versetzung in eine aktive Position?«, erkundigte sich Hunt und war neugierig auf die Antwort des Verwaltungsoffiziers.

Der Captain schwieg einen Augenblick, bevor er vor dem Eingang zum Besprechungszimmer endlich erwiderte: »Wenn sich eine solche Gelegenheit ergeben würde, sicher.«

Hunt speicherte diese Information fürs Erste. Je größer seine Verantwortungsbereich wurde, desto mehr Verwaltungsarbeit war damit verbunden. Er brauchte gute Offiziere, die ihm einige dieser Aufgaben abnehmen konnten. Er nahm sich vor, sich die Militärakte

des Mannes anzusehen und nach seiner Rückkehr auf die *GW* einige
Erkundigungen über ihn einzuziehen.

Beim Betreten des Konferenzzimmers sah Hunt, dass sich alle
bereits mit Kaffee und Gebäck versorgt hatten und am Tisch saßen.
Schnell fand er seinen eigenen Stuhl und bat den Lieutenant flüsternd,
ihm doch eines dieser so appetitlich aussehenden Apfeltaschen und eine
Tasse Kaffee zu bringen.

****

Flottenadmiral Chester Bailey sah, dass Hunt als Letzter den Raum
betrat und Platz nahm.

Wieder mal in letzter Minute, was, Miles?, scherzte Chester über
ihre Neurolinks, damit niemand sie hören konnte.

*Tut mir leid, Sir. Ich blieb im Servicebereich hängen, wo ich mich
mit den Mechanikern über die neuen vertikalen Start- und Landeschiffe
unterhielt*, erklärte Hunt seine Verspätung.

»Ok, es sieht so aus, als seien wir komplett. Fangen wir an«,
verkündete Admiral Bailey laut genug, um die Aufmerksamkeit aller
auf sich zu richten.

Auf Hunt deutend, sagte Bailey: »Es ist schön, Admiral Hunt
begrüßen zu dürfen. Er kehrte gerade von einer Schlacht mit unseren
neuen Alliierten gegen die Orbot zurück. Der ‚Krieg der Zwei Sterne‘
war unser erster gemeinsamer Kampf. Es ist müßig zu wiederholen,
dass dies bei weitem der kostspieligste Kampf in unserem Krieg gegen
die Zodark und die außerirdische Orbot-Zodark-Allianz, gegen das
sogenannte ‚Schattenreich‘, war.

»Wir Erdenmenschen kämpften tapfer für das Galaktische Reich,
und die Altairianer teilten mir und der Kanzlerin mit, dass wir uns trotz
all unserer Verluste außergewöhnlich gut geschlagen haben. Unsere
Alliierten waren beeindruckt, wie schnell wir uns der wechselnden
Dynamik einer Schlacht anpassen und wie es uns trotz unserer
‚primitiven‘ Waffensysteme gelingt, einer überlegenen Kraft
ernsthaften Schaden zuzufügen.«

Eine Reihe der Offiziere um den Tisch herum lachten leise auf.
Angesichts der niedrigen Entwicklungsstufe der irdischen
Weltraumwaffen, hatten die Altairianer Schwierigkeiten zu verstehen,
wieso die Zodark große Verluste gegen die irdischen Kräfte hinnehmen
mussten. Die Geschichte würde sicher anders aussehen, wäre es den

Erdenmenschen nach der Befreiung der Sumarer nicht gelungen, erbeutete feindliche Technologie in ihre Systeme zu integrieren.

Admiral Bailey fuhr fort: »Unsere altairianischen Verbündeten teilten eine wichtige Information mit uns. Das Schattenreich ist dabei, eine neue Offensive gegen einen zweiten altairianischen Verbündeten, eine Gruppe namens Tully, zu beginnen.« Um möglichen Fragen entgegenzuwirken, hob er die Hand. »Ich selbst habe von den Tully erst von wenigen Stunden durch Pandolly, unseren Verbindungsoffizier, erfahren. Er wird uns morgen früh einen Bericht vorlegen, der uns einen besseren Überblick über die Allianzen innerhalb unserer Galaxie geben soll – was offensichtlich kein leichtes Thema ist. Ich sagte ihm, dass unsere einfachen menschlichen Gehirne am besten auf Bilder und Diagramme reagieren.«

Dieser letzte Kommentar verursachte allgemeine Heiterkeit. Niemand sieht Veränderung gern, aber in den letzten acht Jahren hatte sich so viel verändert – vornehmlich im Verlauf der letzten vier Monate. Alle hatten lernen müssen, flexibel zu sein, sich anzupassen, umzudenken …. bevor es sie in den Wahnsinn trieb.

»Ok, zurück zu den Tully. Die Entscheidung der Orbot, sie anzugreifen, ist sowohl eine gute als auch eine schlechte Nachricht für die Menschen. Obwohl wir den Tully bisher nicht begegnet sind, stellt das von ihnen kontrollierte Gebiet eine Art Sicherheitszone zwischen unserem kleinen Anteil an der Galaxie, den Prim und den Orbot dar. Die Konzentration der Orbot auf die Tully bringt mit sich, dass die Zodark gezwungen sind, sie im Kampf gegen die Tully zu unterstützen und uns demzufolge vorübergehend zu ignorieren. Für uns bedeutet das, dass wir eine kurze Atempause haben, um unsere Marine wieder aufzubauen, die altairische Technologie zu integrieren und den Umgang mit ihr zu erlernen.«

Admiral Bailey hörte, wie mehrere Offiziere um den Tisch herum einen Seufzer der Erleichterung ausstießen. Die letzte Schlacht hatte der irdischen Flotte gravierenden Schaden zugefügt.

»Des Weiteren bedeutet das allerdings auch, dass uns – falls die Tully ihr Gebiet an die Orbot verlieren sollten – ein weit gefährlicherer Feind praktisch vor der Haustür steht«, machte Bailey den Anwesenden klar. »Aus diesem Grund werden wir den Tully, soweit es uns trotz technischer Beschränkungen möglich ist, in ihrem Kampf beistehen. Und das bringt uns zum Hauptthema, zum Grund, weshalb wir hier versammelt sind. Einer der Altairianer wird sich gleich zu uns gesellen und uns das Design von drei neuen Schiffen vorstellen, Danach werden die Altairianer die Aufgaben mit uns besprechen, die uns zur Unterstützung der Tully übertragen wurden.«

Der Admiral hatte kaum ausgesprochen, als sich direkt neben ihm eine Transporteraura bildete. Dann stand ein Altairianer vor der Gruppe.

Egal wie oft Bailey dieses Phänomen beobachtete, es brachte ihn immer noch etwas aus der Fassung. Die Tatsache, dass eine Rasse eine Person von einem Raumschiff in der Umlaufbahn innerhalb von Sekunden hinunter auf eine Planetenoberfläche transportieren konnte, war einfach unglaublich. Wenn das für Tausende von Soldaten gleichzeitig möglich wäre – das wäre wahrlich unglaublich. Realität war allerdings, dass diese Technologie selbst für die Altairianer relativ neu war, und sie wenig Interesse daran zeigten, diese Erfindung mit ihren engsten Vertrauten zu teilen.

»Hallo, Admiral Chester Bailey und Militäroffiziere der Erde«, grüßte sie die Figur. »Mein Name ist Trigdolly. Ich bin ein altairianischer Schiffsbauer und Ingenieur. Mir wurde aufgetragen, Ihnen mehrere Schiffdesigns zu präsentieren und Ihre Fragen zu beantworten, bevor Sie ein Design genehmigen und ich Ihren Werften beim Bau der Schiffe assistiere. Sind Sie bereit?« Die Altairianer traten immer geschäftsmäßig auf – ohne Sinn für Humor, immer direkt und auf den Punkt.

Einer der Offiziere stellte seine Frage, bevor Admiral Bailey ihn aufhalten konnte. »Entschuldigen Sie, Trigdolly, ich habe eine Frage. Haben Sie sich unsere zur Verfügung stehenden Kapazitäten angesehen, ob wir diese Schiffe tatsächlich produzieren können, und wenn ja, wissen Sie, wie lange es dauern wird, unsere Mannschaften im Betrieb dieser neuen Schiffe zu trainieren?«

Viele Köpfe rings um den Tisch herum nickten. Es war eine gute Frage, obwohl Admiral Bailey vielleicht einen diplomatischeren Weg gefunden hätte, sie zu stellen.

Der Altairianer blieb unberührt. »Ich habe drei Monate damit verbracht, jede bekannte Ressource in den drei Systemen, die Sie kontrollieren, zu überprüfen. Dazu gehören Ihre rudimentären Schiffswerften und Ihre Produktionskapazitäten. Für eine weniger entwickelte Spezies leisten Sie Erstaunliches im Bereich der humanoiden Synthetiker und im 3-D-Druck.«

Das kam einem Lob so nahe, wie es nur ein Altairianer aussprechen konnte. Nicht, dass sie mit Verachtung auf die Menschen heruntersahen – es war mehr wie ein Elternteil, der versuchte, einem Fünf- oder Sechsjährigen das Fahrradfahren beizubringen. Natürlich wollen die Eltern, dass ihr Kind erfolgreich ist, gleichzeitig könnte es sie aber auch aufbringen, wenn das Kind das einfache Konzept des in die Pedale treten, mit dem Vorderrad steuern und das Gleichgewicht zu halten, nicht zu verstehen scheint. Und obwohl ein Elternteil dies seiner fünfjährigen Tochter wiederholt erklären mochte, bestand immer noch die Möglichkeit, dass ihr das Konzept fremd blieb und sie zunächst mehrere Male vom Rad fiel. So gestaltete sich die derzeitige Beziehung zwischen den Altairianern und den Menschen.

»Entschuldigen Sie die Unterbrechung, Trigdolly.« Admiral Bailey warf dem Raum einen durchdringenden Blick zu, der alle aufforderte, weitere Fragen für sich zu behalten. »Bitte fahren Sie fort.«

Der Altairianer platzierte ein kleines Gerät vor sich und stellte es an. Das holografische Bild eines Schiffs schwebte über der Mitte des Tischs. Es drehte sich langsam, um den Anwesenden hinreichend Gelegenheit zu geben, sämtliche Details aus verschiedenen Perspektiven zu studieren.

»Die Schiffe, die ich Ihnen zeigen werde, werden in der neuen Schiffswerft der Republik in der Nähe Ihres Mondes gebaut werden. Nach einiger Umgestaltung durch unsere Ingenieure ist dies jetzt die modernste Werft, die den Typ Schiff bauen kann, den wir Ihnen vorschlagen. Um die irdische Flotte so schnell wie möglich aufzubauen und Ihnen zu erlauben, effektive Beiträge zu unseren Kriegsbemühungen zu leisten, schlagen wir mehrere Klassen von Schiffen vor. Jedem dieser Schiffe kommt eine spezielle Aufgabe zu. Alle haben Stärken und Schwächen, stellen aber mit der Integration in eine kombinierte Flotte eine mächtige Kraft dar.

»Das erste Schiff, das ich Ihnen präsentiere, ist ein kleineres Schiff, das ihre Einrichtungen schnell massenproduzieren können. Wir nennen es die Fregatte Klasse 001. Wir bereicherten die besten Aspekte Ihrer Technologie mit der unseren, um ein Gefährt zu entwickeln, das Ihre Leute nach angemessenem Training selbständig operieren, unterhalten und konstruieren können.

320

»Es ist ungefähr 220 Meter lang mit einer Besatzung von 52 Mannschaftsmitgliedern. Da Sie verstehen, Ihre humanoiden Synthetiker effektiv zu nutzen, schlagen wir vor, sie an vielen Aspekten des Schiffsbetriebs zu beteiligen. Neben der 52 Personen starken menschlichen Crew ist der Einsatz von 180 Synth geplant.«

Danach zoomte Trigdolly näher an zwei Bereiche des Schiffs heran. »Seine Bewaffnung besteht aus zwei vorderen Phaser-Batterien und einer hinteren Batterie. Ihre Railguns, die Magrail-Systeme, sind wirklich beeindruckend. Es hat uns zugegebenermaßen überrascht, wie gefährlich sie sowohl den Zodark- als auch den Orbot-Schiffen sind. Für uns Altairianer ist dies eine sehr alte Technologie, eine die vor Tausenden von Jahren außer Gebrauch kam. Allerdings scheint sie erneut Wirkung zu erzielen, da die meisten raumfahrenden Rassen zwischenzeitlich auf Phaser, Maser, Plasma und Partikelstrahler umgestellt haben, deren Abwehr eine komplett andere Ummantelung und Verteidigungsmaßnahmen erforderlich macht. Wir halten die Magrail für eine sehr elementare Waffe, deren Effektivität wir dennoch solange ausnutzen werden, bis die andere Seite die Designs ihrer Schiffe zur Abwehr eines solchen Beschusses angepasst hat.«

Der Referent brachte nun einige detaillierte Schaubilder des Magrail-Systems zur Ansicht hoch, während er weiter dozierte. »In diesem Gedanken modifizierten wir Ihre Magrail-Waffen, um sie sowohl effizienter als auch schlagkräftiger zu machen. Ihre Integration eines kleinen Ruders und eines steuerbaren Antriebssystems war uns neu und etwas, das uns nie in den Sinn gekommen ist. Selbstverständlich wurde das in unser neues Design übernommen. Wir denken, dass dieses neue Magrail-System Ihre Schiffe im Kampf noch leistungsfähiger machen wird.«

Trigdolly drückte auf einen Knopf und das Bild der Fregatte 001 schwebte erneut über dem Tisch. »Das ist die Fregatte 001. Es ist das kleinste Schiff, dessen Bau wir Ihnen vorschlagen. Im Gesamtbild der Flottenoperation fällt ihm allerdings eine kritische Rolle zu. Es wird ein ungewöhnlich schnelles Angriffsschiff sein – ein ‚Vorposten-Schiff‘, wie Sie es nennen – dass am Rand Ihres Territoriums oder Ihrer Flotte zum Einsatz kommt. Wie Sie sehen, hat das Schiff nur einen einzigen doppelläufigen Geschützturm, der 12-Zoll-Projektile abschießen wird. Die Mündungsgeschwindigkeit dieser verbesserten

Waffe beträgt 100.000 Kilometer pro Sekunde, ungefähr fünf Mal die Geschwindigkeit Ihres jetzigen Systems.«

Das riss einige der Offiziere zu begeisterten Pfiffen hin. Bailey war sich sicher, dass viele von ihnen diese Waffe in ihren bisherigen Auseinandersetzungen mit den Zodark gern zur Hand gehabt hätten.

»Weiterhin wird die Fregatte mit 20 Antischiffsraketen ausgestattet sein. Die neuen Raketen, bei deren Bau wir Ihnen helfen, haben mehrere Startphasen. Wie beim Magrail-System haben wir auch hier ihre Potenz und Geschwindigkeit beträchtlich erhöht. Die Raketen erreichen nun eine Geschwindigkeit von beinahe 180.000 Kilometer pro Sekunde und werden von daher in Flottenkämpfen künftig eine größere Rolle spielen. Neben den Strahlenwaffen halten wir Raketen für die effektivsten Waffen in einer Schlacht, insbesondere nachdem wir ihre Tarnkappenfunktion und ihre elektronischen Spoofing-Qualitäten weiter verbessert haben. Hinweisen möchte ich noch darauf, dass Ihre Kräfte in der Vergangenheit nur sehr eingeschränkt von atomaren Waffen Gebrauch machten. Das ändern wir. Ihre Raketengefechtsköpfe werden von jetzt an entweder konventioneller hochexplosiver Natur sein, so wie bisher, dazu werden wir die Bewaffnung mit variablen nuklearen Gefechtsköpfen erhöhen. Beachten Sie dabei bitte, dass die atomaren Waffen, die wir Ihnen geben werden, allein für den Gebrauch in Weltraumschlachten bestimmt sind ....«

Einer der Admirals unterbrach ihn. »Entschuldigen Sie, Trigdolly – was wollen Sie damit sagen? Wir vermieden den Gebrauch von Atomwaffen in der Vergangenheit weitestgehend, um den Zodark nicht die Idee zu geben, Nuklearwaffen auf von Menschen bewohnten Planeten einzusetzen.«

Trigdolly hielt inne. »Admiral, die galaktischen Regeln der Kriegsführung sind Ihnen offensichtlich unbekannt. Es gibt eine generelle Regel, die es untersagt, atomare Waffen auf einem bewohnbaren Planeten einzusetzen. Die sind in der Galaxie zu selten, um sie mutwillig zu zerstören. Das bedeutet allerdings nicht, dass sie im Weltraumkrieg keine Anwendung finden sollten. Admiral Hunt kann Ihnen sicher bestätigen, dass die Orbot-Schiffe über ihre dicke Panzerung hinaus zusätzlich noch eine Abschirmtechnologie einsetzen. Nukleare Waffen sind unglaublich effektiv in der Schwächung dieser Abschirmtechnologie und letztendlich in deren Ausschaltung. Der

elektromagnetische Impuls der Explosion beeinflusst die
Energiefrequenzen der Abschirmtechnologie negativ und absorbiert
einen Großteil der Energie des Schirms selbst, was bedeutet, dass das
Schild schwächer wird. Aus diesem Grund werden unsere nuklearen
Gefechtsköpfe zukünftig eine weit größere Rolle spielen müssen.«

Ein anderer Teilnehmer meldete sich zu Wort. »Wenn das zutrifft,
wie verteidigen wir uns dann gegen diese Art von Waffen? Bisher
setzten die Zodark keine Nuklearwaffen gegen uns ein, aber wie
werden unsere Schiffe standhalten, falls sie es früher oder später in
Reaktion auf unseren Beschuss doch tun?«

Die Offiziere nickten. Dieses Thema bereitete allen Sorge.
Niemandem sagte die Idee nuklearen Waffengebrauchs zu. Sie wollten
sich lieber auf die ihnen bekannten und im Kampf bewährten
Waffensysteme verlassen.

Trigdolly machte unbeirrt weiter. »Sie müssen verstehen, dass sich
die Art, wie Sie sich bisher in Weltraumschlachten geschlagen haben,
drastisch ändern wird. Auch wenn die Zodark bisher keine atomaren
Waffen angewandt haben, heißt das nicht, dass die Orbot oder andere
mit ihnen verbündete Rassen deren Beispiel folgen werden. Wir
bestehen nicht darauf, dass die Menschen in zukünftigen Kämpfen oder
Kampagnen allein oder in großem Umfang Nuklearwaffen gebrauchen,
allerdings müssen Sie wissen, wie Sie sie einsetzen und wie Sie sich
gegen sie verteidigen. Das werden Sie lernen. Habe ich mich klar
genug ausgedrückt?«

Dieser Aussage folgte ein Moment absoluten Schweigens, während
alle das soeben Gehörte verarbeiteten. Als niemand Einspruch erhob
oder weitere Fragen stellte, rief Trigdolly ein anderes Bild der Fregatte
auf, um in seiner Erklärung fortzufahren.

»Ihr sogenanntes CIWS oder Nahverteidigungssystem – ebenfalls
eine primitive Waffe – hat sich beim Abfangen feindlicher Raketen und
kleinerer Jäger als äußerst effektiv erwiesen. Auch dieses
Waffensystem bleibt mit einigen Aufbesserungen unsererseits erhalten.
Die Fregatten verfügen nun über acht solcher Vorrichtungen. Neben
ihrer Mission der tiefen Weltraumerkundung werden diese Fregatten,
die künftig an sorgfältig geplanten Überwachungspositionen stationiert
werden, hervorragend dazu geeignet sein, große Kriegsschiffe und
Truppentransporter zu beschützen.«

Nachdem Trigdolly die Hauptmerkmale der neuen Fregatten diskutiert hatte, berichtete er seinen interessierten Zuhörern von den Nahrungsmittelreplikatoren. Diese Replikatoren waren eine erstaunliche neue Technologie, die die Altairianer der Menschheit beschert hatten. Auf einen Streich hatte sie weltweit dem Hungern ein Ende bereitet und eine endlose Liste von Problemen der im Weltraum lebenden Menschen gelöst.

Bisher mussten die irdischen Raumschiffe entweder selbst große Vorräte an Nahrungsmitteln mit sich führen oder an Bord in eigens dazu bestimmten Laboren selbst ziehen, oder sie mussten von speziellen Versorgungsschiffen begleitet werden. Das verlangte den Erdenbewohnern eine enorme Anstrengung ab und kreierte kritische Schwachstellen für ihre Flotte. Die Etablierung von Nahrungsmittelreplikatoren machte diese Sorge hinfällig; die Schiffe konnten nun mit noch mehr Waffen ausgestattet oder mit einem dickeren Panzer ummantelt werden.

Trigdolly verbrachte die nächsten 20 Minuten damit, ihnen zwei weitere Fregattenmodelle vorzustellen. Jede Variante unterschied sich etwas in ihrem Aussehen, war ansonsten aber ähnlich ausgestattet und erforderte die gleiche Zahl an Besatzungsmitgliedern. Außer der Version 003. Schiff 003 bot Platz für 60 zusätzliche Passagiere. Einer der Anwesenden erwähnte, dass dies hilfreich sein könnte, falls die Fregatten Sondereinsatztruppen an den Einsatzort bringen oder als kleinere Schiffe mit geheimen Missionen beauftragt werden sollten.

Schließlich entschieden sich die damit beauftragten Offiziere für die Produktion der ersten Version, für Fregatte 001. Dazu wollten sie auch mindestens 20 Schiffe der Version 003 bauen, um Einsätze der Sondereinsatztruppen zu unterstützen oder um hochrangige Individuen zu transportieren. Die Altairianer stimmten diesen Entscheidungen zu, betonten aber die Notwendigkeit, aus Einfachheits- und Produktivitätsgründen Uniformität zu kreieren, um den Schiffsbau und das Training der Mannschaften effizient voranzutreiben.

Dann standen die Kreuzer auf dem Plan. Trigdolly erklärte, dass sie die Arbeitspferde der Flotte sein würden und neben den Fregatten die Schiffe mit den vielfältigsten Einsatzmöglichkeiten.

»Die neuen Kreuzer gibt es nur in einer Version«, kündigte Trigdolly einem enttäuschten Publikums an. »Ich denke, es war Ihr

Henry Ford, der einmal sagte, ‚Ihr könnt das Modell-T in jeder Farbe haben, solange es nur schwarz ist‘.«

Ein leises Kichern ging durch den Raum. Es war das erste Mal, dass sie einen Altairianer erlebten, der versuchte, lustig zu sein oder einen Scherz zu machen.

»Der Kreuzer wird Ihr Panzer sein. Er ist dick ummantelt und hat es in sich. Das Schiff ist 1.400 Meter lang mit einer Mannschaft von 1.122 Personen. Das Schiff kommt mit vier Reaktoren, die mehr Energie produzieren als ein Dutzend der arkanorianischen Reaktoren, die Sie erst kürzlich in Ihre Schiffe eingebaut haben. Diese Reaktoren versorgen sechs Phaser-Batterien und zwölf 36-Zoll-Magrailtürme. Dazu noch zwei Plasmakanonen. All das verleiht dem Schiff eine enorme Schlagkraft.«

Jemand fragte: »Wie stark ist die Panzerung dieses Kreuzers?«

Auch diese Unterbrechung brachte den Altairianer nicht aus der Fassung. Er schien die Tatsache zu genießen, dass die Menschen viele Fragen stellten. »Der Panzergürtel des Schiffs ist 12 Meter dick, ähnlich dem gegenwärtigen Design Ihrer Kriegsschiffe. Wir nahmen uns die Freiheit, die Dichte der Ummantelung und deren Hitzeableitung zu verbessern. Das macht es dem Schiff möglich, direkte Einschläge von den Orbot hinzunehmen, ohne sofort zu explodieren. Das Schiff kann bis zu 130 Soldaten befördern, zusammen mit einer kleinen Anzahl von Angriffsschiffen, um Operationen am Boden zu unterstützen. Damit ist jeder Kreuzer in der Lage, spezifischen Aufgaben auf der Oberfläche eines Planeten nachzugehen oder die Missionen von Sondereinsatztruppen zu unterstützen.«

»Besteht die Möglichkeit, eine Abwehrvorrichtung, ein Schutzschild, in diese Kriegsschiffe einzubauen?«, wunderte sich einer der Anwesenden.

Trigdolly drehte sich dem Offizier zu, bevor er antwortete. »Überlassen Sie einem Kind, das gerade den Führerschein macht, einen teuren Sportwagen zum Üben oder geben Sie ihm ein weniger teures Fahrzeug, mit dem es gut umgehen und zunächst etwas Erfahrung sammeln kann?«

Die Besprechungsteilnehmer sahen sich gegenseitig an, unsicher, ob dies eine rhetorische Frage war oder vielleicht doch nicht ….?

»Sobald Ihre Spezies das technologische Verständnis für die Physik aufbringt, die in die Entwicklung, den Bau und die Wartung einer solchen Technologie einfließt, werden wir sie mit Ihnen teilen. Bis dahin sehen wir erst einmal, ob Sie mit dem, woran wir Sie gegenwärtig teilnehmen lassen, zurechtkommen«, wies Trigdolly die Menschen in ihre Schranken.

Der Altairianer lud nun die dritte Klasse der neuen Kriegsschiffe auf den Schirm. »Das ist ein Schlachtschiff. Es wird das größte Kriegsschiff, dessen Bau wir Ihnen für eine Weile abverlangen werden. Die von den Menschen aufgestellten Kampfgruppen werden sich um diese Schlachtschiffe herum konzentrieren. Wir erwarten nicht, dass Sie viele bauen. Mit der Ausweitung Ihres Einflussbereichs und dem Kampf um den Erhalt dieses Bereichs wird Ihr Bedarf an diesen Kriegsschiffen allerdings steigen.

»Im Vergleich zu Ihrem Großkampfschiff, der *George Washington*, ist dieses Schiff kleiner, aber weitaus fähiger. Es ist ungefähr 2.600 Meter lang. Sein Panzergürtel ist 40 Meter dick. Acht Phaser-Batterien und 20 Magrail-Gefechtstürme – zehn auf jeder Seite - dazu noch 30 kleinere Magrail-Türme – 15 auf jeder Seite – versorgen es mit einer beeindruckenden Schlagkraft. Das wird durch den Einbau von 50 Abschussrohren für Antischiffsraketen weiter unterstrichen. An Bord finden 2.100 Mannschaftsmitglieder und 60 Soldaten Platz.«

Mit großem Interesse lehnte Hunt sich in seinem Stuhl nach vorn. »Trigdolly, wie lange wird es dauern, bevor unsere Schiffsbauer diese Kriegsschiffe produzieren können?«

Alle Augen waren wieder auf den Altairianer gerichtet. Hunt hatte die Frage gestellt, die vielen von ihnen auf der Zunge lag.

»Die Konstruktion dieser Schiffe ist weit komplizierter als die der Schiffe, die Sie derzeit bauen. Selbst mit unseren fortschrittlicheren Baumethoden nimmt der Bau einer Fregatte acht Monate in Anspruch. Die Fertigstellung der Kreuzer dauert 15 Monate, die der Schlachtschiffe zwei Jahre. Wir haben ein viertes Schiff, wobei ich mir nicht sicher, ob dessen Vorstellung für Ihr Volk nicht noch zu früh ist«, meinte Trigdolly. Natürlich erregte dieser letzte Satz die Aufmerksamkeit aller im Raum Versammelten. Ein neues Schiff, von dem ihnen bisher niemand etwas erzählt hatte – das war sicher von Interesse.

Hunt räusperte sich. »Wie wäre es, wenn Sie uns dieses vierte Schiff vorstellen und wir Ihnen eine ehrliche Antwort darauf geben, ob wir damit umgehen können oder nicht?«

Trigdolly sah kurz zu Admiral Bailey hinüber, ob er
Einwendungen vorbringen wollte. Der nickte seine Zustimmung und
Trigdolly erklärte. »Das vierte Raumschiff ist ein riesiges Trägerschiff.
Bevor Sie sich an die Konstruktion eines Schiffs dieser Größenordnung
herantrauen, müssen Sie zunächst Ihren Bestand an derzeit dringend
erforderlichen Schiffsarten weiter ausbauen. Außerdem ginge damit das
Training eines Jagdgeschwaders Hand in Hand. Momentan haben Sie
keine Jagdflieger. Und nein, Drohnen stehen außer Frage. Die können
niemals einen echten Piloten im Cockpit ersetzen.«

»Wie groß ist das Schiff?«; »Wie viele Jäger kann es
aufnehmen?«; »Wie lange dauert seine Konstruktion?« Die Fragen
kamen ohne Unterlass.

»So viele Fragen über ein Schiff, auf das Sie noch nicht vorbereitet
sind«, schüttelte Trigdolly den Kopf. »Wenn die Zeit reif ist, wenn Sie
soweit sind, dann helfen wir Ihnen diese Träger zu bauen. Im
Augenblick sollten Sie sich wirklich darauf konzentrieren, einen
effektiven Militärverband zum Schutz Ihres winzigen Gebiets im
Weltraum aufzubauen und sich zu einem Verbündeten zu entwickeln,
auf den die übrige Allianz sich verlassen kann.«

Die Konferenz löste sich zur Mittagspause auf. Die Mehrheit der
Offiziere wollte von Admiral Hunt mehr über den Verlauf der letzten
Schlacht erfahren. Sie alle hatten die Berichte gelesen und die streng
geheimen Videos gesehen, aber sie hatten Fragen, die die Videos nicht
beantworten konnten.

Die Entdeckung so vieler neuer außerirdischen Rassen hatte das
irdische Weltbild auf den Kopf gestellt. Das Wissen, dass Menschen
von der Erde aus auf eine Reihe von Planeten rund um die Galaxie
verpflanzt worden waren, hatte allen einen großen Schock versetzt. Als
sie obendrein noch erfuhren, dass die Zodark mehr oder weniger
menschliche Wesen züchteten, um sie als Einweg-Soldaten in ihren
galaktischen Kriegen zu benutzen, hatte dies die Erdenbewohner nur
noch weiter in Rage versetzt.
****

»Admiral Hunt, wieso verloren wir so viele Schiffe während der
letzten Schlacht?«, wollte einer seiner Kapitäne wissen. Die
Unterhaltung um den Tisch herum verstummte, da alle die Antwort
hören wollten.

Hunt spürte die Augen aller auf sich. Er wusste, sie wollten wissen, wieso so viele ihrer Freunde gestorben waren, während er noch am Leben war. Sein eigenes Schiff, die *GW*, hatte beinahe katastrophalen Schaden erlitten. Das war der Teil seines Kommandos, den er hasste – den Tod so vieler seiner Mitmenschen in einem Kampf zu befehlen, der im Endeffekt den Ausgang des Kriegs in keiner Weise beeinflusste. Sicher, in einem Kampf ums Überleben, in dem es keine zweite Chance gab, war jeder Verlust akzeptabel, solange er mit einem Sieg endete. Und obwohl diese letzte Schlacht möglicherweise die Erde gerettet hatte, war sie im Rahmen dieses gewaltigen galaktischen Kriegs nicht einmal eine Fußnote wert.

Hunt legte seine Gabel auf den Teller und sah seinem Untergebenen, der ihm diese Frage gestellt hatte, ins Gesicht. »Zu Beginn der Schlacht sprangen die Orbots mit einem Schlachtschiff und drei Kreuzern durch das Sternentor. Die Altairianer griffen sie mit ihren Kreuzern und zwei ihrer Schlachtschiffe an. Die Altairianer befahlen der irdischen Flotte, Unterstützung zu gewähren, und unsere Schiffe griffen in das Gefecht ein. Wie die Schiffe der Zodark waren die Schiffe der Orbot anfällig für den Beschuss durch unsere Magrail. Es gelang uns nicht, gegen die Orbot Schaden im gleichen Umfang wie gegen die Zodark anzurichten, aber wir durchschlugen ihre Panzerung und verursachten beträchtliche Probleme.

Hunt zögerte einen Augenblick und schüttelte den Kopf. »Eines der Orbot-Schiffe traf die *Yorktown* mit einem Partikelstrahl und …. und zerschnitt das Schiff mit einem einzigen Strahl in zwei Hälften. Zwei weitere Treffer sprengten die verbliebenen Teile in die Luft. Die Besatzung hatte nicht einmal Zeit, ihre Rettungskapseln zu erreichen. Daraufhin befahl ich unserer Flotte, sich hinter den altairianischen Schiffen zu positionieren, um sie gegebenenfalls als Schild zu nutzen. Gleichzeitig beschossen wir die Orbot weiter mit unseren Magrail.«

»Und dann tauchten die Zodark auf, richtig?«, leitete ein anderer Rear Admiral die Geschichte mit grimmigem Gesicht zur nächsten Katastrophe über.

Hunt nickte. Mit leicht zitternder Hand griff er nach seinem Wasserglas und hielt es mit eiserner Umklammerung fest. Allein das Reden über diese Erfahrung ließ das bedrohliche Gefühl einer bevorstehenden Panikattacke in ihm aufsteigen.

»Richtig«, bestätigte Hunt. »Zuerst waren es nur zwei Kreuzer, danach noch ein Schlachtschiff der Zodark. Nichts, das wir nie zuvor gesehen oder bekämpft hätten. Unsere Flotte setzte ihnen hart zu, während die Alt sich weiter um die Orbot-Schiffe kümmerten. Und dann sprang dieses riesige Schiff mitten in unseren Verband hinein. Das war das erste Mal, dass ich einen *Sternenzerstörer* der Zodark zu Gesicht bekam. Das Schiff war riesig, was Sie sicher im Video sehen konnten. Es war beinahe doppelt so groß wie die *GW* und dementsprechend ausgerüstet. Ich befahl, die feindliche Flotte auf Höchstgeschwindigkeit zu umkreisen, um den kontinuierlichen Beschuss mit den Magrail auf ihre Schiffe aufrechtzuerhalten.«

Hunts Schilderung des Kampfs veranlasste die meisten Offiziere, ihre Unterhaltung einzustellen und mit dem Essen aufzuhören. »Die *GW* wurde von einem Partikelstrahler des Sternenzerstörers getroffen. Er traf die vier unteren Decks und hätte sie beinahe abgetrennt. Ein einziger Treffer kostete uns die Hälfte unserer sekundären Waffen. Zu diesem Zeitpunkt befanden wir uns in einer Position, in der wir die Mehrzahl unserer primären Waffensysteme auf den Feind abfeuern konnten. Wir gaben ihnen alles, was wir hatten. Zwölf Plasmatorpedos, zwei Dutzend Havoc-Raketen und Hunderte von Projektilen aus unseren Primärwaffen … die das feindliche Schiff einfach hinnahm. Wir erzielten Erfolge – sekundäre Explosionen auf ihren Decks – ohne dass wir in der Lage waren, ihnen die nötigen K.-O.-Schläge zu versetzen. In der Zwischenzeit wurde ein zweites unserer Schlachtschiffe zerstört. Captain Zamanis war bereits schwer angeschlagen, als er seiner Mannschaft befahl, den Sternenzerstörer der Zodark zu rammen. Ich glaube nicht, dass die Zodark wussten, was er geplant hatte, zumindest nicht sofort. Sobald deutlich wurde, dass er sich nicht in eine bessere Schussposition manövrierte, sondern vorhatte, sie zu rammen, richtete der Zerstörer sämtliche Waffen auf die *New York*. Zamani gelang es, seine MPD-Antriebe beinahe auf volle Geschwindigkeit hochzufahren, bevor er von dem Partikelstrahler eines Orbot-Schiffs praktisch zweigeteilt wurde. Der hintere Teil des Schiffs schwebte davon. Wir hatten Glück, dass der vordere Teil des Schiffs dank seiner Dynamik weiter direkt auf den Sternenzerstörer zuhielt. Die *New York* prallte auf den mittleren Bereich des Zerstörers auf und bohrte sich soweit voran, bis letztendlich dessen gesamte Kommandoabteilung pulverisiert war.

»Das führte zu Kettenreaktionen, Explosionen, die sich über das ganze Schiff hinweg fortsetzten. In der Zwischenzeit hatten die Altairianer die Orbot-Schiffe so gut wie vernichtet. Und nach dem Untergang des Sternenzerstörers konnten wir dann kurzen Prozess mit den verbliebenen Zodark-Schiffen und dem Rest der feindlichen Flotte machen«, beendete Hunt seinen Bericht.

Einer der Zuhörer kommentierte: »Ich sah das Video und konnte kaum glauben, dass es Captain Zamani gelang, die *New York* zu wenden und die Zodark zu rammen. Das war eine echte Heldentat!«

Hunt nickte mit ernstem Gesicht. »Das war es. Ich bin fest davon überzeugt, dass er die Schlacht für uns gewonnen hat. Wenn er sein Schiff nicht auf diese Weise geopfert hätte, standen die Chancen gut, dass die *GW* und die übrige Flotte durch die feindlichen Partikelstrahler zerstört worden wären. Seine Mannschaft und er starben, um unser Überleben zu garantieren. Dazu möchte ich Ihnen mitteilen, dass ich ihn für eine Ehrenmedaille vorgeschlagen haben, ebenso wie die Verleihung von Tapferkeitsmedaillen an jedes Mitglied seiner Mannschaft. Das ist das Wenigste was für sie tun können, um ihr Opfer und ihren Verlust zu ehren.«

Einer der Kapitäne fragte: »Falls die altairischen Schiffe so gut sind, wie sie behaupten, denken Sie, dass wir eine Chance haben, die Zodark und Orbot zu besiegen? Gibt es eine realistische Hoffnung, diesen Krieg zu gewinnen, oder zögern wir das Unvermeidliche nur weiter hinaus?«

Viele der Offiziere warfen ihm einen mörderischen Blick zu, solch negative Gedanken laut auszusprechen, insbesondere vor Admiral Hunt und den anderen hochrangigen Angehörigen des Militärs. Hunt kam zu seiner Verteidigung.

»Eine gute Frage, Captain. Eine, mit der ich mich selbst schon beschäftigt habe. Ich denke, wir müssen daran glauben, gewinnen zu können. Andernfalls, wozu der ganze Aufwand?« Hunt zögerte einen Augenblick. Er wollte ihnen ehrlich antworten, trotzdem musste er ihnen die Überzeugung vermitteln, dass es Hoffnung gab – wenn sie auch noch so gering sein mochte. »Ich denke, dass uns lange, dunkle Tage bevorstehen, harte und unsichere Zeiten. Ich denke aber auch, dass wir mit fortwährender Anpassung an die Umstände, mit der Bewältigung von Widrigkeiten und mit dem Willen, nie aufzugeben, den Krieg für uns entscheiden können. Überlegen Sie: wir entdeckten das interplanetarische Reisen vor fünf Jahrzehnten, das FTL-Reisen vor weniger als zwei Jahrzehnten, die Zodark und Sumarer vor acht Jahren, und vor acht Monaten nahmen die Altairianer zum ersten Mal Kontakt mit uns auf. Die Menschheit hat in kürzester Zeit ungemein viel erreicht. Das sollten wir immer im Auge behalten.«

Hunt richtete sich in seinem Stuhl auf. Er fühlte, dass ihm seine Rede selbst Zuversicht einflößte. »Die Altairianer erklärten sich damit einverstanden, dass wir ihrer Allianz beitreten. Sie bieten technologische Unterstützung beim Aufbau unserer Militärflotte, damit wir unser Gebiet verteidigen und ein aktives Mitglied ihrer Allianz sein können. Es bleibt uns überlassen, diese beachtliche Kriegsflotte zu konstruieren, neue Wege zu finden, ihre Technologie in unsere Projekte zu integrieren und sie weiter zu entwickeln. Das können wir, und was noch wichtiger ist, das *müssen* wir. Ich bin ungemein stolz auf die Offiziere und die Mannschaften, mit denen wir dienen dürfen. Gemeinsam werden wir den Krieg gewinnen, egal wie lange er sich hinzieht.«

Nach dieser motivierenden Ansprache jubelten seine Zuhörer Hunt zu und klatschten ihm Beifall. Die Menschheit war angeschlagen, würde sich aber erholen und den Feind mit der Entfesselung von Höllenkräften das Fürchten lehren.
****

Nach der Rückkehr der Konferenzteilnehmer von ihrer Mittagspause brachte Trigdolly die neu zu gestaltenden Trainingsprogramme zur Sprache, die die menschlichen Mannschaften auf den Betrieb und die Wartung dieser modernen Kriegsschiffs vorbereiten sollten. Dieses Thema langweilte Hunt ehrlich gesagt zu Tode. Aus seiner Sicht war dieser Teil eine kolossale Verschwendung seiner wertvollen Erfahrung und Zeit. Der Gedanke, dass sie ihm den Landgang mit seiner Frau gestrichen hatten, um diesen Teil der Besprechung abzusitzen, brachte ihn auf. Im Lauf der letzten acht Jahre musste er länger von seiner Frau getrennt leben als jeder andere Offizier. Alles was Hunt wollte, waren einige Monate absoluten Nichtstun, Zeit, seine Memoiren zu schreiben und sie mit seiner Frau und seinen zwei erwachsenen Kindern zu verbringen.

Sein Sohn Ethan entwickelte sich zu einem wirklich fähigen Offizier. Nach nur wenigen Jahren Dienst in der Flotte war er bereits zwei Mal befördert worden und hatte einen Silbernen Stern, einen Bronzestern mit V-Anhänger und ein Verwundetenabzeichen erhalten. Eines Tages würde er karrieremäßig in die Fußstapfen seines Vaters treten.

Admiral Bailey musste Hunts versteckten Ärger gespürt haben. Über ihre Neurolinks schickte er ihm eine kurze Einladung, ihm in sein Büro zu folgen.

Hunt musste einige Minuten suchen, bevor er das Büro fand. Das Hauptquartier war brandneu, und nach all den Veränderungen war dies das erste Mal, dass er die neue Basis besuchte. Die Anlage war immer noch von Synth überlaufen, die die weitläufige Einrichtung ohne Unterlass ausbauten. Das Kommandozentrum und die Bunker tief unter der Einrichtung waren bereits fertiggestellt. Gegenwärtig arbeiteten sie am Aufbau der ästhetisch ansprechenden oberen Stockwerke dieses massiven Gebäudes.

Admiral Baileys Assistentin, eine alte Schreckschraube, begrüßte Hunt herzlich. Sie mochte Hunt und war ihm entgegengegangen. Über die Jahre hatte er viele Fotos über alle Entwicklungsstufen seiner Kinder hindurch mit ihr geteilt. Mit Ausnahme von Hunt konnte man allen anderen Besuchern nur raten, sich im Vorzimmer des Flottenadmirals in Acht zu nehmen.

»Da sind Sie ja, Miles. So schön, Sie zu sehen. Wie ich höre, entwickelt sich Nachwuchs Ethan in einen echten Kriegshelden, genau wie sein Vater.« Sie umarmte ihn leicht.

»Das tut er sicher, Yvette. Freut mich auch, Sie zu sehen. Wie gefällt Ihnen das neue Büro?«

»Ach, Sie kennen mich doch. Ich fühle mich wohl, egal wo ich bin. Trotzdem vermisse ich Florida«, antwortete sie gut gelaunt. Sie führte ihn den Gang hinunter in ihr Büro. Jeder der den Admiral sehen wollte, musste zunächst an Yvette vorbei. Was solange eine Herausforderung darstellte, bis die Altairianer sie mit ihrer Teleportation überrascht hatten.

»Das Wetter war dort viel besser als hier, aber man gewöhnt sich daran. Gehen Sie nur durch. Chester erwartet Sie.« Yvette deutete auf seine Bürotür.

Beim Betreten des Zimmers sah Hunt, dass Admiral Bailey nicht allein war. Zusammen mit zwei Altairianern saß er auf einem der Sofas. Die drei erhoben sich mit seinem Eintritt.

»Komm nur herein, Miles. Nimm Platz. Es gibt etwas, dass wir mit dir besprechen möchten. Und nenn mich bitte Chester. Wir vier sind unter uns.« Damit teilte Bailey ihm ohne viele Worte mit, dass es sich bei diesem Gespräch um eine zwanglose Unterhaltung handelte.

Hunt setzte sich, unsicher, was er von diesem unvermuteten Treffen halten sollte. *In jedem Fall besser als Trainingsprogramme durchzugehen.*

»Miles, es mangelt uns immer noch an hinreichendem Verständnis über die Galaxie und die militärische Allianz, der wir nun angehören. Handolly …. du erinnerst dich an ihn, nicht wahr ….?« Chester stellte ihm den altairischen Verbindungsoffizier zur Erde erneut vor.

»Selbstverständlich erinnere ich mich an Handolly. Es freut mich, Sie wiederzusehen«, begrüßte Hunt den Altairianer in seiner Heimatsprache. Er war sich sicher, dass ihm das nicht einwandfrei gelungen war, aber der Gedanke zählte.

Zum ersten Mal, seit er die Altairianer kannte, bemerkte Hunt, dass Handollys Gesichtsausdruck eine Regung zeigte. Er erwiderte Hunt in seiner Sprache, was der nicht verstand. Trotzdem nickte er.

»Pandolly ist sehr angetan von Ihnen, Miles«, sagte Handolly. »Er hält Sie für einen außergewöhnlichen militärischen Anführer – absolut bereit, ein nötiges Risiko einzugehen, aber nicht so ruchlos, dass Sie Ihr Schiff oder Ihre Flotte in mehr Gefahr bringen würden, als zum Gewinn der Schlacht nötig ist. Das ist eine Eigenschaft, die nur schwer in Kommandanten zu finden ist.«

Hunt spürte, wie er errötete. Es war das erste Mal, dass ihn ein Altairianer lobte. Dieser menschliche Zug ging ihnen normalerweise ab.

»Miles, Pandolly kommandiert nicht nur ein Schiff unserer Flotte«, fuhr Handolly fort. »Er nimmt den gleichen Rang wie Sie ein. Er gehört unserem Team des Ersten Kontakts an, das uns dabei behilflich ist, eine Rasse einzuschätzen und darüber zu entscheiden, ob wir ihr den Beitritt ins Galaktische Reich erlauben sollen. Wenn wir davon überzeugt sind, dass diese Rasse einen Beitrag leisten kann, dann hilft er uns, sie in unsere Koalition zu integrieren.

»Ihr Schiff, die *George Washington,* wird erst in 12 Monaten repariert und wieder einsatzbereit sein. Außerdem wird es dank der Größe und der geringen Leistungsfähigkeit Ihrer Werften beinahe zwei Jahre dauern, Ihre neuen Schiffe zu bauen. Ich schlug Chester vor, dass er Ihnen, zusammen mit vielen Ihrer führenden Wissenschaftlern, Ingenieuren und ranghohen Offizieren erlaubt, mich zurück auf unsere Heimatwelt *Altus* zu begleiten. Ihrem Verständnis der Entfernungen nach, liegt Altus beinahe drei Millionen Lichtjahre von der Erde entfernt – eine Entfernung, die wir bei unserer Reisegeschwindigkeit in nur wenigen Wochen hinter uns bringen.«

Hunt holte tief Luft. Diese Idee musste er erst einmal verdauen.

»Ich möchte Ihnen und Ihren Begleitern eine Führung durch das Galaktische Reich anbieten«, erklärte Handolly. »Das wird Ihnen die Gelegenheit bieten, Ihre neuen Verbündeten kennenzulernen und ein besseres Verständnis dafür zu erlangen, wofür Sie kämpfen, auf welcher Seite Sie kämpfen, und was Sie bekämpfen. Nach unserer Ankunft auf Altus planen wir ein intensives Training für Sie, das Sie über viele unserer Gepflogenheiten und Methoden aufklären wird. Ihre Wissenschaftler und Ingenieure werden viele neue Technologien erlernen und Einsicht darüber gewinnen, wie das Universum funktioniert. Währenddessen bauen unsere Schiffswerften Ihr neues Trägerschiff, Ihr irdisches Flaggschiff. Nach dessen Fertigstellung kehren Sie und Ihre Begleiter zusammen mit Ihrem neuen Trägerschiff auf die Erde zurück. Wenn Sie sich für diese Reise entscheiden, wird sie beinahe drei Jahre Ihrer Zeit in Anspruch nehmen. Möchten Sie mitkommen?« Handolly musterte Hunt aufmerksam.

Bailey fügte schnell hinzu: »Du kannst Lilly mitnehmen, Miles, und wenn ihr eure Tochter oder Ethan dabei haben wollt, kann ich das ebenfalls arrangieren. Ich werde dir diese Reise nicht befehlen, aber sie stellt eine fabelhafte Gelegenheit dar, Miles. Etwas, was ich selbst gern tun würde, was aber leider nicht in Frage kommt.«

Hunt lächelte bei diesem Gedanken. *Eine fantastische Gelegenheit – die Chance, nicht nur einen, sondern gleich mehrere neue Planeten und Rassen auf dem Weg nach Altus kennenzulernen.*

»Wow, Chester. Das ist ein wirklich interessanter Vorschlag. Bist du sicher, dass meine Gegenwart hier nicht erforderlich ist oder dass ich vermisst werde?«

Bailey lehnte sich zurück. »Deine Gegenwart und Führungskraft wird zweifellos immer vermisst werden. Aber du würdest mit einem neuen, unglaublich mächtigen Raumschiff zu uns zurückkehren. Ehrlich gesagt brauchen wir jemanden deines Kalibers, um so viel wie möglich über unsere neue Koalition zu erfahren und die Handels- und

Militärallianzen zu schmieden, die wir auf lange Sicht gesehen benötigen. Ich kann mir keinen besseren Repräsentanten der Erde als dich vorstellen, Miles.«

»Solange Lilly mich begleiten darf, kannst du auf mich zählen«, stimmte Hunt voller Vorfreude zu. »Ich werde mit Ethan und unserer Tochter reden, wie sie dazu stehen. In keinem Fall will ich ihre militärischen Karrieren gefährden.«

Pandolly erhob sich. »Ausgezeichnet, dann haben wir ein Übereinkommen. Bitte informieren Sie Ihre Frau und die anderen. In drei Tagen verlassen wir die Erde!«

Kapitel Neunzehn
Operation Intus

Hauptquartier Weltraumkommando
Jacksonville, Arkansas

»Das gefällt mir nicht, Admiral. Das gefährdet meine Bodentruppen zu sehr«, protestierte General Ross McGinnis.

General Pilsner, das Oberhaupt der republikanischen Armee, war ganz seiner Meinung.

Seufzend schüttelte Admiral Bailey den Kopf und besah sich den Planeten und die Formation der ihn umringenden feindlichen Flotte.

Admiral Halsey meldete sich zu Wort. »Wir könnten die Kampfgruppe in zwei Gruppen aufspalten. Die erste greift die feindlichen Schiffe überraschend an und durchbricht damit die Blockade. Im Schatten dieses Angriffs führen mehrere Einheiten unserer Sondereinsatzkräfte einen orbitalen Angriff auf die bodengestützten Laser-Verteidigungssysteme durch. Nach deren Zerstörung und mit dem Kampf um den Planeten in vollem Gang, springt dann meine zweite Kampfgruppe ins System, um die feindlichen Schiffe endgültig zu vernichten. Danach verlegen wir den Rest der Infanterie auf den Planeten, um die Sondereinsatztruppen zu unterstützen.«

Einen Moment herrschte Stille, während sich alle auf den Einsatz der Truppen und Schiffe konzentrierten, wie ihn Admiral Halsey gerade vorgeschlagen hatte. Sie spielten mögliche Alternativen im Kopf durch.

»Es ist riskant, könnte aber funktionieren«, meinte General Pilsner schließlich.

General McGinnis trug seine Bedenken vor. »Wenn es Ihren Kräfte nicht gelingt, die Blockade zu durchbrechen und die Verstärkung schleunigst auf die Planetenoberfläche zu verlegen, verurteilen wir eine große Zahl unserer Sondereinsatztruppen zum Tod.«

»Dann versagen meine Schiffe wohl besser nicht«, gab Halsey voller Überzeugung zurück, dass ihre Leute dem Job gewachsen waren.

»Welche Unterstützung liefern uns die Primord?«, erkundigte sich General McGinnis.

»Am Boden oder im Raum?«, wollte Admiral Halsey wissen.

»Im Raum. Meine Leute sind für die Oberflächenoperationen verantwortlich. Ich mache mir Sorgen darüber, auf dem Planeten in der Falle zu sitzen, falls es uns nicht rechtzeitig gelingt, ausreichend Personal auf die Oberfläche zu bekommen, um einen Unterschied zu machen«, erläuterte McGinnis.

Admiral Bailey trat an die holografische Karte heran, die vor ihnen schwebte. »Die Altairianer versicherten mir, dass eine Flotte von 20 Primord-Schiffen unseren Einsatz unterstützen wird. Mit dem Beginn der Bodenoperationen werden sie 200.000 Soldaten aussenden, um uns bei der Rückeroberung des Planeten zu helfen.«

Die Generäle und Admirale äußerten sich nicht, sondern studierten den Planeten und seine Daten. Vor ihnen lag eine schwere Aufgabe; ihr erster wirklicher Einsatz als Teil des Galaktischen Reichs. Sie hatten sechs Monate Zeit gehabt, sich auf die Rückeroberung eines Planeten vorzubereiten, den ihre neuen Alliierten, die Primord, vor 30 Jahren an die Zodark verloren hatten.

Bevor die Zodark sich diesen Planeten aneignet hatten, war er 300 Jahre lang eine Kolonie der Primord gewesen. Die Oberhäupter der Erde hatten gehofft, mehr Zeit zum Wiederaufbau der Flotte in Vorbereitung auf eine erneute Schlacht mit den Zodark zu haben. Demgegenüber bestanden die Altairianer darauf, dass die Rückeroberung des Planeten sich positiv auf das Gleichgewicht der Macht in dieser Region zugunsten des Galaktischen Reichs auswirken würde. Den Erdenmenschen war aufgetragen worden, den Primord bei der Rückeroberung des Planeten mit ihren derzeit vorhandenen Schiffen und Truppen beizustehen.

Schließlich nickte General Ross McGinnis und sprach. »Admiral Halsey, wenn Ihre Kampfgruppe die Blockade sprengen kann, dann bin ich zuversichtlich, dass meinen Sondereinsatzkräften ein orbitaler Angriff auf die Ionenkanonen des Planeten gelingen wird. Sobald meine Männer aber am Boden sind, müssen Sie den Weg für die Infanterie frei machen. Wenn Sie sich sicher sind, dass Ihren Kräften das gelingt, dann schlage ich vor, dass wir Ihrem Plan folgen.«

Halsey zögerte einen Augenblick mit Ihrer Antwort und lächelte dann zuversichtlich. »Meine Kräfte werden Ihnen den Weg räumen, General. Sie kümmern sich um die Ionenkanonen und ich beschaffe Ihnen Ihre Infanterie.«

Und ohne weitere Diskussion war Operation Intus nun offiziell eine beschlossene Sache.

Anmerkung des Autors

We hope you have enjoyed this book. If you'd like to continue the action, the next book in the series, *In den Krieg*, is available on Amazon.

If you would like to stay up to date on new releases and receive emails about any special pricing deals we may make available, please sign up for our email distribution list. Simply go to https://www.frontlinepublishinginc.com/ and sign up.

If you enjoy audiobooks, we have a great selection that has been created for your listening pleasure. Our entire Red Storm series and our Falling Empire series have been recorded, and several books in our Rise of the Republic series and our Monroe Doctrine series are now available. Please see below for a complete listing.

As independent authors, reviews are very important to us and make a huge difference to other prospective readers. If you enjoyed this book, we humbly ask you to write up a positive review on Amazon and Goodreads. We sincerely appreciate each person that takes the time to write one.

We have really valued connecting with our readers via social media, especially on our Facebook page https://www.facebook.com/RosoneandWatson/. Sometimes we ask for help from our readers as we write future books—we love to draw upon all your different areas of expertise. We also have a group of beta readers who get to look at the books before they are officially published and help us fine-tune last-minute adjustments. If you would like to be a part of this team, please go to our author website, and send us a message through the "Contact" tab.

You may also enjoy some of our other works. A full list can be found below:

Nonfiction:
Iraq Memoir 2006–2007 Troop Surge
Interview with a Terrorist (audiobook available)

Fiction:
The Monroe Doctrine Series
Volume One (audiobook available)

Volume Two (audiobook available)
Volume Three (audiobook available)
Volume Four (audiobook still in production)
Volume Five
Volume Six (available for preorder)

Rise of the Republic Series
Into the Stars (audiobook available)
Into the Battle (audiobook available)
Into the War (audiobook available)
Into the Chaos (audiobook available)
Into the Fire (audiobook still in production)
Into the Calm (available for preorder)

German translations of the Rise of the Republic
In die Sterne
In die Schlacht
In den Krieg
In das Chaos

Apollo's Arrows Series (co-authored with T.C. Manning)
Cherubim's Call (available for preorder)
Malevolent Inferno (available for preorder)
The Zealot (available for preorder)

Crisis in the Desert Series (co-authored with Matt Jackson)
Project 19 (audiobook available)
Desert Shield
Desert Storm

Falling Empires Series
Rigged (audiobook available)
Peacekeepers (audiobook available)
Invasion (audiobook available)
Vengeance (audiobook available)
Retribution (audiobook available)

Red Storm Series

Battlefield Ukraine (audiobook available)
Battlefield Korea (audiobook available)
Battlefield Taiwan (audiobook available)
Battlefield Pacific (audiobook available)
Battlefield Russia (audiobook available)
Battlefield China (audiobook available)

Michael Stone Series
Traitors Within (audiobook available)

World War III Series
Prelude to World War III: The Rise of the Islamic Republic and the Rebirth of America (audiobook available)
Operation Red Dragon and the Unthinkable (audiobook available)
Operation Red Dawn and the Siege of Europe (audiobook available)
Cyber Warfare and the New World Order (audiobook available)

Children's Books:
My Daddy has PTSD
My Mommy has PTSD

Abkürzungsschlüssel

1MC	Main Circuit (shipboard public address system) [= schiffsweites Beschallungssystem]
AAR	After-Action Review [= Einsatznachbericht]
BLUF	Bottom Line Up Front [= das Fazit, vorweggenommen/das Ergebnis vorweg]
CIC	Combat Information Center [= Gefechtsinformationszentrale]
CIWS	Close-In Weapons System [= Nahbereichsverteidigungssystem]
CO	Commanding Officer [= Kommandierender Offizier]
COP	Combat Outpost [= Gefechtsvorposten]
DG	Division Group [= Divisionengruppe]
ECM	Electronic Countermeasures [= elektronische Gegen-/Störmaßnahmen]
EPR	Enlisted Performance Report [= Leistungsbericht eines Mannschaftsmitglieds]
EW	Electronic Warfare [= Elektronische Kriegsführung]
EWO	Electronics Warfare Officer [= Elektronischer Kriegsführungsoffizier]
FTL	Faster-than-Light [= Schneller als das Licht]
GE	Galactic Empire [= das Galaktische Reich]
GEU	Greater European Union [= die Erweiterte Europäische Union]
GM	Gunner's Mate [= Artilleriemaat]
GW	George Washington
HB	Heavy Blaster [= Schwerer Blaster]
HE	High-explosive [= hochexplosiver Sprengstoff]
HQ	Headquarters [= Hauptquartier]
HUD	Heads-Up Display [=Weitwinkel-Scheiben-Display]
HVI	High Value Individual [= hochrangiges Indiviuum]
KIA	Killed in Action [= im Kampf gefallen]
MA	Master at Arms [= Bootsmann mit Polizeibefugnis]
MPD	Magnetoplasmadynamic [= magnetoplasmadynamischer Antrieb]
MPH	Megameters per Hour [= Megameter pro Stunde]

MS	Multiple Sclerosis [= Multiple Sklerose]
MWR	Morale, Welfare and Recreation [= Moral, Fürsorge und Unterhaltung]
NCO	Noncommissioned Officer [= Unteroffizier]
NL	Neurolink
NOS	Zodark admiral or senior military commander [= Admiral oder ranghoher Militärkommandant der Zodark]
PA	Personal Assistant [= Persönlicher Assistent]
PFC	Private First Class [= Obergefreiter]
PR	Public Relations [= Öffentlichkeitsarbeit, PR-Abteilung]
R&D	Research and Development [= Forschung und Entwicklung]
R&R	Rest and Recreation [= Diensturlaub]
RA	Republik Army [= die Republikanische Armee]
RAS	Republik Army Soldier [= Soldat in der Republikanischen Armee]
RNS	Republik Navy Ship [= Navy-Schiff der Republikanischen Armee]
SAW	Standard Automatic Weapon [= Standard-Maschinengewehr]
SET	Space Exploration Treaty [= das Abkommen zur Erkundung des Weltraums]
SF	Special Forces [= Sondereinsatzkräfte]
SITREP	Situation Report [=Situationsbericht/Lagebericht]
SW	Sand and Water (missiles) [= Sand und Wasser (Raketen)]
TPA	Tri-Parte Alliance [= Tri-Parte Allianz]
VAC	Vertical Assault Craft [= vertikales Angriffsschiff]
VBC	Victory Base Complex [= Anlage ‚Siegesstützpunkt']
VIP	Very Important Person [= VIP, prominente Person]
VTOL	Vertical Take-off and Landing [= vertikales Starten und Landen]
XO	Commanding Officer [= Kommandierender Offizier mit Verwaltungsaufgaben]